本著作为教育部人文社会科学研究一般项目"诗经小学史研究"（项目编号：17YJAZH036）的结项成果

本书出版的支持单位
河南省汉语国际推广汉字文化基地
汉语海外传播河南省协同创新中心
甲骨文信息处理河南省特色骨干学科建设学科（群）
安阳师范学院汉字文化研究中心
安阳师范学院文学院中国语言文学河南省重点学科

《诗经》

小学史概论

康国章　著

中国社会科学出版社

图书在版编目(CIP)数据

《诗经》小学史概论/康国章著. —北京：中国社会科学出版社，2022.8

ISBN 978 - 7 - 5227 - 0600 - 9

Ⅰ.①诗… Ⅱ.①康… Ⅲ.①《诗经》—诗歌研究 Ⅳ.①I207.222

中国版本图书馆 CIP 数据核字(2022)第 133551 号

出 版 人	赵剑英	
责任编辑	杨 康	
责任校对	郝阳洋	
责任印制	戴 宽	

出 版	中国社会科学出版社	
社 址	北京鼓楼西大街甲 158 号	
邮 编	100720	
网 址	http://www.csspw.cn	
发 行 部	010 - 84083685	
门 市 部	010 - 84029450	
经 销	新华书店及其他书店	

印 刷	北京君升印刷有限公司
装 订	廊坊市广阳区广增装订厂
版 次	2022 年 8 月第 1 版
印 次	2022 年 8 月第 1 次印刷

开 本	710×1000 1/16
印 张	25.25
插 页	2
字 数	391 千字
定 价	128.00 元

凡购买中国社会科学出版社图书，如有质量问题请与本社营销中心联系调换
电话：010 - 84083683

序　一

　　康国章教授的《〈诗经〉小学史概论》要出版了，命我作序。源于以往长期的同事之谊，我推辞不得；但他研究的学问，我确实不懂。当然，做古代文学研究的人，对于《诗经》训诂不可能一点不了解。但有一点点了解并不是懂，两者相去甚远。无法推辞又不懂，勉强秉笔，心下忐忑。

　　康国章教授研究汉语言文字学、文献学。20 世纪末河南大学研究生毕业，到安阳师院（当时还是安阳师专）《殷都学刊》编辑部工作。当时我接手编辑部工作不久，出于不可详述的原因，那时工作异常困难。尽管编辑部同人工作热情很高，同心同德克服种种困难，为办好刊物倾注心血，但《殷都学刊》是学术期刊，按学术期刊的标准要求，人员构成很不理想。康国章一到编辑部，就承担了重要的工作。那几年，《殷都学刊》办刊水平迅速上升，在国内国际的影响迅速扩大，康国章和当时编辑部同人同心协力，做出了独特的贡献，也和大家结下深厚情谊。人的一生，漫长又短暂。回首往事，为事业奋斗的经历，是最值得怀念的。《殷都学刊》曾经的辉煌，凝结着所有为之奋斗者的心血与智慧。相关记忆与深厚情谊，都应永远珍藏于心。

　　我当时常和大家聊的，是要做学术型编辑，进一步成为学者型编辑。我用像傅璇琮等编辑大家又是学术大家的榜样鼓励年轻人，希望他们年年都有新进步。学术期刊的编辑必须有学术素养与学术思维，否则无法与作者对话沟通。既然有与著名学者直接接触、学习的机会，就应该好好利用以提升自己，而不是浪费这样的机会。如此既丰富了自己，也保证了办刊质量。值得欣慰的是，当年《殷都学刊》的年轻人，大多成长为有成就的学者，康国章教授是其中之一。

按我的理解，康国章这部新著，属于《诗经》阐释学史。他长期专注于此，在出版《〈说文〉所收〈诗经〉用字考释》专著后，又撰成这部《〈诗经〉小学史概论》。这两部书，前者是微观考释，后者是宏观史论。两者肯定有密切关系。前者应该是后者的基础，后者则是在前者基础上的升华。由此可见著者进进不已的步武。

康国章教授新著的命名，不知道是否受清人段玉裁《诗经小学》的影响。段氏《诗经小学》是一部以小学之法考证《诗经》用字、训诂、校勘的专著。当然，康国章教授既然做成了一部从春秋到近现代"诗经小学"的通史，其研究范围，就不可能同于段玉裁"诗经小学"的概念，不可能只关注《诗经》校勘和异文、异训，而必然推而广之，凡与《诗经》训读、解说有关的材料，都会纳入研究视野。因为先秦还没有段玉裁那样的"诗经小学"，到近现代，受西方学术影响，在新旧学术转向时期，纯粹的如段玉裁那样的"诗经小学"已难寻觅。先秦如孟子，《孟子》中解释《诗经》的材料不少，如《万章上》："万章问曰：'《诗》云：娶妻如之何？必告父母。信斯言也，宜莫如舜。舜之不告而娶，何也？'孟子曰：'告则不得娶。男女居室，人之大伦也。如告，则废人之大伦以怼父母，是以不告也。'"在孟子看来，"必告"是守正，不得已而"不告"是用权。因时因事之谊，当用权则用权。用权有时是为了更高层面的守正。按后人的理解，孟子如此解说，属义理阐释，不同于"小学"之解。康国章教授把它纳入"《诗经》小学"里来了。别人可以有不同看法，但康国章可以有自己的眼光，当然也可以有自己的处理。近现代如闻一多，康著最后一节是《闻一多与〈诗经〉新训诂学》。闻一多治学，通小学，明训诂，自然有以"小学"治《诗经》的能力，所以他曾说："一首诗全篇都明白，只剩一个字，仅仅一个字没有看懂，也许那一个字就是篇中最要紧的字，诗的好坏，关键全在它。所以，每读一首诗，必须把那里每个字的意义都追问透彻，不许存下丝毫的疑惑——这态度在原则上总是不错的。因此，这里凡是稍有疑义的字，我都不放松，都要充分的给你剖析。"但他治《诗经》，不可能全走中国文字训诂的老路。

如朱自清所言："他（指闻一多）不但研究文化人类学，还研究佛罗依德的心理分析学来照明原始社会这个对象。从集体到人民，从男女到饮食，只要再跨上一步；所以他终于要研究起唯物史观来了，要在这基础上建筑起中国文学史。"他是在弄清字义的基础上，作文化的、心理的、社会的、历史的阐释。人们称他的训诂为"新训诂"。康国章教授也把他纳入了自己的研究视野，按照自己对"诗经小学"的理解，用自己的眼光审视学术史，理出学术发展的历史线索，完成这样一部著作。师心独造，灵心自运，是应该高度肯定的。

康国章教授跟我说，这部凝聚他心血的著作，是"第一次系统地从传统语言学角度审视中国经典文学名著的传承历史，对于新时代学术形态的创新或有一丁点儿意义。中国训诂学史不下 10 部，而小学史我只看到胡奇光之 1 部。从小学角度阐释某部文学名著的纵跨两千多年的流传史，殊非易事"。在动辄著作等身的今天，写出一部 30 余万字的著作而有此深慨，说明作者是下真功夫的。经历艰辛，才会扎实。速成必然速朽。康国章教授研究的学问我不懂，但他治学的体会，由此引发的感慨，与我心是相通的。我相信这是他真实的感受。另外，在西方阐释学的影响下，人们纷纷用西方阐释学理论研究中国阐释史的今天，康国章教授下实实在在功夫，梳理数千年中国《诗经》小学史。这份坚守，是可敬的。

在康著的前言中，我看到了这样一段话："在两汉，古文学家和小学家崇尚真理，不嫌细碎，严谨为学，埋首著述，超越并淘汰充满神秘、媚上色彩的今文三家诗学，《诗经》小学从此走进广大士子的读书生涯。"他是在叙述学术史，我却愿此语化作学界警世钟。

康国章教授年富力强，学术自会精进更精进，造乎更高更新境界。

查洪德

2021 年立夏

序　二

关于《诗经》学史，虽不是笔者的研究领域，但不妨关注这一领域的研究进展并收集有关资料，因为对相邻专业进展情况的了解与相关资料的掌握，决定着发现新的研究方向或课题的能力。据手头掌握的资料，已出版的《诗经》学术史著作有夏传才著《诗经研究史概要》（中州书画社 1882 年版、清华大学出版社 2007 年版）、洪湛侯著《诗经学史》（中华书局 1999 年版）、戴维著《诗经研究史》（湖南教育出版社 2001 年版）、张启成著《诗经研究史论稿》（贵州人民出版社 2003、2010 年版）、汪祚民著《〈诗经〉文学阐释史（先秦—隋唐）》（人民出版社 2005 年版）、朱金发著《先秦诗经学史》（学苑出版社 2007 年版）、何海燕著《清代〈诗经〉学研究》（人民出版社 2011 年版）、黄震云著《先秦诗经学史》（北京燕山出版社 2012 年版）……

语言文字学（古称"小学"）则是笔者的研究领域，小学史的研究情况相对熟悉一些。关于小学史，除了分门别类的文字学史、音韵学史、训诂学史、语法学史、修辞学史等专著以外，已出版的宏观性著作有：王力著《中国语言学史》（山西人民出版社 1981 年版、山东教育出版社 1990 年版、复旦大学出版社 2006 年版）、濮之珍著《中国语言学史》（上海古籍出版社 1987、2002 年版）、何九盈著《中国古代语言学史》（河南人民出版社 1985 年版、广东教育出版社 2000 年版、北京大学出版社 2006 年版、商务印书馆 2013 年版）、胡奇光著《中国小学史》（上海人民出版社 1987、2005、2018 年版）、李开著《汉语语言研究史》（江苏教育出版社 1993 年版）、朱星著《中国语言学史》（1995 年）、班弨著

《中国语言文字学通史》（广东高等教育出版社 1998 年版）、赵振铎著《中国语言学史》（河北教育出版社 2000 年版）、邓文彬著《中国古代语言学史》（巴蜀书社 2002 年版）……

至于《诗经》学史与小学史的交叉研究，虽然已有一些断代的或专题的成果，如郭全芝著《清代〈诗经〉新疏研究》（安徽大学出版社 2010 年版），但宏观性的通史研究成果，恐怕只有康国章的这本《〈诗经〉小学史概论》了。

《〈诗经〉小学史概论》以时代为序，同一时代内以学者的年代为序，从春秋赋诗以言志开始，到民国闻一多与《诗经》新训诂学结束，将我国两千多年来的《诗经》小学的历史条分缕析，娓娓道来，使我们得以一睹有关《诗经》的文字学史、音韵学史、训诂学史、语法学史、修辞学史之全貌，实为学界不可无之书也。

正因为《〈诗经〉小学史概论》是不可多得的草创之作，"筚路蓝缕，以启山林"，实属不易，因此笔者希望，本书作者能够再接再厉，随着民国时期资料的陆续披露，对这一时期的《诗经》小学史加以充实，以改善本书这一章节略显单薄的状况；随着新中国成立后《诗经》研究的日益深入以及地下发掘资料的逐渐增多，续写出新时期的《诗经》小学史来，就像前面所列的中国语言学史或小学史那样，不断地增补修订，出版第一、第二、第三版乃至更多版来。

是为序。

任继昉

草成于 2021 年 4 月

目　录

前　言

　　《诗经》小学类属于实践性很强的传统语文学，它是在《诗经》阐释过程中产生的一切与小学紧密关联的学术活动及学术成果。研究和总结《诗经》小学成果，对于准确解释《诗经》之蕴意，继承和弘扬《诗经》文化意义重大，夏传才先生说："我们认为两千年积累的《诗经》研究资料极为丰富，训诂、名物考证、音韵、校勘都有积极的成果，如果离开这些资料，《诗经》在现代人面前只是一串串不可理解的文字符号。"①《诗经》小学史的主要任务，是从小学的角度观察《诗经》阐释的历史，也就是以传统语文学发生、发展的角度对历史上的《诗经》解释现象进行全方位的考察，重点在于呈现《诗经》小学活动的基本面貌和历史规律。

　　《诗经》阐释是经学的重要组成部分，小学产生于经学传播实践中，并且对经学具有很强的依赖性。当社会形态跨入近现代社会门槛后，经学因无法适应社会进步而逐渐瓦解，传统小学却因其独特的文化特征而逐渐融入当代文献语言学，它与训诂学、文字学、音韵学、文献学的关系都十分紧密，却不能与其中的任何学科或几个学科的组合画上等号。

一　文字训诂与《诗经》小学

　　"小学"最早是指初级教育机构，许慎《说文解字·叙》云："周

---

①　夏传才：《诗经研究史概要》（增注本），清华大学出版社 2007 年版，第 181 页。

礼：八岁入小学，保氏教国子，先以六书。"①"六书"乃文字声音义理之汇总，掌握"六书"理论能够快速提升低龄学习者的识字效率和用字能力。西汉刘歆在《七略》中最早把识字课本性质的《史籀篇》《苍颉篇》《爰历篇》《博学篇》《凡将篇》《急就篇》《元尚篇》《训纂篇》等列在《六艺略》的小学类别之中。直到《旧唐书·经籍志》的出现，有训诂书鼻祖之称的《尔雅》才第一次被纳入小学之类。

可是，如果从学科性质上来看，与小学关系最为密切的却是训诂学。训诂学之名最早见于汉代的《毛诗故训传》（亦称《毛诗训诂传》②，简称《毛传》），但若从训诂实践上来看，可以说它最早萌芽于重视文献事业的西周时期，《礼记·学记第十八》："古之教者，家有塾，党有庠，术有序，国有学。比年入学，中年考校：一年视离经辨志"。《礼记集解》云："郑氏曰：比年入学，学者每岁来入学也。中犹间也。间岁则考学者之德行道艺。离经，断句绝也。辨志，谓别其志意所趣向也。……张子曰：离经，辨析经之章句也。事师而至于亲敬，则学之篇而信其道也。"③ 无疑，"离经""辨志"须臾也离不开训诂的功夫。

在训诂方面，《诗经》训诂实践很早就被文献记载了下来。据《国语·周语下》记载，晋国大夫叔向前往东周朝聘，时任王室卿士的单靖公礼数备至地宴请了他，席间谈及了《昊天有成命》这首诗。朝聘活动结束，单靖公亲送叔向至城郊而返，由家臣继续送他返回晋国。叔向向这个家臣详细讲解了《昊天有成命》，其间有字词训诂，有串讲大意，有诗旨归纳，最后联系现实，推阐微言大义，称赞单子之德曰："单子俭敬让咨，以应成德。单若不兴，子孙必蕃，后世不忘。"大意为："单子俭朴、恭敬、礼让、善问，可以担当'成'之美德。单子如果不能振兴周王室，他的子孙一定会兴旺发达，后世不会忘记他。"④ 这则记载可以视作《毛传》的源头。

---

① （汉）许慎撰，陶生魁点校：《说文解字》，中华书局2020年版，第492页。
② 周信炎：《训诂学史话》，社会科学文献出版社2011年版，第1页。
③ （清）孙希旦撰，沈啸寰、王星贤点校：《礼记集解》，中华书局1989年版，第959页。
④ 陈桐生译注：《国语》，中华书局2013年版，第126页。

二　音韵学与《诗经》小学

关于语音探索的文献记载，可以追溯到春秋时期，《老子·第二十章》云："唯之与阿，相去几何？"有当代学者注释道："唯，应诺之声，古书回答时常有'唯唯'。阿，同'诃'，呵斥、责备之声。成玄英云：'唯，敬诺也。阿，慢应也。'"① 上古音中，"唯"为喻母微部，"阿"为影母歌部，二者读音较为接近。《管子·小问》记载，齐桓公与管仲讨论攻打莒国的时候，东郭邮遥望他们开口而不闭，就猜到了他们讲的是"莒"，因为"莒"在上古为见母鱼部，发音须长时间保持开口状态。《春秋公羊传·宣公八年》云："曷为或言而或言乃？乃难乎而也。"何休注："言乃者内而深，言而者外而浅。"② 上古音中，"而"为日母之部，"乃"为泥母之部，二者在声母的发音特点上是一致的，只是在韵母的洪细方面略有不同。《春秋公羊传·庄公二十八年》云："《春秋》伐者为客，伐者为主。"何休注："伐人者为客，读伐长言之，齐人语也。见伐者为主，读伐短言之，齐人语也。"③ 两个"伐"以字调的舒促来区别词义。

东汉以来，由于当代语音跟先秦语音差别越来越大，逐渐引起某些学者的注意。《豳风·东山》云："有敦瓜苦，烝在栗薪。"《毛诗传笺》（以下简称《郑笺》）："古者声栗、裂同也。"《小雅·常棣》云："常棣之华，鄂不韡韡。"《郑笺》："不，当作拊。拊，鄂足也。……古声不、拊同。"《小雅·常棣》又云："每有良朋，烝也无戎。"《毛传》："烝，填。"《郑笺》："古声填、寘、尘同。"刘熙《释名·释车》云："车，古者曰车，声如居，言行所以居人也。今曰车声近舍。车，舍也，行者所处若居舍也。"④ 但是，由于那个时代的注音方法主要是直音法和譬况法，无法更进一步区别读音方面的细微差别。

东汉末年，由于受到梵语的启发，学者乃知从声韵两个方面分析语

---

① 汤漳平、王朝华译注：《老子》，中华书局 2014 年版，第 77 页。
② （清）阮元校刻：《十三经注疏》，中华书局 1980 年版，第 2281 页。
③ （清）阮元校刻：《十三经注疏》，中华书局 1980 年版，第 2241 页。
④ （汉）刘熙撰，（清）毕沅疏证，（清）王先谦补，祝敏彻、孙玉文点校：《释名疏证补》，中华书局 2008 年版，第 246—247 页。

音，于是发明了反切法。《颜氏家训·音辞》云："孙叔言创《尔雅音义》，是汉末人独知反语。至于魏世，此事大行。"① 吴承仕《经籍旧音序录》："寻颜师古注《汉书》，引服虔、应劭反语不下十数事，服、应皆卒于建安中，与郑玄同时。是汉末已行反语，大体与颜氏所述相符。至谓创自叔然，殆非情实。"② 王力《中国语言学史》说："颜之推所说的'汉末人独知反语'的话是可靠的，但是不要归功于孙炎一个人，而应该是时代造成的。"③ 反切法流行开来以后，各种音义之作大量产生，《颜氏家训·音辞》谓"自兹厥后，音韵锋出"。音义体的《诗经》小学代表作品主要有徐邈的《毛诗音》、陆德明的《毛诗音义》等。

六朝经师在给《诗经》作注时，遇到失韵的地方，往往以"取韵"或"协句"为标志临时改变韵脚字的读音，以便吟咏或唱诵。陆德明认为"古人韵缓，不烦改字"④，但他在《经典释文》中还是以"协韵"或"协句"为标志引用了徐邈和沈重等人的协音材料。唐代颜师古注《汉书》、李贤注《后汉书》、李善注《文选》，亦用协读音之法。颜师古在《汉书注》中以"合韵"标注了不少的协读音，在《匡谬正俗》和《急就篇注》中亦论及了古音问题，如他在《急就篇注》"竺谏朝"条目下注曰："以'朝'韵'吾'者，古有此音，盖相通也。班固《幽通赋》曰：'巨滔天而泯夏，考遘愍以行谣。终保己而贻则，里上仁之所庐。'类此甚多，不可具载。"⑤ 受协韵音释的启发，南宋吴棫开始考释古音，"吴棫著《诗补音》，实际上是在《诗经》用韵的前提下，将汉魏六朝及隋唐以来诸家音义一一考究，并在此基础上加以补充。"⑥ 明末陈第著《毛诗古音考》，彻底否定叶音说，为《诗经》的韵脚字构拟了古音。清初顾炎武离析《唐韵》，分古韵为十部，第一次构建了古韵系统，初步掌握了古今语音分合的规律。戴震创古音九类二十五部之说，其阴阳对转

---

① 檀作文译注：《颜氏家训》，中华书局 2011 年版，第 288 页。
② （唐）陆德明撰，吴承仕疏证，张力伟点校：《经典释文序录疏证：附经籍旧音二种》，中华书局 2008 年版，第 159 页。
③ 王力：《中国语言学史》，中华书局 2013 年版，第 57 页。
④ （唐）陆德明撰，张一弓点校：《经典释文》，上海古籍出版社 2012 年版，第 89 页。
⑤ 管振邦：《颜注急就篇译释》，南京大学出版社 2009 年版，第 97 页。
⑥ 张民权：《宋代古音学与吴棫〈诗补音〉研究》，商务印书馆 2005 年版，第 3 页。

理论影响甚巨，王国维《五声说》云："尝谓自明以来，古韵学之发明有三：一为连江陈氏古本音不同今韵之说，二为戴氏阴阳二声相配之说，三为段氏古四声不同今韵之说。而部目之分析其小者也。"① 戴震对于《诗经》小学影响更大的地方，还在于他把文字、音韵、训诂三方面的研究融为一体，运用古音学研究成果来考释经籍文字，与他的两大高足段玉裁、王念孙一起引领了乾嘉小学的潮流。

三　文献学与《诗经》小学

从文献学角度来看，《诗经》的整理历史悠久，《国语·鲁语下》记载，鲁国大夫闵马父谓景伯曰："昔正考父校商之名颂十二篇于周太师，以《那》为首。"② 孔颖达《毛诗正义》云："然则言校者，宋之礼乐虽则亡散，犹有此诗之本。考父恐其舛谬，故就太师校之也。"③ 指出正考父为周宣王时宋国的大夫，孔子的七世祖，由他最早校订了《诗经·商颂》诸篇，"这便是我国历史上从事校书的开端"。④ 据《史记·孔子世家》记载，古时的《诗经》有三千多首诗，孔子删去重复和不合礼义的篇章，只留下三百余首。孔子整理过《诗经》，但他的诗教活动主要是以口耳相授方式进行的，文本用字问题并非其关注焦点。战国时，"诸侯力政，不统于王。恶礼乐之害己，而皆去其典籍。分为七国，田畴异晦，车涂异轨，律令异法，衣冠异制，言语异声，文字异形"（许慎《说文解字·叙》），《诗经》用字较为混乱。战国晚期，荀子提出语言规范问题，他在《正名》篇中说："故王者之制名，名定而实辨，道行而志通，则慎率民而一焉。"⑤ 李斯借助行政力量推行"同书文字"，在一定程度上践履了他的老师荀子的"正名"理想。但是秦始皇焚书坑儒，加上秦末战乱，经籍旧文竟一度几于断绝。

汉立，惠帝废"挟书令"，文、景开献书之路，广搜经籍，而《诗

---

①　王国维：《观堂集林（外二种）》，河北教育出版社 2001 年版，第 212 页。
②　陈桐生译注：《国语》，中华书局 2013 年版，第 231 页。
③　李学勤主编：《十三经注疏·毛诗正义》，北京大学出版社 1999 年版，第 1430 页。
④　张舜徽：《中国文献学》，上海古籍出版社 2005 年版，第 70 页。
⑤　方勇、李波译注：《荀子》，中华书局 2015 年版，第 358 页。

经》仅赖口传得以用汉代古隶抄写成册，形成齐、鲁、韩三家诗，并先后得到最高统治者的认可。《毛诗》晚出，《汉书·艺文志》："又有毛公之学，自谓子夏所传。"① 孔颖达曰："《谱》云：鲁人大毛公为《诂训传》于其家，河间献王得而献之，以小毛公为博士。"② 河间献王刘德修学好古，所得书皆先秦旧书，因为《毛传》保留了不少先秦儒学的内容，在思想上又有明显的复古倾向，故而深得他的青睐，从而打上了古文经学的烙印。西汉末年，极好古文的刘歆深得哀帝亲近，"欲建立《左氏春秋》及《毛诗》《逸礼》《古文尚书》皆列于学官。哀帝令歆与《五经》博士讲论其义，诸博士或不肯置对"（《汉书·楚元王传》），终未能遂愿。王莽改制，欲利用古文经学树立新的思想权威，遂建立了《毛诗》博士。新莽政权失败后，《毛诗》的官学地位旋即被废。四家诗学术旨趣不同，文本互异，陈乔枞《诗经四家异文考·自叙》云："其始口相传授，受之者非一邦之人，人各用其乡音。故有同言而异字、同字而异音者。"③ 古文经学家许慎撰有《五经异义》，熟知五经异同，但因《毛诗》多假借，故而他在《说文解字》中屡引今文三家诗以证文字之本义。汉末郑玄先学今文，后通古学，笺注《诗经》时以《毛诗》为本，校勘以今文三家诗及其他典籍，段玉裁赞之曰："而千古之大业，未有盛于郑康成氏者也。"④ 唐代一统四方，颜师古受命参照《说文解字》《字林》《玉篇》等字书及前代石经拓本确定各经楷书文字，《旧唐书·颜师古传》云："太宗以经籍去圣久远，文字讹谬，令师古于秘书省考定五经，师古多所厘正，既成，奏之。太宗复遣诸儒重加详议，于时诸儒传习已久，皆共非之。师古辄引晋宋已来古今本，随言晓答，援据详明，皆出其意表，诸儒莫不服。"⑤ 书成，颁行天下，号称定本，此亦为《毛诗正义》文字的主要渊源。

---

① （汉）班固：《汉书》，中华书局 2000 年版，第 1356 页。
② 李学勤主编：《十三经注疏·毛诗正义》，北京大学出版社 1999 年版，第 2 页。
③ （清）陈乔枞：《诗经四家异文考》，《续修四库全书》第 75 册，上海古籍出版社 2002 年版，第 463 页。
④ （清）段玉裁撰，钟敬华校点：《经韵楼集》，上海古籍出版社 2007 年版，第 188 页。
⑤ （后晋）刘昫等：《旧唐书》，中华书局 2000 年版，第 1752 页。

四　《诗经》小学的综合性和独特性

《诗经》小学纵贯传统经学发展的始终，并在现代学术体系下成功蜕变为几种新学科的重要内容，这说明它具有极强的学科综合性和学术生命力，甚至在某个历史阶段或某个学科方向上持续展现出强大的学术引领力量。比如在音韵学研究领域，与《诗经》相关的古今著作就有徐邈《毛诗音》、沈重《毛诗音》、陆德明《毛诗音义》、吴棫《诗补音》、陈第《毛诗古音考》、顾炎武《诗本音》、段玉裁《诗经韵谱》、王力《诗经韵读》、王显《诗经韵谱》等，可以说对《诗经》韵字的审视一直都是古音学研究的重要基础。

在《诗经》小学文献梳理研究的过程中，首先要着眼于经学发展大局，因为传统经学的发展是直接推动《诗经》小学发展的恒久力量。其次，要考虑中国历史上的部分强势文化在一定时期内给《诗经》小学发展带来的冲击，围绕特定的文化因素检视《诗经》小学成就，方能准确把握《诗经》小学的发展方向，表述起来也才能做到有条不紊。在先秦时期，孔门诸儒是《诗经》学的核心力量，有赖于他们的持续努力，在原始宗教文化、西周礼乐文化环境中积淀而成的朴素诗作，演变成为高居庙堂的经学权威。在两汉，古文经学家和小学家崇尚真理，不嫌细碎，严谨为学，埋首著述，淘汰并超越充满神秘、媚上色彩的今文三家诗，《诗经》小学从此走进广大士子的读书生涯。南北朝时期，音韵学锋出。有唐一代，字样学盛行，《诗经》小学也随之获得新的发展动力。宋人厌旧而求新求奇，范仲淹、欧阳修革故立新在先，王安石《诗经新义》及《字说》嗣后开拓新局，后有朱子《诗集传》融理学于《诗经》学，影响宋、元、明三代。清代朴学大盛，《诗经》研究局面为之一新，先有陈启源高举稽古大旗，续有乾嘉学派构建《诗经》小学理论体系，终有胡承珙、马瑞辰、陈奂的三种新疏代表。

跟普通的语言文字考释进行比较，很容易发现《诗经》小学的另一特色。黄侃先生将训诂分为"说字之训诂"与"解文之训诂"，他说："小学家之训诂与经学家之训诂不同。盖小学家之说字，往往将一切义包括无遗。而经学家之解文，则只能取字义中之一部分。……是知小学之训诂贵圆，而经学之训诂贵专。经学训诂虽有时亦取其通，必须依师说展转求通，不可因猝难明晓，而辄以形声相通假之说率为改易也。"① 小学考释可以因字义系联而触类旁通，经学训诂则必须同时考虑上下文的语意贯通。高邮王氏父子精于小学，然有时亦有疏于经学之弊，陈澧《东塾读书记》云："王怀祖《广雅疏证》尤精于声音训诂，然好执《广雅》以说经。如'被之僮僮，被之祁祁'，《毛传》云：'僮僮，竦敬也。祁祁，舒迟也。'诗意言祭时竦敬，去时舒迟，而借被以言之，《毛传》深得其意。王氏《经义述闻》，据《广雅》'童童，盛也'，因谓'祁祁'亦盛貌，则失诗意矣。由偏执《广雅》故也。"②

---

① 黄侃述，黄焯编：《文字声韵训诂笔记》，武汉大学出版社 2013 年版，第 192 页。
② （清）陈澧著，杨志刚编校：《东塾读书记：外一种》，中西书局 2012 年版，第 174 页。

第一章 《诗经》小学的渊薮：先秦时代

春秋时期盛行的"赋诗言志"现象极大抬高了《诗经》文化的社会地位，礼乐教育则提升了上层士人的《诗经》学素养，直接推动了它的经典化进程，而"断章取义"之类的《诗经》传播现象使得《诗经》的文字意义得以凸显。小学源于经学，经学源于上古时期的社会生活。所以在考察《诗经》小学渊源的时候，就必须深入探讨春秋时期《诗经》学的形态。

第一节 春秋赋诗与《诗经》小学

顾颉刚先生认为，周人用诗的方式有四种："一是典礼，二是讽谏，三是赋诗，四是言语。"① 西周时期礼乐制度相对比较完备，在诸侯朝聘及其他重大典礼活动中，均有演唱乐诗的环节。为保障礼乐制度的顺利运行，需要建立一套完备的献诗机制，《汉书·艺文志》云："古有采诗之官，王者所以观风俗，知得失，自考正也。"② 《汉书·食货志上》云："孟春之月，群居者将散，行人振木铎徇于路，以采诗，献之大师，比其音律，以闻于天子。故曰王者不窥牖户而知天下。"③ 献诗现象在《国语》中亦有明确记载，《国语·周语上·邵公谏厉王弭谤》云："故天子听政，

---

① 顾颉刚编著：《古史辨》第3册，上海古籍出版社1982年版，第322页。
② （汉）班固：《汉书》，中华书局2000年版，第1355页。
③ （汉）班固：《汉书》，中华书局2000年版，第947页。

使公卿至于列士献诗，瞽献曲，史献书，师箴，瞍赋，矇诵，百工谏，庶人传语，近臣尽规，亲戚补察，瞽史教诲，耆艾修之，而后王斟酌焉，是以事行而不悖。"① 献诗时亦可借机讽谏朝政得失，《左传·襄公四年》云："昔周辛甲之为大史也，命百官，官箴王阙。"② 《大雅·板》云："犹之未远，是用大谏。"

一 春秋 "赋诗言志" 的盛况

春秋时期，"赋诗言志"现象逐渐取代了典礼性的歌诗，《汉书·艺文志》云："古者诸侯卿大夫交接邻国，以微言相感，当揖让之时，必称《诗》以谕其志，盖以别贤不肖而观盛衰焉。"③ 诸侯或卿大夫之间在政治外交场合用诗，从西周礼仪规范来看或许是一种僭越行为，但这种现象也恰好表明旧有的礼乐制度业已接近崩坏。王妍《经学以前的〈诗经〉》说："权力和利益之争破坏了宗法的秩序，但是，这种宗法秩序的破坏并没有打破旧有的宗法制度统治结构，而相反，所有血腥的争斗都是为了取得统治结构中上层地位所具有的权力和利益，一旦其取得了这个地位，随即表现为对旧有制度文化的占有、利用和对其所经营的统治结构的维护。正因为如此，春秋时代表现突出的对礼乐的所谓'僭越'现象就可以理解了。……争雄的诸侯僭越天子的礼乐，同时又以礼乐来维护既得利益的合理性，于是就出现了诸侯僭用天子诗乐以宴享来宾和礼仪场合'赋《诗》言志'的现象。"④ 春秋襄昭之际，大夫崛起，公室衰落，鲁、晋、郑诸国的大权相继落入大夫手中，赋诗文化再度下移，并迎来了它的发展高潮，《左传》《国语》所载的赋诗活动多数是发生在这个时期的。

关于"赋"的性质，孔颖达《春秋左传正义》征引郑玄之说云："赋者，或造篇，或诵古。"⑤ "造篇"即自己作诗，如鲁隐公元年郑庄公

---

① 陈桐生译注：《国语》，中华书局 2013 年版，第 10 页。
② 郭丹、程小青、李彬源译注：《左传》，中华书局 2012 年版，第 1085 页。
③ （汉）班固：《汉书》，中华书局 2000 年版，第 1383 页。
④ 王妍：《经学以前的〈诗经〉》，东方出版社 2007 年版，第 117—118 页。
⑤ （清）阮元校刻：《十三经注疏》，中华书局 1980 年版，第 1724 页。

及其母武姜出入大隧而各赋乐歌一首，隐公三年卫人因庄姜美而无子赋《硕人》，鲁闵公二年许穆夫人赋《载驰》。"诵古"即赋诵古已有之的诗作，主要用于诸侯或卿大夫级别的政治外交或宴享场合，借以表达赋诗者一己之志或一国之志。赋诗的形式可以是赋者本人进行歌诗或诵诗，也可以由乐工演唱，两者同样都能够表达赋者的某种情感倾向或思想意图。如《国语·晋语四》云：

> 他日，秦伯将享公子，公子使子犯从。子犯曰："吾不如衰之文也，请使衰从。"乃使子馀从。秦伯享公子如享国君之礼，子馀相如宾。卒事，秦伯谓其大夫曰："为礼而不终，耻也。中不胜貌，耻也。华而不实，耻也。不度而施，耻也。施而不济，耻也。耻门不闭，不可以封。非此，用师则无所矣。二三子敬乎！"
>
> 明日宴，秦伯赋《采菽》，子馀使公子降拜。秦伯降辞。子馀曰："君以天子之命服命重耳，重耳敢有安志，敢不降拜？"成拜卒登，子馀使公子赋《黍苗》。子馀曰："重耳之仰君也，若黍苗之仰阴雨也。若君实庇荫膏泽之，使能成嘉谷，荐在宗庙，君之力也。君若昭先君之荣，东行济河，整师以复强周室，重耳之望也。重耳若获集德而归载，使主晋民，成封国，其何实不从。君若恣志以用重耳，四方诸侯，其谁不惕惕以从命！"秦伯叹曰："是子将有焉，岂专在寡人乎！"秦伯赋《鸠飞》，公子赋《河水》。秦伯赋《六月》，子馀使公子降拜。秦伯降辞。子馀曰："君称所以佐天子匡王国者以命重耳，重耳敢有惰心，敢不从德。"①

晋公子重耳流亡至秦，穆公以国君之礼招待他，且在宴会上为之赋《采菽》《小雅》，以诗中"君子来朝，何赐予之"之意以示隆遇。赵衰（字子馀）则说《采菽》乃天子赏赐诸侯之乐，使公子答谢对方的厚爱；继而，为公子重耳选择《黍苗》《小雅》来传情达意，且以"重耳之仰君也，若黍苗之仰阴雨也"之语巧妙地演绎了"芃芃黍苗，阴雨膏之"

----

① 陈桐生译注：《国语》，中华书局2013年版，第396—397页。

的诗义。穆公又赋《鸠飞》（今《小雅·小宛》），用"念昔先人"以寓意秦晋之好；公子继赋《河水》（今《小雅·沔水》），以诗句"朝宗于海"作比，表示定不负秦国恩情。穆公又赋《六月》《小雅》，用诗句"以佐天子"勉励重耳；赵衰妙解《六月》所赋尹吉甫匡辅宣王旧事，既答谢了秦穆公的美意，又借以激发重耳的雄心壮志。

《左传》襄昭之际赋诗活动较为密集，且有相互关联者，不妨多举几例，以窥知春秋时期赋诗的文化特质。如《左传·文公十三年》云：

> 冬，公如晋朝，且寻盟。卫侯会公于沓，请平于晋。公还，郑伯会公于棐，亦请平于晋。公皆成之。
> 郑伯与公宴于棐。子家赋《鸿雁》。季文子曰："寡君未免于此。"文子赋《四月》。子家赋《载驰》之四章。文子赋《采薇》之四章。郑伯拜。公答拜。①

鲁文公到晋国寻求盟约，路遇郑伯，后者想请鲁文公代为向晋国言归附之意。郑国大夫子家先赋《鸿雁》，意在以"之子于征，劬劳于野，爰及矜人，哀此鳏寡"求得救急；鲁国大夫季文子代文公赋《四月》作答，以"四月维夏，六月徂暑，先祖匪人，胡宁忍予"表示急于回国而无暇效劳。子家又赋《载驰》，意在以"控于大邦，谁因谁极"再次恳求相助；季文子再赋《采薇》之四章，以"戎车既驾，四牡业业，岂敢定居，一月三捷"表示不敢安逸，答应再返晋国为郑请和。

又如，《左传·襄公八年》云：

> 晋范宣子来聘，且拜公之辱，告将用师于郑。公享之。宣子赋《摽有梅》。季武子曰："谁敢哉！今譬于草木，寡君在君，君之臭味也。欢以承命，何时之有？"武子赋《角弓》。宾将出，武子赋《彤弓》。宣子曰："城濮之役，我先君文公献功于衡雍，受彤弓于襄王，

---

① 郭丹、程小青、李彬源译注：《左传》，中华书局2012年版，第665—666页。

以为子孙藏。匄也，先君守官之嗣也，敢不承命？"君子以为知礼。①

时任晋国中军佐的士匄（范宣子）到访鲁国，答谢鲁侯昔日屈尊朝晋，且告言将要讨伐郑国。士匄赋《摽有梅》，意在以"迨其吉兮""迨其今兮"邀鲁同讨。时鲁襄公年仅 11 岁，由季武子代答曰："谁敢不及时！"接着以"臭味本于草木"为喻以示同意；并赋《角弓》，意在以"兄弟昏姻，无胥远矣"重申晋郑关系。最后，季武子赋《彤弓》，范宣子明白其意在勉励晋国继承霸业，于是结合晋国与自己家族历史进行解释："城濮之战后周天子赐晋国先君文公彤弓，士匄家族自曾祖世为晋卿，鄙人定能承担大命。"在这次赋诗活动中，赋诗者和听诗者之间有着明显的互动环节，可以说是由赋诗者负责出题、听诗者负责解释的《诗经》传播活动。

又如，《左传·襄公十九年》云：

> 季武子如晋拜师，晋侯享之。范宣子为政，赋《黍苗》。季武子兴，再拜稽首，曰："小国之仰大国也，如百谷之仰膏雨焉！若常膏之，其天下辑睦，岂唯敝邑？"赋《六月》。②

季武子感谢晋国讨齐之功，范宣子赋《黍苗》，意在以"悠悠南行，召伯劳之"表达对季氏不烦路远来拜的慰问。《黍苗》首二句为"芃芃黍苗，阴雨膏之"，触发了季武子的灵感，他遽然起拜，借解诗以表达两国邦交之志意，曰："若鲁之弱为黍苗，则晋之强为雨露，仰君之威晋称霸，四海和睦天下平。"并赋《六月》，以"文武吉甫，万邦为宪"盛赞晋侯乃有尹吉甫辅佐周宣王征伐四海之功。在这次赋诗活动中，妙在对于同一首《黍苗》之诗，宾主双方从不同视角进行《诗经》阐释，既寓扬谀之辞于温文尔雅，又以微言相感达至声气相求，可谓知音矣。

又如，《左传·襄公二十六年》记载：

---

① 郭丹、程小青、李彬源译注：《左传》，中华书局 2012 年版，第 1119 页。
② 郭丹、程小青、李彬源译注：《左传》，中华书局 2012 年版，第 1253 页。

秋七月，齐侯、郑伯为卫侯故如晋，晋侯兼享之。晋侯赋《嘉乐》。国景子相齐侯，赋《蓼萧》。子展相郑伯，赋《缁衣》。叔向命晋侯拜二君，曰："寡君敢拜齐君之安我先君之宗祧也，敢拜郑君之不贰也。"国子使晏平仲私于叔向，曰："晋君宣其明德于诸侯，恤其患而补其阙，正其违而治其烦，所以为盟主也。今为臣执君，若之何？"叔向告赵文子，文子以告晋侯。晋侯言卫侯之罪，使叔向告二君。国子赋《辔之柔矣》，子展赋《将仲子兮》，晋侯乃许归卫侯。叔向曰："郑七穆，罕氏其后亡者也。子展俭而壹。"①

卫献公因甯喜弒君的机会得以复位后，到访晋国而被羁押，齐、郑前往劝和相救。晋侯赋《嘉乐》（即《大雅·假乐》），意在以"假乐君子，显显令德，宜民宜人，受禄于天"称誉齐侯和郑伯。郑子展赋《郑风·缁衣》，意在以"适子之馆兮，还，予授子之粲兮"暗示齐、郑国君的亲往之功应该得到相应的回馈。齐国景子赋《蓼萧》，意在以"既见君子，孔燕岂弟，宜兄宜弟"来表示晋郑乃兄弟之国。叔向当然明白齐、郑赋诗的弦外之音，但两家所说主要为情面，不足以让晋侯释放卫献公。所以，叔向故意从别的角度来解读他们所赋之诗，以《蓼萧》"既见君子，我心写兮，燕笑语兮，是以有誉处兮"之意答谢齐国"君子处常位以安宗庙"类的祝福；以《缁衣》"缁衣之宜兮，敝，予又改为兮。适子之馆兮，还，予授子之粲兮"含有常进衣服之意，答谢郑国的不贰之心。于是，本来是互不相让的外交场面，化作了温柔敦厚的诗义"误读"，怨生于心内，然能止乎礼。经过私下沟通并取得初步谅解之后，双方进行了第二次赋诗活动。国景子赋《辔之柔矣》，"杜《注》：'逸诗，见《周书》，义取宽政以安诸侯，若柔辔之御刚马。'《逸周书·大子晋篇》引《诗》云：'马之刚矣，辔之柔矣。马亦不刚，辔亦不柔。志气镳镳，取予不疑。'"② 子展赋《郑风·将仲子》，内有"岂敢爱之？畏人之多言。仲可怀也，人之多言，亦可畏也"，言为霸者追求的是能够以宽柔安抚诸

---

① 郭丹、程小青、李彬源译注：《左传》，中华书局2012年版，第1382—1383页。
② 杨伯峻：《春秋左传注》（修订本），中华书局1990年版，第1117页。

侯，为德者更要懂得人言可畏的道理，这样充满知性的诗理打动了晋景公，卫侯得以释还。子展也因此得到叔向的高度评价——郑穆公后裔的世袭七族，罕氏一定会是最后覆灭的那一支，原因是其先祖子展生性俭约而忠贞。

又如，《左传·昭公元年》记载：

> 夏四月，赵孟、叔孙豹、曹大夫入于郑，郑伯兼享之。子皮戒赵孟，礼终，赵孟赋《瓠叶》。子皮遂戒穆叔，且告之。穆叔曰："赵孟欲一献，子其从之！"子皮曰："敢乎？"穆叔曰："夫人之所欲也，又何不敢？"及享，具五献之笾豆于幕下。赵孟辞，私于子产曰："武请于冢宰矣。"乃用一献。赵孟为客，礼终乃宴。穆叔赋《鹊巢》。赵孟曰："武不堪也。"又赋《采蘩》，曰："小国为蘩，大国省穑而用之，其何实非命？"子皮赋《野有死麇》之卒章。赵孟赋《常棣》，且曰："吾兄弟比以安，尨也可使无吠。"穆叔、子皮及曹大夫兴，拜，举兕爵，曰："小国赖子，知免于戾矣。"饮酒乐。赵孟出，曰："吾不复此矣。"①

晋国正卿赵孟（赵文子）和鲁国大夫穆叔（叔孙豹）同赴郑国，郑上卿子皮告请赵孟，后者赋《瓠叶》（见《小雅》），盖以瓠果可食，叶则难咽，穷苦人或以之充饥，或曰"义取古人不以微薄废礼"，总之是暗示宴会应当从简。子皮拿不定主意，穆叔告诉他赵孟只愿接受一献之礼。宴会上穆叔赋《鹊巢》，乃嫁女之作，中有"维鹊有巢，维鸠居之，之子于归，百两御之"，以鸠（喻所嫁之女）须得巢的主人鹊的庇护方得其安；又赋《采蘩》，言"小国微薄犹蘩菜，大国能省爱用之而不弃"。子皮乃赋《野有死麇》的最后一章，以赞赵孟不恃强欺凌；赵孟遂赋《常棣》，意在以"凡今之人，莫如兄弟"表达对兄弟之国的亲爱之意。彼此通过上层社会流行的诗词妙语进行心灵交流，遂致赵孟彻底陶醉，事后回味称之为百世难遇的理想人生场景。

---

① 郭丹、程小青、李彬源译注：《左传》，中华书局 2012 年版，第 1553—1554 页。

二 "断章取义" 及其文化背景

赋诗文化的根本要义在于"断章取义",由之方能挑动人心妙思,方能引起赋诗者和听诗者的心灵碰撞,以微言相感的方式,营造出温情脉脉的人际关系。"断章取义"语出《左传·襄公二十八年》:

> 齐庆封好田而耆酒,与庆舍政。则以其内实迁于卢蒲嫳氏,易内而饮酒。数日,国迁朝焉。使诸亡人得贼者,以告而反之,故反卢蒲癸。癸臣子之,有宠,妻之。庆舍之士谓卢蒲癸曰:"男女辨姓。子不辟宗,何也?"曰:"宗不余辟,余独焉辟之?赋诗断章,余取所求焉,恶识宗?"①

齐国卿士庆舍把女儿嫁给同姓的宠臣卢蒲癸,有人以同姓不婚的礼俗质问卢蒲癸,后者辩称:"宗不余辟,余独焉辟之?赋诗断章,余取所求焉,恶识宗?"赋诗但求自己需要的东西,无关诗的通篇之旨。这里,"断章取义"成为论说处世之道的根据,说明它已经成为世人共知的用诗原则。既然是大家共同遵守的通用规范,违之则会招致批评,《左传·定公九年》云:

> 郑驷歂杀邓析,而用其《竹刑》。君子谓:"子然于是不忠。苟有可以加于国家者,弃其邪可也。《静女》之三章,取彤管焉。《竿旄》'何以告之',取其忠也。故用其道,不弃其人。"②

"君子"为邓析鸣不平,既然《竹刑》可用,其为人虽有不周全者,何不恤而免之?譬如《静女》之诗,既有"彤管"之美,通篇纵有淫意,君子不弃;又如《竿旄》(今《鄘风·干旄》)之诗,既以"何以告之"乃可识出忠心可敬,用不着动辄就去品评其整篇之得失。

① 郭丹、程小青、李彬源译注:《左传》,中华书局2012年版,第1440页。
② 郭丹、程小青、李彬源译注:《左传》,中华书局2012年版,第2163页。

　　从符号语言学的角度来看，"断章取义"就是所指的迁移。瑞士语言学家索绪尔在《普通语言学教程》里把语言符号分为"所指"和"能指"，认为"能指和所指的联系是任意的"①，"能指和所指一一对应，音响形象必然指向某一个概念，而某一个概念必然有音响形象与它呼应"。② 结构主义者拉康继承并发展了索绪尔"能指""所指"的概念内涵，他认为，"意义坚持在能指连环中，但连环中的任何成份都不存在于它在某个时刻本身所能表示的意义中。因此就有了这样一个概念：在能指之下所指不断地迁移。F. 德·索绪尔以一个形象来说明这个观点，这个形象很像《创世纪》的手写本里的微型插图上的上下水纹的波折起伏。在双重的流体中标出着细细的雨丝，在这中间垂直的虚线是用来限制对应的部分的"。③ 在"赋诗言志"的文化活动里，一篇诗作就相当于一个单元的能指，其所指的范围越是因更加频繁的赋诗活动而得以广泛迁移，诗篇的文化功能也就能够得到更大程度的放大。如，《左传·襄公二十七年》载有赵孟"观七子之志"事件，"子产赋《隰桑》，赵孟曰：'武请受其卒章。'"杜预注曰："《隰桑》，《诗·小雅》。义取思见君子，尽心以事之。曰：'既见君子，其乐如何？'"④ 赵孟出于对子产的尊敬，于同一诗篇作出别样的解释，明志以《隰桑》的最后一章"心乎爱矣，遐不谓矣，中心藏之，何日忘之"表示愿意接受子产的规诲。

　　从修辞学方面来讲，"断章取义"即委婉手法之一种，其修辞效果在于赋诗者通过象征或隐喻性的表达，听者经由特定语境下的联想、判断，不仅要实现交际的实用功能，还要于此过程中追求心灵相感的审美情趣。如《左传·襄公十四年》记载：

　　　　夏，诸侯之大夫从晋侯伐秦，以报栎之役也。晋侯待于竟，使

---

　　① ［瑞士］费尔迪南·德·索绪尔：《普通语言学教程》，高名凯译，商务印书馆1999年版，第102页。

　　② 谭德生：《所指/能指的符号学批判：从索绪尔到解构主义》，《社会科学家》2011年第9期。

　　③ ［法］拉康：《拉康选集》，褚孝泉译，上海三联书店2001年版，第433页。

　　④ （战国）左丘明著，（晋）杜预注：《左传》，上海古籍出版社2016年版，第641页。

六卿帅诸侯之师以进。及泾，不济。叔向见叔孙穆子，穆子赋《匏有苦叶》，叔向退而具舟。①

《匏有苦叶》见于今《诗经·邶风》，诗之首章云："匏有苦叶，济有深涉。深则厉，浅则揭。""深则厉，浅则揭"的本意是"水深连带衣裳过，水浅提起衣裳过"②，穆子赋此诗以喻其"必济之志"。叔向根据赋诗的环境，揣摩出穆子之志意，遂默然而退，准备舟船以渡。《国语·鲁语下》云："晋叔向见叔孙穆子曰：'诸侯谓秦不恭而讨之，及泾而止，于秦何益？'穆子曰：'豹之业，及《匏有苦叶》矣，不知其他。'叔向退，召舟虞与司马，曰：'夫苦匏不材于人，共济而已。鲁叔孙赋《匏有苦叶》，必将涉矣。具舟除隧，不共有法。'"③

委婉表达，隐喻性的用诗，有利于营造良好的交际环境，符合礼义所要求的中和之美，哪怕是交际双方之间有些许龃龉，亦能化解于无形。如《左传·昭公十六年》云：

夏四月，郑六卿饯宣子于郊。宣子曰："二三君子请皆赋，起亦以知郑志。"子齹赋《野有蔓草》。宣子曰："孺子善哉！吾有望矣。"子产赋郑之《羔裘》。宣子曰："起不堪也。"子大叔赋《褰裳》。宣子曰："起在此，敢勤子至于他人乎？"子大叔拜。宣子曰："善哉，子之言是！不有是事，其能终乎？"④

子齹赋《野有蔓草》，取意"邂逅相遇，适我愿兮"；子产赋《羔裘》，取意"彼其之子，邦之彦兮"，皆为诚心誉美之词。而子大叔所赋《褰裳》，"取其中'子惠思我，褰裳涉溱。子不我思，岂无他人'句，言宣子思己，将有撩起裙子渡过郑国的溱水之举。如不思己，便会去他

---

① 郭丹、程小青、李彬源译注：《左传》，中华书局2012年版，第1191—1192页。
② 周振甫：《诗经译注》，中华书局2010年版，第45页。
③ 陈桐生译注：《国语》，中华书局2013年版，第199页。
④ 郭丹、程小青、李彬源译注：《左传》，中华书局2012年版，第1837页。

人处"①。宣子听出了他的言外之意,似有强硬告诫的意味在内,遂借解诗而回敬道:"有我在这里,自当不烦劳您去求助别人。"子大叔连忙告谢,感激宣子心中有郑,宣子心中释然,乃解嘲道:"您说得对。如果没有这番推心置腹的对话,也许不能促使双方意志坚定。"若是一味玩习怠慢,恒难善其终也;唯有心存惩戒,方能终其善果。

"断章取义"式的用诗现象,在客观上加大了《诗经》传播活动的难度,需要赋诗者和听诗者同时具备良好的《诗经》学素养,才能确保交际的顺利进行。上古社会中,《诗经》是贵族子弟必修的人生课程,《礼记·王制》云:"乐正崇四术,立四教,顺先王《诗》《书》《礼》《乐》以造士。"②《礼记·内则》云:"十有三年,学乐、诵诗。"③《周礼·大师》云:"教六诗:曰风,曰赋,曰比,曰兴,曰雅,曰颂。"④《国语·楚语上·申叔时论傅太子之道》:"教之《诗》,而为之导广显德,以耀明其志。"⑤ 既要掌握诗文的多重含义,又要熟练掌握比兴手法的运用技巧,方能以诗"耀明其志"。在春秋时期的《诗经》教育过程中,要求学习者必须全面掌握诗作的诸种内涵,因为这是灵活用诗的根基所在。《左传·襄公二十九年》郑国的子大叔引《小雅·正月》"协比其邻,昏姻孔云"表达对晋侯亲近异姓之杞国而疏远同姓诸侯国的不满;同样的诗文,僖公二十二年大夫富辰却用以劝谏周王诏回流亡在外的王子带。

用诗者虽然可以"断章取义",可以运用比兴手法微言相感,但必须以"诗以合意"为前提。如《国语·鲁语下》记载:"公父文伯之母欲室文伯,飨其宗老,而为赋《绿衣》之三章。老请守龟卜室之族。师亥闻之曰:'善哉!男女之飨,不及宗臣;宗室之谋,不过宗人。谋而不犯,微而昭矣。诗所以合意,歌所以咏诗也。今诗以合室,歌以咏之,度于法矣。'"⑥

---

① 李梦生:《左传译注》,上海古籍出版社1998年版,第1073—1074页。
② 胡平生、张萌译注:《礼记》,中华书局2017年版,第267页。
③ 胡平生、张萌译注:《礼记》,中华书局2017年版,第556页。
④ 徐正英、常佩雨译注:《周礼》,中华书局2014年版,第495页。
⑤ 陈桐生译注:《国语》,中华书局2013年版,第585页。
⑥ 陈桐生译注:《国语》,中华书局2013年版,第224页。

用诗者可以选择合适的诗篇，也可以选择中意的诗句，甚至还可以着眼于诗作中的某个字眼，总之必有某个方面同时关联着诗和自己的志意。如《左传·昭公四年》云："大雨雹。季武子问于申丰曰：'雹可御乎？'对曰：'圣人在上，无雹。虽有，不为灾。古者日在北陆而藏冰，西陆朝觌而出之。……自命夫命妇至于老疾，无不受冰。山人取之，县人传之，舆人纳之，隶人藏之。夫冰以风壮，而以风出。其藏之也周，其用之也遍，则冬无愆阳，夏无伏阴，春无凄风，秋无苦雨，雷出不震，无灾霜雹，疠疾不降，民不夭札。今藏川池之冰弃而不用，风不越而杀，雷不发而震。雹之为灾，谁能御之？《七月》之卒章，藏冰之道也。'"①在此，用诗者仅以《豳风·七月》末章的"二之日凿冰冲冲，三之日纳于凌阴。四之日其蚤，献羔祭韭"来论述藏冰之道。又如，《左传·成公二年》记载，齐国在鞌之战中失利，晋国要求"齐之封内尽东其亩"，齐上卿宾媚人回答道："先王疆理天下，物土之宜，而布其利，故《诗》曰：'我疆我理，南东其亩。'今吾子疆理诸侯，而曰'尽东其亩'而已，唯吾子戎车是利，无顾土宜，其无乃非先王之命也乎？反先王则不义，何以为盟主？"②宾媚人谓诗乃先王之志，意在申明自己言论的权威性；所赋诗句"我疆我理，南东其亩"出自《小雅·信南山》，他着眼于一个"南"字，力驳晋人纯粹为己方入侵兵车能够快速通行的考虑，便要求齐国"尽东其亩"，实在是霸道而无理的要求！

用诗者还必须做到"歌诗必类"。清人官懋庸《论语稽》云："若高厚歌《诗》之不类，伯有赋《鹑奔》之失伦，华定不解《蓼萧》，庆封不知《相鼠》，适足以辱国而召衅耳。"③"高厚歌《诗》之不类"见于《左传·襄公十六年》：

晋侯与诸侯宴于温，使诸大夫舞，曰："歌诗必类！"齐高厚之诗不类。荀偃怒，且曰："诸侯有异志矣！"使诸大夫盟高厚，高厚

---

① 郭丹、程小青、李彬源译注：《左传》，中华书局2012年版，第1620—1621页。
② 郭丹、程小青、李彬源译注：《左传》，中华书局2012年版，第883页。
③ 程树德撰，程俊英、蒋见元点校：《论语集释》，中华书局2013年版，第1037页。

逃归。于是，叔孙豹、晋荀偃、宋向戌、卫甯殖、郑公孙虿、小邾之大夫盟，曰："同讨不庭。"①

原本是一次没有什么政治针对性的普通宴会，大夫们文质彬彬地歌舞赋诗，齐国的高厚由于"歌诗不类"就招致大祸。杜预注曰："歌古诗，当使各从其义类。"② 由此看来，这个"类"字，讲的还是礼义，终归要使人们的行止符合"温柔敦厚"之道，要心存敬畏，节制自己的行为，其终极目标在于维系社会关系的亲和性。

春秋时期的《诗经》学识内涵非常丰富，要达到熟练掌握的程度确实很难，尤其是对"断章取义"用诗方式的理解，殊为不易。如《左传·文公四年》云：

> 卫甯武子来聘，公与之宴，为赋《湛露》及《彤弓》。不辞，又不答赋。使行人私焉。对曰："臣以为肄业及之也。昔诸侯朝正于王，王宴乐之，于是乎赋《湛露》，则天子当阳，诸侯用命也。诸侯敌王所忾，而献其功，王于是乎赐之彤弓一，彤矢百，玈弓矢千，以觉报宴。今陪臣来继旧好，君辱贶之，其敢干大礼以自取戾？"③

鲁侯为甯武子赋《湛露》和《彤弓》，内有"显允君子，莫不令德""我有嘉宾，中心喜之"诸句，尽是亲昵平和之词，以春秋时期"赋诗言志""断章取义"的文化特征来看，用诗者的目的是委婉含蓄地表达友好和谐的愿望。而甯武子却固执地从诗旨的角度来理解，且秉持旧有的礼制观念，不肯接受对方的祝福。

三 充满《诗经》阐释智慧的"引诗证言"

广义上的春秋赋诗还包括"引诗证言"，即顾颉刚先生所说的"言语

---

① 郭丹、程小青、李彬源译注：《左传》，中华书局2012年版，第1223页。
② （战国）左丘明著，（晋）杜预注：《左传》，上海古籍出版社2016年版，第558页。
③ 郭丹、程小青、李彬源译注：《左传》，中华书局2012年版，第601页。

用诗"。言说者为了增强说服力或增添委婉色彩，征引诗篇中的某些句子作为所持观点的依据，这就是"引诗证言"。如《左传·桓公六年》云：

> 公之未昏于齐也，齐侯欲以文姜妻郑大子忽。大子忽辞，人问其故，大子曰："人各有耦，齐大，非吾耦也。《诗》云：'自求多福。'在我而已，大国何为？"君子曰："善自为谋。"①

为了增强政治势力，特别是为了博取大国的支持，侯伯诸子大都特别看重与上国之间的政治联姻，但郑太子忽却因文姜声名不佳，纵使她身为齐侯之女也不肯纳娶，故引用《诗经》成辞以为推辞之语。《大雅·文王》有言曰："永言配命，自求多福。"大意为：配合天命，加强自身修养，方能获福良多。太子忽且引且解，客观看来，他对"在我而已"的阐释还是比较切合诗句原意的。"君子"盛赞太子忽"善于自己谋定大事"——文姜淫乱，最终导致鲁桓公被杀的历史事件似乎可以印证这一点。

最早见于典籍的"引诗证言"事件发生在西周穆王之际，《国语·周语上》云：

> 穆王将征犬戎，祭公谋父谏曰："不可。先王耀德不观兵。夫兵戢而时动，动则威，观则玩，玩则无震。是故周文公之《颂》曰：'载戢干戈，载橐弓矢。我求懿德，肆于时夏，允王保之。'先王之于民也，懋正其德而厚其性，阜其财求而利其器用，明利害之乡，以文修之，使务利而避害，怀德而畏威，故能保世以滋大。"②

祭公谋父认为治国之本在于修明文德，使百姓德正且识礼，趋利而畏法；武力是不能轻易动用的，动辄炫耀武力就会失去它应有的震慑功能。祭公谋父所引诗文出自《周颂·时迈》，《诗序》曰："《时迈》，巡守告祭柴望也。"《郑笺》："王巡守而天下咸服，兵不复用。此又著震叠

---

① 郭丹、程小青、李彬源译注：《左传》，中华书局 2012 年版，第 134 页。
② 陈桐生译注：《国语》，中华书局 2013 年版，第 2 页。

之效也……我武王求有美德之士而任用之，故陈其功于是夏而歌之。"①
《左传·宣公十二年》"楚子说武"亦引此诗，不同的是，楚子作为胜利
者一方却头脑清醒，认识到如果以武力威胁诸侯战争就不会消弭，所以
他引此诗在于表明自己将要效仿武王克商后的弃武修文之举。

"引诗证言"与"赋诗言志"有一点是相通的，那就是要掌握"断
章取义"的奥秘。"断章取义"在《诗经》阐释上具有特殊的意义，其
价值在于给予固有的语言材料以新的言语意义。关于"断章取义"的合
理性，有学者用"误读理论"进行解释："任何理解都是个人的理解，都
有阐释者自己主观的取舍，理解者按照自己的取舍来理解和言说已有的
文本，就应该是阐释者的权利。伽达默尔曾经说：'哪里有误解，哪里就
有阐释学。'反过来说，哪里有阐释，哪里就有误解。"②钱锺书先生说：
"误解或具有创见而能引人入胜，当世西人谈艺尝言之，此犹其小焉耳。
且不特词章为尔，义理亦有之。"③

"引诗证言"和"断章取义"是《诗经》学术走向权威的重要环节。
《诗经》在经典化之前称作《诗》或《诗三百》。一般认为，《诗经》的
经典化大致完成于战国晚期至西汉初期，但在春秋时期的"引诗证言"
行为中，其经典化程序已经开始启动。《左传·僖公二十七年》云：
"《诗》《书》，义之府也。"④《诗经》的言说价值一旦被发现，人们就会
不断地深入发掘下去。如《左传·文公十五年》云：

> 季文子曰："齐侯其不免乎？己则无礼，而讨于有礼者，曰：
> '女何故行礼！'礼以顺天，天之道也。己则反天，而又以讨人，难
> 以免矣。《诗》曰：'胡不相畏，不畏于天？'君子之不虐幼贱，畏于
> 天也。在《周颂》曰：'畏天之威，于时保之。'不畏于天，将何能
> 保？以乱取国，奉礼以守，犹惧不终。多行无礼，弗能在矣！"⑤

---

① 李学勤主编：《十三经注疏·毛诗正义》，北京大学出版社 1999 年版，第 1306 页。
② 徐桂秋：《论孟子与先秦诗学阐释学》，《社会科学辑刊》2004 年第 3 期。
③ 钱锺书：《管锥编》，中华书局 1986 年版，第 1073 页。
④ 郭丹、程小青、李彬源译注：《左传》，中华书局 2012 年版，第 502 页。
⑤ 郭丹、程小青、李彬源译注：《左传》，中华书局 2012 年版，第 687 页。

"胡不相畏，不畏于天"引自《小雅·雨无正》，"畏天之威，于时保之"引自《周颂·我将》，前者言敬天保身，后者言敬天保国。季文子引用《诗经》成辞以说明礼乃天道，悖礼就是逆天，逆天者必亡。"礼"起源于制度礼数，但又与礼数有所区别，它代表的是社会秩序和道德原则，《左传·昭公五年》云："是仪也，不可谓礼。礼，所以守其国，行其政令，无失其民者也。……而屑屑焉习仪以亟。言善于礼，不亦远乎？"① 礼是君子立身之本，《鄘风·相鼠》云："人而无礼，胡不遄死？"

又如，《左传·僖公十五年》云：

> 初，晋献公筮嫁伯姬于秦，遇《归妹》䷵之《睽》䷥。史苏占之曰："不吉。……"及惠公在秦，曰："先君若从史苏之占，吾不及此夫。"韩简侍，曰："龟，象也；筮，数也。物生而后有象，象而后有滋，滋而后有数。先君之败德，乃可数乎？史苏是占，勿从何益？《诗》曰：'下民之孽，匪降自天。僔沓背憎，职竞由人。'"②

当年晋献公卜筮不吉却坚持把长女嫁给秦穆公以成秦晋之好，待其子晋惠公成为秦国囚虏时就把己祸归罪于晋献公不听筮言。韩简告诉他，即使听从筮言不结秦晋之好，晋国的危机也不会转好，问题的症结在于献公的败德，杜预注曰："故先君败德，非筮所生，虽复不从史苏，不能益祸。"③ 所引诗文出自《小雅·十月之交》，"僔"字《毛诗》作"噂"，杨伯峻曰："诗意盖谓下民之灾祸，匪由天降，人相聚面语则雷同附和，相背则增疾毁谤，故皆当由人而生也。"④

又如，《左传·僖公二十二年》云：

> 邾人以须句故出师。公卑邾，不设备而御之。臧文仲曰："国无小，不可易也。无备，虽众，不可恃也。《诗》曰：'战战兢兢，如

① 郭丹、程小青、李彬源译注：《左传》，中华书局2012年版，第1650页。
② 郭丹、程小青、李彬源译注：《左传》，中华书局2012年版，第407页。
③ （战国）左丘明著，（晋）杜预注：《左传》，上海古籍出版社2016年版，第187页。
④ 杨伯峻：《春秋左传注》（修订本），中华书局1990年版，第366页。

临深渊,如履薄冰。'又曰:'敬之敬之,天惟显思,命不易哉。'先
王之明德,犹无不难也,无不惧也,况我小国乎!君其无谓邾小。
蜂虿有毒,而况国乎?"弗听。八月丁未,公及邾师战于升陉,我师
败绩。①

臧文仲认为,邾国虽小,战之犹当心存敬畏,无论什么时候都应该
谨小慎微,方能永立不败之地;以先王的贤明圣德,还没有什么容易的
事情,时刻都敬畏在心,方能保守天命。"战战兢兢,如临深渊,如履薄
冰"语出《小雅·小旻》,《毛传》曰:"不敬小人之危殆也。"《小旻》
为刺诗,臧文仲引诗却意在说明对待弱敌亦当敬慎,其时人们言诗多不
顾本义,"断章取义"乃用诗之通则。"敬之敬之,天惟显思,命不易哉"
语出《周颂·敬之》,《郑笺》曰:"敬之哉,敬之哉,天乃光明,去恶
与善,其命吉凶,不变易也。"其中的"易"字,通常解作"变易"之
"易",臧文仲却读为"难易"之"易"。

又如,《左传·襄公三十一年》云:

卫侯在楚,北宫文子见令尹围之威仪,言于卫侯曰:"令尹似君
矣,将有他志。虽获其志,不能终也。《诗》云:'靡不有初,鲜克
有终。'终之实难,令尹其将不免。"公曰:"子何以知之?"对曰:
"《诗》云:'敬慎威仪,惟民之则。'令尹无威仪,民无则焉。民所
不则,以在民上,不可以终。"②

北宫文子认为,楚国令尹围的威仪似一国之君,也许他能够篡位成
功,却不会有好的结果;心存敬畏、举止谨慎,百姓才会效法,否则,
民不效法而处君位,不会有好结果。"靡不有初,鲜克有终"语出《大
雅·荡》,言殷商曾经拥有天下,但因德行沦丧,落了个不好的下场。
"敬慎威仪,惟民之则"语出《大雅·抑》,"惟"字《毛诗》作"维",

---

① 郭丹、程小青、李彬源译注:《左传》,中华书局 2012 年版,第 443—444 页。
② 郭丹、程小青、李彬源译注:《左传》,中华书局 2012 年版,第 1530—1531 页。

通篇为告诫之意。

在春秋时期的"引诗证言"中，人们已经把《诗经》当作人生修养和军政大事的决策依据，这为它后来的经典化提供了强大推动力量。从《诗经》阐释的角度来说，《诗经》的经典化就是人们在社会生活中不断演绎其文本的政治道德意义的过程。在这个过程中，《诗经》的政治道德评判作用越来越重要，文本的普遍意义源源不断地从不同的角度呈现出来。徐复观先生说："由《左氏传》《国语》所表现的春秋时代，《诗》、《书》、礼、乐及《易》，成为贵族阶层的重要教材，且在解释上亦开始由特殊的意义进而开辟向一般的意义，由神秘的气氛进而开辟向合理的气氛，这是经学之所以为经学的重大发展。"①

四 "春秋赋诗"与《诗经》小学

"春秋赋诗"直接催生了中国的《诗经》小学，这主要表现在传注体例的初步形成、训诂方式的创制等几个方面。

1. 传注体例的雏形

春秋晚期的晋国人叔向，开创了"分析诗旨、逐字解释、串讲句意"式的《诗经》解释体例。叔向，羊舌氏，名肸，晋武公后人，以诗礼名于世，《左传》中关于叔向引用《诗经》的记载多达十余处。叔向善于从赋诗中观人志意，如襄公二十七年，他听说伯有赋《鹑贲》乃知其必有祸；同年，楚国薳罢赋《既醉》，叔向断言他将来一定能够执政楚国。叔向还擅长以诗臧否人物，如昭公元年，叔向引《小雅·正月》"赫赫宗周，褒姒灭之"，言楚令尹围强而无义，必将无终；昭公二年，叔向引《大雅·民劳》"敬慎威仪，以近有德"，称赞叔弓忠信卑让。

《国语·周语下·晋羊舌肸聘周论单靖公敬俭让咨》亦载有叔向解释《诗经》的话，其文云：

> 《诗》曰："其类维何？室家之壶。君子万年，永锡祚胤。"类也者，不忝前哲之谓也。壶也者，广裕民人之谓也。万年也者，令闻

---

① 徐复观：《徐复观论经学史二种》，上海书店出版社 2005 年版，第 10 页。

不忘之谓也。胤也者，子孙蕃育之谓也。单子朝夕不忘成王之德，可谓不忝前哲矣。膺保明德，以佐王室，可谓广裕民人矣。若能类善物，以混厚民人者，必有章誉蕃育之祚，则单子必当之矣。①

在上面的一段话中，叔向主要推绎了相关诗句的隐喻义。而在下面的一段文字中，他对诗所作的解释是相当全面的：

> 且其语说《昊天有成命》，《颂》之盛德也。其诗曰："昊天有成命，二后受之。成王不敢康，夙夜基命宥密，於缉熙！亶厥心，肆其靖之。"是道成王之德也。成王能明文昭，能定武烈者也。夫道成命者，而称昊天，翼其上也。二后受之，让于德也。成王不敢康，敬百姓也。夙夜，恭也；基，始也。命，信也。宥，宽也。密，宁也。缉，明也。熙，广也。亶，厚也。肆，固也。靖，和也。其始也，翼上德让，而敬百姓。其中也，恭俭信宽，帅归于宁。其终也，广厚其心，以固和之。始于德让，中于信宽，终于固和，故曰成。②

先分析诗旨，"《昊天有成命》，《颂》之盛德也"，这相当于《诗序》的首句；"是道成王之德也"，相当于补序。"成王能明文昭，能定武烈者也"，系串讲"成王不敢康，夙夜基命宥密"的大意。"夫道成命者而称昊天，翼其上也。二后受之，让于德也。成王不敢康，敬百姓也"，阐发微言大义。"基，始也。命，信也。宥，宽也。密，宁也。缉，明也。熙，广也。亶，厚也。肆，固也。靖，和也"，全部以互训（直训）的方式逐字释义。"其始也，翼上德让，而敬百姓。其中也，恭俭信宽，帅归于宁。其终也，广厚其心，以固和之"，把全诗分为三个层次，分别串讲大意。"始于德让，中于信宽，终于固和，故曰成"，概括全诗旨要。③ 我们不妨来做一个对比，把《周颂·昊天有成命》的《毛诗》《毛传》《郑

---

① 陈桐生译注：《国语》，中华书局2013年版，第126页。
② 陈桐生译注：《国语》，中华书局2013年版，第124—125页。
③ 胡奇光：《中国小学史》，上海人民出版社2005年版，第40页。

笺》排在一起，则为：

> 昊天有成命，二后受之。成王不敢康，夙夜基命宥密。二后，
> 文、武也。基，始。命，信。宥，宽。密，宁也。笺云：昊天，天
> 大号也。有成命者，言周自后稷之生而已有王命也。文王、武王受
> 其业，施行道德，成此王功，不敢自安逸，早夜始信顺天命，不敢
> 解倦，行宽仁安静之政以定天下。宽仁所以止苛刻也，安静所以息
> 暴乱也。……於缉熙，单厥心，肆其靖之。缉，明。熙，广。单，
> 厚。肆，固。靖，和也。笺云：广当为光，固当为故，字之误也。
> 於美乎，此成王之德也，既光明矣，又能厚其心矣，为之不解倦，
> 故于其功终能安和之。谓夙夜自勤，至于天下太平。①

两相比较，我们完全可以相信，后世《诗经》解释的基本体式，就是创自于春秋时期的晋国人叔向。

2. 训诂的方式

黄侃先生说："训诂者，用语言解释语言之谓。"故而，小学最根本的目的在于解释词义。基于这样的认识，黄侃归纳训诂方式有三："一曰互训，二曰义界，三曰推因"；"凡一意可以种种不同之声音表现之，故一意可造多字，即此同意之字为训或互相为训"；"凡以一句解一字之义者，即谓之义界"；"凡字不但求其义训，且推其字义得声之由来，谓之推因"。②

（1）互训

互训，亦可称代语，王宁先生认为互训"实质是异词而同义，可以在句中置换者"。③ 有研究者说："直训、互训、递训、同训、反训、以今言释古语、以通语释方言均属用同义词来说解词义，所以都可囊括于互训的范畴，台湾地区著名语言学家林尹甚至把《尔雅·释诂》中的'初、

---

① 李学勤主编：《十三经注疏·毛诗正义》，北京大学出版社 1999 年版，第 1297—1299 页。
② 黄侃述，黄焯编：《文字声韵训诂笔记》，武汉大学出版社 2013 年版，第 181—187 页。
③ 王宁：《论章太炎、黄季刚的〈说文〉学》，《汉字文化》1990 年第 4 期。

哉、首、基、肇、祖、元、胎、俶、落、权舆,始也'之类也概括于互训的范畴。"① 在中国古代语言学史上,互训的基本格式是以单音词释单音词。古代汉语中单音词占绝大多数,故而"某,某也"为互训的主要表现形式。前文所引《国语》中叔向解释《诗经》时言及的"基,始也。命,信也。宥,宽也。密,宁也。缉,明也。熙,广也。亶,厚也。肆,固也。靖,和也",就是标准的互训格式。

(2) 义界

义界的功能主要在于揭示概念的内涵或外延,"用一组词或一句话来训释一个词的意义界限,或者说,给词所概括的客观事物的本质和属性下定义,就是义界。由此可见,义界的主要特点是能阐明词义的内涵(词义特点)与外延"。②

在春秋时期的《诗经》阐释实践中,已经出现了相当于现代语文学概念上的义界。如《左传·文公七年》云:"先蔑之使也,荀林父止之,曰:'夫人、大子犹在,而外求君,此必不行。子以疾辞,若何?不然,将及。摄卿以往,可也,何必子? 同官为寮,吾尝同寮,敢不尽心乎?'弗听。为赋《板》之三章。又弗听。及亡,荀伯尽送其帑及其器用财贿于秦,曰:'为同寮故也。'"③ 荀林父所说的"同官为寮",使用的就是阐明概念内涵的义界方法。王力先生解释道:"最合于语文学性质的,则是对古书的字义的解释。《左传·文公七年》,叙述荀林父劝先蔑不要出使秦国,他说他和先蔑同寮(同僚),所以知无不言,言无不尽。先蔑不听他的话。他朗颂了《诗·大雅·板》的第三章,先蔑仍旧不理他。在讲到'寮'字以前,荀林父先说明同官为寮,也许因为当时'寮'字不很通俗。而《诗·大雅·板》的第三章头两句是'我虽异事,及尔同僚'。荀林父说'同官为寮',实际上是解释了《诗经》的字义。"④ 显然,在春秋时期"同寮"仍处于词汇化的初始阶段,《词源》:"同寮,即'同僚'。《诗·大雅·板》:'我虽异事,及尔同寮。'《左传》文七

---

① 林慧:《义训释词方法的沿革》,《松辽学刊》(社会科学版) 1998 年第 2 期。
② 谈承熹:《〈说文解字〉的义界》,《辞书研究》1983 年第 4 期。
③ 郭丹、程小青、李彬源译注:《左传》,中华书局 2012 年版,第 625 页。
④ 王力:《中国语言学史》,中华书局 2013 年版,第 3—4 页。

年：'同官为寮。吾尝同寮，敢不尽心乎？'"又："同僚，在一起做官的人。亦作'同寮'。《新唐书》一八三《陆宸传》：'宸工属辞，敏速若注射然，一时书命，同僚自以为不及。'"①

又如，陆德明《经典释文》言《周南·关雎》"逑"之字本亦作仇，上溯则与春秋时期的《诗经》阐释有关。《左传·桓公二年》云："嘉耦曰妃，怨耦曰仇，古之命也。"②《诗经》"逑"作"匹耦"义为假借，其本义当为"敛聚，聚合"，《说文·辵部》："逑，敛聚也。从辵求声。《虞书》曰：'旁逑孱功。'又曰：'怨匹曰逑。'"段玉裁《诗经小学》"君子好逑"条云："《郑笺》'怨耦曰仇'，《经典释文》云：'逑本亦作仇。'《小戴礼记·缁衣篇》引《诗》'君子好仇'。《尔雅·释诂》曰：'仇，匹也。'郭璞注引《诗》'君子好仇'。《汉书·匡衡传》引《诗》'窈窕淑女，君子好仇'。嵇康《琴赋》李善注引《毛诗》'窈窕淑女，君子好仇'。何晏《景福殿赋》李善注引《诗》'窈窕淑女，君子好仇'。玉裁按：《兔罝》作'好仇'，《说文》'逑'字注'怨匹曰逑'，《左传》'怨偶曰仇'。知'逑''仇'古通用也。"③

春秋时期《诗经》文献中指出概念之外延者，有《左传·宣公十二年》楚庄王讲论"武有七德"一节文字：

> 丙辰，楚重至于邲，遂次于衡雍。潘党曰："君盍筑武军，而收晋尸以为京观？臣闻克敌必示子孙，以无忘武功。"楚子曰："非尔所知也。夫文，止戈为武。武王克商，作《颂》曰：'载戢干戈，载櫜弓矢。我求懿德，肆于时夏，允王保之。'又作《武》，其卒章曰：'耆定尔功'。其三曰：'铺时绎思，我徂维求定。'其六曰：'绥万邦，屡丰年。'夫武，禁暴、戢兵、保大、定功、安民、和众、丰财者也，故使子孙无忘其章。今我使二国暴骨，暴矣；观兵以威诸侯，兵不戢矣；暴而不戢，安能保大？犹有晋在，焉得定功？所违民欲

---

① 何九盈、王宁、董琨主编：《辞源》（第三版），商务印书馆2015年版，第659页。
② 郭丹、程小青、李彬源译注：《左传》，中华书局2012年版，第109页。
③ （清）段玉裁：《诗经小学》，载赖永海主编《段玉裁全书》第1册，江苏人民出版社2015年版，第464—465页。

犹多,民何安焉?无德而强争诸侯,何以和众?利人之几,而安人之乱,以为己荣,何以丰财?武有七德,我无一焉,何以示子孙?其为先君宫,告成事而已。武非吾功也。①

楚庄王认为,以武力威胁他人则兵戈难息,炫耀武功有违懿德,唯有促成"禁暴、戢兵、保大、定功、安民、和众、丰财"这七件事,"武"的社会价值才能够体现出来。在这段话中,实际上是用规约性的文字指出了那个时代人们所公认的"武"的延展性内容。

(3) 推因

汉语言文字学研究领域内,声训和形训都是推因求源的重要手段。在春秋时期的《诗经》阐释材料中,可以发现声训和形训的相关内容。

声训方面,如《左传·襄公三十一年》云:

> 公曰:"善哉!何谓威仪?"对曰:"有威而可畏谓之威,有仪而可象谓之仪。君有君之威仪,其臣畏而爱之,则而象之,故能有其国家,令闻长世。臣有臣之威仪,其下畏而爱之,故能守其官职,保族宜家。"②

"有威而可畏谓之威",以"畏"释"威",两者上古音皆为影母微韵,属于同音异字为训。"有仪而可象谓之仪",属于释语与被释语同字的声训类型,也可直接称作"同字为训","谓之"后的被释词"仪"指抽象的仪容举止,"谓之"之前的释语"有仪"之"仪"指人的具体的外在仪表。

形训方面,如《左传·宣公十二年》云:"夫文,止戈为武。"从甲骨文字形来看,在"武"字中,"戈是武器的代表,表示威武,止是足趾的象形,表示行进,整个字的含义就是征伐、征战,乃是勇武的象征。"③

---

① 郭丹、程小青、李彬源译注:《左传》,中华书局2012年版,第820页。
② 郭丹、程小青、李彬源译注:《左传》,中华书局2012年版,第1531页。
③ 陈炜湛:《"止戈为武"说》,《文字改革》1983年第6期。

《小雅·六月》："有严有翼，共武之服。共武之服，以定王国。""武"自然指兵武之事。《春秋繁露·楚庄王》："文王之时，民乐其兴师征伐也，故《武》，武者，伐也。"① 在《周颂·时迈》中，体现的是周人敬德保民思想下的"武"力观，因此在解析文字时，楚子把"止"的本义（足趾）替换为其引申义（止息），"武"的意思也就成了"禁暴戢兵"。这种思想被后人继承下来，《说文解字》亦基于这样的思想观念来解释"武"的本义："夫武，定功戢兵，故止戈为武。"《说文解字注》："止戈为武，是仓颉所造古文也。"②

3. 训诂术语的创制

（1）曰

《左传·昭公二十八年》云："昔武王克商，光有天下，其兄弟之国者十有五人，姬姓之国者四十人，皆举亲也。夫举无他，唯善所在，亲疏一也。《诗》曰：'唯此文王，帝度其心。莫其德音，其德克明。克明克类，克长克君。王此大国，克顺克比。比于文王，其德靡悔。既受帝祉，施于孙子。'心能制义曰度，德正应和曰莫，照临四方曰明，勤施无私曰类，教诲不倦曰长，赏庆刑威曰君，慈和遍服曰顺，择善而从之曰比，经纬天地曰文。九德不愆，作事无悔，故袭天禄，子孙赖之。"③ 在《诗经》阐释过程中，言说者使用训诂术语"曰"，解释词语"度""莫""文"的特定内涵，并对近义词语"明、类""长、君""顺、比"进行辨析。

（2）某，某之谓

在这种训诂格式中，被释语放在构式的前端，释语放在构式的后端，主要用来解释词语的延展义。如《左传·闵公元年》述管敬仲之言曰："戎狄豺狼，不可厌也。诸夏亲昵，不可弃也。宴安鸩毒，不可怀也。《诗》云：'岂不怀归，畏此简书。'简书，同恶相恤之谓也。请救邢以从简书。"④ 又如《左传·昭公七年》云："公曰：'《诗》所谓彼日而食，

---

① 张世亮、钟肇鹏、周桂钿译注：《春秋繁露》，中华书局 2012 年版，第 21 页。
② （清）段玉裁：《说文解字注》，上海古籍出版社 1988 年版，第 632 页。
③ 郭丹、程小青、李彬源译注：《左传》，中华书局 2012 年版，第 2035 页。
④ 郭丹、程小青、李彬源译注：《左传》，中华书局 2012 年版，第 293 页。

于何不臧者,何也?'对曰:'不善政之谓也。国无政,不用善,则自取
谪于日月之灾。故政不可不慎也。'"①

第二节 孔子与《诗经》小学

孔子(前551—前479)生活在春秋后期,鉴于礼崩乐坏的社会现
实,他提出了"克己复礼"的政治理想,而其核心思想灌注于一个"仁"
字。在理想实现的路径上,孔子提出"兴于诗,立于礼,成于乐"(《论
语·泰伯》),把《诗经》涵养视为君子进行个人道德提升和推行社会教
育的头等大事。孔子特别看重《诗经》的社会文化功能,他告诫弟子们:
"小子何莫学夫诗? 诗,可以兴,可以观,可以群,可以怨。迩之事父,
远之事君。多识于鸟兽草木之名"(《论语·阳货》)、"诵《诗》三百,
授之以政,不达;使于四方,不能专对;虽多,亦奚以为?"(《论语·子
路》)他对儿子孔鲤说:"不学诗,无以言"(《论语·季氏》)、"汝为
《周南》《召南》矣乎? 人而不为《周南》《召南》,其犹正墙面而立也
与?"(《论语·阳货》)

正是看到《诗经》的重要性,孔子一生耗费了很大精力去整理《诗
经》,他说:"吾自卫反鲁,然后乐正,《雅》《颂》各得其所。"(《论
语·子罕》)《史记·孔子世家》云:"古者《诗》三千余篇,及至孔子,
去其重,取可施于礼义,上采契后稷,中述殷周之盛,至幽厉之缺,始
于衽席,故曰'《关雎》之乱以为《风》始,《鹿鸣》为《小雅》始,
《文王》为《大雅》始,《清庙》为《颂》始'。三百五篇孔子皆弦歌之,
以求合《韶》《武》《雅》《颂》之音。"②《后汉书·徐防传》云:"臣闻
《诗》《书》《礼》《乐》,定自孔子;发明章句,始于子夏。"③ 同时,孔
子特别重视以诗来教育学生,"孔子以诗书礼乐教,弟子盖三千焉,身通
六艺者七十有二人"(《史记·孔子世家》)。

---

① 郭丹、程小青、李彬源译注:《左传》,中华书局2012年版,第1684页。
② (汉)司马迁:《史记》,中华书局2000年版,第1559页。
③ (南朝宋)范晔:《后汉书》,中华书局2000年版,第1012页。

就诗的构成要素来说，"志"为诗的灵魂，"言"为诗的肌体，"文"为诗的细胞。《左传·襄公二十五年》云："仲尼曰：'《志》有之：言以足志，文以足言。不言，谁知其志？言之无文，行而不远。'"① 下面就循着这段话，对孔子与《诗经》小学的关系进行逐层讨论。

一 孔子论诗与志

《孔子诗论》第1简云："孔子曰：'诗亡隐志，乐无隐情，文亡隐言。'"② "诗言志"是个古老的命题，《尚书·虞书·舜典》云："诗言志，歌永言，声依永，律和声。"《尚书正义》曰："作诗者自言己志。……直言不足以申意，故长歌之。"③《毛诗正义》引郑注云："诗所以言人之志意也。永，长也，歌又所以长言诗之意。声之曲折，又长言而为之。声中律乃为和。"④

从构形上来讲，"诗"从言从寺，寺亦声。《毛诗正义》曰："《诗纬·含神务》云：'诗者，持也。'然则'诗'有三训，承也、志也、持也。作者承君政之善恶，述己志而作诗，为诗所以持人之行，使不失队，故一名而三训也。"⑤ 马国翰《玉函山房辑佚书》之《诗纬含神雾》云："诗者，持也。以手维持，则承奉之义。"⑥ 清代学者方濬益《缀遗斋彝器款识考释》卷2说："寺为古持字，石鼓文'弓兹以寺''秀弓寺射'，皆以寺为持。"⑦ 杨树达《积微居小学金石论丛·释诗》说："《说文》三篇上《言部》云：'诗，志也，志发于言。从言，寺声。'古文作詋，从言，㞢声。按志字从心㞢声，寺字亦从㞢声，㞢志寺古音无二。古文从言㞢，言㞢即言志也。篆文从言寺，言寺亦言志也。"⑧ 朱自清《诗言志》说：

① 郭丹、程小青、李彬源译注：《左传》，中华书局 2012 年版，第 1363 页。
② 陈桐生：《〈孔子诗论〉研究》，中华书局 2004 年版，第 257 页。
③ 李学勤主编：《十三经注疏·尚书正义》，北京大学出版社 1999 年版，第 80 页。
④ 李学勤主编：《十三经注疏·毛诗正义》，北京大学出版社 1999 年版，"诗谱序"第 5 页。
⑤ 李学勤主编：《十三经注疏·毛诗正义》，北京大学出版社 1999 年版，"诗谱序"第 5 页。
⑥ （清）马国翰：《玉函山房辑佚书》，上海古籍出版社 1990 年版，第 2038 页。
⑦ 周法高：《金文诂林》，香港中文大学出版社 1974 年版，第 1855 页。
⑧ 杨树达：《积微居小学金石论丛》，中华书局 1983 年版，第 25—26 页。

闻一多先生在《歌与诗》里更进一步说道:"志字从'坐',卜辞'坐'作'坐',从'止'下'一',像人足停止在地上,所以'坐'本训停止。……'志'从'坐'从'心',本义是停止在心上。停止在心上亦可说是藏在心里。"他说"志有三个意义:一,记忆;二,记录;三,怀抱。"从这里出发,他证明了"志与诗原来是一个字"。但是到了"诗言志"和"诗以言志"这两句话,"志"已经指"怀抱"了。①

总的来看,"志"的含义非常复杂,可以说是带有总括性、目标性的志向,也可以说是不能够轻易更改的操守。"诗言志",在封建文化背景下,所言之志须符合人伦大义,《左传·襄公二十七年》记载赵孟以诗观七子之志,伯有赋《鹑之贲贲》,引起赵孟的怨言,原因在于此诗"诬其上而公怨之",作为士大夫若是以此为"志"的话,其能久乎?又据《左传·襄公十六年》,由于高厚歌诗违背恩好之义,被诸侯视为心怀异志,《春秋左传正义》曰:"歌古诗,当使各从义类。"②

在同类词语中,"志"与"意"最为接近,许慎用以互训。《说文解字》心部曰:"志,意也。从心,之声。"又曰:"意,志也。从心察言而知意也。"在早期文献中,也有把"诗言志"说成"诗合意"的,如《国语·鲁语下》云:"公父文伯之母欲室文伯,飨其宗老,而为赋《绿衣》之三章。老请守龟卜室之族。师亥闻之曰:'善哉!男女之飨,不及宗臣;宗室之谋,不过宗人。谋而不犯,微而昭矣。诗所以合意,歌所以咏诗也。今诗以合室,歌以咏之,度于法矣。'"③

上博简《孔子诗论》第19简云:"《木瓜》有藏愿而未得达也。"④"愿"本指念想,《邶风·终风》:"寤言不寐,愿言则嚏。"《邶风·二子乘舟》:"愿言思子,中心养养。"《卫风·伯兮》:"愿言思伯,甘心首疾。"《郑风·野有蔓草》:"邂逅相遇,适我愿兮。"由于词义引申,

---

① 胡适等:《青青子衿 悠悠我心:名家说诗经》,天津教育出版社2007年版,第72页。
② (清)阮元校刻:《十三经注疏》,中华书局1980年版,第1963页。
③ 陈桐生译注:《国语》,中华书局2013年版,第224页。
④ 陈桐生:《〈孔子诗论〉研究》,中华书局2004年版,第267页。

"愿""志"渐趋义同。《论语·公冶长》:"颜渊、季路侍。子曰:'盍各言尔志?'"①《韩诗外传》卷7第25章却把"言志"说成"言愿":"孔子游于景山之上,子路、子贡、颜渊从。孔子曰:'君子登高必赋。小子愿者,何言其愿?丘将启汝。'"②

二 孔子论诗与言

语言是构成诗的基本要素,"诗言志"的功能是通过语言表达来实现的。言语能力的培养被列为"孔门四科"之一,"德行:颜渊,闵子骞,冉伯牛,仲弓。言语:宰我,子贡。政事:冉有,季路。文学:子游,子夏。"(《论语·先进》)要了解一个人,最直接的方法就是从他的语言实践入手,孔子说:"不知言,无以知人也。"(《论语·尧曰》)君子的理想信念完全可以说得清楚,说出来的话一定要行得通,所以提升语言表达能力一点也不能马虎,孔子说:"君子于其言,无所苟而已矣。"(《论语·子路》)

诗的语言有其特殊性,它传递的是人类的真情实感,所以孔子说:"乐无隐情。"(《孔子诗论》第1简)真情是人间大爱,是善的自然流露,是值得反复称颂的,孔子说:"《宛丘》,吾善之。《猗嗟》,吾喜之。《鸤鸠》,吾信之。《文王》,吾美之。"(《孔子诗论》第21简)真挚情感是发自内心的,是悠远绵柔的,犹如在伊人已经远去的旷野,尚值得君子独自品味的那份厚实与温暖,故而孔子云:"《燕燕》之情,以其独也。"(《孔子诗论》第16简)男女之情是人类繁衍的起点,父母子女之情则是人伦纲常的根本,是关乎"始于事亲,中于事君,终于立身"(《孝经·开宗明义》)的至德要道,孔子说:"《杕杜》,则情喜其至也。"(《孔子诗论》第18简)诗能用以抒发各种情感,譬若民众无论贵贱皆可自由出入之门,故而孔子云:"诗,其犹平门,与贱民而逸之,其用心也将何如?曰:《邦风》是也。民之有慼患也,上下之不和者,其用心也将何如?……是也,又成功者何如?《曰》:《讼》是也。"(《孔子诗论》第

---

① 陈晓芬、徐儒宗译注:《论语·大学·中庸》,中华书局2015年版,第59页。
② (汉)韩婴撰,许维遹校释:《韩诗外传集释》,中华书局1980年版,第268页。

4、5 简）情要有节制，否则就是淫佚，孔子置《关雎》于三百篇之首，就源于是诗"发乎情，止乎礼义"①，"《关雎》以色喻于礼"（《孔子诗论》第 10 简）。好色之愿，乃人之常情，这种感情升华到诗乐礼义的高度就是人伦之美，所以孔子高度赞赏《关雎》道："以琴瑟之悦，凝好色之愿；以钟鼓之乐……"（《孔子诗论》第 14 简）

孔子在进行《诗经》传播活动的时候应该是使用"雅言"的，《论语·述而》云："子所雅言，《诗》、《书》、执礼，皆雅言也。"孔安国注曰："雅言，正言也。"郑玄注曰："读先王典法，必正言其音，然后义全。"② 刘熙《释名·释典艺第二十》："雅，义也。义，正也。"③ 刘台拱《论语骈枝》："王都之音最正，故以雅名。"④ 刘宝楠《论语正义》："周室西都，当以西都音为正。平王东迁，下同列国，不能以其音正乎天下，故降而称《风》。而西都之雅音，固未尽废也。夫子凡读《易》及《诗》《书》、执礼，皆用雅言，然后辞义明达，故郑以为义全也。后世人作诗用官韵，又居官临民，必说官话，即雅言矣。"⑤ 钱穆《论语新解》说："古西周人语称雅，故雅言又称正言，犹今称国语，或标准语。"⑥ "雅"就是"夏"，《毛诗》中的《大雅》《小雅》在春秋时期亦称《大夏》《少夏》，《孔子诗论》第 2、3 简云："《大夏》，盛德也，多言……（《少夏》）也，多言难，而悁怼者也，衰矣，少矣。"⑦ 周人翦商，以夏文化的继承者自居，《尚书·康诰》云："用肇造我区夏"⑧，《周颂·思文》："陈常于时夏。"孔子践行《诗经》传播活动的雅言化，"这对于统一各地的语言，促进文化融会与民族融合无疑是有积极意义的"⑨。

---

① 李学勤主编：《十三经注疏·毛诗正义》，北京大学出版社 1999 年版，第 15 页。
② 李学勤主编：《十三经注疏·论语注疏》，北京大学出版社 1999 年版，第 91 页。
③ （汉）刘熙撰，（清）毕沅疏证，（清）王先谦补，祝敏彻、孙玉文点校：《释名疏证补》，中华书局 2008 年版，第 214 页。
④ 程树德撰，程俊英、蒋见元点校：《论语集释》，中华书局 2013 年版，第 550 页。
⑤ （清）刘宝楠注，高流水点校：《论语正义》，中华书局 1990 年版，第 270 页。
⑥ 钱穆：《论语新解》，生活·读书·新知三联书店 2018 年版，第 164 页。
⑦ 陈桐生：《〈孔子诗论〉研究》，中华书局 2004 年版，第 257—258 页。
⑧ 王世舜、王翠叶译注：《尚书》，中华书局 2012 年版，第 181 页。
⑨ 蔡先金等：《孔子诗学研究》，齐鲁书社 2006 年版，第 158 页。

三 孔子论诗与文辞

立言要讲究措辞准确及词句文采，《周易·乾》称之为"修辞"："修辞立其诚，所以居业也。"①《周易·艮》云："六五，艮其辅，言有序，悔无。"②《小雅·都人士》则有"出言有章"之语。孔子曰："言之无文，行而不远。"（《左传·襄公二十五年》）提高文采修饰水平，能够使语言表达更为透彻，更具有吸引力；反之，言语晦滞则无法准确达意，故而孔子云："文亡隐言。"（《孔子诗论》第1简）但是，凡事必须讲究一个"度"字，过犹不及。铺采摛文也一样，其目的在于体物写志，而绝不能以辞害志，所以孔子说："辞达而已矣。"（《论语·卫灵公》）

孔子重视对经典文辞的解释，譬若易学之玄奥，必"系辞"以通之，《周易·系辞上》云："子曰：'书不尽言，言不尽意。'然则圣人之意，其不可见乎？子曰：'圣人立象以尽意，设卦以尽情伪，系辞焉以尽其言。变而通之以尽利，鼓之舞之以尽神。'"③ 从训诂学史的角度来看，《周易》中寓含的一些词语解释性文字往往具有发凡启例的意义。如："需，须也"（《周易·需》），"师，众也"（《周易·师》），"乾为天"（《周易·说卦》），"乾刚坤柔"（《周易·杂卦》），等等。《经籍纂诂·凡例》云："经传本文即有训诂。"④ 齐佩瑢指出，"其中释字义之最精者，莫过《公羊传》，《易传》次之。"⑤

无论是遣词造句、铺采摛文，还是系辞解经、探奥发微，都必须以"正名"为前提。在孔子看来，"正名"既是修辞的前提，也关系着经天纬地的大事，《论语·子路》云："子路曰：'卫君待子而为政，子将奚先？'子曰：'必也正名乎！'子路曰：'有是哉，子之迂也！奚其正？'子曰：'野哉，由也！君子于其所不知，盖阙如也。名不正，则言不顺；言不顺，则事不成；事不成，则礼乐不兴；礼乐不兴，则刑罚不中；刑

---

① 杨天才、张善文译注：《周易》，中华书局2011年版，第13页。
② 杨天才、张善文译注：《周易》，中华书局2011年版，第459页。
③ 杨天才、张善文译注：《周易》，中华书局2011年版，第599页。
④ （清）阮元等撰集：《经籍纂诂》（上），中华书局1982年版，"凡例"第6页。
⑤ 齐佩瑢：《训诂学概论》，商务印书馆2015年版，第207页。

罚不中,则民无所措手足。故君子名之必可言也,言之必可行也。'"① 孔子的正名思想对后世的"名实"理论产生了很大的影响,如汉代董仲舒《春秋繁露·深察名号》曰:"名生于真,非其真,弗以为名。名者,圣人之所以真物也,名之为言真也。故凡百物有黮黮者,各反其真,则黮黮者还昭昭耳。欲审曲直,莫如引绳;欲审是非,莫如引名。名之审于是非也,犹绳之审于曲直也。诘其名实,观其离合,则是非之情不可以相谰已。……《春秋》辨物之理,以正其名。名物如其真,不失秋毫之末。故名陨石,则后其五;言退鹢,则先其六。圣人之谨于正名如此。'君子于其言,无所苟而已',五石、六鹢之辞是也。"② 胡适在评价孔子的正名观之于训诂学的意义时说:"孔子的'君子于其言,无所苟而已矣'一句话,实是一切训诂书的根本观念。故《公羊》《穀梁》都含有字典气味。……大概孔子的正名说,无形之中,含有提倡训诂书的影响。"③ 孔子解释《诗经》文辞时,重点在于旁推曲证、阐微扬奥,以社会理论与社会现象来类比诗义。如《左传·昭公二十年》云:

> 仲尼曰:"善哉!政宽则民慢,慢则纠之以猛。猛则民残,残则施之以宽。宽以济猛,猛以济宽,政是以和。《诗》曰:'民亦劳止,汔可小康;惠此中国,以绥四方。'施之以宽也。'毋从诡随,以谨无良;式遏寇虐,惨不畏明。'纠之以猛也。'柔远能迩,以定我王。'平之以和也。又曰:'不竞不绿,不刚不柔,布政优优,百禄是遒。'和之至也。"及子产卒,仲尼闻之,出涕曰:"古之遗爱也。"④

对子产治郑方针进行深入考察后,孔子提出了一套相对完整的政治方略,并通过巧妙地化用《诗经》辞章,提出以宽猛相济的措施来纠正时弊,最终达到社会的理想状态——"和"。孔子明白,为政或失之宽或失之猛,宽则以猛济,猛则以宽济;孔子认为内外有别,提出对外要

① 陈晓芬、徐儒宗译注:《论语·大学·中庸》,中华书局 2015 年版,第 151 页。
② 张世亮、钟肇鹏、周桂钿译注:《春秋繁露》,中华书局 2012 年版,第 374—376 页。
③ 胡适:《中国哲学史大纲》,商务印书馆 2011 年版,第 83 页。
④ 郭丹、程小青、李彬源译注:《左传》,中华书局 2012 年版,第 1907 页。

"柔远能迩"，对内要"不刚不柔"。孔子以社会图景为注脚进行《诗经》解释，使得《诗经》文化符号具有了深刻的社会内涵，蔡先金《孔子诗学研究》认为："孔子将诗放在社会大视野中，从社会角度寻求对诗之见解，然后又把这些见解上升为一般的诗学原则来加以推导与总结，形成了一种重要的社会诗学理论。用当下阐释学话语说，就是借用社会学的语言对诗予以解读，从而构建阐释的新的方法论。"①

四　孔子对诗旨的阐释

孔子对《风》《雅》《颂》的思想内涵有一个整体的评价，他说："《讼》，坪德也，多言后，其乐安而迟，其歌绅而易，其思深而远，至矣。《大夏》，盛德也，多言……（《小夏》）也，多言难，而惆怼者也，衰矣，少矣。《邦风》，其纳物也，溥观人俗焉，大敛材焉，其言文，其声善。"（《孔子诗论》第 2、3 简）

孔子对于诗旨认识深切，常常能够一言中的，充满智慧且饱含真情。《周南·葛覃》一诗描写山谷中野葛茂密，绿叶掩映，枝头上黄鸟翔集，鸣音悦耳，大自然之美勾起女主人公的反本之思，恨不得插上一对翅膀飞回父母的膝前，孔子曰："吾以《葛覃》得氏初之诗。民性固然。见其美必欲反其本。"（《孔子诗论》第 16 简）孔子以"改"字评论《关雎》的诗义："《关雎》之改，则其思益矣。"（《孔子诗论》第 11 简）这个"改"字，道出了诗中男主人公情感的经历和升华：初遇美人而求之不得，他"寤寐思服""辗转反侧"，此乃人之常情；终则悟出一个"礼"字，于是便以"琴瑟友之""钟鼓乐之"代替了原始的"寤寐求之"。相比《论语·八佾》中的"《关雎》乐而不淫，哀而不伤"，《孔子诗论》所说更符合诗篇的含义。孔子曰："《关雎》以色谕于礼"（《孔子诗论》第 10 简）。此言甚简，而马王堆帛书《德行》第 29 章有较为详细的阐释："榆（喻）则知之□，知之则进耳。榆（喻）之也者自所小好榆（喻）虐（乎）所大好。'芠（窈）芍（窕）〔淑女，寤〕眛（寐）求之'，思色也。'求之弗得，唔（寤）眛（寐）思伏'，言其急也。绦（悠）

① 蔡先金等：《孔子诗学研究》，齐鲁书社 2006 年版，第 32 页。

才(哉)繇(悠)才(哉),婘(辗)槫(转)反厕(侧),言其甚
□□□如此其甚也。交诸父母之厕(侧),为诸?则有死弗为之矣。交诸
兄弟之厕(侧),亦弗为也。□□邦人之厕(侧),亦弗为也。□□父兄,
其杀畏人,礼也。繇(由)色榆(喻)于礼,进耳。"①

孔子对诗旨的概括不仅直接影响了后世的《诗序》,对我们正确训解
《诗经》的语言文字也具有指导性意义。如《孔子诗论》第 22 简曰:
"《宛丘》曰:'洵有情,而亡望。'吾善之。"②孔子用一个"善"字,表
达了他对"洵有情"的充分肯定,与《郑笺》所云"此君信有淫荒之
情,其威仪无可观望而则效"的否定性评价完全不同。依《郑笺》,
"望"是"观望"的意思,是对诗中主人公的评价性措辞;据《孔子诗
论》,则"望"是"妄想,奢望"的意思,是对诗中主人公的描述性用
语。又如,《桧风·隰有苌楚》云:"隰有苌楚,猗傩其枝。夭之沃沃,
乐子之无知。隰有苌楚,猗傩其华。夭之沃沃,乐子之无家。隰有苌楚,
猗傩其实。夭之沃沃,乐子之无室。"孔子评说道:"《隰有苌楚》,得而
悔之也。"(《孔子诗论》第 26 简)依照孔子的解释,诗中的"乐"字应
有"慕"之义,使人懊悔的事情是乱世之中"知""家""室"对诗人的
拖累;睹物伤怀,"夭之沃沃"的野生羊桃引起诗人的羡慕。蔡先金《孔
子诗学研究》说:"用一'悔'字透露出'有家不如无家好,有知不如
无知安'的一种厌世情怀。"③《诗序》云:"国人疾其君之淫恣,而思无
情欲者也",正与孔子之说相符。

五 孔子论诗教

孔子特别重视《诗经》的教化作用,厘清孔子的诗教观念对于把握
其《诗经》学术特征具有重要的意义。孔子之前,晋国大夫赵衰就认为
诗有利于道德礼义的培养,他说:"《诗》《书》,义之府也;礼、乐,德
之则也。"(《左传·僖公二十七年》)在孔子看来,《诗经》的思想格调

---

① 魏启鹏:《简帛文献〈五行〉笺证》,中华书局 2005 年版,第 117 页。
② 陈桐生:《〈孔子诗论〉研究》,中华书局 2004 年版,第 268 页。
③ 蔡先金等:《孔子诗学研究》,齐鲁书社 2006 年版,第 80 页。

在总体上是淳正而没有杂念的，《论语·为政》云："诗三百，一言以蔽之，曰：'思无邪'。"① 诗可用以维护人伦纲常，通过培养个人的"孝""敬""忠"等思想观念，使人们自觉追求"迩之事父，远之事君"，进而促使养成"温柔敦厚"的社会风气。《诗经》里有"孝"，如："《蓼莪》有孝志。"（《孔子诗论》第 26 简）《诗经》里有"敬"，孔子说："吾以《甘棠》得宗庙之敬，民性固然。甚贵其人，必敬其位；悦其人，必好其所为，恶其人者亦然。"（《孔子诗论》第 24 简）《诗经》里有"忠"，如《左传·昭公二十八年》云：

> 仲尼闻魏子之举也，以为义，曰："近不失亲，远不失举，可谓义矣。"又闻其命贾辛也，以为忠："《诗》曰：'永言配命，自求多福'，忠也。魏子之举也义，其命也忠，其长有后于晋国乎！"②

"思无邪"是孔子诗教的基石，历史上有不少学者对其含义作出过解释。"思无邪"语出《鲁颂·駉》，其四章云："薄言駉者，有驈有皇，有驔有鱼，以车祛祛。思无邪，思马斯徂。""思无邪"在本诗之一章、二章、三章中的对语分别是"思无疆""思无期""思无斁"，郭店楚简《语丛三》记载孔子的解释为："思亡疆，思亡其，思亡約，思亡不遾我者。"③ 即：思无疆，思无期，思无怠，思无不由我者。显然，孔子读"思"为如字，即"思想"之思。《诗序》云："《駉》，颂僖公也。僖公能遵伯禽之法，俭以足用，宽以爱民，务农重谷，牧于坰野，鲁人尊之，于是季孙行父请命于周，而史克作是颂。"《郑笺》曰："思遵伯禽之法，专心无复邪意也。牧马使可走行。"由此观之，汉代学者对于"思无邪"的解释与孔子所说相符。但是，后人普遍认为"思"为虚词，如陈奂《诗毛氏传疏》说"思"为发语词。④ 于省吾《泽螺居诗经新证》说："'思无疆'犹言无已，'思无期'犹言无算，'思无斁'犹言无数，'思

---

① 陈晓芬、徐儒宗译注：《论语·大学·中庸》，中华书局 2015 年版，第 16 页。
② 郭丹、程小青、李彬源译注：《左传》，中华书局 2012 年版，第 2038—2039 页。
③ 荆门市博物馆：《郭店楚墓竹简》，文物出版社 1998 年版，第 211 页。
④ （清）陈奂：《诗毛氏传疏》（七），商务印书馆 1935 年版，第 49 页。

无邪'犹言无边。无已、无算、无数、无边词异而义同。此诗共四章，系赞扬牧养得人，马匹蕃殖，并非直接就鲁僖公本人为言。"① 怎么合理看待两种说法之间的矛盾呢？戴震《毛郑诗考正》云："考古人赋诗，断章必依于义可交通，未有尽失其义误读其字者。使断取一句而并其字不顾，是乱经也。"② 据此，则孔子征引"思无邪"属于"断章取义"之类，其推衍之意可以不尽合诗旨，也就是说，他是在凸显字词本义的基础上使所引诗文衍生出新的内涵。钱穆先生解释孔子所说的"思无邪"道："三百篇之作者，无论其为孝子忠臣，怨男愁女，其言皆出于至情流溢，直写衷曲，毫无伪托虚假，此即所谓诗言志，乃三百篇所同。"③

孔子诗教的魅力在于引譬连类，使受教者通过顿悟而受到某种思想的启迪。《论语·学而》云："子贡曰：'贫而无谄，富而无骄，何如？'子曰：'可也。未若贫而乐，富而好礼者也。'子贡曰：'《诗》云：如切如磋，如琢如磨。其斯之谓与？'子曰：'赐也，始可与言《诗》已矣，告诸往而知来者。'"④ "如切如磋，如琢如磨"语出《卫风·淇奥》首章，同诗二章、三章中与之对应的诗句为"充耳琇莹，会弁如星""如金如锡，如圭如璧"，皆为状君子之美，在《论语》里却因之联想到"贫而乐，富而好礼"的道德境界。《毛传》承袭了《论语》的解释，云："治骨曰切，象曰磋，玉曰琢，石曰磨。道其学而成也。"又如《论语·八佾》云："子夏问曰：'巧笑倩兮，美目盼兮，素以为绚兮。何谓也？'子曰：'绘事后素。'曰：'礼后乎？'子曰：'起予者商也！始可与言《诗》已矣。'"郑注："凡绘画先布众色，然后以素分布其间，以成其文，喻美女虽有倩盼美质，亦须礼以成之。"⑤《周礼·考工记·画缋》云："凡画缋之事，后素功。"郑注："素，白采也，后布之，为其易渍污也。"⑥ "巧笑倩兮，美目盼兮"出自《卫风·硕人》，"素以为绚兮"为逸诗。

---

① 于省吾：《泽螺居诗经新证·泽螺居楚辞新证》，中华书局 2003 年版，第 117 页。

② （清）戴震撰，杨应芹、诸伟奇主编：《戴震全书》第 1 册，黄山书社 2010 年版，第 634 页。

③ 钱穆：《论语新解》，生活·读书·新知三联书店 2018 年版，第 22 页。

④ 陈晓芬、徐儒宗译注：《论语·大学·中庸》，中华书局 2015 年版，第 13 页。

⑤ 李学勤主编：《十三经注疏·论语注疏》，北京大学出版社 1999 年版，第 32—33 页。

⑥ （清）阮元校刻：《十三经注疏》，中华书局 1980 年版，第 919 页。

孔子由"素以为绚兮"联想到"绘事后素",子夏乃由此联想到在道德修养的过程中应"先仁后礼",因此深得孔子赞许。

孔子的诗教观深刻影响了他的学生,其门人弟子中有仿效他而进行诗教实践者,如《论语·阳货》云:"子之武城,闻弦歌之声。夫子莞尔而笑,曰:'割鸡焉用牛刀?'子游对曰:'昔者偃也闻诸夫子曰:君子学道则爱人,小人学道则易使也。'子曰:'二三子!偃之言是也。前言戏之耳。'"① 子游(前506—?)为"孔门十哲"之一,既已受业,得为武城之宰,以诗乐教化其民,深为孔子赞赏,成为"孔门四科"之"文学"楷模。

六 孔子 《诗经》 小学解释稽说

孔子提出"正名"观并将之付诸学术实践,他在进行词语解释时,甚至已经用到了因声求义的方法,如《论语·颜渊》云:"季康子问政于孔子。孔子对曰:'政者,正也。子帅以正,孰敢不正?'"② 可见孔子是擅长解释词义的,他在《诗经》阐释上的经验也值得从小学方面进行总结和反思。如《周南·关雎》云:"君子好逑。"《毛传》:"逑,匹也。"以"匹"训"逑"与孔子所说相合,《郭店楚简校释·缁衣》:"子曰:唯君子能好其驷(匹),少(小)人剀(岂)能好亓(其)驷(匹)。古(故)君子之友也又(有)向(乡),亓(其)亚(恶)又(有)方。此以徟(迩)者不賦(惑),而远者不悆(疑)。《寺(诗)》员(云):'君子好戙(逑)'。"③ 由于"匹""正"形近易混,传世的《礼记·缁衣》讹"匹"为"正":"子曰:唯君子能好其正,小人毒其正。故君子之朋友有乡,其恶有方。是故迩者不惑,而远者不疑也。《诗》云:'君子好仇。'"④

又如,《大雅·抑》云:"无竞维人,四方其训之。有觉德行,四国顺之。"孔子曰:"上好悬(仁)貝(则)下之为悬(仁)者也争先。古

---

① 陈晓芬、徐儒宗译注:《论语·大学·中庸》,中华书局2015年版,第208页。
② 陈晓芬、徐儒宗译注:《论语·大学·中庸》,中华书局2015年版,第145页。
③ 刘钊:《郭店楚简校释》,福建人民出版社2005年版,第51页。
④ 胡平生、张萌译注:《礼记》,中华书局2017年版,第1085—1086页。

（故）伥（长）民者，章（彰）志以邵（昭）百眚（姓），具（则）民至（致）行异（己）以敓（悦）上。《寺（诗）》员（云）：'又（有）𡆧（觉）悳（德）行，四方㤞（顺）之。'"（《郭店楚简校释·缁衣》）根据孔子的解释，《诗经》中的"德"指"章志以昭百姓"的品德，"行"指"民致行"，则"德行"是两个连用的单音词。通过梳理语言文献可知，在孔子时代"德行"并没有完全实现词汇化。如《周易·坎》云："君子以常德行，习教事。"① 此句中的"常德"是介词"以"的宾语，两者结合在一起，做谓语动词"行"的状语。《诗经》中"德"字凡71见，"德""行"连用的情况只有3例。如《邶风·雄雉》云："百尔君子，不知德行。不忮不求，何用不臧。"《郑笺》："女众君子，我不知人之德行何如者可谓为德行，而君或有所留？"《毛诗正义》："妇人念夫，心不能已，见大夫或有在朝者，而己君子从征，故问之云：'汝为众之君子，我不知人何者谓为德行。若言我夫无德而从征也，则我之君子不疾害人，又不求备于一人，其行如是，何用为不善，而君独使之在外乎？'"② 据《郑笺》和《毛诗正义》，则"德""行"在有的情况下是可以理解为两个单音词的。在《左传》中，"德"字凡334例，"德""行"连用的情况仅3例，如《左传·襄公二十一年》云："室老闻之，曰：'乐王鲋言于君，无不行，求赦吾子，吾子不许。祁大夫所不能也，而曰必由之，何也？'叔向曰：'乐王鲋，从君者也，何能行？祁大夫外举不弃仇，内举不失亲，其独遗我乎？《诗》曰：有觉德行，四国顺之。夫子，觉者也。'"③ 根据语境可以判断出来，用诗者是把"德""行"分析成两个词语的。

第三节　思孟学派与《诗经》小学

《荀子·非十二子》云："不法先王，不是礼义，而好治怪说，玩琦

---

① 杨天才、张善文译注：《周易》，中华书局2011年版，第267页。
② 李学勤主编：《十三经注疏·毛诗正义》，北京大学出版社1999年版，第137页。
③ 郭丹、程小青、李彬源译注：《左传》，中华书局2012年版，第1278页。

辞，甚察而不惠，辩而无用，多事而寡功，不可以为治纲纪；然而其持之有故，其言之成理，足以欺惑愚众，是惠施、邓析也。略法先王而不知其统，犹然而材剧志大，闻见杂博。案往旧造说，谓之五行，甚僻违而无类，幽隐而无说，闭约而无解，案饰其辞而祗敬之曰：'此真先君子之言也。'子思唱之，孟轲和之，世俗之沟犹瞀儒，嚾嚾然不知其所非也，遂受而传之，以为仲尼、子游为兹厚于后世，是则子思、孟轲之罪也。"① 年齿弱于孔子数岁的郑国人邓析（前545—前501），力倡刑名之学，《列子·力命篇》云："邓析操两可之说，设无穷之辞，当子产执政，作《竹刑》。郑国用之，数难子产之治。"② 《吕氏春秋·离谓》谓邓析之学说"以非为是，以是为非，是非无度，而可与不可日变"。③邓析作《竹刑》的背景是子产（？—前522）铸刑书于鼎，《左传·昭公六年》："三月，郑人铸刑书"，杜预注："铸刑书于鼎，以为国之常法。"④邓析的刑名之学对于语言学的发展有着一定的推动作用。战国中期，孟子在语言学方面做出了突出贡献，他重视语言的表达作用，更强调透过辞令来考察言说者的真实意图，《孟子·告子下》云："征于色，发于声，而后喻。"⑤ 在文献语言学方面，孟子在孔子"不知言，无以知人也"（《论语·尧曰》）思想的基础上，提出"知人论世"和"以意逆志"说。

子思、孟子之徒被视作一个一脉相承的学术流派，溯其学术渊源则为出自孔门的子游和曾子。《史记·孟子荀卿列传》云："孟轲，驺人也。受业子思之门人。"⑥ 思孟学派"上绍曾子内省修身行仁之说，把心性说与行仁政结合起来，形成了完整的思想体系"。⑦ 子思论道的核心在于一个"诚"字，《中庸》曰："故至诚无息。不息则久，久则征，征则悠

---

① 方勇、李波译注：《荀子》，中华书局2015年版，第71页。
② 景中译注：《列子》，中华书局2007年版，第189页。
③ 张双棣等译注：《吕氏春秋》，中华书局2007年版，第179页。
④ 杨伯峻：《春秋左传注》（修订本），中华书局1990年版，第1274页。
⑤ 方勇译注：《孟子》，中华书局2015年版，第253页。
⑥ （汉）司马迁：《史记》，中华书局2000年版，第1839页。
⑦ 吴雁南：《思孟学派儒家的心性说及其特点》，《贵州民族学院学报》（社会科学版）1993年第1期。

远,悠远则博厚,博厚则高明。博厚,所以载物也;高明,所以覆物也;悠久,所以成物也。博厚配地,高明配天,悠久无疆。"① 达至"诚"的路径则在于"慎独""内省"和"不疚"。孟子继承了子思的这种主观唯心主义思想,形成独具特征的德性王道学说,使之兼具养身存性和施政策略的双重性质。

一 子思与《诗经》小学

子思,名伋,乃伯鱼之子,孔子之孙,《史记·孔子世家》:"孔子生鲤,字伯鱼。伯鱼年五十,先孔子死。伯鱼生伋,字子思,年六十二。尝困于宋。子思作《中庸》。"②《孔丛子·居卫》:"宋君闻之,驾而救子思。子思既免,曰:'文王厄于羑里作《周易》,祖君屈于陈蔡作《春秋》,吾困于宋,可无作乎?'于是,撰《中庸》之书四十九篇。"③《汉书·艺文志》载"《子思》二十三篇",且注曰:"名伋,孔子孙,为鲁缪公师。"④《孟子·公孙丑下》曾言及鲁穆公尊礼子思之事:"昔者鲁缪公无人乎子思之侧,则不能安子思;泄柳、申详无人乎缪公之侧,则不能安其身。"赵岐注:"往者鲁缪公尊礼子思,子思以道不行则欲去。缪公常使贤人往留之,说以方且听子为政,然则子思复留。泄柳、申详亦贤者也,缪公尊之不如子思,二子常有贤者在缪公之侧劝以复之,其身乃安矣。"⑤《隋书·经籍志》载《子思子》七卷,注云:"鲁穆公师孔伋撰。"⑥ 1973 年长沙马王堆汉墓出土了帛书《五行》,1993 年荆门郭店楚墓出土了竹简《五行》,学界基本认定《五行》乃子思所作。1986 年李学勤《帛书〈五行〉与〈尚书·洪范〉》一文认为《五行》"当为思、孟后学的作品"。⑦ 此后李学勤在《郭店楚简〈六德〉的文献学意义》中说:"五行的经文部分,据《荀子·非十二子》

① 王国轩译注:《大学·中庸》,中华书局 2006 年版,第 114 页。
② (汉)司马迁:《史记》,中华书局 2000 年版,第 1565—1566 页。
③ 王钧林、周海生译注:《孔丛子》,中华书局 2009 年版,第 102 页。
④ (汉)班固:《汉书》,中华书局 2000 年版,第 1365 页。
⑤ 李学勤主编:《十三经注疏·孟子注疏》,北京大学出版社 1999 年版,第 122 页。
⑥ (唐)魏徵:《隋书》,中华书局 2000 年版,第 671 页。
⑦ 李学勤:《帛书〈五行〉与〈尚书·洪范〉》,《学术月刊》1986 年第 11 期。

亦出于子思。"① 有学者持论更为谨慎，如郑吉雄说："李学勤认为《子思子》'同其他子书一样，不一定是子思一人的手笔'"②，"杨儒宾认为《鲁穆公问子思》《穷达以时》《唐虞之道》《忠信之道》《五行》《缁衣》六篇为子思学派的作品"。③

除《中庸》《五行》之外，《表记》《防记》《缁衣》也被认为是子思的著作，《隋书·音乐志》载沈约之语曰："《中庸》《表记》《防记》《缁衣》，皆取《子思子》。"④ 以保守的眼光来看，由于《表记》《防记》《缁衣》引用《诗经》时皆有"子曰"之类的字眼，而《中庸》《五行》则没有这样的硬性标记，故而仅以《中庸》《五行》来研究子思的《诗经》学，还是比较稳妥的。

与孔子论诗眼界开阔不同，子思阐释《诗经》时主要聚焦于德性方面。《中庸》全书引用《诗经》15 条，其中 10 条没有"子曰"，所论皆为"君子之道"。其文如下：

（1）《诗》曰："衣锦尚絅。"恶其文之著也。故君子之道，暗然而日章；小人之道，的然而日亡。（《中庸》第 33 章）⑤

引诗见《卫风·硕人》，"尚絅"《毛诗》作"褧衣"。

（2）君子之道，辟如行远必自迩，辟如登高必自卑。《诗》曰："妻子好合，如鼓瑟琴。兄弟既翕，和乐且耽。宜尔室家，乐尔妻帑。"子曰："父母其顺矣乎。"（《中庸》第 15 章）

---

① 李学勤：《郭店楚简〈六德〉的文献学意义》，载《郭店楚简国际学术研讨会论文集》，湖北人民出版社 2000 年版，第 18 页。

② 郑吉雄：《论子思遗说》，《文史哲》2013 年第 2 期。

③ 刘光胜：《先秦学派的判断标准与郭店儒简学术思想的重新定位》，《上海交通大学学报》（哲学社会科学版）2010 年第 6 期。

④ （唐）魏徵：《隋书》，中华书局 2000 年版，第 197 页。

⑤ 王国轩译注：《大学·中庸》，中华书局 2006 年版，第 137 页。下引《中庸》诸例句皆出自该书，不再一一标注。

引诗见《小雅·常棣》。

(3)《诗》云:"潜虽伏矣,亦孔之昭!"故君子内省不疚,无恶于志。君子之所不可及者,其唯人之所不见乎?(《中庸》第33章)

引诗见《小雅·正月》,"昭"《毛诗》作"炤"。

(4)《诗》云:"鸢飞戾天,鱼跃于渊。"言其上下察也。君子之道,造端乎夫妇,及其至也,察乎天地。(《中庸》第12章)

引诗见《大雅·旱麓》。

(5)《诗》曰:"嘉乐君子,宪宪令德。宜民宜人,受禄于天。保佑命之,自天申之。"故大德者必受命。(《中庸》第17章)

引诗见《大雅·假乐》,"嘉"《毛诗》作"假","宪宪"《毛诗》作"显显","佑"《毛诗》作"右"。

(6)《诗》云:"相在尔室,尚不愧于屋漏。"故君子不动而敬,不言而信。(《中庸》第33章)

引诗见《大雅·抑》。

(7)《诗》云:"维天之命,於穆不已!"盖曰天之所以为天也。"於乎不显,文王之德之纯!"盖曰文王之所以为文也,纯亦不已。(《中庸》第26章)

引诗见《周颂·维天之命》。

(8)《诗》曰:"不显惟德,百辟其刑之。"是故君子笃恭而天下平。(《中庸》第33章)

引诗见《周颂·烈文》。

(9)《诗》曰:"在彼无恶,在此无射。庶几夙夜,以永终誉。"君子未有不如此而蚤有誉于天下者也。(《中庸》第29章)

引诗见《周颂·振鹭》,"射"《毛诗》作"致"。

(10)《诗》曰:"奏假无言,时靡有争。"是故君子不赏而民劝,不怒而民威于铁钺。(《中庸》第33章)

引诗见《商颂·烈祖》,"奏"《毛诗》作"鬷"。

根据庞朴《帛书五行篇研究》的整理结果,马王堆汉墓帛书《五行》经文共28条①,其中引用《诗经》辞章以证作者观点的有7条。如:

(1)不仁,思不能精;不智,思不能长。不仁不智。未见君子,忧心不能〔精长,思不精长,不〕能悦。《诗》曰:"未见君子,忧心惙惙。亦既见之,亦既觏之,我心则悦。"此之谓也。不仁,思不能精;不圣,思不能轻。不仁不圣。未见君子,忧心〔不能精轻〕,既见君子,心不□□。(《五行·经5》)②

(2)"婴婴(燕燕)于飞,甡(差)池其羽。之子于归,远送于野。瞻望弗及,泣涕如雨。"能甡(差)池其羽然后能至哀,君子慎其独也。(《五行·经7》)

(3)闻君子道,聪也。闻而知之,圣也;圣人知天道。知而行之,

① 庞朴:《帛书五行篇研究》,齐鲁书社1980年版,第44—89页。
② 庞朴:《帛书五行篇研究》,齐鲁书社1980年版,第46—47页。下引《五行》诸例句皆出自该书,不再一一标注。

圣〈义〉也。行〔之而时,德也。见贤人,明也。〕见而知之,智也。知而安之,仁也。安而敬之,礼也。〔仁义,礼乐所由生也。五行之所和,和〕则乐,乐则有德,有德则邦家兴。□□□□□《诗》曰:"文王在上,於昭于天",此之谓也。(《五行·经18》)

(4) 简,义之方也;匿,仁之方也。刚,义之方也;柔,仁之方也。《诗》曰:"不勮(竞)不救(絿),不刚不柔",此之谓也。(《五行·经20》)

帛书《五行》中的"说"类文字是针对经文所作的专门解释。如,《五行·经》第7条云:"'鸤鸠在桑,其子七兮。淑人君子,其宜(仪)一兮。'能为一然后能为君子,君子慎其独也。"引文见《曹风·鸤鸠》,《五行》篇以君子专一于仪容转喻君子进行道修养的路径——慎独。《五行·说》第7条针对经文进行详细解释:"'鸤鸠在桑'。直之〈也〉。'其子七也〈兮〉'。鸤鸠二子耳,曰七也,兴言也。'淑人君子,其〔仪一兮〕'。〔淑〕人者□,〔仪〕者义也。言其所以行之义之一心也。'能为一然后能为君子'。能为一者,言能以多为一;以多为一也者,言能以夫五为一也。'君子慎其独'。慎其独也者,言舍(捨)夫五而慎其心之谓〔也。独〕然后一,一也者,夫五夫为□心也,然后德(得)之。一也,乃德已。德犹天也,天乃德已。"又如,帛书《五行·说》第7条第二部分文字释《邶风·燕燕》云:"'燕燕于飞,鹾(差)池其羽'。燕燕,兴也,言其相送海也。方其化,不在其羽矣。'之子于归,远送于野。瞻望弗及,泣涕如雨。能鹾(差)池其羽然后能至哀'。言至也。鹾(差)池者,言不在衰绖;不在衰绖也,然后能至哀。夫丧,正经修领而哀杀矣,言至内者之不在外也。'是之谓独'。独也者,舍(捨)体也。"解诗者把"之子于归,远送于野。瞻望弗及,泣涕如雨"这样不舍伊人远嫁的情景,转喻为哀送逝者永归的悲伤,再用以比拟慎独之要诀。

帛书《五行》经文中亦有针对所引《诗经》文字专门的解释性内容。如:

(1) 见而知之,智也;闻而知之,圣也。明明,智也;赫赫,圣

〔也〕。"明明在下，赫赫在上"，此之谓也。（《五行·经17》）

作者以"明明"来形容有大智慧的人，以"赫赫"来形容有圣德的人，且把解释性文字安排在引诗之前。

（2）目（侔）而知之，谓之进之。譬而知之，谓之进之。喻而知之，谓之进之。〔礼而知之，天〕也。"上帝临汝，毋贰尔心"，此之谓也。（《五行·经23—26》）

引文见《大雅·大明》，原诗之意为：上帝无时无刻不在严厉地监视着，你不要心生悖逆。《五行》篇的作者"采用了'上帝监视'这一事件，因为上帝就是'天'，上帝即'天'无所不在，无所不知。据此，作者认为诗文所讲，即是其'几而知之，天也'的思想"。①

二 孟子与《诗经》小学

如果说孔子的《诗经》学术活动重在打造《诗经》的社会价值，那么孟子则主要追求《诗经》的文学修养功能。孔子生活在"逐于智谋"②的时代，他从《诗经》中发现珍珠，用它串成项链；他从《诗经》中凿出坚石，用它筑起自己的精神大厦。而孟子生活在"争于气力"的战国，这时的《诗经》失去了"达政""专对""事君""事父"的文化魅力，蜕变成为"多识草木鸟兽虫鱼"般的知识体系，孟子用以修身养性，亦用以提高自己的论辩能力。《孟子·离娄下》云："王者之迹熄而《诗》亡，《诗》亡然后《春秋》作。"③ 孟子把《诗经》与《春秋》作比对，两者都是历史传承下来的重要文化遗产，承载着王者与圣人的智慧，是当今学者修身养气的文学渊薮。人生修养在于一个"诚"字，所以在说解《诗经》时要"以意逆志"，要"知人论世"，要秉持实事求是的态

---

① 王威威：《竹简〈五行〉与〈孟子〉诗学之比较——兼论思孟学派的问题》，《华北电力大学学报》（社会科学版）2007年第1期。
② 梁启雄：《韩子浅解》，中华书局1960年版，第471页。
③ 方勇译注：《孟子》，中华书局2015年版，第158页。

度。作为论辩的工具,又要体现出一定的灵活性,这就要继承春秋时期"赋诗言志"的传统,赋诗断章,予取予求。但是孟子的用诗方法绝不是历史上"断章取义"的简单重复,他尤其不允许用诗者脱离文本语境,坚决反对"以文害辞""以辞害志"。孟子用诗既讲究诗句局部意义的相对完整性,更追求充分体现《诗经》的"仁道"本质。

1. 孟子的核心思想

据《史记·孟子荀卿列传》,孟子受业于子思之门人,他在子思关于"诚"的论述基础上,提出以"性善"为基础、以"养气"为核心的修身理论。孟子"道性善,言必称尧舜"(《孟子·滕文公上》),他说:"人性之善也,犹水之就下也。人无有不善,水无有不下。"① 孟子说他善养浩然之气,《孟子·公孙丑上》:"'敢问何谓浩然之气?'曰:'难言也。其为气也,至大至刚,以直养而无害,则塞于天地之间。其为气也,配义与道;无是,馁也。是集义之所生者,非义袭而取之也。行有不慊于心,则馁矣。'"② 养气的关键在于存心养性,也就是说要"反身而诚"(《孟子·尽心上》)。养气还要善学,而善学乃君子的品格,"求则得之,舍则失之,是求有益于得也,求在我者也。"(《孟子·尽心上》)人兽的区别就在于能否善于学习,能否明察万物,"人之所以异于禽兽者几希,庶民去之,君子存之。"(《孟子·离娄下》)

孟子偏爱谈论"善"和"道",但他并不呆板。面对纷繁复杂的社会现象,孟子非常清楚权变的重要性,《孟子·离娄上》云:"淳于髡曰:'男女授受不亲,礼与?'孟子曰:'礼也。'曰:'嫂溺,则援之以手乎?'曰:'嫂溺不援,是豺狼也。男女授受不亲,礼也;嫂溺,援之以手者,权也。'"③ 所以,在进行《诗经》阐释的时候,孟子有时也会作出权变性的解说,"公孙丑曰:'《诗》曰:不素餐兮。君子之不耕而食,何也?'孟子曰:'君子居是国也,其君用之,则安富尊荣;其子弟从之,则孝悌忠信。不素餐兮,孰大于是?'"(《孟子·尽心上》)孟子从社会分

① 方勇译注:《孟子》,中华书局 2015 年版,第 213—214 页。
② 方勇译注:《孟子》,中华书局 2015 年版,第 49 页。
③ 方勇译注:《孟子》,中华书局 2015 年版,第 141—142 页。

工的角度说明了脑力劳动者对于社会的贡献。讲权变就要反对偏执于一，"执中无权，犹执一也。所恶执一者，为其贼道也，举一而废百也。"（《孟子·尽心上》）在《孟子·万章上》中有一段文字："万章问曰：'《诗》云：娶妻如之何？必告父母。信斯言也，宜莫如舜。舜之不告而娶，何也？'孟子曰：'告则不得娶。男女居室，人之大伦也。如告，则废人之大伦，以怼父母，是以不告也。'"① 面对社会情况的特殊性，古之圣者亦不得不权变而行，不以常理而废人伦。不同于孔子特别讲究守正，孟子善于权变，《四书章句集注》云："盖孔子之言，为邦之正道；孟子之言，救时之急务，所以不同。"②

孟子还直接从孔子那里继承了关于"仁"的言说，并进行了一些新的发挥，如："仁也者，人也。合而言之，道也。"（《孟子·尽心下》）"夫仁，天之尊爵也，人之安宅也。"（《孟子·公孙丑上》）"恻隐之心，仁也。"（《孟子·告子上》）"仁之实，事亲是也。"（《孟子·离娄上》）"人皆有所不忍，达之于其所忍，仁也。"（《孟子·尽心下》）"为天下得人者谓之仁。"（《孟子·滕文公上》）"学不厌，智也；教不倦，仁也。"（《孟子·公孙丑上》）最终，孟子把子思所讲的"诚"与孔子所讲的"仁"巧妙地结合在一起，《孟子·尽心上》云："反身而诚，乐莫大焉。强恕而行，求仁莫近焉。"③ 孟子善比，由"仁"推及"仁政"，《孟子·公孙丑上》云："人皆有不忍人之心。先王有不忍人之心，斯有不忍人之政矣。以不忍人之心，行不忍人之政，治天下可运之掌上。……恻隐之心，仁之端也；羞恶之心，义之端也；辞让之心，礼之端也；是非之心，智之端也。人之有是四端也，犹其有四体也。有是四端而自谓不能者，自贼者也。谓其君不能者，贼其君者也。凡有四端于我者，知皆扩而充之矣，若火之始然，泉之始达。苟能充之，足以保四海；苟不充之，不足以事父母。"④

孟子"仁政""王道"思想的提出，是中国士人阶层强烈社会责任感

① 方勇译注：《孟子》，中华书局2015年版，第174页。
② （宋）朱熹：《四书章句集注》，中华书局2011年版，第199页。
③ 方勇译注：《孟子》，中华书局2015年版，第258页。
④ 方勇译注：《孟子》，中华书局2015年版，第59页。

的体现。中国士人阶层向来讲究"修身""齐家""治国""平天下"，《大学》第一章云："古之欲明明德于天下者，先治其国；欲治其国者，先齐其家；欲齐其家者，先修其身；欲修其身者，先正其心；欲正其心者，先诚其意；欲诚其意者，先致其知；致知在格物。物格而后知至，知至而后意诚，意诚而后心正，心正而后身修，身修而后家齐，家齐而后国治，国治而后天下平。"①《孟子·尽心上》云："古之人，得志，泽加于民；不得志，修身见于世。穷则独善其身，达则兼善天下。"② 李泽厚《中国美学史》说："孟子认为人的生存的意义及价值，就在实行仁义之道，不论在任何情况下都决不放弃自己所应履行的社会责任。仁义之道的实行，也就是人的生存的意义和价值的实现。这种实现，显示了人不同于禽兽的高尚性。"③ 但是，在普遍崇尚武力的战国时代背景下，儒家思想的迂阔弊端也暴露了出来，指望倚靠"仁政"来实现"王天下"的理想是不可能实现的。《孟子·梁惠王下》云："滕文公问曰：'齐人将筑薛，吾甚恐，如之何则可？'孟子对曰：'昔者大王居邠，狄人侵之。去之岐山之下居焉，非择而取之，不得已也。苟为善，后世子孙必有王者矣。'"④ 面对强敌的威胁，孟子想不出切实可行的对策，不得已竟然拿古公亶父迁岐避狄的办法来搪塞，表现出他在现实政治上无能为力的一面。然而，正是政治上的失意促使孟子专心向学，"退而与万章之徒序《诗》《书》"（《史记·孟子荀卿列传》），从而在文化领域内实现了自己的人生理想。

2. 孟子善于以诗为辩

当被问起自己有什么才能时，孟子首先回答的是"吾知言"，《孟子·公孙丑上》："'何谓知言？'曰：'诐辞知其所蔽，淫辞知其所陷，邪辞知其所离，遁辞知其所穷。'"⑤ 言是心声，扬雄《法言·问神》曰："君子之言，幽必有验乎明，远必有验乎近，大必有验乎小，隐必有验乎

---

① 王国轩译注：《大学·中庸》，中华书局2006年版，第4—5页。
② 方勇译注：《孟子》，中华书局2015年版，第261页。
③ 李泽厚、刘纲纪：《中国美学史》，中国社会科学出版社1984年版，第177页。
④ 方勇译注：《孟子》，中华书局2015年版，第39页。
⑤ 方勇译注：《孟子》，中华书局2015年版，第49—50页。

著。无验而言之谓妄。"① 统而言之，"知言"一方面指能够明辨言语的优劣高下，另一方面指能使自己的言辞具备犀利的论辩力。

战国时期百家纷起，各逞口舌之巧耀名于世，为捍卫儒学地位，孟子必须拿起雄辩的武器，与其他学说一争高下，《孟子·滕文公下》云："昔者禹抑洪水而天下平，周公兼夷狄、驱猛兽而百姓宁，孔子成《春秋》而乱臣贼子惧。《诗》云：'戎狄是膺，荆舒是惩，则莫我敢承。'无父无君，是周公所膺也。我亦欲正人心，息邪说，距诐行，放淫辞，以承三圣者。"② "戎狄是膺，荆舒是惩，则莫我敢承"语出《鲁颂·闷宫》，孟子用以表达自己战斗的决心。孟子具有辩士的才能，但他并不以此为殊荣，只是社会现实逼迫他不得不如此而已，他说："岂好辩哉？予不得已也。"（《孟子·滕文公下》）

在征引《诗经》辞章进行论辩时，孟子一是善于以史证言，二是善于词义置换，三是巧于使用论辩逻辑。

（1）以史证言。据《孟子·梁惠王上》记载，孟子在向梁惠王谈"与民偕乐"的道理时，征引《大雅·灵台》中的诗句，并以史实作为佐证，剖析了国家兴亡的深刻原因："《诗》云：'经始灵台，经之营之。庶民攻之，不日成之。经始勿亟，庶民子来。王在灵囿，麀鹿攸伏。麀鹿濯濯，白鸟鹤鹤。王在灵沼，于牣鱼跃。'文王以民力为台为沼，而民欢乐之，谓其台曰灵台，谓其沼曰灵沼，乐其有麋鹿鱼鳖。古之人与民偕乐，故能乐也。《汤誓》曰：'时日害丧？予及女偕亡！'民欲与之偕亡，虽有台池鸟兽，岂能独乐哉？"③

（2）词语置换。据《孟子·梁惠王下》，面对赤裸裸地宣称自己"好勇""好财""好色"的齐宣王，孟子为了拉近言说双方的距离，巧妙地进行了词语概念的转换：

王曰："大哉言矣！寡人有疾，寡人好勇。"对曰："王请无好小

---

① 韩敬译注：《法言》，中华书局2012年版，第125页。
② 方勇译注：《孟子》，中华书局2015年版，第121页。
③ 方勇译注：《孟子》，中华书局2015年版，第3—4页。

勇。夫抚剑疾视,曰:'彼恶敢当我哉!'此匹夫之勇,敌一人者也。王请大之。《诗》云:'王赫斯怒,爰整其旅,以遏徂莒,以笃周祜,以对于天下。'此文王之勇也。文王一怒而安天下之民。"

……

王曰:"寡人有疾,寡人好货。"对曰:"昔者公刘好货。《诗》云:'乃积乃仓,乃裹糇粮,于橐于囊,思戢用光。弓矢斯张,干戈戚扬,爰方启行。'故居者有积仓,行者有裹囊也,然后可以爰方启行。王如好货,与百姓同之,于王何有?"

王曰:"寡人有疾,寡人好色。"对曰:"昔者太王好色,爰厥妃。《诗》云:'古公亶甫,来朝走马。率西水浒,至于岐下。爰及姜女,聿来胥宇。'当是时也,内无怨女,外无旷夫。王如好色,与百姓同之,于王何有?"①

"好勇""好财""好色"本是君子不齿的行径,孟子分别征引《诗经·大雅》中的《皇矣》《公刘》《绵》之诗句,把崇信武力征伐的勇夫之"勇"置换为敬天伐罪的大勇,把刮民脂膏、横征暴敛的"好财"置换为富民丰积的政治眼光,把贪恋女色、奢靡无度的"好色"置换为安家宁人的蓄民国策。杨泽波《孟子评传》说:"孟子在与国君对话的时候,非常注意巧接话题,先是顺着他们的话头走,中间再暗度陈仓,于不知不觉间宣传自己的政治主张,以期达到说服的目的。"②

(3)归谬推理。在驳斥"断章取义"的荒谬言论时,孟子能够恰当使用逻辑推理范畴中的归谬法——假设对方的观点是正确的,那么就会由此推论出明显错误的结论。如《孟子·万章上》云:"如以辞而已矣,《云汉》之诗曰:'周余黎民,靡有孑遗。'信斯言也,是周无遗民也。"③所引诗文出自《大雅·云汉》:"旱既大甚,则不可推。兢兢业业,如霆如雷。周余黎民,靡有孑遗。"意思是说在旱灾肆虐的情况下,没有谁能

---

① 方勇译注:《孟子》,中华书局2015年版,第25—29页。
② 杨泽波:《孟子评传》,南京大学出版社1998年版,第390页。
③ 方勇译注:《孟子》,中华书局2015年版,第179—180页。

够轻易逃脱旱灾之害。《郑笺》："周之众民多有死亡者矣。今其余无有子遗者，言又饿病也。"赵岐《孟子章句》："辞曰'周余黎民，靡有孑遗'，志在忧旱灾，民无孑然遗脱不遭旱灾者，非无民也。"① 朱熹《孟子集注》："若但以其辞而已，则如《云汉》所言，是周之民真无遗种矣。惟以意逆之，则知作诗者之志在于忧旱，而非真无遗民也。"② 所以说，如果脱离了上下文语境，把"周余黎民，靡有孑遗"理解成周人已经死绝种了，那就实在是太荒谬了。

3. 孟子解释《诗经》的小学本色

作为修身养性的利器，解释《诗经》贵在求真。怎样才能求得诗之真呢？孟子提出"以意逆志"之说。《孟子·万章上》云：

> 咸丘蒙曰："舜之不臣尧，则吾既得闻命矣。《诗》云：'普天之下，莫非王土；率土之滨，莫非王臣。'而舜既为天子矣，敢问瞽瞍之非臣，如何？"曰："是诗也，非是之谓也；劳于王事，而不得养父母也。曰：'此莫非王事，我独贤劳也。'故说诗者，不以文害辞，不以辞害志。以意逆志，是为得之。……孝子之至，莫大乎尊亲；尊亲之至，莫大乎以天下养。为天子父，尊之至也；以天下养，养之至也。《诗》曰：'永言孝思，孝思维则。'此之谓也。"③

"普天之下，莫非王土；率土之滨，莫非王臣"语出《小雅·北山》，春秋时期已经由其本意延展出新的语意，即：天下全部土地和所有民众都是国君的私有物品。如《左传·昭公七年》云："天子经略，诸侯正封，古之制也。封略之内，何非君土？食土之毛，谁非君臣？故《诗》曰：'普天之下，莫非王土。率土之滨，莫非王臣。'"④ 咸丘蒙试图以诗文的引申之义来指摘天子之道与孝亲的矛盾，孟子面对《左传》权威和现实政治的双重压力，使出夺命杀招——改谈诗的本意和主旨。"普天之

① 李学勤主编：《十三经注疏·孟子注疏》，北京大学出版社1999年版，第253页。
② （宋）朱熹：《四书章句集注》，中华书局2011年版，第286页。
③ 方勇译注：《孟子》，中华书局2015年版，第179页。
④ 郭丹、程小青、李彬源译注：《左传》，中华书局2012年版，第1677页。

下，莫非王土；率土之滨，莫非王臣"接下来的文字是"大夫不均，我从事独贤"——君王的事本应大家担，偏偏说我有贤才就多委任于我——而这才是诗章的寓意所在。放眼全诗，诗的主旨在于"王事靡盬，忧我父母"，事关孝亲之道；若曰孝亲，莫过于光宗耀祖，身居帝王之尊当然是光宗耀祖、扬名父母的极致。由此，孟子亮出自己的结论，虞舜是"先王""先圣"，无时无刻不在体现着《诗经》文化精神，他是永世长存的孝子，他化身为人间孝道的法则。

在这场充满智慧的辩说中，孟子提出了"以意逆志"的解诗方法，即以诗句之意推测诗篇的主旨。那么，"以意逆志"的前提是什么？孟子的答案是"不以文害辞，不以辞害志"（《孟子·万章上》）。"文"指文字；"辞"指"辞意"，涵盖词语、句段、修辞等方面的内容；"志"应该是说诗篇的主旨。朱熹《孟子集注》云："文，字也。辞，语也。逆，迎也。"① 清人吴淇《六朝选诗定论缘起》云："《诗》有内有外。显于外者曰文、曰辞，蕴于内者曰志、曰意。此'意'字，与'思无邪''思'字，皆出于志。然有辨，'思'就其惨淡经营言之，'意'就其淋漓尽兴言之。则'志'古之志，而'意'古人之意，故'选诗'中每每以'古意'命题是也。汉宋诸儒，以一'志'字属古人，而'意'为自己之意。夫我非古人，而以己意说之，其贤于蒙之见也几何矣。不知志者，古人之心事，以意为舆，载志而游，或有方，或无方，意之所到，即志之所在。故以古人之意，求古人之志，乃就诗论诗，犹之以人治人也。即以此诗论之，不得养父母，其志也，'普天'云云，文辞也。'莫非王事，我独贤劳'，其意也。其辞有害，其意无害，故用此意以逆之，而得其志在养亲而已。'以'字如《春秋》'以师'之'以'。"②

从"以意逆志"这一观念出发，孟子对一些诗篇进行了新的阐释，准确地揭示出了隐藏在文辞背后的诗章大旨。如孟子说《小雅·小弁》及《邶风·凯风》的诗旨在于"孝亲"，《孟子·告子下》云："公孙丑问曰：'高子曰：《小弁》，小人之诗也。'孟子曰：'何以言之？'曰：

---

① （宋）朱熹：《四书章句集注》，中华书局 2011 年版，第 286 页。
② （清）吴淇著，汪俊、黄进德点校：《六朝选诗定论》，广陵书社 2009 年版，第 34 页。

'怨.'曰:'固哉,高叟之为诗也!有人于此,越人关弓而射之,则己谈笑而道之;无他,疏之也。其兄关弓而射之,则己垂涕泣而道之;无他,戚之也。《小弁》之怨,亲亲也。亲亲,仁也。固矣夫,高叟之为诗也!'曰:'《凯风》何以不怨?'曰:'《凯风》,亲之过小者也;《小弁》,亲之过大者也。亲之过大而不怨,是愈疏也;亲之过小而怨,是不可矶也。愈疏,不孝也;不可矶,亦不孝也。孔子曰:舜其至孝矣,五十而慕。'"① 后世的《诗序》继承了孟子的这种说法,曰:"《凯风》,美孝子也。卫之淫风流行,虽有七子之母,犹不能安其室,故美七子能尽其孝道,以慰其母心,而成其志尔。"②

4. 孟子对"赋诗断章"方法的扬弃

孟子追求"以意逆志",但他并未完全割裂与"赋诗言志"及"断章取义"的历史关系。首先,他也能够进行巧妙地断章,以凸显所引诗句的特殊用意。如在《公孙丑上》中,孟子提出施行王道不应该以力服人,而应以德服人,为此他征引《大雅·文王有声》云:"自西自东,自南自北,无思不服。"全诗本为叙述周文王建都镐京,四方来服的过程。孟子有意省略所引诗文的前一句"镐京辟雍",在不影响表达"四方来服"之文德至道的前提下,降低了大兴土木的场面可能触发言说对象别作他解的风险。

其次,孟子十分重视发掘诗句的延展意义,大致延续了春秋时期"赋诗言志"的方法,所不同的是,孟子发挥诗句延展意义时更为注重思想理念的趋道原则,"迄于孟子,他更进一步强化了孔子的观念,先是认定《诗》三百天然具有仁义的内质,其次是要求以仁义为宗旨,规范用诗行为。"③ 如《孟子·梁惠王上》征引《大雅·思齐》"刑于寡妻,至于兄弟,以御于家邦",意在论证推恩保国之道;《滕文公上》征引《大雅·文王》"周虽旧邦,其命惟新",意在鼓励国君要以仁政来延续国运;《公孙丑上》征引《豳风·鸱鸮》"迨天之未阴雨,彻彼桑土,绸缪牖

---

① 方勇译注:《孟子》,中华书局 2015 年版,第 237 页。
② 李学勤主编:《十三经注疏·毛诗正义》,北京大学出版社 1999 年版,第 133 页。
③ 刘立志:《孟子与两汉〈诗〉学》,《盐城工学院学报》(社会科学版)2002 年第 1 期。

户。今此下民,或敢侮予",意在说明治理国家者应明白未雨绸缪的道理。又如,《孟子·尽心下》云:"貉稽曰:'稽大不理于口。'孟子曰:'无伤也。士憎兹多口。《诗》云:忧心悄悄,愠于群小,孔子也;肆不殄厥愠,亦不殒厥问,文王也。'"① "忧心悄悄,愠于群小"语出《邶风·柏舟》,"肆不殄厥愠,亦不殒厥问"语出《大雅·绵》,孟子用以说明修身之道——小人之毁誉无伤于圣人的品德。

5. 孟子解释《诗经》追求天然自成

孟子解释《诗经》不生硬,追求诗义与自己观点的水乳交融。如《孟子·告子上》云:"《诗》曰:'天生蒸民,有物有则。民之秉彝,好是懿德。'孔子曰:'为此诗者,其知道乎!故有物必有则,民之秉彝也,故好是懿德。'"② 所引诗文出自《大雅·烝民》,意思是讲普通民众都有做人原则,其常性就是秉持美德,孟子以此作为自己"性善论"的支撑。又如,《孟子·公孙丑上》云:"祸福无不自己求之者。《诗》云:'永言配命,自求多福。'《太甲》曰:'天作孽,犹可违。自作孽,不可活。'此之谓也。"③ 所引诗文出自《大雅·文王》,意为要配合天命进行修身养德,以求福佑一生,孟子用以证明"天作孽,犹可违。自作孽,不可活"的为人之道。又如,《孟子·滕文公上》云:"滕文公问为国。孟子曰:'民事不可缓也。《诗》云:昼尔于茅,宵尔索绹;亟其乘屋,其始播百谷。'"④ 所引诗文出自《豳风·七月》,依次描写了割草、绩绳、修屋、播种等劳动场面,意在表现上古农事生活的紧张有序,孟子以此劝君要勤于国家的根本大业。再如,《孟子·梁惠王下》云:"以大事小者,乐天者也。以小事大者,畏天者也。乐天者保天下,畏天者保其国。《诗》云:'畏天之威,于时保之。'"⑤ 所引诗文出自《周颂·我将》,意为敬天方能受天之祜,孟子用以说明乐安保民的治国之道。

孟子解释《诗经》技艺纯熟、条分缕析、自然妥帖。如《孟子·离

① 方勇译注:《孟子》,中华书局2015年版,第292页。
② 方勇译注:《孟子》,中华书局2015年版,第219页。
③ 方勇译注:《孟子》,中华书局2015年版,第57页。
④ 方勇译注:《孟子》,中华书局2015年版,第90页。
⑤ 方勇译注:《孟子》,中华书局2015年版,第25页。

娄上》云："上无礼，下无学，贼民兴，丧无日矣。《诗》云：'天之方蹶，无然泄泄。'泄泄犹沓沓也。事君无义，进退无礼，言则非先王之道者，犹沓沓也。"① "天之方蹶，无然泄泄"语出《大雅·板》。"泄泄"犹"沓沓"，多言貌；"事君无义，进退无礼"云云，为其延展之义。孟子在行文中先陈述自己的观点，然后征引《诗经》辞章以明己意，再对诗文进行多方位的训释，条理十分明晰。

第四节　荀子与《诗经》小学

荀子（约前313—前238），名况，字卿，赵人。赵国地属三晋，儒学底蕴深厚，身为孔门十哲的子夏曾居西河而传授儒学。三晋学者向来以视野宏阔而闻名，善于吸收各种门派之长，如商鞅由魏入秦力主变法，就体现出三晋士人儒法并重的思想特征。战国末期的三晋儒术进一步向经天纬地的政治层面靠拢，遂有力主礼法并施的荀卿，"荀卿的出现，是战国时代三晋之地儒学发展的最大成就"。② 在《诗经》学术活动上，荀子前承孔门诸子，后启汉代四家诗，作用非同一般，"盖自七十子之徒既殁，汉诸儒未兴，中更战国、暴秦之乱，六艺之传，赖以不绝者，荀卿也。周公作之，孔子述之，荀卿子传之，其揆一也。"③

荀子的《诗经》学素养渊源有自，很可能与子夏的《诗经》学术活动有着密切联系，陆玑《毛诗草木鸟兽虫鱼疏》云："孔子删《诗》授卜商，商为之序，以授鲁人曾申，申授魏人李克，克授鲁人孟仲子，仲子授根牟子，根牟子授赵人荀卿，荀卿授鲁国毛亨，亨作《诂训传》以授赵国毛苌。时人谓亨为大毛公，苌为小毛公。"④《荀子》一书中引用有"传"类的文字，如《荀子·修身》云："传曰：'君子役物，小人役于

① 方勇译注：《孟子》，中华书局2015年版，第128页。
② 马银琴：《子夏居西河与三晋之地〈诗〉的传播》，《北京大学学报》（哲学社会科学版）2010年第5期。
③ （清）汪中撰，李金松校笺：《述学校笺》，中华书局2014年版，第453页。
④ （三国吴）陆玑：《毛诗草木鸟兽虫鱼疏》，中华书局1985年影印本，第70页。

物.'此之谓矣。"杨倞注曰:"凡言'传曰',皆旧所传闻之言也。"① 又如,《荀子·大略》云:"《国风》之好色也,传曰:'盈其欲而不愆其止。其诚可比于金石,其声可内于宗庙。'《小雅》不以于污上,自引而居下,疾今之政,以思往者,其言有文焉,其声有哀焉。"② 俞樾《曲园杂纂·荀子诗说》认为,荀子说解《诗经》时提到的"传"就是根牟子的《诗传》,"所引传文,必是根牟子以前相承之师说。"③

子夏曾在西河传授《诗经》,《史记·仲尼弟子列传》云:"孔子既没,子夏居西河教授,为魏文侯师。"④《魏世家》谓"文侯受子夏经艺"。⑤《礼记·乐记》云:

> 魏文侯问于子夏曰:"吾端冕而听古乐,则唯恐卧;听郑卫之音,则不知倦。敢问古乐之如彼何也?新乐之如此何也?"……子夏对曰:"夫古者天地顺而四时当,民有德而五谷昌,疾疢不作而无妖祥,此之谓大当。然后圣人作为父子君臣以为纪纲,纪纲既正,天下大定;天下大定,然后正六律,和五声,弦歌《诗·颂》。此之谓德音,德音之谓乐。《诗》云:'莫其德音,其德克明。克明克类,克长克君。王此大邦,克顺克俾。俾于文王,其德靡悔。既受帝祉,施于孙子。'此之谓也。今君之所好者,其溺音乎?"文侯曰:"敢问溺音何从出也?"子夏对曰:"郑音好滥淫志,宋音燕女溺志,卫音趋数烦志,齐音敖辟乔志。此四者,皆淫于色而害于德,是以祭祀弗用也。《诗》云:'肃雍和鸣,先祖是听。'夫肃肃,敬也。雍雍,和也。夫敬以和,何事不行?为人君者,谨其所好恶而已矣。君好之,则臣为之;上行之,则民从之。《诗》云:'诱民孔易。'此之谓也。"⑥

---

① (战国)荀况著,(唐)杨倞注,耿芸标校:《荀子》,上海古籍出版社2014年版,第13页。
② 方勇、李波译注:《荀子》,中华书局2015年版,第462页。
③ (清)俞樾:《春在堂全书》第3册,凤凰出版社2010年版,第54页。
④ (汉)司马迁:《史记》,中华书局2000年版,第1747页。
⑤ (汉)司马迁:《史记》,中华书局2000年版,第1490页。
⑥ 王文锦:《礼记译解》,中华书局2001年版,第548—551页。

据《论语·八佾》"绘事后素"云云，孔子曾盛赞卜商论诗给予他极大的启发，则知子夏之《诗经》学智性十足。《韩诗外传》卷5第1章载有子夏和孔子论诗的相关文字："子夏问曰：'《关雎》何以为《国风》始也？'孔子曰：'《关雎》至矣乎！夫《关雎》之人，仰则天，俯则地，幽幽冥冥，德之所藏，纷纷沸沸，道之所行，虽神龙化，斐斐文章。大哉《关雎》之道也，万物之所系，群生之所悬命也，河洛出书图，麟凤翔乎郊。不由《关雎》之道，则《关雎》之事将奚由至矣哉？夫六经之策，皆归论汲汲，盖取之乎《关雎》。《关雎》之事大矣哉！……天地之间，生民之属，王道之原，不外此矣！'子夏喟然叹曰：'大哉《关雎》，乃天地之基地。《诗》曰：'钟鼓乐之。'"①《韩诗外传》卷2第29章云："子夏读《书》已毕。夫子问曰：'尔亦可言于《书》矣。'子夏对曰：'《书》之于事也，昭昭乎若日月之光明，燎燎乎如星辰之错行，上有尧舜之道，下有三王之义，弟子所受于夫子者，志之于心不敢忘。虽居蓬户之中，弹琴以咏先王之风，有人亦乐之，无人亦乐之，亦可发愤忘食矣。《诗》曰：衡门之下，可以栖迟。泌之洋洋，可以疗饥。'夫子造然变容曰：'嘻！吾子殆可以言《书》已矣。'"②子夏之学为《毛诗》源头，《后汉书·徐防传》云："臣闻《诗》《书》《礼》《乐》，定自孔子；发明章句，始于子夏。"③《毛诗正义》曰："沈重云：'案郑《诗谱》意，《大序》是子夏作，《小序》是子夏、毛公合作，卜商意有不尽，毛更足成之。'"④

荀子善于《诗经》阐释，不仅与子夏以来的《诗经》学术传统有关，还与战国以来语言学蓬勃发展所起到的推动作用有关。战国初期的墨子（前468—前376）提出了语言学范畴的名实观，《墨子·经说上》云："名：物，达也，有实必待文多也。命之马，类也，若实也者，必以是名也。命之臧，私也，是名也，止于是实也。……所以谓，名也；所谓，

---

① （汉）韩婴撰，许维遹校释：《韩诗外传集释》，中华书局1980年版，第164—165页。
② （汉）韩婴撰，许维遹校释：《韩诗外传集释》，中华书局1980年版，第72—73页。
③ （南朝宋）范晔：《后汉书》，中华书局2000年版，第1012页。
④ 李学勤主编：《十三经注疏·毛诗正义》，北京大学出版社1999年版，第4页。

实也;名实耦,合也。"① 大约年长荀子七岁的公孙龙子(约前320—约前250),更是重视"名实相称""名称相分",《公孙龙子·名实论》云:"其'名'正,则唯乎其彼此焉。"即是说:"彼此者,以示万物分别之界也。盖名正而后万物之彼此乃不混;设吾谓而人皆应之,即可知其当矣。"② 公孙龙子特别"讲求析辞,注意词法的细微差别"③。在《白马论》中,公孙龙子提出了"白马非马"的逻辑命题:"马者,所以命形也;白者,所以命色也。命色形非命形也。故曰:白马非马。"④ 荀子整合了春秋战国时期的名实理论,在孔子的正名观、墨子的名实观、名家的名实辨析论等思想基础上,提出了自己的正名理论,《荀子·正名》云:"故知者为之分别,制名以指实,上以明贵贱,下以辨同异"⑤;"君子之言,涉然而精,俛然而类,差差然而齐。彼正其名,当其辞,以务白其志义者也。彼名辞也者,志义之使也,足以相通则舍之矣"⑥。

荀子的《诗经》解释实践与其语言学思想应该具有某种程度的关联性。战国晚期,面对天下即将一统的社会现实,必然会有某种相对权威性的《诗经》解释脱颖而出,这与荀子所说的语言具有约定俗成性有相同的文化趋向,《荀子·正名》:"名无固宜,约之以命。约定俗成谓之宜,异于约则谓之不宜。名无固实,约之以命实,约定俗成谓之实名。名有固善,径易而不拂,谓之善名。"⑦ 解释经典文本的语言文字,要做到明确而无歧义,使人不易误读。经典文本不但需要学者不断地去完善释文,还要倚仗当权者的强力推广,方能转化为人们普遍遵守的文化准则:"故王者之制名,名定而实辨,道行而志通,则慎率民而一焉。"(《荀子·正名》)有了统一的文化准则,百姓才有可能安分守己,最终达致天下太平:"故其民莫敢托为奇辞以乱正名,故其民悫,悫则易使,易使则公。其民莫敢托为奇辞以乱正名,故壹于道法而谨于循令矣。如是,

---

① 方勇译注:《墨子》,中华书局2015年版,第345—346页。
② 谭戒甫:《公孙龙子形名发微》,中华书局1963年版,第60页。
③ 胡奇光:《中国小学史》,上海人民出版社2005年版,第32页。
④ 黄克剑译注:《公孙龙子(外三种)》,中华书局2012年版,第42页。
⑤ 方勇、李波译注:《荀子》,中华书局2015年版,第360页。
⑥ 方勇、李波译注:《荀子》,中华书局2015年版,第367页。
⑦ 方勇、李波译注:《荀子》,中华书局2015年版,第362页。

则其迹长矣。迹长功成，治之极也，是谨于守名约之功也。"（《荀子·正名》）

一 荀子解释 《诗经》 的思想基础

1. 隆礼义而杀诗书

荀子是战国晚期的儒学大师，也是先秦诸家之学的融会贯通者。据《史记》记载，荀子"年五十始来游学于齐"，"田骈之属皆已死。齐襄王时，而荀卿最为老师。齐尚修列大夫之缺，而荀卿三为祭酒焉"。① 齐文化本来就具有质朴实用的特征，《史记·鲁周公世家》云："鲁公伯禽之初受封之鲁，三年而后报政周公。周公曰：'何迟也？'伯禽曰：'变其俗，革其礼，丧三年然后除之，故迟。'太公亦封于齐，五月而报政周公。周公曰：'何疾也？'曰：'吾简其君臣礼，从其俗为也。'及后闻伯禽报政迟，乃叹曰：'呜呼，鲁后世其北面事齐矣！夫政不简不易，民不有近；平易近民，民必归之。'"② 管仲以法家而闻名，同时也重视礼治，《管子·牧民》云："国有四维……何谓四维？一曰礼，二曰义，三曰廉，四曰耻。"③ 齐桓公田午创稷下学宫，促进了百家争鸣，先后有驺衍、淳于髡、慎到、环渊、接子、田骈、驺奭等不同门派学者适齐讲学，"分别针对治国之道提出议论、各抒己见，间接促成各项政治改革与变法运动，因而带动社会政治形态之具体变革"。④

在与稷下学者进行论辩过程中，荀子汲取百家学说之长，提出了以儒家礼义思想为主的王霸之道，《荀子·王制》云："仁眇天下，义眇天下，威眇天下。仁眇天下，故天下莫不亲也；义眇天下，故天下莫不贵也；威眇天下，故天下莫敢敌也。以不敌之威，辅服人之道，故不战而胜，不攻而得，甲兵不劳而天下服。是知王道者也。知此三具者，欲王而王，欲霸而霸，欲强而强矣。"⑤ 《荀子·强国》云："彼国者亦有砥

---

① （汉）司马迁：《史记》，中华书局 2000 年版，第 1842 页。
② （汉）司马迁：《史记》，中华书局 2000 年版，第 1275 页。
③ 李山译注：《管子》，中华书局 2016 年版，第 4 页。
④ 林素英：《荀子王霸理论与稷下学之关系》，《管子学刊》2019 年第 2 期。
⑤ 方勇、李波译注：《荀子》，中华书局 2015 年版，第 121 页。

厉,礼义节奏是也。故人之命在天,国之命在礼。人君者隆礼尊贤而王,重法爱民而霸,好利多诈而危,权谋倾覆幽险而亡。"① 又云:"礼义则修,分义则明,举错则时,爱利则形,如是,百姓贵之如帝,高之如天,亲之如父母,畏之如神明,故赏不用而民劝,罚不用而威行,夫是之谓道德之威。"② 又云:"故人莫贵乎生,莫乐乎安,所以养生安乐者莫大乎礼义。人知贵生乐安而弃礼义,辟之是犹欲寿而殁颈也,愚莫大焉。故君人者爱民而安,好士而荣,两者无一焉而亡。"③ 那么,"礼"是如何产生的呢?《荀子·礼论》云:"人生而有欲,欲而不得,则不能无求;求而无度量分界,则不能不争;争则乱,乱则穷。先王恶其乱也,故制礼义以分之,以养人之欲,给人之求,使欲必不穷于物,物必不屈于欲,两者相持而长,是礼之所起也。"④

荀子特别重视礼的作用,与他把礼之含义看得比较宽泛有关,钱穆《国学概论》说:"礼者,要言之,则当时贵族阶级一切生活之方式也。故治国以礼。"⑤ 荀子认为,要想成为明君,就要尊崇力倡礼义之道的儒学大师,"儒者法先王,隆礼义,谨乎臣子而致贵其上者也。人主用之,则势在本朝而宜;不用,则退编百姓而悫,必为顺下矣。"(《荀子·儒效》)相对于礼义践行的迫切与紧要,诗书之学乃位于其次,"《礼》《乐》法而不说,《诗》《书》故而不切,《春秋》约而不速。"(《荀子·劝学》)荀子甚至提出"杀诗书"的说法,"法后王,一制度,隆礼义而杀《诗》《书》,其言行已有大法矣"(《荀子·儒效》)。"杀"是"减杀"的意思,"杀诗书"即是降低诗书相对于礼而言的社会地位。"杀诗书"不是因为诗书无关紧要,而是说不能死读书,"顺《诗》《书》而已耳,则末世穷年,不免为陋儒而已"(《荀子·劝学》)。诗书之学的作用在于"隆礼",彼此有着主次之分,"不道礼宪,以《诗》《书》为之,譬之犹以指测河也,以戈舂黍也,以锥餐壶也,不可以得之矣。故隆礼,

① 方勇、李波译注:《荀子》,中华书局2015年版,第250页。
② 方勇、李波译注:《荀子》,中华书局2015年版,第251页。
③ 方勇、李波译注:《荀子》,中华书局2015年版,第255—256页。
④ 方勇、李波译注:《荀子》,中华书局2015年版,第300页。
⑤ 钱穆:《国学概论》,商务印书馆1997年版,第34页。

虽未明，法士也；不隆礼，虽察辩，散儒也"（《荀子·劝学》）。

2. 明道征圣宗经

"道"的内容涉及治国、修身、人际关系、天人观念等多个层面，概言之，则可区分为"天道"和"人道"。道家多言天道，而儒家多言人道。在天道方面，西周初年周公提出敬德保民、以德配天的主张，孔子谓"不知命，无以为君子也"（《论语·尧曰》），孟子谓"求之有道，得之有命"（《孟子·尽心上》）。胡适《中国哲学史大纲》说："荀子在儒家中最为特出，正因为他能用老子一般人的'无意志的天'，来改正儒家墨家的'赏善罚恶'有意志的天；同时却又能免去老子、庄子天道观念的安命守旧种种恶果。荀子的'天论'，不但要人不与天争职，不但要人能与天地参，还要人征服天行以为人用。"① 荀子说："从天而颂之，孰与制天命而用之？"（《荀子·天论》）相对于天道，荀子更为重视人道，"道者，非天之道，非地之道，人之所以道也，君子之所道也。"（《荀子·儒效》）"道者，何也？曰：君道也。君者，何也？曰：能群也。能群也者，何也？曰：善生养人者也，善班治人者也，善显设人者也，善藩饰人者也。"（《荀子·君道》）

荀子从"性恶论"出发，在道德修养方面提出"化性起伪"之说。怎样才能"化性起伪"呢？荀子把孟子的"尊德性"转化为"问道学"。具体来说：一是要靠人生践履："君子处仁以义，然后仁也；行义以礼，然后义也；制礼反本成末，然后礼也。三者皆通，然后道也。"（《荀子·大略》）他要求人们把个人的成长置于国家治理背景之下，试图建立一套行之有效的礼法制度来限制人的自然欲望，最终为国家治理营造出良好的生态关系。二是要靠知识学习，荀子把《诗经》纳入人生修养的程序之中，使之具有了绝对的经典意义。《荀子·劝学》云："学恶乎始？恶乎终？曰：其数则始乎诵经，终乎读礼；其义则始乎为士，终乎为圣人。真积力久则入，学至乎没而后止也。故学数有终，若其义则不可须臾舍也。为之，人也；舍之，禽兽也。故《书》者，政事之纪也；《诗》者，中声之所止也；《礼》者，法之大分、类之纲纪也。故学至乎《礼》而止

---

① 胡适：《中国哲学史大纲》，商务印书馆 2011 年版，第 250 页。

矣,夫是之谓道德之极。《礼》之敬文也,《乐》之中和也,《诗》《书》之博也,《春秋》之微也,在天地之间者毕矣。"① 在荀子看来,《诗经》充盈着圣人之道,《荀子·儒效》云:"尽善挟治之谓神,万物莫足以倾之之谓固。神固之谓圣人。圣人也者,道之管也。天下之道管是矣,百王之道一是矣,故《诗》《书》《礼》《乐》之归是矣。《诗》言是,其志也;《书》言是,其事也;《礼》言是,其行也;《乐》言是,其和也;《春秋》言是,其微也。故《风》之所以为不逐者,取是以节之也;《小雅》之所以为《小雅》者,取是而文之也;《大雅》之所以为《大雅》者,取是而光之也;《颂》之所以为至者,取是而通之也:天下之道毕是矣。乡是者臧,倍是者亡。乡是如不臧,倍是如不亡者,自古及今,未尝有也。"②《诗经·国风》多言情爱,有失之于淫佚者,《小雅》常为疾上,有失之于怨恨者,荀子却总是能够从中汲取有利于修身为礼的积极因素,如《荀子·大略》云:"《国风》之好色也,传曰:'盈其欲而不愆其止。其诚可比于金石,其声可内于宗庙。'《小雅》不以于污上,自引而居下,疾今之政,以思往者,其言有文焉,其声有哀焉。"③

二 荀子解释《诗经》的基本方法

荀子强调《诗经》的意义在于明道,为学者切勿追求以《诗经》博取世人眼球,《荀子·大略》云:"不足于行者说过,不足于信者诚言。故《春秋》善胥命,而《诗》非屡盟,其心一也。善为《诗》者不说,善为《易》者不占,善为《礼》者不相,其心同也。"④《荀子》一书引用《诗经》辞章凡80余处,居先秦诸子之冠,且多据诗以论礼义。荀子擅长把解诗寓于用诗当中,他"像作家那样将引诗转化为一种比喻的修辞手法,将《诗》像富有哲理的格言或民间谚语、俗语一样看待和使用,以加强自己的论证、表达自己的思想观念"⑤。

---

① 方勇、李波译注:《荀子》,中华书局2015年版,第7—8页。
② 方勇、李波译注:《荀子》,中华书局2015年版,第102页。
③ 方勇、李波译注:《荀子》,中华书局2015年版,第462页。
④ 方勇、李波译注:《荀子》,中华书局2015年版,第457页。
⑤ 魏家川:《先秦两汉的诗学嬗变》,学苑出版社2007年版,第170页。

从引诗形式来看，荀子最擅长"先议后引，议引结合"。例如：

> 故未可与言而言谓之傲，可与言而不言谓之隐，不观气色而言谓之瞽。故君子不傲，不隐，不瞽，谨顺其身。《诗》曰："匪交匪舒，天子所予。"此之谓也。（《荀子·劝学》）

引诗见《小雅·采菽》，用以说明君子应当不骄傲不怠慢，谨慎行事。"匪交匪舒"《毛诗》作"彼交匪纾"，《郑笺》："彼与人交接，自偪束如此，则非有解怠纾缓之心，天子以是故赐予之。"王引之《经义述闻》曰："'彼交匪纾'者，匪交匪纾也；'匪交匪纾'者，言来朝之君子不侮慢，不怠缓也。襄二十七年《左传》公孙段赋《桑扈》，赵孟曰：'匪交匪敖，福将焉往？'《荀子·劝学篇》'君子不傲不隐不瞽，谨顺其身'，引《诗》曰'匪交匪纾，天子所予'，是'彼交'作'匪交'之明证。'交'或作'傲'，成十四年《传》引《诗》'彼交匪傲'，《汉书·五行志》作'匪傲匪傲'，又其一证矣。"①

> 故非我而当者，吾师也；是我而当者，吾友也；谄谀我者，吾贼也。故君子隆师而亲友，以致恶其贼。好善无厌，受谏而能诫，虽欲无进，得乎哉？小人反是，致乱而恶人之非己也，致不肖而欲人之贤己也，心如虎狼、行如禽兽而又恶人之贼己也。谄谀者亲，谏诤者疏，修正为笑，至忠为贼，虽欲无灭亡，得乎哉？《诗》曰："噏噏呰呰，亦孔之哀。谋之其臧，则具是违；谋之不臧，则具是依。"此之谓也。（《荀子·修身》）

引诗见《小雅·小旻》，用以揭露小人"亲谄""疏谏"的恶劣品行。《孔子诗论》第 8 简云："《小旻》多疑，疑言不中志者也。"② 陈

---

① （清）王引之著，虞万里主编，虞思征、马涛、徐炜君校点：《经义述闻》，上海古籍出版社 2017 年版，第 364 页。

② 陈桐生：《〈孔子诗论〉研究》，中华书局 2004 年版，第 261 页。

戍国《诗经校注》说："诗中'我'得不到重用，为国事献谋献策而'不得于道'，他无疑做了'不中志者'。《诗论》说得不错。"① "嗿嗿呰呰"《毛诗》作"瀸瀸呰呰"，《毛传》："瀸瀸然患其上，呰呰然思不称乎上。"《郑笺》："臣不事君，乱之阶也，甚可哀也。"《尔雅·释训》云："嗿嗿、呰呰，莫供职也。"郭注："贤者陵替奸党炽，背公恤私旷职事。"②

> 凡用血气、志意、知虑，由礼则治通，不由礼则勃乱提僈；食饮、衣服、居处、动静，由礼则和节，不由礼则触陷生疾；容貌、态度、进退、趋行，由礼则雅，不由礼则夷固僻违，庸众而野。故人无礼则不生，事无礼则不成，国家无礼则不宁。《诗》曰："礼仪卒度，笑语卒获。"此之谓也。（《荀子·修身》）

"礼仪卒度，笑语卒获"语出《小雅·楚茨》，大意为：礼仪全都合法度，说笑全都合时务。荀子用以说明由礼则治、则和的道理。

> 礼者，所以正身也；师者，所以正礼也。无礼，何以正身？无师，吾安知礼之为是也？礼然而然，则是情安礼也；师云而云，则是知若师也。情安礼，知若师，则是圣人也。故非礼，是无法也；非师，是无师也。不是师法而好自用，譬之是犹以盲辨色，以聋辨声也，舍乱妄无为也。故学也者，礼法也。夫师，以身为正仪而贵自安者也。《诗》云："不识不知，顺帝之则。"此之谓也。（《荀子·修身》）

引诗见《大雅·皇矣》，用以说明安于礼法和顺从老师的重要性。《孔子诗论》阐释《大雅·皇矣》曰："'怀尔明德'，曷？诚谓之也。"③

---

① 陈戍国：《诗经校注》，岳麓书社 2004 年版，第 250 页。
② （清）郝懿行撰，王其和、吴庆峰、张金霞点校：《尔雅义疏》，中华书局 2017 年版，第 437 页。
③ 陈桐生：《〈孔子诗论〉研究》，中华书局 2004 年版，第 261 页。

安于礼法和顺从老师讲的都是一个"诚"字。《郑笺》解释"不识不知，顺帝之则"云："其为人不识古，不知今，顺天之法而行之者。此言天之道，尚诚实，贵性自然。"

> 故曰：君子行不贵苟难，说不贵苟察，名不贵苟传，唯其当之为贵。《诗》曰："物其有矣，惟其时矣。"此之谓也。（《荀子·不苟》）

"物其有矣，惟其时矣"语出《小雅·鱼丽》，意思是既要有其物又要得其时，荀子用以说明人们的言行贵在合乎礼义。《诗序》云："《鱼丽》，美万物盛多，能备礼也。"

> 君子宽而不僈，廉而不刿，辩而不争，察而不激，寡立而不胜，坚强而不暴，柔从而不流，恭敬谨慎而容，夫是之谓至文。《诗》曰："温温恭人，惟德之基。"此之谓也。（《荀子·不苟》）
>
> 故君子耻不修，不耻见污；耻不信，不耻不见信；耻不能，不耻不见用。是以不诱于誉，不恐于诽，率道而行，端然正己，不为物倾侧，夫是之谓诚君子。《诗》云："温温恭人，维德之基。"此之谓也。（《荀子·非十二子》）
>
> 人习其事而固，人之百事如耳目鼻口之不可以相借官也，故职分而民不探，次定而序不乱，兼听齐明而百事不留。如是，则臣下、百吏至于庶人莫不修己而后敢安正，诚能而后敢受职，百姓易俗，小人变心，奸怪之属莫不反悫。夫是之谓政教之极。故天子不视而见，不听而聪，不虑而知，不动而功，块然独坐而天下从之如一体，如四肢之从心，夫是之谓大形。《诗》曰："温温恭人，维德之基。"此之谓也。（《荀子·君道》）

"温温恭人，维德之基"语出《大雅·抑》，意思是：谨慎谦和的君子一定是具备了坚如磐石的道德根基。荀子三次引用此诗，意义指向皆不相同，可以说是从多方面阐释了君子品德的内涵：在《不苟》中，"温温恭人,维德之基"言君子应具备中庸文雅的道德品质;在《非十二子》中,言君子应该"端然正己""不为物倾";在《君道》中,言君子在位则应该善政任贤。

> 故仁人在上,则农以力尽田,贾以察尽财,百工以巧尽械器,士大夫以上至于公侯,莫不以仁厚知能尽官职,夫是之谓至平。故或禄天下而不自以为多,或监门、御旅、抱关、击柝而不自以为寡。故曰:"斩而齐,枉而顺,不同而一。"夫是之谓人伦。《诗》曰:"受小共大共,为下国骏蒙。"此之谓也。(《荀子·荣辱》)

引诗见《商颂·长发》,意在说明有仁者在位则礼法完备,礼法完备则天下大治。"受小共大共,为下国骏蒙"《毛诗》作"受小共大共,为下国骏庞",《毛传》云:"共,法。"俞樾《荀子诗论》云:"《毛传》训'共'为'法',与荀子意合。'小共大共'谓大小各有法度,即上文所谓'贵贱之等,长幼之差'也。"① "骏庞"为"庇护"义,马瑞辰《毛诗传笺通释》云:"窃考《荀子·荣辱篇》引作骏蒙,《大戴·将军文子篇》引作恂蒙。……'为下国恂蒙'犹云为下国庇覆耳。《荀子·荣辱篇》'是夫群居和一之道也',下引《诗》此句为证,则恂蒙有群相庇荫之象。"②

> 人有三不祥:幼而不肯事长,贱而不肯事贵,不肖而不肯事贤,是人之三不祥也。人有三必穷:为上则不能爱下,为下则好非其上,是人之一必穷也。乡则不若,偝则谩之,是人之二必穷也。知行浅薄,曲直有以相县矣,然而仁人不能推,知士不能明,是人之三必穷也。人有此三数行者,以为上则必危,为下则必灭。《诗》曰:"雨雪瀌瀌,宴然聿消。莫肯下隧,式居屡骄。"此之谓也。(《荀子·非相》)

---

① (清)俞樾:《春在堂全书》第 3 册,凤凰出版社 2010 年版,第 56 页。
② (清)马瑞辰著,陈金生点校:《毛诗传笺通释》,中华书局 1989 年版,第 1178—1179 页。

引诗见《小雅·角弓》，用以说明生性傲慢不懂谦和就会遗患无穷。"宴然聿消"《毛诗》作"见晛曰消"，"莫肯下隧，式居屡骄"《毛诗》作"莫肯下遗，式居娄骄。"《毛传》："晛，日气也。"《郑笺》："遗读曰随。"

> 故君子之度己则以绳，接人则用抴。度己以绳，故足以为天下法则矣。接人用抴，故能宽容，因求以成天下之大事矣。故君子贤而能容罢，知而能容愚，博而能容浅，粹而能容杂，夫是之谓兼术。《诗》曰："徐方既同，天子之功。"此之谓也。（《荀子·非相》）

引诗见《大雅·常武》，用以说明兼容之术的重要性。君子严以律己、宽以待人，则四方来服、天下大同。俞樾《荀子诗论》云："以此说'同'字，'同'之为义大矣。毛公无传，孔《疏》述毛意，以为'与他国同服于王'，其义转浅。"[1]

> 遇君则修臣下之义，遇乡则修长幼之义，遇长则修子弟之义，遇友则修礼节辞让之义，遇贱而少者则修告导宽容之义。无不爱也，无不敬也，无与人争也，恢然如天地之苞万物。如是则贤者贵之，不肖者亲之。如是而不服者，则可谓讦怪狡猾之人矣，虽则子弟之中，刑及之而宜。《诗》云："匪上帝不时，殷不用旧。虽无老成人，尚有典刑。曾是莫听，大命以倾。"此之谓也。（《荀子·非十二子》）

引诗见《大雅·荡》，用以说明仁者当以礼义安天下，兼以典刑威服奸猾之人。《郑笺》云："此言纣之乱，非其生不得其时，乃不用先王之故法之所致。老成人，谓若伊尹、伊陟、臣扈之属。虽无此臣，犹有常事故法可案用也。朝廷君臣皆任喜怒，曾无用典刑治事者，以至诛灭。"

《荀子》中还有一种较为常见的用诗方式，即"议中夹引，边引边

---

① （清）俞樾：《春在堂全书》第3册，凤凰出版社2010年版，第56页。

议"。如:

> 君子曰:学不可以已。青,取之于蓝而青于蓝;冰,水为之而寒于水。木直中绳,鞣以为轮,其曲中规,虽有槁暴,不复挺者,鞣使之然也。故木受绳则直,金就砺则利,君子博学而日参省乎己,则知明而行无过矣。故不登高山,不知天之高也;不临深溪,不知地之厚也;不闻先王之遗言,不知学问之大也。干、越、夷、貉之子,生而同声,长而异俗,教使之然也。《诗》曰:"嗟尔君子,无恒安息。靖共尔位,好是正直。神之听之,介尔景福。"神莫大于化道,福莫长于无祸。(《荀子·劝学》)

引诗见《小雅·小明》。"嗟尔君子,无恒安息"犹言"君子曰:学不可以已","靖共尔位,好是正直"犹言"君子博学而日参省乎己","神之听之,介尔景福"犹言"知明而行无过矣"。"神"之"化道"犹君子向学——博学则无过,无过则无祸,此即为"景福"。《孔子诗论》第25、26简:"《小明》,不……忠。"① 通篇观之,《小明》颇多怨言,故《诗序》云:"《小明》,大夫悔仕于乱世也。"

> 积土成山,风雨兴焉;积水成渊,蛟龙生焉;积善成德,而神明自得,圣心备焉。故不积跬步,无以至千里;不积小流,无以成江海。骐骥一跃,不能十步;驽马十驾,功在不舍。锲而舍之,朽木不折;锲而不舍,金石可镂。蚓无爪牙之利,筋骨之强,上食埃土,下饮黄泉,用心一也;蟹六跪而二螯,非蛇蟮之穴无可寄托者,用心躁也。是故无冥冥之志者,无昭昭之明;无惛惛之事者,无赫赫之功。行衢道者不至,事两君者不容。目不能两视而明,耳不能两听而聪。螣蛇无足而飞,梧鼠五技而穷。《诗》曰:"尸鸠在桑,其子七兮。淑人君子,其仪一兮。其仪一兮,心如结兮。"故君子结于一也。(《荀子·劝学》)

---

① 陈桐生:《〈孔子诗论〉研究》,中华书局2004年版,第270页。

引诗见《曹风·鸤鸠》，荀子用以说明君子凡为事皆当用心专一。《孔子诗论》第22简云："《鸤鸠》曰：'其仪一氏，心如结也。'吾信之。"①《诗序》云："《鸤鸠》，刺不壹也。在位无君子，用心之不壹也。"

> 君子崇人之德，扬人之美，非谄谀也；正义直指，举人之过，非毁疵也；言己之光美，拟于舜、禹，参于天地，非夸诞也；与时屈伸，柔从若蒲苇，非慑怯也；刚强猛毅，靡所不信，非骄暴也。以义变应，知当曲直故也。《诗》曰："左之左之，君子宜之；右之右之，君子有之。"此言君子能以义屈信变应故也。（《荀子·不苟》）

引诗见《小雅·裳裳者华》，用以说明君子当根据道义屈伸进退。朱熹《诗集传》释之曰："言其才全德备。以左之，则无所不宜；以右之，则无所不有。"②《孔丛子·记义》云："于《裳裳者华》见古之贤者世保其禄也。"③

《荀子》用诗一般为明引，但也有个别暗引的现象。如《荀子·大略》云："故《春秋》善胥命，而《诗》非屡盟，其心一也。""《诗》非屡盟"系化引《小雅·巧言》"君子屡盟，乱是用长"之语，王先谦《荀子集解》云："言其一心而相信，则不在盟誓也。"④

荀子还是一位文学大师，善于钩稽故事，在故事中引诗证言。如《荀子·大略》云：

> 子贡问于孔子曰："赐倦于学矣，愿息事君。"孔子曰："《诗》云：'温恭朝夕，执事有恪。'事君难，事君焉可息哉！""然则赐愿息事亲。"孔子曰："《诗》云：'孝子不匮，永锡尔类。'事亲难，事亲焉可息哉！""然则赐愿息于妻子。"孔子曰："《诗》云：'刑于

---

① 陈桐生：《〈孔子诗论〉研究》，中华书局2004年版，第268页。
② （宋）朱熹著，赵长征点校《诗集传》，中华书局2017年版，第246页。
③ 王钧林、周海生译注《孔丛子》，中华书局2009年版，第45页。
④ （清）王先谦著，沈啸寰、王星贤整理：《荀子集解》，中华书局2012年版，第490页。

寡妻，至于兄弟，以御于家邦。'妻子难，妻子焉可息哉！""然则赐
愿息于朋友。"孔子曰："《诗》云：'朋友攸摄，摄以威仪。'朋友
难，朋友焉可息哉！""然则赐愿息耕。"孔子曰："《诗》云：'昼尔
于茅，宵尔索绹，亟其乘屋，其始播百谷。'耕难，耕焉可息哉！"
"然则赐无息者乎？"孔子曰："望其圹，皋如也，嵮如也，鬲如也，
此则知所息矣。"子贡曰："大哉死乎！君子息焉，小人休焉。"①

故事中五次引诗，"温恭朝夕，执事有恪"语出《商颂·那》，"孝
子不匮，永锡尔类"语出《大雅·既醉》，"刑于寡妻，至于兄弟，以御
于家邦"语出《大雅·思齐》，"朋友攸摄，摄以威仪"语出《大雅·既
醉》，"昼尔于茅，宵尔索绹，亟其乘屋，其始播百谷"语出《豳风·七
月》，荀子皆用以说明"生无所息"的道理，《列子·天瑞篇》云："子
贡倦于学，告仲尼曰：'愿有所息。'仲尼曰：'生无所息。'"② 荀子这种
诗事结合的解诗方式，后世的《韩诗》最为擅长，《韩诗遗说考》云：
"或引《诗》以证事，或引事以明《诗》，使为法者彰显，为戒者著明，
虽非专于解经之作，要其触类引伸，断章取义，皆有合于圣门商赐言诗
之意也。"③

《荀子》一书中甚至有专门解释《诗经》成辞的现象，如《荀子·
大略》云："言语之美，穆穆皇皇。朝廷之美，济济铿铿。"④ "穆穆皇皇"
语出《大雅·假乐》，"济济铿铿"语出《小雅·楚茨》及《大雅·公
刘》。《荀子》中这节文字专门解释《诗经》中的两个摹态词，颇似《尔
雅·释训》之内容。

三　荀子与汉代《诗经》学的关系

荀子的《诗经》学术活动极大地推动了《诗经》的经典化进程，其

---

① 方勇、李波译注：《荀子》，中华书局2015年版，第461页。
② 景中译注：《列子》，中华书局2007年版，第19页。
③ （清）陈寿祺撰，陈乔枞述：《韩诗遗说考》，《续修四库全书》第76册，上海古籍出版
社2002年版，第494页。
④ 方勇、李波译注：《荀子》，中华书局2015年版，第440页。

通经致用的《诗经》理念对汉代《诗经》学的发展具有引领性意义。有学者指出，汉代四家诗"远祖皆为子夏，近则出于荀子"①。就文献记载而言，汉代的《鲁诗》《毛诗》《韩诗》皆与荀子的《诗经》学术活动有着比较密切的关系。

《鲁诗》的开山祖师申培受业于荀子的弟子浮丘伯，《汉书·楚元王传》云："楚元王交字游，高祖同父少弟也。好书，多材艺。少时尝与鲁穆生、白生、申公俱受《诗》于浮丘伯。伯者，孙卿门人也。"②《汉书·儒林传》云："申公，鲁人也。少与楚元王交俱事齐人浮丘伯受诗。"③《鲁诗》之说多有附会荀子言语者，如《荀子·子道》云："子路盛服见孔子，孔子曰：'由，是裾裾何也？昔者江出于岷山，其始出也，其源可以滥觞，及其至江之津也，不放舟、不避风则不可涉，非维下流水多邪？今女衣服既盛，颜色充盈，天下且孰肯谏女矣？由！'子路趋而出，改服而入，盖犹若也。孔子曰：'志之，吾语女。奋于言者华，奋于行者伐。色知而有能者，小人也。故君子知之曰知之，不知曰不知，言之要也；能之曰能之，不能曰不能，行之至也。言要则知，行至则仁。既知且仁，夫恶有不足矣哉！'"④刘向习《鲁诗》，其《说苑·杂言》杂取荀子之语而推衍曰：

> 子路盛服而见孔子，孔子曰："由，是襜襜者何也？昔者江水出于岷山，其始也，大足以滥觞。及至江之津也，不方舟，不避风，不可渡也。非维下流众川之多乎？今若衣服甚盛，颜色充盈，天下谁肯加若哉？"子路趋而出，改服而入，盖自如也。孔子曰："由，记之，吾语若：贲于言者，华也；奋于行者，伐也；夫色智而有能者，小人也。故君子知之为知之，不知为不知，言之要也。能之为能之，不能为不能，行之至也。言要则知，行要则仁。既知且仁，

① 刘毓庆、郭万金：《战国〈诗〉学传播中心的转移与汉四家〈诗〉的形成》，《文史哲》2005 年第 1 期。
② （汉）班固：《汉书》，中华书局 2000 年版，第 1495 页。
③ （汉）班固：《汉书》，中华书局 2000 年版，第 2676 页。
④ 方勇、李波译注：《荀子》，中华书局 2015 年版，第 487—488 页。

夫有何加矣哉？"《诗》云："汤降不迟，圣敬日跻。"此之谓也。①

《韩诗》多用荀子之说，清人汪中因此谓之"荀子别子"："《韩诗》之存者，外传而已，其引荀卿子以说《诗》者，四十有四。由是言之，《韩诗》，荀卿子之别子也。"② 如《韩诗外传》卷 3 第 4 章云："王者之论德也，不尊无功，不官无德，不诛无罪，朝无幸位，民无幸生。故上贤使能而等级不逾，折暴禁悍而刑罚不过，百姓晓然皆知夫为善于家，取赏于朝也，为不善于幽而蒙刑于显也。夫是之谓定论。是王者之德。《诗》曰：'明昭有周，式序在位。'"③ 此论出于《荀子·王制》，其文云：

> 王者之论：无德不贵，无能不官，无功不赏，无罪不罚，朝无幸位，民无幸生。尚贤使能而等位不遗，折愿禁悍而刑罚不过，百姓晓然皆知夫为善于家而取赏于朝也，为不善于幽而蒙刑于显也。夫是之谓定论。是王者之论也。④

《韩诗外传》有时称《荀子》中的文字为"传"，如《韩诗外传》卷 3 第 5 章云："传曰：以从俗为善，以货财为宝，以养性为己至道，是民德也，未及于士也。行法而志坚，不以私欲害其所闻，是劲士也，未及于君子也。行法而志坚，好修其所闻以矫其情，言行多当，未安谕也，知虑多当，未周密也，上则能大其所隆也，下则开道不若己者，是笃厚君子，未及圣人也。若夫修百王之法，若别白黑，应当世之变，若数一二，行礼要节，若性四支，因化立功，若推四时，天下得序，群物安居，是圣人也。《诗》曰：'明昭有周，式序在位。'"⑤ 此论出于《荀子·儒效》，其文云：

---

① （汉）刘向撰，向宗鲁校证：《说苑校证》，中华书局 1987 年版，第 428—429 页。
② （清）汪中撰，李金松校笺：《述学校笺》，中华书局 2014 年版，第 452 页。
③ （汉）韩婴撰，许维遹校释：《韩诗外传集释》，中华书局 1980 年版，第 84 页。
④ 方勇、李波译注：《荀子》，中华书局 2015 年版，第 123 页。
⑤ （汉）韩婴撰，许维遹校释：《韩诗外传集释》，中华书局 1980 年版，第 84—86 页。

以从俗为善，以货财为宝，以养生为己至道，是民德也。行法至坚，不以私欲乱所闻，如是，则可谓劲士矣。行法至坚，好修正其所闻以桥饰其情性，其言多当矣而未谕也，其行多当矣而未安也，其知虑多当矣而未周密也，上则能大其所隆，下则能开道不己若者，如是，则可谓笃厚君子矣。修百王之法若辨白黑，应当时之变若数一二，行礼要节而安之若生四枝，要时立功之巧若诏四时，平正和民之善，亿万之众而博若一人，如是，则可谓圣人矣。①

《毛诗》亦与荀卿《诗经》学关系密切，俞樾《荀子诗说》云："今读《毛诗》而不知荀义，是数典而忘祖也。"② 如《小雅·小旻》云："人知其一，莫知其他。"《毛传》曰："一，非也。他，不敬小人之危殆也。"此说源于《荀子·臣道》："人贤而不敬，则是禽兽也；人不肖而不敬，则是狎虎也。禽兽则乱，狎虎则危，灾及其身矣。《诗》曰：'不敢暴虎，不敢冯河。人知其一，莫知其他。战战兢兢，如临深渊，如履薄冰。'此之谓也。"③ 又如，《小雅·鹤鸣》云："鹤鸣于九皋，声闻于野。"《毛传》曰："言身隐而名著也。"此说源于《荀子·儒效》："故曰：君子隐而显，微而明，辞让而胜。《诗》曰：'鹤鸣于九皋，声闻于天。'此之谓也。"④ 又如，《小雅·角弓》云："受爵不让，至于己斯亡。"《毛传》曰："爵禄不以相让，故怨祸及之。比周而党愈少，鄙争而名愈辱，求安而身愈危。"此说源于《荀子·儒效》："鄙夫反是，比周而誉俞少，鄙争而名俞辱，烦劳以求安利，其身俞危。《诗》曰：'民之无良，相怨一方。受爵不让，至于己斯亡。'此之谓也。"⑤

---

① 方勇、李波译注：《荀子》，中华书局2015年版，第100—101页。
② （清）俞樾：《春在堂全书》第3册，凤凰出版社2010年版，第54页。
③ 方勇、李波译注：《荀子》，中华书局2015年版，第216页。
④ 方勇、李波译注：《荀子》，中华书局2015年版，第99页。
⑤ 方勇、李波译注：《荀子》，中华书局2015年版，第99页。

第二章 《诗经》小学的自觉：两汉时期

汉王朝代秦而起，社会局面欣欣向荣，历经暴秦焚书和秦末战火两次浩劫，传统学术终于迎来了前所未有的发展良机。西汉初年，作为训诂书之祖的《尔雅》以挺拔的丰姿特出于世，由战国晚期儒学大师荀子所引领的学术经典化进程也接近完成，在诸多因素的共同推动下，诞生了堪称两千多年中国封建社会《诗经》学旗帜的《毛传》。汉武盛世，后土献瑞，古文典籍先后破土而出，至刘歆倡扬古学，扬雄、杜林为《苍颉》作传，"小学"名号得以创立。光武中兴，郑众、贾逵、马融标举古文之学，贾逵之高足许慎更是精通《毛诗》，至汉末郑玄为《毛诗》作笺，《诗经》小学研究出现历史上第一座高峰。

第一节 训诂的繁荣和《诗经》学的发达

一 训诂的繁荣和 《尔雅》 的成书

在传统小学的三个分支学科训诂学、文字学、音韵学中，最先发达起来的是实用性很强的训诂学。战国以来，因解释儒家经典《春秋》发展起来的公羊学派和穀梁学派，就特别擅长训诂之学，齐佩瑢《训诂学概论》说：

> 分别《春秋》字义最精的书莫过于《公羊》《穀梁》二传，例
> 如《公羊传》说："车马曰赗，货财曰赙，衣被曰襚。""天子曰崩，
> 诸侯曰薨，大夫曰卒，士曰不禄。""春曰苗，秋曰蒐，冬曰狩。"

"春日祠，夏日礿，秋日尝，冬日蒸。""觕者曰侵，精者曰伐。"他们不但分别名动的词性如此精细，就是对于文法成分——虚字也不肯轻轻放过，如："日有食之既。既者何？尽也。"……又云"冬十月己丑，葬我小君顷熊，雨，不克葬；庚寅，日中而克葬。而者何？难也；乃者何？难也。曷为或言而或言乃？乃难乎而也。"①

作为训诂书之祖的《尔雅》，最早出现于战国时代。宋代学者邢昺为《尔雅·释诂》作疏时，征引了战国时期《尸子·广泽》中的一条语料："天、帝、后、皇、辟、公、弘、廓、闳、博、介、纯、夏、幕、蒙、赎、昄，皆大也。十有余名，而实一也。"② 今本《尔雅·释诂》云："林、烝、天、帝、皇、王、后、辟、公、侯，君也。弘、廓、宏、溥、介、纯、夏、帱、厖、坟、嘏、丕、弈、洪、诞、戎、骏、假、京、硕、濯、订、宇、穹、壬、路、淫、甫、景、废、壮、冢、简、箌、昄、晊、将、业、席，大也。"③ 两相对比则可以推断，战国中期《尔雅》一书已经基本成形。

《尔雅》的成书与经学的发展有关，王充《论衡·是应》云："《尔雅》之书，《五经》之训，故儒者所共观察也。"④ 郑玄《驳五经异义》云："《尔雅》者，孔子门人所作，以释六艺之言，盖不误也。"⑤ 陆德明《经典释文·序录》云："《尔雅》者，所以训释五经、辩章同异，实九流之通路、百氏之指南，多识鸟兽草木之名，博览而不惑者也。"⑥ 《尔雅》的编排体例是以义类为纲，按词条的类别把全书分为十九卷，集辑经典中的同义词而以通语为训。《尔雅》中的同义词绝不是等义词，只是它们分别处于各自特定的语境中，才临时具有某个方面相似的语义。究其原因，《尔雅》本是客观的训诂，历代学者编辑传注训诂成果而为是

---

① 齐佩瑢：《训诂学概论》，商务印书馆 2015 年版，第 23—24 页。

② （清）阮元校刻：《十三经注疏》，中华书局 1980 年版，第 2568 页。

③ 李学勤主编：《十三经注疏·尔雅注疏》，北京大学出版社 1999 年版，第 9 页。

④ （汉）王充：《论衡》，上海人民出版社 1974 年版，第 271 页。

⑤ （清）陈寿祺、皮锡瑞撰，王丰先点校：《五经异义疏证·驳五经异义疏证》，中华书局 2014 年版，第 274 页。

⑥ （唐）陆德明撰，张一弓点校：《经典释文》，上海古籍出版社 2012 年版，第 22 页。

书，所以同一条中看似义同的若干词语，其实存在着各种差别。如《释诂》云："初、哉、首、基、肇、祖、元、胎、俶、落、权舆，始也。"[①]"初"有"始"义，但其本义却与"始"有别，《说文解字》衣部："初，始也。从刀，从衣。裁衣之始也。"即使是在"始"这一语义上，两者亦有不同，"初"用于事情业已完成后的追叙，而"始"强调的是事情的持续，《诗经》"居岐之阳，实始翦商"（《鲁颂·闷宫》）、"亟其乘屋，其始播百谷"（《豳风·七月》）、"自今以始，岁其有"（《鲁颂·有駜》），其中的"始"都是不能替换为"初"的。又如"落"有"始"义，《周颂·访落》"访予落止"，《毛传》："落，始。"孔广森《经学卮言》："物终乃落，而以为始，何也？尝考落之为始，大氐施于终始相嬗之际，如宫室考成谓之'落成'，言营治之终而居处之始也。成王践阼，其诗曰'访予落止'，此先君之终，今君之始也。"[②]

《尔雅》与《诗经》小学的关系尤为密切，其部分文字甚至是拿《诗经》中的文辞直接加以解释的，如《释诂》："'谑浪笑敖'，戏谑也。"[③]《释训》："'如切如磋'，道学也。'如琢如磨'，自修也。'瑟兮僴兮'，恂栗也。'赫兮烜兮'，威仪也。'有斐君子，终不可谖兮'，道盛德至善，民之不能忘也。'既微且尰'，骭疡为微，肿足为尰。'是刈是濩'，濩，煮之也。'履帝武敏'，武，迹也；敏，拇也。'张仲孝友'，善父母为孝，善兄弟为友。'有客宿宿'，言再宿也。'有客信信'，言四宿也。"[④]《释天》："'是类是祃'，师祭也。'既伯既祷'，马祭也。"[⑤]又："'乃立冢土，戎丑攸行'，'起大事，动大众，必先有事乎社而后出，谓之宜。''振旅阗阗'，出为治兵，尚威武也。入为振旅，反尊卑也。"[⑥]其中，"起大事"云云与《毛传》文字全同。明朝郑晓《古言》云：

---

① 管锡华译注：《尔雅》，中华书局2014年版，第1页。
② （清）孔广森撰，张诒三点校：《经学卮言·外三种》，中华书局2017年版，第77页。
③ 管锡华译注：《尔雅》，中华书局2014年版，第27页。
④ 管锡华译注：《尔雅》，中华书局2014年版，第316—318页。
⑤ 管锡华译注：《尔雅》，中华书局2014年版，第410页。
⑥ 管锡华译注：《尔雅》，中华书局2014年版，第413页。

《尔雅》,《诗》训诂也,子夏传《诗》者也。子夏辈六十人,纂先师微言为《论语》。《论语》中言《诗》者多矣,子夏独能问逸诗。晦庵《读诗纲领》述《论语》十条而终之,子夏得无意乎?传记中言子夏尝传《诗》,今所存者《诗》大小序,小序又非尽出子夏,故曰:《尔雅》即子夏《诗传》也。《疏》言:"《释诂》,周公所作。"今其中一字二字者姑弗论,'谑浪笑傲',变风诗,焉得周公释乎?"支干""九州""五方""四极""佛佛皇皇"之类,《诗》无其文者,或叔孙通所益、梁文所补。要之,传《诗》者十九。且《尔雅》有《释诂》《释训》,毛公亦以其传《诗》也,故其解《诗》错取《尔雅》之名,题曰"诂训传"。则《尔雅》之传《诗》,毛公固谓其然矣。《诗》有《风》《雅》《颂》,而独云《尔雅》者,《雅》有《小雅》,兼乎风;《大雅》兼乎《颂》。何以"故"?《诗》之辞有体,比之乐有音。《大雅》之体与音,《颂》类也;《小雅》之体与音,《风》类也。故曰:《尔雅》兼《风》《颂》矣。"尔"之言近也、易也,言其近且易,可以明雅也。古之解经者,训其字不解其意,使人深思而自得之。汉儒尚然。至于后世,解者益明,读者益略,粗心浮气,不务沉思。譬之遇人于途,见其肥瘠短长,而不知其心术行业也。陆农师以说《诗》有名,多识鸟兽草木虫鱼,注《尔雅》,又著《埤雅》。①

据上述材料,郑晓认为《尔雅》就是子夏所作的《诗传》,虽说可信度并不高,但亦能说明《尔雅》与《诗经》小学的密切关系。

二 《诗经》学的发达

汉兴之初,儒士们对经艺的修习展现出前所未有的热情,《诗经》学的发达与这种大的文化环境息息相关。在汉代四家诗中,最先发达起来的是《鲁诗》学派,其始祖申公培曾经受到汉高祖的诏见,《史记·儒林

---

① (明)郑晓:《古言》(下),明嘉靖四十五年刊本,第45—47页。

列传》云："高祖过鲁，申公以弟子从师入见高祖于鲁南宫。"① 汉文帝时，申公即以精通《鲁诗》而被立为博士，《汉书·楚元王传》云："文帝时，闻申公为《诗》最精，以为博士。元王好《诗》，诸子皆读《诗》，申公始为《诗》传，号《鲁诗》。"② 及元王之子刘郢嗣楚王，申公为太子刘戊的老师，刘戊不好学，申公乃归鲁传授《诗经》，"吕太后时，申公游学长安，与刘郢同师。已而郢为楚王，令申公傅其太子戊。戊不好学，疾申公。及王郢卒，戊立为楚王，胥靡申公。申公耻之，归鲁，退居家教，终身不出门，复谢绝宾客，独王命召之乃往。弟子自远方至受业者百余人"（《史记·儒林列传》）。申公的学生王臧是汉武帝的老师，与王臧同门的赵绾也一并受到汉武帝的器重，《史记·儒林列传》云："兰陵王臧既受《诗》，以事孝景帝为太子少傅，免去。今上初即位，臧乃上书宿卫上，累迁，一岁中为郎中令。及代赵绾亦尝受《诗》申公，绾为御史大夫。"③ 汉武帝即位之初任用赵绾、王臧进行改制时，还恭迎八十余岁的申公出山维持局面，《史记·魏其武安侯列传》云："魏其、武安俱好儒术，推毂赵绾为御史大夫，王臧为郎中令。迎鲁申公，欲设明堂，令列侯就国，除关，以礼为服制，以兴太平。"④ 申公治学谨严，教授《诗经》有方，《汉书·儒林传》云："申公独以《诗经》为训故以教，亡传，疑者则阙弗传。"⑤ 申公的弟子也多有得为学官者，"弟子为博士十余人：孔安国至临淮太守，周霸胶西内史，夏宽城阳内史，砀鲁赐东海太守，兰陵缪生长沙内史，徐偃胶西中尉，邹人阙门庆忌胶东内史，其治官民皆有廉节称。其学官弟子行虽不备，而至于大夫、郎、掌故以百数"（《汉书·儒林传》）。

《齐诗》的开创者辕固为清河王太傅，汉景帝时立为博士，《史记·儒林列传》云："清河王太傅辕固生者，齐人也。以治《诗》，孝景时为

① （汉）司马迁：《史记》，中华书局 2000 年版，第 2372 页。
② （汉）班固：《汉书》，中华书局 2000 年版，第 1496 页。
③ （汉）司马迁：《史记》，中华书局 2000 年版，第 2373 页。
④ （汉）司马迁：《史记》，中华书局 2000 年版，第 2181 页。
⑤ （汉）班固：《汉书》，中华书局 2000 年版，第 2676 页。

博士。"① 辕固尊儒学而斥黄老，在窦太后面前贬《老子》为"家人言"；与信奉庄老学说的黄生辩论汤武是否受命时，在汉景面前牵扯出汉高祖代秦即天子位的政治现实："黄生曰：'汤武非受命，乃弑也。'辕固生曰：'不然。夫桀纣虐乱，天下之心皆归汤武，汤武与天下之心而诛桀纣，桀纣之民不为之使而归汤武，汤武不得已而立，非受命为何？'黄生曰：'冠虽敝，必加于首；履虽新，必关于足。何者，上下之分也。今桀纣虽失道，然君上也；汤武虽圣，臣下也。夫主有失行，臣下不能正言匡过以尊天子，反因过而诛之，代立践南面，非弑而何也？'辕固生曰：'必若所云，是高帝代秦即天子之位，非邪？'于是景帝曰：'食肉不食马肝，不为不知味；言学者无言汤武受命，不为愚。'遂罢。"（《史记·儒林列传》）辕固善直言，亦教人"务正学以言，无曲学以阿世"（《史记·儒林列传》），此亦为《齐诗》的政治本色。辕固为《齐诗》之祖，《汉书·儒林传》亦有记载："诸齐以《诗》显贵，皆固之弟子也。"②《齐诗》的另一位代表人物是深受汉武帝器重而成为昌邑王师的夏侯始昌，《汉书·夏侯始昌传》云："夏侯始昌，鲁人也。通《五经》，以《齐诗》《尚书》教授。自董仲舒、韩婴死后，武帝得始昌，甚重之。始昌明于阴阳，先言柏梁台灾日，至期日果灾。时昌邑王以少子爱，上为选师，始昌为太傅。"③《齐诗》多举谶纬之说，杂采阴阳之学，却能以高超的言说技巧博得社会上层人物的认可。匡衡学《齐诗》而善美辞，深得太子太傅萧望之、少府梁丘贺等时代精英的赞许，《汉书·匡衡传》云："诸儒为之语曰：'无说《诗》，匡鼎来；匡说《诗》，解人颐。'"④祖上累世务农的匡衡，汉元帝之初以才学受荐而为郎中，迁博士，"建昭三年，代韦玄成为丞相，封乐安侯，食邑六百户。"⑤ 朱彝尊《经义考》云："《齐诗》始于辕固，而盛于匡衡。"⑥

---

① （汉）司马迁：《史记》，中华书局 2000 年版，第 2374 页。
② （汉）班固：《汉书》，中华书局 2000 年版，第 2679 页。
③ （汉）班固：《汉书》，中华书局 2000 年版，第 2360 页。
④ （汉）班固：《汉书》，中华书局 2000 年版，第 2483 页。
⑤ （汉）班固：《汉书》，中华书局 2000 年版，第 2490 页。
⑥ （清）朱彝尊：《经义考》，中华书局 1998 年版，第 545 页。

《韩诗》的创始人为燕人韩婴,汉文帝时立为博士,曾经在燕国与赵国传播《诗经》,《史记·儒林列传》云:"韩生者,燕人也。孝文帝时为博士,景帝时为常山王太傅。……自是之后,而燕赵间言《诗》者由韩生。"① 韩婴传习《诗经》及《周易》,长于论辩,《汉书·儒林传》云:"武帝时,婴尝与董仲舒论于上前,其人精悍,处事分明,仲舒不能难也。"② 韩婴之孙韩商亦为博士。《韩诗》的另一位代表人物河内温人蔡义,少时家贫,年轻时曾经"以明经给事大将军莫府"(《汉书·蔡义传》)。蔡义因精于《韩诗》而最终得为汉昭帝师,从此扶摇直上,《汉书·蔡义传》云:"诏求能为《韩诗》者,征义待诏,久不进见。义上疏曰:'臣山东草莱之人,行能亡所比,容貌不及众,然而不弃人伦者,窃以闻道于先师,自托于经术也。愿赐清闲之燕,得尽精思于前。'上召见义,说《诗》,甚说之,擢为光禄大夫、给事中,进授昭帝。数岁,拜为少府,迁御史大夫,代杨敞为丞相,封阳平侯。又以定策安宗庙益封,加赐黄金二百斤。"③

汉代《诗经》学发达的一个重要标志是学官的分立,《汉书·武帝纪》云:"(建元)五年春,罢三铢钱,行半两钱。置《五经》博士。"④ 欧阳询《艺文类聚·职官部·博士》:"《汉旧仪》曰:'武帝初置博士,取学通行修、博识多艺,晓古文《尔雅》,能属文章,为高第。朝贺位次中都官史,称先生,不得言君,其真弟子称门人。'"⑤ 此时,博士的地位很高,已非汉初时的具官待问,而是具有了施政顾问的性质。当是时,鲁、齐、韩三家诗各自为学,都具有一定的规模,故皆得立博士,皮锡瑞《经学历史》云:"据《儒林传》赞:《书》《礼》《易》《春秋》四经,各止一家;惟《诗》之鲁、齐、韩,则汉初已分;申公、辕固、韩婴,汉初已皆为博士。此三人者,生非一地,学非一师,《诗》分立鲁、

---

① (汉)司马迁:《史记》,中华书局2000年版,第2375页。
② (汉)班固:《汉书》,中华书局2000年版,第2680页。
③ (汉)班固:《汉书》,中华书局2000年版,第2185—2186页。
④ (汉)班固:《汉书》,中华书局2000年版,第114页。
⑤ (唐)欧阳询撰,汪绍楹校:《艺文类聚》,上海古籍出版社1965年版,第831页。

齐、韩三家，此固不得不分者也。"① 博士制度之所以能够刺激经学的发展，另一个关键因素是中央政府为官方博士置弟子员，据《汉书·武帝纪》记载，元朔五年（前124），"夏六月，诏曰：'盖闻导民以礼，风之以乐，今礼坏乐崩，朕甚闵焉。故详延天下方闻之士，咸荐诸朝。其令礼官劝学，讲议洽闻，举遗兴礼，以为天下先。太常其议予博士弟子，崇乡党之化，以厉贤材焉。'丞相弘请为博士置弟子员，学者益广。"②《史记·儒林列传》云："公孙弘为学官，悼道之郁滞，乃请曰：丞相御史言，制曰：'盖闻导民以礼，风之以乐。婚姻者，居屋之大伦也。今礼废乐崩，朕甚愍焉。故详延天下方正博闻之士，咸登诸朝。其令礼官劝学，讲议洽闻兴礼，以为天下先。太常议，与博士弟子，崇乡里之化，以广贤材焉。'谨与太常臧、博士平等议曰：闻三代之道，乡里有教，夏曰校，殷曰序，周曰庠。其劝善也，显之朝廷；其惩恶也，加之刑罚。故教化之行也，建首善自京师始，由内及外。今陛下昭至德，开大明，配天地，本人伦，劝学修礼，崇化厉贤，以风四方，太平之原也。古者政教未洽，不备其礼，请因旧官而兴焉。为博士官置弟子五十人，复其身。太常择民年十八已上，仪状端正者，补博士弟子。"③ 自此以后，博士官得以居官教授，极大地促进了《诗经》学的传播。

从学术层面来看，汉代《诗经》学发达也是有因可寻的，主要是当时的《诗经》阐释者能够发挥微言大义，结合时政进行推阐论说，迎合了那个时代的社会精神需求。董仲舒《春秋繁露·精华》说"《诗》无达诂"④，要则《诗经》阐释只需符合御民治国之术。也就是说，"《诗》无达诂"并不意味着对诗可以随意解说，"诂《诗》也有恒定之'道'，灵活与变通也要遵循此'道'，这个'道'便是以仁义为核心的儒家大义。"⑤ 这种《诗经》阐释方法的缘起可以追溯到孔子那里，"孔子基于修身的目的来解释《诗》，无论诗之本意如何，孔子都把它归结到道德的

---

① （清）皮锡瑞著，周予同注释：《经学历史》，中华书局2012年版，第45页。
② （汉）班固：《汉书》，中华书局2000年版，第122页。
③ （汉）司马迁：《史记》，中华书局2000年版，第2371—2372页。
④ 张世亮、钟肇鹏、周桂钿译注：《春秋繁露》，中华书局2012年版，第97页。
⑤ 刘立志：《孟子与两汉〈诗〉学》，《盐城工学院学报》（社会科学版）2002年第1期。

价值取向上。"①

汉代的政治《诗经》学源自先秦,尤其明显的是,当时的《诗经》阐释者多承续荀子之说。如《说苑·反质》云:"圣人抑其文而抗其质,则天下反矣。《诗》云:'尸鸠在桑,其子七兮。淑人君子,其仪一兮。'传曰:'尸鸠之所以养七子者,一心也。君子之所以理万物者,一仪也。以一仪理物,天心也。五者不离,合而为一,谓之天心。在我能因自深结其意于一。故一心可以事百君,百心不可以事一君。是故诚不远也。夫诚者,一也。一者,质也。君子虽有外文,必不离内质矣。"②《列女传·魏芒慈母》云:"慈母以礼义之渐率导八子,咸为魏大夫卿士,各成于礼义。君子谓慈母一心。《诗》云:'尸鸠在桑,其子七兮。淑人君子,其仪一兮。其仪一兮,心如结兮。'言心之均一也。尸鸠以一心养七子,君子以一仪养万物。一心可以事百君,百心不可以事一君,此之谓也。"③冯登府《三家诗遗说·曹·尸鸠》云:"《说苑》引《诗传》……王氏薲:'此言《诗传》,盖《鲁诗》之传也。'《列女传》……引此诗说与《说苑》合。《韩诗外传》曰:'凡治气养心之术,莫经由礼,莫优得师,莫慎一好。好一则抟,抟则精,精则神,神则化。是以君子务结心于一也。引此诗。'按:荀子:'行衢道者不至,事两君者不容,目不两视,耳不两听,引此诗云云。'故君子结于一也,此《外传》所本,其源出荀卿也。"④

相比于鲁、齐、韩三家诗,《毛诗》传承的源流最为扑朔迷离。《汉书·艺文志》云:"又有毛公之学,自谓子夏所传,而河间献王好之,未得立。"⑤《汉书·儒林传》云:"毛公,赵人也。治《诗》,为河间献王博士,授同国贯长卿。长卿授解延年。延年为阿武令,授徐敖。敖授九江陈侠,为王莽讲学大夫。"⑥毛公的学生贯长卿亦是《左传》之学的传

① 于淑华:《孔子与孟子〈诗〉学的特点及文化阐释》,《内蒙古民族大学学报》2008 年第 1 期。

② (汉)刘向撰,向宗鲁校证:《说苑校证》,中华书局 1987 年版,第 513 页。

③ (汉)刘向、(晋)皇甫谧撰,刘晓东校点:《列女传·高士传》,辽宁教育出版社 1998 年版,第 12 页。

④ (清)冯登府著,房瑞丽校注:《三家诗遗说》,华东师范大学出版社 2010 年版,第 54 页。

⑤ (汉)班固:《汉书》,中华书局 2000 年版,第 1356 页。

⑥ (汉)班固:《汉书》,中华书局 2000 年版,第 2680 页。

人,《汉书·儒林传》云:"北平侯张苍及梁太傅贾谊、京兆尹张敞、太中大夫刘公子皆修《春秋左氏传》。谊为《左氏传》训故,授赵人贯公,为河间献王博士,子长卿为荡阴令。"①《毛诗》长于训诂,又爱托古,且所说与《左传》多合,所以常能与古文经学搭上关系,《汉书·景十三王传》云:"河间献王德以孝景前二年立,修学好古,实事求是。从民得善书,必为好写与之,留其真,加金帛赐以招之。繇是四方道术之人不远千里,或有先祖旧书,多奉以奏献王者,故得书多,与汉朝等。是时,淮南王安亦好书,所招致率多浮辩。献王所得书皆古文先秦旧书,《周官》《尚书》《礼》《礼记》《孟子》《老子》之属,皆经传说记,七十子之徒所论。其学举六艺,立《毛氏诗》《左氏春秋》博士。"②《汉书·楚元王传》云:"及歆亲近,欲建立《左氏春秋》及《毛诗》《逸礼》《古文尚书》皆列于学官。"③ 刘歆的建议遭到保守势力的反对,不得施行,但无疑为《毛诗》之学贴上了古文的标签。最终,借助王莽改制的力量,《毛诗》终于上位,《汉书·儒林传》:"平帝时,又立《左氏春秋》《毛诗》《逸礼》《古文尚书》。"④

在小学风气的浸淫下,汉代四家诗都有自己的训诂著作。据《汉书·艺文志》记载,《齐诗》有《齐后氏故》二十卷、《齐孙氏故》二十七卷,《鲁诗》有《鲁故》二十五卷、《鲁说》二十八卷,《韩诗》有《韩故》三十六卷、《韩内传》四卷、《韩说》四十一卷,《毛诗》有《毛诗故训传》三十卷。《毛诗》以故训为旨要,鲁、齐、韩三家诗中以《鲁诗》之学最为谨严,《汉书·艺文志》云:"鲁申公为《诗》训故,而齐辕固、燕韩生皆为之传,或取《春秋》,采杂说,咸非其本义。与不得已,鲁最为近之。"⑤ 在《韩诗》学派中,薛君《韩诗章句》流传甚广,屡为《文选注》《后汉书注》《太平御览》等所引,如《文选·七发》"陶阳气,荡春心",李善注曰:"薛君《韩诗章句》曰:'陶,畅也。阳

① (汉)班固:《汉书》,中华书局2000年版,第2684页。
② (汉)班固:《汉书》,中华书局2000年版,第1839页。
③ (汉)班固:《汉书》,中华书局2000年版,第1527页。
④ (汉)班固:《汉书》,中华书局2000年版,第2684页。
⑤ (汉)班固:《汉书》,中华书局2000年版,第1356页。

气，春也．'"①《隋书·经籍志》云："《韩诗》二十二卷，汉常山太傅韩婴，薛氏章句．"②薛君名汉，东汉初期之《韩诗》博士，《后汉书·儒林传》云："薛汉字公子，淮阳人也．世习《韩诗》，父子以章句著名．汉少传父业，尤善说灾异谶纬，教授常数百人．建武初，为博士，受诏校定图谶．当世言《诗》者，推汉为长．"③薛汉的父亲薛方丘，字夫子，亦传有《韩诗章句》，《后汉书·冯衍传》载有冯衍的《显志赋》，云："美《关雎》之识微兮，愍王道之将崩；拔周唐之盛德兮，捃桓文之谲功"，注曰："薛夫子《韩诗章句》曰：'诗人言雎鸠贞洁，以声相求，必于河之洲，蔽隐无人之处．故人君动静，退朝入于私宫，妃后御见，去留有度．今人君内倾于色，大人见其萌，故咏《关雎》，说淑女，正容仪也．'"④

在释词方法上，四家诗的传播者都惯用义训方式来解释《诗经》，但亦有声训材料传于后世．如《韩诗外传》卷5第31章云："君者何也？曰：群也，能群天下万物而除其害者，谓之君．"⑤《白虎通·三纲六纪》："君，群也，群下之所归心也．"⑥上古音中，"群"为群母文部，"君"为见母文部，音近为训．又如，《韩诗外传》卷5第27章云："德宜君人，然后贵从之．故贵爵而贱德者，虽为天子，不尊矣．"⑦"尊"，精母文部，音近为训．又如，《韩诗外传》卷5第4章云："君者，民之源也．源清则流清，源浊则流浊．"⑧"源"于上古音为疑母元部，兹谓音转为训．

第二节 《毛传》是《诗经》小学之祖

什么是"传"呢？齐佩瑢《训诂学概论》说："或口耳相传，或笔

---

① （梁）萧统编，（唐）李善注：《文选》，中华书局1977年版，第481页．

② （唐）魏徵：《隋书》，中华书局2000年版，第621页．

③ （南朝宋）范晔：《后汉书》，中华书局2000年版，第1735页．

④ （南朝宋）范晔：《后汉书》，中华书局2000年版，第668页．

⑤ （汉）韩婴撰，许维遹校释：《韩诗外传集释》，中华书局1980年版，第197—198页．

⑥ （清）陈立撰，吴则虞点校：《白虎通疏证》，中华书局1994年版，第376页．

⑦ （汉）韩婴撰，许维遹校释：《韩诗外传集释》，中华书局1980年版，第194页．

⑧ （汉）韩婴撰，许维遹校释：《韩诗外传集释》，中华书局1980年版，第167页．

之于简，师师展转传授，均得谓之传也。"① "传"作为一种解说经义、传习于后人的文体，创自孔子，《史记·孔子世家》云："孔子之时，周室微而礼乐废，《诗》《书》缺。追迹三代之礼，序《书传》，上纪唐虞之际，下至秦缪，编次其事。"② 《诗经》有"传"之说，最早见于《荀子·大略》："《国风》之好色也，传曰：'盈其欲而不愆其止。其诚可比于金石，其声可内于宗庙。'《小雅》不以于污上，自引而居下，疾今之政，以思往者，其言有文焉，其声有哀焉。"③

关于《毛诗故训传》的命名，孔颖达《毛诗正义》云："'诂训传'者，注解之别名。毛以《尔雅》之作多为释《诗》，而篇有《释诂》《释训》，故依《尔雅》训而为《诗》立传。传者，传通其义也。《尔雅》所释十有九篇，独云诂、训者，诂者古也，古今异言，通之使人知也；训者道也，道物之貌，以告人也。《释言》则《释诂》之别，故《尔雅序篇》云：《释诂》《释言》，通古今之字，古与今异言也。《释训》言形貌也。然则'诂训'者，通古今之异辞，辨物之形貌，则解释之义尽归于此。《释亲》已下，皆指体而释其别，亦是诂训之义，故唯言诂训，足总众篇之目。今定本作'故'，以《诗》云'古训是式'，《毛传》云'古，故也'，则'故训'者，故昔典训。依故昔典训而为传，义或当然。《毛传》不训序者，以分置篇首，义理易明，性好简略，故不为传。郑以序下无传，不须辨嫌，故注序不言笺。"④ 马瑞辰《毛诗传笺通释·毛诗诂训传名义考》云："训故与传又自不同。盖散言则故训、传俱可通称，对言则故训与传异，连言故训与分言故、训者又异。故训即古训，《烝民》诗'古训是式'，《毛传》：'古，故也。'郑《笺》：'古训，先王之遗典也。'又作诂训，《说文》：'诂训，故言也。'至于传，则《释名》训为传示之传，《正义》以为'传通其义'。盖诂训第就经文所言者而诠释之，传则并经文所未言者而引伸之，此诂训与传之别也。"⑤ 赵茂林《两汉三

① 齐佩瑢：《训诂学概论》，商务印书馆 2015 年版，第 203 页。

② （汉）司马迁：《史记》，中华书局 2000 年版，第 1558 页。

③ 方勇、李波译注：《荀子》，中华书局 2015 年版，第 462 页。

④ 李学勤主编：《十三经注疏·毛诗正义》，北京大学出版社 1999 年版，第 1—2 页。

⑤ （清）马瑞辰撰，陈金生点校：《毛诗传笺通释》，中华书局 1989 年版，第 4—5 页。

家〈诗〉研究》说："《毛诗故训传》则兼有故、传二体。"① 当简称"毛传"的时候，实际上是以"传"综包"故训"之义耳。

关于《毛传》的小学成就，臧琳《经义杂记》卷 23《毛传文例最古》云："十三经中惟《毛诗传》最古而最完好，其诂训能委曲顺经，不拘章句。"② 概而言之，《毛传》在《诗经》小学上的成就主要表现在以下十个方面。

1. 义界视角全面

《毛传》释词精准、内容宏富，首先表现为能够从不同的视角来考察概念所指的事物特征。在为名词性词语进行释义时，《毛传》采取了时间、空间、颜色、形状、材料、功能、性质、类属等多种考察视角。

（1）就时间而言之

《邶风·泉水》云："遂及伯姊。"《毛传》："先生曰姊。"《豳风·七月》云："九月筑场圃。"《毛传》："春夏为圃，秋冬为场。"又："黍稷重穋。"《毛传》："后熟曰重，先熟曰穋。"《鲁颂·閟宫》云："稙稚菽麦。"《毛传》："先种曰稙，后种曰稚。"《小雅·车攻》云："之子于苗。"《毛传》："夏猎曰苗。"《小雅·天保》云："禴祠烝尝。"《毛传》："春曰祠，夏曰禴，秋曰尝，冬曰烝。"《大雅·行苇》云："洗爵奠斝。"《毛传》："夏曰盏，殷曰斝，周曰爵。"《小雅·采芑》云："于彼新田，于此菑亩。"《毛传》："田一岁曰菑，二岁曰新田，三岁曰畬。"《大雅·臣工》云："如何新畬。"《毛传》："田二岁曰新，三岁曰畬。"

（2）就空间而言之

《齐风·猗嗟》云："猗嗟名兮，美目清兮。"《毛传》："目上为名，目下为清。"《陈风·泽陂》云："涕泗滂沱。"《毛传》："自目曰涕，自鼻曰泗。"《齐风·东方未明》云："颠倒衣裳。"《毛传》："上曰衣，下曰裳。"《卫风·有狐》云："之子无裳。"《毛传》："在下曰裳，所以配衣也。"《小雅·斯干》云："载衣之裳。"《毛传》："裳，下之饰也。"

---

① 赵茂林：《两汉三家〈诗〉研究》，巴蜀书社 2006 年版，第 376 页。

② （清）臧琳：《经义杂记》，《续修四库全书》第 172 册，上海古籍出版社 2002 年版，第 221 页。

《小雅·楚茨》云："献酬交错。"《毛传》："东西为交，邪行为错。"《齐风·著》云："俟我于著乎而。"《毛传》："门屏之间曰著。"《召南·采蘩》云："于涧之中。"《毛传》："山夹水曰涧。"《小雅·十月之交》云："山冢崒崩。"《毛传》："山顶曰冢。"《大雅·公刘》云："乃陟南冈。"《毛传》："山脊曰冈。"《小雅·大东》云："有洌氿泉。"《毛传》："侧出曰氿泉。"《小雅·巧言》云："居河之麋。"《毛传》："水草交谓之麋。"《郑风·野有蔓草》云："野有蔓草。"《毛传》："野，四郊之外。"《鲁颂·駉》云："在坰之野。"《毛传》："坰，远野也。邑外曰郊，郊外曰野，野外曰林，林外曰坰。"

（3）就颜色而言之

《郑风·出其东门》云："缟衣綦巾。"《毛传》："缟衣，白色，男服也。綦巾，苍艾色，女服也。"《秦风·终南》云："锦衣狐裘。"《毛传》："锦衣，采色也。"《秦风·终南》云："黻衣绣裳。"《毛传》："黑与青谓之黻，五色备谓之绣。"《大雅·振鹭》云："振鹭于飞。"《毛传》："鹭，白鸟也。"《秦风·小戎》云："骐駵是骖。"《毛传》："黄马黑喙曰騧。"《鲁颂·駉》云："有骓有皇，有骊有黄。"《毛传》："骊马白跨曰驈，黄白曰皇，纯黑曰骊，黄骍曰黄。"又："有骓有駓，有骍有骐。"《毛传》："苍白杂毛曰骓，黄白杂毛曰駓，赤黄曰骍，苍祺曰骐。"《小雅·无羊》云："九十其犉。"《毛传》："黄牛黑唇曰犉。"

（4）就形状而言之

《大雅·棫樸》云："左右奉璋。"《毛传》："半圭曰璋。"《大雅·灵台》云："经始灵台。"《毛传》："四方而高曰台。"又："於乐辟雍。"《毛传》："水旋丘如璧曰辟雍，以节观者。"《召南·采蘋》云："于以盛之，维筐及筥。于以湘之，维锜及釜。"《毛传》："方曰筐，圆曰筥"；"有足曰锜，无足曰釜。"《小雅·蓼莪》云："瓶之罄矣，维罍之耻。"《毛传》："瓶小而罍大。"《魏风·伐檀》云："胡取禾三百囷兮。"《毛传》："圆者为囷。"《大雅·公刘》云："于橐于囊。"《毛传》："小曰橐，大曰囊。"《大雅·灵台》云："贲鼓维镛。"《毛传》："镛，大钟也。"《小雅·天保》云："如山如阜，如冈如陵。"《毛传》："大陆曰阜，大阜曰陵。"《大雅·崧高》云："崧高维岳。"《毛传》："山大而高曰崧。"

《卫风·考槃》云:"考槃在阿。"《毛传》:"曲陵曰阿。"《秦风·蒹葭》云:"宛在水中坻。"《毛传》:"坻,小渚也。"又:"宛在水中沚。"《毛传》:"小渚曰沚。"《周南·樛木》云:"南有樛木。"《毛传》:"木下曲曰樛。"《小雅·鸿雁》云:"鸿雁于飞。"《毛传》:"大曰鸿,小曰雁。"

(5)就材料而言之

《周南·卷耳》云:"我姑酌彼兕觥。"《毛传》:"兕觥,角爵也。"《大雅·生民》云:"卬盛于豆,于豆于登。"《毛传》:"木曰豆,瓦曰登。"《鄘风·君子偕老》云:"副笄六珈。"《毛传》:"副者,后夫人之首饰,编发为之。"又:"玼兮展也。"《毛传》:"礼有展衣者,以丹縠为衣。"《小雅·何人斯》云:"伯氏吹埙,仲氏吹篪。"《毛传》:"土曰埙,竹曰篪。"

(6)就功能而言之

《豳风·七月》云:"称彼兕觥。"《毛传》:"觥,所以誓众也。"《小雅·大东》云:"有捄棘匕。"《毛传》:"匕,所以载鼎实。"《小雅·无羊》云:"何蓑何笠。"《毛传》:"蓑,所以备雨。笠,所以御暑。"《邶风·谷风》云:"毋发我笱。"《毛传》:"笱,所以捕鱼也。"《小雅·大东》云:"有捄天毕。"《毛传》:"毕,所以掩兔也。"《郑风·将仲子》云:"无逾我园。"《毛传》:"园,所以树木也。"《大雅·灵台》云:"王在灵囿。"《毛传》:"囿,所以域养禽兽也。天子百里,诸侯四十里。"

(7)就性质而言之

《周南·葛覃》云:"为絺为绤。"《毛传》:"精曰絺,粗曰绤。"《卫风·木瓜》云:"报之以琼瑶。"《毛传》:"琼瑶,美玉。"《秦风·渭阳》云:"琼瑰玉佩。"《毛传》:"琼瑰,石而次玉。"《陈风·墓门》云:"有鸮萃止。"《毛传》:"鸮,恶声之鸟也。"《小雅·四月》云:"匪鹑匪鸢。"《毛传》:"鹑,雕也。鹑鸢,贪残之鸟也。"《召南·驺虞》云:"于嗟乎驺虞。"《毛传》:"驺虞,义兽也。白虎黑文,不食生物,有至信之德则应之。"《大雅·韩奕》云:"献其貔皮。"《毛传》:"貔,猛兽也。"

(8)以类属而言之

在类属关系上,《毛传》最常用的解释方式是以类名释私名。兹分类列举如下。

草类。《召南·驺虞》云："彼茁者蓬。"《毛传》："蓬，草名也。"《卫风·芄兰》云："芄兰之支。"《毛传》："芄兰，草也。"《陈风·防有鹊巢》云："邛有旨苕。"《毛传》："苕，草也。"《召南·草虫》云："言采其薇。"《毛传》："薇，菜也。"《唐风·采苓》云："采葑采葑。"《毛传》："葑，菜名也。"《鄘风·桑中》云："爰采唐矣。"《毛传》："唐蒙，菜名。"《魏风·汾沮洳》云："言采其莫。"《毛传》："莫，菜也。"《小雅·采芑》云："薄言采芑。"《毛传》："芑，菜也。"《大雅·绵》云："堇荼如饴。"《毛传》："堇，菜也。"

木类。《邶风·简兮》云："山有榛。"《毛传》："榛，木名。"《王风·扬之水》云："不流束楚。"《毛传》："楚，木也。"《郑风·将仲子》云："无折我树杞。"《毛传》："杞，木名也。"《郑风·山有扶苏》云："山有乔松。"《毛传》："松，木也。"《秦风·晨风》云："山有苞栎。"《毛传》："栎，木也。"

鸟类。《邶风·旄丘》云："流离之子。"《毛传》："流离，鸟也。"《魏风·伐檀》云："胡瞻尔庭有县鹑兮。"《毛传》："鹑，鸟也。"

兽类。《齐风·还》云："并驱从两狼兮。"《毛传》："狼，兽名。"《魏风·伐檀》云："胡瞻尔庭有县貆兮。"《毛传》："貆，兽名。"

山名。《齐风·还》云："遭我乎猺之间兮。"《毛传》："猺，山名。"《唐风·采苓》云："首阳之巅。"《毛传》："首阳，山名也。"《大雅·旱麓》云："瞻彼旱麓。"《毛传》："旱，山名也。"《鲁颂·閟宫》云："奄有龟蒙。"《毛传》："龟，山也。蒙，山也。"又："保有凫绎。"《毛传》："凫，山也。绎，山也。"又："徂来之松。"《毛传》："徂徕，山也。"又："新甫之柏。"《毛传》："新甫，山也。"

水名。《周南·汝坟》云："遵彼汝坟。"《毛传》："汝，水名也。"《邶风·泉水》云："亦流于淇。"《毛传》："淇，水名也。"《郑风·褰裳》云："褰裳涉溱。"《毛传》："溱，水名也。"又："褰裳涉洧。"《毛传》："洧，水名也。"《秦风·渭阳》云："曰至渭阳。"《毛传》："渭，水名也。"《魏风·汾沮洳》云："彼汾沮洳。"《毛传》："汾，水也。"《大雅·大明》云："在洽之阳，在渭之涘。"《毛传》："洽，水也。渭，水也。"《大雅·绵》云："自土沮漆。"《毛传》："沮，水。漆，水也。"

地名。《邶风·泉水》云："出宿于沛，饮饯于祢。"《毛传》："沛，地名。……祢，地名。"《小雅·车攻》云："搏兽于敖。"《毛传》："敖，地名。"《大雅·皇矣》云："以按徂旅。"《毛传》："旅，地名也。"《大雅·崧高》云："王饯于郿。"《毛传》："郿，地名。"《大雅·韩奕》云："出宿于屠。"《毛传》："屠，地名也。"

有的时候，《毛传》直接标注以"属"字，借以强调被释语与释语之间的类属关系。如《周南·卷耳》云："不盈顷筐。"《毛传》："顷筐，畚属。"《召南·采蘋》云："维锜及釜。"《毛传》："锜，釜属。"《桧风·匪风》云："溉之釜鬵。"《毛传》："鬵，釜属。"《小雅·鹿鸣》云："承筐是将。"《毛传》："筐，筥属。"《豳风·七月》云："六月食郁及薁。"《毛传》："郁，棣属。"《大雅·灵台》云："鼍鼓逢逢。"《毛传》："鼍，鱼属。"《小雅·角弓》云："毋教猱升木。"《毛传》："猱，猨属。"

2. 擅长解释对语

《诗经》常用对语，相连相并之词其义或同或异，《毛传》常以训诂术语"曰"来明析之。如《大雅·公刘》云："于时言言，于时语语。"《毛传》："直言曰言，论难曰语。"《召南·羔羊》云："羔羊之皮。"《毛传》："小曰羔，大曰羊。"《邶风·燕燕》云："燕燕于飞，颉之颃之。"《毛传》："飞而上曰颉，飞而下曰颃。"《鄘风·载驰》云："大夫跋涉。"《毛传》："草行曰跋，水行曰涉。"《卫风·淇奥》云："如切如磋，如琢如磨。"《毛传》："治骨曰切，象曰磋，玉曰琢，石曰磨。"《卫风·氓》云："尔卜尔筮。"《毛传》："龟曰卜，蓍曰筮。"《卫风·硕人》云："东宫之妹，邢侯之姨，谭公维私。"《毛传》："女子后生曰妹，妻之姊妹曰姨，姊妹之夫曰私。"《郑风·大叔于田》云："抑磬控忌，抑纵送忌。"《毛传》："骋马曰磬，止马曰控。发矢曰纵，从禽曰送。"《魏风·园有桃》云："我歌且谣。"《毛传》："曲和乐曰歌，徒歌曰谣。"《魏风·伐檀》云："不稼不穑。"《毛传》："种之曰稼，敛之曰穑。"《秦风·车邻》云："阪有漆，隰有栗。"《毛传》："陂者曰阪，下湿曰隰。"《小雅·皇皇者华》云："于彼原隰。"《毛传》曰："高平曰原，下湿曰隰。"《秦风·驷驖》云："载猃歇骄。"《毛传》："长喙曰猃，短喙曰歇骄。"《豳风·七月》云："言私其豵，献豣于公。"《毛传》："豕一岁曰豵，三岁曰貒。"《豳风·东山》云:"皇驳其马。"《毛传》:"黄白曰皇,骊白曰驳。"《小雅·蓼萧》云:"和鸾雍雍。"《毛传》:"在轼曰和,在镳曰鸾。"《小雅·黍苗》云:"原隰既平,泉流既清。"《毛传》:"土治曰平,水治曰清。"《小雅·车攻》云:"会同有绎。"《毛传》:"时见曰会,殷见曰同。"《小雅·吉日》云:"或群或友。"《毛传》:"兽三曰群,二曰友。"《小雅·鸿雁》云:"哀此鳏寡。"《毛传》:"老无妻曰鳏,偏丧曰寡。"《大雅·棫朴》云:"追琢其章。"《毛传》:"金曰雕,玉曰琢。"《大雅·皇矣》云:"其菑其翳。"《毛传》:"木立死曰菑,自毙曰翳。"又:"克顺克比。"《毛传》:"慈和遍服曰顺,择善而从曰比。"又:"克明克类,克长克君。"《毛传》:"勤施无私曰类,教诲不倦曰长,赏庆刑威曰君。"又:"是类是祃。"《毛传》:"于内曰类,于野曰祃。"《大雅·灵台》云:"虡业维枞。"《毛传》:"植者曰虡,横者曰枸。"又:"矇瞍奏公。"《毛传》:"有眸子而无见曰矇,无眸子曰瞍。"《大雅·生民》云:"载燔载烈。"《毛传》:"傅火曰燔,贯之加于火曰烈。"《大雅·卷阿》云:"凤皇于飞。"《毛传》:"雄曰凤,雌曰皇。"《大雅·桑柔》云:"旐旟有翩。"《毛传》:"鸟隼曰旟,龟蛇曰旐。"《周颂·有客》云:"有客宿宿,有客信信。"《毛传》:"一宿曰宿,再宿曰信。"《周颂·载芟》云:"载芟载柞。"《毛传》:"除草曰芟,除木曰柞。"《鲁颂·駉》云:"有骓有骆,有骊有雒。"《毛传》:"青骊鳞曰骓,白马黑鬣曰骆,赤身黑鬣曰骊,黑身白鬣曰雒。"又:"有驈有皇,有骊有鱼。"《毛传》:"阴白杂毛曰驈,彤白杂毛曰皇,豪骭曰骊,二目白曰鱼。"《魏风·陟岵》云:"陟彼岵兮……陟彼屺兮。"《毛传》:"山无草木曰岵……山有草木曰屺。"

3. 会通以释,虚实同词

会通以释,在形式上主要表现为异字同训。如《周南·关雎》云:"寤寐思服。"《毛传》:"服,思之也。"《召南·野有死麕》云:"有女怀春。"《毛传》:"怀,思也。"《齐风·南山》云:"曷又怀止。"《毛传》:"怀,思也。"《小雅·常棣》云:"兄弟孔怀。"《毛传》:"怀,思也。"《小雅·小弁》云:"怒焉如捣。"《毛传》:"怒,思也。"《周南·卷耳》云:"维以不永伤。"《毛传》:"伤,思也。"《小雅·四牡》云:"我心伤悲。"《毛传》:"伤悲者,情思也。"《周南·关雎》云:"悠哉悠哉。"
《毛传》:"悠,思也。"《鄘风·载驰》云:"不能旋反。"《毛传》:"不
能旋反,我思也。"同样都训为"思",但有的是"思慕""怀念""忧
虑""悲伤"等义近于动词"思"者,有的则是状思之貌,甚至还有揭
示思念之因者。又如,《毛传》训为"至"者有"之""极""括""来"
"戾""厎""詹""迄""吊""格""止""臻""摧""假"等。《鄘
风·柏舟》云:"之死矢靡它。"《毛传》:"之,至也。"《鄘风·载驰》
云:"谁因谁极。"《毛传》:"极,至也。"《齐风·南山》云:"曷又极
止。"《毛传》:"极,至也。"《小雅·菀柳》云:"俾予靖之,后予极
焉。"《毛传》:"极,至也。"《大雅·崧高》云:"骏极于天。"《毛传》:
"极,至也。"《王风·君子于役》云:"羊牛下括。"《毛传》:"括,至
也。"《小雅·采薇》云:"我行不来。"《毛传》:"来,至也。"《小雅·
采芑》云:"其飞戾天。"《毛传》:"戾,至也。"《小雅·小宛》云:"翰
飞戾天。"《毛传》:"戾,至也。"《小雅·采菽》云:"优哉游哉,亦是
戾矣。"《毛传》:"戾,至也。"《小雅·祈父》云:"靡所厎止。"《毛
传》:"厎,至也。"《小雅·采绿》云:"五日为期,六日不詹。"《毛
传》:"詹,至也。"《鲁颂·闷宫》云:"鲁邦所詹。"《毛传》:"詹,至
也。"《大雅·生民》云:"以迄于今。"《毛传》:"迄,至也。"《小雅·
天保》云:"神之吊矣。"《毛传》:"吊,至。"《大雅·抑》云:"神之格
思。"《毛传》:"格,至也。"又:"淑慎尔止。"《毛传》:"止,至也。"
《鲁颂·泮水》云:"鲁侯戾止。"《毛传》:"止,至也。"《大雅·云汉》
云:"饥馑荐臻。"《毛传》:"臻,至也。"又:"先祖于摧。"《毛传》:
"摧,至也。"又:"昭假无赢。"《毛传》:"假,至也。"《鲁颂·泮水》
云:"昭假烈祖。"《毛传》:"假,至也。"

　　在《毛传》中,还存在虚词和实词用同一个释语来训解的现象。如
《周南·桃夭》云:"之子于归。"《毛传》:"于,往也。"《召南·何彼秾
矣》云:"王姬之车。"《毛传》:"之,往也。"《邶风·二子乘舟》云:
"泛泛其逝。"《毛传》:"逝,往也。"《秦风·无衣》云:"与子偕行。"
《毛传》:"行,往也。"《小雅·四月》云:"六月徂暑。"《毛传》:"徂,
往也。""于""之""逝""行""徂",共以"往"释之,"之子于归"

中的"于"为虚词,其余例句的"之""逝""行""徂"为实词。又如,《邶风·式微》云:"式微式微。"《毛传》"式,用也。"《王风·君子阳阳》云:"右招我由房。"《毛传》:"由,用也。"《王风·兔爰》云:"尚无庸。"《毛传》:"庸,用也。"《齐风·南山》云:"齐子庸止。"《毛传》:"庸,用也。"《小雅·采芑》云:"师干之试。"《毛传》:"试,用也。"《大雅·抑》云:"无言不雠。"《毛传》:"雠,用也。"《周颂·思文》云:"帝命率育。"《毛传》:"率,用也。"《周颂·载芟》云:"侯强侯以。"《毛传》:"以,用也。""式""由""庸""试""雠""率""以",共以"用"释之,有实有虚。

4. 擅长诠释虚词

《毛传》诠释虚词的方法主要有三种:标注法、互训法、省漏法。

(1)标注法

第一,以"某,辞也"的形式,标注"某"为虚词。如《周南·芣苢》云:"薄言采之。"《毛传》:"薄,辞也。"《召南·草虫》云:"亦既见止,亦既觏止。"《毛传》:"止,辞也。"《鄘风·载驰》云:"载驰载驱。"《毛传》:"载,辞也。"《周南·汉广》云:"南有乔木,不可休息。汉有游女,不可求思。"《毛传》:"思,辞也。"《郑风·大叔于田》云:"叔善射忌,又良御忌。"《毛传》:"忌,辞也。"《郑风·山有扶苏》云:"不见子都,乃见狂且。"《毛传》:"且,辞也。"《小雅·出车》云:"执讯获丑。"《毛传》:"讯,辞也。"

第二,直接标注出虚词类别。如《周南·麟之趾》云:"于嗟麟兮。"《毛传》:"于嗟,叹辞。"《齐风·猗嗟》云:"猗嗟昌兮。"《毛传》:"猗嗟,叹辞。"《商颂·那》云:"猗与那与。"《毛传》:"猗,叹辞。"《大雅·文王》云:"於昭于天。"《毛传》:"於,叹辞。"

(2)互训

第一,直训。即用一个与之语法功能相似的虚词来直接训解被释语。如《召南·何彼襛矣》云:"维丝伊缗。"《毛传》:"伊,维。"《鄘风·桑中》云:"爰采唐矣,沫之乡矣。"《毛传》:"爰,于也。"《大雅·文王》云:"陈锡哉周,侯文王孙子。"《毛传》:"侯,维也。"《大雅·下武》云:"媚兹一人,应侯顺德。"《毛传》:"侯,维也。"

第二，对译。用翻译法串讲句意，且以一个相似的虚词对译被释语。如《邶风·日月》云："日居月诸，照临下土。"《毛传》："日乎月乎，照临之也。"用"乎"对译"居"和"诸"，"乎"为语气词，则"居""诸"亦为语气词。又如，《鄘风·柏舟》云："母也天只，不谅人只。"《毛传》："母也天也，尚不信我。"用"也"对译"只"，则"只"当为与"也"语法功能相似的虚词。又如，《王风·中谷有蓷》云："条其啸矣。"《毛传》："条条然啸也。"用"然"对译"其"，则"其"当为形容词后缀。

（3）省漏法

由于虚词的语义功能不突出，有时《毛传》故意只拈出诗句中的实词作为解释对象，暗示省漏掉的成分就是虚词。如《邶风·旄丘》云："琐兮尾兮。"《毛传》："琐尾，少好之貌。"《齐风·甫田》云："婉兮娈兮。"《毛传》："婉娈，少好貌。"《郑风·子衿》云："挑兮达兮。"《毛传》："挑达，往来相见貌。"解释时故意省漏掉"兮"字，暗示"兮"为虚词。《周颂·有客》云："有萋有且。"《毛传》："萋且，敬慎貌。"《毛传》解释时故意省漏掉两个"有"字，暗示"有"为虚词。

5. 反义为训

晋人郭璞明确指出汉语中存在着"美恶同名"现象，《尔雅·释诂》："徂、在，存也。"郭注曰："以徂为存，犹以乱为治，以曩为曩，以故为今。此皆诂训，义有反覆旁通，美恶不嫌同名。"[1] 在《毛传》中业已存在的反义为训现象，与"美恶同名"的说法在思维方式上有着共通之处。如《小雅·白驹》云："在彼空谷。"《毛传》："空，大也。"虚空则阔大。

又如，《小雅·节南山》云："昊天不佣，降此鞠讻。"《毛传》："鞠，盛。"《齐风·南山》云："既曰告止，曷又鞠止。"《毛传》："鞠，穷也。""盛""穷"相反相通，皆可以训"鞠"。

又如，《大雅·文王》云："王之荩臣，无念尔祖。"《毛传》："无念，念也。"《大雅·抑》云："无竞维人。"《毛传》："无竞，竞也。"

---

[1]　胡奇光、方环海：《尔雅译注》，上海古籍出版社2004年版，第87页。

《周颂·执竞》云："无竞维烈。"《毛传》："无竞，竞也。"此类诗句，可以理解为反问，也可以把其中的"无"视为虚字，《毛传》且作反义为训。

又如，《小雅·车攻》云："徒御不惊，大庖不盈。"《毛传》："不惊，惊也。不盈，盈也。"《小雅·桑扈》云："不戢不难，受福不那。"《毛传》："不戢，戢也。不难，难也。那，多也。不多，多也。"《大雅·文王》云："有周不显，帝命不时。"《毛传》："不显，显也。显，光也。不时，时也。时，是也。"《大雅·生民》云："上帝不宁，不康禋祀。"《毛传》："不宁，宁也。不康，康也。"《大雅·卷阿》云："矢诗不多。"《毛传》："不多，多也。"《大雅·文王》云："有周不显，帝命不时。"《毛传》："不显，显也。显，光也。不时，时也。时，是也。"按：甲金文字"丕""不"同字，以上诸"不"字皆当读为"丕"，《毛传》且作反义为训。

6. 叠语训释

叠语（重言）包括三种语言现象，即叠音单纯词、重叠式合成词、叠词修辞（叠字）。《毛传》对叠语现象的解释主要有四种方式，即宛述、互训、指涉、随文释义。

（1）叠音

《周南·关雎》云："关关雎鸠。"《毛传》："关关，和声也。"《豳风·七月》云："二之日凿冰冲冲。"《毛传》："冲冲，凿冰之意。"《小雅·蓼萧》云："鞗革冲冲。"《毛传》"冲冲，垂饰貌。"《大雅·生民》云："释之叟叟。"《毛传》："叟叟，声也。"又云："烝之浮浮。"《毛传》："浮浮，气也。"《大雅·江汉》云："江汉浮浮。"《毛传》："浮浮，众强貌。"《小雅·角弓》云："雨雪浮浮。"《毛传》："浮浮，犹瀌瀌也。"

（2）语素重叠

《周南·桃夭》云："桃之夭夭，灼灼其华。"《毛传》："夭夭，其少壮也。灼灼，华之盛也。"《郑风·风雨》云："风雨凄凄。"《毛传》："风且雨，凄凄然。"《小雅·四月》云："秋日凄凄。"《毛传》："凄凄，凉风也。"《周南·葛覃》云："维叶萋萋。"《毛传》："萋萋，茂盛貌。"《秦风·蒹葭》云："蒹葭萋萋。"《毛传》："萋萋，犹苍苍也。"《小雅·

大田》云："有渰萋萋。"《毛传》："萋萋，云行貌。"《大雅·卷阿》云："菶菶萋萋。"《毛传》："梧桐盛也。"《秦风·蒹葭》云："蒹葭采采。"《毛传》："采采，犹萋萋也。"《曹风·蜉蝣》云："采采衣服。"《毛传》："采采，众多也。"《王风·葛藟》云："绵绵葛藟。"《毛传》："绵绵，长不绝之貌。"《大雅·绵》云："绵绵瓜瓞。"《毛传》："绵绵，不绝貌。"《大雅·常武》云："绵绵翼翼。"《毛传》："绵绵，靓也。"《周南·汉广》云："翘翘错薪。"《毛传》："翘翘，薪貌。"《豳风·鸱鸮》云："予室翘翘。"《毛传》："翘翘，危也。"《小雅·巷伯》云："骄人好好，劳人草草。"《毛传》："好好，喜也。草草，劳心也。"《魏风·葛屦》云："掺掺女手。"《毛传》："掺掺，犹纤纤也。"《小雅·渐渐之石》云："渐渐之石。"《毛传》："渐渐，山石高峻。"按："渐渐"通"巉巉"。《大雅·板》云："老夫灌灌。"《毛传》："灌灌，犹款款也。"

（3）叠字

《周南·芣苢》云："采采芣苢。"《毛传》："采采，非一辞也。"《周南·卷耳》云："采采卷耳。"《毛传》："采采，事采之也。"《邶风·燕燕》云："燕燕于飞。"《毛传》："燕燕，𪃟也。"朱熹《诗集传》曰："燕，𪃟也。"《郑风·子衿》云："青青子衿。"《毛传》："青衿，青领也，学子之所服。"连带着被释语所修饰的对象一起解释。

7. 以正字释借字

臧琳《经义杂记》卷21《诗古文今文》云："《毛诗》为古文，齐、鲁、韩为今文。古文多假借，故作《诂训传》者以正字释之。若今文则经直作正字。"[1] 如《周南·汝坟》云："未见君子，惄如调饥。"《毛传》："调，朝也。"《郑笺》："未见君子之时，如朝饥之思食。"段玉裁《诗经小学》："玉裁按：《毛传》'调，朝也'，言《诗》假借'调'字为'朝'字也。'调'周声，'朝'舟声，音相近也。或作'輖'，亦'朝'字之假借。"[2] "朝"字右边的偏旁在甲骨文中作"月"，在金文中作"水"，

---

① （清）臧琳：《经义杂记》，《续修四库全书》第172册，上海古籍出版社2002年版，第206页。

② （清）段玉裁：《诗经小学》，载赖永海主编《段玉裁全书》第1册，江苏人民出版社2015年版，第469页。

至小篆由于声化改作"舟"。上古音中，"朝"为端母宵部，"调"为定母幽部，二者语音相近。又如，《郑风·大叔于田》云："叔在薮，火烈具举。"《毛传》："烈，列。具，俱也。"《郑笺》："列人持火俱举，言众同心。"经过删略的《诗经小学》（四卷本）云："《传》'烈，列。具，俱也'，按：言'烈'为'列'之假借，'具'为'俱'之假借也。镛堂按：张平子《东京赋》：'火列具举。'是三家《诗》'烈'作'列'。"① 又如，《小雅·巧言》云："圣人莫之。"《毛传》："莫，谋也。"段玉裁《说文解字注》："《诗·巧言》假'莫'为'谟'。"② 马瑞辰《毛诗传笺通释》："《说文》：'谟，议谋也。'毛《传》谓莫即谟之省借。《汉书注》引《诗》'秩秩大猷，圣人谟之'。班固《通幽赋》'谟先圣之大猷兮'，曹大家《注》：'谟，谋也。'正用此诗。"③

8. 从礼的角度解释《诗经》

《周南·葛覃》云："为缔为绤，服之无致。"《毛传》："精曰缔，粗曰绤。致，厌也。古者王后织玄纮，公侯夫人纮綖，卿之内子大带，大夫命妇成祭服，士妻朝服，庶士以下各衣其夫。"又："言告师氏，言告言归。"《毛传》："言，我也。师，女师也。古者女师教以妇德、妇言、妇容、妇功。祖庙未毁，教于公宫三月。祖庙既毁，教于宗室。"《召南·羔羊》云："羔羊之皮，素丝五纮。"《毛传》："古者素丝以英裘，不失其制，大夫羔裘以居。"《鄘风·干旄》云："孑孑干旄，在浚之郊。"《毛传》："浚，卫邑。古者，臣有大功，世其官邑。"《郑风·子衿》云："子宁不嗣音。"《毛传》："嗣，习也。古者教以诗乐，诵之歌之，弦之舞之。"《齐风·东方未明》云："折柳樊圃，狂夫瞿瞿。"《毛传》："瞿瞿，无守之貌。古者，有挈壶氏以水火分日夜，以告时于朝。"《小雅·正月》云："民之无辜，并其臣仆。"《毛传》："古者有罪，不入于刑则役之圜土，以为臣仆。"《大雅·生民》云："克禋克祀，以弗无子。"《毛传》："禋，敬。弗，去也。去无子，求有

---

① （清）段玉裁：《诗经小学》，《续修四库全书》第 64 册，上海古籍出版社 2002 年版，第 188 页。

② （清）段玉裁：《说文解字注》，上海古籍出版社 1988 年版，第 91 页。

③ （清）马瑞辰撰，陈金生点校：《毛诗传笺通释》，中华书局 1989 年版，第 651 页。

子，古者必立郊禖焉。玄鸟至之日，以大牢祠于郊禖，天子亲往，后妃率九嫔御。乃礼天子所御，带以弓韣，授以弓矢，于郊禖之前。"《大雅·烝民》云："王命仲山甫，城彼东方。"《毛传》："东方，齐也。古者诸侯之居逼隘，则王者迁其邑而定其居，盖去薄姑而迁于临菑也。"《大雅·瞻卬》云："妇无公事，休其蚕织。"《毛传》："妇人无与外政，虽王后犹以蚕织为事。古者天子为藉千亩，冕而朱纮，躬秉耒。诸侯为藉百亩，冕而青纮，躬秉耒。以事天地山川社稷先古，敬之至也。天子诸侯必有公桑蚕室，近川而为之，筑宫仞有三尺，棘墙而外闭之。及大昕之朝，君皮弁素积，卜三宫之夫人、世妇之吉者，使入蚕于蚕室，奉种浴于川，桑于公桑，风戾以食之。岁既单矣，世妇卒蚕，奉茧以示于君，遂献茧于夫人。夫人曰：'此所以为君服与。'遂副袆而受之，少牢以礼之。及良日，后夫人缫，三盆手，遂布于三宫夫人世妇之吉者，使缫，遂朱绿之，玄黄之，以为黼黻文章。服既成矣，君服之以祀先王先公，敬之至也。"

9. 借词语训解暗示文意

在《毛传》中存在直接揭示文意的训诂内容，如《邶风·匏有苦叶》云："雄鸣求其牡。"《毛传》："违礼义，不由其道，犹雄鸣而求其牡矣。飞曰雌雄。走曰牝牡。"又如，《齐风·东方未明》云："折柳樊圃。"《毛传》："柳，柔脆之木。樊，藩也。圃，菜园也。折柳以为藩园，无益于禁矣。"但这样的现象毕竟不占多数，《毛传》更善于把文意的揭示隐藏于词语训释之中，如《郑风·将仲子》云："将仲子兮！无逾我墙，无折我树桑。"《毛传》："桑，木之众也。"又："将仲子兮！无逾我园，无折我树檀。"《毛传》："檀，强韧之木。"清人胡承珙对于存乎其间的言外之意理解甚深，其《毛诗后笺》云："案：二《传》于木必兼言其形性者，自以取兴所在。故《笺》申之云：'无折我树杞，喻言无伤害我兄弟也。'然则所谓桑与檀者，盖皆以喻段。可知桑以喻段之得众，所谓'厚将得众'也，檀以喻段之恃强，所谓'多行不义'也。李《解》引王氏：以谓始曰'无逾我里'，中曰'无逾我墙'，卒曰'无逾我园'，以言仲子之言弥峻，而庄公拒之弥固也。始曰'无折我树杞'，中曰'无折我树桑'，卒曰'无折我树檀'，以言庄公不制段于早，而段之弥强也。"①

10. 发明训诂术语

《毛传》精于训诂，还表现在擅长发明训诂术语上。《毛传》中常见的训诂术语可以概括为以下十九种。

（1）某，某也。用以直接说明词义。如《周南·关雎》云："参差荇菜，左右流之。"《毛传》："荇，接余也。流，求也。"如果在同一条目中接连训释几个词语，则除末尾外，其余的"也"字都可以省略。如，《周南·卷耳》云："嗟我怀人，寘彼周行。"《毛传》："怀，思。寘，置。行，列也。"

（2）某者，某也。与"某，某也"作用相同。如《鄘风·君子偕老》云："委委佗佗。"《毛传》："委委者，行可委曲从迹也。佗佗者，德平易也。"《邶风·北门》云："终窭且贫。"《毛传》："窭者，无礼也。""也"字可省略，如《鄘风·柏舟》云："髧彼两髦，实维我仪。"《毛传》："髦者，发至眉，子事父母之饰。"《鄘风·君子偕老》云："副笄六珈。"《毛传》："副者，后夫人之首饰，编发为之。"

（3）某，犹某也。以同义词或近义词作解，段玉裁《说文解字注》"儺"字下云："凡汉人作注云'犹'者，皆义隔而通之。"② 如《鄘风·定之方中》云："作于楚室。"《毛传》："室，犹宫也。"《王风·黍离》云："行迈靡靡。"《毛传》："靡靡，犹迟迟也。"

（4）某，亦某也。用以说明两词似异而同。如《周南·卷耳》云："我仆痡矣。"《毛传》："痡，亦病也。"《王风·中谷有蓷》云："遇人之艰难矣。"《毛传》："艰，亦难也。"《唐风·山有枢》云："弗曳弗娄。"《毛传》："娄，亦曳也。"

（5）某，谓某也。以狭义释广义，以具体释抽象。如《唐风·绸缪》云："三星在天。"《毛传》："在天，谓始见东方也。"《豳风·七月》云："一之日于貉。"《毛传》："于貉，谓取狐狸皮也。"

（6）某谓之某。既用于一般的释义，也用于辨析同义词或近义词之

---

① （清）胡承珙著，郭全芝校点：《毛诗后笺》，黄山书社1999年版，第369页。
② （清）段玉裁：《说文解字注》，上海古籍出版社1988年版，第90页。

间的细微差别。如《邶风·凯风》云："凯风自南。"《毛传》："南风谓之凯风。"《秦风·终南》云："黻衣绣裳。"《毛传》："黑与青谓之黻，五色谓之绣。"

（7）某曰某。与"某谓之某"作用基本相同。如《周南·关雎》云："在河之洲。"《毛传》："水中可居者曰洲。"《周南·苤苢》云："薄言襭之。"《毛传》："扱衽曰襭。"《周南·葛覃》云："为𫄨为绤。"《毛传》："精曰𫄨，粗曰绤。"

（8）某为某。作用与"某曰某"相同。如《周南·汉广》云："不可泳思。"《毛传》："潜行为泳。"《召南·江有汜》云："江有汜。"《毛传》："决复入为汜。"《周颂·有瞽》云："设业设虡。"《毛传》："植者为虡，衡者为栒。"

（9）某，言某。说明语词在特定语境中的含义。如《召南·行露》云："岂不夙夜。"《毛传》："岂不，言有是也。"《郑风·萚兮》云："叔兮伯兮，倡予和女。"《毛传》："叔伯，言群臣长幼也。君倡臣和也。"《商颂·长发》云："汤降不迟。"《毛传》："不迟，言疾也。"《商颂·烈祖》云："八鸾鸧鸧。"《毛传》："八鸾鸧鸧，言文德之有声也。"

（10）某，某之意。用以指释语词的特殊含义。如《豳风·七月》云："二之日凿冰冲冲。"《毛传》："冲冲，凿冰之意。"《王风·丘中有麻》云："将其来施施。"《毛传》："施施，难进之意。"

（11）某，所以某。用以说明事物的功用。如《周南·麟之趾》云："麟之角，振振公族。"《毛传》："麟角，所以表其德也。"《邶风·柏舟》云："我心匪鉴。"《毛传》："鉴，所以察形也。"

（12）某，某属。以总名释别名。如《鄘风·定之方中》云："椅桐梓漆。"《毛传》："椅，梓属。"《桧风·匪风》云："溉之釜鬵。"《毛传》："鬵，釜属。"

（13）某，某貌。用以说明被释语的状态或性质。如《周南·葛覃》云："维叶萋萋。"《毛传》："萋萋，茂盛貌。"《邶风·谷风》云："行道迟迟。"《毛传》："迟迟，舒行貌。"《邶风·柏舟》云："亦泛其流。"《毛传》："泛，流貌。"《周南·兔罝》云："赳赳武夫。"《毛传》："赳赳，武貌。"

（14）某然。用以标明形容词。如《卫风·氓》云："其叶沃若。"《毛传》："沃若，犹沃沃然。"《郑风·风雨》云："风雨凄凄。"《毛传》："风且雨，凄凄然。"《郑风·野有蔓草》云："零露漙兮。"《毛传》："漙漙然，盛多也。"《邶风·终风》云："曀曀其阴，虺虺其雷。"《毛传》："如常阴曀曀然。暴若震雷之声虺虺然。"

（15）某，某声也。用以解释拟声词。如《周南·兔罝》云："椓之丁丁。"《毛传》："丁丁，椓杙声也。"《召南·殷其雷》云："殷其雷，在南山之阳。"《毛传》："殷，雷声也。""也"字可以省略。如《魏风·伐檀》云："坎坎伐檀兮。"《毛传》："坎坎，伐檀声。"《齐风·卢令》云："卢令令。"《毛传》："令令，缨环声。""某声也"之"某"亦可以省略。如《召南·草虫》云："喓喓草虫。"《毛传》："喓喓，声也。"《大雅·生民》云："释之叟叟。"《毛传》："叟叟，声也。"

（16）某，某辞也。用以指明被释语是虚词。如《周颂·清庙》云："於穆清庙。"《毛传》："於，叹辞也。""辞"字可省略。如《周颂·噫嘻》云："噫嘻成王。"《毛传》："噫，叹也。""某辞也"之"某"亦可不出现，乃变为"某，辞也"之格式。如《大雅·文王》云："思皇多士。"《毛传》："思，辞也。"

（17）某，某也，一曰某也。此乃一词有异训之辞例。如《小雅·瞻彼洛矣》云："韎韐有奭。"《毛传》："韎韐者，茅蒐染韦也，一曰韎韐所以代韠也。"

（18）某称某；某曰某。这是表达特殊称谓的一组辞例。

一是说明特定的社会关系。如《邶风·泉水》云："问我诸姑，遂及伯姊。"《毛传》："父之姊妹称姑。先生曰姊。"《小雅·伐木》云："以速诸父。"《毛传》："天子谓同姓诸侯，诸侯谓同姓大夫，皆曰父。异姓则称舅。"

二是指出特定的称名。如《王风·黍离》云："悠悠苍天。"《毛传》："苍天，以体言之。尊而君之，则称皇天；元气广大，则称昊天；仁覆闵下，则称旻天；自上降鉴，则称上天；据远视之苍苍然，则称苍天。"又如，《大雅·灵台》云："经始灵台。"《毛传》："神之精明者称灵，四方而高曰台。"

（19）或曰。征引他人说法用以为训。如《小雅·天保》云："俾尔单厚。"《毛传》："单，信也。或曰：单，厚也。"《周颂·有瞽》云："设业设虡。"《毛传》："业，大板也，所以饰栒为县也。捷业如锯齿，或曰画之。"

第三节　小学的创立和《毛诗》学派的崛起

西汉刘向、刘歆父子整理文献，标立小学一门，"小学"概念遂转向语言文字方面。刘歆又酷爱古文，力推《毛诗》之学走向两汉政治的前台。

一　小学的创立及概念的转变

"小学"一词最初指上古时期为初学阶段的贵族子弟所设立的教学机构，《汉书·艺文志》云："古者八岁入小学，故《周官》保氏掌养国子，教之六书。"[①]

识字是初学者的首要任务，为顺利进行识字教学，必然要编纂出适合初学者的字书来。中国字书始于西周时期的《史籀篇》，此乃"周时史官教学童书也，与孔氏壁中古文异体"（《汉书·艺文志》）。秦朝施行"同书文字"（《琅邪台刻石》）的政策，推动了字书的迅速发展，遂出现了《仓颉篇》《爰历篇》《博学篇》三部字书，许慎《说文解字·叙》云："秦始皇帝初兼天下，丞相李斯乃奏同之，罢其不与秦文合者。斯作《仓颉篇》，中车府令赵高作《爰历篇》，太史令胡母敬作《博学篇》，皆取史籀大篆，或颇省改，所谓小篆者也。"[②] 汉兴，丞相萧何制定了更为积极的文字政策，《汉书·艺文志》云："萧何草律，亦著其法，曰：'太史试学童，能讽书九千字以上，乃得为史。又以六体试之，课最者以为尚书御史史书令史。吏民上书，字或不正，辄举劾。'六体者，古文、奇字、篆书、隶书、缪篆、虫书，皆所以通知古今文字，摹印章，

---

① （汉）班固：《汉书》，中华书局 2000 年版，第 1363 页。
② （汉）许慎著，陶生魁点校：《说文解字》，中华书局 2020 年版，第 493 页。

书幡信也。"①

西汉后期，刘歆力倡古学，对当时今文经学家的做法极为不满，他在《移书让太常博士》中说："往者缀学之士不思废绝之阙，苟因陋就寡，分文析字，烦言碎辞，学者罢老且不能究其一艺。信口说而背传记，是末师而非往古。"② 古文经学家研读的经书多古字古言，为了解释古文经义，他们必须从文字训诂开始。由此，形成了以古文字、训诂、古史、古代礼制等为核心内容的"古学"概念。东汉古学发达的时候，涌现出一批以钻研古文经学而载誉四方的学者，如陈元擅长《左氏春秋》，郑兴尤明《左氏》《周官》，卫宏擅长《毛诗》《古文尚书》，贾逵尤明《左氏传》《国语》及《毛诗》，许慎则有"五经无双"之盛称。

"小学"的立名与古文经书的发现有直接关系。《汉书·艺文志》云："武帝末，鲁共王坏孔子宅，欲以广其宫，而得《古文尚书》及《礼记》《论语》《孝经》凡数十篇，皆古字也。"③ 孔子后人孔安国据此整理出《古文尚书》，随后却"遭巫蛊事，未列于学官"（《汉书·艺文志》）。汉成帝河平三年（前26），刘向受诏领校秘书，终其生而整理了经传、诸子、诗赋三类书籍。刘向卒后，其子刘歆继其业，承哀帝诏而撰《七略》，《汉书·艺文志》云："歆于是总群书而奏其《七略》，故有《辑略》，有《六艺略》，有《诸子略》，有《诗赋略》，有《兵书略》，有《术数略》，有《方技略》。"④ 其中，"辑略"综述学术源流，其余的"六艺略""诸子略""诗赋略""兵书略""数术略""方技略"则为图书部类之六种。《七略》久佚，《汉书·艺文志》载"六艺"类图书为"易、书、诗、礼、乐、春秋、论语、孝经、小学"，所以说，"六艺略主要是儒家的经典著作以及学习经书的基础读物。"⑤ 据《汉书·艺文志》所述，最初被列为小学著作的有周代《史籀》十五篇，秦代李斯《苍颉》一篇、赵高《爰历》六章、胡毋敬《博学》七章，汉代《苍颉传》一篇、司马

---

① （汉）班固：《汉书》，中华书局2000年版，第1363页。
② （汉）班固：《汉书》，中华书局2000年版，第1529页。
③ （汉）班固：《汉书》，中华书局2000年版，第1354页。
④ （汉）班固：《汉书》，中华书局2000年版，第1351页。
⑤ 程千帆、徐有富：《校雠广义：目录编》，齐鲁书社1998年版，第109页。

相如《凡将》一篇、史游《急就》一篇、李长《元尚》一篇、扬雄《训纂》一篇,等等。文献学家张舜徽先生说:"这一类的书,仅仅是三字成句、四字成句或七字成句的歌括体课本,是秦汉时代用以教儿童们的通俗读物,所以古人称之为'小学'。"① 小学既与童蒙识字相关,"训故"则为其要义,《汉书·艺文志》云:"《苍颉》多古字,俗师失其读。宣帝时征齐人能正读者,张敞从受之,传至外孙之子杜林,为作训故,并列焉。"② 《汉书·艺文志》在刘氏父子总括的"小学十家,四十五篇"之基础上,增加"扬雄、杜林二家二篇"。

起初,小学涵盖的内容甚为狭窄,《汉书·平帝纪》云:"征天下通知逸经、古记、天文、历算、钟律、小学、《史篇》、方术、《本草》及以《五经》《论语》《孝经》《尔雅》教授者,在所为驾一封轺传,遣诣京师。至者数千人。"③ 《尔雅》和小学并列,可见它是不包含在后者范围内的。小学概念提出之初,差不多仅指杜林等人的字形学,《汉书·杜邺传》云:"初,邺从张吉学,吉子竦又幼孤,从邺学问,亦著于世,尤长小学。邺子林,清静好古,亦有雅材,建武中历位列卿,至大司空。其正文字过于邺、竦,故世言小学者由杜公。"④ 由于《尔雅》与小学的关系特别密切,至《旧唐书·经籍志》开始把《尔雅》一类的训诂著作并入小学之类。

至南宋,王应麟《玉海》谓小学之体有三:"其一体制,谓点画有衡纵曲折之殊,《说文》之类;其二训诂,谓称谓有古今雅俗之异,《尔雅》《方言》之类;其三音韵,谓呼吸有清浊高下之不同,沈约《四声谱》及西域反切之学。"⑤ 明代方以智《通雅·小学大略》云:"小学有训诂之学,有字书之学,有音韵之学。从事《苍》《雅》《说文》,固当旁采诸家之辩难,则上自金石钟鼎,石经碑帖,以至印章款识,皆所当究心者。谨略论其源流,以便省览。欧阳永叔曰:'八岁入小学,习六甲四方书

---

① 张舜徽:《中国文献学》,上海古籍出版社 2005 年版,第 187 页。
② (汉)班固:《汉书》,中华书局 2000 年版,第 1363—1364 页。
③ (汉)班固:《汉书》,中华书局 2000 年版,第 251 页。
④ (汉)班固:《汉书》,中华书局 2000 年版,第 2583 页。
⑤ (宋)王应麟:《玉海》,广陵书社 2003 年版,第 842 页。

数，至成童后，授经学，以次第后大也。'《尔雅》出于汉世，正名物讲说资之，于是有训诂之学。文字既兴，随世转易趣便，《三苍》始志字法。许慎作《说文》，于是有偏傍之学。篆隶古文为体各异，学者务极其能，于是有字书之学。五声异律，清浊相生，而孙炎始作字音，于是有音韵之学。永叔以偏傍字书为二，则以字书为笔法。智以笔法乃字学之绪余，故明六书之源流，谓之字书之学。吴敬甫分三家，一曰体制，二曰训诂，三曰音韵。胡元瑞言小学一端，门径十数，有博于文者、义者、音者、迹者、考者、评者，古今博洽，蔑能相兼，其可易哉！"① 从此，小学逐渐固定为文字、音韵、训诂之学的称谓。

二 《毛诗》学派的崛起

小学因古学而立，小学研究所取得的成就反过来直接抬高了古文学派的地位，东汉卢植上书云："古文科斗，近于为实，而厌抑流俗，降在小学。中兴以来，通儒达士班固、贾逵、郑兴父子，并敦悦之。今《毛诗》《左氏》《周礼》各有传记，其与《春秋》共相表里，宜置博士，为立学官，以助后来，以广圣意。"（《后汉书·卢植传》）汉代的小学家大多是古文学家，王国维《观堂集林·两汉古文学家多小学家说》究其原因说："原古学家之所以兼小学家者，当缘所传经本多用古文，其解经须得小学之助，其异字亦足供小学之资，故小学家多出其中。"② 值得注意的是，历代典籍中都没有关于古文《诗经》文本发现的记载，故章太炎《经学略说》云："《诗》无所谓今古文，口授至汉，书于竹帛，皆用当时习用之隶书。《毛诗》所以称古文者，以其所言事实与《左传》相应，典章制度与《周礼》相应故尔。"③

1. 卫宏与《诗序》

《毛诗》之学在东汉时期逐渐兴盛起来。这个时期为《毛诗》传承做出突出贡献的人物，卫宏算得上是第一位，陆玑《毛诗草木鸟兽虫鱼疏》

---

① （明）方以智：《通雅》，中国书店 1990 年版，"卷首二"第 39 页。
② 王国维：《观堂集林（外二种）》，河北教育出版社 2001 年版，第 202 页。
③ 章太炎讲演，诸祖耿、王謇、王乘六等记录：《章太炎国学讲演录》，中华书局 2013 年版，第 151 页。

云:"时九江谢曼卿亦善《毛诗》,乃为其训,东海卫宏从曼卿受学,因作《毛诗序》,得《风》《雅》之旨,世祖以为议郎。"① 《后汉书·儒林下》云:"卫宏字敬仲,东海人也。少与河南郑兴俱好古学。初,九江谢曼卿善《毛诗》,乃为其训。宏从曼卿受学,因作《毛诗序》,善得《风》《雅》之旨,于今传于世。后从大司空杜林更受《古文尚书》,为作《训旨》。时济南徐巡师事宏,后从林受学,亦以儒显,由是古学大兴。光武以为议郎。宏作《汉旧仪》四篇,以载西京杂事;又著赋、颂、诔七首,皆传于世。"② 类似于《诗序》的文字最早见于《诗经》本文,如《小雅·节南山》云:"家父作颂,以究王讻。"《小雅·何人斯》云:"作此好歌,以极反侧。"《小雅·四月》云:"君子作歌,维以告哀。"之后见于《左传》,如《左传·闵公二年》云:"文公为卫之多患也,先适齐。及败,宋桓公逆诸河,宵济。卫之遗民男女七百有三十人,益之以共、滕之民为五千人,立戴公以庐于曹。许穆夫人赋《载驰》。"③ 在《孔子诗论》中,《诗序》性质的文字是相当多的,如《孔子诗论》第8简云:"《十月》善谝言;《雨亡正》《节南山》,皆言上之衰也,王公耻之。《小旻》多疑,疑言不中志者也。《小宛》其言不恶,少有危焉。《小弁》《巧言》,则言谗人之害也。"④ 第15简云:"及其人,敬爱其树,其保厚矣。《甘棠》之爱,以召公……"⑤ 孔子之后,卜商作《诗序》,传于毛公。故而,卫宏作《诗序》的合理解释只能是他对《诗序》进行了完善或整理,《隋书·经籍志》云:"先儒相承,谓之《毛诗》。《序》,子夏所创,毛公及敬仲又加润益。"⑥

2. 贾逵和许慎的《诗经》解释

跟卫宏一起向谢曼卿学习《毛诗》的还有贾徽,贾徽传学其子贾逵。贾逵,字景伯,扶风人,《后汉书·儒林下》云:"中兴后,郑众、贾逵

---

① (三国吴)陆玑:《毛诗草木鸟兽虫鱼疏》,中华书局1985年版,第70—71页。
② (南朝宋)范晔:《后汉书》,中华书局2000年版,第1737—1738页。
③ 郭丹、程小青、李彬源译注:《左传》,中华书局2012年版,第306页。
④ 陈桐生:《〈孔子诗论〉研究》,中华书局2004年版,第261页。
⑤ 陈桐生:《〈孔子诗论〉研究》,中华书局2004年版,第265页。
⑥ (唐)魏徵:《隋书》,中华书局2000年版,第623页。

传《毛诗》。"①《隋书·经籍志》云:"梁有《毛诗杂议难》十卷,汉侍中贾逵撰,亡。"② 作为古文经学的中坚力量,贾逵极力排斥今文经学的谶纬之风,《后汉纪》卷18曰:"后世争为图纬之学,以矫世取资。是以通儒贾逵、马融、张衡、朱穆、崔寔、荀爽之徒忿其若此,奏皆以为虚妄不经,宜悉收藏之。"③《后汉书·贾逵传》云:"逵数为帝言《古文尚书》与经传《尔雅》诂训相应,诏令撰欧阳、大小夏侯《尚书古文》同异。逵集为三卷,帝善之。复令撰齐鲁韩《诗》与毛氏异同。并作《周官解故》。迁逵为卫士令。八年,乃诏诸儒各选高才生,受《左氏》《穀梁春秋》《古文尚书》《毛诗》,由是四经遂行于世。皆拜逵所选弟子及门生为千乘王国郎,朝夕受业黄门署,学者皆欣欣羡慕焉。和帝即位,永元三年,以逵为左中郎将。八年,复为侍中,领骑都尉。内备帷幄,兼领秘书近署,甚见信用。"④ 贾逵以古学而获高官显位,并得到汉章帝与汉和帝两代帝王的器重,领诏授徒于学官,极大地促进了《毛诗》的发展。

在贾逵遴选青年才俊以传授古文经学的背景下,汝南许慎得以入京拜师名门,并担任太尉南阁祭酒,清人段玉裁曰:"太尉南阁祭酒,谓太尉府掾曹,出入南阁者之首领也。"⑤ 许慎精通群经,马融尤其敬重他,当时人称他为"五经无双许叔重"。在考较今古文经学异同的基础上,许慎撰著了《五经异义》。许慎还擅长阴阳变易之学,著有《淮南子注》。许慎著《说文解字》,于《叙》中特别标示出自己古文经学家的身份,"其称《易》,孟氏;《书》,孔氏;《诗》,毛氏;《礼》,周官;《春秋》,左氏;《论语》《孝经》皆古文也。"⑥ 许慎指斥汉代俗儒"玩其所习,蔽所希闻,不见通学,未尝睹字例之条,怪旧艺而善野言",迷误于"究洞圣人之微恉"(《说文解字·叙》)。许慎撰《说文解字》,用体系谨严的

---

① (南朝宋)范晔:《后汉书》,中华书局2000年版,第1738页。
② (唐)魏徵:《隋书》,中华书局2000年版,第621页。
③ (晋)袁宏撰,张烈点校:《后汉纪》,中华书局2002年版,第352页。
④ (南朝宋)范晔:《后汉书》,中华书局2000年版,第832页。
⑤ (清)段玉裁:《说文解字注》,上海古籍出版社1988年版,第785页。
⑥ (汉)许慎著,陶生魁点校:《说文解字》,中华书局2020年版,第495页。

"六书"理论来说解文字，意在匡正时人臆解经义的严重错误。许慎在《诗经》解释方面有着明显的宗毛倾向，源于此，虽说《说文解字》的学术追求主要在于探究文字的本义，但是却因许氏的宗毛思想而在此书中部分保存下了《毛传》对于假借字的训释。如《说文解字》口部曰："吪，动也。从口，化声。《诗》曰：'尚寐无吪。'""尚寐无吪"语出《王风·兔爰》,《毛传》云："吪，动也。"《郑笺》："我长大之后，乃遇此军役之多忧。今但庶几于寐，不欲见动，无所乐生之甚。"从字形来看，"吪"的本义当为感化，《豳风·破斧》："周公东征，四国是吪。"《毛传》："吪，化也。"《经典释文》："讹，五戈反。又作'吪'，化也。"又如,《说文解字》女部曰："妯，动也。从女，由声。""妯"本指弟兄的妻子，在《毛诗》中用为"伤悼"义，《小雅·鼓钟》云："忧心且妯。"《毛传》随文释义曰："妯，动也。"《郑笺》："妯之言悼也。"则"妯"为"悼"字之假借。

3. 马融与《诗经》小学

马融（79—166），字季长，扶风茂陵人，历任议郎、武都及南郡太守等职，延熹九年（166）卒于家，年八十八，《后汉书》卷60有其传。马融精通儒学经典，声誉盛极一时，从学者常以千数，名儒卢植、郑玄等皆出于其门下。他著作等身，曾为《孝经》《论语》《诗经》《周易》《尚书》《周礼》《仪礼》《礼记》《列女传》《老子》《淮南子》《离骚》诸书作注，撰有《三传异同说》，并著赋、颂、碑、诔、书、记、表、奏、七言、琴歌、对策、遗令，凡二十一篇。《后汉书·儒林下》云："马融作《毛诗传》。"① 惜此作早已散佚，陆德明仅见其残卷，《经典释文·序录》云："《毛诗故训传》二十卷，马融《注》十卷，无下帙。"②《隋书·经籍志》云："梁有《毛诗》十卷，马融注，亡。"③《旧唐书·经籍志》以下不再著录。清人马国翰《玉函山房辑佚书》从陆德明《经典释文》、郦道元《水经注》、孔颖达《毛诗正义》等书中辑得《毛诗马

① （南朝宋）范晔：《后汉书》，中华书局2000年版，第1738页。
② （唐）陆德明撰，张一弓点校：《经典释文》，上海古籍出版社2012年版，第13—14页。
③ （唐）魏徵：《隋书》，中华书局2000年版，第621页。

氏注》一卷。据说，《郑笺》中也应该存有马融的《诗经》解释性文字，"郑玄在东郡时随张恭祖习《韩诗》，后来师事于马融，亦习《毛诗》，对于《毛诗》中隐略不明之处，则加以勾陈申明，遂成《笺》本，而传于后世，其中自有马融之意解，然马氏注佚失不传（虽有辑佚，仅数句而已），已难加区分。"① 以下据《玉函山房辑佚书·毛诗马氏注》，对马融的《诗经》解释特色略加论述。

马融继承《毛诗》传统，尤其重视文字训诂。如《周南·汉广》云："言刈其蒌。"马融注："蒌，蒿也。——《释文》。"《卫风·硕人》云："施罛濊濊。"马融注："大鱼纲目，大豁豁也。——《释》《正》。"又："鳣鲔发发。"马融注："鱼着网，尾发发然。——《释文》。"《郑风·大叔于田》："抑释掤忌。"马融注："掤，棂丸盖也。——《释文》。"《唐风·山有枢》："弗曳弗娄。"马融注："娄，牵也。——《释文》。"《小雅·车辇》："以慰我心。"马融注："慰，安也。——《释文》。"

在《诗经》阐释方面，马融并不专守《毛诗》而不知变通，侯康《补后汉书艺文志》云：

> 马虽治《毛诗》，而不株守毛义。如"南有樛木"，同《韩诗》作"朻"；《广成颂》"诗咏圃草"，与《韩诗》"东有圃草"合；"旐旟掺其如林"则与《说文》引《诗》"其旝如林"合。然此犹或毛氏异文，无大差互。惟《庞参传》载融上书，以《出车》诗"赫赫南仲"为宣王时，则与班固《匈奴传》引《诗》合，而与《毛传》大乖。②

兹对侯康所论作说明如下。

（1）《周南·樛木》云："南有樛木。"马融《毛诗马氏注》："'南有朻木'。朻，九稠反。"③ 陆德明《经典释文》："木下句曰樛，《字林》九

① 李小成：《马融〈诗〉学与东汉的古文经学》，《诗经研究丛刊》2018 年第 29 辑。
② （清）侯康：《补后汉书艺文志》，商务印书馆 1939 年版，第 10 页。
③ （清）马国翰：《玉函山房辑佚书》，上海古籍出版社 1990 年版，第 544 页。

稠反。马融、《韩诗》本并作‘枓’，音同。”① 冯登府《三家诗遗说》：“《韩诗》作‘枓木’，《说文》以‘枓’为‘木高。’说见《异文证》。”②

（2）《小雅·车攻》云：“东有甫草，驾言行狩。”马融《广成颂》：“《诗》咏圃草，乐奏《驺虞》。”③ 冯登府《三家诗遗说》：“薛君注：‘圃，博也，有博大之茂草也。’”④

（3）《大雅·大明》：“其会如林。”《说文解字》㫃部曰：“旝，建大木，置石其上，发以机，以追敌也。从㫃，会声。《春秋传》曰：‘旝动而鼓。’《诗》曰：‘其旝如林。’”马宗霍《说文解字引经考》云：“许引作‘旝’，盖本三家。旝从‘㫃’，㫃者，旌旗之游㫃蹇之貌，则旝当亦旌旗之类。马融《广成颂》云‘旃旝掺其如林’，疑即用此诗之义。”⑤

（4）《小雅·出车》云：“王命南仲，往城于方。出车彭彭，旂旐央央。天子命我，城彼朔方。赫赫南仲，玁狁于襄。”《毛传》：“王，殷王也。南仲，文王之属。方，朔方，近玁狁之国也。”系事于殷商末期周文王伐玁狁。《汉书·匈奴传》云：“至懿王曾孙宣王，兴师命将以征伐之，诗人美大其功，曰：‘薄伐猃狁，至于太原；’‘出车彭彭’，‘城彼朔方。’是时四夷宾服，称为中兴。”⑥《后汉书·庞参传》云：“校书郎中马融上书请之曰：‘伏见西戎反畔，寇钞五州，陛下愍百姓之伤痍，哀黎元之失业，单竭府库以奉军师。昔周宣猃狁侵镐及方，孝文匈奴亦略上郡，而宣王立中兴之功，文帝建太宗之号。非惟两主有明睿之姿，抑亦扞城有虓虎之助，是以南仲赫赫，列在《周诗》，亚夫赳赳，载于汉策。’”⑦ 显然，马融之说同于《汉书》，而不合于《毛传》。

① （唐）陆德明：《经典释文》，上海古籍出版社2012年版，第83页。
② （清）冯登府著，房瑞丽校注：《三家诗遗说》，华东师范大学出版社2010年版，第8页。
③ （南朝宋）范晔：《后汉书》，中华书局2000年版，第1321页。
④ （清）冯登府著，房瑞丽校注：《三家诗遗说》，华东师范大学出版社2010年版，第67页。
⑤ 马宗霍：《说文解字引经考》，中华书局2013年版，第405页。
⑥ （汉）班固：《汉书》，中华书局2000年版，第2772页。
⑦ （南朝宋）范晔：《后汉书》，中华书局2000年版，第1141页。

第四节 郑玄与《诗经》小学

郑玄（127—200），字康成，北海高密人。先通今文，复受古学，糅合今古，乃成一代宗师。《后汉书·郑玄传》云："造太学受业，归事京兆第五元先，始通《京氏易》《公羊春秋》《三统历》《九章算术》。又从东郡张恭祖受《周官》《礼记》《左氏春秋》《韩诗》《古文尚书》。以山东无足问者，乃西入关，因涿郡卢植，事扶风马融。"① 郑玄一生著述宏富，"凡玄所注《周易》《尚书》《毛诗》《仪礼》《礼记》《论语》《孝经》《尚书大传》《中候》《乾象历》，又著《天文七政论》《鲁礼禘祫义》《六艺论》《毛诗谱》《驳许慎五经异义》《答临孝存周礼难》，凡百余万言"（《后汉书·郑玄传》）。

东汉的政治环境非常有利于古文经学的发展，最高统治者多次奖掖古文经学家，汉安帝延光二年（123）正月，"诏选三署郎及吏人能通《古文尚书》《毛诗》《穀梁传》各一人"（《后汉书·孝安帝纪》）；汉灵帝光和三年（180）六月，"诏公卿举能通《古文尚书》《毛诗》《左氏》《穀梁春秋》各一人，悉除议郎"（《后汉书·孝灵帝纪》）。从学术阵营上来看，郑玄大致可归为古文经学一派，《后汉书·郑玄传》云："中兴之后，范升、陈元、李育、贾逵之徒争论古今学，后马融答北地太守刘瑰及玄答何休，义据通深，由是古学遂明。"但是，鉴于自身复杂的学术经历，郑玄显然不会保守古文家法，他于《六艺论》自谓："注《诗》宗毛为主，其义若隐略，则更表明，如有不同，即下己意，使可识别也。"② 事实上，东汉《诗经》学融合今古者众，专守一家者寡，钱基博《经学通志》云："独东海卫宏敬仲、扶风贾逵景伯，于中兴之初，学《毛诗》于谢曼卿，而逵作《齐鲁韩诗与毛氏异同》，又有《毛诗杂议难》十卷，见《隋书·经籍志》，则非笃信于毛者也。独宏作《毛诗序》，善得风雅之旨。河南郑众仲师、汝南许慎叔重，亦稍稍治《毛诗》。

---

① （南朝宋）范晔：《后汉书》，中华书局 2000 年版，第 810 页。
② 李学勤主编：《十三经注疏·毛诗正义》，北京大学出版社 1999 年版，第 4 页。

然在廷诸臣,犹崇韩故,兼习鲁训。而作《毛诗传》者自扶风马融季长始也。北海郑玄康成初从东郡张恭祖受《韩诗》,既事马融,治《诗》乃一于宗毛;毛义若隐略,则更表明;如有不同,即下己意,而为识别,如今人之签记,积而成帙,凡二十卷,谓之曰《笺》。郑《笺》行而毛学昌,三家微矣。然郑《笺》兼用韩、鲁,以补缺拾遗于毛,与《毛传》时有异同。"① 陈奂《郑氏笺考征》云:"郑康成习《韩诗》兼通齐、鲁,最后治《毛诗》。笺《诗》乃在注《礼》之后,以《礼》注《诗》,非墨守一氏。《笺》中有用三家申毛者,有用三家改毛者,例不外此二端。"②

郑玄立足于古文经学,却能打破门户之见,参合诸家,兼融今文经学,笺注《毛诗》,既夯实了《毛诗》在中国学术史上牢不可破的地位,也整合了两汉以来的《诗经》研究成果,学术影响极为深远。《后汉书·郑玄传》论曰:"郑玄括囊大典,网罗众家,删裁繁诬,刊改漏失,自是学者略知所归。"皮锡瑞《经学历史》云:"郑君博学多师,今古文道通为一,见当时两家相攻击,意欲参合其学,自成一家之言,虽以古学为宗,亦兼采今学以附益其义。学者苦其时家法繁杂,见郑君阂通博大,无所不包,众论翕然归之,不复舍此趋彼。"③

在《诗经》解释方面,擅长以史说诗、以时政解诗、以礼注诗、发明训诂术语,是《郑笺》最为显著的四个特征。

1. 以史说诗

诗的大意和背景是《诗经》文字训诂的重要基础,《诗序》云:"诗者,志之所之也。在心为志,发言为诗。"为此,《诗序》阐释了相当多的诗作背景,常系某诗于某时某人,如在《卫风》10 篇诗作中,《诗序》标注出确切历史背景的就有 7 篇,分别是:"《淇奥》,美武公之德也";"《考槃》,刺庄公也";"《硕人》,闵庄姜也";"《氓》,刺时也,宣公之时";"《芄兰》,刺惠公也";"《河广》,宋襄公母归于卫,思而不止,故作是诗也";"《木瓜》,美齐桓公也"。《郑笺》解释《诗经》时经传兼

① 钱基博:《经学通志》,广西师范大学出版社 2009 年版,第 84 页。
② (清)陈奂:《郑氏笺考征》,《续修四库全书》第 70 册,上海古籍出版社 2002 年版,第 521 页。
③ (清)皮锡瑞著,周予同注释:《经学历史》,中华书局 2012 年版,第 101 页。

注,还在注解中补充了大量的史实,如《卫风·伯兮》,《诗序》仅解释为:"刺时也。言君子行役,为王前驱,过时而不反焉。"《郑笺》补充史实道:"卫宣公之时,蔡人、卫人、陈人从王伐郑。伯也为王前驱久,故家人思之。"又如,《鄘风·桑中》,《诗序》解释为:"刺奔也。卫之公室淫乱,男女相奔,至于世族在位,相窃妻妾,期于幽远,政散民流而不可止。"《郑笺》补充道:"卫之公室淫乱,谓宣、惠之世,男女相奔,不待媒氏以礼会之也。世族在位,取姜氏、弋氏、庸氏者也。窃,盗也。幽远,谓桑中之野。"又如,《王风·扬之水》云:"扬之水,不流束薪。"《毛传》:"兴也。扬,激扬也。"《郑笺》:"激扬之水至湍迅,而不能流移束薪。兴者,喻平王政教烦急,而恩泽之令不行于下民。"郑玄还撰有《毛诗谱》,他在《诗谱序》中说:"太史《年表》自共和始,历宣、幽、平王而得春秋次第,以立斯《谱》。欲知源流清浊之所处,则循其上下而省之;欲知风化芳臭气泽之所及,则傍行而观之,此《诗》之大纲也。"①

2. 以时政解诗

郑玄以时政解释《诗经》的做法与其人生遭遇有着直接的关系。汉灵帝建宁四年(171),郑玄因党锢之祸被拘,《后汉书·郑玄传》云:"玄自游学,十余年乃归乡里。家贫,客耕东莱,学徒相随已数百千人。及党事起,乃与同郡孙嵩等四十余人俱被禁锢,遂隐修经业,杜门不出。"陈澧《东塾读书记》云:"郑笺有感伤时事之语。《桑扈》'不戢不难,受福不那',笺云:'王者位至尊,天所子也,然而不自敛以先王之法,不自难以亡国之戒,则其受福禄亦不多也。'此盖叹息痛恨于桓、灵也。《小宛》'螟蛉有子,蜾蠃负之',笺云'喻有万民不能治,则能治者将得之。'此盖痛汉室将亡而曹氏将得之也。又'战战兢兢,如履薄冰',笺云:'衰乱之世,贤人君子,虽无罪,犹恐惧。'此盖伤党锢之祸也。《雨无正》'维曰于仕,孔棘且殆',笺云:'居今衰乱之世,云往仕乎,甚急迮且危。'此郑君所以屡被征而不仕乎? 郑君居衰乱之世,其感

---

① 李学勤主编:《十三经注疏·毛诗正义》,北京大学出版社 1999 年版,"诗谱序"第 9 页。

伤之语，有自然流露者；但笺注之体谨严，不溢出于经文之外耳。"①《郑风·清人》之序云："高克好利而不顾其君。"《郑笺》："好利不顾其君，注心于利也。"汉末政衰，其世风必然如此。

3. 以礼注诗

郑玄遍注《三礼》，对古礼的熟知程度无人能及，所以他在为《诗经》作笺时，擅长指出其中关涉的礼俗制度。如《召南·采蘋》云："于以采蘋？南涧之滨。于以采藻？于彼行潦。"《郑笺》："古者妇人先嫁三月，祖庙未毁，教于公宫；祖庙既毁，教于宗室。教以妇德、妇言、妇容、妇功。教成之祭，牲用鱼，芼用蘋藻，所以成妇顺也。此祭，女所出祖也。法度莫大于四教，是又祭以成之，故举以言焉。蘋之言宾也，藻之言澡也。妇人之行，尚柔顺，自洁清，故取名以为戒。"又如，《王风·大车》云："毳衣如菼。"《毛传》云："毳衣，大夫之服。菼，鵻也，芦之初生者也。"《郑笺》："古者，天子大夫服毳冕以巡行邦国，而决男女之讼，则是子男入为大夫者。毳衣之属，衣缋而裳绣，皆有五色焉，其青者如鵻。"又如，《豳风·七月》云："二之日凿冰冲冲，三之日纳于凌阴。四之日其蚤，献羔祭韭。"《郑笺》："古者，日在北陆而藏冰，西陆朝觌而出之。祭司寒而藏之，献羔而启之。其出之也，朝之禄位，宾、食、丧、祭，于是乎用之。《月令》：'仲春，天子乃献羔开冰，先荐寝庙。'《周礼》凌人之职：'夏，颁冰掌事。秋，刷。'上章备寒，故此章备暑。后稷先公礼教备也。"又如，《小雅·鸳鸯》云："乘马在厩，摧之秣之。"《毛传》："摧，莝也。秣，粟也。"《郑笺》："挫，今莝字也。古者明王所乘之马系于厩，无事则委之以莝，有事乃予之谷，言爱国用也。"又如，《小雅·采菽》云："乐只君子，天子命之。"《郑笺》："古者天子赐诸侯也，以礼乐乐之，乃后命予之也。"又如，《小雅·何草不玄》云："哀我征夫，独为匪民。"《郑笺》："古者师出不逾时，所以厚民之性也。今则草玄至于黄，黄至于玄，此岂非民乎？"又如，《大雅·抑》云："实虹小子。"《郑笺》："《礼》：'天子未除丧称小子。'"

---

① （清）陈澧著，杨志刚编校：《东塾读书记：外一种》，中西书局2012年版，第85页。

4. 发明训诂术语

（1）某，某之称。主要用以对某类人的特殊称谓。如《小雅·楚茨》云："君妇莫莫。"《郑笺》："君妇，谓后也。凡适妻称君妇，事舅姑之称也。"《郑风·萚兮》云："叔兮伯兮。"《郑笺》："叔伯，兄弟之称。"《卫风·氓》云："送子涉淇。"《郑笺》："子者，男子之通称。"

（2）某，某之属。以别名释总名，或者以举例的方式解释语义。如，《齐风·敝笱》云："其从如云。"《郑笺》："其从，侄娣之属。"《周颂·载芟》云："以洽百礼。"《郑笺》："以洽百礼，谓飨燕之属。"《大雅·荡》云："虽无老成人。"《郑笺》："老成人，谓若伊尹、伊陟、臣扈之属。"《鲁颂·泮水》云："济济多士。"《郑笺》："多士，谓虎臣及如皋陶之属。"

（3）某或作某。用以揭示异文现象。如《王风·扬之水》云："彼其之子。"《郑笺》："其或作记，或作己，读声相似。"《大雅·韩奕》云："虔共尔位。"《郑笺》："古之恭字或作共。"《鲁颂·闷宫》云："居常与许。"《郑笺》："常或作尝，在薛之旁。"

（4）某，或曰某。相当于《毛传》中的"一曰"，字义有别解者，兼而存之。如《周颂·小毖》云："肇允彼桃虫。"《毛传》："桃虫，鹪也，鸟之始小终大者。"《郑笺》："鹪之所为鸟，题肩也，或曰鸱，皆恶声之鸟。"

（5）某，如今某。这是一种以今比古的训诂辞例。如《鄘风·君子偕老》云："副笄六珈。"《毛传》："副者，后夫人之首饰，编发为之。"《郑笺》："副既笄而加饰，如今步摇上饰。"《郑风·缁衣》云："适子之馆兮。"《郑笺》："卿士所之之馆，在天子之宫，如今之诸庐也。"《小雅·采菽》云："邪幅在下。"《郑笺》："邪幅，如今行縢也。偪束其胫，自足至膝，故曰在下。"《周颂·有瞽》云："箫管备举。"《郑笺》："箫，编小竹管，如今卖饧者所吹也。"

（6）某，古文作某；某，古文为某。这一组训诂术语主要用以别今古文经学之说。如《商颂·玄鸟》云："景员维河。"《郑笺》："员，古文作云。"《齐风·载驱》云："齐子岂弟。"《郑笺》："弟，《古文尚书》以弟为圉。圉，明也。"

（7）某，古某字；某，今某字。这一组训诂术语的主要作用是以古字说明今字之义，或以今字释古借字。如《小雅·鹿鸣》云："视民不恌。"《郑笺》："视，古示字也。"《小雅·鸳鸯》云："摧之秣之。"《毛传》："摧，莝也。"《郑笺》："挫，今莝字也。"

（8）古声某同。用以揭示古音规律。如《小雅·常棣》云："鄂不韡韡。"《郑笺》："不，当作拊。……古声不、拊同。"又："烝也无戎。"《毛传》："烝，填。"《郑笺》："古声填、寘、尘同。"《豳风·东山》云："烝在桑野。"《毛传》："烝，寘也。"《郑笺》："古者声寘、填、陈同也。"

（9）某，当为某；某，当作某。这一组训诂术语主要用以指出字误的现象。段玉裁《汉读考周礼六卷序》曰："当为者，定为字之误、声之误而改其字也，为救正之词。形近而讹，谓之字之误；声近而讹，谓之声之误。字误声误而正之，皆谓之当为。"① 如《周颂·昊天有成命》云："於缉熙，单厥心，肆其靖之。"《毛传》："缉，明。熙，广。单，厚。肆，固。靖，和也。"《郑笺》："广当为光，固当为故，字之误也。"《郑风·丰》云："俟我乎堂兮。"《郑笺》："堂，当为枨。枨，门梱上木近边者。"《小雅·都人士》云："垂带而厉。"《郑笺》："厉，字当作裂。"《卫风·硕人》云："说于农郊。"《郑笺》："说，当作襚，《礼》《春秋》之襚，读皆宜同。"

（10）某，读为某；某，读当为某。用以指明假借现象。如《卫风·氓》云："隰则有泮。"《郑笺》："泮，读为畔。畔，涯也。"《齐风·载驱》云："齐子岂弟。"《郑笺》："岂，读当为闿。"《齐风·卢令》云："其人美且鬈。"《郑笺》："鬈，读当为权。权，勇壮也。"《豳风·七月》云："田畯至喜。"《郑笺》："喜，读为饎。饎，酒食也。"《小雅·正月》云："伊谁云憎。"《郑笺》："伊，读当为繄。繄，犹是也。"《小雅·甫田》云："攘其左右。"《郑笺》："攘，读当为饟。饎、饟，馈也。"《小雅·大田》云："以我覃耜，俶载南亩。"《郑笺》："俶，读为炽。载，读为菑栗之菑。时至，民以其利耜，炽菑发所受之地，趋农急也。"《小

---

① （清）段玉裁：《周礼汉读考》，载赖永海主编《段玉裁全书》第2册，江苏人民出版社2015年版，第7页。

雅·都人士》云:"谓之尹吉。"《郑笺》:"吉,读为姞。"

（11）某,读如某;某,读曰某。这一组训诂术语主要有两类作用:一是明假借,如《邶风·北风》云:"其虚其邪?"《郑笺》:"邪,读如徐。"《小雅·宾之初筵》云:"式勿从谓。"《郑笺》:"式,读曰慝。"《小雅·菀柳》云:"上帝甚蹈。"《郑笺》:"蹈,读曰悼。"二是指出音近义通现象,如《召南·野有死麇》云:"白茅纯束。"《郑笺》:"纯,读如屯。"《唐风·山有枢》云:"宛其死矣,他人是愉。"《郑笺》:"愉,读曰偷。偷,取也。"《小雅·角弓》云:"莫肯下遗。"《郑笺》:"遗,读曰随。"《商颂·那》云:"置我鞉鼓。"《郑笺》:"置,读曰植。"

（12）某,读如某某之某;某,读当如某某之某。本字有多义,指出所借之字的特殊含义。如《小雅·斯干》云:"似续妣祖。"《郑笺》:"似,读如巳午之巳。巳续妣祖者,谓巳成其宫庙也。"《商颂·烈祖》云:"赉我思成。"《郑笺》:"赉,读如往来之来。"《郑风·大叔于田》云:"叔善射忌,又良御忌。"《郑笺》:"忌,读如'彼己之子'之己。"《郑风·出其东门》云:"出其闉阇。"《郑笺》:"阇,读当如'彼都人士'之都,谓国外曲城之中市里也。"《豳风·狼跋》云:"公孙硕肤。"《郑笺》:"孙,读当如'公孙于齐'之孙。孙之言孙,遁也。"有时,亦以熟语释书面语,如《魏风·伐檀》云:"不素飧兮。"《郑笺》:"飧,读如鱼飧之飧。"

（13）某,读当为某某之某。以熟语释书面语。如《邶风·终风》云:"愿言则嚏。"《郑笺》:"嚏,读当为不敢嚏咳之嚏。"

（14）之言。用"之言"为训者,皆存在音近义通的现象。详而析之,则有以下四种情况。

①明假借。如《召南·甘棠》云:"勿翦勿拜。"《郑笺》:"拜之言拔也。"《邶风·绿衣》云:"曷维其亡。"《郑笺》:"亡之言忘也。"《小雅·十月之交》云:"抑此皇父。"《郑笺》:"抑之言噫。"《小雅·巷伯》云:"既其女迁。"《郑笺》:"迁之言讪也。"《小雅·四月》云:"曷云能穀。"《郑笺》:"曷之言何也。"《小雅·鼓钟》云:"忧心且妯。"《郑笺》:"妯之言悼也。"《小雅·楚茨》云:"既齐既稷。"《郑笺》:"稷之言即也。"《小雅·信南山》云:"先祖是皇。"《郑笺》:"皇之言睢也。"

《大雅·灵台》云："於论鼓钟。"《郑笺》："论之言伦也。"《大雅·生民》云："以弗无子。"《郑笺》："弗之言袚也。"又："载震载夙。"《郑笺》："夙之言肃也。"又："诞实匍匐。"《郑笺》："实之言适也。"又："或簸或蹂。"《郑笺》："蹂之言润也。"《大雅·行苇》云："黄耇台背。"《郑笺》："台之言鲐也，大老则背有鲐文。"《大雅·凫鹥》云："凫鹥在亹。"《郑笺》："亹之言门也。"《大雅·公刘》云："芮鞫之即。"《郑笺》："芮之言内也。水之内曰隩，水之外曰鞫。"《大雅·常武》云："既敬既戒。"《郑笺》："敬之言警也。"《周颂·载芟》云："有依其士。"《郑笺》："依之言爱也。"《商颂·玄鸟》云："景员维河。"《郑笺》："河之言何也。"《商颂·长发》云："有虔秉钺。"《郑笺》："有之言又也。"

②系联同源词。如《卫风·载驰》云："载驰载驱。"《郑笺》："载之言则也。"《唐风·采苓》云："舍旃舍旃。"《郑笺》："旃之言焉也。"《小雅·天保》云："无不尔或承。"《郑笺》："或之言有也。"《小雅·甫田》云："倬彼甫田。"《郑笺》："甫之言丈夫也。"《小雅·南山有台》云："乐只君子。"《郑笺》："只之言是也。"《大雅·生民》云："载燔载烈。"《郑笺》："烈之言烂也。"《大雅·生民》云："胡臭亶时。"《郑笺》："胡之言何也。"《大雅·行苇》云："舍矢既均。"《郑笺》："舍之言释也。"《大雅·荡》云："而秉义类。"《郑笺》："义之言宜也。"

③推源。如《鄘风·君子偕老》云："副笄六珈。"《郑笺》："珈之言加也。"《卫风·芄兰》云："童子佩觿。"《郑笺》："觿之言觜，所以驱觜手指。"《小雅·采芑》云："簟茀鱼服。"《郑笺》："茀之言蔽也，车之蔽饰，象席文也。"《大雅·既醉》云："室家之壸。"《郑笺》："壸之言梱也。其与女之族类云何乎？室家先以相梱致，已乃及于天下。"《鲁颂·泮水》云："思乐泮水。"《郑笺》："泮之言半也。半水者，盖东西门以南通水，北无也。天子诸侯宫异制，因形然。"

④解释比兴。如《召南·采蘋》云："于以采蘋？南涧之滨。于以采藻？于彼行潦。"《郑笺》："蘋之言宾也，藻之言澡也。妇人之行，尚柔顺，自洁清，故取名以为戒。"

第三章 《诗经》小学的整合与统一：
魏晋六朝隋唐时期

  语言学的发展是《诗经》小学不断进步的学术基石和创新源泉。魏晋六朝时期，中国语言学实现了飞跃式的发展，取得了丰硕的学术成果，成就之巨者首推"反切法"的创制和"四声"的发现。

  反切法始于汉末，北齐颜之推《颜氏家训·音辞》云："孙叔言创《尔雅音义》，是汉末人独知反语。"① 陆德明《经典释文·序录》云："然古人音书，止为譬况之说，孙炎始为反语。"② 孙炎字叔然，三国时期乐安（今山东博兴）人，"受学郑玄之门，人称东州大儒"（《三国志·魏书·王肃传》）。孙炎著《尔雅音义》，广泛采用反切法，实现了反切的系统化和规范化，为后世学者所尊，张守节《史记正义·论音例》云："今并依孙反音，以传后人。"③ 《尔雅音义》虽已亡佚，但"陆德明《经典释文》引用了数十条"。④ 然而，亦有学者提出，反切法创制的时间应略早于孙炎，如唐代人景审于元和十二年（817）序慧琳《一切经音义》说："然则古来音反多以傍纽而为双声，始自服虔。"⑤ 服虔为汉灵帝时人，唐代司马贞《史记索隐》注《史记·张耳陈馀列传》

---

① 檀作文译注：《颜氏家训》，中华书局 2011 年版，第 288 页。
② （唐）陆德明撰，张一弓点校：《经典释文》，上海古籍出版社 2012 年版，第 2 页。
③ ［日］泷川资言：《史记会注考证》，文学古籍刊行社 1955 年版，第 45 页。
④ 王力：《中国语言学史》，中华书局 2013 年版，第 59 页。
⑤ 徐时仪校注：《一切经音义（三种校本合刊）》，上海古籍出版社 2008 年版，第 519 页。

"吾王孱王也"云:"案:服虔音钼闲反,弱小貌也。"① 颜师古《汉书注》引服虔的反切材料有"慨,音章端反""痏,音于鬼反""臑,音奴沟反""鲰,音七坸反"等。② 与服虔同时代的应劭亦有反切材料流传于世,章太炎《国故论衡·音理论》云:"又寻《汉·地理志》广汉郡梓潼下应劭《注》:'潼水所出,南入垫江,垫音徒浃反。'辽东郡沓氏下应劭《注》:'沓,水也,音长荅反。'是应劭时已有反语,则起于汉末也。"③

有人把四声的发现归功于沈约,学界多有异论。关于声调的起源,可以远追至东汉之初。周祖谟在《问学集·四声别义释例》中说:"案经典相承,难易之难,与问难,难却,患难之难,音有不同。难易之难为形容词,读平声;问难难却之难为动词,读去声。患难之难为名词,亦读去声。此本为一义之引伸,因其用法各异,遂区分为二。如周礼占梦'遂令始难欧疫',郑注云:'难谓执兵以有难却也。故书难或为傩,杜子春傩读为难问之难。'又淮南子时则篇'仲秋之月,天子乃傩,以御秋气'。高注云:'傩犹除也,傩读躁难之难。'躁难,难问,皆读去声也。杜子春者,河南缑氏人,尝问业于刘歆,而郑众贾逵又皆从其受学,自其读傩为难问之难,可知难字分作两读。远始于东汉之初。"④ 又,《说文解字》目部曰:"眈,暂视貌。从目,炎声。读若'白盖谓之苫'相似。"清人王筠《说文释例·读若引经》云:"既言'读若',又云'相似',《唐韵》固失冉切,不用炎之本音。以此推之,或四声萌芽于汉乎!"⑤ 孙炎对于四声的发明也甚有功,王力先生指出,汉末孙炎所著《尔雅音义》"反切下字必与其所切的字同一声调,那绝不是偶然的"⑥。嗣后,则有魏李登撰《声类》、晋张谅撰《四声韵林》,皆先于沈约《四声谱》。唐人封演在《封氏闻见记·文字》中说:"魏时有李登

① (汉)司马迁:《史记》,中华书局 2000 年版,第 2007 页。
② 申小龙:《中国古代语言学史》,复旦大学出版社 2013 年版,第 100 页。
③ 章太炎:《国故论衡》,岳麓书社 2013 年版,第 24—25 页。
④ 周祖谟:《问学集》,中华书局 1966 年版,第 85 页。
⑤ (清)王筠:《说文释例》,中华书局 1987 年版,第 273 页。
⑥ 王力:《中国语言学史》,中华书局 2013 年版,第 65 页。

者,撰《声类》十卷,凡一万一千五百二十字,以五声命字,不立诸部。"① 在《声类》中,作者以音乐上的"五声"来比拟声调的类别,清人陈澧《切韵考·通论》云:"此所谓宫商角徵羽,即平上去入四声;其分为五声者,盖分平声清浊为二也。"② 晋吕静《韵集》亦有五声之别,《魏书·江式传》云:"忱弟静别放故左校令李登《声类》之法,作《韵集》五卷,宫商角徵羽各为一篇。"③ 关于晋人张谅的《四声韵略》,清人赵翼在《陔馀丛考》卷19《四声不起于沈约说》中说:"今按《隋经籍志》,晋有张谅撰《四声韵林》二十八卷,则四声实起晋人。"④ 至于沈约本人,则认为四声始于南朝宋周颙,弘法大师《文镜秘府论·四声论》云:"宋末以来,始有四声之目。沈氏乃著其谱论,云起自周颙。"⑤但是,人们亦不可忽视沈约在四声发明上的贡献,他所著的《四声谱》乃中国第一部以四声分韵的韵书。

魏晋以来,属于经学范畴的音义学之作骤然锋出,为《周易》作音义者有王肃、李轨、徐邈等,为《尚书》作音义者有李轨、徐邈等,为《周礼》作音义者有王肃、李轨、刘昌宗、徐邈、王晓、戚衮等,为《仪礼》作音义者有王肃、李轨、刘昌宗等,为《礼记》作音义者有王肃、李轨、刘昌宗、徐邈、射慈、谢桢、孙毓、缪炳、曹耽、尹毅、范宣、徐爰等,为《左传》作音义者有服虔、曹髦、嵇康、李轨、徐邈等,为《尔雅》作音义者有孙炎、郭璞、施乾、谢峤、顾野王等。关于《音义》书的性质,周祖谟先生说:"音义书专指解释字的读音和意义的书。古人为通读某一部书而摘举其中的单词而注出其读音和字义,这是中国古书特有的一种体制。根据记载,汉魏之际就有了这种书。魏孙炎曾作《尔雅音义》是其例。自晋宋以后作'音义'的就多了起来。一部书因师承不同,可以有几家为之作音,或兼释义。有的还照顾到字的正误。这种书在传统'小学'著作中独成一类,与字书、韵书、训诂书体例不同,

---

① (唐)封演撰,赵贞信校注:《封氏闻见记校注》,中华书局2005年版,第7页。
② (清)陈澧撰,罗伟豪点校:《切韵考》,广东高等教育出版社2004年版,第160页。
③ (北齐)魏收:《魏书》,中华书局2000年版,第1330页。
④ (清)赵翼:《陔馀丛考》,商务印书馆1957年版,第377页。
⑤ [日]遍照金刚:《文镜秘府论》,人民文学出版社1975年版,第25—26页。

所以一般称为'音义书'，或称'书音'。"①

第一节　魏晋郑王之争背景下的《诗经》小学

在学术路径上，西汉重师法，东汉重家法，由此造成两汉时期经分数家、家有数说，学者不知所从。汉末郑玄兼通今古，合二为一，于是学者以郑氏为尊，不复求之于各家。郑玄门人遍及天下，近则齐鲁、远则蜀汉，无不服膺，遂使两汉今古之学的界阈逐渐模糊而最终走向融合。但亦有学者对郑玄之学颇为不满，如东吴虞翻就曾指斥郑玄违舛，《三国志·吴书·虞翻传》裴《注》曰："伏见故征士北海郑玄所注《尚书》，以《顾命》康王执瑁，古'月'似'同'，从误作'同'，既不觉定，复训为杯，谓之酒杯；成王疾困凭几，洮颒为濯，以为浣衣成事，'洮'字虚更作'濯'，以从其非；又古大篆'卯'字读当为柳，古'柳''卯'同字，而以为昧；'分北三苗'，'北'古'别'字，又训北，言北犹别也。若此之类，诚可怪也。玉人职曰天子执瑁以朝诸侯，谓之酒杯；天子颒面，谓之浣衣；古篆'卯'字，反以为昧。甚违不知盖阙之义。于此数事，误莫大焉，宜命学官定此三事。"② 而稍后的王肃，大有视郑玄为仇雠之势。

一　王肃驳郑与王基的反驳

1. 王肃的《诗经》解释

王肃（195—256），字子雍，东海郯（今属山东临沂）人，乃魏晋权贵。撰定其父王朗所作《易传》，又为《尚书》《诗经》《论语》及《三礼》等书作解，皆列于学官。善贾逵、马融古学，甚为厌恶郑玄杂糅今古的做法。王肃著有《毛诗义驳》《毛诗奏事》《毛诗问难》等《诗经》学著作，专门批驳郑玄。王氏诸作皆已亡佚，孔颖达《毛诗正义》多有

---

① 中国大百科全书总编辑委员会《语言文字》编辑委员会：《中国大百科全书·语言文字》，中国大百科全书出版社 1988 年版，第 452 页。

② （晋）陈寿：《三国志》，中华书局 2000 年版，第 977 页。

引用，清人马国翰《玉函山房辑佚书》辑有《毛诗王氏注》四卷、《毛诗义驳》一卷、《毛诗奏事》一卷、《毛诗问难》一卷。兹据《毛诗正义》及马国翰辑本进行简略评析。

王肃解释《诗经》时，亦不恪守今古学门户，有时以今文学说批驳郑玄《诗经》学中的古学成分，有时又反过来以古学批驳郑玄学说中的今学因素。如《小雅·车舝》："觏尔新昏，以慰我心。"《毛传》："慰，安也。"《郑笺》申毛说："我得见女之新昏如是，则以慰除我心之忧也。"王肃从《韩诗》，释"慰"为怨恨之义，云："《韩诗》作'以愠我心'，愠，恚也。"（《毛诗正义》）这是以今文学说批驳郑玄的古学。

又如，《大雅·生民》云："厥初生民，时维姜嫄。生民如何？克禋克祀，以弗无子。履帝武敏歆，攸介攸止。载震载夙，载生载育，时维后稷。"《毛传》："履，践也。帝，高辛氏之帝也。武，迹。敏，疾也。从于帝而见于天，将事齐敏也。歆，飨。介，大也。攸止，福禄所止也。震，动。夙，早。育，长也。后稷播百谷以利民。"《毛传》认为后稷为帝喾之子，乃姜嫄配高辛氏而生。《郑笺》则采用今文学家之说，认为后稷乃感天而生，其文云："帝，上帝也。敏，拇也。介，左右也。夙之言肃也。祀郊禖之时，时则有大神之迹，姜嫄履之，足不能满。履其拇指之处，心体歆歆然。其左右所止住，如有人道感己者也。于是遂有身，而肃戒不复御。后则生子而养长之，名曰弃。舜臣尧而举之，是为后稷。"王肃从古学，以后稷为帝喾之子，反对感生说，其文云："马融曰：'帝喾有四妃，上妃姜嫄生后稷，次妃简狄生契，次妃陈锋生帝尧，次妃娵訾生帝挚。挚最长，次尧，次契。下妃三人，皆已生子，上妃姜嫄未有子，故禋祀求子。上帝大安其祭祀而与之子。任身之月，帝喾崩。挚即位而崩，帝尧即位。帝喾崩后十月而后稷生，盖遗腹子也。虽为天所安，然寡居而生子，为众所疑，不可申说。姜嫄知后稷之神奇，必不可害，故欲弃之，以著其神，因以自明。尧亦知其然，故听姜嫄弃之。'肃以融言为然。又其《奏》云：'稷、契之兴，自以积德累功于民事，不以大迹与燕卵也。且不夫而育，乃载籍之所以为妖，宗周之所丧灭。'"（《毛诗正义》）这是以古文学说批驳郑玄的今学。

在《诗经》小学研究上，王肃多有新解。如《邶风·新台》云："籧籨不鲜。"《郑笺》："鲜，善也。"马国翰辑本《毛诗王氏注》："鲜，少也。"又云："籧篨不殄。"《毛传》："殄，绝也。"《郑笺》："殄当作腆。腆，善也。"《毛诗王氏注》："殄，亦少也。"又如，《郑风·山有扶苏》云："山有乔松。"《郑笺》："乔松在山上，喻忽无恩泽于大臣也。"《毛诗王氏注》："'山有桥松。'桥，高也。"又如，《大雅·常武》云："王奋厥武，如震如怒。进厥虎臣，阚如虓虎。铺敦淮濆，仍执丑虏。"《郑笺》："敦当作屯。丑，众也。王奋扬其威武，而震雷其声，而勃怒其色。前其虎臣之将阚然如虎之怒，陈屯其兵于淮水大防之上以临敌，就执其众之降服者也。"《毛诗王氏注》："敦，如字，厚也。"《郑笺》言"敦"为借字，王肃读如字。

除释义外，王肃在《诗经》解释过程中还标注了一些文字的音读。如《大雅·桑柔》云："复狂以喜。"《毛诗王氏注》："'覆狂以喜。'狂，居况反。"又如，《大雅·烝民》云："邦国若否。"《郑笺》："若，顺也。顺否，犹臧否，谓善恶也。"《毛诗王氏注》："否，方九反，不也。"又如，《周颂·雍》云："於荐广牡。"《毛诗王氏注》："於，音乌。"此以直音法注音，且具有区别词义的意味。

2. 王基的《诗经》解释

王基（190—261），字伯舆，东莱曲城人，曹魏征南将军，学行坚白，屡立战勋。在《诗经》学上，王基是郑玄的忠心维护者，他撰有《毛诗驳》一书，力驳王肃之说，《三国志·魏书·王基传》云："散骑常侍王肃著诸经传解及论定朝仪，改易郑玄旧说。而基据持玄义，常与抗衡。"[①] 陆德明《经典释文·序录》云："魏太常王肃更述毛非郑，荆州刺史王基驳王肃申郑义。"[②] 王基《毛诗驳》已佚，马国翰《玉函山房辑佚书》有辑佚本一卷，姑据此本以作浅析。

在解释《大雅·生民》的首章时，王肃征引马融之说驳郑玄，王基反驳道："凡人有遗体，犹不以为嫌，况于帝喾圣主，姜嫄贤妃，反当嫌于遭丧之日便犯礼哉！人情不然，一也。就如融言，审是帝喾之子，凡

---

① （晋）陈寿：《三国志》，中华书局2000年版，第557页。

② （唐）陆德明撰，张一弓点校：《经典释文》，上海古籍出版社2012年版，第13页。

圣主贤妃生子，未必皆贤圣，能为神明所祐。尧有丹朱，舜有商均，文王有管、蔡。姜嫄御于帝喾而有身，何以知其特有神奇而置之于寒冰乎？假如鸟不覆翼，终疑逾甚，则后稷为无父之子，喾有淫昏之祀，姜嫄有污辱之毁，当何以自明哉！本欲避嫌，嫌又甚焉，不然二也。又《世本》云：'帝喾卜其四妃之子，皆有天下。'若如融言，任身之月而帝喾崩，姜嫄尚未知有身，帝喾焉得知而卜之？苟非其理，前却縈碍，义不得通，不然三也。不夫而育，载籍之所以为妖，宗周之所丧灭。诚如肃言，神灵尚能令二龙生妖女以灭幽王，天帝反当不能以精气育圣子以兴帝王也？此适所以明有感生之事，非所以为难。肃信二龙实生褒姒，不信天帝能生后稷，是谓上帝但能作妖不能为嘉祥，长于为恶短于为善，肃之乖戾，此尤甚焉。"

王肃解释《诗经》有误者，王基常能征引它说加以反驳，侯康《补三国艺文志》"王基《毛诗驳》五卷"条下云："基说之载于孔《疏》者，如'采采苤苜'一条，驳王肃出于西戎之说；'充耳以素'一条，驳王肃玄纮无五色说；'侵镐及方'一条，驳王肃镐京之说；'不自为政'一条，驳王肃人臣不显谏之说，皆极精当。"[①]侯氏摘说四条，综而观之，其中两条王基之说极佳。其一，《周南·苤苜》云："采采苤苜。"王肃引《周书·王会》解云："'苤苜如李，出于西域。"王基驳曰："《王会》所记杂物奇兽，四夷远国各赍土地异物以为贡赞，非《周南》妇人所得采。是苤苜为马舄之草，非西域之木也。"其二，《齐风·著》云："充耳以素乎而。"王肃注："王后织玄纮。天子之玄纮，一玄而已，何云具五色乎？"（《毛诗正义》）王基驳曰："纮，今之绦，岂有一色之绦？色不杂，不成为绦。王后织玄纮者，举夫色尊者言之耳。"

二 《诗经》名物训诂的先驱

1. 刘桢与《诗经》名物训诂

最早关注《诗经》名物训诂者，当数曹魏文人集团中的刘桢。刘桢（？—217），字公干，东平宁阳（今属山东）人，"建安七子"之一。著

---

① （清）侯康：《补三国艺文志》，商务印书馆1937年版，第8页。

有《毛诗义问》，佚于宋代，清人马国翰《玉函山房辑佚书》据《水经注》《北堂书钞》《艺文类聚》《初学记》《太平御览》诸书辑得 12 条，并云是书"训释名物与陆玑《毛诗草木鸟兽虫鱼疏》相似，盖当时儒者究心考据，犹不失汉人家法"。如《郑风·大叔于田》云："抑释掤忌。"《毛传》："掤，所以覆矢。"刘桢进一步申明："掤，所以覆矢也，谓箭筒盖。"又如，《魏风·伐檀》云："胡瞻尔庭有县貆兮。"《毛传》："貆，兽名。"《郑笺》："貉子曰貆。"刘桢辨析道："貉小曰貆，貆状如貉，类异。世人皆名貆。"郑玄认为貆、貉同类，刘桢则认为二者异类。

2. 韦昭与《诗经》小学

东吴文人集团中的韦昭和朱育所著的《毛诗答杂问》，亦比较注重《毛诗》中的名物训诂。韦昭（204—273），字弘嗣，吴郡云阳（今江苏丹阳）人，东吴儒林名士，封高陵亭侯，仕至中书仆射，为侍中，常领左国史。著有《国语注》《吴书》《洞纪》《官职训》《辩释名》《博弈论》等。朱育，字嗣卿，山阴（今浙江绍兴）人，仕吴东观令，《新唐书·艺文志二》载有"朱育《会稽记》四卷"[1]。《毛诗答杂问》久已亡佚，梁阮孝绪《七录》云："《毛诗答杂问》七卷，吴侍中韦昭、侍中朱育等撰，亡。"[2] 清人马国翰《玉函山房辑佚书》据《毛诗正义》《艺文类聚》《初学记》《太平御览》等书辑得 13 条。如《齐风·甫田》云："无田甫田，维莠骄骄。"《毛诗答杂问》："甫田维莠，今何草？答曰：今之狗尾草也。"又如，《大雅·生民》云："先生如达。"《毛诗答杂问》："羊子初生达。小名羔，未成羊曰羍，大曰羊，长幼之异名。以羊子初生之易，故以比后稷生之易也。"又如，《豳风·七月》云："无衣无褐。"《毛诗答杂问》："《笺》曰：'褐，毛布也。'贱者之所服也，今阘亦用之。"

韦昭是训诂名家，从《毛诗答杂问》仅存的十几条《诗经》解释遗文，尚可看出其注音方法的丰富性。

（1）直音法。《邶风·雄雉》云："不忮不求。"《毛诗答杂问》："忮音洎。"

---

[1] （宋）欧阳修、宋祁：《新唐书》，中华书局 2000 年版，第 967 页。
[2] 任莉莉：《七录辑证》，上海古籍出版社 2011 年版，第 54 页。

（2）反切法。《召南·何彼襛矣》云："王姬之车。"《毛诗答杂问》："车古皆音尺奢反，从汉以来始有车音。"这不仅仅是简单的语音标注，而已经深入语音历史演变探索的层面。

（3）譬况法。《小雅·瞻彼洛矣》云："韎韐有奭。"《毛诗答杂问》："茅蒐，今绛草也。急，疾呼茅蒐成'韎'也。茅蒐即今之茜也。"

三 陆玑《毛诗草木鸟兽虫鱼疏》

专意于《诗经》名物训诂，且能开创一种新的学术流派、对后世影响非凡的，自然是人们耳熟能详的陆玑《毛诗草木鸟兽虫鱼疏》（以下简称陆《疏》）。陆玑，三国吴郡（今江苏苏州）人，字元恪，吴太子中庶子，乌程令。陆《疏》专门解释《诗经》中草木鸟兽虫鱼等动物、植物名称，颇受关注，《四库全书总目》云："玑去古未远，所言犹不甚失真，《诗正义》全用其说。陈启源作《毛诗稽古编》，其驳正诸家，亦多以玑说为据。讲多识之学者，固当以此为最古焉。"[①]

陆《疏》参照了《尔雅》的体例，按义类分别训释。该书训解名物的手段颇为丰富，兹作如下概述。

1. 分辨异名

同一事物，由于今古异代、南北异域，又由于命名角度或思维方式的不同，形成了方言、通语等多层面的一物多名现象，于此，陆《疏》则兼而举之。如《周南·芣苢》云："采采芣苢。"陆《疏》："芣苢，一名马舄，一名车前，一名当道。喜在牛迹中生，故曰'车前''当道'也。今药中车前子是也，幽州人谓之牛舌草。"[②] 又如，《郑风·有女同车》云："颜如舜华。"陆《疏》："舜，一名木槿，一名椴，一名曰榇，齐鲁之间谓之王蒸。"又如，《秦风·晨风》云："隰有树檖。"陆《疏》："檖，一名赤萝，一名山梨，今人谓之杨檖。其实如梨，但实甘小异耳。一名鹿梨，一名鼠梨。"又如，《周南·葛覃》云："黄鸟于飞。"

---

① （清）永瑢等：《四库全书总目》，中华书局 2003 年版，第 120 页。

② （三国吴）陆玑：《毛诗草木鸟兽虫鱼疏》，中华书局 1985 年影印本，第 1—2 页。以下引用该书不再详细标注。

陆《疏》:"黄鸟,黄鹂留也,或谓之黄栗留。幽州人谓之黄莺,或谓之黄鸟。一名仓庚,一名商庚,一名鵹黄,一名楚雀。齐人谓之搏黍,关西谓之黄鸟。"

2. 刻画形态

陆《疏》摹画名物形态特征鲜明、角度多样、语言生动,能使读者分辨出解释对象与相关事物的根本差别。如《郑风·溱洧》云:"方秉蕳兮。"陆《疏》:"蕳即兰,香草也,《春秋传》曰'刈兰而卒',《楚辞》曰'纫秋兰',子曰'兰当为王者香草',皆是也。其茎叶似药草泽兰,但广而长节,节中赤,高四五尺。汉诸池苑及许昌宫中皆种之。"通过形态的刻画使人明白,《毛诗》中的"蕳"并非常见的观赏花卉蕙兰,也不同于草药中的泽兰。又如,《召南·采蘋》云:"于以采藻?"陆《疏》:"藻,水草也,生水底。有二种:其一种叶如鸡苏,茎大如箸,长四五尺;其一种,茎大如钗股,叶如蓬蒿,谓之聚藻,扶风人谓之藻聚,为发声也。"通过具象的刻画,加之与形似植物"鸡苏""蓬蒿"的对比,使人们对于两个类别的水藻都有了确切的认识。

3. 描述习性

在植物的生长习性方面,陆《疏》对植物的生长环境和生长发育情况都比较关注。如《周南·关雎》云:"参差荇菜。"陆《疏》:"浮在水上,根在水底,与水深浅等。"从描述中可知,荇为浮水植物。又如,《小雅·苕之华》云:"苕之华,芸其黄矣。"陆《疏》:"苕,一名陵时,一名鼠尾,似王刍,生下隰水中。"苕,即凌霄花,常生于低湿的地方。又如,《郑风·山有扶苏》云:"隰有游龙。"陆《疏》:"游龙,一名马蓼,叶粗大而赤白色。生水泽中,高丈余。"又如,《小雅·菁菁者莪》云:"菁菁者莪,在彼中沚。"陆《疏》:"莪,蒿也,一名萝蒿,生泽田渐洳之处。"又如,《周南·汉广》云:"言刈其蒌。"陆《疏》:"蒌,蒌蒿也,其叶似艾,白色,长数寸。高丈余,好生水边及泽中。"依其描述,则《毛诗》中的游龙、莪、蒌为沼生植物。又如,《小雅·蓼莪》云:"匪莪伊蔚。"陆《疏》:"蔚,牡蒿也。三月始生。七月华,华似胡麻而紫赤。八月为角,角似小豆角,锐而长。"对"蔚"这种植物始生、开花、结果的过程都进行了描述。

在动物方面，陆《疏》常从生活环境、取食特征、鸣叫方式等方面描述其生活习性。如《陈风·宛丘》云："值其鹭羽。"陆《疏》："鹭，水鸟也。好而洁白，故谓之白鸟。"《豳风·东山》云："鹳鸣于垤。"陆《疏》："鹳，鹳雀也。似鸿而大，长颈，赤喙，白身，黑尾翅。树上作巢，大如车轮。卵如三升杯。望见人，按其子令伏，径舍去。一名负釜，一名黑尻，一名背灶，一名皂裙。又泥其巢一傍为池，含水满之，取鱼置池中，稍稍以食其雏。"《小雅·鹤鸣》云："鹤鸣于九皋，声闻于野。"陆《疏》："常夜半鸣。《淮南子》亦云：'鸡知将旦，鹤知夜半。'其鸣高亮，闻八九里，雌者声差下。今吴人园囿中及士大夫家皆养之，鸡鸣时亦鸣。"

4. 揭示用途

陆《疏》在注解中常常揭示物种之于人类生活的实用价值。如《周南·芣苢》云："采采芣苢。"陆《疏》解释"芣苢"曰："今药中车前子是也，幽州人谓之牛舌草。可鬻作茹，大滑。其子治妇人难产。"又如，《魏风·汾沮洳》云："言采其蓂。"陆《疏》："蓂，今泽蕮也。其叶如车前草大，其味亦相似，徐州广陵人食之。"又如，《小雅·鹿鸣》云："食野之苹。"陆《疏》："苹，叶青白色，茎似箸而轻脆。始生香，可生食，又可蒸食。"又如，《召南·采蘋》云："于以采蘋？"陆《疏》："蘋，今水上浮萍是也。其粗大者谓之蘋，小者曰萍。季春始生，可糁蒸以为茹，又可用苦酒淹以就酒。"

四　郑王之争的余绪

两晋的《诗经》学著作主要有孙毓《毛诗异同评》、陈统《难孙氏毛诗评》、郭璞《毛诗拾遗》、徐邈《毛诗音》，马国翰《玉函山房辑佚书》皆有辑佚本。孙毓虽仍朋于王，但是他的门户之见已经不是那么谨严，对《毛传》《郑笺》以及王肃之说能作比较客观的评价；而陈统处处维护郑玄之说，难免时有牵强。郭璞的人生观具有出世的倾向，其《诗经》学亦无意于派系之争。徐邈多肯定郑玄之说，但其进行《诗经》解释的焦点在于音义训诂。此部分先就孙毓和陈统的《诗经》解释特点略作分析。

1. 孙毓《毛诗异同评》

孙毓,字休朗,西晋博士,仕为数地太守。《隋书·经籍志》云:"《毛诗异同评》十卷,晋长沙太守孙毓撰。"① 朱彝尊《经义考》卷 102 云:"陆德明曰:'晋豫州刺史孙毓为《诗评》,评毛、郑、王肃三家同异,朋于王。'又曰:'杨之水,不流束蒲',毛云:'草也',郑云:'蒲柳也',孙毓评云:'蒲草之声不与戍许相协,《笺》义为长。'今则二'蒲'之音,未详其异。王应麟曰:'《正义》引之。'按:《隋志》别集类有'晋汝南太守《孙毓集》六卷'。一孙毓也,一以为长沙守,一以为汝南守,一以为豫州刺史,未审孰是。"② 《毛诗异同评》未晓佚于何年,但多存于《毛诗正义》《经典释文》,马国翰据以辑为《毛诗异同评》三卷,其序曰:"此书评毛、郑、王肃之异同,于《笺》义不没其长,而朋于王者亦复不少。"③

《大雅·生民》言后稷出生过程,王肃引马融之说驳郑玄之语,孙毓评曰:"天道征祥,古今有之,皆依人道而有灵助。刘媪之任高祖,著有云龙之怪;褒姒之生,由于玄鼋之妖。巨迹之感,何独不然?而谓自履其夫帝喾之迹,何足异而神之,乃敢弃隘巷寒冰、有覆翼之应乎?而王传云'知其神奇,不可得害',以何为征也?且匹夫凡民,遗腹生子,古今有之。喾崩之月,而当疑为奸,非夫有识者之所能言也。郑说为长,群贤以郑为长,长则信矣。所言王短,短犹未悉,何则?马、王立说,自云述毛。其言遗腹寡居,必谓得毛深旨。案下传曰'天生后稷,异之于人,欲以显其灵'。帝不顺天,是不明也,故承天意而异之于天下。是言天异后稷于人,帝又承天之意,所以弃而异之,明示天下,安有遗腹寡居之事乎?即由天异而弃之,何须要在寡居?若以寡居为嫌,何以必知其异?若使无异可弃,竟当何以自明?又上传云'帝高辛氏',下传云'帝不顺天',则帝亦高辛之帝,安得谓之尧也?五章传云'尧见天因邰而生后稷',目之曰尧,不名为帝,益知此帝不为尧也。何以尧知其然,

① (唐)魏徵:《隋书》,中华书局 2000 年版,第 622 页。
② (清)朱彝尊:《经义考》,中华书局 1998 年版,第 555 页。
③ (清)马国翰:《玉函山房辑佚书》,上海古籍出版社 1990 年版,第 587 页。

听姜嫄弃之？且马、王之说，姜嫄高辛之正妃，其于帝尧则君母也，比之后世则太后也。以太后之尊，欲弃己子，足以自专，不假尧命，何云听弃之也？又尧为人兄，听母弃弟，纵其安忍之心，残其圣父之胤，不慈不孝，亦不是过。岂有钦明之后，用心若此哉！若以尧知其神，故为显异，则尧之知稷之甚矣。初生以知其神，才长应授之以位，何当七十余载，莫之收采？自有圣弟，不欲明扬，虞舜登庸，方始举任，虽帝难之，岂其若此！故知王氏之说，进退多尤。所言遗腹，非毛旨矣。其解文义传意或然，故采其释经之辞，遗其寡居之说。"① 孙毓肯定了郑说之长，对王肃之说的矛盾或不妥之处多有指摘，却又辩之曰"必谓得毛深旨""故采其释经之辞"云云。

孙毓往往能够摒弃门户之见而从文本角度解释《诗经》，故而其评语多具有小学特质。如《郑风·山有扶苏》云："乃见狡童。"《毛传》："狡童，昭公也。"《郑笺》："狡童有貌而无实。"孙毓评曰："此狡，狡好之狡，谓有貌无实者也。云刺昭公，而谓狡童为昭公，于义虽通，下篇言'昭公有狂狡之志'，未可用也。笺义为长。"又如，《卫风·硕人》云："说于农郊。"《郑笺》："说，当作禭。《礼》《春秋》之禭，读皆宜同。衣服曰禭，今俗语然。此言庄姜始来，更正衣服于卫近郊。"孙毓述毛云："说之为舍，常训也。"又如，《齐风·猗嗟》云："展我甥兮。"《毛传》："外孙曰甥。"《郑笺》："姊妹之子曰甥。"孙毓评曰："姊妹之子曰甥。谓吾舅者，吾谓之甥。此《尔雅》之明义，未学者之所及，岂毛公之博物，王氏之通识，而当乱于此哉！抑者以襄公虽舅，而鸟兽其行，犯亲乱类，使时人皆以为齐侯之子，故绝其相名之伦，更本于外祖以言也。"又如，《陈风·泽陂》云："有美一人，伤如之何？"《毛传》："伤无礼也。"《郑笺》："伤，思也。我思此美人，当如之何而得见之。"孙毓评曰："笺义为长。"又如，《小雅·十月之交》云："曰'予不戕，礼则然矣。'"《郑笺》："戕，残也。言皇父既不自知不是，反云：我不残败女田业，礼，下供上役，其道当然。言文过也。"孙毓评曰："郑为改字。共音恭，本亦作'供'。"又如，《小雅·大东》云："跂彼织女。"

---

① 李学勤主编：《十三经注疏·毛诗正义》，北京大学出版社1999年版，第1064—1065页。

《毛传》:"跂,隅貌。"孙毓评曰:"织女三星,跂然如隅。"又如,《大雅·皇矣》云:"侵阮徂共。"《毛传》:"国有密须氏,侵阮,遂往侵共。"《郑笺》:"阮也、徂也、共也,三国犯周,而文王伐之。"王肃曰:"无阮、徂、共三国。"孙毓评曰:"案《书传》文王七年五伐,有伐密须、犬夷、黎、邘、崇,未闻有阮徂共三国助纣犯周、文王伐之之事。"又如,《大雅·民劳》云:"戎虽小子,而式弘大。"《毛传》:"戎,大也。"《郑笺》:"戎,犹女也。"王肃曰:"在王者之大位,虽小子,其用事甚大也。"孙毓评曰:"戎之为汝,诗人通训。言大虽小子,于文不便,笺义为长。"

2. 陈统《难孙氏毛诗评》

陈统,字元方,徐州从事,《太平御览》卷517《宗亲部》云:"陈统字元方,弟纮字伟方,俱清秀知名。姊妹四人,并有才美。姊适东莞徐氏,生邈。及二姊适同郡刘氏,文章最盛。"[①] 陈统撰有《难孙氏毛诗评》《毛诗表隐》两部《诗经》学著作,《隋书·经籍志》云:"《难孙氏毛诗评》四卷,晋徐州从事陈统撰。梁有《毛诗表隐》二卷,陈统撰,亡。"[②] 朱彝尊《经义考》卷102曰:"《毛诗表隐》,《七录》二卷,佚。陆德明曰:'晋徐州从事陈统元方难孙申郑。'"[③] 《难孙氏毛诗评》佚于宋,马国翰辑得27条。兹据马国翰辑本略作评析。

陈统在《诗经》解释上处处为郑玄辩说,从学术发展的视角来看,这种做法无疑是保守落后的。若抛开经学的是非来说,陈统在《诗经》小学方面的考辨还是相当缜密的。如《齐风·著》云:"充耳以素乎而,尚之以琼华乎而。"《难孙氏毛诗评》曰:"孙毓云:按礼之名充耳,是塞耳,即所谓瑱悬当耳,故谓之塞耳。悬之者,别谓之纮,不得谓之充耳,犹瑱不得名之为纮也。故曰玉之瑱也。夫设缨以为冠,不得谓冠是缨之饰。结组以悬佩,不可谓佩所以饰组。今独以瑱为纮之饰,谬于名而失于实,非作者之意。以毛、王为长。斯不然矣。言充耳者,固当谓瑱为

---

① (宋)李昉等:《太平御览》,中华书局1960年版,第2351页。
② (唐)魏徵:《隋书》,中华书局2000年版,第622页。
③ (清)朱彝尊:《经义考》,中华书局1998年版,第555页。

充耳，非谓纮也。但经言充耳以素，素丝悬之，非即以素丝充耳也。既言充耳以素，未言充耳之体，又言饰之以琼华，正谓以琼华作充耳。人臣服之以为饰，非言以琼华饰纮，何当引冠缨、组佩以为难乎？经言饰之，必有所饰。若云不得以琼华饰纮，则琼华又何所饰哉？即如王肃之言，以美石饰象瑱，象骨贱于美石，谓之饰象，何也？下传以青为青玉，黄为黄玉，又当以石饰玉乎？以经之文势，既言'充耳以素'，即云饰之以琼华，明以琼华为充耳，悬之以素丝，故易传以素丝为纮，琼华为瑱也。"又如，《大雅·皇矣》云："不长夏以革。"《难孙氏毛诗评》曰："《笺》云'不长诸夏以变更王法者'。变更王法者，若虢石父导王为非，崇侯虎倡纣为无道，变乱典刑者也。而孙毓以创业改制为难，非其难也。"

五 郭璞与《诗经》小学

郭璞（276—324），字景纯，河东闻喜（今属山西）人。大将军王敦起之为记室参军，卒以卜筮不吉劝阻王敦谋反而遇害，年四十九。身后追赠弘农太守。璞好经术，精通音韵训诂，《晋书·列传第四十二》云："注释《尔雅》，别为《音义》《图谱》。又注《三苍》《方言》《穆天子传》《山海经》及《楚辞》《子虚》《上林赋》数十万言，皆传于世。"[1]《诗经》学方面，郭璞著有《毛诗拾遗》一卷、《毛诗略》四卷，皆已亡佚，唯前者有马国翰辑本。

在为《方言》作注时，郭璞在扬雄"转语"的基础上，发明了"语转""声转"术语，用以说明古今语音或方国语言之间的变化。如《方言》卷5云："床，齐鲁之间谓之箦，陈楚之间或谓之笫。其杠，北燕朝鲜之间谓之树，自关而西秦晋之间谓之杠，南楚之间谓之赵。"郭注："赵，当作'桃'，声之转也。中国亦呼杠为桃床，皆通语也。"[2] "赵""桃"皆定母宵部。又如，《方言》卷8云："鸤鸠，燕之东北朝鲜洌水之间谓之鶝䲸。自关而东谓之戴鵀，东齐海岱之间谓之戴南，南犹鵀也。"

---

① （唐）房玄龄等：《晋书》，中华书局2000年版，第1269页。
② （清）钱绎撰集，李发舜、黄建中点校：《方言笺疏》，中华书局2013年版，第201页。

郭璞注："此亦语楚声转也。""㝈"娘母侵部，"南"泥母覃部。郭璞的"语转""声转"理论在古代声训发展史上有着重要的启发性意义，有研究者指出："郭璞的这种打破文字桎梏的研究方法对后世的影响不可低估。后世学者对汉字音义关系的探求，尤其是清人因声求义理论的兴盛也正是受到郭璞语转说的启发。戴震的《方言疏证》、王念孙的《广雅疏证》《释大》等，亦多用'声转'和'语转'的条例，以声音通训诂。"①

在《诗经》学上，郭璞既有《毛诗拾遗》之类的解经专书，又有《尔雅注》之类的小学著作。综而观之，郭璞的《诗经》解释具有以下三个方面的特征。

1. 主于义训

郭璞处于两晋动荡时代，奉行与统治者在政治上不合作的处世之道，所以他能够跳出经学领域的派系之争，以小学家的严谨学风进行朴素的《诗经》解释。如《郑风·羔裘》云："羔裘晏兮，三英粲兮。"《毛传》："三英，三德也。"《郑笺》："三德，刚克、柔克、正直也。""三英"之本义，当如朱熹《诗集传》所言："三英，裘饰也。"《毛传》释"三英"为"三德"，是典型的经学阐释，抑或说是联系下文"彼其之子，邦之彦兮"而得出的延展义。《郑笺》申毛意，乃征引《尚书·洪范》中箕子所言"天乃锡禹洪范九畴"之"三德：一曰正直，二曰刚克，三曰柔克"作为解释。郭璞不落毛、郑旧窠，径释"三英"之本义，《毛诗拾遗》云："英，谓古者以素丝英饰裘，即上素丝五纰也。""上素丝五纰"指的是《召南·羔羊》"素丝五纰"，《毛传》："素，白也。纰，数也。古者素丝以英裘。""纰"在《羔羊》一诗中的对文为"緎"，《尔雅·释训》云："緎，羔裘之缝也。"郭注："缝饰羔皮之名。"②郝懿行《尔雅义疏》："《释文》引孙炎云：'緎，缝之界域。'《正义》曰：'缝合羔羊皮为裘缝，即皮之界緎，因名裘缝为緎。五緎既

① 唐丽珍：《再论郭璞训释中的"声转、语转、语声转"》，《苏州科技学院学报》（社会科学版）2004 年第 1 期。

② 李学勤主编：《十三经注疏·尔雅注疏》，北京大学出版社 1999 年版，第 115 页。

为缝，则五纪、五总亦为缝也。'"①

2. 博采众家

郭璞不株守《毛诗》，于今文三家诗及魏晋《诗经》研究成果，多有采撷。如《尔雅·释训》云："恹恹、惕惕，爱也。"郭注："《诗》云：'心焉惕惕。'《韩诗》以为悦人，故言爱也。"②"心焉惕惕"语出《陈风·防有鹊巢》，《毛传》："惕惕犹忉忉也。"王先谦《诗三家义集疏》："郭不见《鲁诗》，故引韩说'说人'之说以证明《雅》训。愚案：'爱''说'同义。"③又如，《尔雅·释诂》云："台、朕、赉、畀、卜、阳，予也。"郭注："《鲁诗》曰：'阳如之何。'今巴濮之人自呼阿阳。"④"阳如之何"语出《陈风·泽陂》，《毛诗》作"伤如之何"，《毛传》："伤无礼也。"《郑笺》："伤，思也。"《鲁诗》与《毛诗》字、训皆不同。又如，《尔雅·释诂》云："废、壮、冢、简、箌、昄、晊、将、业、席，大也。"郭注："《诗》曰：……'废为残贼'。"⑤"废为残贼"语出《小雅·四月》，《毛传》："废，忕也。"陆德明《经典释文》："一本作'废'，大也，此是王肃义。"⑥

3. 补阙驳误

前人的《诗经》解释或误或阙，郭璞纠补颇多。如《周南·汉广》云："言刈其蒌。"《毛传》："蒌，草中之翘翘然。"郭璞《毛诗拾遗》："蒌，似艾，音力侯反。"又如，《小雅·无羊》云："九十其犉。"《毛传》："黄牛黑唇曰犉。"《尔雅·释畜》云："黑唇，犉。"郭注："《毛诗》传曰：'黄牛黑唇。'此宜通谓黑唇牛。"⑦又如，《周南·卷耳》云："我马虺隤"，"我马玄黄。"《毛传》："虺隤，病也"，"玄马病则黄。"《尔雅·释诂》云："虺颓、玄黄……病也。"郭注："虺颓、玄黄，皆人

---

① （清）郝懿行撰，王其和、吴庆峰、张金霞点校：《尔雅义疏》，中华书局 2017 年版，第 449 页。

② 李学勤主编：《十三经注疏·尔雅注疏》，北京大学出版社 1999 年版，第 96 页。

③ （清）王先谦撰，吴格点校：《诗三家义集疏》，中华书局 1987 年版，第 475 页。

④ 李学勤主编：《十三经注疏·尔雅注疏》，北京大学出版社 1999 年版，第 25 页。

⑤ 李学勤主编：《十三经注疏·尔雅注疏》，北京大学出版社 1999 年版，第 9 页。

⑥ （唐）陆德明撰，张一弓点校：《经典释文》，上海古籍出版社 2012 年版，第 131 页。

⑦ 李学勤主编：《十三经注疏·尔雅注疏》，北京大学出版社 1999 年版，第 340 页。

病之通名。而说者便谓之马疾，失其义也。"①

六 徐邈 《毛诗音》

徐邈（344—397），字仙民，东莞姑幕（今山东诸城）人，祖父徐澄之历永嘉之祸，举家迁居京口（今江苏镇江）。据《晋书》卷91《徐邈传》，徐邈四十四岁时以太傅谢安举荐补中书舍人，安帝即位后拜骁骑将军。撰正《五经》音训，为世所崇。《隋书·经籍志》云："《毛诗音》二卷，徐邈撰。"② 清人马国翰据《颜氏家训》《经典释文》《匡谬正俗》《六经正误》《类篇》《集韵》所引，合辑为卷，定名为《毛诗徐氏音》。敦煌 P.3383 残卷（收藏于法国国立图书馆），1935 年经王重民考证，即徐邈《毛诗音》残本："敦煌本《毛诗音》残卷，首尾残缺，起《大雅·文王之什·旱麓》，讫《荡之什·召旻》，存九十八行。以余考之，盖晋徐邈所撰也。陆德明《经典释文》，自《旱麓》至《召旻》，引徐氏《音》三十一则，持与此卷子本相校，文字同者八条，陆氏以今音改纽韵者十三条，以直音改切语者六条，《释文》误者一条，余三条盖为徐爰《音》也。"③

徐邈作《毛诗音》，擅长以字音来区别词义。由于词义引申或假借，造成一字多义现象，更有词类方面的差异，古人常以读音进行区别。如《春秋公羊传·庄公二十八年》云："《春秋》伐者为客，伐者为主。"何休注曰："伐人者为客，读伐长言之……见伐者为主，读伐短言之。"④ 声调意识增强之后，音义学家往往以不同的声调作为纸面上区别词义的一种方法。《颜氏家训·音辞》云："夫物体自有精粗，精粗谓之好恶；人心有所去取，去取谓之好恶。此音见于葛洪、徐邈。而河北学士读《尚书》云好生恶杀。"⑤ 拿"相"字来说，《说文解字》木部曰："相，省视也。从目，从木。《易》曰：'地可观者，莫可观于木。'《诗》曰：'相

---

① 李学勤主编：《十三经注疏·尔雅注疏》，北京大学出版社 1999 年版，第 30 页。
② （唐）魏徵：《隋书》，中华书局 2000 年版，第 621 页。
③ 王重民：《敦煌古籍叙录》，中华书局 1979 年版，第 36 页。
④ （清）阮元校刻：《十三经注疏》，中华书局 1980 年版，第 2241 页。
⑤ 檀作文译注：《颜氏家训》，中华书局 2011 年版，第 295 页。

鼠有皮。'""相"的本义是观察，息良切，平声。然而，《说文解字注》云："古无平去之别也。《旱麓》《桑柔》毛传云：'相，质也。'质谓物之质，与物相接者也。此亦引伸之义。"① 徐邈《毛诗音》却严格地以平去之别来区分"相"的不同义项。《大雅·桑柔》云："维此惠君，民人所瞻。秉心宣犹，考慎其相。"《毛传》："相，质也。"《郑笺》："相，助也。维至德顺民之君，为百姓所瞻仰者，乃执正心，举事遍谋于众，又考诚其辅相之行，然后用之。言择贤之审。"徐邈《毛诗音》注曰："'其相'，毛息羊，郑息亮。"② 《毛传》释"相"为"质"，读本音；《郑笺》释"相"为"助"，语义隐曲，故当破读。考诸敦煌残卷，徐邈注"相"为去声的还有三处。其一，《大雅·行苇》："序宾以贤。"《毛传》曰："言宾客次第皆贤。孔子射于矍相之圃，观者如堵墙。"《毛诗音》注曰："相，息亮。"其二，《大雅·抑》云："相在尔室。"《郑笺》："相，助。"《毛诗音》注曰："'相在'，上息亮。"其三，《大雅·云汉》云："胡不相畏。"《郑笺》："先祖何不助我恐惧，使天雨也？"《毛诗音》注曰："'不相'，息亮。"这三处的"相"，皆当破读。

通过注音来区分《毛传》《郑笺》的差别，是徐邈《毛诗音》的鲜明特征，兹再据敦煌残卷，举出《大雅·思齐》中的三例加以说明。其一，《诗经》云："不显亦临，无射亦保。"《毛传》："以显临之，保安无斁也。"《郑笺》："临，视也。保，犹居也。文王之在辟雍也，有贤才之质而不明者，亦得观于礼；于六艺无射才者，亦得居于位，言养善使之积小致高大。"徐邈《毛诗音》："'无射'，毛羊石反，郑食夜反。"《毛传》读"无射"为"无厌"，故当读"羊石反"；《郑笺》解"射"为六艺之"射才"，故读如字。其二，《诗经》云："烈假不瑕。"《毛传》："烈，业。"《郑笺》："厉、假，皆病也。"徐邈注"烈"曰："毛力哲，郑为厉，良滞反。"《毛传》读如字，《郑笺》读为借字。其三，《诗经》云："古之人无致，誉髦斯士。"《毛传》："古之人无斁于有名誉之俊

① （清）段玉裁：《说文解字注》，上海古籍出版社 1988 年版，第 133 页。
② （晋）徐邈：《毛诗音（敦煌残卷）》，《续修四库全书》第 56 册，上海古籍出版社 2002 年版，第 6 页。

士。"《郑笺》："古之人，谓圣明君王也。口无择言，身无择行，以身化其臣下，故令此士皆有名誉于天下，成其俊乂之美也。"徐邈注"敖"曰："毛羊石反，郑作择，枨白反。"《毛传》读"敖"为"厌"，故为"羊石反"；《郑笺》读"敖"为"择"，故为"枨白反"。

第二节　注疏体例的完备和陆德明《毛诗音义》

东晋之后，南北分立，中国学术由此也有"南学""北学"之别。就学术研究的总体特征来看，南朝重在阐释义理，北朝更为重视词语训诂，《北史·儒林上》云："南人约简，得其英华；北学深芜，穷其枝叶。"[1]南方的《诗经》学著作有何胤《毛诗隐义》、崔灵恩《集注毛诗》等，北方的《诗经》学著作有刘芳《毛诗笺音义证》、沈重《毛诗沈氏义疏》等。陆德明由南入北，由于本系南人，其《经典释文》大体上亦属南学，书中征引的著作大都出自南方学者之手，北方大儒徐遵明的作品，《经典释文》连一次都没有引用。至于他者，"《序录》于王晓《周礼音》，注云：'江南无此书，不详何人。'于《论语》云：'北学有杜弼注，世颇行之。'"[2]

汉代《诗经》学的著作门类主要为传注体，经由魏晋的发展，集注体、义疏体、音义体等新的著述体例渐成南北朝《诗经》学成果的主流。崔灵恩《集注毛诗》为集注体，何胤《毛诗隐义》、刘芳《毛诗笺音义证》、沈重《毛诗沈氏义疏》等为义疏体，陆德明《毛诗音义》则是音义体的《诗经》学代表作品。

南北朝时期发明了义疏体，这种新的注释体例追求旁征博引，不仅给经文注音、释义，还对前人的注文进行解释。孔颖达《毛诗正义序》云："其近代为义疏者，有全缓、何胤、舒瑗、刘轨思、刘醜、刘焯、刘炫等。"[3] 全缓的《诗经》学作品未见于《隋书·经籍志》，《南史·儒林

---

① （唐）李延寿：《北史》，中华书局 2000 年版，第 1795 页。
② （清）皮锡瑞著，周予同注释：《经学历史》，中华书局 2012 年版，第 146 页。
③ 李学勤主编：《十三经注疏·毛诗正义》，北京大学出版社 1999 年版，"序"第 3 页。

传》云："全缓字弘立，吴郡钱唐人也。幼受《易》于博士褚仲都，笃志研玩，得其精微。陈太建中，位镇南始兴王府谘议参军。缓通《周易》《老》《庄》，时人言玄者咸推之。"① 《隋书·经籍志》有《毛诗义疏》二十卷，题"舒援撰"，或为《毛诗正义序》所云"舒瑗"。刘轨思的《诗经》学之作亦未见于《隋书·经籍志》，《北史·儒林上》云："刘轨思，渤海人也。说《诗》甚精。少事同郡刘敬和，敬和事同郡程归则，故其乡曲多为《诗》者。轨思仕齐，位国子博士。"② 刘醜不知何人，刘焯、刘炫为隋代著名学者。

音义体是小学类书籍中一种独特的著述体例，始于汉末，至南北朝时期勃然而兴。音义体与"传注""训诂""音韵"各有不同："音义不同于传注，传注只需解释词义和疏通文义，而音义含有丰富的语言研究内容；音义不同于训诂，训诂是直接训释词义，而音义总是通过辨音来明义；音义不同于音韵，音韵只研究语音自身，而音义不作抽象的纯语音研究，它以注音为手段来辨析和确定词在当句语境中的具体意义。"③ 在《经典释文》之前，为《诗经》作音义者有郑玄、徐邈、蔡氏、孔氏、阮侃、王肃、江惇、干宝、李轨九家。

一　崔灵恩的《集注毛诗》

"集注体"又曰"集解"，是汇总各家注释以作解说的一种注释体例，其根本特点是"杂采众说，并下己意"。④ 三国时期有何晏的《论语集解》，晋代有杜预的《春秋左氏传集解》、晋灼的《汉书集注》、孔衍的《公羊集解》、范宁的《尚书集解》《穀梁集解》、孙绰的《论语集注》，南朝有刘宋裴骃《史记集解》、姜道盛的《集释尚书》、梁沈旋的《集注尔雅》等。

崔灵恩，先后仕于北魏和南方梁朝，有功于北学和南学的融合，在《梁书·儒林传》中有载："崔灵恩，清河东武城人也。少笃学，从师遍

---

① （唐）李延寿：《南史》，中华书局 2000 年版，第 1169 页。
② （唐）李延寿：《北史》，中华书局 2000 年版，第 1807 页。
③ 万献初：《汉语音义学论稿》，中国社会科学出版社 2012 年版，第 17 页。
④ 徐向群、闫春新：《何晏〈论语集解〉研究》，《求索》2009 年第 10 期。

通《五经》，尤精《三礼》《三传》。先在北仕为太常博士，天监十三年归国。高祖以其儒术，擢拜员外散骑侍郎，累迁步兵校尉，兼国子博士。灵恩聚徒讲授，听者常数百人。性拙朴无风采，及解经析理，甚有精致，京师旧儒咸称重之，助教孔金尤好其学。灵恩先习《左传》服解，不为江东所行，及改说杜义，每文句常申服以难杜，遂著《左氏条义》以明之。时有助教虞僧诞又精杜学，因作《申杜难服》，以报灵恩，世并行焉。……出为长沙内史，还除国子博士，讲众尤盛。出为明威将军、桂州刺史，卒官。灵恩《集注毛诗》二十二卷，《集注周礼》四十卷，制《三礼义宗》四十七卷，《左氏经传义》二十二卷，《左氏条例》十卷，《公羊穀梁文句义》十卷。"① 崔灵恩学识渊博，人生阅历丰富，著述成果颇多。

《集注毛诗》见于《隋书·经籍志》《旧唐书·经籍志》《新唐书·艺文志》《经典释文·序录》，皆作二十四卷，如《经典释文·序录》云："梁有桂州刺史、清河崔灵恩集众解为《毛诗集注》二十四卷。"② 崔灵恩《集注毛诗》以毛为主，兼采鲁、齐、韩三家，马国翰《玉函山房辑佚书》卷16《集注毛诗》之序云："其引《郑笺》多与今本不同，而往往胜于今本，则知由俗儒讹传，犹赖此以存其旧。又其书虽以毛为主，间取三家。盖其时《韩诗》尚在，齐、鲁之义则从古籍之引述得之，尤足资学者之考订云。"③ 崔灵恩兼取诸说的做法，宣告《诗经》学领域的郑王之争业已落幕，郑玄之学最终赢得了这场长达两个多世纪的《毛诗》学派的内部斗争。兹据马国翰辑本，对崔灵恩《集注毛诗》在《诗经》小学方面的成就概述如下。

1. 发明《毛传》

《邶风·燕燕》云："其心塞渊。"《毛传》："塞，瘞。渊，深也。"崔灵恩《集注毛诗》："《传》'塞实渊深也。'"《毛传》以冷僻字"瘞"释"塞"，崔氏以浅语"实"明之。《召南·羔羊》云："退食自公，委

---

① （唐）姚思廉：《梁书》，中华书局2000年版，第469—470页。
② （唐）陆德明撰，张一弓点校：《经典释文》，上海古籍出版社2012年版，第14页。
③ （清）马国翰：《玉函山房辑佚书》，上海古籍出版社1990年版，第633页。

蛇委蛇。"《毛传》:"委蛇,行可从迹也。"《集注毛诗》:"行,如字。"崔氏以训诂术语"如字"标注《毛传》"行可从迹"中的"行",说明此"行"字当训为"行走"之义。《小雅·大田》云:"有渰萋萋。"《毛传》:"渰,云兴貌。"《集注毛诗》:"渰,阴云貌。"《大雅·崧高》云:"以赠申伯。"《毛传》:"赠,增也。"《郑笺》:"以之赠申伯者,送之令以为乐。"《集注毛诗》:"赠,增也。增益申伯之美。""赠",《毛传》破读为"增",《郑笺》读如字,崔氏通过疏通文义来发明《毛传》。

2. 申明《郑笺》

《大雅·思齐》云:"烈假不瑕。"《毛传》:"烈,业。假,大也。"《郑笺》:"厉、假,皆病也。"《毛传》与《郑笺》用字和释义皆不相同,《集注毛诗》采用郑氏之说并申明曰:"厉,疫病也。"《大雅·生民》云:"实颖实栗。"《毛传》:"栗,其实栗栗然。"《郑笺》:"栗,成就也。"《集注毛诗》:"栗,成意也。"崔氏以《郑笺》为是。《邶风·绿衣》云:"绿兮丝兮,女所治兮。"《毛传》:"绿,末也。丝,本也。"《郑笺》:"女,女妾上僭者。先染丝,后制衣,皆女之所治为也,而女反乱之,亦喻乱嫡妾之礼,责以本末之行。"《集注毛诗》:"女,毛如字,郑音汝。"《毛传》未注"女"字,意味着将"女"视作男女之女,无须加注;《郑笺》将"女"解释为第二人称代词,故当读作"汝"。《邶风·静女》云:"洵美且异。"《郑笺》:"洵,信也。"《集注毛诗》:"《笺》云'信美而异者。'"崔氏以"信美而异"对译"洵美而异",说明《郑笺》"洵,信也"之意。《大雅·生民》云:"鸟乃去矣,后稷呱矣。实覃实讦,厥声载路。诞实匍匐,克岐克嶷。"《郑笺》:"实之言适也。覃,谓始能坐也。讦,谓张口鸣呼也。是时声音则已大矣。"《集注毛诗》:"《笺》云'实之言适也'。上言'呱矣',谓其泣之声;下言'匍匐',指其小之体。'覃讦'之文在其间,则亦指小时之实状。"

3. 集引诸家

《豳风·七月》云:"猗彼女桑。"《集注毛诗》:"女桑,桑柔,取《周易》'枯杨生荑'之义,荑是叶之新生者。"崔氏引《周易》说明"女桑"之义涵。《小雅·巷伯》云:"哆兮侈兮,成是南箕。"《毛传》:"哆,大貌。"崔灵恩《集注毛诗》:"《说文》作'䲯兮哆兮'。䲯,曲也。一曰鬶鼎。"《说文解字》金部曰："䥽，曲䥽也。从金，多声。一曰鬶鼎。读若挢。一曰《诗》云'侈兮哆兮'。"崔氏引《说文解字》为训，而《说文解字》引诗在用字与释义上皆不同于《毛诗》。《豳风·七月》云："七月鸣鵙。"《毛传》："鵙，伯劳也。"《郑笺》："伯劳鸣，将寒之候也，五月则鸣。豳地晚寒，鸟物之候从其气焉。"《集注毛诗》："王肃谓：五字如七，因讹为之。"崔氏引王肃之说，认为"七月鸣鵙"中的"七"当为"五"字之讹。《周颂·维天之命》云："假以溢我。"《毛传》："溢，慎。"《郑笺》："溢，盈溢之言也。"《集注毛诗》："溢，顺。"《毛诗正义》曰："王肃及崔申毛，并作'顺'解也。"对于"溢"的解释，《毛传》《郑笺》不同，王肃申毛非郑，崔灵恩认同王肃的说法。

4. 自出新解

《诗序》云："风，风也，教也。风以动之，教以化之。"南齐刘瓛《毛诗序义疏》云："动物曰讽，托音曰讽。"[1] 崔灵恩《集注毛诗》则解曰："用风感物则谓之讽。"《齐风·还》云："子之还兮，遭我乎猇之间兮。……子之昌兮，遭我乎猇之阳兮。"《毛传》："还，便捷之貌。……昌，盛也。"《集注毛诗》："还、茂、昌，三者皆地名也。"

5. 标注音读

《卫风·考槃》云："永矢弗过。"崔灵恩《集注毛诗》："过，吉卧反。"《小雅·斯干》云："哙哙其正，哕哕其冥。"《毛传》："正，长也。冥，幼也。"《集注毛诗》："《传》'正，长也。冥，幼也。'长，正良反。幼，音杳。"《小雅·信南山》云："雨雪雰雰。"《集注毛诗》："雨如字。""雨"读如字，则今为上声。

二 义疏体《诗经》学著作

1. 何胤《毛诗隐义》

何胤（446—531），南朝庐江灊（今安徽潜山）人，出仕南齐建安太守，累迁左民尚书，领骁骑，中书令，领临海、巴陵王师，后为隐逸高士。南梁时，武帝萧衍欲诏为特进、右光禄大夫，不就。《梁书·何胤

---

① （清）马国翰：《玉函山房辑佚书》，上海古籍出版社1990年版，第628页。

传》云："胤字子季，点之弟也。年八岁，居忧哀毁若成人。既长好学。师事沛国刘瓛，受《易》及《礼记》《毛诗》；又入钟山定林寺听内典；其业皆通。而纵情诞节，时人未之知也；唯瓛与汝南周颙深器异之。……胤注《百法论》《十二门论》各一卷，注《周易》十卷，《毛诗总集》六卷，《毛诗隐义》十卷，《礼记隐义》二十卷，《礼答问》五十五卷。"① 所谓"隐义"，是由何胤最初把注释写在书卷的背面而得名，"注《易》，又解《礼记》，于卷背书之，谓为隐义。"（《梁书·何胤传》）《隋书·经籍志》："《毛诗总集》六卷，《毛诗隐义》十卷，并梁处士何胤撰。亡。"② 可见《毛诗隐义》在初唐时已佚。马国翰辑有《毛诗隐义》30 条，现据以简述其小学成就如下。

（1）标注毛、郑故训文字的音读

在何胤《毛诗隐义》遗文中，解释对象主要是《毛传》和《郑笺》，且注释内容大多为标注音读。如《周南·葛覃》云："薄污我私。"《毛传》："污，烦也。"《郑笺》："烦，烦捆之，用功深。"《毛诗隐义》："捆，而纯反。"《召南·江有汜》云："江有渚。"《毛传》："渚，小洲也。水岐成渚。"《毛诗隐义》："岐，其宜反。"《邶风·北门》云："室人交遍摧我。"《毛传》："摧，沮也。"《毛诗隐义》："沮，音阻。"《鄘风·干旄》云："素丝纰之。"《郑笺》："素丝者，以为缕，以缝纰旌旗之斿縿，或以维持之。"《毛诗隐义》："縿，相沽反。"《王风·中谷有蓷》云："暵其干矣。"《毛传》："暵，菸貌。"《毛诗隐义》："菸，音於。"《王风·葛藟》云："在河之漘。"《毛传》："漘，水隒也。"《毛诗隐义》："隒，音捡。"《齐风·卢令》之序云："《卢令》，刺荒也。襄公好田猎毕弋而不修民事，百姓苦之，故陈古以风焉。"《郑笺》："毕，噣也。"《毛诗隐义》："噣，音犊。"

（2）释义简略直白

《毛诗隐义》辑本内容多为注音性质，释义性的文字所占比重甚小。兹略举两例以说明之。其一，《召南·采蘋》之序云："大夫妻能循法度

---

① （唐）姚思廉：《梁书》，中华书局 2000 年版，第 509—512 页。
② （唐）魏徵：《隋书》，中华书局 2000 年版，第 622 页。

也。能循法度，则可以承先祖，共祭祀矣。"《郑笺》："女子十年不出，姆教婉娩听从，执麻枲，治丝茧，织纴组纫，学女事以共衣服。"《毛诗隐义》："纴，如鸠反。缯帛之属。"其二，《召南·行露》云："谁谓雀无角！"《郑笺》："物有似而不同，雀之穿屋不以角，乃以咮。"《毛诗隐义》："咮，都豆反。鸟口也。"

2. 刘芳《毛诗笺音义证》

刘芳（453—513），字伯文，彭城（今江苏徐州）人，官至北魏中书令、青州刺史、太常卿。刘芳初为南方刘宋朝人，其父刘邕为兖州长史，因参与刘义宣事件身死彭城，遂跟随母亲逃至青州，入居梁邹城。16 岁时，梁邹城被北魏攻陷，刘芳由南入北。刘芳精通经学，时人称之曰"刘石经"，《魏书·刘芳传》云："芳才思深敏，特精经义，博闻强记，兼览《苍》《雅》，尤长音训，辨析无疑。于是礼遇日隆，赏赉丰渥，正除员外散骑常侍。俄兼通直常侍，从驾南巡，撰述行事，寻而除正。王肃之来奔也，高祖雅相器重，朝野属目。芳未及相见。高祖宴群臣于华林，肃语次云'古者唯妇人有笄，男子则无。'芳曰：'推经《礼》正文，古者男子妇人俱有笄。'肃曰：'《丧服》称男子免而妇人髽，男子冠而妇人笄。如此，则男子不应有笄。'芳曰：'此专谓凶事也。《礼》：初遭丧，男子免，时则妇人髽；男子冠，时则妇人笄。言俱时变，而男子妇人免髽、冠笄之不同也。又冠尊，故夺其笄称。且互言也，非谓男子无笄。又《礼·内则》称：子事父母，鸡初鸣，栉縰笄总。以兹而言，男子有笄明矣。'高祖称善者久之。肃亦以芳言为然，曰：'此非刘石经邪？'昔汉世造三字石经于太学，学者文字不正，多往质焉。芳音义明辨，疑者皆往询访，故时人号为'刘石经'。"① 刘芳一生沉雅方正，经传多通："撰郑玄所注《〈周官〉〈仪礼〉》音、干宝所注《〈周官〉音》、王肃所注《〈尚书〉音》、何休所注《〈公羊〉音》、范宁所注《〈榖梁〉音》、韦昭所注《〈国语〉音》、范晔《〈后汉书〉音》各一卷，《辨类》三卷，《徐州人地录》四十卷，《急就篇续注音义证》三卷，《毛诗笺音义证》十卷，《礼记义证》十卷，《周官》《仪礼》义证各五卷。"（《魏

---

① （北齐）魏收：《魏书》，中华书局 2000 年版，第 821—822 页。

书·刘芳传》）

《隋书·经籍志》云："《毛诗笺音证》十卷，后魏太常卿刘芳撰。"①
书名与《魏书》有一字之异。《旧唐书·经籍志》不录，则《毛诗笺音
义证》或已亡佚。马国翰辑有《毛诗笺音义证》8 条，娜嬛馆刻本续补 2
条，现据以简述如下。

（1）以名物训诂为主

《毛诗笺音义证》辑本多为训释名物的文字。如《周南·关雎》云：
"参差荇菜。"《毛诗笺音义证》："黄花似莼，江南亦呼猪莼，或呼为荇
菜。"《唐风·蟋蟀》云："蟋蟀在堂。"《毛传》："蟋蟀，蛬也。"刘芳
《毛诗笺音义证》："蟋蟀，今促织也，一名蜻蛚。楚谓之蟋蟀，或谓之
蛬。南楚谓之王孙。"《豳风·东山》云："蠨蛸在户。"《毛传》："蠨蛸，
长踦也。"《毛诗笺音义证》："蠨蛸，小蜘蛛长脚者，俗呼为之喜子。"
至为精妙者，当为对"辔"的解释，《邶风·简兮》云："执辔如组。"
《毛诗笺音义证》："辔是御者所执者也，不得以辔为勒。且旧语云马勒不
云辔，以勒为辔者，盖是北人避石勒名也。今南人皆云马勒，而以鞎为
辔。反覆推之，此为明证。又《诗》称'执辔如组'，又曰'六辔在
手'，以所为辔审矣。今俗儒仍以辔为勒，而曾无寤者。"在刘芳的《诗
经》解释中也偶有考释经文用字的内容，如《召南·驺虞》云："于嗟乎
驺虞。"《毛诗笺音义证》："'驺虞'，或作'吾'。"

（2）传笺兼释

从书名上看，《毛诗笺音义证》除解释经文外，当兼释《毛传》和
《郑笺》。如《邶风·静女》云："静女其姝，贻我彤管。"《毛传》："古
者后夫人必有女史彤管之法，史不记过，其罪杀之。后妃群妾以礼御于
君所，女史书其日月，授之以环，以进退之。生子月辰，则以金环退之。
当御者，以银环进之，著于左手；既御，著于右手。事无大小，记以成
法。"《毛诗笺音义证》："女史彤管法，如国史主记后夫人之过。人君有
柱下史，后有女史，外内各有官也。"又如，《召南·甘棠》云："召伯所
茇。"《郑笺》："茇，草舍也。"《毛诗笺音义证》："茇，草舍也。夫召伯

---

① （唐）魏徵：《隋书》，中华书局 2000 年版，第 621 页。

听男女之讼，不重烦劳百姓，止舍甘棠之下而听断焉。"

3. 沈重《毛诗沈氏义疏》

沈重（500—583），吴兴武康人，南朝梁武帝大同二年（536）除五经博士，在西梁萧詧朝拜通直散骑常侍、都官尚书，领羽林监。北周武帝征之，授骠骑大将军、开府仪同三司、露门博士。萧岿为帝时还西梁朝，拜散骑常侍、太常卿。《周书·儒林传》云："沈重字德厚，吴兴武康人也。性聪悟，有异常童。弱岁而孤，居丧合礼。及长，专心儒学，从师不远千里，遂博览群书，尤明《诗》《礼》及《左氏春秋》。……重学业该博，为当世儒宗。至于阴阳图纬，道经释典，靡不毕综。又多所撰述，咸得其指要。其行于世者，《周礼义》三十一卷、《仪礼义》三十五卷、《礼记义》三十卷、《毛诗义》二十八卷、《丧服经义》五卷、《周礼音》一卷、《仪礼音》一卷、《礼记音》二卷、《毛诗音》二卷。"①

《隋书·经籍志》云："《毛诗义疏》二十八卷，萧岿散骑常侍沈重撰。"②《隋书·经籍志》不载沈重《毛诗音》，可能是因为《毛诗音》已并入《毛诗义疏》内。清人马国翰《玉函山房辑佚书》辑有《毛诗沈氏义疏》二卷，应当包括《周书·儒林传》所载沈重的《毛诗音》与《毛诗义》两作之内容，只是已不能再作区分。现据马国翰辑本简述如下。

（1）注重音义

《周南·关雎》云："参差荇菜。"《毛诗沈氏义疏》："荇，有并反。"《周南·兔罝》云："公侯干城。"《毛诗沈氏义疏》："干，音幹。"《周南·汉广》云："翘翘错薪。"《毛诗沈氏义疏》："翘，其尧反。"《周南·汝坟》云："伐其条肄。"《毛诗沈氏义疏》："肄，徐《音》以世反，非。"《召南·甘棠》云："蔽芾甘棠。"《毛诗沈氏义疏》："蔽，音必。芾，非贵反。"《召南·羔羊》云："委蛇委蛇。"《毛诗沈氏义疏》："读作委委蛇蛇。"《邶风·燕燕》云："远送于南。"《毛诗沈氏义疏》："南，协句，宜乃林反。"此例被引入郭锡良等人编著的《古代汉语》教材，称作"梁

---

① （唐）令狐德棻等：《周书》，中华书局 2000 年版，第 549—551 页。

② （唐）魏徵：《隋书》，中华书局 2000 年版，第 622 页。

末沈重《诗音义》"云云。① 《邶风·燕燕》云："仲氏任只。"《郑笺》："任者,以恩相亲信也。《周礼》'六行:孝、友、睦、姻、任、恤'。"《毛诗沈氏义疏》:"任,郑而鸩反。"按照郑玄的解释,"仲氏任只"中的"任"为"信任"义,沈重标注其音读为"而鸩反",去声。《召南·野有死麕》云："白茅纯束。"《郑笺》:"纯读如屯。"《毛诗沈氏义疏》:"《笺》云'纯读如屯'。屯,徒尊反,聚也。"《郑笺》以训诂术语"读如"破假借,沈重先以反切法注出"屯"的读音,再以"聚"揭明"屯"义。《豳风·七月》云："六月莎鸡振羽。"《毛诗沈氏义疏》:"旧多作'沙',今作'莎',音素何反。"

(2) 为毛、郑之说作注

《召南·羔羊》云："素丝五纰。"《毛传》:"古者素丝以英裘,不失其制,大夫羔裘以居。"《毛诗沈氏义疏》:"《传》云'古者素丝以英裘'。英,音映。"《召南·野有死麕》云："白茅包之。"《毛传》:"白茅,取洁清也。"《毛诗沈氏义疏》:"《传》云'洁清也'。清,音净。"《豳风·东山》云："伊威在室。"《毛传》:"伊威,委黍也。"《毛诗沈氏义疏》:"《传》云'伊威,委黍也'。委,音於为反。委黍,鼠妇也,本或作虫边。"《周南·葛覃》云："害浣害否。"《郑笺》:"我之衣服,今者何所当见浣乎?何所当否乎?言常自洁清,以事君子。"《毛诗沈氏义疏》:"《笺》云'言常自洁清'。清,音净。"《大雅·抑》云："视尔友君子,辑柔尔颜,不遐有愆。"《郑笺》:"今视女之诸侯及卿大夫,皆胁肩谄笑以和安女颜色,是于正道不远有罪过乎?"《毛诗沈氏义疏》:"《笺》云'皆胎肩谄笑'。胎,於阖反。胎,竦体貌。"《毛诗正义》解释道:"胎,本又作'胁',香及反,又虚劫反,沈又於阖反。"《大雅·召旻》云："彼疏斯粺。"《郑笺》:"疏,粗也,谓粝米也。……彼贤者禄薄食粗,而此昏桡之党反食精粺。"《毛诗沈氏义疏》:"《笺》云'疏,粗也,谓粝米也'。粝,音赖。"《商颂·长发》云："昭假迟迟。"《郑笺》:"假,暇。"《毛诗沈氏义疏》:"《郑笺》云'宽暇',以此义训,非改字也。"

---

① 郭锡良等编著:《古代汉语》,商务印书馆1999年版,第1055页。

三 陆德明 《毛诗音义》

陆德明（？—630），名元朗，以字显，南陈时任国子助教，隋炀帝时授秘书学士、国子助教，入唐为秦府文学馆学士、太学博士、国子博士，封吴县男。《旧唐书·儒学上》云："陆德明，苏州吴人也。初受学于周弘正，善言玄理。陈太建中，太子征四方名儒，讲于承光殿，德明年始弱冠，往参焉。……撰《经典释文》三十卷、《老子疏》十五卷、《易疏》二十卷，并行于世。"①

关于《经典释文》的创稿情况，陆德明《经典释文·序录》云："粤以癸卯之岁，承乏上庠，循省旧音，苦其太简。况微言久绝，大义愈乖，攻乎异端，竞生穿凿。不在其位，不谋其政，既职司其忧，宁可视成而已。遂因暇景，救其不逮，研精六籍，采撮九流，搜访异同，校之《苍》《雅》，辄撰集《五典》《孝经》《论语》及《老》《庄》《尔雅》等音，合为三峡三十卷，号曰《经典释文》。"② 《四库全书总目》云："考癸卯为陈后主至德元年。"③ 钱大昕《潜研堂文集》卷27《跋经典释文》云："窃意癸卯乃是陈后主至德元年，元朗当受业于周宏正，宏正卒于太建中，则至德癸卯元朗年已非少。"④ 吴承仕《经典释文序录疏证》曰："德明受业，疑在太建之初；弱冠应征，或当太建六七年间；至德癸卯，年近三十矣。"⑤ 陈后主至德元年即公元 583 年，此为《经典释文》创作的开始时间。《经典释文》成书年代的下限，孙玉文⑥、王弘治⑦考证为隋大业三年（607）后、入唐之前。

关于《经典释文》编撰的文化诱因，陆德明《经典释文·序录》云：

---

① （后晋）刘昫等：《旧唐书》，中华书局 2000 年版，第 3363 页。

② （唐）陆德明撰，张一弓点校：《经典释文》，上海古籍出版社 2012 年版，第 1 页。下引《经典释文·序录》文字皆出该作，不再一一标注。

③ （清）永瑢等：《四库全书总目》，中华书局 2003 年版，第 270 页。

④ （清）钱大昕撰，吕友仁校点：《潜研堂集》，上海古籍出版社 2009 年版，第 466 页。

⑤ （唐）陆德明撰，吴承仕证，张力伟点校：《经典释文序录疏证：附经籍旧音二种》，中华书局 2008 年版，第 9 页。

⑥ 孙玉文：《〈经典释文〉成书年代新考》，《中国语文》1998 年第 4 期。

⑦ 王弘治：《〈经典释文〉成书年代释疑》，《语言研究》2004 年第 2 期。

"夫书音之作，作者多矣，前儒撰著，光乎篇籍，其来既久，诚无间然。但降圣已远，不免偏尚，质文详略，互有不同。汉魏迄今，遗文可见，或专出己意，或祖述旧音，各师成心，制作如面，加以楚夏声异，南北语殊，是非信其所闻，轻重因其所习，后学钻仰，罕逢指要。"陆德明还说明《经典释文》编选材料的原则是："古今并录，括其枢要，经注毕详，训义兼辩，质而不野，繁而非芜，示传一家之学，用贻后嗣，令奉以周旋，不敢坠失。与我同志，亦无隐焉。"《经典释文》为后世保存了大量的珍贵语言文献材料，为中国学术延续和发展做出了特殊的贡献，《四库全书总目》云："所采汉魏六朝音切凡二百三十余家，又兼载诸儒之训诂，证各本之异同，后来得以考见古义者，注疏以外，惟赖此书之存。真所谓残膏剩馥，沾溉无穷者也。"①

《毛诗音义》是陆德明《经典释文》的一个重要组成部分，也是南北朝时期《诗经》小学传承硕果。概而言之，《毛诗音义》的小学成就主要体现在注音、释义、异文整理、文字校雠等方面。

1. 注音方面

（1）摘字为音。在每篇诗文中，《毛诗音义》的首要任务就是摘出需要加注音义的文字。如《召南·摽有梅》的篇名、序文、正文、《毛传》、《郑笺》五个方面的文字如下所示：

> 《摽有梅》，男女及时也。召南之国，被文王之化，男女得以及时也。摽有梅，其实七兮。《毛传》："兴也。摽，落也。盛极则隋落者，梅也。尚在树者七。"《郑笺》："兴者，梅实尚余七未落，喻始衰也。谓女二十，春盛而不嫁，至夏则衰。"求我庶士，迨其吉兮。《毛传》："吉，善也。"《郑笺》："我，我当嫁者。庶，众。迨，及也。求女之当嫁者之众士，宜及其善时。善时谓年二十，虽夏未大衰。"摽有梅，其实三兮。《毛传》："在者三也。"《郑笺》："此夏乡晚，梅之隋落差多，在者余三耳。"求我庶士，迨其今兮。《毛传》："今，急辞也。"摽有梅，顷筐墍之。《毛传》："墍，取也。"《郑笺》：

---

① （清）永瑢等：《四库全书总目》，中华书局2003年版，第270页。

"顷筐取之，谓夏已晚，顷筐取之于地。"求我庶士，迨其谓之。《毛传》："不待备礼也。三十之男，二十之女，礼未备则不待礼会而行之者，所以蕃育民人也。"《郑笺》："谓勤也。女年二十而无嫁端，则有勤望之忧。不待礼会而行之者，谓明年仲春，不待以礼会之也。时礼虽不备，相奔不禁。"

陆德明《毛诗音义》云：

> 摽有梅，婢小反，徐符表反，落也。梅，木名也。《韩诗》作"楳"。《说文》"楳"亦"梅"字。男女及时也，本或作"得以及时"者，从下而误。被文，皮寄反。则隋，迨果反，又徒火反。迨其，音待，及也。《韩诗》云：愿也。乡晚，本亦作"蠁"，又作"向"，同许亮反。差多，初卖反。顷筐，音倾。墍之，许器反，取也。以蕃，音烦。不禁，居鸩反，一音金。①

陆氏先给篇名中的"摽""梅"二字标注音义及异文，然后标注《诗序》中"男女及时"的异文、"被"字的音读；再给《毛传》中的"隋"字注音；再给经文中的"迨"字标注音义；再标注《郑笺》中的"乡""差"两字；再标注经文中的"顷""墍"二字；最后依次标注《毛传》中的"蕃"字、《郑笺》中的"禁"字。《毛诗音义》摘字时尽量节省文字，所摘被释语多以两字的形式出现，但在多数情况下只注释其中的一个字。

（2）保存旧音。《经典释文·序录》云："然古人音书，止为譬况之说，孙炎始为反语，魏朝以降渐繁。世变人移，音讹字替，如徐仙民反'易'为'神石'，郭景纯反'饮'为'羽盐'，刘昌宗用'承'音'乘'，许叔重读'皿'为'猛'，若斯之俦，今亦存之音内。既不敢遗旧，且欲俟之来哲。"陆德明《毛诗音义》保存了先贤所注的旧音原貌，

---

① （唐）陆德明撰，张一弓点校：《经典释文》，上海古籍出版社 2012 年版，第 87 页。下引《毛诗音义》文字皆出该作，不再一一标注。

为《毛诗》中重点字词的语音研究留传下来了十分珍贵的古代语言文献，亦成为研究其他音义学家的小学成就的神秘宝藏。

（3）辨识异读。《经典释文·序录》云："方言差别，固自不同，河北、江南最为巨异，或失在浮清，或滞于沉浊。今之去取，冀祛兹弊，亦恐还是毂音，更成无辩。夫质有精粗谓之'好恶'，心有爱憎称为'好恶'，当体即云'名誉'，论情则曰'毁誉'，及夫自败、败他之殊，自坏、坏撤之异，此等或近代始分，或古已为别，相仍积习，有自来矣，余承师说皆辩析之。比人言者多为一例，如、而靡异，邪、也弗殊，莫辩复、复，宁论过、过，又以登、升共为一韵，攻、公分作两音，如此之俦，恐非为得，将来君子幸留心焉。"变读构词之说，未必全都合理，陆氏于此多有辨析。同时，《毛诗音义》在辨识异读上的训诂实践，还为后世保存了不少古代方言材料。如《卫风·硕人》云："葭菼揭揭。"《毛传》："菼，蒹也。"《毛诗音义》："蒹，五患反，江东呼之乌芡。芡音丘。"又如，《召南·何彼襛矣》云："何彼襛矣，唐棣之华。"《毛传》："唐棣，栘也。"《毛诗音义》："栘也，音移，一音是兮反。郭璞云：今白栘也，似白杨，江东呼夫栘。"又如，《小雅·鱼丽》云："鱼丽于罶，鲿鲨。"《毛诗音义》："鲿，音常，杨也。《草木疏》云：今江东呼黄鲿，鱼尾微黄，大者长尺七八寸许。"又如，《豳风·鸱鸮》云："彻彼桑土。"《毛传》："桑土，桑根也。"《毛诗音义》："桑土，音杜。注同。桑土，桑根也。《小雅》同。《韩诗》作'杜'，义同。《方言》云：东齐谓根曰杜。"

（4）择善而从。《经典释文·序录》云："文字音训，今古不同，前儒作音，多不依注，注者自读，亦未兼通。今之所撰，微加斟酌，若典籍常用，会理合时，便即遵承，标之于首，其音堪互用、义可并行，或字有多音、众家别读，苟有所取，靡不毕书，各题氏姓以相甄识。义乖于经，亦不悉记。"对于前人标注的音义，甄别优劣，或取或舍，或并行不废，一切要看是否合于经义。《毛诗音义》完全摒弃了门户之见，可谓通达果决。如《周南·汉广》云："言刈其蒌。"《毛传》："蒌，草中之翘翘然。"《毛诗音义》："其蒌，力俱反。马云：蒌，蒿也。郭云：似艾，音力侯反。"对于"蒌"的音读，陆氏遵承的是"力俱反"，故而标之于首；同时，又保存了郭璞所注的旧音——"力侯反"。

（5）简明扼要。《经典释文·序录》云："书音之用，本示童蒙，前儒或用假借字为音，更令学者疑昧。余今所撰，务从易识，援引众训，读者但取其意义，亦不全写旧文。"面对源流不一、种类繁杂的旧有音义材料，要做到编撰合理，融会贯通，就必须以简驭繁，收放自如。综而观之，通俗易晓、备而不繁，堪为《毛诗音义》的编撰特征。

2. 释义方面

（1）经注兼释

不仅解释经文，还要解释注文，这是义疏体的根本特征。从这个角度来看，《经典释文》是义疏体的代表著作。就《毛诗音义》来说，它除了给《诗经》本文作注之外，还分别针对《诗序》《毛传》《郑笺》进行注解。如《周南·卷耳》序文曰："内有进贤之志，而无险诐私谒之心。"《毛诗音义》释之曰："险诐，彼寄反，妄加人以罪也。崔云：险诐，不正也。"在《周南·螽斯》一篇中，陆德明《毛诗音义》设定了"螽斯""诜诜""蚣""蝑""情欲""不耳""振振""宜女""薨薨""揖揖""蛰蛰"等十二个解释对象，其中"螽斯""诜诜""振振""薨薨""揖揖""蛰蛰"来自经文，"蚣""蝑"来自《毛传》，"诜恶""情欲""不耳""宜女"来自《郑笺》。

（2）博采众说

《毛诗音义》解释词义的方法，主要是参考旧有的训诂材料，经过比对斟酌，择优而从，间下己意。陆德明彻底打破门户之见，广泛摭取前代语言研究成果，而《毛诗音义》所引文献在后世多有亡佚，如何胤《毛诗隐义》、崔灵恩《集注毛诗》、沈重《毛诗音》等，皆赖陆氏之功，方使后人得以窥其崖略。

3. 异文整理方面

由于今古学派之间的《诗经》文本本来就不相同，学术传承情况千差万别，又难免传抄者偶有失误，加之语言文字自身变化规律较为复杂，故而不同的《诗经》文本之间存有大量的异文现象。《经典释文·序录》云："郑康成云：'其始书之也，仓卒无其字，或以音类比，方假借为之，趣于近之而已。受之者非一邦之人，人用其乡，同言异字、同字异言于兹遂生矣。'战国交争，儒术用息，秦皇灭学，加以坑焚，先圣之风，埽地尽矣。汉兴，改秦之弊，广收篇籍，孝武之后，经术大隆。然承秦焚书，口相传授，一经之学，数家竞爽，章句既异，踳驳非一。"面对数量庞大且情况复杂的异文，在辨析和校正的基础上，作者尽量予以保存，"余既撰音，须定纰缪，若两本俱用、二理兼通，今并出之，以明同异。其泾渭相乱、朱紫可分，亦悉书之，随加刊正。复有他经别本、词反义乖而又存之者，示博异闻耳"（《经典释文·序录》）。

古今和假借是造成异文现象的重要原因，《经典释文·序录》云："经籍文字相承已久，至如'悦'字作'说'、'闲'字为'閒'、'智'但作'知'、'汝'止为'女'，若此之类，今并依旧音之。然音书之体本在假借，或经中过多，或寻文易了，则翻音正字以辩借音，各于经内求之，自然可见。"陆德明所列《毛诗》用字和别本中的异文互为古今或假借关系者尤多，但由于他所用训诂术语界限的模糊性，很难甄别他对字际关系是否进行过缜密的考辨。兹略陈数例，以窥陆氏对古今字和假借字的处理情况。

（1）古今字。如《周南·关雎》云："悠哉悠哉，辗转反侧。"《毛诗音义》："辗，本亦作'展'。"按：段玉裁《诗经小学》（四卷本）："古惟用展转，《诗释文》曰'辗本亦作展'，吕忱'从车展'，知'辗'字起于《字林》。《说文》：'展，转也。'"[1] 又如，《召南·采蘋》云："有齐季女。"《毛传》："齐，敬。"《毛诗音义》："有齐，本亦作'斋'，同侧皆反，敬也。"按：《说文解字》示部曰："斋，戒洁也。从示，齐省声。"徐灏《说文解字注笺》："齐斋古今字，相承增示也。"[2] 又如，《郑风·羔裘》云："羔裘如濡。"《郑笺》："缁衣、羔裘，诸侯之朝服也。"《毛诗音义》："羔裘，字或作'求'。"按："求"为"裘"的古文，《说文解字》裘部曰："裘，皮衣也。从衣，求声。一曰：象形，与衰同意。凡裘之属皆从裘。求，古文省衣。"又如，《小雅·节南山》云："昊天不

---

① （清）段玉裁：《诗经小学》，《续修四库全书》第64册，上海古籍出版社2002年版，第180页。

② （清）徐灏：《说文解字注笺》（一），《续修四库全书》第225册，上海古籍出版社2002年版，第134页。

佣。"《毛传》："佣，均。"《毛诗音义》："不佣，敕龙反，均也。《韩诗》作'庸'。庸，易也。"按：《说文解字》人部曰："佣，均直也。"徐灏《说文解字注笺》："庸、佣古今字。……后加人旁作佣，以别于庸常之义。"① 又如，《小雅·蓼萧》云："既见君子，孔燕岂弟。"《毛传》："岂，乐。"《毛诗音义》："岂，开在反。本亦作'恺'。"按：《说文解字》岂部曰："岂，还师振旅乐也。一曰欲也，登也。从豆，微省声。"徐灏《说文解字注笺》："岂，即古恺字。"② 以上诸例，《毛诗》用字"齐""岂"为古字，陆氏释语中相对应的"斋""恺"为今字；相反，《毛诗》用字"辗""裒""佣"为今字，陆氏释语中相对应的"展""求""庸"为古字。

（2）假借字。如《周颂·丝衣》云："不吴不敖。"《郑笺》："不欢哗，不敖慢也。"《毛诗音义》："不敖，五诰反。本又作'傲'。"按：《说文解字》放部曰："敖，出游也。从出，从放。"③《说文解字》出部曰："敖，游也。从出，从放。"④《说文解字》人部曰："傲，倨也。从人，敖声。"段注："经传多假敖为倨傲字。"⑤ 由此，《毛诗》用字"敖"为借字，陆氏所列异文"傲"为本字。又如，《郑风·萚兮》云："风其漂女。"《毛传》："漂，犹吹也。"《毛诗音义》："漂女，匹遥反。本亦作'飘'。"按：《说文解字》风部曰："飘，回风也。""回风"即旋风。《说文解字》水部曰："漂，浮也。"段注："谓浮于水也。《郑风》'风其漂女'，毛曰'漂，犹吹也'。按：上章言吹，因吹而浮，故曰犹吹。"由此，《毛诗》用字"漂"为本字，陆氏所列异文"飘"为借字。又如，《周南·螽斯》云："螽斯羽，诜诜兮。"《毛传》："诜诜，众多也。"《毛诗音义》："诜诜，所巾反，众多也。《说文》作'莘'，音同。"《说文解字》言部曰："诜，致言也。从言，从先，先亦声。《诗》曰：'螽斯羽，

---

① （清）徐灏：《说文解字注笺》（二），《续修四库全书》第226册，上海古籍出版社2002年版，第123页。

② （清）徐灏：《说文解字注笺》（一），《续修四库全书》第225册，上海古籍出版社2002年版，第519页。

③ （汉）许慎撰，（宋）徐铉校定：《说文解字》，中华书局2013年版，第79页。

④ （汉）许慎撰，（宋）徐铉校定：《说文解字》，中华书局2013年版，第123页。

⑤ （清）段玉裁：《说文解字注》，上海古籍出版社1988年版，第273页。

诜诜兮。'"《说文解字注》："此引《周南》说，假借也。"段玉裁《诗经小学》（四卷本）："按：今《说文》无莘字。《东都赋》'俎豆莘莘'、《魏都赋》'莘莘蒸徒'，善《注》皆引毛苌《诗传》曰：'莘莘，众多也。'今《诗·螽斯》作诜诜，《传》：'诜诜，众多也。'《皇皇者华》作駪駪，《传》：'駪駪，众多之貌。'《桑柔》作甡甡，《传》：'甡甡，众多也。'"①《玉篇》："'莘，所陈切。姓也，又多也。或作莘、駪、辫、兟、甡。'"②

4. 校雠方面

陆德明对于校雠的重要性及其操作的难度是有深刻认识的，《经典释文·序录》云："五经字体乖替者多，至如'黿''鼉'从'龟'，'乱''辞'从'舌'，'席'下为'带'，'恶'上安'西'，'析'旁著'片'，'离'边作'禹'，直是字讹，不乱余读。如'宠'字为'竉'，'锡'字为'钖'，用'支'代'文'，将'无'混'旡'，若斯之流，便成两失。又'来'旁作'力'，俗以为'约勑'字，《说文》以为'劳倈'之字，'水'旁作'曷'，俗以为'饥渴'字，字书以为'水竭'之字，如此之类，改便惊俗，止不可不知耳。"按：吴承仕云："此明经字多乖，不乱余读者易知，形声相近者难憭，学者所当深辨。若积非来久，改便惊俗者，亦随事用之，不得悉改也。"③

何谓"校雠"？程千帆《校雠广义叙录》云："严可均《全汉文》卷三十八据《〈文选〉注》及《太平御览》引《风俗通》云：'按刘向《别录》，雠校，一人读书，校其上下，得谬误，为校。一人持本，一人读书，若怨家相对，故曰雠也。'盖校雠本义，惟在是正文字。"④ 从陆氏《毛诗音义》的治学精神来看，是作颇富有校雠底蕴。如《小雅·大田》云："兴雨祈祈。"《毛诗音义》："兴雨，如字。本或作'兴云'，非也。"

---

① （清）段玉裁：《诗经小学》，《续修四库全书》第64册，上海古籍出版社2002年版，第180—181页。

② 王平、刘元春、李建廷：《〈宋本玉篇〉标点整理本》，上海书店出版社2017年版，第329页。

③ （唐）陆德明撰，吴承仕疏证，张力伟点校：《经典释文序录疏证：附经籍旧音二种》，中华书局2008年版，第16页。

④ 程千帆、徐有富：《校雠广义：校勘编》，齐鲁书社1998年版，"叙录"第1页。

又如,《邶风·日月》序文云:"卫庄姜伤己也。遭州吁之难,伤己不见答于先君,以至困穷之诗也。"《毛诗音义》:"旧本皆尔。俗本或作'以至困穷而作是诗也',误。"又如,《周南·汉广》云:"南有乔木,不可休息。"《毛诗音义》:"休息,并如字,古本皆尔。本或作'休思',此以意改耳。"

第三节 隋唐一统和《毛诗正义》

隋代学术完成了南北融合,其根本特征是"北学折入于南"。刘焯、刘炫之学授自北方名儒,他们后来接受了南方学风,在隋朝完成统一大业的时代背景下,南北之学也渐趋一致。皮锡瑞在《经学历史·经学分立时代》中说:

> 北学以徐遵明为最优,择术最正;郑注《周易》《尚书》《三礼》,服注《春秋》,皆遵明所传;惟《毛诗》出刘献之耳。其后则刘焯、刘炫为优,而崇信伪书,择术不若遵明之正。得费甝《义疏》,传伪孔古文,实始于二刘。二刘皆北人,乃传南人费甝之学,此北学折入于南之一证。盖至隋,而经学分立时代变为统一时代矣。[1]

刘焯和刘炫年少时即结盟为友,一起在同郡刘轨思处学习《诗经》,向学十年,遂成名儒,"于时旧儒多已凋亡,二刘拔萃出类,学通南北,博极今古,后生钻仰,莫之能测。所制诸经义疏,搢绅咸师宗之"(《隋书·儒林传》)。在《诗经》学方面,二刘的著作有刘焯《五经述议》、刘炫《毛诗述义》,两者一起成为《毛诗正义》的撰著基础,《毛诗正义序》云:

> 其近代为义疏者,有全缓、何胤、舒瑗、刘轨思、刘甝、刘焯、刘炫等。然焯、炫并聪颖特达,文而又儒,擢秀干于一时,骋绝辔

---

[1] (清)皮锡瑞著,周予同注释:《经学历史》,中华书局2012年版,第133页。

于千里，固诸儒之所揖让，日下之所无双，其于作疏内特为殊绝。今奉敕删定，故据以为本。然焯、炫等负恃才气，轻鄙先达，同其所异，异其所同，或应略而反详，或宜详而更略，准其绳墨，差或未免，勘其会同，时有颠踬。今则削其所烦，增其所简，唯意存于曲直，非有心于爱憎。①

孔颖达撰著《毛诗正义》时，以刘焯、刘炫之作为稿本，参诸百家，进行了大量的增删，遂使二刘的作品旧貌难寻。此外，二刘之作不传于世，也与二人"择术不正"有莫大的关系。《隋书·儒林传》云："天下名儒后进，质疑受业，不远千里而至者，不可胜数。论者以为数百年已来，博学通儒，无能出其右者。然怀抱不旷，又啬于财，不行束修者，未尝有所教诲，时人以此少之。"②刘炫声名狼藉更是自有其因，《隋书·儒林传》云："时牛弘奏请购求天下遗逸之书，炫遂伪造书百余卷，题为《连山易》《鲁史记》等，录上送官，取赏而去。后有人讼之，经赦免死，坐除名，归于家，以教授为务。"③

一 《毛诗正义》的撰著情况

1. 撰著背景

大唐一统天下，政事清明，承袭隋制，开科取士。科举考试以"明经""进士"二科为主。关于"明经"的细目，《新唐书》卷44《选举志上》云："而明经之别，有五经，有三经，有二经，有学究一经，有三礼，有三传，有史科。"④"帖经"和"问义"是明经科试的重要内容，"凡明经，先帖文，然后口试，经问大义十条，答时务策三道，亦为四等。"（《新唐书》卷44《选举志上》）所谓"帖经"，杜佑《通典》卷15《选举三·历代制下·大唐》云："凡举司课试之法，帖经者，以所习经掩其两端，中间开唯一行，裁纸为帖，凡帖三字，随时增损，可否不一，

① 李学勤主编：《十三经注疏·毛诗正义》，北京大学出版社1999年版，"序"第3页。
② （唐）魏徵：《隋书》，中华书局2000年版，第1156页。
③ （唐）魏徵：《隋书》，中华书局2000年版，第1157页。
④ （宋）欧阳修、宋祁：《新唐书》，中华书局2000年版，第761页。

或得四、得五、得六者为通。"① 所谓"问义"，"就是出题以'录经文及注意为问'，回答以'辨明义理为通'"②。五经既已成为科举考试的基本内容，就必须改变经说纷杂、文字互异的局面，于是唐太宗命颜师古考订《五经文字》，命孔颖达等人撰著《五经正义》。

2. 撰著时间

《毛诗正义》始成于贞观十二年（638）。《贞观政要·崇儒学第二十七》云："太宗又以文学多门，章句繁杂，诏师古与国子祭酒孔颖达等诸儒，撰定'五经'疏义，凡一百八十卷，名曰《五经正义》，付国学施行。"③ 此段文字虽未系年，但孔颖达于贞观十二年（638）始拜国子祭酒，《旧唐书·孔颖达传》云："十二年，拜国子祭酒，仍侍讲东宫。"④《唐会要》卷77《贡举下·论经义》云："贞观十二年，国子祭酒孔颖达撰《五经义疏》一百七十卷，名曰《义赞》，有诏改为《五经正义》。"⑤ 贞观十四年（640），《毛诗正义》基本撰定，《旧唐书·孔颖达传》云："十四年，太宗幸国学观释奠，命颖达讲《孝经》，既毕，颖达上《释奠颂》，手诏褒美。后承乾不循法度，颖达每犯颜进谏。承乾乳母遂安夫人谓曰：'太子成长，何宜屡致面折？'颖达对曰：'蒙国厚恩，死无所恨。'谏诤逾切，承乾不能纳。先是，与颜师古、司马才章、王恭、王琰等诸儒受诏撰定《五经》义训，凡一百八十卷，名曰《五经正义》。太宗下诏曰：'卿等博综古今，义理该洽，考前儒之异说，符圣人之幽旨，实为不朽。'付国子监施行，赐颖达物三百段。"贞观十六年（642），《毛诗正义》又进行了一次详细校正，孔颖达《毛诗正义序》曰："至十六年，又奉敕与前修疏人及给事郎守太学助教云骑尉臣赵乾叶、登仕郎守四门助教云骑尉臣贾普曜等，对敕使赵弘智，覆更详正，凡为四十卷。"《四库全书总目》云："至唐贞观十六年，命孔颖达等因《郑笺》为《正义》，

---

① （唐）杜佑撰，王文锦等点校：《通典》，中华书局1988年版，第356页。
② 俞钢：《唐代明经科试的体系、方式及其地位变化》，《上海师范大学学报》（哲学社会科学版）2010年第5期。
③ 骈宇骞译注：《贞观政要》，中华书局2011年版，第481页。
④ （后晋）刘昫等：《旧唐书》，中华书局2000年版，第1757页。
⑤ （宋）王溥：《唐会要》，中华书局1955年版，第1405页。

乃论归一定，无复歧途。"①

3. 撰著者

孔颖达（574—648），字仲达（一作冲远），冀州衡水人，官至散骑常侍，拜国子祭酒，新、旧《唐书》皆有传。《新唐书·儒学上》云："孔颖达字仲达，冀州衡水人。八岁就学，诵记日千余言，阖记《三礼义宗》。及长，明服氏《春秋传》、郑氏《尚书》《诗》《礼记》、王氏《易》，善属文，通步历。尝造同郡刘焯，焯名重海内，初不之礼。及请质所疑，遂大畏服。隋大业初，举明经高第，授河内郡博士。"②《旧唐书·孔颖达传》云："孔颖达字冲远……（贞观）十七年，以年老致仕。十八年，图形于凌烟阁，赞曰：'道光列第，风传阙里。精义霞开，掞辞飙起。'二十二年卒，陪葬昭陵，赠太常卿，谥曰宪。"

《毛诗正义》的撰著者并非一人，除孔颖达外，还有王德韶、齐威等，孔颖达《毛诗正义序》曰："谨与朝散大夫行太学博士臣王德韶、征事郎守四门博士臣齐威等对共讨论，辩详得失。"齐威擅长《诗经》之学，《旧唐书·儒学上》有载："时有赵州李玄植，又受《三礼》于公彦，撰《三礼音义》行于代。玄植兼习《春秋左氏传》于王德韶，受《毛诗》于齐威。"③《毛诗正义》撰著过程中的分工情况不可详考，皮锡瑞《经学历史·经学统一时代》作出了推测性的论述："颖达入唐，年已耄老；岂尽逐条亲阅，不过总揽大纲。诸儒分治一经；各取一书以为底本，名为创定，实属因仍。书成而颖达居其功，论定而颖达尸其过。究之功过非一人所独擅，义疏并非诸儒所能为也。……标题孔颖达一人之名者，以年辈在先，名位独重耳。"④

4. 撰著基础

《毛诗正义》的撰著基础主要有三：稿本方面，以隋代刘焯《五经述议》和刘炫《毛诗述义》为基础；注音方面，主要以陆德明《经典释文》中的音训材料为主；经文用字方面，以颜师古的《五经定本》

---

① （清）永瑢等：《四库全书总目》，中华书局 2003 年版，第 120 页。

② （宋）欧阳修、宋祁：《新唐书》，中华书局 2000 年版，第 4332 页。

③ （后晋）刘昫等：《旧唐书》，中华书局 2000 年版，第 3366 页。

④ （清）皮锡瑞著，周予同注释：《经学历史》，中华书局 2012 年版，第 142 页。

为准。

皮锡瑞《经学历史》在述《五经定本》的渊源及性质时说："唐初又有《定本》，出颜师古，五经疏尝引之。师古为颜之推后人。之推本南人，晚归北，其作《家训》，引江南、河北本，多以江南为是。师古《定本》从南，盖本《家训》之说；而《家训》有不尽是者。如《诗》'兴云祁祁'，《家训》以为当作'兴雨'，《诗正义》即据《定本》作'兴雨'，以或作'兴云'为误。不知古本作'兴云'，汉《无极山碑》可证。《毛诗》亦当与三家同。古无虚实两读之分，下云'雨我公田'，若上句又作'兴雨'，则文义重复。《家训》据班固《灵台诗》'祁祁甘雨'，不知班氏是合'兴云祁祁，雨我公田'为一句。班氏《汉书·食货志》，引《诗》正作'兴云'，尤可证也。自《正义》《定本》颁之国胄，用以取士，天下奉为圭臬。唐至宋初数百年，士子皆谨守官书，莫敢异议矣。"①

5. 学术地位

唐高宗永徽四年（653），《五经正义》最终刊定，颁行天下，《旧唐书·高宗本纪》云："（永徽四年）三月壬子朔，颁孔颖达《五经正义》于天下，每年明经令依此考试。"② 可以说，《毛诗正义》的颁行标志着《诗经》学大一统的格局在唐代正式形成，马端临《文献通考》卷179《经籍考六》云："颖达据刘炫刘焯疏为本，删其所烦，而增其所简，云：自晋室东迁，学有南北之异，南学简约，得其英华；北学深博，穷其枝叶。至颖达始著《义疏》，混南北之异。虽未必尽得圣人之意，而刑名度数亦已详矣。自兹以后，大而郊社宗庙，细而冠婚丧祭，其仪法莫不本此。元丰以来，废而不行，甚无谓也。"③《四库全书总目》云："其书以刘焯《毛诗义疏》、刘炫《毛诗述义》为稿本，故能融贯群言，包罗古义。终唐之世，人无异词。……后儒不考古书，不知《小序》自《小序》，《传》《笺》自《传》《笺》，哄然佐斗，遂并毛郑而弃之。是非惟不知毛郑为何语，殆并朱子之《传》，亦不辨为何语矣。"④ 皮锡瑞《经

---

① （清）皮锡瑞著，周予同注释：《经学历史》，中华书局2012年版，第146页。

② （后晋）刘昫等：《旧唐书》，中华书局2000年版，第49页。

③ （元）马端临：《文献通考》，中华书局1986年版，第1545页。

④ （清）永瑢等：《四库全书总目》，中华书局2003年版，第120页。

学历史》在评论《毛诗正义》的学术价值时说："学者当古籍沦亡之后，欲存汉学于万一，窥郑君之藩篱，舍是书无征焉。"①

二 《毛诗正义》与《诗经》小学

《毛诗正义》通释经、注，是义疏体《诗经》学作品的杰出代表。其编撰体例明晰，篇内于每一诗章先逐句列出经文、《毛传》、《郑笺》、陆德明《经典释文》之相关文字，然后于章下集中作"正义"。正义部分先串讲大意，次疏《毛传》，后疏《郑笺》。在旧注材料的裁取上，《毛诗正义》偏执于旁征博引，但凡与《诗经》阐释相关的现存文献，均一一罗列，不遗余力。在阐释方向上，《毛诗正义》总体上属于经学阐释，主要依据汉代的经学阐释成果来解读《诗经》文本，并对前代的各家注释进行二次阐释。当《小序》和《诗经》本文在意义上发生冲突时，《毛诗正义》一是以"于经无所当"指出两者之间的差异，多有批驳《小序》之语；二是用"以兴"两字强作牵合，但是这种做法无法遮蔽诗章本义和推衍义之间的不同。

从《诗经》小学层面来看，孔颖达《毛诗正义》的学术特征主要体现在以下五个方面。

1. 调和毛、郑

调和毛、郑之异同，是孔颖达《毛诗正义》最为惯常的做法。如《小雅·四月》云："四月维夏，六月徂暑。"《毛传》："徂，往也。六月，火星中，暑盛而往矣。"《郑笺》："徂，犹始也。四月立夏矣。至六月乃始盛暑，兴人为恶，亦有渐，非一朝一夕。"《毛诗正义》曰："'徂，往'，《释诂》文也。《月令》'季夏六月，昏，大火中'，是六月火星中也。火星中而暑退，暑盛而往矣。是取暑盛为义，喻王恶盛也。由盛故有往，是以往表其盛，无取于往义也。传言暑盛而往矣，其意出于《左传》，昭三年传曰'譬如火焉，火中，寒暑乃退'。……郑以大夫已遭王恶，倒本其渐，王恶无已退之时，不似寒暑之更代，故以始言之。徂训为往，今言'徂，始'者，义出于往也。言往者，因此往彼之辞，往到

---

① （清）皮锡瑞著，周予同注释：《经学历史》，中华书局2012年版，第145页。

即是其始。暑自四月往,至于六月为始也。以毛言'徂,往',涉于过义,故更以义言训之为始。《东山》云'我徂东山',下言'我来自东',则'我徂东山'为到东山,是徂为始义也。《汉书·律历志》云'四月立夏,节小满中',故言四月立夏矣。至六月乃始盛暑也。"① 又如,《大雅·民劳》云:"民亦劳止,汔可小休。"《毛传》:"休,定也。"《郑笺》:"休,止息也。"《毛诗正义》曰:"《释诂》云:'休,息也。定,止也。'息亦定之义,故以休为定。"

在调和毛、郑异同时,《毛诗正义》有明显偏袒《郑笺》的倾向。如《小雅·大东》云:"有捄天毕。"《毛传》:"毕所以掩兔也。"《郑笺》:"祭器有毕者,所以助载鼎实。今天毕则施于行列而已。"《毛诗正义》曰:"《特牲馈食礼》曰:'宗人执毕。'是祭器有毕也。彼注云:'毕状如叉,盖为其似毕星取名焉。主人亲举,宗人则执毕导之。'是所以助载鼎实也。掩兔、祭器之毕,俱象毕星为之。必易传者,孙毓云:'祭器之毕,状如毕,星名,象所出也。毕弋之毕,又取象焉,而因施网于其上,虽可两通,笺义为长。'"

2. 从礼的角度解释《诗经》

《毛传》质朴,以词语训诂见长。郑玄遍注《三礼》及《周易》《古文尚书》《孝经》《论语》等,故多以《三礼》及他经来解释《诗经》。《毛诗正义》偏爱《郑笺》,所以孔颖达也像郑玄一样经常从礼的角度来解释《诗经》。如《邶风·匏有苦叶》云:"匏有苦叶,济有深涉。"《毛传》:"兴也。匏谓之瓠,瓠叶苦不可食也。济,渡也。由膝以上为涉。"《郑笺》:"瓠叶苦而渡处深,谓八月之时,阴阳交会,始可以为昏礼,纳采、问名。"《毛诗正义》曰:"二至寒暑极,二分温凉中,春分则阴往阳来,秋分则阴来阳往,故言'八月之时,阴阳交会'也。以昏礼者令会男女,命其事必顺其时,故《昏礼目录》云:'必以昏时者,取阳往阴来之义。'然则二月阴阳交会,《礼》云'令会男女',则八月亦阴阳交会,可以纳采、问名明矣。以此月则匏叶苦,渡处深,为记八月之时也,故

① 李学勤主编:《十三经注疏·毛诗正义》,北京大学出版社1999年版,第791—792页。下引《毛诗正义》文字皆出自该作,不再一一标注。

下章'雍雍鸣雁，旭日始旦'，陈纳采之礼。此记其时，下言其用，义相接也。纳采者，昏礼之始；亲迎者，昏礼之终，故皆用阴阳交会之月。《昏礼》'纳采用雁'，宾既致命，降，出。'摈者出请。宾执雁，请问名'。则纳采、问名同日行事矣，故此纳采、问名连言之也。其纳吉、纳征无常时月，问名以后，请期以前，皆可也。请期在亲迎之前，亦无常月，当近亲迎乃行，故下笺云：'归妻谓请期。冰未散，正月中以前也。二月可以为昏。'《礼》以二月当成昏，则正月中当请期，故云'迨冰未泮'，则冰之未散，皆可为之。以言及，故云正月中，非谓唯正月可行此礼。女年十五已得受纳采，至二十始亲迎，然则女未二十，纳采之礼，虽仲春亦得行之，不必要八月也。何者？仲春亦阴阳交会之月，尚得亲迎，何为不可纳采乎？此云八月之时，得行纳采，非谓纳采之礼必用八月也。"

又如，《小雅·楚茨》云："先祖是皇，神保是飨。"《毛传》："皇，大。保，安也。"《郑笺》："皇，暀也。先祖以孝子祀礼甚明之故，精气归暀之，其鬼神又安而飨其祭祀。"《毛诗正义》曰："笺易传以皇为暀者，以论祭事宜为归暀。孙毓云：'《孝经》称：'宗庙致敬，鬼神著矣。'《礼》曰：'圣人为能享帝，孝子为能享亲。'故此章云'神保是享'，下章称'神保是格'，皆取之往安来为义。笺说为长。'"

3. 修辞解释

（1）倒文。倒文即倒置，从古至今都是一种积极的修辞手段。如《周南·汝坟》云："既见君子，不我遐弃。"《毛诗正义》曰："不我遐弃，犹云不遐弃我。古人之语多倒，《诗》之此类众矣。"又如，《大雅·江汉》云："匪安匪游，淮夷来求。"《郑笺》："非敢斯须自安也，非敢斯须游止也，主为来求淮夷所处。"《毛诗正义》曰："'淮夷来求'，正是来求淮夷。古人之语多倒，故笺言'来求淮夷所处'，倒其言以晓人也。"《毛诗正义》不仅在疏文中多次揭示《毛诗》中的倒文现象，有时还对倒文修辞的使用原因进行分析。如《鄘风·柏舟》云："母也天只，不谅人只。"《毛诗正义》曰："序云'父母欲夺而嫁之'，故知天谓父也。先母后天者，取其韵句耳。"

（2）互文。何谓"互文"？"互文也叫'互文见义'，或简称'互见'。

其特点就是上下文义互相呼应、补充。"① 如《唐风·葛生》："葛生蒙楚，蔹蔓于野。"《毛诗正义》曰："此二句互文而同兴，葛言生则蔹亦生，蔹言蔓则葛亦蔓，葛言蒙则蔹亦蒙，蔹言于野则葛亦当言于野。言葛生于此，延蔓而蒙于楚木；蔹亦生于此，延蔓而蒙于野中，以兴妇人生于父母，当外成于夫家。"又如，《邶风·旄丘》云："何其处也？必有与也。"《毛传》："言与仁义也。"又："何其久也？必有以也。"《毛传》："必以有功德。"《毛诗正义》曰："言'与'、言'以'者，互文。'以'者，自己于彼之辞。'与'者，从彼于我之称。"又如，《小雅·何人斯》："尔之安行，亦不遑舍。尔之亟行，遑脂尔车。壹者之来，云何其盱？尔还而入，我心易也。还而不入，否难知也。壹者之来，俾我祇也。"《毛诗正义》曰："毛以此'云何其盱'与下'俾我祇也'互文，皆言云何而使我有罪病也。"

（3）连言。连言又叫"连文"，指言说某一事物时，附带提及另一无须出现却与言说对象有一定关联的事物。如《小雅·宾之初筵》云："大侯既抗，弓矢斯张。"《毛诗正义》曰："弓可言张，而并言矢者，矢配弓之物，连言之耳。"又如，《桧风·匪风》云："谁能亨鱼？溉之釜鬵。"《毛诗正义》曰："《释器》云：'甑谓之鬵。鬵，鉹也。'孙炎曰：'关东谓甑为鬵，凉州谓甑为鉹。'郭璞引诗云：'溉之釜鬵。'然则鬵是甑，非釜类。亨鱼用釜不用甑，双举者，以其俱是食器，故连言耳。"再如，《商颂·那》云："猗与那与，置我鞉鼓。"《毛诗正义》曰："是乐之所成，在于鼓也。鞉则鼓之小者，故连言之。"

（4）异文。修辞学上的异文，是出于特定的考虑，在同一篇章表达同一个概念时，分别使用两个或两个以上的近义词。如《鄘风·定之方中》云："定之方中，作于楚宫。揆之以日，作于楚室。"《毛诗正义》曰："别言宫室，异其文耳。"按：《尔雅·释宫》曰："宫谓之室，室谓之宫。"

（5）变文。变文指本来应该使用一个确切词语来表达某一概念，但为了避免在同一诗篇的不同章节简单重复，临时运用另一个语义相关的

---

① 郭锡良等编著：《古代汉语》，商务印书馆1999年版，第884页。

词语来替代该确切词语的修辞方法。如《周南·桃夭》云："之子于归，宜其室家。……之子于归，宜其家室。……之子于归，宜其家人。"《郑笺》："家人，犹室家也。"《毛诗正义》曰："此云'家人'，家犹夫也，人犹妇也，以异章而变文耳，故云'家人犹室家'也。"

（6）省略。省略不仅是语法问题，有时也是一种特殊的修辞方法。如《豳风·七月》云："七月在野，八月在宇，九月在户，十月蟋蟀入我床下。"《毛诗正义》曰："以入我床下，是自外而入。在野、在宇、在户，从远而至于近，故知皆谓蟋蟀也。退蟋蟀之文在十月之下者，以人之床下，非虫所当入，故以虫名附十月之下，所以婉其文也。"又如，《小雅·天保》："禴祠烝尝，于公先王。"《毛诗正义》曰："文王之祭，实及先公，故以为先公也。经于公上不言先者，以'先王'在'公'后，王尚言先，则公为先可知，故省文以宛句也。"

4. 名物阐释

《毛传》训诂简略，且多选择《诗经》中的动词和常用名词为解释对象；《郑笺》以文化阐释和经学阐释为重点，对名物训诂相对重视不足。从汉至唐，时代的变迁亦带来称名的巨大变化。基于种种原因，《毛诗正义》就有必要对《毛诗》中的专有名词作出进一步的解释。如《周颂·丰年》云："丰年多黍多稌，亦有高廪，万亿及秭。"《毛传》："稌，稻也。廪，所以藏盎盛之穗也。"《毛诗正义》曰："'稌，稻'，《释草》文。郭璞曰：'今沛国呼稻为稌，是也。'"又如，《王风·采葛》云："彼采萧兮。"《毛传》："萧所以共祭祀。"《郑笺》："彼采萧者，喻臣以大事使出。"《毛诗正义》曰："《释草》云：'萧，荻。'李巡曰：'荻，一名萧。'陆机云：'今人所谓荻蒿者是也。或云牛尾蒿，似白蒿，白叶茎粗，科生多者数十茎，可作烛，有香气，故祭祀以脂爇之为香。许慎以为艾蒿，非也。'《郊特牲》云：'既奠，然后爇萧合馨香。'《生民》云：'取萧祭脂。'是萧所以供祭祀也。成十三年《左传》曰'国之大事，在祀与戎'，故以祭祀所须者喻大事使出。"

5. 辨析特殊词类

孔颖达《毛诗正义》还常常能够对《诗经》中的助词、代词等特殊词语作出合理的解释。如《周南·汉广》云："不可求思。"《毛传》：

"思，辞也。"《毛诗正义》曰："以泳思、方思之等皆不取思为义，故为辞也。"又如，《小雅·白驹》云："贲然来思"，"勉而遁思。"《毛诗正义》曰："此来思、遁思，二思皆语助，不为义也。"又如，《周南·汉广》云："之子于归，言秣其马。"《郑笺》："之子，是子也。"《毛诗正义》曰："《释训》云：'之子，是子也。'李巡曰：'之子者，论五方之言是子也。然则'之'为语助，人言之子者，犹云是此子也。《桃夭》传云嫁子，彼说嫁事，为嫁者之子，此则贞絜者之子，《东山》之子言其妻，《白华》之子斥幽王，各随其事而名之。"

第四节　文字刊正和开成石经

在《诗经》用字上，异文数量很大，且情况复杂，历代学者在考订《诗经》异文上耗费了大量精力。从学术统一的角度来考量，必须要有一个公认的官方经书定本，方能止息长期的争讼。中国历史上第一个官方《诗经》定本为东汉灵帝时期的熹平石经，《后汉书》卷60《蔡邕列传》云："熹平四年，乃与五官中郎将堂谿典、光禄大夫杨赐、谏议大夫马日磾、议郎张驯、韩说、太史令单飏等，奏求正定《六经》文字。灵帝许之，邕乃自书丹于碑，使工镌刻立于太学门外。于是后儒晚学，咸取正焉。及碑始立，其观视及摹写者，车乘日千余两，填塞街陌。"① 今文三家诗在汉初皆列于学官，然其说诗"咸非其本义。与不得已，鲁最为近之"（《汉书·艺文志》），故熹平石经采用了《鲁诗》文本。熹平石经的刻立确为一代盛事，可惜六朝以后此石经逐渐湮没。

南北朝后期，经典异文再次大量滋生，引起士人强烈不满，《颜氏家训·杂艺篇》云："大同之末，讹替滋生，萧子云改易字体，邵陵王颇行伪字；朝野翕然，以为楷式，画虎不成，多所伤败。至为一字，唯见数点，或妄斟酌，逐便转移。尔后坟籍，略不可看。北朝丧乱之余，书迹鄙陋，加以专辄造字，猥拙甚于江南。乃以'百''念'为'忧'，'言''反'为'变'，'不''用'为'罢'，'追''来'为'归'，'更'

---

① （南朝宋）范晔：《后汉书》，中华书局2000年版，第1345页。

'生'为'苏','先''人'为'老',如此非一,遍满经传。唯有姚元标工于楷隶,留心小学,后生师之者众。"① 唐代一统之后,开始进行大规模的正字运动,国子监设立了书学博士,《唐六典》卷 21《国子监》云:"书学博士二人,从九品下。书学博士掌教文武官八品已下及庶人子之为生者,以《石经》《说文》《字林》为专业,余字书亦兼习之。石经三体书限三年业成,《说文》二年,《字林》一年。其束修之礼,督课、试举,如三馆博士之法。"② 唐代考订《诗经》用字者,主要有颜师古《五经定本》、张参《五经文字》、唐玄度《九经字样》。唐文宗开成二年(837)完成开成石经的刻立,《毛诗》文本渐趋完善。

一 颜师古 《五经定本》

颜师古(581—645),京兆万年(今陕西西安)人,官拜秘书监、弘文馆学士,两《唐书》皆有传。《新唐书·儒学上》云:"颜师古字籀,其先琅邪临沂人。祖之推,自高齐入周,终隋黄门郎,遂居关中,为京兆万年人。父思鲁,以儒学显。武德初,为秦王府记室参军事。师古少博览,精故训学,善属文。仁寿中,李纲荐之,授安养尉。尚书左仆射杨素见其年弱,谓曰:'安养,剧县,子何以治之?'师古曰:'割鸡未用牛刀。'素惊其言大,后果以干治闻。"③ 颜师古《五经定本》成书于贞观四年至七年(630—633)之间,《贞观政要·崇儒学》:"贞观四年,太宗以经籍去圣久远,文字讹谬,诏前中书侍郎颜师古于秘书省考定'五经'。及功毕,复诏尚书左仆射房玄龄集诸儒重加详议。"④ 据《旧唐书》卷 3《太宗本纪下》,贞观七年"十一月丁丑,颁新定《五经》"⑤。《旧唐书》卷 73《颜师古传》云:"太宗以经籍去圣久远,文字讹谬,令师古于秘书省考定《五经》,师古多所厘正,既成,奏之。太宗复遣诸儒重加详议,于时诸儒传习已久,皆共非之。师古辄引晋、

---

① 檀作文译注:《颜氏家训》,中华书局 2011 年版,第 305 页。
② (唐)李林甫等撰,陈仲夫点校:《唐六典》,中华书局 2014 年版,第 562 页。
③ (宋)欧阳修、宋祁:《新唐书》,中华书局 2000 年版,第 4331 页。
④ 骈宇骞译注:《贞观政要》,中华书局 2011 年版,第 481 页。
⑤ (后晋)刘昫等:《旧唐书》,中华书局 2000 年版,第 29 页。

宋已来古今本，随言晓答，援据详明，皆出其意表，诸儒莫不叹服。"①

颜师古《五经定本》由唐太宗颁行天下，故而具有绝对的威权性质，《旧唐书·儒学上》云："太宗又以经籍去圣久远，文字多讹谬，诏前中书侍郎颜师古考定《五经》，颁于天下，命学者习焉。"② 但由于受制于编撰时限，作者未能悉审，仓促改订在所难免，以致孔颖达等人编撰《五经正义》时对《五经定本》就有一定的抵触情绪，臧庸《毛诗注疏校纂序》云："孔冲远撰《正义》时，所据有定本、俗本、集注本。今考俗本，乃世俗通行，未经改窜，为最善，孔氏多所从之。定本为唐贞观间奉敕校定之官本，私改甚多，孔所不从，而每称定本为是，斥俗本为非，盖因奉敕删定，不便议官本之失耳。"③

清代学者段玉裁、阮元也都曾指出过颜师古《五经定本》中存在的问题，阮元《毛诗注疏校勘记》于"所以风天下"之下记曰："考颜师古为太宗定《五经》，谓之定本，非孔颖达等作《正义》之本也。俗本谓当时通行之本，亦非即作《正义》者，兼不专指一本。……定本出于颜师古，见旧新二《唐书·太宗纪》《颜籀传》《封氏闻见记》《贞观政要》等书，段玉裁所考得也。"④《毛诗注疏校勘记》又于《匏有苦叶》"以衣涉水为厉谓由带以上也"之下记曰："云'今定本如此'，是旧本不如此，今无可考。段玉裁云：'定本出于小颜，恐属臆改。'"⑤ 颜师古《五经定本》存在先天性的不足，无力承担起统一《诗经》用字的重任，故阮元《毛诗注疏校勘记序》云："自汉以后，转写滋异，莫能枚数。至唐初，而陆氏《释文》、颜氏定本、孔氏《正义》先后出焉，其所遵用之本不能画一。"⑥

---

① （后晋）刘昫等：《旧唐书》，中华书局 2000 年版，第 1752 页。
② （后晋）刘昫等：《旧唐书》，中华书局 2000 年版，第 3360 页。
③ （清）臧庸：《拜经堂文集》，《续修四库全书》第 1491 册，上海古籍出版社 2002 年版，第 529 页。
④ （清）阮元校刻：《十三经注疏》，中华书局 1980 年版，第 275 页。
⑤ （清）阮元校刻：《十三经注疏》，中华书局 1980 年版，第 306 页。
⑥ 李学勤主编：《十三经注疏·毛诗正义》，北京大学出版社 1999 年版，"校勘记序"第 16 页。

二 张参 《五经文字》

张参，乃唐代大历年间"儒学高名"（《旧唐书·郑细传》），官至国子司业。《五经文字》撰著的起始时间非常清楚，据张参本序云，该书撰著于大历十年（775）六月至大历十一年（776）六月。是书乃承诏之作，非出张参一人之手，《五经文字序例》云："参幸承诏旨，得与二三儒者分经钩考，而共决之。……乃命孝廉生颜传经收集疑文互体，受法师儒，以为定例。"① 书成之后，《五经文字》首书于国子监讲堂之屋壁，刘禹锡《国学新修五经壁本记》云："初，大历中，名儒张参为国子司业，始定《五经》，书于论堂东西厢之壁。"② 开成二年（837）改为石刻，作为开成石经的一部分，附于经文之后。

唐代士子在科举时俗字、正字通用的情况非常普遍，加之所习经书文字又有版本之间的差异，为评判优劣得失，考官有时不得不让考生奉上自己所读的经书版本，《封氏闻见记》卷2《石经》云："初，太宗以经籍多有舛谬，诏颜师古刊定，颁之天下。年代既久，传写不同。开元以来，省司将试举人，皆先纳所习之本；文字差互，辄以习本为定。义或可通，虽与官本不合，上司务于收奖，即放过。"③ 国子司业张参感叹道："人苟趋便，不求当否，字失六书，犹为一事，五经本文荡而无守矣。"（《五经文字序例》）这就是《五经文字》编著的动因。

张参《五经文字》选用《说文解字》为正字标准，辅以《字林》；参酌石经文字，辅以经典文本及其释文。在正字对象上，有1281条明确标注选自《诗经》《尚书》《周易》《三礼》《春秋三传》《论语》《尔雅》等书，余者不具体分辨采自哪一部经典；其中选自《诗经》本文的有254条，选自《诗经》注文的有15条，两者合计269条。④

---

① （唐）张参：《五经文字》，《景印摛藻堂四库全书荟要》第78册，台湾世界书局1990年版，第3页。

② （唐）刘禹锡：《刘禹锡集》，中华书局1990年版，第97页。

③ （唐）封演撰，赵贞信校注：《封氏闻见记校注》，中华书局2005年版，第12页。

④ 刘元春、王平：《"张参"生平及〈五经文字〉流传问题考辨》，《上海交通大学学报》（哲学社会科学版）2018年第3期。

从《诗经》小学研究角度来看，《五经文字》的功用主要为规范文字书写形态和辨识用字规律。

1. 正形体

《五经文字》在正字方面的主要内容是辨别《说文解字》与经典用字之间的差别。如《五经文字》木部曰："本夲，上《说文》，从木，一在其下。今经典相承隶省。"又曰："築築，上《说文》，下石经。"又曰："栁柳，上《说文》，下经典相承隶省。"《五经文字》手部曰："捜搜，色留反。上《说文》，下经典相承隶省，见《诗·颂》。"又曰："搖摇，上《说文》，从肉从缶，下经典相承隶省。"又曰："擾擾，如沼反。上《说文》，下经典相承隶省。"《五经文字》止部曰："歲歲，上《说文》，下经典相承隶省。"《五经文字》宀部曰："宿宿，上《说文》，下经典相承隶省。"又曰："宜宜，上《说文》，下石经。"

经典所用隶省字传承已久，大多得到官方认可。《说文解字》因"体包古今，先得六书之要"（《五经文字序例》），所以成为张参等人校正五经文字的基本依据。但是，《说文解字》亦有不足之处，《五经文字序例》云："其或古体难明，众情惊懵者，则以石经之余比例为助。石经湮没，所存者寡，通以经典及《释文》相承隶省引而伸之。"如"晋"字，《说文解字》日部云："晉，进也。日出万物进。从日，从臸。"徐铉注："臸，到也。会意。"① 《五经文字》日部曰："晉晉，上《说文》，下石经。"《说文解字》"晉"字难识，则以石经"晋"字代之。《说文解字》卤部云："桌，木也。从木，其实下垂，故从卤。"《五经文字》覀部曰："桌栗，上《说文》，见《周礼》，下经典相承隶省。凡字从栗者放此。"无石经字可参，则以经典相承的"栗"字为准。

《五经文字》虽说以《说文解字》为正字依据，但是并没有明显的保守复古倾向，从其注解中可以看出作者倒是具有一定的文字发展观念。如《五经文字》走部曰："走，《说文》从夭从止，今依经典相承作'走'"。又如，《五经文字》犬部曰："犬，今依石经，凡在左者皆作犭。犭音犬。"在小篆中，不管构件"犬"位于合体字的哪个部位，其形体几乎没

① （汉）许慎撰，（宋）徐铉校定：《说文解字》，中华书局2013年版，第134页。

有差别，而发展到隶书阶段，构件"犬"位于合体字的左边则形变为"犭"，如"犹""狩""狡""犯"等字；"犬"位于合体字的其他部位仍然作"犬"，如"猷""献""然""器""戾""默"等。

2. 明用字

在经典的用字上，最为突出的问题是假借。假借属于同字异用现象，李运富先生说："汉字职能的实现有本用、兼用、借用三种情况。本用为本字记本词，兼用为源本字记派生词，借用为借字记他词。"① 如《五经文字》木部曰："柚，柚橘也。又杼柚字，见《诗》。"又曰："椹，竹壬反。射质也，见《周礼》。《诗》或体以为桑葚字。"又曰："杠，古窗反。床前横木。今经典用为旌旗杠。"又如，《五经文字》手部曰："措，千故反。置也。经典多借错字为之。"《五经文字》鸟部曰："鸩，春秋传以为酖。此字见酉部。""鸩"本为毒鸟，借用为"酖"，义为用鸩羽所沥的毒酒。又如，《五经文字》隹部曰："雕，丁幺反。鸟名，与鵰同。经典或借用为雕饰字。""雕"本为鸟名，假借为"雕饰"之义。又如，《五经文字》水部曰："沮，七馀反。《诗·风》以为沮洳之沮，即虑反；《小雅》以为遄沮之沮，在吕反。""沮"本为水名，《说文解字》水部："沮，水。出汉中房陵，东入江。从水，且声。"《魏风·汾沮洳》："彼汾沮洳，言采其莫。"《毛传》："沮洳，其渐洳者。"《小雅·巧言》："君子如怒，乱庶遄沮。"《毛传》："遄，疾。沮，止也。"《郑笺》："君子见谗人如怒责之，则此乱庶几可疾止也。"

三　唐玄度　《新加九经字样》

唐玄度，字彦升，唐文宗时为翰林待诏，《钦定四库全书·〈九经字样〉提要》云："《九经字样》一卷，唐开成中翰林待诏唐玄度撰。"据《唐会要》卷66《国子监》，唐文宗大和七年（833），"其年十二月，敕于国子监讲堂两廊，创立石壁九经，并《孝经》《论语》《尔雅》，共一百五十九卷，字样四十卷。"② 文宗开成二年（837），"八月，国子监奏，

---

① 李运富：《论汉字的记录职能》（上），《徐州师范大学学报》2003 年第 1 期。
② （宋）王溥：《唐会要》，中华书局 1955 年版，第 1162 页。

得覆定石经字体官翰林待诏唐元度状。伏准太和七年二月五日敕，覆九经字体者。今所详覆，多依司业张参《五经字》为准。其旧字样，岁月将久，画点参差。传写相承，渐致乖误。今并依字书与较勘，同商较是非，取其适中，纂录为《新加九经字样》一卷。请附于《五经样》之末，用证缪误。敕旨，依奏。"① 故知《新加九经字样》始成于唐文宗大和七年（833），开成二年（837）得以刻立于石经之后。

《新加九经字样》是为补备张参《五经文字》而编著，规模较小，仅收字 421 个，《新加九经字样序》云："大历中，司业张参掇众字之谬，著为定体，号曰《五经文字专典》。学者实有赖焉。臣今参详，颇有条贯。传写岁久，或失旧规。今删补冗漏，一以正之。又于《五经文字》本部之中，采其疑误旧未载者，撰成《新加九经字样》一卷，凡七十六部四百十一文。"②《新加九经字样》虽非巨著，却意义非凡，是作于文字隶变和讹俗现象考察颇详，创获甚夥，在文字规范方面相较于张参《五经文字》也更具发展的眼光，李建国在《汉语规范史略》中说："玄度注意了篆楷字体之间的差异，既不完全采用《说文》，也不完全采用俗体，而是从切实可行的原则出发，在楷书中排除不规则的俗体，而取合于六书或有字理可说的隶变字。这种折衷于古今，尊重六书理论而又不违背文字发展规律的原则，使楷体正字地位进一步巩固。"③

出于文字规范建设的考虑，唐人颜元孙以文字的适用性为标准把文字分为"俗""通""正"三种，其《干禄字书》之序云："所谓俗者，例皆浅近，唯藉帐、文案、券契、药方，非涉雅言，用亦无爽，倘能改革，善不可加。所谓通者，相承久远，可以施表、奏、笺、尺牍、判状，固免诋诃。所谓正者，并有凭据，可以施著述、文章、对策、碑碣，将为允当。"④ 唐玄度的正字观念在此基础上有所发展。概而言之，被纳入《新加九经字样》正字系统的主要有《说文解字》正字、经典传承字、隶

---

① （宋）王溥：《唐会要》，中华书局 1955 年版，第 1162 页。

② （唐）唐玄度：《新加九经字样》，中华书局 1985 年版，第 11—13 页。

③ 李建国：《汉语规范史略》，语文出版社 2000 年版，第 122 页。

④ （唐）颜元孙：《干禄字书》，载王云五主编《干禄字书及其他一种》，商务印书馆 1936 年版，第 3—4 页。

变字、隶省字、俗字、古字、讹变字等数种。

(1) 以《说文解字》所收字为正字

把见于《说文解字》的经典承用字列为唯一字头。如《新加九经字样》杂辨部："鼎,音顶。《说文》云:'和五味之宝器也。'上从贞省声,下象析木以炊。又《易》鼎卦巽下离上,巽为木离为火。篆文'鼎'如此,析之两向,左为屮,屮音墙;右为片。今俗作'鼎',云'象耳、足形',误也。"又如,《新加九经字样》亻部:"僮,音同。未冠也。从人从童,男有罪曰童。古作僮子,今经典相承以为僮仆字。"

(2) 以经典相承的通用字为正字

把经典异文列为字头,却以经典相承的通用字为正字。如《新加九经字样》火部:"焜,音毁。火也。《诗》曰:'王室如焜。'今经典相承作燬。"又如,《新加九经字样》宀部:"癠夢,上癠寐,见《周礼》。下不明也,今经典相承通用之。"

(3) 以隶变字为正字

把隶变字与《说文解字》正字对举,却以隶变字为正字。如《新加九经字样》杂辨部:"覃覃,音潭。上《说文》,下隶变。《诗·葛覃》字经典或作蕈。"又如,《新加九经字样》艹部:"莫莫,日冥也。从日在茻中。茻音莽,茻亦声也。上《说文》,下经典相承隶变。"

(4) 以隶省字为正字

把隶省字与《说文解字》正字对举,却以隶省字为正字。如《新加九经字样》糸部:"缩绚,偓去。上《说文》,从筍声,下经典相承隶省。"又如,《新加九经字样》日部:"曡星,万物之精。上为列星。上《说文》,下隶省。"又如,《新加九经字样》冫部:"冬,四时尽也。从冫从夗,夗是古终字。今隶省作冬。"

(5) 以俗字为正字

把俗字与正字对举,并说明此类俗字已经取得通用字的地位。如《新加九经字样》广部:"廱雍,上正下俗。今经典相承'辟廱'用上字,雍州名用下字。《尔雅》作雝。"又如,《新加九经字样》亻部:"躬躬,身也,《说文》云。下俗'躬',今经典通用之。"

（6）以古字为正字

《新加九经字样》言部:"谯诮,樵去。二同,今经典相承用下。"按:《说文解字》言部曰:"诮,古文谯从肖。《周书》曰:'亦未敢诮公。'"

（7）采纳讹变字

某些讹变字通用既久,有时唐玄度不得不承认此类讹变字的官方地位。如《新加九经字样》宀部:"'賓',音滨。从贝从宀,宀音面。经典相承作'賓'已久,不可改正。于字义不同。"按:"賓"为"賓"之讹形,唐玄度谓其承传时间既久而不可改正,实际上是承认了这一讹体字的官方地位。又如,《新加九经字样》竹部:"笑笑,喜也。上案《字统》注云从竹从夭,竹为乐器,君子乐然后笑。下经典相承,字义本非从犬。"按:宋人毛居正《六经正误》卷3云:"'顾我则笑'作'笑'误。"① 又如,《新加九经字样》亻部:"他,《说文》作'佗',音拖。今经典相承作'佗',音驼;作他,音扡。"按:《说文解字》人部曰:"佗,负何也。从人,它声。"

但是,唐玄度采纳讹变字时十分谨慎,对于大多数的讹变字或新造字,他是秉持排斥态度的。如《新加九经字样》艹部:"'蓋',案《字统》公艾翻,苦也、覆也。《说文》公害翻,从艹从盍,取'盍盖'之义。张参《五经文字》又公害翻,并见艹部,艹音草。玄宗皇帝御注《孝经石台》亦作'蓋',今或相承作'盖'者,乃从行书艹,与'荅''若''著'等字并皆讹俗,不可施于经典。今依《孝经》作'蓋'。"又如,《新加九经字样》攴部:"'教',音窖。上所施下所效也。从攴从孝,孝是古文'教'字,从攵作'教'者讹。"又如,《新加九经字样》阝部:"郎邪,野平,又音斜。郎邪,郡名。郎,良也。邪,道也。以地居邹鲁,人有善道,故为郡名。今经典相承郎字玉傍作良、邪字或作耶者讹。"

四 开成石经与《诗经》文字

唐开成石经的前身是大历十一年（776）书于国子监讲论堂东西厢壁

---

① （宋）毛居正:《六经正误》,《景印文渊阁四库全书》第183册,台湾商务印书馆1986年版,第479页。

上的五经壁本，张参《五经文字序例》曰："书于屋壁，虽未如蔡学之精密、石经之坚久，慕古之士，且知所归。"① 唐宪宗元和十三年至十四年（818—819），由于太学荒毁日久，时任尚书左仆射兼国子祭酒的郑馀庆奏请重修壁经，《册府元龟·学校部·奏议三》："郑馀庆为太子少师，判国子祭酒事。元和十三年十一月，馀庆以太学荒坠日久，生徒不振，遂奏请率文官俸禄，修广两京国子监，时论美之。十四年十二月，馀庆又奏请京见任文官一品以下，九品以上，及外使兼京正员官者，每月所请料钱，请率计每贯抽一十文，以充国子监修造先师庙及诸室宇，缮壁经。"② 唐文宗大和年间（827—835），五经壁本还曾由土壁改易为木版，此事由国子祭酒齐暤、太常博士韦公肃主持，时任礼部郎中、集贤直学士的刘禹锡为此撰写了《国学新修五经壁本记》，其文云：

> 初，大历中，名儒张参为国子司业，始定《五经》，书于论堂东西厢之壁。辩齐、鲁之音，取其宜；考古今之文，取其正。繇是诸生之师心曲学、偏听臆说，咸束之而归于大同。揭揭高悬，积六十岁。崩剥污蔑，浼然不鲜。今天子尚文章，尊典籍。于苑囿不加尺椽，而成均以治。国学上言，遽赐千万。时祭酒暤实尸之，博士公肃实佐之。国庠重严，过者必式。遂以羡赢，再新壁书。惩前土涂不克以寿，乃析坚木负墉而比之。其制如版牍而高广，其平如粉泽而洁滑。背施阴关，使众如一。附离之际，无迹而寻。堂皇靓深，两庑相照。申命国子能通法书者，分章挨日，逊其业而缮写焉。笔削既成，雠校既精。白黑彬斑，了然飞动。以蒙来求，焕若星辰；以敬来趋，肃如神明；以疑来质，决若蓍蔡。由京师而风天下，覃及九译，咸知宗师，非止服逢掖者钻仰而已。……时余为礼部郎……③

---

① （唐）张参：《五经文字》，《景印摛藻堂四库全书荟要》第78册，台湾世界书局1990年版，第3页。

② （宋）王钦若等编，周勋初等校订：《册府元龟》第7册，凤凰出版社2006年版，第6968页。

③ （唐）刘禹锡：《刘禹锡集》，中华书局1990年版，第97页。

据考证，刘禹锡任礼部郎中的时间"只能是在太和二年至四年之间"①，故五经壁本改用木版的时间约为828年至830年。

木版的五经壁本存世时间不长，据《旧唐书》卷173《郑覃传》，时任工部侍郎兼翰林侍讲学士的郑覃于大和四年（830）上奏唐文宗："经籍讹谬，博士相沿，难为改正。请召宿儒奥学，校定六籍，准后汉故事，勒石于太学，永代作则，以正其阙。"② 据《唐会要》卷66《国子监》，大和七年（833），"其年十二月，敕于国子监讲论堂两廊，创立石壁九经"③。在国子监讲论堂两廊刻立石壁九经之际："覃奏起居郎周墀、水部员外郎崔球、监察御史张次宗、礼部员外郎温业等校定《九经》文字，旋令上石。"（《旧唐书·郑覃传》）《新唐书》卷165《郑覃传》亦云："始，覃以经籍刓缪，博士陋浅不能正，建言：'愿与巨学鸿生共力雠刊，准汉旧事，镂石太学，示万世法。'诏可。覃乃表周墀、崔球、张次宗、孔温业等是正其文，刻于石。"④ 唐文宗开成二年（837）石经刊刻完毕，末署"开成二年丁巳岁月次于玄日维丁亥"。

唐开成石经的刻立意义非凡，"是对儒家文献以及中国汉字的极为严格而成功的一次标准化"⑤。五代时在冯道的倡议和主持下，主要由国子监牵头负责，从后唐至后周，耗时二十余年，终于把开成石经上的文字雕版印刷成儒家九经范本，后人称之为"旧监本"。此举于中华学术亦是影响深远，元代农学家王祯《农书》卷22记载道："五代唐明宗长兴二年，宰相冯道、李愚请令判国子监田敏校正九经，刻板印卖，朝廷从之。锓梓之法，其本于此。因是天下书籍遂广。"⑥ 黄永年《古籍版本学》说："用雕版印经以代替石经确是深有益于文教的划时代大事情。"⑦

---

① 路远：《唐国学〈五经壁本〉考——从〈五经壁本〉到〈开成石经〉》，《文博》1997年第2期。

② （后晋）刘昫等：《旧唐书》，中华书局2000年版，第3056页。

③ （宋）王溥：《唐会要》，中华书局1955年版，第1162页。

④ （宋）欧阳修、宋祁：《新唐书》，中华书局2000年版，第3937页。

⑤ 强跃、陈根远：《唐代〈开成石经〉的刊刻与价值》，《文博》2015年第5期。

⑥ （元）王祯：《农书》，《景印文渊阁四库全书》第730册，台湾商务印书馆1986年版，第605页。

⑦ 黄永年：《古籍版本学》，江苏教育出版社2005年版，第55页。

　　鉴于唐代正字观念的固有特征，虽然开成石经的刻立发生在唐代文字规范化运动之后，但是在经典文本中还是保留了个别的传承俗字。如"笑"字，《诗经》中凡 12 见，《邶风·终风》"顾我则笑""谑浪笑敖"、《卫风·硕人》"巧笑倩兮"、《卫风·氓》"载笑载言""咥其笑矣""言笑晏晏"、《卫风·竹竿》"巧笑之瑳"、《小雅·蓼萧》"燕笑语兮"、《小雅·斯干》"爰笑爰语"、《小雅·楚茨》"笑语卒获"、《大雅·板》"勿以为笑"、《鲁颂·泮水》"载色载笑"，开成石经全部刻写为"笑"。又如"旨"字，《诗经》中凡 20 见，《邶风·谷风》"我有旨蓄"、《陈风·防有鹊巢》"邛有旨苕""邛有旨鹝"、《小雅·鹿鸣》"我有旨酒"（2次）、《小雅·鱼丽》"君子有酒，旨且多""君子有酒，多且旨""君子有酒，旨且有""物其旨矣"、《小雅·正月》"彼有旨酒"、《小雅·甫田》"尝其旨否"、《小雅·桑扈》"旨酒思柔"、《小雅·頍弁》"尔酒既旨"（3次）、《小雅·车舝》"虽无旨酒"、《小雅·宾之初筵》"酒既和旨"、《大雅·凫鹥》"旨酒欣欣"、《周颂·丝衣》"旨酒思柔"、《鲁颂·泮水》"既饮旨酒"，开成石经全部刻写为"旨"。颜元孙《干禄字书》上声曰："旨旨旨，上中通下正。"① 唐玄度《新加九经字样》匕部曰："旨旨，美也。从甘匕声。上《说文》，下隶省，'脂''指'等字从之。"②

<hr />

① （唐）颜元孙：《干禄字书》，载王云五主编《干禄字书及其他一种》，商务印书馆 1936 年版，第 16 页。

② （唐）唐玄度：《新加九经字样》，中华书局 1985 年版，第 38 页。

第四章 《诗经》小学的转折：宋元明时期

宋学充满革故鼎新精神，在《诗经》解释方面，这种新风可远溯至中唐时期的疑古现象。著名文学家韩愈力倡古文运动，却对子夏序诗之说提出了质疑，北宋学者晁说之《景迂生集》卷11《诗之序论二》云："韩愈之议曰：'子夏不序《诗》之道有三焉：不智，一也；暴中冓之私，《春秋》所不明不道，二也；诸侯犹世，不敢以云，三也。"① 明人杨慎《升庵集》卷42云："余见古本《韩文》，有《议诗序》一篇，其言曰：'子夏不序《诗》有三焉：知不及，一也；暴扬中冓之私，《春秋》所不道，二也；诸侯犹世，不敢以云，三也。汉之学者欲显其《传》，因籍之子夏。'"② 唐人成伯玙对《诗序》内容进行了区分，认为《小序》除首句外皆为毛公所作，其《毛诗指说·解说第二》云："故昭明太子亦云《大序》是子夏全制，编入《文选》。其余众篇之《小序》，子夏唯裁初句耳，至'也'字而止。《葛覃》'后妃之本也'，《鸿雁》'美宣王也'，如此之类是也。其下皆是大毛自以诗中之意而系其辞也。后人见序下有注，又云东海卫宏所作。事虽两存，未为允当。当是郑玄于毛公《传》下即得称《笺》，于毛公序末略而为注耳。"③ 唐代大历年间，施士丐开始

---

① （宋）晁说之：《景迂生集》，《景印文渊阁四库全书》第1118册，台湾商务印书馆1986年版，第222页。

② （明）杨慎：《升庵集》，《景印文渊阁四库全书》第1270册，台湾商务印书馆1986年版，第296页。

③ （唐）成伯玙：《毛诗指说》，《景印文渊阁四库全书》第70册，台湾商务印书馆1986年版，第174页。

从小学角度质疑《毛传》，他在《施氏诗说》中解释《召南·甘棠》"勿翦勿拜"曰："'勿剪勿拜'，拜，言人心之拜小低屈也。上言'勿剪'，终言'勿拜'，明召伯渐远，人思不忘也。毛注'拜，犹伐'，非也。"①

第一节　革故精神下的《诗经》小学

有宋一代乃中华学术极为发达的一个时期，陈寅恪《邓广铭宋史职官志考证序》说："华夏民族之文化，历数千载之演进，造极于赵宋之世。"② 柳诒徵《中国文化史》说："有宋一代，武功不竞，而学术特昌。上承汉、唐，下启明、清，绍述创造，靡所不备。"③ 在文化方针上，宋太祖提出宰相须用读书人，并说："帝王之子，当务读经书，知治乱之大体。"④ 宋太宗重视文化事业，有增无减，组织编撰了《太平御览》《太平广记》《文苑英华》，并印行了《说文解字》《五经正义》等重要典籍。宋真宗继续采取兴文抑武的基本国策，领导编成《册府元龟》。宋仁宗庆历之际，由范仲淹积极倡导的"庆历新政"，对宋人的学术创新活动起到了推波助澜的作用。范仲淹在《上执政书》中提出"慎选举"的措施，"先策论以观其大要，次诗赋以观其全才。以大要定其去留，以全才升其等级。有讲贯者，别加考试。"⑤ 庆历三年（1043）范仲淹升任参知政事，上奏《答手诏条陈十事》，云："其取士之科，即依贾昌朝等起请，进士先策论后诗赋，诸科墨义之外，更通经旨。使人不专辞藻，必明理道……其考校进士，以策论高、词赋次者为优等，策论平、词赋优者为次；诸科经旨通者为优等，墨义通者为次等。"⑥ 庆历新政促进了宋人创新务实精神的成长，"反映到学术思想上，则重视自我创造、自我表现，对社会现象、自然现象，及至传统思想文化，都力图作出自己的解

---

① （清）马国翰：《玉函山房辑佚书》，上海古籍出版社 1990 年版，第 663 页。
② 陈寅恪：《金明馆丛稿二编》，生活·读书·新知三联书店 2001 年版，第 277 页。
③ 柳诒徵：《中国文化史》，上海三联书店 2007 年版，第 508 页。
④ （宋）司马光著，邓广铭、张希清点校：《涑水记闻》，中华书局 1989 年版，第 20 页。
⑤ （宋）范仲淹：《宋本范文正公文集》第 2 册，国家图书馆出版社 2017 年版，第 147 页。
⑥ （宋）李焘：《续资治通鉴长编》第 11 册，中华书局 1985 年版，第 3435—3437 页。

释,表现出一定的个人创造力。"① 此后,宋代学术的活跃性被激发至前所未有的高度,南宋王应麟《困学纪闻》卷 8《经说》云:"陆务观曰:'唐及国初,学者不敢议孔安国、郑康成,况圣人乎! 自庆历后,诸儒发明经旨,非前人所及,然排《系辞》,毁《周礼》,疑《孟子》,讥《书》之《胤征》《顾命》,黜《诗》之《序》。不难于议经,况传注乎!'斯言可以箴谈经者之膏肓。"②

一 欧阳修 《诗本义》

欧阳修(1007—1072),字永叔,庐陵人,宋仁宗天圣八年(1030)进士。"庆历新政"时,他是范仲淹政治集团中的青年才俊。庆历二年(1042),欧阳修奏《准诏言事上书》,指出朝政上的"五忧"——"无兵也,无将也,无财用也,无御戎之策也,无可任之臣也"和"三弊"——"一曰不慎号令,二曰不明赏罚,三曰不责功实",并提出五大对策——兵备上,"敕励诸将,精加训练";选任将领上,"有贤豪之士,不须限以下位;有智略之人,不必试以弓马;有山林之杰,不可薄其贫贱";财用之术上,"减冗卒之虚费";御戎策略上,"有可攻之势,此不可失之时";选任官吏上,黜责贪浊,"进贤而退不肖"。③ 其政治才华初露峥嵘。在文学上,欧阳修倡导诗文革新运动,取得了很大成功。宋仁宗嘉祐二年(1057),欧阳修知贡举,"是榜得苏子瞻(轼)为第二人,子由(辙)与曾子固(巩)皆在选中"。④ 嘉祐五年(1060),欧阳修拜枢密副使,"六年,参知政事"(《宋史》卷 319《欧阳修传》)。

欧阳修撰《诗本义》十六卷。前十二卷为正文部分,基本体例是先论《毛传》《郑笺》之得失(曰"论"),次陈自己对诗篇的整体理解(曰"本义")。卷 13 之第一部分为《一义解》,此部分不再涉及诗作的篇旨,而只讨论诗中一章、一句或者一字的含义。卷 13 之第二部分为

① 刘昭瑞:《"庆历之际"——中国传统思想文化发展的又一高峰期》,《人文杂志》1991年第 3 期。

② (宋)王应麟:《困学纪闻》,上海古籍出版社 2015 年版,第 291 页。

③ (宋)欧阳修撰,李逸安点校:《欧阳修全集》,中华书局 2001 年版,第 645—652 页。

④ (宋)叶梦得撰,逯铭昕校注:《石林诗话校注》,人民文学出版社 2011 年版,第 156 页。

《取舍义》，其表现形式更为精悍，仅就毛、郑训解《绿衣》等12篇诗作的个别不同观点略作分析，遂得出"当从毛"或"当从郑"的结论。卷14、卷15为专论。末附《〈郑氏诗谱〉补亡》，不具卷数次第。

1.《诗本义》创作宗旨

有唐一代，《毛诗正义》在《诗经》解释上一统天下。宋初，文士们尚多因循唐人旧说，皮锡瑞《经学历史·经学变古时代》说："经学自唐以至宋初，已陵夷衰微矣。然笃守古义，无取新奇；各承师传，不凭胸臆；犹汉、唐注疏之遗也。"① 孔颖达《毛诗正义》汇辑、累积前代《诗经》研究成果，看似完备无缺，实则积案成山，真假莫辨，欧阳修《诗本义》卷6释《出车》一诗时感叹道："学者常至于迂远，遂失其本义。"② 顾名思义，《诗本义》的宗旨在于探求诗的本义。何谓诗的本义？《左传》中出现的类似于《诗序》的文字，就比较接近欧阳修所说的"诗本义"，《孔子诗论》中有更多的相关论述；孟子"以意逆志"中的"志"，也接近于所谓的"诗本义"；传至汉代，则固化为《诗序》。《诗序》是汉代《诗经》学的基础，但其中问题很多，一直无法得到合理的解释。欧阳修对《诗序》的认识是辩证的，《诗本义》卷14《序问》云："今考《毛诗》诸序，与孟子说《诗》多合，故吾于《诗》常以序为证也。至其时有小失，随而正之。惟《周南》《召南》失者类多，吾固已论之矣，学者可以察焉。"往明白里讲，"诗本义"可以说成诗人之意，魏源《诗古微·齐鲁韩毛异同论》云："夫《诗》有作《诗》者之心，而又有采《诗》、编《诗》者之心焉；有说《诗》者之义，而又有赋《诗》、引《诗》者之义焉。作《诗》者自道其情，情达而止，不计闻者之如何也；即事而咏，不求致此者之何自也；讽上而作，但蕲上寤，不为他人劝惩也。"③ 但是欧阳修对此问题的认识并非那么简单，诗人之意、圣人之旨、政治蕴含，全都在他的思考范围之内，《诗本义》卷14《本末论》云：

---

① （清）皮锡瑞著，周予同注释：《经学历史》，中华书局2012年版，第156页。
② （宋）欧阳修：《诗本义》，《景印文渊阁四库全书》第70册，台湾商务印书馆1986年版，第222页。
③ （清）魏源：《魏源全集》第1册，岳麓书社2004年版，第129页。

幸者诗之本义在尔。诗之作也,触事感物,文之以言,美者善之,恶者刺之,以发其揄扬怨愤于口,道其哀乐喜怒于心,此诗人之意也。古者国有采诗之官,得而录之,以属太师播之于乐,于是考其义类,而别之以为《风》《雅》《颂》,而比次之,以藏于有司,而用之宗庙朝廷,下至乡人聚会,此太师之职也。世久而失其传,乱其《雅》《颂》,亡其次序,又采者积多而无所择。孔子生于周末,方修礼乐之坏,于是正其《雅》《颂》,删其繁重,列于六经,著其善恶,以为劝戒,此圣人之志也。周道既衰,学校废而异端起。及汉承秦焚书之后,诸儒讲说者整齐残缺以为之义训,耻于不知而人人各自为说,至或迁就其事以曲成其己学,其于圣人有得有失,此经师之业也。惟是诗人之意也,太师之职也,圣人之志也,经师之业也,今之学诗也不出于此四者,而罕有得焉者,何哉?劳其心而不知其要,逐其末而忘其本也。何谓本末?作此诗、述此事,善则美、恶则刺,所谓诗人之意者本也;正其名、别其类,或系于此或系于彼,所谓太师之职者末也;察其美刺、知其善恶,以为劝戒,所谓圣人之志者本也。求诗人之意、达圣人之志者,经师之本也,讲太师之职,因其失传而妄自为之说者,经师之末也。……今夫学诗者求诗人之意而已,太师之职有所不知何害乎学诗也?若圣人之劝戒者,诗人之美刺是已,知诗人之意,则得圣人之志矣。

欧阳修所说的"本义",包含诗人之意和"圣人之志",统一于"美刺"。先辈经师们在《诗经》阐释方面所作出的努力,欧阳修也给予了充分的尊重,他既云"求诗人之意、达圣人之志者,经师之本也",又曰:"若使徒抱焚余残脱之经,伥伥于去圣人千百年后,不见先儒中间之说,而欲特立一家之学者,果有能哉?吾未之信也。先儒之论,苟非详其终始而牴牾、质诸圣人而悖理,害经之甚,有不得已而后改易者,何以徒为异论以相訾也!"(《诗本义·诗谱补亡后序》)《四库全书总目》对欧阳修的《诗经》学精神给予了较为公允的评价:"是修作是书,本出于和气平心,以意逆志。故其立论未尝轻议二家,而亦不曲徇二家。其所训释,往往得诗人之本志。后之学者,或务立新奇,自矜神解,至于王柏之流，乃并疑及圣经，使《周南》《召南》俱遭删窜，则变本加厉之过，固不得以滥觞之始归咎于修矣。"①

2.《诗本义》解释《诗经》的出发点

（1）政治考量

终汉之世，太后干政现象颇为常见，所以汉儒解释《诗经》屡称"后妃之德"。到了宋代，政治家们对后宫干政之于社会制度的破坏看得很清楚，所以《诗经》解释者大大缩小了"后妃之德"的合理范围。如《周南·卷耳》序文云："《卷耳》，后妃之志也。又当辅佐君子，求贤审官，知臣下之勤劳。内有进贤之志，而无险诐私谒之心，朝夕思念，至于忧勤也。"《毛传》："思君子官贤人，置周之列位。"《郑笺》："器之易盈而不盈者，志在辅佐君子，忧思深也"；"臣出使，功成而反，君且当设飨燕之礼，与之饮酒以劳之，我则以是不复长忧思也。言且者，君赏功臣，或多于此。"欧阳修《诗本义》卷1释《卷耳》一诗时论曰："卷耳之义失之久矣。云'卷耳易得，顷筐易盈而不盈者，以其心之忧思在于求贤而不在于采卷耳'，此荀卿子之说也。妇人无外事，求贤审官非后妃之职也。臣下出使，归而宴劳之，此庸君之所能也。国君不能官人于列位，使后妃越职而深忧，至劳心而废事；又不知臣下之勤劳，阙宴劳之常礼，重贻后妃之忧伤如此，则文王之志荒矣！"

树立君主威权、营造良好的君臣关系，是封建社会得以正常运转的基础。相反，目无君长、擅自专权、政出侯门，是欧阳修坚决不能接受的。如《郑风·萚兮》序文云："《萚兮》，刺忽也。君弱臣强，不倡而和也。"《毛传》："人臣待君倡而后和。叔、伯言群臣长幼也。君倡臣和也。"《郑笺》："风喻号令也，喻君有政教，臣乃行之。言此者，刺今不然。叔伯，群臣相谓也。群臣无其君而行，自以强弱相服。女倡矣，我则将和之。言此者，刺其自专也。"欧阳修《诗本义》卷13《一义解》云："其诗曰：'萚兮萚兮，风其吹女。'郑谓'风喻号令，喻君有政教，臣乃行之'，近得之矣。又曰：'叔兮伯兮，倡予和女。'毛谓'君倡臣和'，是矣；郑谓'群臣无其君，自以强弱相服，女倡矣我则和之'者，

---

① （清）永瑢等：《四库全书总目》，中华书局2003年版，第121页。

非也。诗人本谓莩须风吹则动，臣须君倡则和尔，如郑之说，与上文意不相属，非诗人之本义。国君以'伯''叔'称其臣者，盖大臣也。"

欧阳修非常重视人才的培养和选用，他在《送张唐民归青州序》中说："人事修，则天下之人皆可使为善士；废则虽天所赋予，其贤亦困于时。"① 又于《答胡秀才启》中说："窃以考行选贤，故人皆修德而自厚；论才较艺，则下或炫己而忘廉。试诱养之道殊，致进趋之势异。"② 《小雅·菁菁者莪》之序云："《菁菁者莪》，乐育材也。君子能长育人材，则天下喜乐之矣。"《郑笺》："乐育材者，歌乐人君教学国人秀士，选士俊士，造士进士，养之以渐，至于官之。……既见君子者，官爵之而得见也。见则心既喜乐，又以礼仪见接。"欧阳修《诗本义》卷13《一义解》辩说云："育材之道博矣。人之材性不一，故善育材者各因其性而养成之，或教于学，或命以官、劝以爵禄、励以名节，使人人各极其所能。然则君子所以长育之道，亦非一也。而郑氏引礼家之说曰'人君教学国人秀士，选士俊士，造士进士，养之以渐，至于官之'者，拘儒之狭论也。又曰'既教学之，又不征役'者，衍说也。'既见君子，乐且有仪'，谓此君子乐易而有威仪尔。乐易所以容众，有仪所以为人法也。而郑谓有官爵然后得见君子，见则心喜乐；又以礼仪见接者，亦衍说也。郑氏解《诗》，常患以衍说害义。如其所说，则未仕之人，不见君子，而不得教育矣。"

（2）文学考量

欧阳修是有宋一代著名文学家，故而他解释《诗经》时特别重视文学的审美属性。如《郑风·野有蔓草》之序云："思遇时也。君之泽不下流，民穷于兵革，男女失时，思不期而会焉。"《郑笺》："'不期而会'，谓不相与期而自俱会。……蔓草而有露，谓仲春之时，草始生，霜为露也。《周礼》：'仲春之月，令会男女之无夫家者。'"欧阳修《诗本义》卷13《一义解》云："《野有蔓草》，民穷于兵革，男女失时，思不期而

---

① （宋）欧阳修著，洪本健校笺：《欧阳修诗文集校笺》，上海古籍出版社2009年版，第1083页。

② （宋）欧阳修撰，李逸安点校：《欧阳修全集》，中华书局2001年版，第1457页。

会也。其诗曰：'野有蔓草，零露浼兮。有美一人，清扬婉兮。邂逅相遇，适我愿兮。'此诗文甚明白，是男女昏娶失时，邂逅相遇于野草之间尔。何必仲春时也？《周礼》言'仲春之月，会男女之无夫家者'，学者多以此说为非。就如其说，乃是平时之常事——兵乱之世，何待仲春？郑以蔓草有露为仲春，遂引《周礼》会男女之礼者衍说也。"欧阳修认为，郑玄在解说时引用《周礼》"令会男女"的说法，不合于乱世的情况，亦无青年男女不期而遇的自然情性之美。文学出于性情，故而解释《诗经》时也理应以贴近生活的性情来探求《诗经》本义，《诗本义》卷6云："《诗》文虽简易，然能曲尽人事。而古今人情一也，求《诗》义者，以人情求之则不远矣。"①

又如，《周南·葛覃》云："葛之覃兮，施于中谷，维叶萋萋。黄鸟于飞，集于灌木，其鸣喈喈。"《毛传》："兴也。覃，延也。葛所以为缔绤，女功之事烦辱者。"《郑笺》："兴者，葛延蔓于谷中，喻女在父母之家，形体浸浸日长大也。叶萋萋然，喻其容色美盛。……葛延蔓之时，则抟黍飞鸣，亦因以兴焉。飞集藂木，兴女有嫁于君子之道。和声之远闻，兴女有才美之称达于远方。"欧阳修《诗本义》卷1论曰："《葛覃》之首章，《毛传》为得，而《郑笺》失之。葛以为缔绤尔，据其下章可验，安有取喻女之长大哉？黄鸟，栗留也，麦黄椹熟栗留鸣，盖知时之鸟也。诗人引之，以志夏时草木盛、葛欲成，而女功之事将作尔，岂有喻女有才美之声远闻哉？如郑之说，则与下章意不相属，可谓衍说也。……本义曰：诗人言后妃为女时，勤于女事，见葛生引蔓于中谷，其叶萋萋然茂盛，葛常生于丛木之间，故又仰见丛木之上黄鸟之声，喈喈然知此黄鸟之鸣，乃盛夏之时，草木方茂，葛将成就而可采，因时感事，乐女功之将作。"文学有其独特的审美内涵，诗作更是如此，《诗本义》卷14《本末论》云："诗之作也，触事感物，文之以言。"欧阳修不满意郑玄的解释，是因为草木欣盛、黄莺飞鸣原本是容易触动人类心灵的可感物象，郑玄却将之外化为类比性的言辞。

---

① （宋）欧阳修：《诗本义》，《景印文渊阁四库全书》第70册，台湾商务印书馆1986年版，第222页。

3. 《诗本义》的字词训诂

欧阳修《诗本义》重义理而不废训诂，但他不是训诂专家，在论说诗义时仅选择个别词语加以解释。在字词训诂过程中，欧阳修比较擅长根据情理作出合理性推演，而他所选取的参照文献主要就是《毛传》和《郑笺》。

（1）重点词语的诠释

《召南·甘棠》云："蔽芾甘棠，勿翦勿伐，召伯所茇。"《毛传》："蔽芾，小貌。"《郑笺》："茇，草舍也。召伯听男女之颂，不重烦劳百姓，止舍小棠之下而听断焉。"《诗本义》卷13《一义解》曰："毛、郑皆谓'蔽芾，小貌；茇，舍也'。召伯本以不欲烦劳人，故舍于棠下，棠可容人舍其下，则非小树也。据诗意，乃召伯死后，思其人爱其树，而不忍伐，则作诗时益非小树矣。毛、郑谓'蔽芾'为小者，失诗义矣。蔽，能蔽风日，俾人舍其下也。芾，茂盛貌。'蔽芾'乃大树之茂盛者也。"欧阳氏此说在宋代就开始被某些《诗经》解释者所接受，如范处义《诗补传》卷2云："蔽芾，盛也。……棠之下可以作舍，则非小木矣。"①朱熹《诗集传》："蔽芾，盛貌。"

《卫风·木瓜》云："投我以木瓜，报之以琼琚。匪报也，永以为好也。"《郑笺》："我非敢以琼琚为报木瓜之惠，欲令齐长以为玩好，结己国之恩也。"《诗本义》卷13《一义解》曰："郑谓'欲令齐长以为玩好，结己国之恩'者，非也。诗人但言齐德于卫，卫思厚报，永为两国之好尔。好当如继好、息民之好。木瓜薄物，琼琚宝玉，取厚报之意尔，岂以为玩好也？"《郑笺》释"好"为"玩好之物"，欧阳氏改释为"友好关系"。

《豳风·七月》云："同我妇子，馌彼南亩，田畯至喜。"《郑笺》："喜读为饎。饎，酒食也。耕者之妇子，俱以饷来至于南亩之中，其见田大夫，又为设酒食焉，言劝其事，又爱其吏也。"《诗本义》卷13《一义解》曰："据诗，农夫在田，妇子往馌，田大夫见其勤农乐事而喜尔。郑易喜为饎，谓'饎，酒食也'，言饷妇为田大夫设酒食也。郑多改字，前

---

① （宋）范处义：《诗补传》，《景印摛藻堂四库全书荟要》第25册，台湾世界书局1990年版，第365—366页。

世学者已非之。然义有不通不得已而改者，犹所不取，况此义自明，何必改之以曲就衍说也！"

（2）喻义的阐释

解释《诗经》字句的比喻引申之义，关键是要掌握好对于"赋""比""兴"的推阐技巧和延展尺度。诗的灵动性全靠着"赋""比""兴"，《诗经》解释者却不可过于穿凿附会，妄生比兴之义。欧阳修学问功底深厚，同时他也很清楚地知道，在《诗经》解释过程中要做到精准拿捏"赋""比""兴"的延展尺度殊为不易，《诗本义》卷14《时世论》曰："夫毛、郑之失，患于自信其学而曲遂其说也。若余又将自信，则是笑奔车之覆而疾驱以追之也。"如《小雅·南山有台》云："南山有台，北山有莱。乐只君子，邦家之基。"《郑笺》："山之有草木，以自覆盖，成其高大，喻人君有贤臣，以自尊显。"《诗本义》卷13《一义解》曰："《南山有台》，乐得贤也。……郑谓'山有草木，以自覆盖，成其高大，喻人君有贤臣，以自尊显'者，非也。考诗之义，本谓高山多草木，如周大国多贤才尔。且山以其高大，故草木托以生也，岂由草木覆盖，然后成其高大哉！"同样以比兴手法来解诗，郑玄认为比喻的本体词"君子"指国君，喻体的核心语词是"南山""北山"；欧阳修则认为"君子"指贤才，喻体的核心语词是"台""莱"。按：此诗以"邦家之基""邦家之光""民之父母""遐不眉寿""遐不黄耇"言"君子"，且祝赞之"万寿无期""万寿无疆""德音不已""德音是茂""保艾尔后"，而汉末知识分子生活在令人"战战兢兢，如临深渊，如履薄冰"的政治环境中，所以郑玄不敢设想如此尊贵高大的"君子"是知识分子群体的象征。宋朝采取崇文抑武的基本国策，是历史上文人政治生活的黄金时期，故而欧阳修才有把知识分子与"邦家之基""邦家之光""民之父母"联系在一起的底气。

又如，《邶风·简兮》之序云："刺不用贤也。卫之贤者仕于伶官，皆可以承事王者也。"《郑笺》："硕人多才多艺，又能籥舞，言文武道备。"《诗本义》卷13《一义解》曰："《简兮》，刺不用贤也。卫之贤者，仕于伶官也。其诗曰：'有力如虎，执辔如组''左手执籥，右手秉翟'者，谓此贤者才力皆可任用，而反使之执籥秉翟为伶官也。万舞正是惜其非所宜为也，岂以为能哉？刾能籥舞，岂足为文武道备？郑云'能籥舞，言文武道备'者，非也。"郑玄从赋中有比的角度进行阐释，认为"左手执籥，右手秉翟"具有深刻的寓意；欧阳氏则认为通篇为赋，备述人才埋没的悲剧。

再如，《小雅·采芑》云："薄言采芑，于彼新田，于此菑亩。"《毛传》："兴也。芑，菜也。田一岁曰菑，二岁曰新田，三岁曰畬。宣王能新美天下之士，然后用之。"《郑笺》："兴者，新美之喻，和治其家，养育其身也。"《诗本义》卷13《一义解》曰："《采芑》，宣王南征也，其诗称述将帅师徒车服之盛、威武之容。而其首章曰'薄言采芑，于彼新田，于此菑亩'者，言宣王命方叔为将，以伐荆蛮，取之之易，如采芑尔。芑，苦菜也，人所常食，易得之物，于新田亦得之，于菑亩亦得之，如宣王征伐四夷所往必获也。其言采芑，犹今人云拾芥也。其所以往而必得之易者，由命方叔为将而师徒车服之盛、威武之容，如诗下章所陈是也。毛、郑于此篇车服物名训诂尤多，其学博矣，独于采芑之义失之，以谓宣王中兴必用新美天下之士，郑又谓和治军士之家而养育其身，可谓迂疏矣。"毛、郑释以"新美天下之士"，欧阳修则以"拾芥"之喻释"采芑"之意蕴，彼此所释延展内容相差甚远。

南宋学者林光朝（1114—1178）颇不以欧阳修之《诗经》学为然。如《周南·麟之趾》之序云："《麟之趾》，《关雎》之应也。《关雎》之化行，则天下无犯非礼，虽衰世之公子，皆信厚如麟趾之时也。"《毛传》："兴也。趾，足也。麟信而应礼，以足至者也。振振，信厚也。……麟角，所以表其德也"。《郑笺》："《关雎》之时，以麟为应，后世虽衰，犹存《关雎》之化者，君之宗族犹尚振振然，有似麟应之时，无以过也。兴者，喻今公子亦信厚，与礼相应，有似于麟。麟角之末有肉，示有武而不用。"欧阳修《诗本义》卷1曰："周南风人美其国君之德，化及宗族同姓之亲，皆有信厚之行，以辅卫公室，如麟有足有额有角以辅卫其身尔。其义止于此也。他兽亦有蹄角，然亦不以为比，而远取麟者，何哉？麟，远人之兽也，不害人物而希出，故以为仁兽，所以诗人引之以谓。仁兽无斗害人之心，尚以蹄角自卫，如我国君以仁德为国，犹须公族相辅卫尔。"林光朝在《与赵著作子直书》中论之曰："第以欧阳不当谓之本义，若论本义，何尝如此费辞说！……《麟之趾》只是周南之人目之所见，如公子者乃人中麒麟，故以此引譬。此在六诗为比，比则有义，兴则无义可寻也。《麟之趾》乃以比公子，'于嗟麟兮'，此叹美之辞。二章三章只是说麟。已说趾，又须说一件，乃为角。《大序》所谓'言之不足，故嗟叹之，嗟叹之不足，故永歌之'，所以一篇而三致意焉。今乃云'以蹄角自卫，如我国君以仁德为国，犹须公族相辅卫尔'。如此说诗，谓之本义可乎？"① 《四库全书总目》平衡两家之说云："盖文士之说诗，多求其意；讲学者之说诗，则务绳以理。互相掊击，其势则然，然不必尽为定论也。"②

二　王安石　《诗经新义》

王安石（1021—1086），字介甫，号半山，抚州临川人，庆历二年（1042）进士。熙宁二年（1069）拜参知政事，开始主持变法。在科举上，"于是改法，罢诗赋、帖经、墨义，士各占治《易》《诗》《书》《周礼》《礼记》一经，兼《论语》《孟子》。每试四场，初大经，次兼经，大义凡十道。后改《论语》《孟子》义各三道。次论一首，次策三道，礼部试即增二道。中书撰大义式颁行。试义者须通经、有文采乃为中格，不但如明经墨义粗解章句而已"（《宋史·选举志一》）。当时的最高统治者亦特别重视科举选士事宜，《宋史·选举志一》云："熙宁三年，亲试进士，始专以策，定著限以千字。"③ 宋神宗对王安石异常信任，熙宁五年（1072）对王安石说："经术，今人人乖异，何以一道德？卿有所著可以颁行，令学者定于一。"④ 熙宁八年（1075），王安石《三经新义》颁行于天下，《宋史》卷327《王安石传》云："安石训释《诗》《书》《周礼》，既成，颁之学官，天下号曰'新义'。……一时学者，无敢不传习，主司纯用以取士，士莫得自名一说，先儒传注，一切废不用。"⑤ 陈振孙

---

① 曾枣庄、刘琳主编：《全宋文》第210册，上海辞书出版社2006年版，第18页。
② （清）永瑢等：《四库全书总目》，中华书局2003年版，第121页。
③ （元）脱脱等：《宋史》，中华书局2000年版，第2419页。
④ （宋）李焘：《续资治通鉴长编》第17册，中华书局1986年版，第5570页。
⑤ （元）脱脱等：《宋史》，中华书局2000年版，第8467页。

《直斋书录解题》卷2云:"《新经诗义》三十卷。按:《宋史·艺文志》作二十卷。王安石撰。亦《三经义》之一也。皆雰训其辞,而安石释其义。"①《诗经新义》已佚,但大量保存在吕祖谦《吕氏家塾读诗记》、杨简《慈湖诗传》、严粲《诗缉》、刘瑾《诗传通释》及王安石《临川先生文集》等著作中,程元敏辑有《诗经新义辑考汇评》,邱汉生辑有《诗义钩沉》。

1. 王安石的诗教观

王安石基本上继承了传统的诗教思想,把《诗经》看作人生教科书,修之则可达至圣境界。《王临川集》卷84《诗义序》曰:"《诗》上通乎道德,下止乎礼仪,放其言之文,君子以兴焉;循其道之序,圣人以成焉。"②《诗序》谓"风以动之,教以化之",强调的就是《诗经》的教化作用,"王介甫曰:'风之于物,方其鼓舞摇荡,所谓动之也,及其因形移易,使荣者枯,甲者坼,乃所谓化之也。《诗》之有风,亦若是也,始于风之而动,终于教之而化'"。③《诗序》传承与诗教关系密切,但是王安石却不赞成先前关于孔子、子夏与《诗序》关系的说法,"王氏曰:'世《传》以为言其义者,子夏也。《诗》上及于文王、高宗、成汤,如《江有汜》之为美媵,《那》之为祀成汤,《殷武》之为祀高宗。方其作时,无义以示后世,则虽孔子亦不可得而知,况子夏乎哉!'"④ 在王安石看来,《诗序》语言精思纯熟、简练明达,径直切中先王的治世思想,自然是普通士人无法做到的,他在《答韩求仁书》中说:"盖序《诗》者,不知何人,然非达先王之法言者,不能为也。故其言约而明,肆而深,要当精思而熟讲之尔,不当其有失也。"⑤

2. 《诗经新义》与熙宁变法

《诗经新义》为熙宁新政的产物,王安石在《诗经》解释中充满着他

---

① (宋)陈振孙撰,徐小蛮、顾美华点校:《直斋书录解题》,上海古籍出版社1987年版,第37页。

② (宋)王安石:《王临川集》(九),商务印书馆1935年版,第11页。

③ (元)刘瑾撰,李山主编:《诗传通释》,北京师范大学出版社2013年版,第70—71页。

④ (宋)吕祖谦:《吕氏家塾读诗记》,商务印书馆1937年版,第12页。

⑤ (宋)王安石:《王安石全集》第3册,上海九州书局1935年版,第140页。

对社会现实的观照。《豳风·七月》之序云："陈王业也。周公遭变故，陈后稷先公风化之所由，致王业之艰难也。"王安石借此演绎出自己的政治理想，"王氏曰：'仰观星日霜露之变，俯察虫鸟草木之化，以知天时，以授民事。女服事乎内，男服事乎外。上以诚爱下，下以忠利上。父父子子，夫夫妇妇。养老而慈幼，食力而助弱。其祭祀也时，其燕飨也节。此《七月》之义也。"（吕祖谦《吕氏家塾读诗记》卷 16）王安石非常重视法度之于社会治理的作用，故而他在解释《诗经》时常常流露出礼法思想。如《召南·采蘋》云："于以采蘋？南涧之滨。于以采藻？于彼行潦。"《吕氏家塾读诗记》卷 3 云："王氏曰：'采蘋必于南涧之滨，采藻必于行潦，言其所荐有常物，所采有常处也。"又："于以奠之？宗室牖下。"《吕氏家塾读诗记》卷 3 云："王氏曰：'宗室牖下'，言其所奠有常地也。自所荐之物，所采之处，所用之器，所奠之地，皆有常而不敢变，此所谓能循法度。"在王安石看来，《诗经》中的法治思想乃先圣有意为之，他在《国风解》中说道："昔者圣人之于《诗》，既取其合于礼义之言以为经，又以序天子诸侯之善恶而垂万事之法。"[1] 王安石强调法治思想，无疑是为推行新法服务的。徒法不足以自行，新法的实施更是有赖于帝王的支持，王安石非常清楚一国之君在封建社会架构下发挥着至关紧要的作用。《诗序》云："《周南》《召南》，正始之道，王化之基。"王安石解释道："王者正始于家，终于天下。"[2] 又云："是以一国之事，系一人之本，谓之风。"《吕氏家塾读诗记》卷 2 云："王氏曰：'风之本出于人君一人之躬行，而其末见于一国之事。'"

3. 王安石的《诗经》解释与其军事理想

武事不振，北方部族袭扰，始终是宋朝人心中的隐患。北宋文人常有兴武靖边之理想，现实中也确实出现了像范仲淹、韩琦之类出将入相的人生范例。王安石像他们一样，不仅关注朝野政治，还经常关心军事问题，此类思虑会经常映射到他的《诗经》阐释当中。如《小雅·车攻》云："徒御不惊。"王安石解释道："武久不讲，士气惰怯，则有事而善

---

① （宋）王安石著，唐武标校：《王文公文集》，上海人民出版社 1974 年版，第 351 页。
② 程元敏：《三经新义辑考汇评》（二），华东师范大学出版社 2010 年版，第 8 页。

惊，故于是言'徒御不惊'。"① 平时多做战备之事，锤炼将士的勇武精神，战时方能从容应对。又如，《小雅·六月》之序云："《出车》废则功力缺矣，《杕杜》废则师众缺矣。" 王安石结合诗篇所述，从而阐释了将领和士兵在战争中的各自作用，"王氏曰：'征伐之功力，在将帅而已，而将帅之所恃者，师众也。'"（《吕氏家塾读诗记》卷19）又如，《小雅·出车》之序云："出车，劳还率也。"《郑笺》："遣将率及戍役，同歌同时，欲其同心也。反而劳之，异歌异日，殊尊卑也。" 王安石于此悟出道理，将帅和士兵相处既要讲究融洽，也要有利于战斗意志的统一，"王氏曰：'遣戍役同诗者，出时用兵，则均服同食，一众心也。劳还役异诗者，入而振旅，则反尊卑、辨贵贱，定众志也。'"（《吕氏家塾读诗记》卷17）战争无情，抛妻舍业奔赴前线的将士是最能感知战事之艰辛的，《小雅·采薇》云："靡室靡家，猃狁之故。" 王安石解释道："男本有室而女有家，今男靡得以室为室，女不得以家为家。"② 战争一定会使百姓遭遇各种不幸，非不得已切不可轻易发动战争，王安石解释《小雅·六月》序文"《采薇》废则征伐缺矣"曰："《采薇》之师，不得已而后起。序其情而悯其劳，所谓说以使民犯难者也。征伐之义，如斯而已。"（《吕氏家塾读诗记》卷19）

4. 王安石《诗经新义》与《诗经》小学

《诗经新义》不以词义训诂为重点，所以字词说解的初稿工作由王安石之子王雱主持，王安石《诗义序》云："上既使臣雱训其辞，又使臣安石等训其义。"③ 但是这种分工并不意味着王安石对字词训诂工作就不管不问，据李焘《续资治通鉴长编》卷268记载，吕惠卿于熙宁八年（1075）具札子向神宗进奏，详述了《诗经新义》的编撰情况："每数篇已，即送安石详定。一句一字如有未安，必加点窜，再令修改如安石意，然后缮写"④。故而由《诗经新义》是可以见出王安石《诗经》训诂特色

---

① （宋）王安石撰，程元敏等整理：《尚书新义·诗经新义》，复旦大学出版社2016年版，第534页。

② （宋）王安石著，邱汉生辑校：《诗义钩沉》，中华书局1982年版，第131页。

③ （宋）王安石著，秦克、巩军标点：《王安石全集》，上海古籍出版社1999年版，第321页。

④ （宋）李焘：《续资治通鉴长编》第19册，中华书局1986年版，第6565页。

的。如《周南·关雎》云："悠哉悠哉，辗转反侧。"王安石《诗经新义》："悠者，思之长也。"① 相较于《毛传》"悠，思也"、《郑笺》"思之哉，思之哉"，王氏之说更为恰切。又如，《周南·葛覃》云："薄污我私。"王安石《诗经新义》："治污谓之污，犹治乱谓之乱、治荒谓之荒。"反义为训，殊为精当。再如，《小雅·无羊》云："尔羊来矣，其角濈濈。"王安石《诗经新义》："濈濈，和也。羊以善触为患，故言其和，谓聚而不相触也。"既有对生活的细致观察，又有独特的思考。

王安石《乞改三经义误字札子（元丰三年八月二十八日）》中有《诗义》数则②，从中可以看出王安石在审订王雱初稿时，对字、词、句是进行了全面把关的。其文云："《小旻》'发言盈廷'，廷当作庭"，"《墓门》'食椹而甘'，椹当作葚"，此乃审订别字。又云："《有女同车》'公子五争'，争当作争"，此乃更正俗字。又云："《车攻》'言其连络布散众多，若奕棋然'，已上十二字，今欲删去"，初稿解释不当，应悉数删削。又云："《七月》'去其女桑而猗之，然后柔桑可得而求也'，已上十六字，今欲删去，改云：承其女桑而猗之，然后远扬可得而伐也"，王安石认为应当改用更为准确的字句来表达语意。又云："《干旄》'州里之士所建'，今欲改为乡党之官所建"，王安石认为应当改用更为恰切的词语来表达。又云："《时迈》'政之所加，孰敢不动惧'，今欲改云：政之所加，孰敢不震动叠息"，小改措辞，表达更为精确。又云："《召旻》'昏非所以为哲'，字上漏明字，今合添"，初稿漏掉一个不太关键的字，介甫先生亦不能容忍。

不久，王安石发现在《诗经》训解上仍然存在数处失误，旋即向宋神宗进《论改诗义札子》加以纠正，"臣子雱奉圣旨撰进《经义》，臣以当备圣览，故一一经臣手，乃敢称御。及设官置局，有所改定，臣以文辞义理，当与人共，故不敢专守己见为是，既承诏颁行学者，颇谓所改未妥。窃惟陛下欲以经术造成人材，而职业其事，在臣所见，小有未尽，

---

① （宋）王安石撰，程元敏等整理：《尚书新义·诗经新义》，复旦大学出版社 2016 年版，第 356 页。

② （宋）王安石：《王临川集》（五），商务印书馆 1935 年版，第 19—21 页。

义难自默。"① 《豳风·七月》云:"八月剥枣。"《毛传》:"剥,击也。" 王安石乞奏更改当年的训诂失误而言曰:"臣近具札子,奏乞改正经义, 尚有《七月》诗'剥枣者,剥其皮而进之养老故也'十三字,谓亦合删 去。"② 足见介甫先生为学态度之认真。

三 苏辙 《诗集传》

苏辙(1039—1112),字子由,一字同叔,四川眉山人。宋仁宗嘉祐 二年(1057),与兄苏轼得中同榜进士。宋神宗时王安石变法,苏辙极力 反对青苗法,被贬在外。哲宗立,召回为秘书省校书郎,元祐初为右司 谏。元祐四年(1089)出使契丹,还,拜御史中丞。元祐六年(1091), 拜尚书右丞,进门下侍郎。绍圣元年(1094)因上书触怒哲宗,落职知 汝州。宋徽宗崇宁年间以太中大夫致仕,筑室于许,号颍滨遗老。《宋 史·苏辙传》云:"辙性沉静简洁,为文汪洋澹泊,似其为人,不愿人知 之,而秀杰之气终不可掩,其高处殆与兄轼相迫。所著《诗传》《春秋 传》《古史》《老子解》《栾城文集》并行于世。"③ 苏辙所著《诗集传》 二十卷,收入《钦定四库全书》。

1. 苏辙对《诗序》的批判和继承

苏辙认为《诗序》虽说起源于孔子和子夏,但实为"毛公之学"。他 根据唐代成伯玙的说法,把《小序》分为序首和补序,《四库全书总目》 云:"辙取《小序》首句为毛公之学,不为无见。史传言《诗序》者以 《后汉书》为近古,而《儒林传》称谢曼卿善《毛诗》,乃为其训。卫宏 从曼卿受学,因作《毛诗序》。辙以为卫宏所集录,亦不为无征。唐成伯 玙作《毛诗指说》,虽亦以《小序》为出子夏。然其言曰:'众篇之《小 序》,子夏惟裁初句耳。《葛覃》'后妃之本也',《鸿雁》'美宣王也', 如此之类是也。其下皆大毛公自以诗中之意而系其词'云云。然则惟取 序首,伯玙已先言之,不自辙创矣。"④ 苏辙认为"序首"由毛公所作,

---

① (宋)王安石:《王安石全集》第2册,上海九州书局1935年版,第124页。
② (宋)王安石:《王安石全集》第2册,上海九州书局1935年版,第124页。
③ (元)脱脱等:《宋史》,中华书局2000年版,第8662页。
④ (清)永瑢等:《四库全书总目》,中华书局2003年版,第121页。

其始传者甚至可能是孔子、子夏或孔门弟子，"补序"则为汉代经师所加。苏辙对于《小序》的作者、传承情况及自己的取舍原则所述甚详，《诗集传》卷1云：

> 孔子之叙《书》也，举其所为作《书》之故；其赞《易》也，发其可以推《易》之端，未尝详言之也。非不能详，以为详之则隘，是以常举其略，以待学者自推之，故其言曰："仁者见之谓之仁，智者见之谓之智。"夫唯不详，故学者有以推而自得之。今《毛诗》之叙何其详之甚也？世传以为出于子夏，予窃疑之。子夏尝言《诗》于仲尼，仲尼称之，故后世之为《诗》者附之。要之，岂必子夏为之？其亦出于孔子，或弟子之知《诗》者欤？然其诚出于孔氏也，则不若是详矣。孔子删《诗》而取三百五篇，今其亡者六焉，《诗》之叙未尝详也。《诗》之亡者，经师不得见矣，虽欲详之而无由，其存者将以解之，故从而附益之以自信其说。是以其言时有反覆烦重，类非一人之词者，凡此皆毛氏之学而卫宏之所集录也。《东汉·儒林传》曰："卫宏从谢曼卿受学，作《毛诗叙》，善得《风》《雅》之旨，至今传于世。"《隋·经籍志》曰："先儒相承，谓《毛诗叙》子夏所创，毛公及卫敬仲又加润益。"古说本如此，故予存其一言而已，曰：是《诗》言是事也，而尽去其余，独采其可者见于今传，其尤不可者皆明著其失。以为此孔氏之旧也。①

对于《小序》的首句，苏辙《诗集传》悉数照录，有的还加注自己的意见。对于补序，苏氏则作有选择性地灵活处理，有袭用者，亦有批驳者。如《邶风·柏舟》之序云："言仁而不遇也。卫顷公之时，仁人不遇，小人在侧。"苏辙《诗集传》曰："柏舟，言仁而不遇也。《毛诗》之叙曰：'此卫顷公之诗也。'变《风》之作而至于汉，其间远矣。儒者之传《诗》，容有不知其世者矣，然犹欲必知焉，故从而加之。其出于毛

---

① （宋）苏辙：《诗集传》，载曾枣庄、舒大刚主编《三苏全书》第2册，语文出版社2001年版，第266—267页。下引此作不再一一标注。

氏者其传之也,其出于郑氏者其意之也。传之犹可信也,意之疏矣。是以独载毛氏之说,不敢传疑也。"

2. 苏辙《诗集传》与《诗经》小学

(1) 集采众家

博采各家旧注是集传体的基本特征。苏辙《诗集传》所用旧注材料或源自《毛传》,或来自《郑笺》,或出于《毛诗正义》,皆不标注出处。如《卫风·芄兰》云:"童子佩韘。"《毛传》:"韘,玦也。能射御则配韘。"苏氏《诗集传》略改《毛传》而言曰:"韘,玦也。能射御,则佩玦。"又如,《周颂·载芟》云:"载芟载柞。"苏氏《诗集传》:"除草曰芟,除木曰柞。"此系原样照录《毛传》文字。又如,《秦风·无衣》云:"与子同泽。"《郑笺》:"泽,亵衣,近污垢。"苏氏《诗集传》:"泽,亵衣近垢污者也。"义用《郑笺》而文字稍别。又如,《召南·甘棠》云:"召伯所茇。"苏氏《诗集传》:"茇,草舍也。"此为原样照录《郑笺》文字。又如,《王风·君子阳阳》云:"君子阳阳。"《毛传》:"阳阳,无所用其心也。"孔颖达《毛诗正义》:"《史记》称晏子'御拥大盖,策四马,意气阳阳,甚自得',则阳阳是得志之貌。"苏氏《诗集传》:"阳阳,自得也。"义用《毛诗正义》,而文字有别。又如,《大雅·荡》云:"荡荡上帝,下民之辟。"《郑笺》:"荡荡,法度废坏之貌。"孔颖达《毛诗正义》:"荡荡是广平之名,非善恶之称,若《论语》云:'荡荡乎,民无能名焉。'《洪范》云:'王道荡荡。'言其无复恶事善事,广平是荡荡为善也。"苏氏《诗集传》:"荡荡,广大貌也。"义用《毛诗正义》,而文字极简明。

苏辙《诗集传》所用训诂材料也有采自其他文献的。如《小雅·采薇》云:"彼尔维何?维常之华。"《毛传》:"尔,华盛貌。"苏氏《诗集传》:"《说文》作'茶'。"又如,《邶风·谷风》云:"泾以渭浊,湜湜其沚。"《郑笺》:"湜湜,持正貌。"《说文解字》水部:"湜,水清底见也。从水,是声。《诗》曰:'湜湜其止。'"苏氏《诗集传》采用《说文解字》的说法,曰:"湜湜,水见底也。"又如,《小雅·斯干》云:"载衣之裼,载弄之瓦。"《毛传》:"裼,褓也。"苏氏《诗集传》:"《韩诗》作'裼'。"又如,《邶风·北门》云:"王事敦我。"《毛传》:"敦,厚。"《郑笺》:"敦犹投掷也。"陆德明《经典释文》:"《韩诗》云:敦,迫。"① 苏氏《诗集传》采用《韩诗》的说法,曰:"敦,敦迫也。"

（2）新见迭出

苏辙日常处事善于独立思考,进行《诗经》解释时亦不因循守旧,所以在《诗经》小学方面常有创新,向熹说他"自作新解者十之二三"②。如《邶风·式微》云:"胡为乎中露?"《毛传》:"中露,卫邑也。"又:"胡为乎泥中?"《毛传》:"泥中,卫邑也。"《毛传》把"中露""泥中"皆释为地名,苏辙《诗集传》则不以为然,其文云:"中露、泥中,言其暴露而无覆藉之者也。"按:范处义《诗补传》卷3:"中露,谓暴露也。泥中,谓泥涂也。"③ 可见南宋初期范处义解释《诗经》时已经开始接受了苏辙的新义。又如,《周南·葛覃》云:"言告师氏,言告言归。"《毛传》:"言,我也。"苏氏《诗集传》:"言,辞也。"《毛传》释"言"为代词,苏辙则释之为助词。又如,《召南·野有死麕》云:"有女怀春,吉士诱之。"《毛传》:"春,不暇待秋也。"《郑笺》:"有贞女思仲春以礼与男会,吉士使媒人道成之。"《毛诗正义》曰:"传以秋冬为正昏……笺以仲春为昏时。"苏氏《诗集传》曰:"古者昏礼以岁之隙,自冬及春皆其时也。孙卿子曰:'霜降逆女,冰泮杀内。'"所引之语出自《荀子·大略》,意为:"霜降开始娶妻,到来年冰融化时终止。"④ 苏辙提出,或冬或春皆可举行婚礼,调和了毛、郑之间的矛盾。此论有荀卿之言可为佐证。

（3）释义简明

苏辙《诗集传》释义简明,一般不作烦琐的考证。如《周南·桃夭》一诗,苏辙总共解释了三个重点词语——"夭夭,少壮也。""灼灼,盛也。""蕡,大貌也。"——文字简洁明了,可谓字字珠玑。苏辙尊孔的思想十分突出,谓孔子"非不能详,以为详之则隘",所以他自己解释《诗

---

① （唐）陆德明撰,张一弓点校:《经典释文》,上海古籍出版社2012年版,第92页。
② 向熹:《苏辙和他的〈诗集传〉》,《乐山师范学院学报》2003年第5期。
③ （宋）范处义:《诗补传》,《景印摛藻堂四库全书荟要》第25册,台湾世界书局1990年版,第388页。
④ 方勇、李波译注:《荀子》,中华书局2015年版,第444页。

经》时也力求文字简明,以便留给读者更多的想象空间。《诗经》所描述的内容,就是人们的日常生活情景。过多的诠释,可能是徒劳无功的。苏辙《栾城应诏集》卷4《诗论》云:

> 自仲尼之亡,六经之道遂散而不可解,盖其患在于责其义之太深,而求其法之太切。夫六经之道,惟其近于人情,是以久传而不废。而世之迂学,乃皆曲为之说,虽其义之不至于此者,必强牵合,以为如此,故其论委曲而莫通也。夫圣人之为经,惟其于《礼》《春秋》,然后无一言之虚,而莫不可考,然犹未尝不近于人情。至于《书》,出于一时言语之间,而《易》之文为卜筮而作,故时亦有所不可前定之说,此其于法度已不如《礼》《春秋》之严矣。而况乎《诗》者,天下之人,匹夫匹妇,羁臣贱隶,悲忧愉佚之所为作也。夫天下之人,自伤其贫贱困苦之忧,而自述其丰美盛大之乐,其言上及于君臣父子、天下兴亡治乱之迹,而下及于饮食床第、昆虫草木之类,盖其中无所不具,而尚何以绳墨法度,区区而求诸其间哉?此亦足以见其志之不通矣!夫圣人之于《诗》,以为其终要入于仁义,而不责其一言之无当,是以其意可观,而其言可通也。①

《诗经》是贴近生活、切于人情的,所以读《诗经》更多地要靠感悟,而不是时时依赖于故训,苏辙《上两制诸公书》云:"昔者辙之始学也,得一书伏而读之,不求其传,而惟其书之知。求之而莫得,则反覆而思之。至于终日而莫见,而后退而求其传。何者?惧其入于心之易,而守之不坚也。"② 书读百遍,其义自见。过度地依赖旧有传注,未必能领悟到《诗经》的真正内涵,"至于后世不明其意,患乎异说之多而学者之难明也,于是举圣人之微言而折之以一人之私意,而传疏之学横

---

① (宋)苏辙:《栾城应诏集》,《景印文渊阁四库全书》第1112册,台湾商务印书馆1986年版,第867页。

② (宋)苏辙著,曾枣庄、马德富校点:《栾城集》,上海古籍出版社1987年版,第486页。

放于天下。由是学者愈怠，而圣人之说益以不明"（《上两制诸公书》）。

第二节 《诗序》之争与《诗经》小学

北宋理学家程颐（1033—1107）特别看重《诗序》之于《诗经》解释的作用，他在《程氏经说·诗解》中说："至夫子之时，所传者多矣。夫子删之，得三百篇，皆止于礼义，可以垂世立教，故曰'兴于诗'，又曰'诵《诗》三百，授之以政，不达，使于四方，不能专对，虽多亦奚以为？'古之人，幼而闻歌诵之声，长而识刺美之意，古人之学，由《诗》而兴。后世老师宿儒，尚不知《诗》义，后学岂能兴起也？世之能诵三百篇者多矣，果能达政专对乎？是后之人未尝知《诗》也。夫子虑后世之不知《诗》也，故序《关雎》以示之。学《诗》而不求《序》，犹欲入室而不由户也。"① 21 世纪初，《孔子诗论》公布于世，有力地证实了孔子与《诗序》之间的密切关系。关于《诗序》的作者、内容和意义，夏传才先生说："《毛诗序》不出于一时一人之手，其中保留了一些先秦的古说，秦汉之际的旧说以及多位汉代学者的续作；整理执笔的有毛亨、卫宏，可能还有别的人；在保存的先秦古说中，可能有孔子、卜商之说、荀子之说、国史之说，也可能有孟子之说或诗人自己的说明……《毛诗序》，可以肯定它是上古第一部完整、系统的题解，优于汉代的其他各家题解，在这个意义上，即使是《小序》，也具有历史文献的价值。《小序》保留古序较多，距离《诗经》时代较近，有一部分题解言中诗旨、诗篇背景或作诗缘起。"② 汉代《诗经》学派有四家，唯独《毛诗》流传至今，谁也无法否认这就是历史和人民的选择。

在《诗经》文化上，由汉至唐是一脉相承的，"《毛诗》独传，固然有政治上、文化上的多种因素，而《毛诗》文本、训诂、义疏、序说，在长期被压抑的过程中不断改进、充实、提高，终于优于三家"③。但是，

---

① （宋）程颢、程颐著，王孝鱼点校：《二程集》，中华书局 1981 年版，第 1046 页。
② 夏传才：《诗经学四大公案的现代进展》，《河北学刊》1998 年第 1 期。
③ 夏传才：《再谈〈毛诗序〉和关于〈毛诗序〉的争论》，《河北师院学报》（社会科学版）1995 年第 3 期。

《毛诗正义》一统天下数百年，极大地压缩了学术的自由空间，《诗经》训解中的一些荒谬言论也被硬性地保存了下来，北宋时期以欧阳修为代表的革新派大张旗鼓地揭举了《诗序》《毛传》《郑笺》的失误。到了南宋初期，以郑樵《诗辨妄》为先导，掀起了一股声势浩大的废序浪潮。《诗辨妄》不仅力斥《诗序》，还把矛头指向《毛诗》的传承问题，"《诗序》……皆是村野妄人所作。……汉之言《诗》者三家耳。毛公，赵人，最后出，不为当时所取信，乃诡诞其说，称其书传之子夏。盖本《论语》所谓'起予者商也，始可与言《诗》已矣'。"① 汉代四家诗皆称己派学术传承与子夏有关，怀疑子夏与《毛诗》的关系亦属正常，但是郑樵在语言表达上使用了"诡诞其说"之类情感倾向性较为明显的字词，这就涉及怀疑前代学者的人品问题了。朱熹后期亦有废序之举，但是他在排序实践中注意到了郑樵的措辞问题，《朱子语类》卷80《诗一·纲领》云："《诗序》实不足信。向见郑渔仲有《诗辨妄》，力诋《诗序》，其间言语太甚，以为皆是村野妄人所作。"② 不仅怀疑《诗序》，郑樵甚至有欲把《毛传》《郑笺》的学术成就一笔勾销的冲动，其《夹漈遗稿》卷2云："学者所以不识《诗》者，以大小《序》与毛、郑为之蔽障也；不识《春秋》者，以三传为之蔽障也。"③

郑樵论述《诗经》问题时措辞太过，其作甫一问世即遭应激性反应，南宋周孚撰《非诗辨妄》，逐条批驳郑樵之说，《诗辨妄》旋即散佚。《四库全书总目·别集类十二》之《蠹斋铅刀编》条下云："至郑樵作《诗辨妄》，决裂古训，横生臆解，实汩乱经义之渠魁。南渡诸儒，多为所惑，而孚陈四十二事以攻之，根据详明，辨证精确，尤为有功于《诗》教。今樵书未见传本，而孚书岿然独存，岂非神物呵护，以延风雅一脉哉！是尤可为宝贵者矣。"④ 纵观南宋卷入《诗序》之争的《诗经》学著作，"尊序派"成就显著者有范处义《诗补传》、吕祖谦《吕氏家塾读诗记》等，"废序派"的代表作品则为王质的《诗总闻》。

---

① （宋）郑樵著，顾颉刚辑点：《诗辨妄》，朴社1933年版，第3—12页。
② （宋）黎靖德编，王星贤点校：《朱子语类》第6册，中华书局1986年版，第2076页。
③ （宋）郑樵：《夹漈遗稿》，商务印书馆1941年版，第13页。
④ （清）永瑢等：《四库全书总目》，中华书局2003年版，第1375页。

一　范处义　《诗补传》

范处义，字逸斋，金华兰溪人，香溪先生之族也。南宋绍兴二十四年（1154）与张孝祥同榜进士①，累官殿中侍御史。精于经学，著有《诗补传》《解颐新语》等书，事见《宋元学案》卷45《范许诸儒学案》。②在《诗序》之争中，范处义属于尊序一派，《四库全书总目》云："盖南宋之初，最攻序者郑樵，最尊序者则处义矣。考先儒学问，大抵淳实谨严，不敢放言高论，宋人学不逮古，而欲以识胜之，遂各以新意说诗。其间剔抉疏通，亦未尝无所阐发；而末流所极，至于王柏《诗疑》，乃并举《二南》而删改之。儒者不肯信传，其弊至于诬经，其究乃至于非圣，所由来者渐矣。处义笃信旧文，务求实证，可不谓古之学者欤？"③《诗补传》有范处义自撰之序，略述《诗经》阐释的历史与得失、自己进行《诗经》解释的原则和训诂方法、尊序的缘由，其文曰：

> 经以经世为义，传以传业为名。毛氏诗谓之《诂训传》，故于诂训则详，于文义则略。韩氏有《外传》，乃依仿《左氏》《国语》，非诗传也。惟《诗序》先儒比之《易·系辞》，谓之《诗大传》。近世诸儒，或为小传、集传、疏义、注记、论说、类解，其名不一。既于诂训文义，互有得失，其不通者，辄欲废序以就己说，学者病之。《补传》之作，以《诗序》为据，兼取诸家之长，揆之情性，参之物理，以平易求古诗人之意。文义有阙，补以六经、史传，诂训有阙，补以《说文》《篇》《韵》。异同者一之，隐奥者明之，窒碍者通之，乖离者合之，谬误者正之，曼衍者削之，而意之所自得者亦错出其间。《补传》大略如此。或曰："《诗序》可尽信乎？"曰："圣人删《诗》定《书》，《诗序》犹《书序》也，独可废乎？况《诗序》有圣人为之润色者，如《都人士》之序，记礼者以为夫子之言。《赉》之序，与《论

---

① （宋）陈骙、佚名撰，张富祥点校：《南宋馆阁录·续录》，中华书局1998年版，第245页。
② （清）黄宗羲原著，（清）全祖望补修，陈金生、梁运华点校：《宋元学案》，中华书局1986年版，第1449页。
③ （清）永瑢等：《四库全书总目》，中华书局2003年版，第122页。

语》合，《孔丛子》所记夫子读《二南》及《柏舟》诸篇，其说皆与今序义相应。以是知《诗序》尝经圣人笔削之手，不然则取诸圣人之遗言也。故不敢废《诗序》者，信六经也，尊圣人也。"①

《小雅·都人士》之序云："《都人士》，周人刺衣服无常也。古者长民，衣服不贰，从容有常，以齐万民，则民德归壹。"《礼记·缁衣》："子曰：长民者，衣服不贰，从容有常，以齐其民，则民德壹。《诗》云：'彼都人士，狐裘黄黄。其容不改，出言有章。行归于周，万民所望。'"②《周颂·赉》之序云："《赉》，大封于庙也。赉，予也。言所以锡予善人也。"《论语·尧曰》："周有大赉，善人是富。"③文献材料说明，孔子与《诗序》的关系是不容置疑的。范处义《诗补传》尊序，亦有矫枉过正之处，《四库全书总目》云："处义必以为尼山之笔，引据《孔丛子》，既属伪书；牵合《春秋》，尤为旁义。矫枉过直，是亦一瑕。取其补偏救弊之心可也。"④今人扬之水《诗经别裁》则给予范处义《诗补传》以较高的评价，"宋人也还有尊古的一派，却也不很迂腐，范处义的《诗补传》，吕祖谦的《吕氏家塾读诗记》，严粲的《诗缉》，都以疏解平实见长"。⑤

概而言之，范处义《诗补传》在《诗经》小学上主要有以下三个方面的特征。

1. 紧扣序意进行训诂

范处义尊《诗序》，所以常常结合《诗序》之义进行文字训诂，释文和解经融为一体，毫无雕琢痕迹。如《周颂·清庙》之序云："《清庙》，祀文王也。周公既成洛邑，朝诸侯，率以祀文王焉。"范氏《诗补传》卷26："於，叹也。穆，美也。於乎美哉，肃然清净者，文王之庙也。不必指言象德，盖文王之德'清'之一字不足以尽之。肃，敬也。雍，和也。言诸侯之

---

① （宋）范处义：《诗补传》，《景印摛藻堂四库全书荟要》第25册，台湾世界书局1990年版，第322—323页。

② 胡平生、张萌译注：《礼记》，中华书局2017年版，第1077页。

③ 陈晓芬、徐儒宗译注：《论语·大学·中庸》，中华书局2015年版，第239页。

④ （清）永瑢等：《四库全书总目》，中华书局2003年版，第122页。

⑤ 扬之水：《诗经别裁》，中华书局2007年版，"前言"第11页。

助祭有和敬之德容，以显相其祀事也。文王雍雍在宫，肃肃在庙，则诗人尝以肃雍形容文王之德矣。今助祭之诸侯皆能肃雍，是知体文王之德者。而济济多士，凡执事庙中者，亦曰能秉文王之德，孰知其然哉？以其骏疾奔走，执事有恪，知其不忘文王，如将见之也。是固足以配于文王在天之神矣！《书大传》曰：'周公升歌《清庙》，苟在庙中尝见文王者，愀然如复见文王焉。'此所谓秉文之德者也。是岂不足以显文王之德乎？是岂不足以承文王之德乎？其德之在人心久而无厌射，盖如此也。"①《清庙》之序谓此诗为祭祀文王而作，当与孔子《诗经》学有关，《孔子诗论》第5简云："《清庙》，王德也，至矣。敬宗庙之礼，以为其本；秉文之德，以为其蘗。"②

又如，《周南·卷耳》之序云："《卷耳》，后妃之志也。又当辅佐君子，求贤审官，知臣下之勤劳。内有进贤之志，而无险诐私谒之心，朝夕思念，至于忧勤也。"范氏《诗补传》云："卷耳，苓耳也。顷筐，欹筐也。后妃因采卷耳易得之物，尚不能充顷筐易盈之器，以兴贤之难求也如此。遂叹我所思之贤，当量才度德，置之周家之列位。既知求之难，又知置之当，所谓求贤审官也。《序》言又当辅佐君子，谓不专于内治也。"

2. 兼取诸家之长

北宋学者解释《诗经》时引证较少，常常根据情理直接进行推演释义。南宋早期的范处义学术眼界宏阔，征引文献较多。如《周南·关雎》云："关关雎鸠，在河之洲。窈窕淑女，君子好逑。参差荇菜，左右流之。窈窕淑女，寤寐求之。"范氏《诗补传》："关关，和声也。雎鸠，王雎也。窈窕，幽闲也。淑，善也。逑，匹也。诗人谓雎鸠之为物，挚而有别，异于众禽。而关关和鸣，远在河中之洲，以为可比后妃，遂以喻大姒有幽闲淑善之德，为文王之配，曰'好逑'，有相爱好之意。刘向记魏贞之言曰：'雎鸠之鸟，未尝见乘居而匹处也。'所谓有别者如此。参，初金，下同；差，初宜，下同；荇，蘅猛，下同。荇，接余也。流，周流也。言大姒不妒忌，故能求左右之贤女为己之助，寤寐不忘然。大姒思求左右之贤女，

---

① （宋）范处义：《诗补传》，《景印摛藻堂四库全书荟要》第 25 册，台湾世界书局 1990 年版，第 720—721 页。以下引用此作不再一一标注。

② 陈桐生：《〈孔子诗论〉研究》，中华书局 2004 年版，第 259 页。

固非广取女色以助淫乐，盖后妃以奉祭祀为重，故汲汲于求助夫贤女之助。固不止于祭祀，诗人举事之重者，谓参差荇菜必赖左右周流取之而后可以成礼，则事之小者从可知矣。"这段话中，词语训诂多取《毛传》。谓《关雎》为述大姒配文王之事，见于欧阳修《诗本义》；"'好逑'有相爱好之意"，则是发展了欧阳修的"情意"说。所引刘向语见《列女传·魏曲沃负》，其文云："周之康王夫人晏出朝，《关雎》起兴，思得淑女以配君子。夫雎鸠之鸟，犹未尝见乘居而匹处也。夫男女之盛，合之以礼则父子生焉，君臣成焉，故为万物始。"① "参，初金""差，初宜"，与陆德明《经典释文》音切相同；"荇，蘅猛"，《经典释文》作"荇，衡猛反"②。"流，周流也"，盖取《易·系辞下》"变动不居，周流六虚"之义。"不妒忌，故能求左右之贤女为己之助，寤寐不忘然"，取《郑笺》之义。言"荇菜"为祭祀事云云，乃杂取《毛传》之语，其文云："荇，接余也。流，求也。后妃有关雎之德，乃能共荇菜，备庶物，以事宗庙也。"

3. 不拘旧说，平易求实

范处义《诗补传》在词义训诂上基本功扎实，且不乏创新之处。如《秦风·黄鸟》"百夫之特""百夫之防""百夫之御"，《毛传》分别释曰："乃特百夫之德""防，比也""御，当也"。《郑笺》释曰："百夫之中最雄俊也""防犹当也。言此一人当百夫"。范氏《诗补传》申毛、郑之说曰："百夫之特，谓特出于百夫也；百夫之防，谓可以当百夫也；百夫之御，谓可以敌百夫也。"又如，《卫风·考槃》云："考槃在陆，硕人之轴。"《毛传》："轴，进也。"《郑笺》："轴，病也。"孔颖达《毛诗正义》于毛、郑之说未加臧否，分别疏之曰："传'轴，进'。笺'轴，病'。《正义》曰：传'轴'为'迪'，《释诂》云：'迪，进也。'笺以与陆为韵，宜读为逐。《释诂》云：'逐，病。'逐与轴盖古今字异。"苏辙《诗集传》："宽也、迂也、轴也，皆磐桓不行、从容自广之谓也。"③ 范氏《诗补传》自创新说

---

① （汉）刘向、（晋）皇甫谧撰，刘晓东校点：《列女传·高士传》，辽宁教育出版社1998年版，第34页。

② （唐）陆德明撰，张一弓点校：《经典释文》，上海古籍出版社2012年版，第82页。

③ （宋）苏辙：《诗集传》，载曾枣庄、舒大刚主编《三苏全书》第2册，语文出版社2001年版，第309—310页。

云："轴，卷也。犹言卷而怀。诗人谓退世之士，击器于涧于阿于陆，自得其乐。自非襟抱宽博，安于草野，知卷而怀之之道，何以有此乐也？"

二　王质　《诗总闻》

王质字景文，号雪山，祖籍山东汶阳，南宋初徙居兴国军（今湖北阳新）。绍兴三十年（1160）进士，宋孝宗乾道七年（1171）迁为枢密院编修官。后遭小人排挤，乃于家乡隐居，著书立说，《宋史·列传第一百五十四》云："允文当国，孝宗命拟进谏官，允文以质鲠亮不回，且文学推重于时，可右正言。时中贵人用事，多畏惮质，阴沮之，出通判荆南府，改吉州，皆不行，奉祠山居，绝意禄仕。"① 王质一生撰有《诗总闻》《雪山集》《绍陶录》，皆收入《钦定四库全书》。

王质《诗总闻》与朱熹《诗集传》的成书时间莫辨先后。朱彝尊认为《诗总闻》早于朱熹《诗集传》，他在《曝书亭集》卷34《雪山王氏诗总闻序》中说："自汉以来，说《诗》者率依《小序》，莫之敢违。废序言《诗》，实自王氏始。既而朱子《集传》出，尽删《诗序》，盖本孟子'以意逆志'之旨而畅所欲言，后之儒者咸宗之。独王氏之书晦而未显。"② 但是，王质在解释《诗经》过程中引有朱子之说，如《商颂·长发》云："苞有三蘖，莫遂莫达。九有有截，韦顾既伐，昆吾夏桀。"《诗总闻》卷20："朱氏：'苞，夏桀也；蘖，韦也，顾也，昆吾也。'甚善。"③ 据王质自序云，"予研经覃思，于此几三十年"④，始成《诗总闻》二十卷。书成，一时未能得以雕版印行，陈日强《诗总闻原序》云："其家椟藏且五十年，未有发挥之者。"⑤ 淳祐三年（1243），"吴兴陈日强始

---

① （元）脱脱等：《宋史》，中华书局2000年版，第9492页。

② （清）朱彝尊：《曝书亭集》，《景印文渊阁四库全书》第1318册，台湾商务印书馆1986年版，第34页。

③ （宋）王质：《诗总闻》，《景印摛藻堂四库全书荟要》第25册，台湾世界书局1990年版，第316页。

④ 刘毓庆：《历代诗经著述考（先秦一元代）》，中华书局2002年版，第217页。

⑤ （宋）王质：《诗总闻》，《景印摛藻堂四库全书荟要》第25册，台湾世界书局1990年版，第2页。

为锓板于富川"①。此后,传习《诗总闻》者不少,南宋黄震《黄氏日抄》卷4《读毛诗》多取王雪山之说。

《诗总闻》最显著的特征是废除《小序》的眉题地位,自创"十闻"体例,可谓独具匠心、标新立异。《钦定四库全书·〈诗总闻〉提要》云:"自汉以来,说《诗》者多依《小序》,苏辙《诗传》始去取相半,其废序言《诗》则郑樵唱而质和之也。"但是,王质并不像郑樵那样以攻序为能事,《四库全书总目》云:"南宋之初,废《诗序》者三家,郑樵朱子及质也。郑朱之说最著,亦最与当代相辨难。质说不字字诋《小序》,故攻之者亦稀。"② 以《诗总闻》为主要考察对象,结合其他学术著作,可以把王质的《诗经》解释特点概括为以下四个方面。

1. 自创体例

《诗总闻》在形式上废除了《小序》,每首诗先列出诗章正文,正文下偶有解说;诗章全部列出后,作者开始逐项进行专门的解释,名曰"闻音""闻训""闻章""闻句""闻字""闻物""闻用""闻迹""闻事""闻人",真可谓苦心立言,别出心裁。"十闻"并非每篇皆备,而是杂采错列,唯每篇末皆有"总闻"。又有"闻南""闻风""闻雅""闻颂",冠于"四始"之首。陈振孙《直斋书录解题》曰:"其说多出新意,不循旧传。"③ "闻音"部分标注音读,"闻训"部分为词义训诂,"闻字"辨析字形,可见王质解释《诗经》时是比较重视文字训诂的。王质《诗总闻原例》解释"闻训"曰:"闻训者,凡字义是。古训多不同,随语生意,亦有不当为此训而为此训,有当为此训而不为此训,有本无异义强出多端,故语意多暗失。作闻训二。"④ 解释"闻字"者,凡字画是。古字固多通用,亦于偏傍繁省之间,清浊轻重之际,矫揉隐括,不劳更张,自生义味。但不可率情变文,以附合己意。若绳削

---

① (清)永瑢等:《四库全书总目》,中华书局2003年版,第122页。
② (清)永瑢等:《四库全书总目》,中华书局2003年版,第122页。
③ (宋)陈振孙撰,徐小蛮、顾美华点校:《直斋书录解题》,上海古籍出版社1987年版,第40页。
④ (宋)王质:《诗总闻》,《景印摛藻堂四库全书荟要》第25册,台湾世界书局1990年版,第3页。

得宜，古今略无差别，不见外手他迹。作闻字五。"①

2. 以意逆志

王质《诗总闻》抛开《小序》解释《诗经》，常以《诗经》的字面之义说解诗篇大意。如《郑风·野有蔓草》云："野有蔓草，零露漙兮。"《诗总闻》卷4释曰："当是深夜之时，男女偶相遇者也。"② 又云："邂逅相遇，与子偕臧。"《诗总闻》释曰："虽有情合，亦欲以礼成也。"既懂真情，亦不违背世态礼俗。又如，《邶风·北门》云："王事适我，政事一埤益我。我入自外，室人交遍谪我。"《郑笺》："国有王命役使之事，则不以之彼，必来之我；有赋税之事，则减彼一而以益我。言君政偏，己兼其苦。我从外而入，在室之人更迭遍来责我，使己去也。言室人亦不知己志。"郑玄作了很多发挥，《诗总闻》则用简练的语言点明诗章含义："当是出而干职事、归而遭阻间，故有怨辞。"王质遭小人阻挠，仕途不顺，因此他对小人充满愤懑之情。王氏《诗总闻》卷18《大雅·桑柔》"总闻"条下云："君子小人不可以杂处。杂处，则小人必胜，君子必负。此诗反覆委屈如此，然所谓维此者，实何所设施；维彼者，实何所惩艾。以当时之治乱兴亡可见。"又如，《小雅·无将大车》云："无将大车，祇自尘兮。"《诗总闻》释曰："不必将大车。当时大车皆小人乘之，我乘大车，亦与小人同伦，但自污而已。"是篇"总闻"条下云："贤者不愿居高位，居高位则任重事。世态若此，高位不可居，重事不可任，莫若自顾为安。"看透了世态炎凉，王质便心生退隐之意。但真的可以长居山林了，王质又因担忧时局而不能彻底忘怀于世。如《秦风·晨风》云："鴥彼晨风，郁彼北林。未见君子，忧心钦钦。如何如何，忘我实多。"《诗总闻》释曰："此贤人居北林者也。当是有旧劳以间见弃，而遂相忘者也。欲见其君吐其情，又不得见，所以怀忧，久而至于如醉者也。"总体来看，王质的"以意逆志"，既有以"诗意"逆志者，又有己意逆志者。

---

① （宋）王质：《诗总闻》，《景印摛藻堂四库全书荟要》第25册，台湾世界书局1990年版，第3页。

② （宋）王质：《诗总闻》，《景印摛藻堂四库全书荟要》第25册，台湾世界书局1990年版，第75页。以下引用此作不再一一标注。

3. 善于比较分析

有同篇异章相比者，如《周南·关雎》云："参差荇菜，左右流之。"《诗总闻》"闻训"曰："流如本意，水东西南北皆为流。言取之无方也。与'左右采之'相应。"更多的是不同诗篇之间的比析，如《周南·螽斯》云："螽斯羽，揖揖兮。"《诗总闻》"闻物"曰："毛氏：'蚣蝑也。'《说文》：'蝗也。'《尔雅》：'丑奋也。'无'斯'字。此'斯'字在下，《七月》'斯'字在上，恐是辞。今从许氏，蝗子最繁，其羽亦有声。亦从郭氏。"又如，《周南·兔罝》云："赳赳武夫，公侯好仇。"《诗总闻》释曰："好仇，与《关雎》'好逑'同，言武夫能扞外以护内也。"又如，《魏风·硕鼠》云："三岁贯女，莫我肯劳。"《诗总闻》"闻字"曰："劳，即《下泉》'郇伯劳之'之劳，彼去音，此平音，音不同意则一。"又如，《曹风·蜉蝣》云："心之忧矣，于我归说。"《郑笺》："说犹舍息也。"《诗总闻》释曰："说犹舍息也。音虽取叶，义则故存。此与'召伯所说'之说同，但叶有异也。"又如，《小雅·小弁》云："心之忧矣，疢如疾首。"《诗总闻》释曰："大率忧思多头目昏瞀，此'疾首'与《伯兮》'首疾'同意。"又如，《小雅·雨无正》云："鼠思泣血，无言不疾。"《诗总闻》"闻字"曰："鼠当作癙，病也。与《正月》'癙病'同。《集韵》通作鼠。"又如，《召南·采蘩》云："被之祁祁，薄言还归。"《毛传》："祁祁，舒迟也。"《豳风·七月》："春日迟迟，采蘩祁祁。"《毛传》："祁祁，众多也。"《小雅·大田》："有渰萋萋，兴雨祁祁。"《毛传》："祁祁，徐也。"《商颂·玄鸟》："四海来假，来假祁祁。"《郑笺》："祁祁，众多也。"《小雅·吉日》："瞻彼中原，其祁孔有。"《毛传》："祁，大也。"王质《诗总闻》"闻训"曰："立训不免随语异意，或有不必异者，所不可晓。'被之祁祁'，训迟，与'兴雨祁祁'同，亦可用多意。'雨'亦可用多意、大意，用大意。'蘩'亦可用迟意。此'其祁'训大兽，亦可用多意，今定从多，语势可见也。"

4. 长于名物及地理考证

王质性格耿直，困阨于权幸的阻挠，"晚岁欲绝人逃世，故以鸟兽草木为友"（《钦定四库全书·〈绍陶录〉提要》），慕陶渊明、陶弘景弃官遗世之事，摘其遗文纂成《绍陶录》两卷。下卷有《山友辞》《水友辞》，前者皆咏山鸟，后者皆咏水鸟；又有《山友续辞》《水友续辞》，前者皆咏山草，后者皆咏水草；还有《山水友余辞》，咏禽虫之类。在《诗总闻》中，王质创设"闻物""闻用"等专项考释系列，对《诗经》涉及的草木鸟兽虫鱼等名物作翔实考证。如《周南·葛覃》云："黄鸟于飞。"《诗总闻》"闻物"曰："黄鸟，黄栗留也，俗称金衣公子，故又曰仓庚。抟黍，自是郭公，毛氏恐误。"《绍陶录·山友辞》云："黄栗留，身黄而光鲜，觜红而眉黑，声清圆，喜啄细青虫，如云'动便不吃你'。"① 又云："郭公，身黑。声稍缓，如呼'郭公'，音颇重；稍急且繁，如呼'布谷'，音颇清烈。余声如呼'郭婆'。"② 又如，《卫风·竹竿》云："淇水滺滺，桧楫松舟。"《诗总闻》"闻用"曰："卫地必多松柏之属，桧亦松柏类也。屈氏祖之，'美要眇兮宜修，沛吾乘兮桂舟'，又'荪桡兮兰旌……桂棹兮兰枻'。不惟古者水陆之产皆茂于后世，而舟楫止济不通，非若后世万斛千夫也，故能以芳木为之。自屈氏以下，皆寓虚辞为美谈，非实然也。"

《诗总闻》还创设有"闻迹"之体例，郝桂敏《宋代〈诗经〉文献研究》认为"它直接开启了王应麟《诗地理考》的先河"。③《诗总闻》"闻迹"对山川地理名称多有详细考证，如《郑风·溱洧》云："溱与洧，方涣涣兮。"《毛传》："溱、洧，郑两水名。"《诗总闻》"闻迹"曰："溱通作'潧'。《水经》：'潧水，即溱也。'许氏、郦氏皆引此诗'溱与洧'者也。左氏'龙斗郑时门之水洧渊'，时门，郑南门也。今洧水自郑城西北入而东南流，迳郑南城之南门，盖洧占郑都城内外为多，故此言洧亦多。洧之内则城内，而洧之外则城外也。"

三 吕祖谦 《吕氏家塾读诗记》

吕祖谦（1137—1181），字伯恭，曾祖吕好问受封东莱郡侯，自其祖

① （宋）王质：《绍陶录》，《景印文渊阁四库全书》第 446 册，台湾商务印书馆 1986 年版，第 290 页。
② （宋）王质：《绍陶录》，《景印文渊阁四库全书》第 446 册，台湾商务印书馆 1986 年版，第 292 页。
③ 郝桂敏：《宋代〈诗经〉文献研究》，中国社会科学出版社 2006 年版，第 106 页。

始定居婺州（今浙江金华）。吕伯恭被称作东莱先生，亦称"小东莱"，又以理学与朱熹、张栻合称"东南三贤"。隆兴元年（1163）进士，历任太学博士、国史院编修官、实录院检讨官、直秘阁等职。《宋元学案》卷51《东莱学案》云："先生文学术业，本于天资，习于家庭，稽诸中原文献之所传，博诸四方师友之所讲，融洽无所偏滞。晚虽卧疾，其任重道远之意不衰，达于家政，纤悉委曲，皆可为后世法。"① 全祖望评曰："小东莱之学，平心易气，不欲逞口舌以与诸公角，大约在陶铸同类以渐化其偏，宰相之量也。"② 《宋史·儒林四》云："祖谦学以关、洛为宗，而旁稽载籍，不见涯涘。心平气和，不立崖异，一时英伟卓荦之士皆归心焉。……朱熹尝言'学如伯恭方是能变化气质。'"③ 《钦定四库全书》收录东莱《古周易》一卷，《春秋左氏传说》二十卷，《吕氏家塾读诗记》三十二卷等作。

对于吕祖谦撰著《吕氏家塾读诗记》的原因，朱熹《晦庵集》卷76《吕氏家塾读诗记后序》所说甚明："《诗》自齐鲁韩氏之说不得传，而天下之学者尽宗毛氏。毛氏之学传者亦众，而王述之类今皆不存，则推衍毛说者又独郑氏之《笺》而已。唐初诸儒为作疏义，因讹踵陋，百千万言，而不能有以出乎二氏之区域。至于本朝刘侍读、欧阳公、王丞相、苏黄门、河南程氏、横渠张氏，始用己意，有所发明。虽其浅深得失有不能同，然自是之后，三百五篇之微词奥义乃可得而寻绎，盖不待讲于齐鲁韩氏之传而学者已知《诗》之不专于毛、郑矣。及其既久，求者益众，说者愈多，同异纷纭，争立门户，无复推让祖述之意，则学者无所适从，而或反以为病。"④ 汇辑宋代《诗经》研究成果，贯通诸家学说，断以己意，是《吕氏家塾读诗记》最为鲜明的特征。

《吕氏家塾读诗记》是宋代集解体《诗经》学著作的典范，其编撰体

---

① （清）黄宗羲原著，（清）全祖望补修，陈金生、梁运华点校:《宋元学案》，中华书局1986年版，第1653页。

② （清）黄宗羲原著，（清）全祖望补修，陈金生、梁运华点校:《宋元学案》，中华书局1986年版，第1652页。

③ （元）脱脱等:《宋史》，中华书局2000年版，第10049页。

④ （宋）朱熹:《晦庵集》，《景印文渊阁四库全书》第1145册，台湾商务印书馆1986年版，第569页。

例是先罗列《小序》和各家解释《小序》的文字，继而分章录写经文及诸家说解，间下己意，最后对诗篇大意作出总结。陈振孙《直斋书录解题》云："《吕氏家塾读诗记》三十二卷，吕祖谦撰。博采诸家，存其名氏，先列训诂，后陈文义，翦裁贯穿，如出一手。己意有所发明，则别出之。《诗》学之详正，未有逾于此书者也。"① 《吕氏家塾读诗记》在宋代享有很高的地位，《四库全书总目》云："时去祖谦没未远，而版已再新，知宋人绝重是书也。"② 《铁琴铜剑楼藏书目录》引尤袤之序曰："后世求诗人之意于千百载之下，异论纷纭，莫知折衷。东莱吕伯恭病之，因取诸儒之说，择其善者，萃为一书，间或断以己意。于是学者始知所归一。今东州士子，家宝其书。"③ 南宋人钟爱吕祖谦之学，乃有戴溪之续作，《钦定四库全书·〈续吕氏家塾读诗记〉提要》云："溪以祖谦取毛、郑为宗，折衷众说，于名物训诂最为详悉，而篇内之微旨、词外之寄托，或有未贯，乃作此书以补之。"

《吕氏家塾读诗记》体例完备、征引广博、"折衷众说"、持论公允、心平气和，朱熹评曰："今观吕氏《家塾》之书，兼总众说，巨细不遗，挈领提纲，首尾该贯。既足以息夫同异之争，而其述作之体，则虽融会通彻，浑然若出于一家之言。而一字之训，一事之义，亦未尝不谨其说之所自。及其断以己意，虽或超然出于前人意虑之表，而谦让退托，未尝敢有轻议前人之心也。呜呼！如伯恭父者，真可谓有意乎温柔敦厚之教矣。"（《吕氏家塾读诗记后序》）概而言之，《吕氏家塾读诗记》（以下简称《读诗记》）的《诗经》解释特色主要表现为以下四个方面。

1. 回护《小序》

吕祖谦属于尊序一派，解释《诗经》时一贯称引《小序》，并多有回护之解。如《王风·大车》之序云："《大车》，刺周大夫也。礼义陵迟，男女淫奔，故陈古以刺今大夫不能听男女之讼焉。"《读诗记》："此诗所谓陈古，其犹在于文武成康之后欤。盖唯能止其奔，未能革其心，与

----

① （宋）陈振孙撰，徐小蛮、顾美华点校：《直斋书录解题》，上海古籍出版社1987年版，第39页。

② （清）永瑢等：《四库全书总目》，中华书局2003年版，第124页。

③ （清）瞿镛编纂：《铁琴铜剑楼藏书目录》，上海古籍出版社2000年版，第67页。

《行露》之诗异矣。亦仅胜于东迁之时而已。"① 若仅就《诗经》本文而言，该诗言"穀则异室，死则同穴"，只有男女誓死相爱之意；至于"畏子不奔"，到底是淫奔还是一起冲破牢笼，则是见仁见智。吕氏牵扯出文武成康的历史背景，是没有什么可信凭据的，朱熹批评道："吕伯恭专信序文，不免牵合。……伯恭凡百长厚，不肯非毁前辈，须要出脱回护，到了不知道只为得个解经人，却不曾为得圣人本意。是便道是，不是便道不是方得。"② 但是亦不可轻言吕祖谦完全崇信《小序》，《读诗记》亦有批判《小序》之语，如《卫风·氓》之序云："《氓》，刺时也。宣公之时，礼义消亡，淫风大行，男女无别，遂相奔诱。华落色衰，复相弃背。或乃困而自悔，丧其妃耦，故序其事以风焉。美反正，刺淫泆也。"吕祖谦《读诗记》云："'美反正，刺淫泆'，此两语烦赘。见弃而悔，乃人情之常，何美之有？"

2. 广泛征引宋代《诗经》学著作

吕祖谦解释《诗经》时善于广泛征引前人成说，据《吕氏家塾读诗记姓氏》，其引用的《诗经》文献自毛氏至晦庵朱氏计44家，而所引宋代《诗经》文献自明道程氏以下达至35家之多。吕祖谦广泛征引宋代《诗经》学著作，凸显了《诗经》宋学的特征，使之得以与汉学阶段的《诗经》文化平分秋色。吕祖谦《读诗记》大量征引宋代《诗经》研究成果，在客观上还起到了保存文献的作用。如王安石的《诗经新义》在宋代《诗经》学史上具有十分重要的地位，但是出于特殊的政治文化原因该书最终散佚，而在吕祖谦《读诗记》中明确标注"王氏曰"的《诗经》解释性文字多达540余条，成为后人研究王安石《诗经》阐释成就的坚实基础。

3. 融会贯通

吕祖谦学术视野开阔，胸怀宽广，且善于融会诸家之长，陆钅戋《刻吕氏读诗记序》云："其书宗毛氏以立训，考注疏以纂言，剪缀诸家，如

① （宋）吕祖谦：《吕氏家塾读诗记》，商务印书馆1936年版，第137页。下引该作不再一一标注。

② （宋）朱鉴：《诗传遗说》，《景印文渊阁四库全书》第75册，台湾商务印书馆1986年版，第522页。

出一手，有司马子长贯穿之巧，研精殚岁，融会涣释，有杜元凯真积之悟。"① 吕祖谦为人忠厚和平、仁而不佞，待人轻约、责己重周，故能裁剪诸家，不假烦言而诗义自明，魏了翁《鹤山集》卷51《吕氏读诗记后序》曰："东莱吕公尝读书至'躬自厚而薄责于人'，若凝然以思，由是虽于僮仆间，亦未尝有厉声疾呼。是知前辈讲学，大要惟在切己省察，以克其偏，非以资口耳也。盖不宁唯是，今观其所编《读诗记》，于其处人道之常者，固有以得其性情之正。其言天下之事，美盛德之形容，则又不待言而知。至于处乎人之不幸者，其言发乎忧思怨哀之中，则必有以考其情性，参总众说。凡以厚于美化者，尤切切致意焉。"②

4. 活用训诂

字和词是构成《诗经》文本的基本要素，《诗经》解释须臾也不能脱离文字考释和词语训诂。如《小雅·渐渐之石》云："渐渐之石，维其高矣。山川悠远，维其劳矣。"《郑笺》："山石渐渐然高峻，不可登而上，喻戎狄众强而无礼义，不可得而伐也。山川者，荆舒之国所处也，其道里长远，邦域又劳劳广阔，言不可卒服。"孔颖达《毛诗正义》："郑以渐渐为渐渐然险峻之山石，维其高大，不可登而上矣，以兴戎狄众强，不可得而伐矣。其荆舒所在之国，山川其道路悠悠然而长远，维其邦域广阔又劳劳然矣，虽往征之，难可卒服。"吕祖谦《读诗记》曰："东莱曰：解经不必改字，郑氏以'劳'为'辽'，非也。然孔氏之说，读《诗》者所当知。"又如，《郑风·溱洧》云："士与女，方秉蕳兮。……伊其相谑，赠之以勺药。"《毛传》："蕳，兰也。……勺药，香草。"陆玑《毛诗草木鸟兽虫鱼疏》："蕳，即兰香草也。……勺药，今药草芍药无香气，非是也。未审今何草。"吕祖谦《读诗记》曰："兰即今之兰，勺药即今之勺药，陆玑必指为他物，盖泥毛公'香草'之言，必欲求香于柯叶，置其花而不论尔。"又如，《郑风·将仲子》云："将仲子兮！无逾我里，无折我树杞。"《毛传》："里，居也。二十五家为里。杞，木名也。"《郑

---

① （明）陆钶：《少石集》卷10，明代万历刊本，第5页。

② （宋）魏了翁：《鹤山集》，《景印文渊阁四库全书》第1172册，台湾商务印书馆1986年版，第579—580页。

笺》:"'无逾我里',喻言无干我亲戚也。'无折我树杞',喻言无伤害我
兄弟也。"吕祖谦《读诗记》曰:"五家为邻,五邻为里,皆有地域沟树
之,故曰'无逾我里,无折我树杞。'"

第三节 义理之学与《诗经》小学

理学的兴起和发达是宋代学术最为显明的文化标志之一,其根本主
张即为"存天理,去人欲"①。陈来《宋明理学》说:"在直接的意义上,
'天理'指社会的普遍道德法则,而'人欲'并不是泛指一切感性欲望,
是指与道德法则相冲突的感性欲望,用康德的话来说,天理即理性法则,
人欲即感性法则。"② 理学的实质是儒学道德化,伦理哲学化。宋明理学
家特别重视对儒家经典的研究,常常通过注释儒家经典来完成对理学的
阐释,"宋明理学家着重研究的儒家经典,首先是《易》,主要是《易
传》。周敦颐、张载、程颐、朱熹都研究《易》。……其次是《春秋》。
程颐著《春秋传》。胡安国著《春秋胡传》。朱熹则根据《春秋》义法,
著《通鉴纲目》。再次是《诗》。程颐著《诗解》。朱熹著《诗集传》。杨
简著《慈湖诗传》。"③ 先秦《诗经》学总体上是比较重视诗教的;汉代
今文三家诗多言微言大义,唯独《毛诗》学派比较看重训诂。宋代学者
试图从日益烦琐的训诂考证中解脱出来,故而解释《诗经》时多言义理,
元初名儒郝经曰:"《毛诗》之《诂训传》独行于世,惜其阔略简古,不
竟其说,使后人得以纷更之也。故滋蔓于郑氏之《笺》,虽则云勤,而义
犹未备。总萃于孔氏之《疏》,虽则云备,而理犹未明。呜呼!《诗》者,
圣人所以著天下之书也,其义大矣。性情之正,义理之萃,已发之中,
中节之和也。文武周召之遗烈,治乱之本原,王政之大纲,中声之所止
也。天人相与之际,物欲相错之间,欣应翕合,纯而无间,先王以之审
情伪、在治忽、事鬼神、赞化育、奠天位,而全天德者也。观民设教,

---

① (宋)黎靖德编,王星贤点校:《朱子语类》第7册,中华书局1986年版,第2824页。
② 陈来:《宋明理学》,辽宁教育出版社1991年版,第2—3页。
③ 侯外庐等:《宋明理学史》,人民出版社1984年版,第11页。

闭邪存诚，圣人之功也。所过者化，所存者神，圣之用也。正适于变，变适于正，《易》之象也。美而称颂，刺而讥贬，《春秋》之义也。故《诗》之为义，根于天道，著于人心，膏于肌肤，藏于骨髓，厖泽渥浸，浃于万世。虽火于秦，而在人心者，未尝火之也。顾岂崎岖训辞鸟兽虫鱼草木之名，拘拘屑屑而得尽之哉？而有司设规、父师垂训，莫敢谁何。以及于宋欧阳子始为图说，出二氏之区域。苏氏、王氏父子继踵驰说，河南程氏、横渠张氏、西都邵氏，远探力穷而张皇之。逮夫东莱吕伯恭父，集诸家之说为《读诗记》，未成而卒。时晦庵先生方收伊洛之横澜，折圣学而归衷，集传注之大成，乃为《诗》作传，近出己意，远规汉唐，复《风》《雅》之正，端刺美之本，粪训诂之弊，定章句音韵之短长差舛，辨大小《序》之重复，而三百篇之微意、思无邪之一言，焕乎白日之正中也。"①

张载（1020—1077）是宋代理学的主要创始人，据《宋史·艺文志》，张载著有《诗说》一卷。朱彝尊《经义考》卷104云："张子载《诗说》，《宋志》一卷，存。"② 张载《诗说》未见于《四库全书总目》，足见其亡佚已达数百年之久。今从张载《经学理窟·诗书》《正蒙·礼器篇》、吕祖谦《吕氏家塾读诗记》"张氏曰"、朱熹《诗集传》"张子曰"等文献材料，可窥知张载《诗经》学概貌，陈战峰《张载〈诗经〉学思想论略》说："张载的《诗经》学体现出心性义理的价值取向，通过解读《诗经》来获得'治心'途径和'天地之道'。"③ 张载的《诗经》解释最讲平易，《经学理窟·诗书》云："古之能知《诗》者，惟孟子为以意逆志也。夫《诗》之志至平易，不必为艰险求之，今以艰险求《诗》，则已丧其本心，何由见诗人之志？"④ 吕祖谦《读诗记》卷1《纲领》云："张氏曰：'求《诗》者贵平易，不要崎岖，求合诗人之情，温厚平易老成。今以崎岖求之，其心先狭隘，无由可见。诗人之情本乐易，只为时

---

① （清）朱彝尊：《经义考》卷108，中华书局1998年版，第579—580页。
② （清）朱彝尊：《经义考》卷104，中华书局1998年版，第565页。
③ 陈战峰：《张载〈诗经〉学思想论略》，载宋义霞主编《张载关学与东亚文明研究》，陕西人民出版社2008年版，第217页。
④ （宋）张载：《张子全书》卷4，中华书局聚珍仿宋版，第7页。

事拂其乐易之性，故以诗道其志。后千余年乐府皆浅近，只是流连光景、闺门夫妇之意，无有及民忧思大体者。"① 《朱子语类》卷 80 云："横渠云：'置心平易始知《诗》。'然横渠解《诗》多不平易。"②

程颢（1032—1085）和程颐（1033—1107）是北宋理学发展过程中的关键人物，二程"开创的'洛学'奠定了理学的基础。从一个历史时代的主要思潮的特征来看，'洛学'才是理学的典型形态"③。程颐撰有《诗经》解释之作，晁公武《郡斋读书志》："《伊川诗说》二卷。右皇朝程颐正叔门人记其师所谈之经也。"④ 陈振孙《直斋书录解题》："《河南经说》七卷，程颐撰。《系辞说》一、《书》一、《诗》二、《春秋》一、《论语》一、《改定大学》一。"⑤ 《宋史·艺文志一·诗类》："《新解》一卷，程颐门人记其师之说。"⑥ 《钦定四库全书》收有《程氏经说》七卷，其中有《诗解》二卷。《钦定四库全书·〈程氏经说〉提要》云："《程氏经说》七卷，皆伊川程子解经语也，原本不著编辑者名氏。……其中若《诗》《书》解、《论语说》，本出一时杂论，非专注之书。"除《程氏经说》外，程氏的《诗经》解释性文字亦见于《河南程氏遗书》《河南程氏外书》《吕氏家塾读诗记》《诗缉》等文献。程氏解释《诗经》时，常常玩味义理，如《程氏遗书》卷 2 云："孔子删《诗》，岂只取合于《雅》《颂》之音而已？亦是谓合此义理也。如《皇矣》《烝民》《文王》《大明》之类，其义理非人人学至于此，安能及此？作诗者又非一人，上下数千年，若合符节，只为合这一个理。若不合义理，孔子必不取也。"⑦ 又如，《程氏遗书》卷 11 云："'文王陟降，在帝左右，不识不知，顺帝之则。'不作聪明，顺天理也。"⑧ 又如，《程氏经说》卷 3《诗

---

① （宋）吕祖谦：《吕氏家塾读诗记》，商务印书馆 1937 年版，第 4 页。

② （宋）黎靖德编，王星贤点校：《朱子语类》第 6 册，中华书局 1986 年版，第 2090 页。

③ 侯外庐等：《宋明理学史》，人民出版社 1984 年版，第 127 页。

④ （宋）晁公武撰，孙猛校证：《郡斋读书志校证》，上海古籍出版社 2011 年版，第 68 页。

⑤ （宋）陈振孙撰，徐小蛮、顾美华点校：《直斋书录解题》，上海古籍出版社 1987 年版，第 82 页。

⑥ （元）脱脱等：《宋史》，中华书局 2000 年版，第 3373 页。

⑦ （宋）朱熹编：《河南程氏遗书》，商务印书馆 1935 年版，第 42 页。

⑧ （宋）程颢、程颐著，王孝鱼点校：《二程集》，中华书局 1981 年版，第 130 页。

解·周南·关雎》云:"《雅》者,陈其正理,'天生烝民,有物有则,民之秉彝,好是懿德'是也。"① 又如,《程氏外书》卷1云:"白华,自是沤之为菅;白茅,自是为束。各自为用,如后妾各自有职分。之子却远此义理,云结为雨露,所以均被菅茅。"②

一 朱熹 《诗集传》 与 《诗经》 小学

朱熹(1130—1200),字元晦,一字仲晦,号晦庵,晚号晦翁,又称紫阳先生、云谷老人;谥文,后人尊称朱子、朱文公。徽州婺源人,绍兴十八年(1148)进士。《宋史·道学三·朱熹》云:"其为学,大抵穷理以致其知,反躬以践其实,而以居敬为主。尝谓圣贤道统之传散在方册,圣经之旨不明,而道统之传始晦。于是竭其精力,以研穷圣贤之经训。所著书有:《易本义》《启蒙》《蓍卦考误》《诗集传》《〈大学〉〈中庸〉章句》《或问》《〈论语〉〈孟子〉集注》《太极图》《通书》《西铭解》《楚辞集注》《辨证》《韩文考异》;所编次有:《论孟集议》《孟子指要》《中庸辑略》《孝经刊误》《小学书》《通鉴纲目》《宋名臣言行录》《家礼》《近思录》《河南程氏遗书》《伊洛渊源录》,皆行于世。熹没,朝廷以其《大学》《语》《孟》《中庸》训说立于学官。又有《仪礼经传通解》未脱稿,亦在学官。平生为文凡一百卷,生徒问答凡八十卷,别录十卷。"③ 朱熹是宋代理学思想的集大成者,"他以继承伊洛传统为己任,以二程思想为基础,充分吸收北宋其他理学思想家的思想营养,建立了一个庞大的'理学'的体系"④。

朱熹认识论的核心是"格物致知",这一理论的形成得益于《大学》中相关思想的启发,"格物致知论,形式上是朱熹从《大学》'致知在格物','物格而后知至'这两句话推演出来的"⑤。朱熹《大学章句集注》

---

① (宋)程颐:《程氏经说》,《景印文渊阁四库全书》第183册,台湾商务印书馆1986年版,第63页。
② (宋)朱熹编:《河南程氏外书》,中华书局聚珍仿宋版,第3页。
③ (元)脱脱:《宋史》,中华书局2000年版,第9977页。
④ 陈来:《宋明理学》,辽宁教育出版社1991年版,第162页。
⑤ 邱汉生:《朱熹"格物致知论"小议》,《历史教学》1979年第9期。

云："所谓致知在格物者，言欲致吾之知，在即物而穷其理也。盖人心之灵莫不有知，而天下之物莫不有理，惟于理有未穷，故其知有不尽也。是以《大学》始教，必使学者即凡天下之物，莫不因其已知之理而益穷之，以求至乎其极。至于用力之久，而一旦豁然贯通焉，则众物之表里精粗无不到，而吾心之全体大用无不明矣。此谓物格，此谓知之至也。"①体现在人伦纲常上，"格物"就是要识君臣之礼、忠孝节义，《朱子语类》卷15曰："格物，是穷得这事当如此，那事当如彼。如为人君，便当止于仁；为人臣，便当止于敬。又更上一著，便要穷究得为人君，如何要止于仁；为人臣，如何要止于敬，乃是。格物者，格其孝，当考《论语》中许多论孝；格其忠，必'将顺其美，匡救其恶'，不幸而仗节死义。"②同卷又曰："君臣父子兄弟夫妇朋友，皆人所不能无者。但学者须要穷格得尽。事父母，则当尽其孝；处兄弟，则当尽其友。如此之类，须是要见得尽。若有一毫不尽，便是穷格不至也。"朱熹要求为学者必须重视儒家经典，加强道德自律，遵守封建秩序，维护三纲五常，故而他特别看重《诗经》在涵养义理、维护天道方面的现实作用，他在《诗集传序》中说："此《诗》之为经，所以人事浃于下，天道备于上，而无一理之不具也。曰：'然则其学之也，当奈何？'曰：'本之《二南》以求其端，参之列国以尽其变，正之于《雅》以大其规，和之于《颂》以要其止，此学《诗》之大旨也。于是乎章句以纲之，训诂以纪之，讽咏以昌之，涵濡以体之，察之情性隐微之间，审之言行枢机之始，则修身及家、平均天下之道，其亦不待他求而得之于此矣。'"③

　　朱熹《诗集传》的成书经历了一个旷日持久的过程。是作初稿完成于淳熙四年（1177），《诗集传序》云："淳熙四年丁酉冬十月戊子，新安朱熹书。"朱鉴《诗传遗说》卷2云："此乃先生丁酉岁用《小序》解《诗》时所作，后乃尽去《小序》，故附见于辨吕氏说之前。"④淳熙四年（1177）

---

① （宋）朱熹：《四书章句集注》，中华书局2011年版，第8页。

② （宋）黎靖德编，王星贤点校：《朱子语类》第1册，中华书局1986年版，第284页。

③ （宋）朱熹著，赵长征点校：《诗集传》，中华书局2017年版，"序"第2—3页。

④ （宋）朱鉴：《诗传遗说》，《景印文渊阁四库全书》第75册，台湾商务印书馆1986年版，第518页。

印刻的《诗集传》初稿，后被称作"集解"，朱熹《答吕伯恭》曰："窃承读《诗》终篇，想多所发明，恨未得从容以请。熹所集解，当时亦甚详备，后以意定，所余才此耳。然为旧说牵制，不满意处极多。比欲修正，又苦别无稽援，此事终累人也。"① 或曾定名为《诗解》，《朱子语类》卷61曰："至于《绵诗》'肆不殄厥愠'之语，《注》谓说文王，以诗考之，上文正说太王，下文岂得便言文王如此？意其间须有阙文。若以为太王事，则下又却有'虞芮质厥成'之语。某尝作《诗解》，至此亦曾有说。"② 朱子解释《诗经》，已刊行而生变，是缘于他对《小序》的态度发生了根本性的转变。朱熹接触郑樵废序之说的时间很早，但开始解释《诗经》时却未能摆脱《小序》的影响，《朱子语类》卷80曰："某自二十岁时读《诗》，便觉《小序》无意义。及去了《小序》，只玩味《诗》词，却又觉得道理贯彻。当初亦尝质问诸乡先生，皆云，《序》不可废，而某之疑终不能释。后到三十岁，断然知《小序》之出于汉儒所作，其为缪戾，有不可胜言。"③ 朱熹越发怀疑《小序》，使得他对大量采用《小序》之说的《诗解》产生强烈不满，"某向作《诗解》，文字初用《小序》，至解不行处，亦曲为之说。后来觉得不安，第二次解者，虽存《小序》，间为辨破，然终是不见诗人本意。后来方知，只尽去《小序》，便自可通。于是尽涤旧说，《诗》意方活。"（《朱子语类》卷80）朱子自变其说，但因《诗解》曾经刊行，故其中文字被吕祖谦《读诗记》大量引入，这使得朱熹颇为郁闷，他在《吕氏家塾读诗记后序》中说："此书所谓朱氏者，实熹少时浅陋之说，而伯恭父误有取焉。其后历时既久，自知其说有所未安。"④

作为宋代理学大师，朱熹的《诗经》解释带有鲜明的理学色彩。如《大雅·文王》云："无念尔祖，聿修厥德。永言配命，自求多福。"朱熹《诗集传》："赋也。聿，发语辞。永，长。配，合也。命，天理也。……

---

① （宋）朱熹著，朱杰人、严佐之、刘永翔主编：《朱子全书》第21册，上海古籍出版社、安徽教育出版社2010年版，第1461页。

② （宋）黎靖德编，王星贤点校：《朱子语类》第4册，中华书局1986年版，第1460页。

③ （宋）黎靖德编，王星贤点校：《朱子语类》第6册，中华书局1986年版，第2078页。

④ （宋）朱熹著，朱杰人、严佐之、刘永翔主编：《朱子全书》第24册，上海古籍出版社、安徽教育出版社2010年版，第3655页。

言欲念尔祖,在于自修其德,而又常自省察,使其所行无不合于天理,则盛大之福,自我致之,有不外求而得矣。"① 又如,《大雅·荡》云:"荡荡上帝,下民之辟。疾威上帝,其命多辟。天生烝民,其命匪谌。靡不有初,鲜克有终。"《诗集传》:"赋也。荡荡,广大貌。辟,君也。疾威,犹暴虐也。多辟,多邪辟也。烝,众。谌,信也。言此荡荡之上帝,乃下民之君也。今此暴虐之上帝,其命乃多邪僻者,何哉? 盖天生众民,其命有不可信者。盖其降命之初,无有不善,而人少能以善道自终,是以致此大乱,使天命亦罔克终,如疾威而多僻也。盖始为怨天之辞,而卒自解之如此。刘康公曰:'民受天地之中以生,所谓命也。能者养之以福,不能者败以取祸。'此之谓也。"又如,《鄘风·蝃蝀》云:"乃如之人也,怀昏姻也,大无信也,不知命也。"《诗集传》:"赋也。乃如之人,指淫奔者而言。昏姻,谓男女之欲。程子曰:'女子以不自失为信命。'命,正理也。言此淫奔之人,但知思念男女之欲,是不能自守其贞信之节,而不知天理之正也。程子曰:'人虽不能无欲,然当有以制之。无以制之,而惟欲之从,则人道废而入于禽兽矣。'以道制欲,则能顺命。"

在《诗经》小学方面,朱熹《诗集传》有四个方面的鲜明特征。

1. 集众之长

朱熹《诗集传》堪为《诗经》宋学的集大成之作,《经义考》卷108记载明朝大臣何乔新之语曰:"宋欧阳氏、王氏、苏氏、吕氏,于《诗》皆有训释,虽各有发明,而未能无遗憾。自朱子之《传》出,三百篇之旨粲然复明。"② 朱子《诗集传》在文字训诂上亦多采用汉儒的《诗经》学成果,傅维森《缺斋遗稿·读朱子诗集传》云:"《集传》训诂多从古义,驳《小序》非并驳毛、郑也(如《关雎》章:水中可居之地曰洲;窈窕,幽闲之意;淑,善也;逑,匹也;《葛覃》章:覃,延;施,移也;中谷,谷中也;喈喈,和声之远闻也,皆与毛同。《樛木》章:将,扶助也;《鹊巢》章:盈谓众媵侄娣之多;《行露》章:夙,早也;《羔

---

① (宋)朱熹著,赵长征点校:《诗集传》,中华书局2017年版,第271页。以下引用该作不再一一标注。

② (清)朱彝尊:《经义考》,中华书局1998年版,第580页。

羊》章：委蛇，自得之貌；《摽有梅》章：庶，众；迨，及也；《江有
汜》章：妇人谓嫁曰归；啸，蹙口出声，皆与郑同。如此之类，不可枚
举）。后儒不考古书，谓并毛、郑而弃之者，不知朱子之学，且不解朱子
之传也。开《集传》之先者，贾逵撰齐、鲁、韩与毛氏异同，崔灵恩采
三家本为《集注》也。……看《集传》仍当看古注（本《语类》），朱子
未曾轻汉儒也。"① 在名物训诂上，朱熹《诗集传》虽承袭前人较多，但
亦时有新的发挥，如《周南·卷耳》云："我姑酌彼兕觥。"《毛传》：
"兕觥，角爵也。"朱熹《诗集传》："兕，野牛，一角，青色，重千斤。
觥，爵也，以兕角为爵也。"又如，《小雅·蓼莪》云："匪莪伊蔚。"
《毛传》："蔚，牡菣也。"《诗集传》："蔚，牡菣也。三月始生，七月始
华，如胡麻华而紫赤，八月为角，似小豆，角锐而长。"再如，《小雅·
小宛》云："螟蛉有子，蜾蠃负之。"《毛传》："螟蛉，桑虫也。"《诗集
传》："螟蛉，桑上小青虫也，似步屈。"

　　自宋代王应麟始，学者开始提点朱熹《诗集传》集众之长的学术特
征。王应麟《诗考序》曰："诸儒说《诗》，壹以毛、郑为宗，未有参考
三家者。独朱文公《集传》，闳意眇指，卓然千载之上。言《关雎》，则
取匡衡；《柏舟》妇人之诗，则取刘向；《笙诗》有声无辞，则取《仪
礼》；'上天甚神'，则取《战国策》；'何以恤我'，则取《左氏传》。
'《抑》戒自儆'，'《昊天有成命》道成王之德'，则取《国语》；'陟降
庭止'，则取《汉书》注，'《宾之初筵》饮酒悔过'，则取《韩诗》序，
'不可休思'，'是用不就'，'彼岨者岐'，皆从《韩诗》；'禹敷下土方'，
又证诸《楚辞》，一洗末师专己守残之陋。"② 清代学者丁晏在《诗传序》
中说："朱子取材之博，不特如厚斋所云也，训'勿拜'为'拜屈'取
施士丐《诗说》，训'三英'为'饰裘'取郭景纯《拾遗》，以《文王》
为周公作本《吕氏春秋》，以'燕师'为召公国本《水经》王肃注。至
于'田祖有神，秉畀炎火'，证以姚崇《捕蝗》之说，尤征经世之学

---

① 刘毓庆：《历代诗经著述考（先秦—元代）》，中华书局 2002 年版，第 198 页。

② （宋）王应麟著，王京州、江合友点校：《诗考　诗地理考》，中华书局 2011 年版，第 9 页。

也。"① 陈澧《东塾读书记》卷 6 曰："贾逵、崔灵恩之书，为朱子《集传》开其先。近儒攻击朱子者，岂未见王伯厚之说乎？且郑笺亦兼取三家说，不独贾逵、崔灵恩也。"②

2. 简约意明

汉唐《诗经》学的弊端在于堆积各家旧说、繁芜杂乱、难于排解，苏辙《上两制诸公书》云："而子贡亦曰：'在人贤者识其大者，不贤者识其小者。'夫使仁者效其仁，智者效其智，大者推明其大而不遗其小，小者乐致其小以自附于大，各因其才而尽其力，以求其至微至密之地，则天下将有终身于其说而无倦者矣。至于后世不明其意，患乎异说之多而学者之难明也，于是举圣人之微言而折之以一人之私意，而传疏之学横放于天下，由是学者愈怠而圣人之说益以不明。"③ 宋学打破汉学而另立新说，及时遏止了汉唐《诗经》学渐趋卷入迷乱旋涡的危险，吴叔桦在《苏辙与朱熹〈诗经〉诠释之比较》中说："汉学本重训诂，故《毛诗正义》中《序》《传》《笺》《正义》，构成一完整的诠释系统，优点是训诂详尽，保存许多名物、制度之资料，缺点则是过于烦琐。宋学不再墨守旧说，自出新意解经，即是针对汉学之弊而发。"④ 朱熹反对以注废经，追求训诂上的简明易晓，《晦庵集》卷 74《记解经》云："凡解释文字，不可令注脚成文。成文则注与经各为一事，人唯看注而忘经。不然，即须各作一番理会，添却一项功夫。窃谓须只似汉儒毛孔之流，略释训诂名物及文义理致尤难明者，而其易明处，更不须贴句相续，乃为得体。盖如此，则读者看注即知其非经外之文，却须将注再就经上体会，自然思虑归一，功力不分，而其玩索之味，亦益深长矣。"⑤ 后世的《诗经》解释者多赞赏朱熹《诗集传》简约意明的小学风格，南宋学者黄震《黄氏日抄》卷 4《读毛诗》曰："若其发理之精到，措辞之简洁，读之使人

---

① （清）丁晏：《诗集传附释》，光绪二十年广雅书局校刊本，第 2—3 页。
② （清）陈澧著，杨志刚编校：《东塾读书记：外一种》，中西书局 2012 年版，第 91 页。
③ （宋）苏辙著，曾枣庄、马德富校点：《栾城集》，上海古籍出版社 1987 年版，第 485 页。
④ 吴叔桦：《苏辙与朱熹〈诗经〉诠释之比较》，《诗经研究丛刊》2009 年第 2 期。
⑤ （宋）朱熹著，朱杰人、严佐之、刘永翔主编：《朱子全书》第 24 册，上海古籍出版社、安徽教育出版社 2010 年版，第 3581 页。

了然，亦孰有加于晦庵之《诗传》者哉？学者当以晦庵《诗传》为主。"① 明朝桂萼曰："当时朱子传经，一本注疏之训释，但以诸儒解经太详，不免穿凿而失其本意。于是取而传焉，以求作者之志。"（朱彝尊《经义考》卷108）

3. 顺文立意

朱熹受郑樵《诗辨妄》影响颇深，在主观上力排《小序》，《晦庵集》卷34《答吕伯恭书》云："大抵《小序》尽出后人臆度，若不脱此窠臼，终无缘得正当也。"《朱子语类》卷80曰："《小序》极有难晓处，多是附会。如《鱼藻》诗见有'王在镐'之言，便以为君子思古之武王，似此类甚多。因论《诗》，历言《小序》大无义理，皆是后人杜撰，先后增益凑合而成。多就《诗》中采摭言语，更不能发明《诗》之大旨。"脱离《小序》解释《诗经》，自然要回归《诗经》本文，《黄氏日抄》卷4《读毛诗》云："雪山王公质、夹漈郑公樵，始皆去《序》而言《诗》，与诸家之说不同。晦庵先生因郑公之说，尽去美刺，探求古始，其说颇惊俗。"朱熹强调，对于《诗经》本文要反复玩味，或从中推寻诗人的志意，或感发阅读者的情怀，《朱子语类》卷80曰："今欲观《诗》，不若且置《小序》及旧说，只将元诗虚心熟读，徐徐玩味。候仿佛见个诗人本意，却从此推寻将去，方有感发。如人拾得一个无题目诗，再三熟看，亦须辨得出来。若被旧说一局局定，便看不出。……学者当'兴于《诗》'，须先去了《小序》，只将本文熟读玩味，仍不可先看诸家注解，看得久之，自然认得此诗是说个甚事。"又曰："读《诗》之法，只是熟读涵味，自然和气从胸中流出，其妙处不可得而言。不待安排措置，务自立说，只恁平读着，意思自足。须是打叠得这心光荡荡地，不立一个字，只管虚心读他，少间推来推去，自然推出那个道理。"朱熹解释《诗经》讲究熟读玩味的做法，与苏辙"读书百遍，经义自见"②的观点颇为一致。

---

① （宋）黄震：《黄氏日抄》，《景印文渊阁四库全书》第707册，台湾商务印书馆1986年版，第28页。

② （宋）苏辙：《栾城先生遗言》，商务印书馆1936年版，第5页。

朱熹解释《诗经》时在形式上抛弃了《小序》，但是对《小序》内容却是有所继承的，他在《诗序辨说》中说道："其间容或真有传授证验而不可废者，故既颇采以附《传》中，而复并为一编，以还其旧，因以论其得失云。"①《毛传》和《郑笺》拘泥于《小序》，《诗经》解释中多有附会和牵强之语。朱熹反其道而行之，抛开《小序》，玩味诗文。但若是果真完全废弃具有丰富传承内涵的《小序》，实为《诗经》解释者之一大憾事也。故而，朱熹除了在《诗集传》中不时采纳《小序》内容外，还别撰《诗序辨说》一卷，专门考证《小序》之得失。辅广《诗童子问》卷首云："先生之学，始于致知格物，而至于意诚心正。其于解释经义，工夫至矣，必尽取诸儒之说，一一细研，穷一言之善无有或遗，一字之差无有能遁。其诵圣人之言，都一似自己言语一般。盖其学已到至处，能破千古疑，使圣人之经复明于后世。然细考其说，则其端绪又皆本于先儒之所尝疑而未究者，则亦未尝自为臆说也。学者顾第弗深考耳，观其终既已明。知《小序》之出于汉儒，而又以'其间容或真有传授证验而不可废者，故既颇采以附《传》中，而复并为一编，以还其旧，因以论其得失云'之说，则其意之谨重不苟，亦可见矣。"②

4. 采用"叶音"说

朱熹《诗集传》的叶音材料主要取自吴棫《毛诗补音》，《朱子语类》卷 80 曰："叶韵多用吴才老本，或自以意补入。"同卷又曰："《叶韵》乃吴才老所作，某又续添减之。"自明代开始，朱熹标注"叶音"的做法，遭到一些学者的严厉批评，《诗经要籍提要》说："朱熹采用吴棫的'叶音'说，为求合辙押韵，把某字注为改读某音。这样的标注，同一个字在这一篇读某音，在另一篇又另读一音，这是不科学的。明代学者对《诗集传》的'叶音'，已经开始批评，清人更彻底地批倒了'叶音'说。"③ 客观来看，朱熹《诗集传》标注的"叶音"也并非毫无价值，王力《朱熹反切考》评价道："叶音说是错误的，陈第已经批判了

---

① （宋）朱熹：《诗序辨说》，汲古阁本，第 1 页。

② （宋）辅广：《诗童子问》，《景印文渊阁四库全书》第 74 册，台湾商务印书馆 1986 年版，第 298 页。

③ 夏传才、董治安主编：《诗经要籍提要》，学苑出版社 2003 年版，第 81 页。

它。但是，朱熹所用的反切反映了南宋时代的语音系统，是我们研究语音史的重要资料。他的反切并没有依照《切韵》《唐韵》或《广韵》；正是由于这个缘故，朱熹反切才真正准确地反映了当时的语音。"① 王力先生指出了《诗集传》所标"叶音"的语料价值。虽然用叶音标注《诗经》古音的方法不对路，但是因此流传下来的叶音语料，对研究朱子时代的实际语音现象是十分宝贵的。

朱熹的叶音源于吴棫，而吴氏在古音学研究方法的开创上作出了突出贡献。《朱子语类》卷 80 曰："或问：'吴氏《叶韵》何据?'曰：'他皆有据。泉州有其书，每一字多者引十余证，少者亦两三证。他说，元初更多，后删去，姑存此耳。然犹有未尽。'因言：《商颂》'天命降监，下民有严，不僭不滥，不敢怠遑'。吴氏云：'严字，恐是庄字，汉人避讳，改作严字。'某后来因读《楚辞·天问》，见'严'字都押入'刚'字、'方'字去。又此间乡音'严'作户刚反，乃知'严'字自与'皇'字叶。然吴氏岂不曾看《楚辞》? 想是偶然失之。"吴棫的叶音学不是对六朝"协句"说的简单继承，他综合运用韵语、谐声、异文、声训、旧音、方言等多种语料进行语音系联，并尝试构拟了古音系统。李思敬评价吴棫的古音学贡献，"正因为他运用比较的原理开创了古音学的研究道路，全面发明了古音学研究方法，并且进一步突破了传统韵书的系统，初步组织了九个古韵部，孕育了中国历史古音学的雏形，甚至还通过他自己朴素的、原始的审音方法给这些古韵部拟定了想象中的'古音'，因此才对传统的观念产生了一种巨大的冲击力量，震动了当时的学术界。而上述这些巨大贡献又是以方法为先导的"②。朱熹在标注叶音上跟吴棫一样持有谨严的学术态度，他充分利用方言、旧注、韵脚、谐声偏旁等方面的语言材料来增强语音通转的合理性，所以说，"朱熹评说吴棫叶音'他皆有据'的话同样适用于他自己"③。

---

① 王力：《王力文集》卷 18，山东教育出版社 1991 年版，第 246 页。
② 李思敬：《论吴棫在古音学史上的光辉成就》，《天津师大学报》1983 年第 2 期。
③ 刘晓南：《论朱熹诗骚叶音的语音根据及其价值》，《古汉语研究》2003 年第 4 期。

二　杨简《慈湖诗传》与《诗经》小学

杨简（1141—1226），字敬仲，浙江慈溪人，南宋孝宗乾道五年（1169）进士，官至宝谟阁学士、太中大夫，《宋史》有传。晚年筑室德润湖（慈湖），世称慈湖先生。撰有《杨氏易传》《慈湖诗传》《慈湖遗书》等著作。

在宋明理学史上，南宋陆学足以比肩程朱理学。陆九渊是南宋陆学的奠基人，其"思想在哲学上是主观唯心主义的，他认为'心即理'，'宇宙便是吾心，吾心即是宇宙'，所以在他那里，认识'理''宇宙'，也就是认识本心"。① 陆九渊《象山先生全集》卷35《语录》云："心之体甚大，若能尽我之心，便与天同。为学只是理会此。"又云："心不可泊一事，只自立心。人心本来无事，胡乱被事物牵将去，若是有精神，即时便出便好；若一向去，便坏了。"② 陆九渊一生述而不作，虽有"六经注我，我注六经"（《象山先生全集》卷34《语录》）之志，无缘得以伸展。杨简是陆九渊最出色的弟子，他"发挥了陆九渊心学的核心部分，使陆学在哲学理论上能够独立于朱熹理学，而后才经过明代王守仁学说的接续、发展，完善了心学的理论体系，形成支配一代学术的思想潮流"。③ 杨简的心学理论几乎是完美的，他把"心"描述为一个虚明无体、变化万端、为万物之源的精神实体，《慈湖遗书》卷2《永堂记》云："人皆有是心，是心皆虚明无体，无体则无际畔。天地万物尽在吾虚明无体之中变化万状，而吾虚明无体者常一也。百姓日用此虚明无体之妙，而不自知也。此虚明无体者，动如此，静如此，昼如此，夜如此，生如此，死如此。"④ "本心"广大无边，可以发育万物，故能随事而显，遇物可见，妙用无测。《慈湖诗传》是杨简在《诗经》阐释方面的力作，"集中体现象山学派经学研究

① 崔大华：《南宋陆学》，中国社会科学出版社1984年版，第30页。
② （宋）陆九渊：《陆象山全集》，中国书店1992年版，第288、297页。
③ 刘宗贤：《陆王心学研究》，山东人民出版社1997年版，第149页。
④ （宋）杨简：《慈湖遗书》，《景印文渊阁四库全书》第1156册，台湾商务印书馆1986年版，第631—632页。

的基本面貌"①，是陆九渊"六经皆我注脚"的最好注脚。

1. 杨简解释《诗经》的心学倾向

既然"心"无处不在，那么包括《诗经》在内的儒家经典无疑也是"心"的外现，《慈湖诗传自序》云："至道在心，奚必远求？人心自善自正，自无邪自广大，自神明自无所不通，孔子曰：'心之精神是谓圣。'孟子曰：'仁，人心也。'变化云为'兴观群怨'，孰非是心？孰非是正？人心本正，起而为意而后昏，不起不昏。直而达之，则《关雎》求淑女以事君子，本心也；《鹊巢》昏礼天地之大义，本心也；《柏舟》忧郁而不失其正，本心也；《鄘·柏舟》之矢死靡它，本心也。由是心而品节焉，《礼》也；其和乐，《乐》也；得失吉凶，《易》也；是非，《春秋》也；达之于政事，《书》也。"② 或用心学解释《诗经》，或借解释《诗经》阐发心学，成为杨简《诗经》阐释的最为显著的特征，可以说，"杨慈湖是以他的生命来诠释《诗经》，同时又在诠释《诗经》中展现出他的生命境界。"③

杨简常能从《诗经》中体悟出自然无为、寂然永存的"道心"，如《慈湖诗传》卷1阐释《周南·兔罝》篇云："简咏诵《兔罝》之诗，不觉起敬起慕，庄肃子谅之心油然而生，不知所以始，亦不知所以终。道心融融，此人心所同，千古所同，天地四时之所同，鬼神之所同。"④ 又如，《慈湖诗传》于《周南·汉广》篇阐释道："此不敢犯礼之心，即正心，亦道心，亦天地鬼神之心。彼不知道者，必以为粗近之心，非精微之心。吾则曰，此即不勉而中、不思而得之心。""道心"自由自在，和天地一样长存，和鬼神一样莫测，不必依傍他物，亦不离于圣人之志，《慈湖诗传》于《周南·卷耳》篇阐释云："此忧闵其使臣之心，非正心与？正心非道心与？即《关雎》《葛覃》之心。《葛覃》《卷耳》当亦太

---

① 赵玉强：《〈慈湖诗传〉：心学阐释的〈诗经〉学》，博士学位论文，浙江大学，2009年，第1页。

② （宋）杨简：《慈湖诗传》，《景印文渊阁四库全书》第73册，台湾商务印书馆1986年版，第3页。

③ 张实龙：《杨简研究》，浙江大学出版社2012年版，第202页。

④ （宋）杨简：《慈湖诗传》，《景印文渊阁四库全书》第73册，台湾商务印书馆1986年版，第15页。下引该作不再一一标注。

姒之诗，然观《诗》者正不必推求其人。三百篇中或诵或歌，皆足以兴
起人之道心，此孔子删《诗》之大旨，而人知此信此者亦寡。"解释《诗
经》时不必推求其人，道亦不离于平常，纯粹从《诗经》文本出发，从
百姓日常生活着眼，《诗经》中蕴含的"道心"自然可见。杨简《慈湖
诗传》解释《周南·螽斯》篇说："是诗以'螽斯羽'喻子孙众多尔，
《毛传》亦未尝言后妃不妒忌，惟《序》乃言不妒忌。《序》所以必推原
及于不妒忌者，意谓止言子孙众多则义味不深，故推及之。吁！此正学
者面墙之见，不悟道不离于平常。故曰，百姓日用而不知。孔子以一言
蔽《诗》曰'思无邪'而已。初无高奇幽深，今子孙众多，如螽斯羽，
何邪之有？振振绳绳，何邪之有？既无邪僻，非道而何？何必外求其
义？"《小序》的作者不懂诗情，常常强牵合史事以说诗，故而偏颇者甚
夥，赘立己意者甚夥，这都是有违"道心"的。《慈湖诗传》释《王风·
兔爰》篇云："《毛诗序》曰：'《兔爰》，闵周也。桓王失信，诸侯背叛
败节。'容有此事？《序》多误，亦不可深信。然孔子取此诗之道心，虽
无此序亦可。而序文赘，反足以乱道心。"

2. 《慈湖诗传》的小学成就

（1）对吴棫《诗补音》的保存之功

古音学研究最早是由南宋人吴棫开始的，而《诗补音》是吴棫探讨
古音学最重要的学术著作，可惜此作早已亡佚。朱熹《诗集传》保存了
不少吴棫《诗补音》的叶音材料，但朱熹的做法是"从文献考据蜕变为
单一的叶音注释，最后完全走上了脱离文献考证而不问'协韵之由来'
的随意转读"[①]，这跟吴棫以文献考据为主的古音研究是有很大差别的。
对吴棫《诗补音》及宋代古音研究材料的挖掘，有助于厘清汉语古音学
研究的许多重大问题。较早关注到《慈湖诗传》与《诗补音》关系的是
《四库全书总目》，其文云："《慈湖诗传》二十卷，宋杨简撰。……昔吴
棫作《诗补音》十卷，又别为《韵补》五卷。《韵补》明人有刻本，其
书采摭《诗》《骚》以下及欧阳修、苏轼、苏辙之作，颇为杂滥。《补

---

① 乔永：《文献考证与古音学史研究——〈宋代古音学与吴棫《诗补音》研究〉编后记》，
《古汉语研究》2006 年第 2 期。

音》久佚，惟此书所引尚存十之六七。然往往以汉魏以下之韵牵合古音，其病与《韵补》相等。《朱子语类》谓才老《补音》亦有推不去者，盖即指此类。顾炎武亦尝作《韵补正》一书，以纠其失。"① 著名语言学家鲁国尧先生于1990年发现《慈湖诗传》与《诗补音》关系时颇为激动，他说："当读到杨简的《慈湖遗书》卷十五时，我吃一惊，杨简竟然述及《诗补音》数则！于是我立即进一步去查阅杨简的专门著作，果然在《慈湖诗传》里有更多发现。……吴棫著有《诗补音》和《韵补》，此二书实是古音学的开山著作。"② 为全面研究宋代古音学的历史状况以及吴棫的《诗补音》，张民权先生在《诗补音》汇考校注上花费了很大的功夫，于2005年出版了《宋代古音学与吴棫〈诗补音〉研究》一书，是书"主要从杨简《慈湖诗传》、王质《诗总闻》和朱熹《诗集传》三书中发掘出大量《诗补音》材料"③。

在保存吴棫《诗补音》材料的同时，杨简在《诗经》用韵方面还有自己独立的思考。如《慈湖诗传》于《周南·关雎》篇释云："《补音》云：'芼多读如邈，未详。'简观古用韵，亦不拘拘反切，况芼音之转如邈欤！《补音》云：'思服，蒲北切，一作匐，又作犕。《士冠礼》三加祝皆服与德叶，秦泰山刻石宾服与脩饬叶，碣石刻石咸服与灭息叶。《诗》一十有六，无用今房六切一读者。'简窃意方言所至不同。匐作蒲北切则可，服作蒲北切则未安，安知服非扶北切，即与今房六切同母？今读当亦有所自，特微讹尔。《补音》云：'右采此礼切。荀卿《赋篇》：此夫文而不采者与？简然易知而致有礼者与？杜笃《论都赋》采与已叶，郭璞《客傲》采与里叶，陆云《赠顾尚书》采与水叶。瑟友，羽轨切，朋也。《史记·龟策传》与之为友叶民众咸喜，《易林·坎之乾》孝友与兴起叶，《楚辞·九章》长友与有理叶。汉《天马歌》友与里叶，崔骃《达旨》友与已叶。'按：采有此苟切，友有云九切，宜从两读例。而《诗》用友韵，凡十有一，无作云九切者。今定从一读。《补音》专于叶

① （清）永瑢等：《四库全书总目》，中华书局2003年版，第123—124页。
② 鲁国尧：《板凳甘坐十年冷——序张民权〈宋代古音学与吴棫〈诗补音〉研究〉》，《汉语学报》2005年第3期。
③ 黄易青：《吴棫〈韵补〉与〈诗补音〉古音系之比较》，《语言研究》2007年第2期。

韵,而于苼乐亦莫能通。简按:《诗》固不能皆叶,然歌诗之时,乐之余音亦颇叶苼音;若苼乐二音皆舌居中,则尤叶。"然而,杨简非古音学家,论音时不免以今律古,远不逮吴棫的水准。

(2)旁征博引,多有考辨

在训诂实践上,杨简经常广征博引,细加考辨。如《召南·江有汜》云:"江有汜,之子归,不我以。"《慈湖诗传》:"汜音祀,《补音》:'养里切。'《尔雅·释水》:'决复入为汜。'汜,已也,如出有所为,毕已,复还而入也。《楚词·天问》:'出自汤谷,次于蒙汜,自明及晦,所行几里。'《说文》:'汜,从水巳声。《诗》:江有汜。'又曰:'洍,从水臣声。《诗》:江有洍。'徐锴曰:'汜洍音义同。'《集韵》皆'养里切'。简考:祀,祥里切,其义则已,后人欲别其为水,故读作祀欤!《集韵》于'汜''洍'又并音祀,象齿切,亦皆以此诗为证。"又如,《大雅·皇矣》云:"其菑其翳。"《慈湖诗传》云:"《尔雅·释地》云:'田一岁曰菑。'《释木》云:'立死,椔。毙者,翳。'郭《注》引《诗》'其椔其翳'。《周礼·夏官·掌固·司险》:'五涂,径、畛、涂、道、路之上,树之林以为阻固。'林木密比蔽翳,修理之平正之。人为之所作即上帝之所作也。《毛传》曰:'木立死曰菑,自毙为翳。'岂《尔雅》有别本欤?抑《传》者意之欤?国家作治庶务,不必专言治其木,况《尔雅》亦多差误。今《诗》本文曰菑,当从《释地》'田一岁曰菑'。"

又如,《周南·螽斯》云:"螽斯羽,诜诜兮。"《慈湖诗传》在解释"螽斯"时说:"陆玑《疏》云:'今人谓蝗子为螽子,兖州人谓之螣。'许慎云:'蝗,螽也。'蔡邕云:'螽,蝗也。'《毛诗传》曰:'螽斯,蚣蝑也。'《疏》曰:'此言螽斯也。《七月》云斯螽,文虽颠倒,其实一也。故《释虫》云:蜇螽,蚣蝑,舍人曰今所谓春黍也。陆玑《疏》云:幽州人谓之春箕,春箕即春黍,蝗类也。长而青,长角长股,股鸣者也,或谓似蝗而小,班黑,以两股相切作声,闻数十步。'按:《尔雅·释虫》:'蜇螽,蚣蝑。'释曰:'《周南》作螽斯,一名蚣蚁。'余同诗《疏》。然长而青,长角长股,作春黍之状,作声者乃间见不多。春黍殆非此螽斯也,若蝗则多矣。《释虫》'土螽,蠰溪'者,殆蝗邪,蝗生子于土中。释曰:'土虫,一名虾蟆。'今俗曰蝳蜢者,即蝗也,色或青或氓,能跳能飞。若旱干,蝗作不胜其多，害稼甚平时。蟊蜮在田间亦多于他虫，若稍多亦害稼，盖盛而为灾则曰蝗，不为灾则曰蟊蜮。蟊蜮亦多能飞。"

（3）结合诗义进行词语训诂

杨简在诗歌创作上造诣颇高，尤为追求物象与诗义的统一性，如他在《偶成》一诗中说："我吟诗处莺啼处，我起行时蝶舞时。踏着此机何所似，陶然如醉又如痴。"① 杨简又有《富春龙门》一诗，云："桑麻迤逦入高原，级级差差水落田。树色自分深浅绿，山光都在淡浓烟。竹舆渐近钟鸣处，诗句来从鸟语边。又是一番新样致，如何写得十分全！"② 在他的诗作里，自然风光浸染着诗人的睿智，一景一物多有深意寄寓其中。在《诗经》阐释上，杨简常能针对诗篇大意来解析字词的含义。如《邶风·凯风》云："凯风自南，吹彼棘心。"《慈湖诗传》解释"凯风"说："人畏暑喜风，故南风人乐，人谓之'凯风'。棘，难长养者；心坚，尤其难者。子以自喻。以凯风喻母。"又如，《秦风·晨风》云："山有苞栎，隰有六驳。……山有苞棣，隰有树檖。"《慈湖诗传》这样解释其中的名物："丛生曰苞。秦人谓柞栎为栎，孙炎曰：'栎实，橡也。今俗曰橡斗子，味如栗。'《毛传》谓'驳，如马，倨牙，食虎豹'，诸儒说皆不安。下章云'山有苞棣，隰有树檖'，皆山隰之木相配，不宜云兽。《尔雅·释木》云：'驳，赤李，子赤。'安知此'六驳'非'赤驳'之讹乎？《诗》中字讹者亦多。《释木》云：'常棣，子如樱桃，可食。''檖，一名罗。'郭云：'今杨檖也，实似梨而小，酢可食。'陆玑云：'一名赤罗，一名山梨，一名鹿梨，一名鼠梨。'夫栎、驳、棣、檖，皆果实可食，喻秦国人材皆可用。"接着，杨简联系诗义解说道："昔先君未见君子，忧心靡乐如醉，思见贤者，其切如此。'如何如何'，而今不然也。忘我旧臣，盖亦甚矣，故曰'忘我实多'。是诗与《权舆》相类。"

杨简对于《尔雅》的认识也颇值得关注。他指出《尔雅》不可尽信，这无疑是正确的；但他根据《春秋元命苞》的说法，就认定《尔雅》为孔子之前的书，却并非高明之语。《慈湖诗传》于《邶风·谷风》篇申论

---

① （宋）杨简著，董平校点：《杨简全集》第 7 册，浙江大学出版社 2015 年版，第 1948 页。
② （宋）杨简著，董平校点：《杨简全集》第 7 册，浙江大学出版社 2015 年版，第 1950 页。

曰："《尔雅》差缪多矣。据《春秋元命包》，虽知其为孔子以前之书，后学妄意推尊，以为周公、孔子、子夏共成之，不可信也。其书则古矣，古人岂一一皆圣人，皆无差失耶？其是者从之，非者勿从，可也。"《钦定四库全书·〈慈湖诗传〉提要》云："盖简之学，出陆九渊，故高明之过，至于放言自恣，无所畏避。"

在语义训释上，杨简《慈湖诗传》偶然亦有失当之处。朱彝尊《经义考》卷 107 云："其于'聊乐我员'谓'员'是姓，大防非之。以'员'本彭城刘氏奔魏，自比伍员更姓。古无此姓，'员'乃语助辞。则其解亦太穿凿矣。"①

三 刘瑾《诗传通释》与《诗经》小学

元儒刘瑾，字公瑾，江西吉安人，《元史》无传，生平不详。《千顷堂书目》云："刘瑾《诗传通释》二十卷。字公瑾，安城人，博通经史，隐居不仕。其书宗朱子而录各经传及诸儒所发要义，并考求其世次源流。"②《四库全书总目》云："瑾字公瑾，安福人。其学问渊源出于朱子。故是书大旨在于发明《集传》，与辅广《诗童子问》相同。陈启源作《毛诗稽古编》，于二家多所驳诘。然广书皆循文演义，故所驳惟训解之词。瑾书兼辨订故实，故所驳多考证之语。"③ 陆心源《元椠诗传通释跋》云："瑾，江西安福县人。安福为汉安成县境。自署安成者，古县名也。……《吉安府志》称，瑾'肆力治《诗》，考证圹国世次，作者时代，察其源流，辨其音韵，客审诗乐之合，穷删定之由，能发朱子之蕴'云云。"④

关于《诗传通释》的编撰体例及著述特点，《铁琴铜剑楼藏书目录》论之甚详："朱子《集传》，后学安成刘瑾通释。前有《诗传纲领》二卷。上卷，先以《大序》，次《尚书》《周礼》《礼记》《论语》《孟子》之言《诗》，以及程子、张子、谢氏论《诗》之语，与庆源辅氏《诗童

---

① （清）朱彝尊：《经义考》，中华书局 1998 年版，第 575 页。
② （清）黄虞稷著，瞿凤起、潘景郑整理：《千顷堂书目》，上海古籍出版社 2001 年版，第 32 页。
③ （清）永瑢等：《四库全书总目》，中华书局 2003 年版，第 126 页。
④ 蔺文龙：《清人诗经序跋精萃》，中国书籍出版社 2015 年版，第 51—52 页。

子问》同。下卷，称《外纲领》，为《诸国世次图》《作诗时世图》《诗源流》《章句》《音韵》《诗乐删次》，凡六则。《诗》自吕成公集诸儒之说以为一家之学，后之说《诗》者，率用其体。特尊《序》则从吕，废《序》则从朱耳。此书则专宗《集传》，博采众说，以证明之。其所辑录，诸家互相援引，习见者多，惟李宝之、刘辰翁为诸家所未及。《诗序辨说》，朱子本自为卷，《诗童子问》亦合载卷首，此则分列各章之后，其为例亦独殊。"① 《诗传通释》虽以辅翼朱熹《诗集传》为己任，但刘瑾并非完全墨守朱说，"于朱说之未安者，亦或兼存他说。……如于《鲁颂·泮水》亦存胡一桂疑朱《传》之说，并按曰：'朱子以作泮宫、克淮夷之事他无所考，故不质其为僖公之诗，而且以克服淮夷为颂祷之辞。以愚考之，《春秋》不书常事，则夫作泮宫之事，十二公之经固宜皆无所见也。至于僖公克服淮夷，虽亦不见于《春秋》，而僖公十三年尝从齐桓会于咸，为淮夷之病杞；十六年尝从齐桓会于淮，为淮夷之病鄫矣。但此诗所言，不无过其实者，要当为颂祷之溢辞也。'"②

刘瑾《诗传通释》在元代《诗经》学史上占有重要地位，夏传才先生说："元儒说诗，都以《诗集传》为本。有几种关于《诗经》的著述，都是对朱传的疏解。其中值得一提的，只有刘瑾的《诗传通释》。这部著述在《诗经》研究史上的意义，是它严守宋学体系，对宋学《诗经》研究的权威著作《诗集传》，逐篇作了比较详细的疏解。"③ 有人认为，刘瑾《诗传通释》"以阐发朱熹《诗集传》为宗旨，广征博引前人成说与经典史料，将朱熹前后期诗学观的发展流变完整呈现并为之疏通，是元代辅翼《诗集传》著作的集大成者"④，亦非过誉之词。《诗传通释》对后世影响很大，朱彝尊《经义考》卷111曰："刘氏《通释》，永乐中胡广等攘其成书为《大全》，惟于原书'愚按'二字更作'安成刘氏'而已。"⑤

---

① （清）瞿镛编纂：《铁琴铜剑楼藏书目录》，上海古籍出版社2000年版，第72—73页。
② （元）刘瑾撰，李山主编：《诗传通释》，北京师范大学出版社2013年版，"整理说明"第2—3页。
③ 夏传才：《诗经研究史概要（增注本）》，清华大学出版社2007年版，第124页。
④ 刘镁硒：《刘瑾〈诗传通释〉的撰述体例与解经方式》，《诗经研究丛刊》2015年第3期。
⑤ （清）朱彝尊：《经义考》，中华书局1998年版，第592页。

《诗传大全》的编纂者胡广，建文二年（1400）廷试第一，后担任明成祖内阁首辅十一年，两次亲随朱棣北征，可谓明朝早期的股肱之臣。《诗传大全》为奉旨编修之作，影响非同寻常，"明人《诗》著引其说者甚多。据杨晋龙先生统计，其刻本至少也有十八种之多"①。

1. 《诗传通释》的理学色彩

刘瑾严守朱学体系，《诗传通释》具有辅翼朱熹《诗集传》的性质，所以它不可避免地染上了浓重的理学色彩。对于"理"或"天理"的思辨是朱熹理学的基础，有学者总结道："朱熹哲学逻辑结构的最高范畴是理。"② 朱熹《晦庵集》卷70《读大纪》云："宇宙之间，一理而已，天得之而为天，地得之而为地，而凡生于天地之间者，又各得之以为性。其张之为三纲，其纪之为五常。盖皆此理之流行，无所适而不在。"③ 在朱熹看来，"理"或"天理"是天地万物的本源，天地万物都是由"理"或"天理"产生并由它来承载的，《朱子语类·理气上》云："未有天地之先，毕竟也只是理。有此理，便有此天地；若无此理，便亦无天地，无人无物，都无该载了！有理，便有气流行，发育万物。"④ 在理学家看来，人们的修身之道就在于存天理而去人欲。刘瑾《诗传通释》注重传承朱熹理学，在解释《大雅·抑》时说："'不遐有愆'者，是省察之功，所以遏人欲于将萌，即《中庸》之内省不疚而慎独之事也。能慎独，则意无不诚矣。'不愧屋漏'者，是存养之功，所以存天理之本然，即《中庸》之不睹不闻而戒惧之事也。能戒惧，则心无不正矣，所谓正心诚意之极功者也。盖由武公本亦圣贤之徒，宜其所言合乎圣贤之道也。"⑤ 理学的根本目的在于维护封建社会秩序，而封建社会秩序的根本在于以"亲亲""尊尊"为核心思想的宗法制度。在解释《小雅·角弓》时，刘瑾《诗传通释》云："尧之协和万邦，必以亲九族为本；《中庸》之九

---

① 刘毓庆：《从经学到文学——明代〈诗经〉学史论》，商务印书馆2001年版，第49页。

② 张立文：《朱熹思想研究》，中国社会科学出版社2001年版，第137页。

③ （宋）朱熹：《晦庵集》，《景印文渊阁四库全书》第1145册，台湾商务印书馆1986年版，第383页。

④ （宋）黎靖德编，王星贤点校：《朱子语类》第1册，中华书局1986年版，第1页。

⑤ （元）刘瑾撰，李山主编：《诗传通释》，北京师范大学出版社2013年版，第688页。下引该作不再一一标注。

经，必以亲亲为先。所系之大如此，而其道则惟在于尊其位、重其禄、同其好恶，此先王所以有《常棣》《伐木》《頍弁》《行苇》诸诗之深仁厚泽也。今若此诗所刺，则丧其治国平天下之本矣。"

2.《诗传通释》的小学特点

在小学解释上，刘瑾《诗传通释》主要有以下三个方面的特征。

（1）充实朱熹的解释

简洁达意为朱熹《诗集传》在小学解释方面的一大特色，但是过于追求简洁则容易导致隐晦不明。刘瑾《诗传通释》的著述目的在于通释朱熹《诗集传》，故而对《诗集传》简略之处多有补苴。如《周南·樛木》云："南有樛木，葛藟累之。"朱熹《诗集传》："藟，葛类。"《诗传通释》引用《毛诗正义》和《本草》注中的语料，补充解释道："孔氏曰：'一名巨瓜，亦延蔓生。'《本草》注曰：'蔓延木上，叶如葡萄而小，五月开花，七月结实，青黑，微赤，即《诗》云藟也。此藤大者盘薄，又名千岁蔂。'"又如，《周南·兔罝》云："施于中逵。"《诗集传》："逵，九达之道。"《诗传通释》："孔氏曰：'《释宫》云：九达谓之逵。郭璞云：四道交出，复有旁通者。'愚按：中逵，谓九达之道中也。"朱熹在解释《召南·摽有梅》一诗时，指出了"摽有梅"的寓意，其文云："梅落而在树者少，以见时过而太晚矣。"刘瑾引用《周礼》之说补充解释道："《周礼》：'仲春令会男女。'梅落之时，则四月矣，故曰时过而大晚。"

（2）礼制考证翔实

《小雅·楚茨》云："神具醉止，皇尸载起。鼓钟送尸，神保聿归。诸宰君妇，废彻不迟。诸父兄弟，备言燕私。"刘瑾《诗传通释》借此考释尸祝及宴亲制度："孔氏曰：'尸，与神为节度者也。神无形，故尸象焉。《少牢》曰：告利成。毕。祝人，主人降，立于阼阶东，西面。尸遂出于庙门外。'李宝之曰：'尸在庙门外，则疑于臣，故送迎尸皆以庙门为断。'《周礼·大司乐》曰：'尸出入奏《肆夏》。'《钟师》注曰：'先击钟，次击鼓，以奏《时迈》也。'郑氏曰：'诸宰撤去诸馔，君妇笾豆而已。'刘执中曰：'不敢急缓，如神犹在也。'愚按：《仪礼》：主人之俎，佐食彻之。尸俎，则佐食彻而有司归之。宾俎，则有司彻而归之。祝及兄弟、众宾之俎,则皆自彻而出。拜宾于门外而不敢留,归宾俎而不敢后,所以尊宾也。主人以阼俎、豆笾及尸祝、兄弟之庶羞,宴族人于堂。主妇以祝豆笾及姑姊妹之俎,宴内兄弟于房,所以亲亲也。"对于《商颂·那》一诗,刘瑾《诗传通释》考释"宗庙九献"之制说:"周制宗庙九献之次,尸未入前,王裸于奥以降神,一献也;后亚裸,二献也;尸入,荐血腥后,王酌泛齐献尸,所谓朝践,三献也;后酌醴齐亚献,亦为朝践,四献也;荐熟毕,王酌盎齐献尸,五献也;后酌缇齐亚献,六献也,皆所谓馈献也。尸乃食,讫,王更酌,朝践之,泛齐以酢尸,所谓朝献,七献也;后更酌,馈献之,缇齐以亚酢,所谓再献,八献也;又有诸臣为宾者之一献,凡九也。若商之九献,则未有考。"

(3)善于对比

刘瑾在解释《诗经》时擅长使用对比方法,从字词到篇章,《诗传通释》中的对比是全方位的。如《周颂·我将》云:"我将我享,维羊维牛,维天其右之。仪式刑文王之典,日靖四方。伊嘏文王,既右飨之。"诗篇中言"天"时用表推测的语气副词"其",言"文王"时用时间副词"既",通过比较祭主和祭祀对象的关系,刘瑾在《诗传通释》中说:"天比文王为尊,以尊事之,故不敢必天之享,而以'其'字言之。文王比天帝为亲,以亲望之,故知文王之必享我祭,而以'既'字言之。"又如,《小雅·节南山》云:"昊天不佣,降此鞠讻。昊天不惠,降此大戾。"联系同一诗篇中的其他章节以及其他诗篇在遣词、诗意等方面的情况,《诗传通释》进行比析曰:"此诗后章言'不吊''不平',《正月》言'天之杌我''夭夭是椓',《十月之交》言'天命不彻',《雨无正》言'降丧''疾威',《小旻》言'旻天疾威',《小弁》言'天之生我,我辰安在',《巧言》言'昊天已威''昊天泰忧',以及变大雅《板》言'上帝板板''天之方难''方蹶''方虐''方㤞',《荡》言'疾威上帝''天降慆德',《瞻卬》言'不惠'而'降厉',《召旻》言'疾威'而'降丧',皆与此章言天之意同一致者,其诗人之情性有同然者与?"

在进行比析的时候,刘瑾善于归纳和总结。如《大雅·文王》云:

"有周不显，帝命不时。"《诗传通释》解释"不显"一词说："《雅》《颂》称'不显'凡十二，此诗三，《大明》及《崧高》《韩奕》《清庙》《维天之命》《执竞》《烈文》各一，皆与此诗同义。《思齐》《抑》各一，则词指有不同者。"又如，《小雅·宾之初筵》和《大雅·抑》两篇中皆有不少自警的诗句，《诗传通释》一一摘出，并比析其语意的相似之处，说道："此诗之意欲以自警，《抑》诗之意，亦以自警也。此诗之意，恐醉酒而伐德，犹《抑》诗所谓'颠覆厥德''荒湛于酒'也。此诗之意，反覆以威仪为言，犹《抑》诗言'抑抑威仪''敬慎威仪''敬尔威仪''不愆于仪'也。此诗言'载号载呶''勿言勿语'之意，犹《抑》诗言'慎尔出话''无易由言'也。以至此诗有'童羖'之语，《抑》诗亦有'彼童而角'之喻，其语意多相类也。"①

第四节　《诗经》博物派研究

宋明时期，辅翼《尔雅》性质的"雅学"发展势头迅猛。寻找宋明雅学发达的文化诱因，可以追溯到北宋改革家王安石那里。《宋史·王安石传》云："初，安石训释《诗》《书》《周礼》，既成，颁之学官，天下号曰'新义'。晚居金陵，又作《字说》。"② 关于《字说》创作的缘起，王安石《进说文札子》云："臣在先帝时，得许慎《说文》古字，妄尝覃思，究释其意，翼因自竭，得见崖略。"③ 早在宋英宗治平年间（1064—1067），王安石因感发于《说文解字》古字，就开始了《字说》的创作，直到宋神宗熙宁九年（1076）退居金陵后，他才集中精力撰成此书。王安石认为文字的构形都是有根据的，汉字皆源于自然或天理，他在《进字说表》中说："盖闻物生而有情，情发而为声。声以类合，皆足相知。人声为言，述以为字。字虽人之所制，本实出于自然。凤鸟有文，河图有画，非人为也，人则效此。"④ 所以王安石解说文字皆从字形出发，然

---

① （元）刘瑾撰，李山主编：《诗传通释》，北京师范大学出版社 2013 年版，第 553 页。
② （元）脱脱等：《宋史》，中华书局 2000 年版，第 8467 页。
③ （宋）王安石著，唐武标校：《王文公文集》，上海人民出版社 1974 年版，第 237 页。
④ （宋）王安石著，秦克、巩军标点：《王安石全集》，上海古籍出版社 1999 年版，第 175 页。

后按偏旁立意，也因此把很多汉字都曲解成了会意字，《文献通考》卷
190 曰："王氏见字多有义，遂一概以义取之，虽六书且不问矣。"① 然
而，文字解说方面的偏执并不能掩盖《字说》在语言学史上的意义，王
安石《字说》和之后王子韶（字圣美）的"右文说"一样，其意义主要
体现在训诂学方面，唐兰《中国文字学》说："宋时二王的《说文》学，
论实是训诂学。"② 曹锦炎先生说："王安石的《字说》，从严格意义上来
讲，其实质是一种字义的训释，也就是后世所说的'训诂'之学。他代
表着宋代文字学的一个流派，和王圣美的《右文说》一样，同是对传统
六书理论的变革和创新。"③

王安石《字说》直接影响了宋代的《尔雅》研究。他的学生陆佃撰
著《尔雅新义》和《埤雅》，皆因深受《字说》的影响，《钦定四库全书·
〈埤雅〉提要》云："其说诸物，大抵略于形状而详于名义，寻究偏旁，
比附形声，务求其得名之所以然。而曼衍纵横、旁推其理以申之，多引
王安石《字说》。"在《埤雅·释鸟》"凤"字条下，陆佃引用王安石之
说并发挥道："夫文凡鸟为凤，凤，总众鸟者也。古文作'鶠'，象形。盖
四灵唯凤能鸠其类，故以为朋党之字。同门曰朋，其类不一，所从者一
而已。首文曰'德'，翼文曰'礼'，背文曰'义'，膺文曰'仁'，肠文
曰'信'。王文公曰：'凤鸟有文，河图有画，非人为也'。"④ 南宋人罗
愿著《尔雅翼》，反对陆佃的这种牵强附会之说，《尔雅翼·释鸟》云：
"身文义仁知礼信之说，反覆无所据，皆不足取也。"⑤ 直到明末学者方以
智著《通雅》，追求"以音通古义之原"⑥，才基本上摆脱了王安石以字
说义的套路。

王安石《字说》折射到《诗经》学领域，则激发了宋明文人在《诗
经》博物学研究方面的热情。

---

① （元）马端临：《文献通考》，中华书局 1986 年版，第 1614 页。
② 唐兰：《中国文字学》，上海古籍出版社 2005 年版，第 15 页。
③ 张宗祥辑录，曹锦炎点校：《王安石〈字说〉辑》，福建人民出版社 2005 年版，第 9 页。
④ （宋）陆佃著，王敏红校点：《埤雅》，浙江大学出版社 2008 年版，第 81—82 页。
⑤ （宋）罗愿著，石云孙校点：《尔雅翼》，黄山书社 2013 年版，第 155 页。
⑥ （明）方以智：《通雅》，中国书店 1990 年版，"疑始"第 1 页。

一　蔡卞《毛诗名物解》

蔡卞，福建仙游人，北宋权臣蔡京胞弟，王安石女婿。蔡卞受王安石《字说》影响，撰成《毛诗名物解》（一名《诗学名物解》），陈振孙《直斋书录解题》云："《诗学名物解》二十卷，知枢密院莆田蔡卞元度撰。卞，王介甫婿，故多用《字说》。"① 《四库全书总目》云："卞字元度，兴化仙游人。熙宁三年与兄京同举进士第。官至观文殿学士。事迹具《宋史》本传。自王安石《新义》及《字说》行，而宋之士风一变。其为名物训诂之学者，仅卞与陆佃二家。佃，安石客。卞，安石婿也。故佃作《埤雅》，卞作此书，大旨皆以《字说》为宗。"② 纳兰性德《通志堂经解·毛诗名物解序》云："六经名物之多，无逾于《诗》者，自天文、地里、宫室、器用、山川、草木、鸟兽、虫鱼，靡一不具。学者非多识博闻，则无以通诗人之旨意而得其比兴之所在。自《尔雅》释《诗》，而后如《博雅》《埤雅》《尔雅翼》诸书，虽主于训诂，要以名物为重。此外复有疏草木鱼虫及门类物性、钞集传名物者，若蔡卞之《毛诗名物解》，亦其一也。卞为王介甫婿，其学一以王氏为宗。"③

1. 贯穿经义，会通物理

《毛诗名物解》最鲜明的特征就是在解释名物时能够贯穿经义，会通物理，重点揭示名物在《诗经》中的喻义。蔡卞于《毛诗名物解》卷6《释鸟》"鸱鸮"条曰："鸱鸮，性阴伏，而好凌物者也。阴伏以时发者，必有以定之；内畜志以凌物者，必有以决乎外，故谓之鸱鸮。然其害物也，能窃伏而不著鹰隼之势，故鸱鸮以喻管蔡之暴乱。"④ 蔡卞通过揭示鸱鸮"性阴伏""好凌物"的特征，把名物训诂和诗篇喻义（"以喻管蔡之暴乱"）结合起来，"就显得比前人的同类著作更贴近《诗经》，成为

---

① （宋）陈振孙撰，徐小蛮、顾美华点校：《直斋书录解题》，上海古籍出版社1987年版，第37页。

② （清）永瑢等：《四库全书总目》，中华书局2003年版，第122页。

③ （清）纳兰性德：《通志堂经解》第7册，江苏广陵古籍刻印社1996年版，第523页。

④ （宋）蔡卞：《毛诗名物解》，《景印文渊阁四库全书》第70册，台湾商务印书馆1986年版，第557页。下引该作不再一一标注。

研读诗篇、理解诗义的有价值的参考读物，避免了把这类书写成游离于诗义之外的专科词典的弊端。"① 蔡卞于《毛诗名物解》卷5《释木》"杨"字条曰:"《易》称'百谷草木丽乎土'，得土之灌以厚者，其质刚;得土之虚而薄者，其性柔。杨湿生，故材为下。松桧之木至刚，而不为四时风雨之所迁也。桧坚实而理直，则宜以为楣;松刚直而不变，则宜以为舟。杨非坚实之材，故《菁菁者莪》之卒章言'泛泛杨舟，载沉载浮'，仅可以载任而已。《采菽》言君子之信义足正诸侯，故曰'泛泛杨舟，绋缅维之'，言绋缅维之则固，制下之道也。《东门之杨》'其叶牂牂'，牂从羊言美，而未大也;'东门之杨，其叶肺肺'，肺为金脏，言其已成，所以刺昏姻之失时也。"释文采用阴阳五行概念，比之于松桧之刚，揭示出杨木性柔的特质;以杨木性柔这一特质贯穿于《小雅·菁菁者莪》《小雅·采菽》《陈风·东门之杨》三篇诗作，推论诗中"杨"的比兴之义。但是，蔡卞称"牂从羊言美，而未大也"，已然犯了望文生义的错误;又云"肺为金脏"，则又妄加比附。

2.《毛诗名物解》的小学解释特征

（1）朴素的语义场概念

《毛诗名物解》全书分为《释天》《释百谷》《释草》《释木》《释鸟》《释兽》《释虫》《释鱼》《释马》《杂释》《杂解》十一类篇目，共疏解《诗经》中出现的207种名物。其中，"葽""蓍""鷊""台""绿""董""蓄""蓼""樗""檀""鸢"十一种名物仅存词目，没有释义。《毛诗名物解》采用《尔雅》的编纂方式，以义类相属，已然涉及语义的系统性，亦即中国古代粗略的语义场概念。如《尔雅·释草》中设置了一个包括"虋""芑""秬""秠"四个有关谷物概念的条目，蔡卞《毛诗名物解》卷3《释百谷》将之扩展为"稗、稙、稚、穜、秬、秠、穈、芑"八个解释对象，集中释义曰:"稗可以食，而非凶荒则不食，宜小人而使之困也。先种谓之稙，后种谓之稚;先熟谓之穉，后熟谓之穜。黑黍谓之秬，二米谓之秠。赤粱谓之穈，白粱谓之芑。稙，直达也，故为先种;稚，有待也，故为后种。穉，以言其和于土而苗，遂之于蚤也，

---

① 蒋见元、朱杰人:《诗经要籍解题》，上海古籍出版社1996年版，第29页。

故为先熟；穜，以言其晚成而多实也，故为后熟。秬，齐正而有才者也，故麻之实八角而纯黑者谓之秬。《律》度量衡以秬准之者，以其方正滑齐而可用也。秠，不一也，故为一稃而二米。穈者，良之又良者也，受成于火，故其色赤。芑者，谷之至善者也，受成于金，故其色白。万物丰于火成于金，穈有丰实之性也，芑有成实之性。盖稙稚以言其谷之备，穜秠以言其谷之美，秬秠穈芑以言其谷之嘉也。《七月》陈先公风化之所由，得土之盛故曰穜秠。稙稚之种因天时也，穜秠之实得地气也。《閟宫》备言后稷稼穑之道，故校四者而言之，为稼穑而因天时得地气，此所以降之百福也。美谷可以养人，嘉谷不可以为食之常也，先王用之于祭祀而已，故《生民》言后稷之肇祀而曰：'诞降嘉谷，秬秠穈芑。'"

（2）以字形疏解词义

或从构形上说解字义的自然之理，或以偏旁立意来说明事物命名的理据，是王安石《字说》的基本训诂方法。《毛诗名物解》沿袭了《字说》以字形疏解词义的方法，从而使其训诂特征异常鲜明。如蔡卞于《毛诗名物解》卷9《释兽》"猱"字条下曰："猱，体柔而善猱者也。猱者犬之性，而猱善猱，故从犬。又猱以人人者，谖佞也，其狗猱焉。《角弓》论幽王之好谖佞，则曰：'无教猱升木，如涂涂附。'"又如，《毛诗名物解》卷5《释木》"桃"字条下云："桃，先百果而华，故从兆。其时则春而阳中也，故以记婚姻之时正。"《毛诗名物解·释兽》"羊"字条下云："羊，性善群，故于文羊为群。犬，为独也。"

蔡卞解释名物用字时还有采用"从某省"之体例的情况，这种说解方法源自许慎《说文解字》，也有王圣美"右文说"的影子。如《毛诗名物解》卷2《释天》"虹"字条下云："一曰赤白色谓之虹，青白色谓之霓。故虹字从红省。"《毛诗名物解》卷11《释虫》"蜂"字条下云："蜂有君臣，其毒在尾。垂尾如锋，故字从锋省。"

蔡卞在说解字义时也偶然能够突破形体限制，采用音同或音近的汉字来疏解名物，这就很接近因声求义的训诂原理了。如《毛诗名物解》卷3《释百谷》"稷"字条下云："稷，祭也。所以祭，故谓之穄。"《毛诗名物解》卷10《释兽》"豺"字条下云："豺，柴也。豺体细瘦，故谓之豺。"《毛诗名物解》卷12《释虫》"蜩"字条下云："蜩蝉，五月鸣蜺也。哗以无理，则用口而已。然其声调而如缲，故谓之蜩。五月鸣谓之蜩，以其声也。"

二 许谦 《诗集传名物钞》

元、明二代，《诗经》博物学研究甚为热闹，元代许谦撰有《诗集传名物钞》，明代林兆珂撰有《毛诗多识编》，冯复京撰有《六家诗名物疏》，吴雨撰有《毛诗鸟兽草木考》，沈万钶撰有《诗经类考》，钟惺撰有《诗经图史合考》，黄文焕撰有《诗经考》，毛晋撰有《毛诗陆疏广要》，等等。其中，规模最大者当数冯复京编撰的《六家诗名物疏》，是编前后多达五十五卷之多。冯复京（1573—1622），字嗣宗，江苏常熟人，所撰《六家诗名物疏》按诗篇次第逐一考释《诗经》名物，考释内容涉及"释天""释神""释时序""释地""释国邑""释山""释水""释体""释亲属""释姓""释爵位""释饮食""释服饰""释室""释器""释布帛""释宝玉""释礼""释乐""释兵""释舟车""释色""释艺业""释夷""释兽""释鸟""释鳞介""释虫""释木""释谷""释草""释杂物"等 32 类，共计 1900 余条。该作征引广博，凡所宜引之书几乎毕备，计有《诗经》类 60 部，《尚书》类 11 部，《三礼》类 33 部，《春秋》类 17 部，《尔雅》类 14 部，小学类 22 部，凡此种种，征引书籍达至 587 部。① 遇到所释名物有不同说法，作者多加考证，辨明是非，《钦定四库全书·〈诗名物疏〉提要》云："如'被之僮僮'，《郑笺》以被为髲髢，《集传》以为编发，复京则据《周礼·追师》，谓编则列发为之，次则次第发长短为之，所谓髲髢，定《集传》之误混为编。又如《郑风·缁衣》，《集传》以为缁衣、羔裘大夫燕居之服，复京则据贾公彦《周礼疏》，以为卿士朝于天子服皮弁服，其适治事之馆改服缁衣，《郑笺》所谓所居私朝，即谓治事之馆。其议论皆有根柢。"然而，冯复京《六家诗名物疏》机械地罗列文献的弊端亦是十分明显，"由于冯

---

① 韩立群、周小艳：《〈六家诗名物疏〉：〈诗经〉名物疏集大成之作》，《河北学刊》2013 年第 6 期。

氏过于依赖于文献，而又无力疏通其间关系，故虽博而多有不通。"①

元、明两朝《诗经》博物学著作中，成就最高的当为元儒许谦所著《诗集传名物钞》。许谦（1270—1337），字益之，号白云山人，浙江金华人，师从金履祥，为朱熹五传弟子，与理学家许衡并称"南北二许"。身为南宋遗民，许谦入元后隐居讲学，著书立说，不入仕途。许谦一生撰著颇多，但是所著《春秋三传义疏》《春秋温故管窥》《观史治忽几微》《尚书蔡注考误》《假借论》《自省编》等皆亡佚，仅存者除《诗集传名物钞》外，尚有《读四书丛说》《读书丛说》《许白云先生文集》《绛守居园池记补注》等。许谦《诗集传名物钞》以朱熹《诗集传》为宗，志在补《集传》之阙，于辨别名物、考订音训上颇下功夫，《元史·列传七十六》云："许谦……读《诗集传》，有《名物钞》八卷，正其音释，考其名物度数，以补先儒之未备，仍存其逸义，旁采远援，而以己意终之。"②《四库全书总目》云："谦虽受学于王柏，而醇正则远过其师。研究诸经，亦多明古义。故是书所考名物音训，颇有根据，足以补《集传》之阙遗。……然书中实多采用陆德明《释文》及孔颖达《正义》，亦未尝株守一家。"③

在经学阐释上，许谦常引"北山学派"王柏和金履祥之说，吴师道《诗集传名物钞序》云："君念朱传犹有未备者，旁搜博采，而多引王、金氏，附以己见，要皆精义微旨，前所未发。"④ 如许谦《诗集传名物钞》于《召南·何彼秾矣》一诗，征引王柏之说云："鲁斋：此王风也。"⑤此语出自王柏《诗疑·王风辨》："至于《何彼秾矣》一诗，平王以后之诗也，合次于《王风》明矣。"⑥ 在阐释《卫风·芄兰》一诗时，许谦征引金履祥之说云："子金子：'《芄兰》之诗虽不知作者之本意，大意柔弱之人不称其服。芄兰蔓生缠绕，非特远之物；如童子虽有衣服之饰，而

① 刘毓庆：《从经学到文学——明代〈诗经〉学史论》，商务印书馆2001年版，第156页。
② （明）宋濂等：《元史》，中华书局2000年版，第2886—2887页。
③ （清）永瑢等：《四库全书总目》，中华书局2003年版，第126页。
④ 李修生主编：《全元文》第34册，凤凰出版社2004年版，第96页。
⑤ （元）许谦著，蒋金德点校：《许谦集》（中），浙江古籍出版社2015年版，第419页。
⑥ （宋）王柏著，顾颉刚校点：《诗疑》，朴社1935年版，第43页。

垂带悸兮，便有羞涩惊悸之意。'"①

在《诗经》小学解释上，许谦《诗集传名物钞》主要有以下三个方面的特征。

1. 广引名物训诂文献

《诗集传名物钞》的亮点，在于着重从名物训诂角度补充和订正朱熹《诗集传》，而在训诂材料上，许谦多从《毛传》、《郑笺》、《本草经》、《尔雅》、陆玑《毛诗草木鸟兽虫鱼疏》、郭璞《尔雅注》、邢昺《尔雅疏》等书中进行简择。如许谦《诗集传名物钞》在解释《邶风·谷风》第一章之"谷风""葑""菲"等词条时说："《尔雅》:'东风谓之谷风。'疏:'谷之言穀，穀，生也。谷风者，生长之风也。'蔓音万，俗呼作瞒。菁音精，笺:'葑，蔓菁之类。'《释文》:'今菘菜也。江南有菘，江北有蔓菁，相似而异。'《本草》:'蔓菁即芜菁，梗短叶大，连地上生，阔叶红色。春食苗，夏食心，秋食茎，冬食根，河朔尤多。'又曰:'根细于温菘。温菘，今芦菔也。'菘音嵩，芦音卢。菔音服，即萝卜。菖，音福。疏:'菲似菖，《尔雅》谓之蒠菜，河内谓之蓿菜。'《尔雅》:'菲，蒠菜。'注:'似芜菁，华紫赤色，可食。'又菖蕾疏:'根如指，正白，可啖。'蒠音息，蓿音宿。"《诗集传名物钞》在解释《邶风·谷风》第二章时，随文订正了朱熹《诗集传》释"荼"之误:"《尔雅》:'荼，苦菜。'疏:'味苦可食之菜，生于秋，经冬历春乃成，《月令》孟夏苦菜秀是也。叶似苦苣而细，断之有白汁，花黄似菊，堪食，但苦耳。'案:《传》'荼，苦菜，蓼属。详见《载芟》'。是引'以薅荼蓼'句也。此句在《良耜》，言《载芟》，误。而荼蓼之荼乃秽草，非菜也。《尔雅》谓之委叶，字作蒤。与苦菜之荼是两物。《传》亦误。薅，呼高反。蒤音荼。"

2. 辨别音读

许谦《诗集传名物钞》注音范围广泛，不仅为经、传标注音读，而且为其征引的《尔雅》《释文》等文献中的重点字或难读字注音。许谦非

---

① （元）许谦、刘玉汝著，李山主编:《诗集传名物钞·诗缵绪》，北京师范大学出版社2012年版，第81页。以下所引许谦《诗集传名物钞》文字皆出此本，不再一一标注。

常注重音义关系，且善于因义定音。如《小雅·巧言》云："僭始既涵。"《毛传》："僭，数。涵，容也。"《郑笺》："僭，不信也。既，尽。涵，同也。王之初生乱萌，群臣之言，不信与信，尽同之不别也。"《经典释文》："僭始，毛侧荫反，数也。郑又子念反，不信也。"朱熹《诗集传》："僭，侧荫反。僭始，不信之端也。"许谦《诗集传名物钞》综合前代训诂材料，辨析曰："僭，毛训数，侧荫反；郑训不信，子念反。今《传》谓：'僭始，不信之端。'则当从郑音。"又如，《邶风·燕燕》云："燕燕于飞，下上其音。"朱熹《诗集传》："上，时掌反。"《诗集传名物钞》辨析曰："上音时掌反，而下字无音。案：《字书》：'元在物下之下则上声，自上而下之下则去声。'凡与自下而上之上对义者，皆当作去声读。后同。"当时，"下"字有上、去两种声调，表示方位义之"下"读上声，表示位移义之"下"读去声。

3. 考辨文字

许谦敏锐地察觉到，某些训诂上的问题可能是由文字讹误引起的。如《王风·采葛》云："彼采萧兮。"许谦《诗集传名物钞》："《尔雅》：'萧，萩。'疏：'萩，一名萧，今人所谓萩蒿是也。或云牛尾蒿，似白蒿，白叶，茎粗，科生多者数十茎。可作烛，有香气，故祭祀以脂蒸之为香。许慎以为艾蒿，非也。今《传》作荻也，误字。萩，雌由反。'"又如，《王风·中谷有蓷》云："中谷有蓷，暵其干矣。"《毛传》："蓷，鵻也。"朱熹《诗集传》："蓷，鵻也，叶似萑，方茎，白华，华生节间，即今益母草也。"《诗集传名物钞》辨析说："鵻、萑并音佳。《尔雅》：'萑，蓷。'盖草，本名萑，又名蓷。毛氏以鵻字代萑字，故《传》从之。'叶似萑'，《尔雅》注及诗疏皆作'叶似萑'，今《传》中'萑'字误。盖鵻即萑，不可谓之似萑也。《尔雅》疏：'臭秽草，茺蔚也，又名益母。'萑者，白苏、紫苏类也。茺，昌嵩反。蔚，纡勿反。"

从用字理论上看，许谦对于文字的本借、古今等现象，都有着比较精准的认识。如对于《召南·何彼襛矣》一诗，《诗集传名物钞》这样解释其中的文字现象："襛本衣厚貌，借作茂茂意。"又在《周颂·有客》一诗的解释中征引前代文献："敦、雕，古今字。"又如《召南·摽有梅》云："摽有梅，其实七兮。"朱熹《诗集传》："梅，木名，华白，实似杏而酢。"《诗集传名物钞》："古人酬酢之酢本作醋，醯醋之醋本作酢。后人两易之，莫能辩，《传》从古。"

有时，许谦还从文字构形的角度出发，评价前人训诂之优劣。如《诗集传名物钞》在解释《周南·卷耳》中的文字现象时说："崔嵬，土山戴石；砠，石山戴土。此从毛氏。《尔雅》：'石戴土谓之崔嵬，土戴石为砠。'二说正相反。愚恐《尔雅》为是。盖崔嵬字上从山，砠字旁从石，有在上、在外之意。"

第五节 《诗经》古音派的发端

宋人吴棫以协韵材料为基础进行古音问题的探究，在古音学研究方法上取得了突破，清人钱大昕《潜研堂文集》卷27《跋吴棫韵补》云："才老博考古音以补今韵之阙，虽未能尽得六书谐声之原本，而后儒因是知援《诗》《易》《楚辞》以求古音之正，其功已不细。古人依声寓义，唐、宋久失其传，而才老独知之，可谓好学深思者矣。"[1] 在"古人韵缓"的认知基础上，吴棫甚至还尝试建立一个包括九个部类的古韵系统，但是由于他没有建立起严格的古音学概念，他的古音学研究注定是不够彻底的。王力先生在评价吴棫的古音学研究成果时说：

如果把他所认为相通的韵归类，那么，古韵可分为如下九部：

一东　（冬钟通，江或转入）；

二支　（脂之微齐灰通，佳皆咍转声通）；

三鱼　（虞模通）；

四真　（谆臻殷痕耕庚清青蒸登侵通，文元魂转声通）；

五先　（仙盐沾严凡通，寒桓删山覃谈咸衔转声通）；

六萧　（宵肴豪通）；

七歌　（戈通，麻转声通）；

---

① （清）钱大昕著，陈文和主编：《嘉定钱大昕全集》第9册，江苏古籍出版社1997年版，第451页。

八阳　（江唐通，庚耕清或转入）；

九尤　（侯幽通）。

这只就表面看来如此，若细察其内容，上列九部的界限就完全被他自己打破了，例如东韵有“登、唐、分、朋、务、尊”；支韵有“加、鱼、逃、阴、焞、春”；先韵有“宫、监、南、风、平、心、行、林”等字，非但不合他所自定的通转的界限，而且就字论字，也不合于先秦的古音。他甚至援引欧阳修、苏轼、苏辙的诗为证据，更为后人所不满意。①

自明代中期开始，在文化思想界悄然兴起一股复古之风，打破了宋学一统天下的局面，吴棫的古音学研究也开始遭受质疑，黄瑜《双槐岁钞·彭陆论韵》云：“宋吴棫才老《韵补》，乃据唐宋诸文士以律古人，是不足为准也。成化初，陆谕德鼎仪钎大不然之，彭学士彦实华与之书曰：‘……夫沈约距今才几时？而今之韵，于支与微之类，合其二而为一。麻与遮之类，分其一而为二。其不同已如此，而况数千百年，欲其一一若自一口出，得乎？如今人读服为房六切，而服之见于《诗》者，皆当为蒲北，无与房六叶者，古人未尝读为房六也。今读庆为丘正切，而庆之见于《易》《诗》者，皆当为驱羊，无与丘正叶者，古人未尝读为丘正也。《左传》以皮叶多，坡以皮得声，则皮初读为蒲波切，转而为蒲縻耳。颜延年以霾叶施，霾以狸得声，则霾初读为陵之切，转而为亡皆耳。’”② 明代中叶以后，杨慎在古音学研究方面颇为用心，陈第则彻底建立起了古音学概念。

一　杨慎的古音学和《诗经》小学

杨慎（1488—1559），字用修，号升庵，四川新都人，明朝内阁首辅杨廷和之子，武宗正德六年（1511）殿试第一。杨慎著述尤多，王世贞《艺苑卮言》卷6曰：“明兴，称博学饶著述者，盖无如用修。其所撰，

① 王力：《汉语音韵学》，中华书局2014年版，第180—181页。

② （明）黄瑜：《双槐岁钞》，商务印书馆1939年版，第146—147页。

有《升庵诗集》《升庵文集》《升庵玉堂集》《南中集》《南中续集》《七十行戍稿》《升庵长短句》《陶情乐府》《续陶情乐府》《洞天玄记》《滇载记》《转注古音略》《古音丛目》《古音猎要》《古音复字》《古音骈字》《古音附录》《异鱼图赞》《丹铅余录》《丹铅续录》《丹铅摘录》《丹铅闰录》《丹铅别录》《丹铅总录》《墨池琐录》《书品》《词品》《升庵诗话》《诗话补遗》《箜篌新咏》《月节词》《檀弓丛训》《墐户录》《瀑布泉行须候记》《夏小正录》《升庵经说》《杨子卮言》《卮言闰集》《敝帚》《病榻手吹》《晞箓瓴》《六书索隐》《六书练证》《经书指要》。其所编纂，有《词林万选》《禅藻集》《风雅逸编》《艺林伐山》《五言律祖》《蜀艺文志》《唐绝精选》《唐音百绝》《皇明诗抄》《赤牍清裁》《赤牍拾遗》《经义模范》《古文韵语叙》《管子录》《引书晶钰》《选诗外编》《交游诗录》《绝句辨体》《苏黄诗体》《宛陵》《六一诗选》《五言三韵诗选》《五言别选》《李诗选》《杜诗选》《宋诗选》《元诗选》《群书丽句》《名奏菁英》《群公四六节文》《古今风谣》《古韵诗略》《说文先训》《文海钓鳌》《禅林钩玄》《填词选格》《百琲明珠》《古今词英》《填词玉屑》《韵藻》《古谚》《古隽》《寰中秀句》《六书索隐》《六书练证》《逸古编》《经书指要》《诗林振秀》。"① 顾起元《升庵外集序》曰："国初迄于嘉隆，文人学士著述之富，毋逾升庵先生者。至其奇丽奥雅，渔弋四部七略之间，事提其要，言纂其玄，自唐以来，吾见亦罕矣。顾其为书，单部短谍，不下数十百种，世不恒见。"② 焦竑《升庵外集序》云："明兴，博雅饶著述者，无如杨升庵先生。向读墓文，载其所著书百又九种，可谓富矣。嗣余所得，往往又出所知之外。盖先生谪居无事，遇物成书，有不可以数计者。"③ 《明史》卷192《杨慎传》云："明世记诵之博，著作之富，推慎为第一。诗文外，杂著至一百余种，并行于世。"④

① （明）王世贞著，陆洁栋、周明初批注：《艺苑卮言》，凤凰出版社2009年版，第101—102页。

② 王文才、张锡厚辑：《升庵著述序跋》，云南人民出版社1985年版，第58页。

③ 王文才、张锡厚辑：《升庵著述序跋》，云南人民出版社1985年版，第60页。

④ （清）张廷玉等：《明史》，中华书局2000年版，第3386页。

1. 杨慎的古音学研究

杨慎所著《转注古音略》《古音略例》《古音骈字》《古音丛目》《古音猎要》《古音余》古音学诸书，以《转注古音略》最为精到。杨慎在古音学上对宋人吴棫有所承袭，他在《答李仁夫论转注书》中说："私心窃病才老之书多杂宋人之作，而于经典注疏，子史杂家，尚多遗逸。其显而易见者，如《左传》之'鞠'音芎，《毛诗》之'喔'音戏，古音有在于是，特未押于句抄尔。……其才老所取已备者，不复哉；间有复者，或因其缪音误解，改而正之，单闻孤证，补而广之，故非剿说雷同也。"① 《钦定四库全书·〈古音丛目〉提要》云："其书皆仿吴棫《韵补》之例，以全韵分部，而以古音之相协者分隶之。"杨慎之音书多以"古音"命名，在著作中又常用"古音"这一术语，说明在他心目中已经有了相当明确的古音概念。

杨慎指出，古人的叶韵主要是以旧读为标准的，是从转注而来的，这种看法完全不同于毫无标准而随意叶来叶去的叶音说。他在《〈转注古音略〉原序》中说："《周官·保氏》六书，终于转注。其训曰：'一字数音，必展转注释而后可知。'《虞典》谓之和声，《乐书》谓之比音，小学家曰动静字音。训诂以定之，曰'读作某'，若'於戏'读作'呜呼'是也。引证以据之曰'某读'，若云'徐邈读''王肃读'是也。《毛诗》《楚辞》悉谓之叶韵，其实不越《保氏》转注之义耳。《易》注疏云'贲有七音'，实始发其例。宋吴才老作《韵补》，始有成编，旁通曲贯，上下千载。朱晦翁《诗传》《骚注》，尽从其说。魏文靖论《易经》皆韵，详著于《师友雅言》。学者虽稍知崇诵，而犹谓叶韵自叶韵，转注自转注，是犹知二五而不知十也。余自舞象之年，究竟六书，不敢贪古人成编，为不肖之捷径。尤复根盘节解，条入叶贯。间亦有晦于古而始发于今，谬于昔乃有正于后，故知思不厌精，索不厌深也。古人恒言音义，得其音斯得其义矣。以之读奥篇隐帙，涣若冰释，炳若日烛。又以所粹，合之古人成编，裩其烦重，补其遗漏，庶无蹈于雷同，兼有益于是

---

① （明）杨慎著，王文才、万光治主编：《杨升庵丛书》第1册，天地出版社2002年版，第912页。

正，乃作《转注古音略》。大抵详于经典而略于文集，详于周汉而略于晋以下也。"①

杨慎不但在心目中树立起了古今音变的理念，并且还常用古今音变理论来分析押韵、方言、异文、文献年代等问题。如他于《古音猎要》卷2释"风"曰："风，孚金切。《毛诗》'凄其以风'与'实获我心'为韵，'𫛸彼晨风'与'郁彼北林'为韵，'其为飘风'与'祇搅我心'为韵，'如彼遡风'与'民有肃心'为韵；《楚辞》'欸秋冬之绪风'与'邸余车兮方林'为韵；《文选·长门赋》'天飘飘而疾风'与'神恍恍而外淫'为韵。考古韵皆作孚金切，而无作方中切者，惟贾谊《惜誓》'右大夏之遗风'与'天地之圆方'为韵，乃是孚光切。岂古韵自孚金转而孚光，又转而为方中之今音邪？今太行之西汾晋之间，呼风犹作孚金切。故近世酿东华门外刮东风之嘲辞，不知其为古音也。"② 又如，《古音猎要》卷2释"仪"曰："音俄。洪适云：'《周官》注仪义二字古皆言俄。'《诗》以'实惟我仪'叶'在彼中河'，'乐且有仪'叶'在彼中阿'。《太玄》以'各遵其仪'叶'不偏不颇'是也。古者羲和占日，常仪占月，皆官名也。后世讹为'嫦娥'，《左传》有常仪靡，即常仪氏之后。以常仪为嫦娥，亦犹村夫以杜拾遗为杜十姨，良可笑也。"又如，《古音猎要》卷4释"红"曰："红，古巷切。晋都曰红。又《三国志》'孔明还定三红'，今本并作绛。"又如，《古音略例》释《淮南子》"无乡之社，易为黍肉；无国之稷，易为求福"曰："古福音偪。此音如今读，盖自汉世始有此音也。《纬书》：'汶阜之山，江出其腹。帝以会昌，神以建福。'福亦今音，可见《纬书》出汉世也。"③

2. 杨慎与《诗经》小学

杨慎在进行古音研究时，常以《诗经》用字为例。如杨慎《古音丛

---

① （明）杨慎：《转注古音略》，《景印文渊阁四库全书》第239册，台湾商务印书馆1986年版，第350—351页。

② （明）杨慎：《古音猎要》，《景印文渊阁四库全书》第239册，台湾商务印书馆1986年版，第282—283页。下引该作不再一一标注。

③ （明）杨慎：《古音略例及其他二种》，商务印书馆1936年版，第23页。

目》卷 1 注"虹"曰"音降，《诗》"，注"尤"曰"盈之切，《易》《诗》《楚辞》同"，注"灾"曰"笺斯切，《易》《诗》"，注"裘"曰"渠之切，《诗》《列子》"。① 《古音丛目》卷 5 注"戚"曰"子六切，《诗》"，注"迪"曰"徒沃切，《毛诗》、陆云诗"，注"翟"曰"直角切，《诗》"，注"垤"曰"徒吉切，《诗》'鹳鸣于垤，妇叹于室'"，注"按"曰"音遏，《诗》"。又如，《古音猎要》卷 3 注"友"曰"羽轨切，《诗》"，注"沔"曰"音泯，《诗》'沔彼流水'"，注"野"曰"音渚，《诗》"，注"写"曰"洗与切，《诗》"，注"坏"曰"音毁，《诗》'譬彼坏木'"。《古音猎要》卷 4 注"夜"曰"羊茹切，《诗》"，注"妃"曰"读作配，《毛诗》小序"，注"温"曰"音蕴，《诗》"，注"忧"曰"一笑切，《诗》"；《古音猎要》卷 5 注"脩"曰"式竹切，《诗》"，注"翟"曰"直角切，《诗》"，注"发"曰"方月切，《诗》"，注"世"曰"私列切，《诗》"，注"夜"曰"弋灼切，《诗》"，注"赫"曰"音霍，《诗》"。又如，《古音余》卷 1 注"侯"曰"音胡，《诗》'羔裘如濡，洵直且侯'"②，注"才"曰"前西切，《诗》'思无期，思马斯才'"。《古音余》卷 2 注"斯"曰"音鲜，《诗》'有兔斯首'，《笺》云：'斯，白也。今俗语鲜白之字作鲜，齐鲁之间声近斯。'孔颖达曰：'鲜而变为斯者，齐鲁之间其语鲜、斯声相近。'《左传》'于思于思'，服虔云'思，白头貌'，字虽异，亦以思声近鲜，故为'白头'也"，注"驹"曰"音钩，《毛诗》'我马维驹，六辔如濡。载驰载驱，周爰咨诹'"，注"减"曰"胡南切，《毛诗》'僭始既涵'，《韩诗》'涵'作'减'"，等等。

杨慎《升庵经说》共十四卷，其中论说《诗经》的有三卷，内中不乏《诗经》小学解释内容，兹简述如下。

（1）语音研究

《齐风·鸡鸣》云："匪东方则明，月出之光。"《升庵经说》卷 4

---

① （明）杨慎：《古音丛目》，《景印文渊阁四库全书》第 239 册，台湾商务印书馆 1986 年版，第 243 页。下引该作不再一一标注。

② （明）杨慎：《古音余》，《景印文渊阁四库全书》第 239 册，台湾商务印书馆 1986 年版，第 296 页。下引该作不再一一标注。

"匪东方则明"条下解曰："明音芒，叶'月出之光'。又'昊大曰明，及尔出王'。《易》：'天下文明'，上叶'阳气潜藏'，下叶'与时偕行'。《书》'元首明哉！股肱良哉！庶事康哉！'《白虎通》：'清明风者，清芒也。'《荀子》：'契玄王，生昭明。'《归藏筮词》：'空山之苍苍，八极之既张。乃有夫羲和，职日月以为明。'"① 根据《诗经》《周易》《荀子》等古籍中的韵文材料，杨慎推测古音"明"同"芒"，是有道理的。《小雅·出车》云："今我来思，雨雪载涂。"《升庵经说》卷5"雨雪载涂"条下解曰："涂，音馀，叶'华'。《易林》：'雨雪载涂，东行破车，旅人无家。'柳诗：'善幻迷水火，齐谐笑拍涂。东门牛屡饭，中散虱空爬。'"于此，引用唐代诗人柳宗元的诗文来证明《诗经》用字的音读，是不合适的。

（2）字词训诂

在字词训诂上，杨慎善于从字形、字音、异文、方言等方面来说明问题。

第一，分析字形。如《豳风·东山》云："町畽鹿场，熠耀宵行。"《毛传》："町畽，鹿迹也。"朱熹《诗集传》："町畽，舍旁隙地也。"《升庵经说》卷4释"町畽"曰："《说文》以町畽字载于田部，曰：'凡田之属皆从田。'若町畽果为兽践，则非田之属也。考之他训，《左传》'町原防，井衍沃。'干宝《注》：'平川广泽可井者，则井之；原阜堤防不可井者，则町之。町，小顷也。'张平子《西京赋》'编町成篁'，《注》：'町谓畎亩。'王充《论衡》：'町町如荆轲之庐。'《石鼓文》：'原隰既垣，疆理畽畽。'《召伯敦铭》：'子既畽商。'《庄子》：'舜举于童土之地。'其《疏》云：'童土，畽也。'皆说田野，并无鹿迹之说。"又如，《大雅·崧高》云："往近王舅，南土是保。"《毛传》："近，已也。"《郑笺》："近，辞也。声如'彼记之子'之记。"《升庵经说》卷6曰："朱公迁又按《说文》近从辵，从丌。丌，音基。楷书作'迉'，与'近'相似而误也。"

---

① （明）杨慎著，王文才、万光治主编：《杨升庵丛书》第1册，天地出版社2002年版，第155—156页。以下所引《升庵经说》文字皆出此本，不再一一标注。

第二，贯通音义。如《小雅·頍弁》云："未见君子，忧心恤恤。"《毛传》："恤恤，忧盛满也。"《升庵经说》卷5曰："恤，与'怲'同，叶'既见君子，庶几有臧'。盖'丙'古与'方'互音。怲亦作'枋'，可证。"又如，《周颂·潜》云："猗与漆沮，潜有多鱼。"《毛传》："潜，糁也。"《升庵经说》卷6曰："潜音涔。《尔雅》：'糁谓之涔。'《韩诗》云：'潀，鱼池。'李巡曰：'今以木投水中养鱼曰涔。'孙炎曰：'积柴养鱼曰糁。'郭璞曰：'今之作罧（养鱼）者，聚集柴于水中，鱼寒得入其里藏隐，因捕取之。'《小尔雅》曰：'鱼之所息，谓之潜。'潜，糁也，水中鱼舍也。《江赋》：'栫淀为涔，夹潨罗筌。'皆取鱼具也。《说文》：'栫，以柴木壅水也。'栫，寂见切，亦糁也。糁、潀、罧、涔、潜，古盖通用。"

第三，考之异文。如《卫风·考槃》云："考槃在涧。"《升庵经说》卷4曰："《韩诗》作'干'。薛君《注》：'地下而黄曰干。'江南江有吴干，平凉有陇干。今之静宁州也。乐府有《长干曲》。颜延之《祭屈原文》曰：'身绝郢阙，迹偏湘干。''干'与'宽'叶为是。"又如，《大雅·绵》云："自土沮漆。"《升庵经说》卷5曰："《齐〔诗〕》作'自杜漆沮'，言公刘避狄而来，居杜与漆沮之地。杜，水名。即杜阳也。据文义作'杜'为长。"

第四，揆诸方言。如《召南·小星》云："抱衾与裯。"《毛传》："裯，禅被也。"《郑笺》："裯，床帐也。"《升庵经说》卷4曰："裯，从周得声，与凋、雕、蜩同。裯，当音条，今关中亦呼'寝裯'为'条子。''裯'叶'维参与昴'。"又如，《大雅·文王》云："宜鉴于殷。"《升庵经说》卷6"殷商衣邶"条下释曰："《书》云：'殪戎殷'……《中庸》云：'壹戎衣'。壹，即殪。衣，即殷也。与《秦誓》'戎商'义同。齐人言'殷'声如'衣'。今姓有依者，殷之胄也。"

二 陈第 《毛诗古音考》

杨慎在古音学研究上做出了很大贡献，但是他始终未能摆脱叶音说的束缚。嗣后，明代万历年间状元出身的焦竑（1540—1620）明确提出了"古诗无叶音"，他在《焦氏笔乘》卷3中说："诗有古韵今韵。古韵久不传，学者于《毛诗》《离骚》，皆以今韵读之。其有不合，则强为之音，曰：'此叶也。'予意不然。如《驺虞》，一'虞'也，既音'牙'而叶'葭'与'豝'，又音五红反而叶'蓬'与'豵'；'好仇'，一'仇'也，既音'求'而叶'鸠'与'洲'，又音渠之反而叶'逑'。如此则'东'亦可音'西'，'南'亦可音'北'，'上'亦可音'下'，'前'亦可音'后'，凡字皆无正呼，凡诗皆无正字矣，岂理也哉？如'下'，今在祃押，而古皆作虎音：《击鼓》云'于林之下'，上韵为'爰居爰处'；《凯风》云'在浚之下'，下韵为'母氏劳苦'；《大雅·绵》'至于歧下'，上韵为'率西水浒'之类也。"① 陈第与焦竑身处同一时代，且二人私交甚厚，他旗帜鲜明地建立起古音学概念，与焦竑的"古诗无叶音"之说甚为相合。陈第《毛诗古音考跋》云："往年读焦太史《笔乘》曰：'古诗无叶音。'此前人未道语也。知言哉！岁在辛丑，尝为考证，尚未脱稿，即有建州温陵之游。留滞三年，徒置旧箧。甲辰春来金陵，稿未携也。秋末造访太史，谈及古音，欣然相契。假以诸韵书，故本所忆记，复加编辑。太史又为补其未备，正其音切。"② 焦竑《毛诗古音考序》云："《诗》必有韵，夫人而知之。乃以今韵读古诗，有不合辄归之于叶，习而不察，所从来久矣。吴才老、杨用修著书始及之，犹未断然尽以为古韵也。余少读《诗》，尝深疑之，迨见卷轴寖多，彼此互证，因知古韵自与今异，而以为叶者谬耳。故《笔乘》中间论及此，不谓季立俯与余同也。甲辰岁，季立过余，曰：'子言古诗无叶音，千载笃论，如人之难信何？遂作《古音考》一书。"③

陈第（1541—1617），字季立，号一斋，福建连江人。陈第年轻时学习兵法，于万历二年（1574）跟随赴任京师领车营训练的抗倭名将俞大猷入京，翌年，"先生在京师得俞公之推荐，得谒戚总理于蓟门（时戚继光总理蓟镇事），并上书于谭大司马纶公，论独轮车制，司马叹服，即补授教车官，以董其事"。④ 后弃官而去，绝意仕进。黄虞稷《千顷堂书目》

① （明）焦竑撰，李剑雄点校：《焦氏笔乘》，中华书局2008年版，第109页。
② （明）陈第著，康瑞琮点校：《毛诗古音考 屈宋古音义》，中华书局2008年版，第152页。
③ （明）焦竑撰，李剑雄整理：《澹园集》，中华书局1999年版，第128页。
④ 金云铭：《陈第年谱》，福建协和大学中国文化研究会1946年版，第19页。

述陈第生平及其著作曰:"陈第《毛诗古音考》四卷。字季立,连江人,为诸生教授。清漳俞大猷一见奇之,召置幕下,劝以武自奋。荐之谭纶,纶亦奇之曰:'俞、戚流亚也。'起家京营,出守古北口,官游击将军。居蓟镇,与戚继光论兵,复相善。其后谭死戚去,第与后来开府者不合,弃官归。闻修撰焦竑好学,往金陵从之游。离经析疑,叩击累年,竑以为不如也。第学通五经,而尤长于《诗》《易》。《古音考》一书,发前人未竟之意义,尤为学者所推。"①

陈第一生著述颇富,在古音学方面的著作有《毛诗古音考》、《读诗拙言》、《屈宋古音义》、《五子之歌》(载于《尚书疏衍》)、《考定杂卦传并韵》(载于《伏羲图赞》),其中以《毛诗古音考》最具代表性。焦竑对陈第《毛诗古音考》评价甚高,他在《毛诗古音考序》中说:"及观《古音考》一书,取《诗》之同类者,而胪列之为本证,已取《老》、《易》、《太元》、《骚》、《赋》、《参同》、《急就》、古诗谣之类,胪列之为旁证。令读者不待其毕,将哑然失笑之不暇,而古音可明也。噫!季立之用心可谓勤矣。韵之于经所关若浅鲜,然古韵不明,至使《诗》不可读;《诗》不可读,而正得失、动天地、感鬼神之教或几于废,此不可谓之细事也。乃寥寥千古,至季立始有归一之论,其功岂可胜道哉!世有通经嗜古之士,必以此为津筏。而简陋自安者,至以好异目君,则不学之过矣!盖余尝言季立有三异,而或者之所言不与焉。身为名将,手握重兵,一旦弃去之,瓶钵萧疏,野衲不若,一异也;周游万里,飘飘若神仙,不可羁绁,而辞受硁硁,不以秋毫自点,二异也;贯串驰骋,著书满家,其涉猎者广博矣。而语字画声音,至与茧丝牛毛争其猥细,三异也。"②

概而言之,陈第在古音学研究上有两大突出贡献。

第一,旗帜鲜明地提出了古今语音不同的观点,并用实证研究革除叶音说的流弊。陈第《毛诗古音考自序》云:"故士人篇章,必有音节;

---

① (清)黄虞稷著,瞿凤起、潘景郑整理:《千顷堂书目》,上海古籍出版社 2001 年版,第 29 页。

② (明)陈第著,康瑞琮点校:《毛诗古音考 屈宋古音义》,中华书局 2008 年版,第 9 页。

田野俚曲，亦各谐声。岂以古人之诗而独无韵乎？盖时有古今，地有南北，字有更革，音有转移，亦势所必至。故以今之音读古之作，不免乖剌而不入。"①《四库全书总目》评价《毛诗古音考》云："大旨以为古人之音，原与今异。凡今所称叶韵，皆即古人之本音。非随意改读，辗转牵就，如母必读米，马必读姥，京必读疆，福必读偪之类。历考诸篇，悉截然不紊。又《左》、《国》、《易象》、《离骚》、《楚辞》、秦碑、汉赋，以至上古歌谣、箴铭、颂赞，往往多与《诗》合，可以互证。于是排比经文，参以群籍，定为本证、旁证二条。"② 陈第《屈宋古音义跋》云："夫古今声音，必有异也，故以今音读今，以古音读古，句读不龃于唇吻，精义自绎于天衷，确乎不可易之道也。自唐以来，皆以今音读古之辞赋，一有不谐，则一曰叶，百有不谐，则百曰叶。借叶之一字，而尽该千百字之变，岂不至易而至简！然而古音亡矣。古音既亡则昔人依永谐声之义泯；泯于后世，不可谓非阙事也。吴才老、杨用修有志复古，著《韵补》《古音丛目》诸书，庶几卓然其不惑。然察其意，尚依违于叶音可否之间，又未尝会稡秦、汉之先，究极上古必然之韵，故其稽援虽博，终未能顿革旧习，而《诗》、《易》、辞赋，卒不可读如故也。余少受《诗》家庭，先人木山公尝曰：'叶音之说，吾终不信。以近世律绝之诗，叶者且寡，乃举三百篇，尽谓之叶，岂理也哉？然所从来远，未易遽明。尔竖子他日有悟，毋忘吾所欲论著矣。'余于时默识教言，若介于胸臆，故上综往古篇籍，更相触证。久之，豁然自信也。独弱侯先生论与余合，抑何其寥寥乎！近有搢绅不知古音者，或告之曰：'马古音姥。'渠乃呼其从者曰：'牵我姥来。'从者愕然，座客皆笑。夫用古于今，人之笑也；则用今于古，古人之笑可知。故自叶音之说以来，贤圣之喑然于地下也久矣。余不得不力为之辩畅吴、杨之旨，洗今古之陋，实余干膈所拳拳矣。"③ 陈第在《读诗拙言》中说："一郡之内，声有不同，系乎地者也；百年之中，语有递转，系乎时者也。况有文字而后有音读，由大小篆而

---

① （明）陈第：《毛诗古音考》，《景印文渊阁四库全书》第 239 册，台湾商务印书馆 1986 年版，第 407 页。

② （清）永瑢等：《四库全书总目》，中华书局 2003 年版，第 365 页。

③ （明）陈第著，康瑞琮点校：《毛诗古音考 屈宋古音义》，中华书局 2008 年版，第 253 页。

八分，由八分而隶，凡几变矣，音能不变乎？"①《续修四库全书总目提要》论及陈第《读诗拙言》在古音学研究上的成就时指出："其中仍以论音为长，然如谓：自周至后汉音已转移，其未变者实多。愚考《说文》，讼以公得声，福以畐得声，霾以狸，斯以其，脱以兑……且以莪、娥、蛾、鹅、峨、硪、哦、诚之类例之，我可读平也，奚疑乎？可读阿也，故奇有阿音，而猗、锜因之得声矣。且以何、河、柯、轲、珂、妸、苛、诃之类例之，可可读平声也，亦奚疑乎？凡此皆《毛诗》音也。《说文》之音读多与时违，几为沟中之断矣。愚独取之以读《诗》，岂偶也哉？此言在今日固人所习闻，若当明时，讵易得乎？"②

第二，在古音学研究方法上有新的突破。清代著名小学家许瀚在《求古韵八例》中较为系统地总结了古音学研究的方法，他说："求古韵之道有八。一曰谐声，《说文》某字某声是也。二曰重文，《说文》所载古文籀文奇字篆字或从某者是也。三曰异文，经传文同字异，汉儒注某读为某者是也。四曰音读，汉儒注某读如某，某读若某者是也。五曰音训，如仁人义宜，庠养序射，天神引出万物，地祇提出万物是也。六曰叠韵，如崔嵬虺隤伛偻污邪是也。七曰方言，子云所录，是其专书，故书雅记，亦多存者，流变实毓，宜慎择矣。八曰韵语，《九经》、《楚词》、周秦诸子、两汉有韵之文是也。尽此八者，古韵之条理秩如矣。"③许瀚所说的八种探求古音的方法，于陈第手中大都已经开始采用。

（1）谐声

李方桂《上古音研究》说："使我们可以得到上古声母的消息的材料，最重要的是谐声字的研究。"④谐声字之于古音考证意义重大，陈第《毛诗古音考》已经能够有意识地遵循谐声原则考证古音。如《毛诗古音考》卷1释"皮"曰："皮，音婆。《说文》波、坡、颇、跛皆以皮得

---

① （明）陈第：《读诗拙言》，载潘仕成辑《海山仙馆丛书》，凤凰出版社2010年版，第719页。
② 中国科学院图书馆：《续修四库全书总目提要（经部）》，中华书局1993年版，第320页。
③ （清）许瀚著，袁行云编校：《攀古小庐全集》（上），齐鲁书社1985年版，第163—164页。
④ 李方桂：《上古音研究》，商务印书馆2015年版，第9页。

声。徐蔵曰：'当为蒲禾切，不当为蒲麋音。'此古今之别也。"①《毛诗古音考》卷2曰："瓜，音孤。《说文》孤、瓜、瓟、柧皆以瓜得声，古音可见。"《毛诗古音考》卷4曰："江，音工。《周礼·六书》三曰：'谐声，江河是也。'……《说文》以工得声。后世之音去谐声远矣。"陈第还能够应用谐声原理来解释用字及字义问题。《毛诗古音考》卷4"吴"字条下曰："愚按：《说文》娱、虞皆以吴得声。《史记》作'不虞不骜'。夫《诗》吴也，《史》增其上以虍；《诗》敖也，《史》增其下以马。要以音取之，不论其文之繁简也。且虞有懈弛意，骜有侮慢意，喧哗之义亦在其中矣！"

（2）异文

陈第《读诗拙言》云："夫县官文移，多有失错，咫尺缮写，不免差讹。况古《诗》《书》，承篆隶之后，拾煨壁之余，传之非一人，译之非一手，而谓无一字一句之误，君子不信也。……故音有相通，不妨其字之异也；义有可解，不妨其音之殊也。"②陈第擅长利用异文考证古音，如《毛诗古音考》卷2释"耽"曰："耽，音沈。《尔雅》：'妉，乐也。'《疏》云：'《毛诗·鹿鸣》'和乐且湛'，《氓》'无与士耽'。《诗》之作非一人，故有音义同而字形踦驳者。《诗》作湛、耽，而此妉音义皆同。"又如，《毛诗古音考》卷2释"娱"曰："娱，音吴。《说文》：'从女吴声。'《国语·暇豫歌》借为吾。刘芳《诗义疏》曰：'驺虞，或作驺吾。'是虞、娱、吴、吾，古皆同音。"又如，《毛诗古音考》卷3释"池"曰："池，音沱。《周礼·职方氏》'虖池'，《礼记》'有事于恶池'。池，通作沱。《山海经》：'大戏之山，滹沱之水出焉。'《白华》：'滮池北流。'《说文》作滮沱。'渐渐俾滂沱矣'，《史记》作滂池，惟其音也。《说文系传》：'今之蹉跎，古作差池。'"

（3）音读

陈第非常重视前人的音读注释，特别是汉代的扬雄、郑众、许慎、

<hr>

① （明）陈第著，康瑞琮点校：《毛诗古音考 屈宋古音义》，中华书局2008年版，第26页。除特殊标注外，以下所引《毛诗古音考》文字皆出自该作。
② （明）陈第：《读诗拙言》，载潘仕成辑《海山仙馆丛书》，凤凰出版社2010年版，第721—722页。

刘熙、郑玄等人，他们去古未远，标注的音读也更加接近古音实际，"古
之达人如郑康成辈，往往读与俗异。'懿彼哲妇'，则懿读为噫，《易》
'锡马蕃庶'，则庶读为遮"（《读诗拙言》）。陈第运用音读旧注考求古
音，得出了不少颇有价值的结论。如《毛诗古音考》卷1释"马"曰：
"马，音姥。《说文》：'马，武也，怒也。'《史记索隐》：'音姥。'古莽
亦音姥。汉有马何罗者，明德皇后恶其先有叛，以莽易马，改字不改
音。"《毛诗古音考》卷2释"加"曰："加，音歌。《说文》：'婺，女师
也，从女加声。'杜林说：'加教于女也，读若阿。'古音可见。"《毛诗
古音考》卷3释"寡"曰："寡，音古。《礼记》：'君子寡言而行，以成
其信。'郑氏曰：'寡当为顾声之误也。顾音古。'"《毛诗古音考》卷4释
"昔"曰："昔，音错。《考工记》：'老牛之角紾而昔。'郑司农云：'昔
读为交错之错。'"

（4）音训

黄侃《求训诂之次序》曰："吾国文字音近者义往往相近，由声音为
维系语言文字之重要资料也。"[1] 太炎先生《国故论衡》云："是故同一
声类，其义往往相似。如阮元说，从古声者，有枯、槁、苦、窳、沽、
薄诸义。"[2] 沈兼士说："夫训诂之法有客观的与主观的区别。前者为以凡
通语释古语或方言，如《尔雅》《方言》之属是也。后者为训诂家本个人
之观察，用声训之法，以一音近之字绅绎某一事物之义象，如《白虎通》
《释名》之属是也（《说文》则二法并用）。"[3] 陈第《毛诗古音考》善于
引用《释名》《说文解字》《白虎通》等旧籍中的声训材料进行古音考
证，如是作卷1释"老"曰："老，音柳。《释名》：'老者，朽也。'《史
记》：'酉者，万物之老也。'"又，释"死"曰："死，音洗。《说文》：
'死，澌也，人所离也。'《集韵》：'澌音西。'"又，释"兄"曰："兄，
音荒。……《释名》：'兄，荒也，荒，大也。'《白虎通》曰：'兄，况也，
况，父法也。'故兄有况音。"又，释"田"曰："田，音陈。《说文》：

① 黄侃述，黄焯编：《文字声韵训诂笔记》，武汉大学出版社2013年版，第200页。
② 刘梦溪主编，陈平原编校：《中国现代学术经典：章太炎卷》，河北教育出版社1996年版，第31页。
③ 沈兼士著，葛信益、启功整理：《沈兼士学术论文集》，中华书局1986年版，第78页。

'田，陈也。'古田、陈通音，故陈敬仲奔齐后改为田。"又如，《毛诗古音考》卷2释"庚"曰："庚，音刚。《说文》：'庚，位西方，象秋时万物庚庚有实也。'《释名》：'庚，刚也。坚强貌也。'"又，释"明"曰："明，音芒。《白虎通》：'清明风者，清芒也。'古皆此音。"又如，《毛诗古音考》卷3释"浊"曰："浊，音独。《白虎通》：'渎者，浊也。'《孺子歌》：'沧浪之水浊兮，可以濯我足。'"又，释"宅"曰："宅，音铎，居也。《说文》'托也'，人所假托也。《汉书》注：'古文宅、度同。'"又如，《毛诗古音考》卷4释"江"曰："江，音工。《周礼·六书》三曰：'谐声，江河是也。'《释名》：'江，公也，八水流入其中，公共也。'《风俗通》：'江者贡也，出珍物可贡献也。'"

(5) 方言

江永《古韵标准》云："凡一韵之音变，则同类之音皆随之变，虽变而古音未尝不存，各处方音往往有古音存焉，如吾徽郡六邑有三四邑之人呼麻韵中'麻''沙''差''嘉'等字皆如古音'他'。"[1]陈第一生游历甚广，足迹几乎遍布九州，对于明代方言知之颇夥，古代文献中的方言材料他亦能信手拈来，其《毛诗古音考自序》云："读皮为婆，宋役人讴也；读邱为欺，齐婴儿语也；读户为甫，楚民间谣也；读裘为基，鲁朱儒谑也；读作为诅，蜀百姓辞也；读口为苦，汉白渠诵也。又，家，姑读也，秦夫人之占；怀，回读也，鲁声伯之梦；旟，斤读也，晋灭虢之征；瓜，孤读也，卫良夫之噪。"很自然地，方言材料是陈第考证古音的重要依据之一。如《毛诗古音考》卷1释"乐"曰："乐，音捞。北方至今有此音。"释"华"曰："华，音敷。郭璞曰：'江东读华为敷。'"释"尾"曰："尾，音倚，北方皆倚音，南方皆委音。"《毛诗古音考》卷2释"梅"曰："梅，音迷。楚中至今有此音。"释"觉"曰："觉，音教。北有此音。"释"中"曰："中，音炙。刘贡父《诗话》云：'关中以中为炙。'"《毛诗古音考》卷2又释"寿"曰："寿，上声。颜师古《纠缪正俗》：'或问曰：年寿之字，北人读作受音，南人则作授音，何者为是？曰：两音皆通。《诗》云：遐不眉寿。此即音受。嵇康诗云：颐神

---

[1] （清）江永：《古韵标准》，中华书局1982年版，第38页。

养寿，散发岩岫。此则音授。今皆读如授，则失之矣。'"①

(6) 韵语

韵语文献是直接反映古音现象的可靠语料，利用韵语考求古音也是语音学家所使用的最为基本、最为重要的方法。陈第《毛诗古音考》主要依据《诗经》及他书的押韵情况来考证古音，在每条考释里先列"本证"，再列"旁证"，《四库全书总目》云："本证者，《诗》自相证，以探古音之源；旁证者，他经所载，以及秦汉以下去《风》《雅》未远者，以竟古音之委。钩稽参验，本末秩然，其用力可谓笃至。"② 如陈第《毛诗古音考》卷1 "服"字条下曰：

> **服，音逼。**徐蕆曰："服，见于《诗》者凡十有六，皆当为蒲北切，而无与房六叶者。"愚按：不特《诗》，凡《易》、古辞皆此音。
>
> **本证** 《关雎》："求之不得，寤寐思服。悠哉悠哉，辗转反侧。"《有狐》："有狐绥绥，在彼淇侧。心之忧矣，之子无服。"《葛屦》："要之襋之，好人服之。"《蜉蝣》："蜉蝣之翼，采采衣服。心之忧矣，于我归息。"《候人》："维鹈在梁，不濡其翼。彼其之子，不称其服。"《采薇》："四牡翼翼，象弭鱼服。岂不日戒？猃狁孔棘！"《六月》："六月栖栖，戎车既饬。四牡骙骙，载是常服。"又，"比物四骊，闲之维则。维此六月，既成我服。"又，"有严有翼，共武之服。共武之服，以定王国。"《采芑》："方叔率止，乘其四骐。四骐翼翼，路车有奭。簟笰鱼服，钩膺鞗革。"《文王》："商之孙子，其丽不亿。上帝既命，侯于周服。"《下武》："媚兹一人，应侯顺德。永言孝思，昭哉嗣服。"《文王有声》："自南自北（音必），无思不服。"《荡》："曾是强御，曾是掊克，曾是在位，曾是在服。"
>
> **旁证** 《易·谦·二三》："鸣谦贞吉，中心得也。劳谦君子，万民服也。"《豫·彖》："天地以顺动，故日月不过，而四时不忒。

---

① （明）陈第：《毛诗古音考》，《景印文渊阁四库全书》第239册，台湾商务印书馆1986年版，第464—465页。

② （清）永瑢等：《四库全书总目》，中华书局2003年版，第365页。

圣人以顺动，则刑罚清而民服。"成王《冠颂》："令月吉日，王始加元服。去王幼志，心衮职。"《仪礼》："令月吉日，始加元服。弃尔幼志，顺尔成德。"范蠡《寿辞》："四海咸承，诸侯宾服。觞酒既升，永受万福。"《离骚》："謇吾法夫前修兮，非世俗之所服。虽不周于今之人兮，愿依彭咸之遗则。"又，"步余马于兰皋兮，驰椒丘且焉止息。进不入以离尤兮，退将复修吾初服。"秦《泰山刻石》三句一韵："皇帝临位，作制明法，臣下修饬。廿有六年，初并天下，罔不宾服。"汉《天马歌》："天马徕兮从西极，经万里兮归有德，承灵威兮降外国（音役），涉流沙兮四夷服。"魏繁钦《定情诗》："日夕兮不来，踯躅长叹息。远望凉风至，俯仰正衣服。"

利用韵语考证古音，看似一种很简单的方法，其实也是容易犯错误的。

第一，在《诗经》韵脚判断上容易出错。邵荣芬《汉语语音史讲话》说："由于《诗经》里面的诗歌都是自由体，跟唐宋以来的格律诗和词曲等有固定韵律的情况不同，哪一句押韵，哪一句不押韵，没有统一的、明确的规定，再加上古音又是个未知数，结果就使确定古诗韵脚的工作变得不那么简单了。"① 如《毛诗古音考》卷4 释"惊"曰："惊，音姜。本证，《常武》：'震惊徐方，如雷如霆，徐方震惊。'"实际上，"霆、惊"押韵，上古在耕部；"方"为阳部，与"霆、惊"并不押韵。由于认错了韵脚，陈第把"惊"拟音为"姜"自然也是不正确的。

第二，旁证语料的选取上容易出错。古今语音变化始终是处在一个渐变过程中的，所以在考证《诗经》古音的时候，如果征引的语料超出了《诗经》音系的界限，得出的结论自然也是站不住脚的。邵荣芬指出："陈第没能严守以《诗经》本证为主要根据的这一正确原则，所引旁证有时超出了《诗经》押韵所许可的范围，也给他的工作带来了一些不良的影响。比如'苗'字他认为上古'音毛'，可是却引用了韩愈《楚国夫人铭》

---

① 邵荣芬：《汉语语音史讲话》，中华书局2010年版，第13页。

中的'酬苗'韵段作为旁证（毛，2，30），这就弄乱了尤、萧两部的界限；又比如他认为'明'字上古'音芒'，可是却引用了董仲舒《救日食祝》的'明光阳尊'韵段作为旁证，这又弄乱了真、阳两部的界限。"①

尽管陈第的古音学研究还有不足之处，但相对于前人来说他已经做得很高明了。总体来说，陈第征引了大量的多方面的语音材料来证实"古诗无叶音"之说，使得他的结论看起来具有相当的说服力。正是由于陈第在古音学研究上起到了很好的榜样作用，才直接引发了清代古音学研究的浩大之势，张裕钊《重刊毛诗古音考序》云："自唐颜师古、章怀太子注两汉书始，有合均之说。后之治毛诗者，踵袭其误，均所不谐，则概以叶命之，而三百篇暨三代两汉之古书，殆于不可读矣。其后吴棫、杨慎之徒，稍稍窥见涯涘，颇寤古今音读之殊，然卒未有能深探本原，洞晓其旨趣者。陈氏季立，乃始力辟扃奥，为《毛诗古音考》一书，于是古音之说炳若日月。国朝诸大儒，益因其旧，推广而精求之，引伸触类，旁推交通，匪独音均之学大明，三百篇暨古有均之书，可得而读，而已。六书之恉，象形、象事、会意而外，形声、转注、假借三者，其本皆原由于声音。是故必明乎古音而后训诂明，训诂明而后六经之说可得而知。我朝经学，度越前古，实陈氏有以启之。虽其后顾、江诸贤之书，宏博精密，益加于前时，然陈氏创始之功，顾不伟哉！有明一代，蔑弃古学，讹谬相循，沈潜遗籍，杰出元解，陈氏一人而已。"②

张裕钊指出了陈第的学术贡献，然有过誉之嫌。江永《古韵标准例言》云："万历间，闽三山陈第季立著《毛诗古音考》，又有《屈宋古音义》。其最有功于《诗》者，谓古无叶音，《诗》之韵即是当时本音。此说始于焦竑弱侯，陈氏阐明之，焦氏为之作序。其书列五百字，以《诗》为本证，他书为旁证。五百字中有不必考者，亦有当考而漏落者。盖陈氏但长于言古音，若今韵之所以分，喉牙齿舌唇之所以异，字母清浊之所以辨，概乎未究心焉。故其书皆用直音。直音之谬，不可胜数。以此

---

① 邵荣芬：《陈第对古韵的分部和音值的假定（下）》，《古汉语研究》1989 年第 1 期。
② 丁有国：《〈濂亭文集〉注释》，中国民航出版社 2010 年版，第 26—27 页。

知音学须览其全，一处有阙，则全体有病。"① 是说较为公允。《钦定四库全书》编纂者亦能指出陈第古音学研究的不足："其中如素音为苏之类，不知古无四声，不必又分平仄；家又音歌、华又音和之类，不知为汉魏以下之转韵，不可以通三百篇，皆为未密。"②

------

① （清）江永：《古韵标准》，中华书局 1982 年版，第 4 页。

② （明）陈第：《毛诗古音考》，《景印文渊阁四库全书》第 239 册，台湾商务印书馆 1986 年版，第 406 页。

第五章 《诗经》小学的巅峰与终结：有清一代

　　由明入清的顾炎武博学于文、务实问学，是清代朴学的先驱者。顾氏深究古今语音变化规律，撰著《音论》三卷；穷察《毛诗》韵脚用字，著为《诗本音》十卷；离析唐韵，写定《古音表》二卷，综纳古音为十部。由此，夯实了清代《诗经》小学的古音学基础。康熙年间，钱澄之耗时四十年撰成《田间诗学》，不拘旧时家法，唯求务实创新，其于汉唐宋明诸儒之说，除《毛传》、《郑笺》、《毛诗正义》、朱熹《诗集传》之外，征引"凡二程子、张子、欧阳修、苏辙、王安石、杨时、范祖禹、吕祖谦、陆佃、罗愿、谢枋得、严粲、辅广、真德秀、邵忠允、季本、郝敬、黄道周、何楷二十家"①，持论精核，考证切实，堪称清代《诗经》学的开幕之篇。康雍之际，宋学尚未败落，王鸿绪等奉敕编成《诗经传说汇纂》二十一卷，"以朱熹《诗集传》为纲，又一一附录汉、唐传、笺、序、疏可取的训解"②。乾隆二十年（1755），傅恒等奉敕修成《御纂诗义折中》，训释多参稽古义，说旨亦有循由，极大地推动了汉学的复兴。乾嘉时期研究《诗经》者，多以文字声韵训诂为宗，彰显出清代《诗经》小学的基本特征。

---

① 胡朴安：《诗经学》，岳麓书社 2010 年版，第 84 页。
② 夏传才：《诗经研究史概要》（增注本），清华大学出版社 2007 年版，第 141 页。

第一节 顾炎武《诗本音》和古音研究

顾炎武（1613—1682），字宁人，原名绛，昆山人，与黄宗羲、王夫之并称为明末清初三大儒，又被誉为清学的开山始祖。为救治明末积世之弊，顾炎武著有《军制论》《形势论》《田功论》《钱法论》，并力倡"君子之为学，以明道也，以救世也"（《与人书二十五》）。[①] 身处明清易代之际，顾炎武对寡廉鲜耻、趋炎附势的社会丑态深恶痛绝，"遂将'博学于文'与'行己有耻'合而为一，使之上升到'圣人之道'的高度，并为之大声疾呼。"[②] 顾炎武《亭林文集》卷3《与友人论学书》云："愚所谓圣人之道者如之何？曰'博学于文'，曰'行己有耻'。自一身以至于天下国家，皆学之事也；自子臣弟友以至出入、往来、辞受、取与之间，皆有耻之事也。耻之于人大矣！不耻恶衣恶食，而耻匹夫匹妇之不被其泽，故曰：'万物皆备于我矣，反身而诚。'呜呼！士而不先言耻，则为无本之人；非好古而多闻，则为空虚之学。以无本之人，而讲空虚之学，吾见其日从事于圣人而去之弥远也。"[③] 在学术思想上，顾炎武认为晚明心学过多地谈论"性"与"天道"，实际上已经堕入禅学，属于离经叛道之类，他在《日知录·心学》中说："近世喜言心学，舍全章本旨，而独论人心道心，甚者单撮'道心'二字，而直谓即心是道，盖陷于禅学，而不自知其去尧、舜、禹授受天下之本旨远矣。"[④] 顾炎武深谙空谈误国的道理，并认为阳明心学的空疏学风是明朝覆亡的原因之一，他在《日知录·夫子之言性与天道》中说："以明心见性之空言，代修己治人之实学。股肱惰而万事荒，爪牙亡而四国乱。神州荡覆，宗庙丘墟。"[⑤] 出于济世图存的考虑，顾炎武主张恢复汉代经学，他说："经学自

[①] （清）顾炎武著，华忱之点校：《顾亭林诗文集》，中华书局1959年版，第98页。

[②] 陈祖武、朱彤窗：《顾炎武评传》，中国社会出版社2010年版，第210页。

[③] （清）顾炎武著，华忱之点校：《顾亭林诗文集》，中华书局1959年版，第41页。

[④] （清）顾炎武著，陈垣校注：《日知录校注》，安徽大学出版社2007年版，第1013—1014页。

[⑤] （清）顾炎武著，张京华校释：《日知录校释》，岳麓书社2011年版，第311页。

有源流，自汉而六朝而唐而宋，必一一考究，而后及于近儒之所著，然后可以知其异同离合之指。"（《亭林文集》卷4《与人书四》）钱谦益《与卓去病论经学书》云："学者之治经也，必以汉人为宗主，如杜预所谓原始要终。"① 顾炎武的主张与钱氏之说颇相吻合。顾炎武还认为，"读九经自考文始，考文自知音始"（《亭林文集》卷4《答李子德书》），故而他撰有《音学五书》《韵补正》等极具学术价值的古音学著作。

顾炎武一生敛华就实、博学于文，为学问道务求穷原究委。他著述宏富，且长于考证，善于辨正得失，代表作品为《日知录》《天下郡国利病书》《肇域志》《音学五书》《韵补正》《金石文字记》《亭林文集》等，《清史稿·儒林二》云："清初称学有根柢者，以炎武为最，学者称为亭林先生。"② 梁启超《中国近三百年学术史》总结了顾炎武的学术影响："亭林所以能在清代学术界占最要位置，第一，在他做学问的方法，给后人许多模范；第二，在他所做学问的种类，替后人开出路来。"③ 顾炎武之所以能够成为开创清代朴学风气的先驱者，其途有三："一曰贵创"，"二曰博证"，"三曰致用"。④

《音学五书》是一部殚精竭虑的著作，顾炎武在此书《后叙》中自谓："予纂辑此书几三十年所，过山川亭鄣，无日不以自随，凡五易稿而手书者三矣。"⑤ 是书包括《音论》《诗本音》《易音》《唐韵正》《古音表》五部，合计三十八卷，是顾氏手定成书的有系统组织的作品，也是清代古音学的奠基之作。顾炎武在《音学五书叙》中，大致介绍了五书的内容："乃列古今音之变，而究其所以不同，为《音论》三卷，考正三代以上之音；注三百五篇，为《诗本音》十卷；注《易》，为《易音》三卷；辨沈氏分部之误，而一一以古音定之，为《唐韵正》二十卷；综古音为十部，为《古音表》二卷。"⑥

---

① （清）钱谦益著，钱曾笺注，钱仲联标校：《牧斋初学集》（下），上海古籍出版社2009年版，第1706页。

② 赵尔巽等：《清史稿》第43册，中华书局1977年版，第13168页。

③ 梁启超著，夏晓虹、陆胤校：《中国近三百年学术史》，商务印书馆2011年版，第77页。

④ 梁启超：《清代学术概论》，东方出版社1996年版，第11—13页。

⑤ （清）顾炎武撰，刘永翔校点：《音学五书 韵补正》，上海古籍出版社2012年版，第9页。

⑥ （清）顾炎武撰，刘永翔校点：《音学五书 韵补正》，上海古籍出版社2012年版，第8页。

《音学五书》之《音论》三卷计十五篇，主要内容为总论古音纲领及古音学研究中的突出问题。十五篇中，以卷中之《古人韵缓不烦改字》《古诗无叶音》《古人四声一贯》最为重要。卷下有《先儒两声各义之说不尽然》一篇，认为声调的区别不过是发音轻重的问题，并非区分语义的机枢，其文曰："而先儒谓一字两声各有意义，如'恶'字为'爱恶'之'恶'则去声，为'美恶'之'恶'则入声。《颜氏家训》言此音始于葛洪、徐邈。乃自晋宋以下同然一辞，莫有非之者。余考'恶'字，如《楚辞·离骚》有曰：'理弱而媒拙矣，恐导言之不固。时混浊而嫉贤兮，好蔽美而称恶。闺中既邃远兮，哲王又不寤。怀朕情而不发兮，余焉能忍与此终古?'又曰：'何所独无芳草兮，尔何怀乎故宇? 时幽昧以眩曜兮，孰云察余之美恶?'汉赵幽王友歌：'我妃既妒兮，诬我以恶。谗女乱国兮，上曾不寤。'此皆'美恶'之'恶'而读去声。汉刘歆《遂初赋》：'何叔子之好直兮，为群邪之所恶。赖祁子之一言兮，几不免乎徂落。'魏丁仪《厉志赋》：'嗟世俗之参差兮，将未审乎好恶。咸随情而与议兮，固真伪以纷错。'此皆'爱恶'之'恶'而读入声。乃知去入之别，不过发言轻重之间，而非有此疆尔界之分也。"[1]

《诗本音》以《诗经》韵脚字为主要材料，参考其他古籍用韵情况，考订《诗经》韵读。

《易音》的编撰情况与《诗本音》有相似之处，但不像后者那样照录经书全文，而是仅摘录《周易》有韵的文字加以考证。

《唐韵正》按照《唐韵》的次第，结合《诗本音》《易音》中的古音研究成果，逐字考证古今语音的差别。

《古音表》打乱《唐韵》次第，重新归纳韵部，把古音分为十部：

> 东冬钟江第一；
> 支脂之微齐佳皆灰咍第二；
> 鱼虞模侯第三；

---

① （清）顾炎武撰，刘永翔校点：《音学五书 韵补正》，上海古籍出版社 2012 年版，第65—66 页。

真谆臻文殷元魂痕寒桓删山先仙第四；

萧宵肴豪幽第五；

歌戈麻第六；

阳唐第七；

耕清青第八；

蒸登第九；

侵覃谈盐添咸衔严凡第十。

顾炎武在古音学上的最大贡献就是在考订古音的基础上，离析《唐韵》，从而构建起上古韵部系统，为清代古音学奠定下坚实的基础。他的研究方法是把《唐韵》中的韵部拆分开来，分别与其他韵部的某一部分重新合并，从而得出上古韵部。比如，顾氏把麻韵中的“蟆、车、奢、赊、畬、邪、琊、斜、遮、诸、祖、罝、华、铻、铧、瓜、娉、夸、拏、筊、家、葭、豭、遐、霞、瑕、蝦、骃、鸦、巴、豝、牙、芽、衙、吾、齇、荼、鄌、梌、涂、樣、秅、阇、余、窊、杷、琶、查、苴”归入鱼部，把麻韵中的另一半“麻、嗟、瘥、骉、嘉、加、珈、差、鲨、沙、髽”归入歌部。“这样有分有合，既照顾了语音的系统性，又照顾了历史发展。”① 顾炎武发现，《诗经》中的入声字常和阴声字押韵，因此发明了以入声配阴声的原则，从而改变了《广韵》的入声分配系统，彻底摆脱了中古韵书的束缚，揭示出上古音入声与阴声的关系。顾炎武为上古韵部系统勾画出了大致的轮廓，后人研究所做的工作主要是对他所建立的韵部系统进行内部增删或分合，且越分越细，很快就完善起来了，王国维在《〈周代金石文韵读〉序》中说：“古韵之学，自昆山顾氏而婺源江氏，而休宁戴氏，而金坛段氏，而曲阜孔氏，而高邮王氏，而歙县江氏，作者不过七人。然古音廿二部之目，遂令后世无可增损。”②

在《音学五书》中，顾炎武自视《诗本音》为最重要的一部，他在《音学五书后叙》中说：“然此书为《三百篇》而作也，先之以《音论》，

① 王力：《中国语言学史》，中华书局2013年版，第147页。

② 王国维：《观堂集林（外二种）》，河北教育出版社2001年版，第251页。

何也？曰：审音学之原流也。《易》文不具，何也？曰：不皆音也。《唐韵正》之考音详矣，而不附于经，何也？曰：文繁也。已正其音而犹遵元第，何也？曰：述也。《古音表》之别为书，何也？曰：自作也。"①《唐韵正》和《古音表》本来都是可以直接附于《诗本音》的，只是出于一些特殊的考虑，才使之各自独立。

《诗本音》照录《毛诗》原文，标注出所有韵脚字所属的韵部，且对古今音读不同者加以考证。如顾氏标释《小雅·无羊》一诗曰：

> 谁谓尔无羊？三百维群。二十文 谁谓尔无牛？九十其犉。十八谆 尔羊来思，七之。与下"思"协 其角濈濈。二十六缉 尔牛来思，见上 其耳湿湿。二十六缉
>
> 或降于阿，七歌 或饮于池，音"陀" 或寝或讹。八戈 尔牧来思，何蓑何笠，或负其糇。古音"胡"，说见《载驰》 三十维物，尔牲则具。十遇。此章以平、去通为一韵
>
> 尔牧来思，以薪以蒸，十六蒸 以雌以雄。古音于陵反。考"雄"字，《诗》凡二见，《左传》一见，《楚辞》一见，并同。后人误入一东韵 尔羊来思，矜矜兢兢，十六蒸 不骞不崩。十七登 麾之以肱，十七登 毕来既升。十六蒸
>
> 牧人乃梦，众维鱼九鱼 矣，旐维旟九鱼 矣，大人占之："众维鱼见上 矣，实维丰年。一先 旐维旟见上 矣，室家溱溱。"十九臻 ②

从顾氏构建的韵部系统来看，《无羊》一诗，首章"群犉"押真部第四韵，"思思"押支部第二韵，"濈湿"押侵部第十韵；二章"阿池讹"押歌部第六韵，"糇遇"押鱼部第三韵；三章"蒸雄兢崩肱升"押蒸部第九韵；四章"鱼旟鱼旟"押鱼部第三韵，"年溱"押真部第四韵。顾氏还重点考证了"雄"的古音，此考亦详见于《唐韵正》卷1"一东"，其文曰：

> 雄，羽弓切。
>
> 古音羽陵反。《诗·无羊》三章："尔牧来思，以薪以蒸，以雌

---

① （清）顾炎武撰，刘永翔校点：《音学五书 韵补正》，上海古籍出版社2012年版，第9页。

② （清）顾炎武撰，刘永翔校点：《音学五书 韵补正》，上海古籍出版社2012年版，第170—171页。

以雄。尔羊来思，矜矜兢兢，不骞不崩。麾之以肱，毕来既升。"《正月》五章："谓山盖卑，为冈为陵。民之讹言，宁莫之惩。召彼故老，讯之占梦。具曰予圣，谁知乌之雌雄！"《左传·襄十年》孙文子卜繇："兆如山陵，有夫出征，而丧其雄。"《正义》云："古人读雄，与陵为韵。《诗·正月》《无羊》皆以雄韵陵是也。"《楚辞·国殇》见上。《韩非子》见上。《素问·著至教论》："此皆阴阳表里上下雌雄相输应也。"《黄石公三略》："故其众可望而不可当，可下而不可胜。以身先人，故其兵为天下雄。"《淮南子·览冥训》："夫死生同域，不可胁陵，勇武一人，为三军雄。"《兵略训》："奇正之相应，若水火金木之代为雌雄也。善用兵者持五杀以应，故能全其胜。"《汉书·元后传》："阴为阳雄，土火相乘，故有沙鹿崩。后六百四十五年，宜有圣女兴。"《汉冀州从事张表碑》文："懿烈纯德，继踵相承。于来我君，亦邦之雄。"魏陈琳《神武赋》："单鼓未伐，虏已溃崩。克俊馘首，枭其魁雄。"按雄字自《文子·符言》篇："老子曰：一言不可穷也，二言天下宗也，三言诸侯雄也，四言天下双也。"《列女传·鲁寡陶婴》歌："悲夫黄鹄之早寡兮，七年不双。宛颈独宿兮，不与众同。夜半悲鸣兮，想其故雄。"后人因之误入东韵。①

"雄"音"羽弓切"，见于今本《广韵》"一东"，顾炎武《唐韵正》与《唐韵》次第相同，这就是顾氏所说的"已正其音而犹遵元第，何也？曰：述也"（《音学五书后叙》）。与"雄"相押的"蒸兢崩肱升"诸字亦皆在《广韵》十六蒸，顾氏《古音表》云："十六蒸，收入东韵弓、雄、熊字。"② 故而"雄"字的古音，顾氏据《毛诗正义》拟为"羽陵反"。综观顾氏的上古拟音，只是将《唐韵》音切的下字替换一下而已，此类做法实际上是存在一定问题的，"这样一来，似乎古今语音的演变仅仅是

---

① （清）顾炎武撰，刘永翔校点：《音学五书　韵补正》，上海古籍出版社 2012 年版，第 295—296 页。

② （清）顾炎武撰，刘永翔校点：《音学五书　韵补正》，上海古籍出版社 2012 年版，第 1170 页。

韵变，而声纽不变，是不符合汉语语音发展实际的"①。孔广森《诗声类》云："顾氏古音反切，辄就《唐韵》之纽而改其韵，非也。古今音变，韵既大讹，纽岂无异？"②

第二节 陈启源《毛诗稽古编》的举旗之功

陈启源，字长发，江苏吴江人，明末诸生，入清后专事著述，《清代朴学大师列传》谓其"性严峻，不喜与外人接，惟嗜读书，晚岁研精经学"③。据《清儒学案》，陈启源"与同里朱愚庵同治经学，愚庵作《毛诗通义》，先生实与之参正。自著《毛诗稽古编》三十卷"④。《毛诗稽古编后序》云："起甲寅讫丁卯，阅十有四载，三易稿始成此编。"⑤ 准此，则《毛诗稽古编》始作于清康熙十三年（1674），成书于康熙二十六年（1687）。

《毛诗稽古编》共 30 卷，从编排体例上来看，大致为总散结合的考辨体。前 24 卷以三百篇次第逐章考释，兼具摘句体和平议体的特色。此书广辑旧注材料，善于辨别优劣得失，《四库全书总目》谓其"依次解经而不载经文，但标篇目。其无所论说者，则并篇目亦不载。其前人论说已明、无庸复述者，亦置不道"⑥。卷 25 至卷 29 为总诂部分，其下又分为"举要""考异""正字""辨物""数典""稽疑"六门，据《毛诗稽古编》卷 1《序例》，其论说往往是"义统全经，词连数什"⑦。末卷为附录，总论《风》《雅》《颂》之旨，陈启源概括其编撰原则曰："凡经注讹脱已列稽疑而辨析未详者，《传》《笺》《释文》字义故实须加考证者，辨证诗义因而旁及它典者，论断已明尚有余意未尽者，后儒之说未甚著闻

---

① 顾之川：《清代古音学的开山之作——〈音学五书〉述评》，《山西师大学报》（社会科学版）1989 年第 4 期。

② （清）孔广森：《诗声类》卷 1，民国渭南严式海精刻本，第 6 页。

③ 支伟成：《清代朴学大师列传》，上海人民出版社 2014 年版，第 36 页。

④ 徐世昌：《清儒学案》，中国书店 2013 年版，第 162 页。

⑤ （清）陈启源：《毛诗稽古编》，《景印文渊阁四库全书》第 85 册，台湾商务印书馆 1986 年版，第 831 页。

⑥ （清）永瑢等：《四库全书总目》，中华书局 2003 年版，第 132 页。

⑦ （清）陈启源：《毛诗稽古编》，《景印文渊阁四库全书》第 85 册，台湾商务印书馆 1986 年版，第 335 页。

而其误须辨者，竖义稍越常闻恐人河汉其言者，三家诗说可为博闻之助者，皆汇入焉。其前后仍以经为次。"（《毛诗稽古编》卷1《序例》）

一　陈启源的稽古思想

《四库全书总目》评价《毛诗稽古编》："题曰'毛诗'，明所宗也；曰'稽古编'，明为唐以前专门之学也。所辨正者惟朱子《集传》为多，欧阳修《诗本义》、吕祖谦《读诗记》次之，严粲《诗缉》又次之。所掊击者惟刘瑾《诗集传通释》为甚，辅广《诗童子问》次之，其余偶然一及，率从略焉。"① 此评道出了陈启源力排宋学、张扬《诗经》汉学的鲜明特征。明代中前期学术空疏，迷信宋学，完全不知《诗经》宋学在四百余年的独尊过程中已经"丧失其求真求实、自由研究的学风，逐渐趋向僵化"。② 宋代《诗经》学本身就有不少毫无根据的空论，在注疏方面更是存有诸多阙疑，自明代晚期开始招致一些经学家的强烈批判，只不过开始的时候这种批判主要表现在尊序排宋上，如郝敬（1558—1639）在《毛诗原解》卷首之《读诗》中说："宋儒师心薄古，一切诋为妄作，只据《诗》中文字，断以己意，创为新说。今用之，予未敢信其然也。……朱子改序，皆先有诗而后有题。《诗序》首句函括精约，法戒凛然，须经圣裁，乃克有此。其下毛公申说，乍读似阔略，寻思极得深永之味。后人不解，诋为浅陋。千古寸心，得失自知。此言《诗》所以难也。或谓毛公有大小，非出一手，其父子兄弟转相发明，故传与序间有不合。大抵笺不如传，传不如序，毛公补序又不如序首一语。读《诗》惟当以首序为宗。"③ 郝氏排诋朱子，把《诗序》的首句推为至高无上。虽然郝敬指斥宋学有凿空之弊，但并不代表他认可《诗经》汉学，李维桢（1547—1626）在《旧刻经解绪言跋》（一名《谈经跋》）中说："门人郝仲兴（按：郝敬字仲兴），少有兼人之识，于书无所不窥。遭谗再黜，杜门著书，而先用力于经。病汉儒之解经，详于博物而失之诬；

---

① （清）永瑢等：《四库全书总目》，中华书局2003年版，第132页。
② 夏传才：《诗经讲座》，广西师范大学出版社2007年版，第120页。
③ （明）郝敬：《毛诗原解》，《续修四库全书》第58册，上海古籍出版社2002年版，第229页。

宋儒之解经,详于说意而失之凿,而自为解。"① 明人张师绎《月鹿堂文集》卷1《说诗自序》云:"自予所见,诗教屡迁。有分章截句之学,得《诗》之体节矣,予厌其支而不贯也;有句笺字故之学,得《诗》之绪末矣,予惜其琐而不宏也。"② 是亦于《诗经》汉学多有不满。与陈启源同时的朱鹤龄亦对汉唐《诗经》学持批判态度,他在《毛诗通义序》中说:"序之文既最古,《毛传》复称简略,无所发明。郑康成以《三礼》之学笺《诗》,或牵经以配序,或泥序以传经,或赘词曲说,以增乎经与序所未有,支离胶固,举诗人言前之指、言外之意而尽汩乱之。孔仲达《疏义》又依回两家,无以辨其得失。"③ 在此背景下,陈启源力推《诗经》汉学,称得上复古先驱。

陈启源在《毛诗稽古编》卷1《序例》的开头就提出了他的稽古主张:"先儒释经,惟求合古;后儒释经,多取更新。汉《诗》有《鲁故》《韩故》《后苍氏》《孙氏故》《毛故训传》,《书》有大小夏侯《解故》。故者,古也,合于古所以合于经也。后儒厌故喜新,作聪明以乱之,弃雅训而登俗诠,缘叔世以证先古,为说弥巧,与经益离。源也惑之,窃不自揆,欲参伍众说,寻流溯源,推求古经本指以挽其弊。而诸经注疏,惟《毛诗序》最古,拟首从事焉。"④ 为什么要花大力气去稽古?陈启源在《序例》中给出了三条理由:"原古人释经多由师授,不专据经本,况《诗》得于讽诵,非竹帛所书,确有画一。诸儒传写,师读各分,经文亦互异,故字与义有不必相符者,非得师授岂能辨其孰是哉?今师授虽绝,而《传》义尚在,寻绎《传》义以考经文,其异同犹可正也。此当稽古者一也。又古文义差殊,若胡越之不同声矣。毛、郑字训率宗《尔雅》,于今似为惊俗,在古实属顺诠,不可易也。用古义以入今文,固难悦时人之目,强古经以就今义,亦岂合古人之心乎?夫积字而有句,积字句而有篇章,字训既讹,篇指或因以舛,非小失也。此当稽古者二也。又

---

① (明)郝敬:《谈经》,《续修四库全书》第171册,上海古籍出版社2002年版,第637页。
② (明)张师绎:《月鹿堂文集》卷1,道光十二年刻本,第8页。
③ (清)朱鹤龄著,虞思征编:《愚庵小集》,华东师范大学出版社2010年版,第132页。
④ (清)陈启源:《毛诗稽古编》,《景印文渊阁四库全书》第85册,台湾商务印书馆1986年版,第334—335页。

三代迄今垂二千载，雕朴刓方，匪一日之积，时世屡更，风俗迥异。古圣贤行事因乎时，其宜于古者，未必宜于今，然据今人习俗，并谓古人无其事，亦非通论也。惟立身于古世以论断古人，斯《诗》之性情得矣。此当稽古者三也。又若弁冕车旂之制、簠鼎俎豆之仪、朝会飨燕之规、禘祫郊丘之议，焚书之后典礼无凭，聚讼以还是非莫定，此皆难臆决者；至于山川陵谷屡易其形，草木禽鱼不恒厥性，只可即古以言古，不可移古以就今。"① 透彻理解陈启源的稽古思想之后，本来擅长"参停于今古之间"（《四库全书总目》语）的朱鹤龄在《毛诗稽古编叙》中叹曰："呜呼！经学之荒也，荒于执一先生之言，而不求其是。苟求其是，必自信古始。"②

二 《毛诗稽古编》的《诗经》小学成就

1. 寻绎《毛传》义以考经文

《毛诗稽古编》卷1释《周南·关雎》"芼"字曰：

> 《传》以"芼"为"择"，与《尔雅》异义。《尔雅》云："芼，搴也。"孙炎注云："皆择菜也。"某氏云："搴，犹拔也。"郭璞云："拔，取菜也。"郭专释《雅》文，孙则旁顾《诗传》。然以"择"释"搴"，于义离矣。孔《疏》引其文，又申之曰："拔菜而择之。"盖欲通两义为一。但"拔"与"择"原各一事，合之终属武断，非确解也。源谓：《诗》《雅》两"芼"字，文同而义异。毛就《诗》释《诗》，不必援《雅》为据矣。案：《诗》"芼"字当作"覒"，《说文》云："覒，择也。"《玉篇》亦训"择"，因引《诗》"左右覒之"。《诗》字多借用，"芼"乃"覒"之借耳。毛云"择"者，本训"覒"，不训"芼"。孙据毛以释《雅》，郭援《雅》以合毛，皆过也。又案："覒"，《说文》读如"苗"，徐"莫袍切"，皆平声；

---

① （清）陈启源：《毛诗稽古编》，《景印文渊阁四库全书》第85册，台湾商务印书馆1986年版，第334—335页。

② （清）陈启源：《毛诗稽古编》，山东友谊书社1991年版，第10页。

《玉篇》"莫到切"，则去声。《诗释文》同《玉篇》。①

按：《说文解字》艸部曰："芼，艸覆蔓。从艸，毛声。《诗》曰：'左右芼之。'""芼"的本义是草覆地蔓延，引申为"拔取"之义。《说文解字》见部曰："覒，择也。从见，毛声。读若苗。""覒"的本义是"择"。《关雎》"左右芼之"中的"芼"《毛传》释为"择"，当为"覒"的借字，马瑞辰《毛诗传笺通释》："《玉篇》引《诗》亦作覒，又省作毛。"② 程燕《诗经异文辑考》："芼，敦煌本作'毛'。《韩诗》作'覒'。"③ 陈启源还认为，"芼"之音读本为平声，《玉篇》以下读作去声。

2. 引用古义诠释经典

《毛诗稽古编》在释义时广泛征引文献，但由于陈启源倡导回归汉学，所以对不同类型的文献采取了差别化的处理方法，对代表汉代学术成就的《毛传》《郑笺》《尔雅》《说文解字》等小学材料多持肯定态度，而对宋代以下文献多有诋斥，若《四库全书总目》所云："启源此编，则训诂一准诸《尔雅》，篇义一准诸《小序》，而诠释经旨，则一准诸《毛传》，而《郑笺》佐之。其名物则多以陆玑《疏》为主。"④ 《毛诗稽古编》卷1《序例》云："引据之书，以经传为主，而两汉诸儒之语次之，以汉世近古也。魏晋六朝及唐人次之，以去古稍远也。宋元迄今去古益远，又多凿空之论、伪托之书，非所取信。"如《毛诗稽古编》卷2解释《召南·小星》"寔命不同"曰：

> 寔命不同。毛云："寔，是也。"观《书》"是能容之"，《戴记》引《书》"是"作"寔"，《春秋·桓六年》"寔来"，《公羊传》云"是来"，可见毛义允当。朱传以为与"实"同，恐非诗指。案：《说文》："寔，正也。""实，富也。"今"寔"音殖，入三十职韵；

---

① （清）陈启源：《毛诗稽古编》，《景印文渊阁四库全书》第85册，台湾商务印书馆1986年版，第339页。下引该作不再一一标注。

② （清）马瑞辰著，陈金生点校：《毛诗传笺通释》，中华书局1989年版，第32页。

③ 程燕：《诗经异文辑考》，安徽大学出版社2010年版，第7页。

④ （清）永瑢等：《四库全书总目》，中华书局2003年版，第132页。

"实"读如石，入四质韵，二字音义各别。自杜《注》"寔来"训"寔"为"实"，后儒相沿，混为一字，朱传殆仍其误。

按：《尚书·秦誓》云："是能容之，以保我子孙黎民，亦职有利哉！"① 《礼记·大学第四十二》引之为"寔能容之，以能保我子孙黎民"②。《春秋·桓公六年》云："春，正月，寔来。"《春秋公羊传》："寔来者何？犹曰是人来也。"③ 《毛传》以"是"释"寔"，合于经文。《左传·桓公六年》："六年春，自曹来朝。书曰'寔来'，不复其国也。"杜预注："亦承五年冬《传》淳于公如曹也。言奔则来行朝礼，言朝则遂留不去，欲变文，言实来。"④ 始释"寔"为"实"，朱熹《诗集传》："寔，与实同。"⑤ 乃承杜注，所谓"去古益远"，且误也。

3. 发明体例

恢复汉学绝不是喊几句口号就能实现的，关键是要破除人们对汉学琐碎、胶固、没有规律的不良印象。要解决这一问题，最有效的办法就是发明《诗经》汉学的解释体例。

（1）发明《毛传》体例

《毛传》在义训上具有较高的学术水准，陈启源于此多有论述。《毛诗稽古编》善于发明《毛传》体例，如对《毛传》"以补为释"和"连及"现象的揭示，颇能让人耳目一新。

基于简约的文风，《诗经》中常有虽仅言于此、而意亦在彼的现象，这就是修辞方法上的互文相备。在解释具有互文性质的两两相对的诗句时，《毛传》往往以补为释，后人需要认真体会，才能避免对《毛传》的误读或疏失。如《豳风·七月》云："一之日于貉，取彼狐狸，为公子裘。"《毛诗稽古编》释曰：

---

① 王世舜、王翠叶译注：《尚书》，中华书局2012年版，第347页。
② （清）阮元校刻：《十三经注疏》，中华书局1980年版，第1675页。
③ 黄铭、曾亦译注：《春秋公羊传》，中华书局2016年版，第89页。
④ （战国）左丘明著，（晋）杜预注：《左传》，上海古籍出版社2016年版，第56页。
⑤ （宋）朱熹著，赵长征点校：《诗集传》，中华书局2017年版，第18页。

貉、狐、狸，是三种兽名，见《尔雅》《说文》诸书。"一之日于貉，取彼狐狸，为公子裘"，谓取此三兽皮为裘耳。《集传》乃云："貉，狐狸也。于貉，犹言'于耜'，谓往取狐狸也。"竟以"貉"为狐狸之总名，至合二句并指为一事，失之矣。推其故，殆因读《毛传》而失其句读也。《毛传》云："于貉，谓取。狐狸，皮也。"《传》语简贵，读者多误。《传》"于貉"二字当读，"谓取"二字当句。于，往也。经言"往"不言"取"，故《传》补言"取"；《传》"狐狸"二字当读，"皮也"二字当句，经言"狐狸"不言"皮"，故《传》补言"皮"，皆以补为释也。且狐狸言皮，则貉之为皮可知，义又互相备也。康成善会毛义，故不更解，但分别用裘之不同。《笺》云："于貉，往搏貉以自为裘。狐狸以共尊者。"是也。仲达误读"谓取狐狸皮"为一句，故其申毛词意牵合，幸不失经意耳。朱子因误读《传》，并误释经矣。不独《集传》也，《吕记》"狐貉，为狐狸之居"，因强合北狄"貉"字为一义。陆氏《埤雅》以"于貉"为《周礼》"祭表貉"之事，皆误读《毛传》者也。

又如，《毛诗稽古编》解释《大雅·生民》"鸟覆翼之"曰："《传》文质略，然实简而尽。如'鸟覆翼之'，《传》云：'大鸟来，一翼覆之，一翼藉之。'上补出'翼'字，下补出'藉'字，经意晓然矣。'覆''翼'两字，诗本互文相备，故《传》即以补为释也。苏氏曰：'覆，盖也。'则漏'翼'义。又曰：'翼，藉也。'则'藉'非'翼'字本训。古人造语之妙，信非后人可及。"

连及，指在言说某种事物时，顺便带出其他相关的事物。如《大雅·江汉》云："锡山土田。"《毛传》："诸侯有大功德，赐之名山土田附庸。"《毛诗稽古编》："经无'附庸'，而《传》云云者，当是引成语连及之耳。且《传》自述周制如此，非言赐召公也。孔《疏》申之曰：'土田即是附庸。'恐非指。"因上下文语境，在解说某种事物时，关联到另一种事物的特性，也可以说是连及现象。比如，《小雅·鹤鸣》云："其下维榖。"《毛传》："榖，恶木也。"《毛诗稽古编》释曰："《草木疏》谓'榖，皮可为布、为纸，叶又堪茹'，《本草》亦用以入药，其益于人多矣。《传》以为恶木，殆因上章之'莠'而连及之与？要之，诗人取兴，偶因一时寄托，物之美恶元无定也。又案：穀，亦名楮、亦名构、亦名穀桑，种有雌雄。其皮可编为冠，华成长穗如柳，可食。雄者不结实，雌者皮白，结实如杨梅。"

（2）发明《郑笺》体例

陈启源对《郑笺》之训诂体例也颇多发明，比如在《毛诗稽古编》前二十四卷的正文中，揭示了《郑笺》中出现的"义本同""相对取义""破字""假借""字同而义反""对文则异，散文则通"等训诂体例。在《毛诗稽古编》卷26《考异》中，陈氏单列"《郑笺》破字异同"一节，考察了《郑笺》"改字"的七种情况。

一是"据当时读本未尝改者而改字"。《毛诗稽古编》举例曰：

> 如，"愿言则寴"，"寴"为"嚏"，《释文》云："嚏，本又作'寴'。""素衣朱绣"，"绣"为"绡"，《鲁诗》作"绡"，见《士昏礼》注。"东有甫草"，"甫"作"圃"，《韩诗》作"圃"。又，"甫""圃"古通用。"古之人无斁"，"斁"为"择"，孔《疏》云："此经'斁'字本有作'择'者。""串夷载路"，"串"为"患"，《释文》云："串，一本作'患'。"《疏》亦云。"好是稼穑""稼穑维宝"，"稼穑"皆为"家啬"，《释文》云："案：郑本二字皆无'禾'。"《疏》亦云。"景员维河"，"河"为"何"，《释文》云："河，本亦作'何'。"

二是"据古字音义本相通者而改之"。《毛诗稽古编》举例曰：

> 如，"其虚其邪"，"邪"为"徐"，古"邪""徐"音同，《鲁颂》"邪"字叶"徂"，《尔雅·释训》作"其徐"。"籧篨不殄"，"殄"为"腆"，《疏》引《仪礼》注云："腆，古文字作'殄'。""其鱼鲂鳏"，"鳏"为"鲲"，《疏》云："'鳏''鲲'古通用。""烝在栗薪"，"栗"为"裂"，郑自云："古声'栗''裂'同。""公孙硕肤""诒厥孙谋"，"孙"皆为"逊"，《疏》云："古'逊'

字借'孙'为之。""示我周行"，"示"为"寘"，《疏》云："古'示''寘'同读。""视民不恌"，"视"为"示"，郑自云："视，古'示'字。""鄂不韡韡"，"不"为"柎"，郑自云："古声'不''附'同。""抑此皇父"，"抑"为"噫"，"抑""懿""噫"通用。辨各详本诗。"饮酒温克"，"温"为"蕰"，《疏》云："'温''蕰'通用。""既匡既敕"，"匡"为"筐"，《说文》云："匡，饮器，筥也。""筐"乃重文。"垂带而厉"，"厉"为"裂"；"烈假不暇"，"烈假"为"厉痕"。《祭统》"厉山氏"《鲁语》作"烈山氏"，可见古"厉""裂""烈"通用。"维其劳矣"，"劳"为"辽"，《疏》云："字相假借。""孔棘我圉"，"圉"为"御"，"圉""御"通用。辨详正字。"靡人不周"，"周"为"赒"，"赒"通用"周"，字之常。"懿厥哲妇"，"懿"为"噫"。"不云自频"，"频"为"滨"。"置我鞉鼓"，"置"为"植"。辨皆详本诗。

三是"改其字而不改其义者"。《毛诗稽古编》举例曰：

> 如，"白茅纯束"，"纯"为"屯"。"其之展也"，"展"为"礼"。"隰则有泮"，"泮"为"畔"。

四是"所改之字义虽小异而不甚相远者"。《毛诗稽古编》举例曰：

> 如，"自贻伊阻""所谓伊人""伊可怀也""伊谁云憎"，"伊'字皆为"繄"。"出其闉阇"，"阇"为"都"。"既敬既戒"，"敬"为"儆"。"立我烝民"，"立"为"粒"。"幅陨既长"，"陨"为"圆"。

五是"改之而有补于文义者"。《毛诗稽古编》举例曰：

> 如，"良马祝之"，"祝"为"属"。"齐子岂弟"，"岂弟"为"闿圛"。"其弁伊骐"，"骐"为"綦"。《疏》云："礼无骐色弁，

《顾命》有之者，新主特设此，使士服之。此言诸侯常服，当作"綦"。《释文》云："骐，《说文》作'璂'。"云"弁饰"也，或亦作"璂"。"浸彼苞稂"，"稂"为"凉"。"无相犹矣""其德不犹"，"犹"皆为"瘉"。"勿罔君子"，"勿"为"未"。"舟人之子"，"舟"为"周"。"熊罴是裘"，"裘"为"求"。"宾载手仇"，"仇"为"斛"。"莫肯下遗"，"遗"为"随"。"谓之尹吉"，"吉"为"姞"。

六是"改之而无改于文义者"。《毛诗稽古编》举例曰：

> 如，"悦怿女美"，"怿"为"释"。"山有桥松"，"桥"为"槄"。"其人美且鬈"，"鬈"为"权"。"有蒲与简"，"简"为"莲"。"田畯至喜"，"喜"为"馈"，《七月》《大田》同。"其祁孔有"，"祁"为"麎"。"攘其左右"，"攘"为"饷"。"上帝甚蹈"，"蹈"为"悼"。"有兔斯首"，"斯"为"鲜"。"其政不获"，"政"为"正"。"以归肇祀""后稷肇祀""肇域彼四海"，"肇"皆为"兆"。"用狄蛮方""狄彼东南"，"狄"皆为"剔"。"实墉实壑"，"实"为"是"。"来旬来宣"，"旬"为"营"。"徐方绎骚"，"绎"为"骆"。"铺敦淮渍"，"敦"为"屯"。"何天之龙"，"龙"为"宠"。

七是"改所不必改而文义反迂者"。《毛诗稽古编》举例曰：

> 如，"绿兮衣兮"，"绿"为"䘵"。"说于农郊"，"说"为"襚"。"竢我乎堂兮"，"堂"为"枨"。"他人是愉"，"愉"为"偷"。"小人所腓"，"腓"为"芘"。"不可与明"，"明"为"盟"。"似续妣祖"，"似"为"巳"，"辰巳"之"巳"。"君子攸芋"，"芋"为"忨"。"维周之氏"，"氏"为"柢"，之实、之履二切。"先祖是皇"（《楚茨》《信南山》）、"烝烝皇皇"，"皇"皆为"暀"，《尔雅》《释文》音"旺"。"俶载南晦"（《大田》《载芟》《良耜》），"俶载"为"炽菑"。"式勿从谓"，"式"为"慝"。"无自瘵焉"，"瘵"为"际"。

"后稷不克","克"为"刻"。"先祖于摧","摧"为"唯",《释文》:"子雷反"。"草不溃茂","溃"为"遗"。"赉我思成","赉"为"来"。

（3）发明经文体例

《毛诗稽古编》对《诗经》中的互文、变文、倒文、对文、重复、对举、泛言等语例多有发明,兹仅就其所说的"泛称"和"实指"加以说明。如《召南·江有汜》云:"江有汜,之子归,不我以。不我以,其后也悔。江有渚,之子归,不我与。不我与,其后也处。江有沱,之子归,不我过。不我过,其啸也歌。"《诗序》曰:"文王之时,江沱之间,有嫡不以其媵备数,媵遇劳而无怨,嫡亦自悔也。"《毛诗稽古编》曰:

> 《江有汜》三章,"汜"为水决复入,"渚"为小洲,皆泛称也,非水名也;惟末章之"沱"是水名,见《禹贡》及《尔雅》,江之别也。故《小序》独云"江沱之间",谓二水间之国耳。朱传改为"汜水之旁","汜"岂水名乎?文义乖矣。水亦有名汜者,然在成皋,不近江也。

又如,《小雅·六月》云:"猃狁匪茹,整居焦获。侵镐及方,至于泾阳。"《毛传》:"焦获,周地,接于猃狁者。"《郑笺》:"言猃狁之来侵,非其所当度为也,乃自整齐而处周之焦获,来侵至泾水之北。"《毛诗稽古编》曰:

> 以诗之文势,合之今之地理,"泾阳"其即"焦获"乎?焦获最近京邑,猃狁犯周当至是而止,诗数猃狁之恶,故先言"焦获";见其纵兵深入迫处内地,继又追本其始自远而来,故言"镐"与"方",纪其内侵所经也;言"泾阳",纪其内侵所极也。以其初至故曰"至",以其久居而不去故曰"整居"。初至则泛言泾水之阳,久居则实指其地名,立词之常也。泾水经流千六百里,水北非一地,焦获亦在其北耳。

三 《毛诗稽古编》的学术地位

《毛诗稽古编》甫一问世，即得到作者好友朱鹤龄的赞赏："余书犹参停今古之间，长发则专宗古义，宣幽决滞，劈肌中理，即考亭见之，亦当爽然心开，欣然解颐。"（《毛诗稽古编叙》）乾隆时期著名学者王昶将家藏《毛诗稽古编》抄本进呈四库馆，且在《示长沙弟子唐业敬》一文中赞之曰："《诗》以毛、郑为宗，孔疏其冢适也。嗣后如吕成公、严华谷、何元子、陈长发，其所发明，博洽宏通，尤当尽览。"①钱大昕在《与晦之论尔雅书》一文中赞及《毛诗稽古编》曰："圣朝文教日兴，好古之士，始知以通经博物相尚，若昆山顾氏、吴江陈氏、长洲惠氏父子、婺源江氏，皆精研古训，不徒以空言说经，其立论有本，未尝师心自用，而亦不为一人一家之说所囿。"②《四库全书总目》在论定《毛诗稽古编》的地位时说："盖明代说经，喜骋虚辨。国初诸家，始变为征实之学，以挽颓波。古义彬彬，于斯为盛。此编尤其最著也。"③皖派学者胡承珙在《毛诗稽古编后跋》中叙述了他于乾道间得睹是书的经过，并给予其高度评价："陈启源《毛诗稽古编》三十卷，向未见刻本，顷在京师，朱兰坡借四库书副本钞藏，因得借读一过。其精到处，足补《笺》《疏》之所不及。"④章太炎《国学概论·经学略说》云："自晦庵作《集传》，说《诗》之风大变。清陈启源作《毛诗稽古编》，反驳晦庵，其功不可没。"⑤刘师培《近代汉学变迁论》说："有陈启源《毛诗稽古编》，而后宋儒说《诗》之书，失其依据。"⑥要之，陈启源《毛诗稽古编》重视小学考释，严于采据，力驳宋学之失，倡导恢复汉学，对于清代《诗经》学的繁荣具有举旗之功。

---

① （清）王昶著，陈明洁、朱惠国、裴风顺点校：《春融堂集》，上海文化出版社2013年版，第1128页。

② （清）钱大昕著，吕友仁校点：《潜研堂集》，上海古籍出版社2009年版，第605页。

③ （清）永瑢等：《四库全书总目》，中华书局2003年版，第132页。

④ （清）胡承珙：《求是堂文集》卷5，清刻本，第5页。

⑤ 章炳麟：《国学概论；外一种：国学讲演录》，岳麓书社2010年版，第133页。

⑥ 刘师培著，李妙根编，朱维铮校：《刘师培辛亥前文选》，中西书局2012年版，第151页。

第三节 皖派清学的代表人物
戴震与《诗经》小学

戴震（1723—1777），字东原，号杲溪，徽州休宁（今安徽屯溪）人，清代著名经学家，乾嘉考据学派的代表性人物。撰有《尚书义考》《毛诗补传》《毛郑诗考正》《杲溪诗经补注》《孟子字义疏证》《春秋改元即位考》《原善》《方言疏证》《声韵考》《声类表》《直隶河渠书》《汾州府志》《汾阳县志》《考工记图》《原象》《续天文略》《策算》《句股割圜记》等著作，涵盖经学、哲学、音韵、训诂、天算、地理等学科，计190余万字，堪称有清一代乃至中国学术史上著作等身的大家。戴震的考据学成就超越前古，无人能及，梁启超"将以戴震为代表的'皖派清学'看作清代学术的真精神之所在"①。在戴震的学术活动中，总是充满着某种科学性的东西，梁启超在《清代学术概论》一书中盛赞其治学精神曰："盖无论何人之言，决不肯漫然置信，必求其所以然之故；常从众人所不注意处觅得间隙，既得间，则层层比拶，直到尽头处；苟终无足以起其信者，虽圣哲父师之言不信也。此种研究精神，实近世科学所赖以成立。"②

一 戴震学术中的小学精神

钱大昕《戴先生震传》概括戴震小学特质曰："既乃研精汉儒传注及《方言》《说文》诸书，由声音文字以求训诂，由训诂以寻义理，寔事求是，不偏主一家，亦不过骋其辩以排击前贤。尝谓：'今人读书，尚未识字，辄薄训诂之学。夫文字之未能通，妄谓通其语言，语言之未能通，妄谓通其心志，此惑之甚者也。"③ 汉学精于训诂，宋学明乎义理，然义理绝不可能空凭胸臆而出，故明义理必求诸古经，求古经则必通训诂。

---

① 吴根友等：《戴震乾嘉学术与中国文化》，福建教育出版社2015年版，第4页。
② 梁启超：《清代学术概论》，东方出版社1996年版，第31—32页。
③ （清）钱大昕著，吕友仁校点：《潜研堂集》，上海古籍出版社2009年版，第710页。

训诂明则古经明，古经明则义理因之而明，《续修四库全书总目提要》云："昧者乃歧训诂义理而二之。是训诂非以明义理，而训诂胡为？义理不存乎典章制度，势必流入于异端曲说，而不自知矣。"① 小学的奥妙，在于追求精密和贯通，段玉裁《戴东原先生年谱》谓其师"凡一字必征之古而靡不条贯"。②

戴震精通音韵之学，擅长用音转之理来揭示词语之间的关系。据《戴东原先生年谱》，戴震二十五岁时即著《转语》二十章，惜未能传世，"此于声音求训诂之书也。训诂必出于声音。惜此书未成，孔检讨广森序《戴氏遗书》，亦云未见。"③ 原作已佚，仅存其序，亦可窥其崖略，其文云："人之语言万变，而声气之微，有自然之节限。是故六书依声托事，假借相禅，其用至博，操之至约也。学士茫然，莫究〔所以〕。今别为二十章，各从乎声，以原其义。夫声自微而之显，言者未终，闻者已解。辨于口不繁，则耳治不惑。人口始喉，下底唇末，按位以谱之，其为声之大限五，小限各四，于是互相参伍，而声之用盖备矣。参伍之法：台、余、予、阳，自称之词，在次三章；吾、卬、言、我，亦自称之词，在次十有五章。截四章为一类，类有四位，三与十有五，数其位，皆至三而得之，位同也。凡同位为正转，位同为变转。尔、女、而、戎、若，谓人之词，而如、若、然，义又交通，并在次十有一章。……凡同位则同声，同声则可以通乎其义；位同则声变而同，声变而同则其义亦可以比之而通。……用是听五方之音，及少儿学语未清者，其展转讹混必各如其位，斯足证声之节限位次，自然而成，不假人意厝设也。……昔人既作《尔雅》《方言》《释名》，余以谓犹阙一卷书，创为是篇，用补其阙。俾疑于义者，以声求之，疑于声者，以义正之。"④ "节限位次"盖就声母系统结构而言，黄易青指出："声转要用声母系统的单位来衡量。'人之语言万变，而声气之微，有自然之节限。'自然之节限具体就是声

① 中国科学院图书馆：《续修四库全书总目提要（经部）》，中华书局1993年版，第340页。

② （清）戴震撰，杨应芹、诸伟奇主编：《戴震全书》第7册，黄山书社2010年版，第146页。

③ （清）戴震著，赵玉新点校：《戴震文集》，中华书局1980年版，"附录"第219页。

④ （清）戴震著，赵玉新点校：《戴震文集》，中华书局1980年版，第91—92页。

母系统的单位，也就是二十章及其结构。"①

掌握音韵结构与变化规律，方能揭示声韵训诂之奥秘，要之，盖不出"义由声出""依声托事"。戴震《论韵书中字义答秦尚书》云："字书主于训诂，韵书主于音声，然二者恒相因。音声有不随诂训变者，则一音或数义；音声有随诂训而变者，则一字或数音。大致一字既定其本义，则外此音义引伸，咸六书之假借。其例或义由声出，如'胡'字，惟《诗》'狼跋其胡'与《考工记》'戈胡''戟胡'用本义。至于'永受胡福'，义同'降尔遐福'，则因'胡''遐'一声之转，而'胡'亦从'遐'为远。'胡不万年''遐不眉寿'又因'胡''遐''何'一声之转，而'胡''遐'皆从'何'。……凡训诂之失传者，于此亦可因声而知义矣。或声同义别，如蜥易之'易'，借为变易之'易'；象犀之'象'，借为象形之'象'。或声义各别，如户关之'关'，为关弓之'关'；燕燕之'燕'，为燕国之'燕'。六书假借之法，举例可推。"②

二 戴震的《诗经》小学研究

戴震研究《诗经》的焦点在于考证字义名物，他在《毛诗补传序》中说："今就全诗考其字义名物于各章之下，不以作诗之意衍其说，盖字义名物，前人或失之者，可以详核而知。古籍俱在，有明证也。作诗之意，前人既失其传者，非论其世知其人，固难以臆见定也。"③ 戴震认为，通经须以小学为入门功夫，而小学的根本在于文字、音韵、训诂，三者相辅相成，他在《古经解钩沈序》中说："《经》之至者道也，所以明道者其词也，所以成词者未有能外小学文字者也。由文字以通乎语言，由语言以通乎古圣贤之心志，譬之适堂坛之必循其阶，而不可以躐等。"④ 夏传才先生这样评介戴震的《诗经》学著作："《毛郑诗考正》（四卷），

① 黄易青：《古音研究中的"以义正音"》，《北京师范大学学报》（社会科学版）2012 年第 4 期。

② （清）戴震撰，杨应芹、诸伟奇主编：《戴震全书》第 3 册，黄山书社 2010 年版，第 338—339 页。

③ （清）戴震撰，汤志钧校点：《戴震集》，上海古籍出版社 1980 年版，第 193 页。

④ （清）戴震著，赵玉新点校：《戴震文集》，中华书局 1980 年版，第 146 页。

《杲溪诗经补注》（二卷）（疏释到《召南·驺虞》篇），都是文字注释和释义相结合。"①

《毛郑诗考正》是戴震《诗经》小学研究的代表作，"是戴震在其早年研究成果《毛诗补传》（又题《戴氏经考》）的基础上，挑选了《毛诗补传》的部分要点，又进一步考证加工而成的"。② 洪湛侯对《毛郑诗考正》亦有高度评价："《诗经考》是戴震'诗经学'的奠基之作，《杲溪诗经补注》是《诗经考》的增订稿，《毛郑诗考正》则是戴震《诗经》研究的代表作品，论者推为名著。"③ 清代学者周中孚（1768—1831）对戴震《毛郑诗考正》的学术特质和学术路径有着精辟的见解，他在《郑堂读书记》卷8《诗类·毛郑诗考正四卷》中说："是书于《毛传》《郑笺》，无所专主，多自以己意考证，或兼摘《传》《笺》考证之，或专摘一家考正之，或止摘经文考正之，大都俱本古训古义，推求其是，而仍以辅翼《传》《笺》为主，非若宋人说《诗》诸书，专以驳斥毛、郑而别名一家也。"④ 戴震《毛郑诗考正》在《诗经》小学研究方面取得了很大成就，对后世影响颇大。以《毛郑诗考正》（以下简称《考正》）为考察材料，以文字考释方法的多样性为切入点，可以窥得戴氏学术之一斑。

1. 以音近义转之规则辨明字义

《考正》卷2曰："（《小雅·常棣》）四章'每有良朋，烝也无戎。'《传》：'烝，填。'《笺》云：'古声填、置、尘同。'震按：烝，众也，语之转耳。朋友虽众，犹无助，以甚言兄弟之共御侮也。"⑤ 又，《考正》卷3曰："《云汉》首章'宁莫我听'，震按：宁，乃也，语之转。篇内'宁丁我躬''胡宁忍予''宁俾我遁''胡宁瘨我以旱'，并同。"

① 夏传才：《诗经研究史概要》（增注本），清华大学出版社2007年版，第144页。

② 杨世铁：《从〈毛郑诗考正〉和〈杲溪诗经补注〉看戴震经学的方法和特点》，《徽学》2008年第5卷。

③ 洪湛侯：《戴震与诗经研究——祝贺〈戴震全集〉出版》，《黄山高等专科学校学报》2000年第1期。

④ （清）周中孚著，黄曙辉、印晓峰标校：《郑堂读书记》，上海书店出版社2009年版，第128—129页。

⑤ （清）戴震撰，杨应芹、诸伟奇主编：《戴震全书》第1册，黄山书社2010年版，第615页。下引该作不再一一标注。

2. 以假借规律发明字义

《考正》卷1曰："《唐·蟋蟀》首章，《传》：'聿，遂。'震按：《文选》注引《韩诗》薛君《章句》云：'聿，辞也。'《春秋传》引《诗》'聿怀多福'，杜《注》云：'聿，惟也。'皆以为辞助。《诗》中'聿''曰''遹'三字互用，《尔雅》：'遹，自也。''述也。'《礼记》引《诗》'聿追来孝'，今《诗》作'遹'。《七月》篇'曰为改岁'，《释文》云：'《汉书》作聿。'《角弓》篇'见晛曰消'，《释文》云：'《韩诗》作聿，刘向同。'《传》于'岁聿其莫'释之为'遂'，于'聿修厥德'释之为'述'；《笺》于'聿来胥宇'释之为'自'，于'我征聿至''聿怀多福''遹骏有声''遹求厥宁''遹观厥成''遹追来孝'，并释之为'述'。今考之，皆承明上文之辞耳，非空为辞助，亦非发语辞，而为'遂'、为'述'、为'自'，缘辞生训，皆非也。《说文》有'欥'字，注云：'诠词也。从欠，从曰；曰亦声。'引《诗》'欥求厥宁'，然则'欥'盖本文，省作'曰'，同声假借，用'聿'与'遹'。诠词者，承上文所发端，诠而绎之也。"

3. 异文为训

《考正》卷2曰："《桑扈》三章'不戢不难，受福不那。'《传》：'不戢，戢也。不难，难也。那，多也。不多，多也。'震按：古字'丕'通作'不'，大也。那，如'有那其居'之'那'，安也。言大自敛而不敢肆，大知难而不敢慢，则宜受福大安也。凡《诗》中'不显''不承''不时''不宁''不康'，皆当读为'丕'。《诗》之'不显不承'，即《书》之'丕显''丕承'也。《书·立政》篇'丕丕基'，汉《石经》作'不不其'。"《毛传》以"不"为语助，虽不违诗之本义，但不确切。戴震根据石经文字材料，考得"丕""不"本为一字，疑点瞬间冰释。以古文字材料看，"丕"在西周金文中或作"丕"（《颂鼎》），在战国陶文中或作"丕"（《古陶文字征》3.651），在侯马盟书中或作"丕"（《侯马盟书字表》67：6）。可见，"不""丕"同字，古之常例。

4. 据上下文而训

《考正》卷1曰："《齐·载驱》首章，《传》：'发夕，自夕发至旦。'震按：'发'，又有发卸之义。《方言》云：'发，舍车也。东齐海、岱之间，谓之发，宋、赵、陈、魏之间谓之税。'然则'发夕'谓夕而卸车舆，正合齐人语。又郭璞云：'今通言发写。''写'即'卸'字。古音夕，似略切。'发夕'与'发卸'语之转耳，不必作'朝夕'之'夕'解。'发夕'，谓解息车徒，与'岂弟''翱翔''游敖'尤语意相逐。一章言车徒休解，二章言安行乐易，三章言翱翔以往，四章游敖自纵，皆在道路指目之。"

5. 发明《诗经》中语言单位的结构规律

《考正》卷2曰："（《宾之初筵》）二章'有壬有林'，《传》：'壬，大。林，君也。'震按：《传》本《尔雅》。然《诗》中如'有贲''有莺'之类，并形容之辞。此以形容'百礼既至'，礼无不备，而行之既尽其善，壬壬然盛大，林林然多而不乱。《白虎通·德论》释林钟之义云：'林者，众也，万物成熟，种类众多。'"通过对"有壬""有林""有贲""有莺"等类似语构的比对，戴震指出"有×"为形容词性语言单位的一种构形方式。

6. 考辨虚词

考辨虚词用法，历来受《诗经》小学研究者的高度重视，如唐成伯玙《毛诗指说·文体第四》云："辞余、语助者，《诗》《书》同有之。'已焉哉''谓之何哉'，慨之深也；'俟我于庭乎而''充耳以青乎而'，加'乎''而'二字为助者，悔之深也；'其乐只且'，美之深也。'母也天只，不谅人只''椒聊且，远条且'，'且'与'只'皆语助也。用'矣'字为助者，'出自口矣''颜之厚矣'；用'之'字者，'左右流之''寤寐求之'是也；用'也'字者，'何其处也，必有以也''允矣君子，展也大成'。"① 戴震对《诗经》虚词的用法所论亦精，如《考正》卷1曰："《汉广》首章：'南有乔木，不可休思。'《传》：'思，辞也。'震按：经文'思'或作'息'者，转写之讹。《尔雅》：'休，荫也。'郭本作'庥，廕也'。字通用。'休''求''泳''方'各为韵，'思'皆句末辞助。《韩诗外传》引此作'不可休思'。凡《诗》中用韵之句，韵下有一

---

① （唐）成伯玙：《毛诗指说》，《景印文渊阁四库全书》第70册，台湾商务印书馆1986年版，第178页。

字或二字为辞助者，必连用之，数句并同，不得有异。惟'不可休思''思'讹作'息'，及'歌以讯止''止'讹作'之'，遂乱其例。"① 戴氏用经文韵例考订《诗经》虚词问题，别具面目。

第四节 语言学大师段玉裁与《诗经》小学

段玉裁（1735—1815），字若膺，号懋堂，江苏金坛人，乾隆二十五年（1760）举人，历任贵州、四川两省数地知县，世人尊之为"段大令"。乾隆四十五年（1780）称疾致仕，退居苏州专事著述。长于音韵、文字、训诂之学，精于校勘，是皖派清学大师中的翘楚。段玉裁在乾隆三十四年（1769）正式成为戴震的入室弟子，刘盼遂《段玉裁先生年谱》云："乾隆三十四年己丑，先生三十五岁。春，入都会试，进谒东原于新安会馆，东原始许以师弟相称。朱文正公（珪）尝曰：'汝二人竟如古之师弟，得孔门汉代之家法也。'"② 段玉裁的学术成果主要有《说文解字注》《六书音均表》《诗经小学》《毛诗故训传定本小笺》《古文尚书撰异》《周礼汉读考》《仪礼汉读考》《经韵楼集》等，涉及文字学、音韵学、训诂学、校勘学等方面。

一 段玉裁的学术特色

戴震的学术思想非常全面，段玉裁于《戴东原先生年谱》述其师之语曰："先生初谓：'天下有义理之源，有考核之源，有文章之源，吾于三者皆庶得其源。'"③ 戴震甚至认为，"义理之学"乃"文章"及"考核"之源，"义理者，文章考核之源也。熟乎义理，而后能考核、能文章。"④ 不同的是，段玉裁更专注于"考核"，他在《戴东原集序》中说：

① （清）戴震撰，杨应芹、诸伟奇主编：《戴震全书》第1册，黄山书社2010年版，第596页。

② （清）段玉裁著，钟敬华校点：《经韵楼集》，上海古籍出版社2007年版，"附补编年谱"第435—436页。

③ （清）戴震著，赵玉新点校：《戴震文集》，中华书局1980年版，第246页。

④ （清）戴震撰，杨应芹、诸伟奇主编：《戴震全书》第7册，黄山书社2010年版，第228—229页。

"义理、文章，未有不由考核而得者。自古圣人制作之大，皆精审乎天地民物之理，得其情实，综其始终，举其纲以俟其目，兴以利而防其弊，故能奠安万世，虽有奸暴不敢自外。《中庸》曰：'君子之道，本诸身，征诸庶民，考诸三王而不缪，建诸天地而不悖，质诸鬼神而无疑，百世以俟圣人而不惑。'此非考核之极致乎？圣人心通义理，而必劳劳如是者，不如是不足以尽天地民物之理也。后之儒者，画分义理、考核、文章为三，区别不相通，其所为，细已甚矣。"①

对于段玉裁的学术渊源及学术特色，李建国《〈段玉裁年谱长编〉序》所述甚备："戴氏师承江永，后自立门户，入其门为弟子者甚众，而以金坛段玉裁、高邮王念孙最负盛名。段玉裁师从戴氏，登堂入室，循师法以著述，充实光大，与王念孙一道将传统语言文字学推向专门，世称'段王之学'。王氏以声音治训诂，触类旁通，不限形体。'假《广雅》以证其所得'；段氏则由古音治小学，复以小学证经义，终本经义注《说文》，假《说文注》而述其所得。"②

二 段玉裁的学术贡献

段玉裁的学术贡献突出表现在古音学、文字学、训诂学三个方面。

1. 段玉裁的古音学研究

汉语古音学研究肇始于宋代吴棫，清初顾炎武分古韵为十部。继而，江永分古韵为十三部，他在《古韵标准·例言》中说："第四部为真文魂一类，第五部为元寒仙一类，顾氏合为一也。第六部为萧肴豪，分出一支，不与尤侯通；第十一部为尤侯一类，当分萧肴豪之一支，不与第六部通，而顾氏亦合为一也。第十二、十三自侵至凡九韵，当分两部，而顾氏又合为一也"③，江氏之学表现出了精细的审音功夫。在顾炎武、江永等人的学术基础上，段玉裁撰写出《六书音均表》，把古音学研究向前推进了一大步。《六书音均表》包括五个部分：第一，今韵古分十七部

---

① （清）戴震撰，戴震研究会等编纂：《戴震全集》第6册，清华大学出版社1999年版，第3458页。

② 王华宝：《段玉裁年谱长编》，江苏人民出版社2016年版，"序"第1页。

③ （清）江永：《古韵标准》，中华书局1982年版，第4—5页。

表;第二,古十七部谐声表;第三,古十七部合用类分表;第四,诗经韵分十七部表;第五,群经韵分十七部表。第一部分为段氏古音学总纲,在江永研究的基础上把古韵分为十七部;第二部分提出"同声必同部"的原则,胪列古音十七部的谐声字符;第三部分提出"同类为近,异类为远"的原则,把十七部分为六类,推论韵部间的合用关系;第四部分专论《诗经》的用韵情况;第五部分兼论《周易》《尚书》等群经用韵情况。

对于段氏的古音学研究,钱大昕给出了极高的评价,段玉裁《寄戴东原先生书》述其语曰:"钱辛楣学士以为凿破混沌。"①《潜研堂文集》卷24《诗经韵谱序》云:"今段君复因顾、江两家之说,证其违而补其未逮,定古音为十七部,谓唐韵之《支》《齐》《佳》也,《脂》《微》《皆》《灰》也,《之》《咍》也,古皆各自为部,魏晋以降,《歌》部之字,半入于《支》,而《脂》《之》两部,亦间有出入,然《支》与《脂》《之》犹不相假借,虽杜子美近体犹然。又谓四声之分,自古有之,《南史》称永明中文章始用四声者,谓行文以四声相间,谐协可诵,非始创为四声。辨哉言乎! 古人以音载义,后人区音与义而二之,声音之不通而空谈义理,吾未见其精于义也。此书出,将使海内说经之家奉为圭臬。"② 阮元《汉读考周礼六卷序》盛赞段氏古音学曰:"其言古音也,别支、佳为一,脂、微、齐、皆、灰为一,之、咍为一,职、德者,之之入,术、物、迄、月、没、曷、末、黠、镈、薛者,脂之入,陌、麦、昔、锡者,支之入,自唐、虞至陈、隋,有韵之文,无不印合;而歌、麻近支,文、元、寒、删近脂,尤、幽近之,古音今音,皆可得其条贯。此先生之功一也。"③ 王力概括段氏古音学之贡献:"他把古韵分为十七部。与江永的十三部比较,多了脂部、之部、侯部、文部。脂、之两部从支部分出,侯部从幽部分出,文部从真部分出。"④ 并评价其古音学成就:"清代古韵之学到段玉裁已经登峰造极,后人只在韵部分合之间有所不同(主要

---

① (清)段玉裁:《说文解字注》,上海古籍出版社1988年版,第805页。
② (清)钱大昕撰,吕友仁校点:《潜研堂集》,上海古籍出版社2009年版,第386页。
③ (清)阮元著,邓经元点校:《研经室集》,中华书局1993年版,第241页。
④ 王力:《中国语言学史》,中华书局2013年版,第151页。

是入声独立），而于韵类的畛域则未能超出段氏的范围。所以段玉裁在古韵学上，应该功居第一。"①

2. 段玉裁的文字学研究

段玉裁的文字学研究成果集中体现在《说文解字注》及相关著述上。在《说文解字注》成书之前，段氏先是编撰成了 540 卷本的《说文解字读》，《说文解字注》卷 15 下释"庶有达者理而董之"曰："始为《说文解字读》五百四十卷，既乃隐栝之成此注，发轫于乾隆丙申（按：即乾隆四十一年，1776 年），落成于嘉庆丁卯（按：即嘉庆十二年，1807年）。"② 嘉庆元年（1796），段玉裁在《与邵二云书》中说："玉裁前年八月跌坏右足，至今成废疾，加之以疮，学问荒落，去年（按：即乾隆五十九年，1794 年）始悉力于《说文解字》，删繁就简，正其讹字，通其义例，搜转注假借之微言，备故训之大义，三年必可有成，亦左氏失明、孙子膑脚之意也。"③ 在撰写《说文解字注》的过程中，段玉裁还撰写成了《汲古阁说文订》一卷，"亦是段注准备之作。该书用王昶所藏宋本、周锡瓒所藏宋本、明叶石君抄宋本，明赵灵均抄宋大字本、宋刊大字《五音韵谱》、明刊《五音韵谱》、《集韵》引大徐本、《类篇》引大徐本、徐锴《说文系传》旧抄善本，校订明末毛氏汲古阁刊大徐本《说文》，从中可见段注改订《说文》正文的观点、方法和根据。"④ 概而言之，《说文解字注》始撰于乾隆四十一年（1776），落稿于嘉庆十二年（1807），历时 31 年，几可谓倾注段氏毕生心血，《清史稿·儒林二》云："玉裁于周、秦、两汉书，无所不读，诸家小学，皆别择其是非。于是积数十年精力，专说《说文》，著《说文解字注》三十卷，谓：'《尔雅》以下，义书也；《声类》以下，音书也；《说文》，形书也。凡篆一字，先训其义，次释其形，次释其音，合三者以完一篆，故曰形书。'……又谓：'自仓颉造字时至唐、虞、三代、秦、汉以及许叔重造《说文》，曰'某声'、曰'读若某'者，皆条理合一不紊。故既用徐铉切音，又某字

---

① 王力：《王力文集》卷 12，山东教育出版社 1990 年版，第 463 页。
② （清）段玉裁：《说文解字注》，上海古籍出版社 1988 年版，第 784 页。
③ （清）段玉裁著，钟敬华校点：《经韵楼集》，上海古籍出版社 2007 年版，第 389 页。
④ 黄德宽、陈秉新：《汉语文字学史》（增订本），安徽教育出版社 2006 年版，第 108 页。

志之曰古音第几部，后附《六书音均表》，俾形、声相为表里。始为长编，名《说文解字读》，凡五百四十卷。既乃隐括之成此注。"①

对于段玉裁《说文解字注》的特色及成就，郭在贻先生总结得非常精到："段氏治《说文》的特色及其卓越成就，不仅在于他'究其微恉，通其大例'，对许书作了细密全面的校勘整理，更在于他通过对许书的注释，提出并初步解决了一系列有关汉语音韵学、文字学、词汇学、训诂学的重大问题，他能初步运用历史发展的观点和一些科学的方法来研究语言现象。换言之，他使《说文解字》的研究，从纯粹校订、考证的旧框子里解放出来，在某种意义上走上了科学语言的轨道。"② 仅就文字学研究这一方面来讲，段玉裁《说文解字注》的主要成就可以概括为以下四点。

（1）发明《说文解字》体例

首先，关于《说文解字》部首及部内字的次第，《说文解字注》"吏"字条下曰："凡部之先后，以形之相近为次。凡每部中字之先后，以义之相引为次。"③ 其次，《说文解字》一般是以小篆字形作为字头的，但若是部内字所从形体同于古文或籀文，则变例为以古文或籀文作字头，《说文解字注》"凡"字条下曰："许以先篆后古籀为经例，先古籀后篆为变例。变例之兴，起于部首。"再次，《说文解字》中有"从某，象某某之形"的释例，段玉裁从中发明出"合体象形字"的概念，《说文解字注》卷 15 上释"象形"曰："有独体之象形，有合体之象形。独体如日月水火是也。合体者，从某而又象其形，如眉从目而以'尸'象其形，箕从竹而以'其'象其形。"

（2）探求文字的早期构形

如《说文解字》丄部曰："丄，高也。此古文上。指事也。凡丄之属皆从丄。"段注："古文'上'作'二'，故帝下、旁下、示下皆云'从古文上'，可以证古文本作'二'，篆作'丄'。各本误以'丄'为古文，则不得不改篆文之'上'为'⟂'，而用'上'为部首，使下文从'二'

---

① 赵尔巽等:《清史稿》第 43 册，中华书局 1977 年版，第 13202 页。

② 郭在贻:《〈说文段注〉与汉语词汇研究》，《社会科学战线》1978 年第 3 期。

③ （清）段玉裁:《说文解字注》，上海古籍出版社 1988 年版，第 1 页。下引该作不再一一标注。

之字皆无所统。"又如,《说文解字》矛部曰:"矝,矛柄也。从矛,今声。"段注:"各本篆作'矝',解云'今'声。今依汉石经《论语》《溧水校官碑》《魏受禅表》皆作'矜'正之。《毛诗》与'天''臻''民''旬''填'等字韵,读如'邻',古音也。汉韦玄成《戒子孙诗》始韵'心'。"

(3) 辨别古字和今字

古今字的形成跟古时候的用字环境密切相关。古时字少,一字多用现象非常普遍,后来另造一字(或另借一形)用以承担原来某个文字的部分功能,新造字(或新借字)和原来的字就形成古今字关系。古字多为本字,如《说文解字》县部:"縣,系也。从系持県。"段注:"古悬挂字皆如此作。……自专以'縣'为'州縣'字,乃别制从心之'懸挂'。"有时,今字并不是新造字,而是新借用了另一个字形,如,《说文解字》气部:"气,云气也。"段注:"'气''氣'古今字。自以'氣'为'云气'字,乃又作'餼'为'廩氣'字矣。气本云气,引伸为凡气之称。"

(4) 梳理本义和引申义、假借义

段玉裁对于本义、引申义、假借义区别甚明,他在《经韵楼集》卷1《济盈不濡轨传曰由辀以下曰轨》一节文字中说:"凡字有本义焉,有引申、假借之余义焉。守其本义而弃其余义者,其失也固;习其余义而忘其本义者,其失也蔽。"[①] 在正确认识本义与引申义、假借义关系的基础上,段氏特别重视词义的系统性与规律性,《说文解字注》卷15下"庶有达者理而董之"条下曰:"许以形为主,因形以说音说义。其所说义与他书绝不同者,他书多假借,则字多非本义,许惟就字说其本义。知何者为本义,乃知何者为假借,则本义乃假借之权衡也。故《说文》《尔雅》相为表里,治《说文》而后《尔雅》及传注明。《说文》《尔雅》及传注明而后谓之通小学,而后可通经之大义。"[②] 以本义为出发点,理清词义引申和假借规律,则词义的系统性得以构建,训诂之理赫然若揭,段氏《与

① (清)段玉裁著,钟敬华校点:《经韵楼集》,上海古籍出版社2007年版,第10页。
② (清)段玉裁:《说文解字注》,上海古籍出版社1988年版,第784页。

刘端临第二十四书》以一个形象的比喻说明了这个道理:"《经籍籑诂》一书甚善,乃学者之邓林也。但如一屋散钱,未上串。拙著《说文注》成,正此书之钱串也。"① 王念孙《王石臞先生遗文》卷2《段若膺说文解字读叙》云:"《说文解字读》一书,形声、读若一以十七部之远近分合求之,而声音之道大明。于许氏之说正义、借义,知其典要,观其会通,而引经与今本异者,不以本字废借字,不以借字易本字。揆诸经义,例以本书,有相合无相害也,而训诂之道大明。"②

3. 段玉裁的训诂学思想

段玉裁对于汉字形、音、义的关系有着全面的认识,三者互相关联、有机统一,而语音要素起着关键性的纽带作用。他为王念孙《广雅疏证》作序曰:"小学有形、有音、有义,三者互相求,举一可得其二。有古形有今形,有古音有今音,有古义有今义,六者互相求,举一可得其五。古今者,不定之名也。三代为古则汉为今,汉魏晋为古则唐宋以下为今。圣人之制字,有义而后有音,有音而后有形。学者之考字,因形以得其音,因音以得其义。治经莫重于得义,得义莫切于得音。"③

明训诂必须破假借,破假借必须通古音,段玉裁著有《六书音均表》,为其小学实践夯实了古音学基础,戴震为《六书音均表》作序曰:"时余略记入声之说,未暇卒业,今乐睹是书之成也。不惟字得其古人音读,抑又多通其古义。许叔重之论假借曰:'本无其字,依声托事。'夫六经字多假借,音声失而假借之意何以得? 故训音声相为表里。训诂明,六经乃可明。后儒语言文字未知,而轻凭臆解以诬圣乱经,吾惧焉。段君又有《诗经小学》《书经小学》《说文考证》《十七部古韵表》等书,将继是而出,视逃其难相与凿空者,于治经孰得孰失也?"④

段玉裁对于特殊词类亦有非同一般的见识。比如,他注意到汉语中存在名动兼类现象,便以"体""用"等概念对相关词语作出了合理解

---

① (清)段玉裁著,钟敬华校点:《经韵楼集》,上海古籍出版社2007年版,第410页。

② (清)王念孙:《王石臞先生遗文》卷2,罗振玉辑《高邮王氏遗书》本,第7页。

③ (清)王念孙:《广雅疏证》,中华书局1983年版,"段序"第1页。

④ (清)戴震撰,杨应芹、诸伟奇主编:《戴震全书》第6册,黄山书社2010年版,第382页。

释。《说文解字》木部收有"梳"字，段注曰："器曰梳，用之理发因亦曰梳。凡字之体用同称如此。《汉书》亦作'疏'。"如果由此类现象引起文字分化，段玉裁则以"器""用"释之，如《说文解字》竹部收有"算"字，段注曰："筹为算之器，算为筹之用，二字音同而义别。"同为研究《说文解字》的大家朱骏声也注意到了名动兼类现象，他改以"动字""静字"这一对术语来解释，如《说文通训定声》"攻"字下注曰："《考工记》'凡攻木之工七'，按：犹《诗》'雉离于罗''薪是获薪''景行行止''如涂涂附''行彼周行''载输尔载''于时庐旅''言授之絷，以絷其马'，《仪礼》'士羞庶羞'，《论语》'求善贾而沽诸'，皆一静字一动字也。"①

三　段玉裁与《诗经》小学

段玉裁《诗经》研究功底深厚，成就斐然，胡承珙《答陈硕甫明经书》云："我朝说《诗》家，所见十余种，善读《毛诗》者，唯陈氏长发与懋堂先生二人而已。"（《求是堂文集》卷3）段氏《说文解字注》中有很多《诗经》小学方面的精妙言论，《六书音均表》第四部分单论《诗经》之韵部。除此以外，段氏还撰有《毛诗故训传定本小笺》《诗经小学》两部《诗经》学专著。《毛诗故训传定本小笺》，亦名《毛诗传》《毛诗故训传》《毛诗故训传定本》等，创稿于乾隆四十三年（1778），要旨在于校订《毛诗》，破除《郑笺》和朱熹《诗集传》的消极影响，恢复经传旧貌。乾隆四十九年（1784），段玉裁撰《毛诗故训传定本小笺题辞》，曰："《毛诗故训传》三十卷者，玉裁宰巫山，事简所定也。……夫人而曰治《毛诗》，而有其名无其实。然则《毛诗故训传》三十卷，是编乌可以已也。读毛而后可以读郑。考其同异、略详、疏密，审其是非。今本合一而人多忽之，不若分为二，次第推寻也。乾隆甲辰四月二日。"②杀青后，段玉裁又对此书进行长期修改和完善，乾隆六十年（1795）他

---

① （清）朱骏声：《说文通训定声》，中华书局2016年版，第45页。
② （清）段玉裁：《毛诗故训传定本》，载赖永海主编《段玉裁全书》第1册，江苏人民出版社2015年版，第333—334页。

在《与刘端临第十一书》中说："又《毛诗故训传》四本，此书凡朱笔注处，皆弟惬心贵当之言，最堪探讨。"① 嘉庆元年（1796）正月，再与刘端临书曰："《毛诗传》随时欲添补，不知何时妥之。"②

《诗经小学》基本成型于乾隆四十年（1775）。是年，段玉裁《寄戴东原先生书》云："玉裁入蜀数年，幸适有成书，而所为《诗经小学》《书经小学》《说文考证》《古韵十七部表》诸书，亦渐次将成。今辄先写《六书音均表》一部，寄呈座右，愿先生为之序。"③ 乾隆四十一年（1776）秋段玉裁卸去富顺县任，撰《书富顺县县志后》一文，云："丙申二月，金酉平，民气和，予乃能以其余闲成《诗经小学》《六书音韵表》若干卷。"④《诗经小学》原本三十卷，但最先流传并且一直居于通行本地位的是出自臧镛堂的四卷本。嘉庆二年（1797），臧镛堂《刻诗经小学录序》云："《诗经小学》全书数十篇，亦段君所授读，镛堂善之，为删烦纂要，《国风》《大小雅》《颂》各录成一卷，以自省览。后段君来，见之，喜曰：'精华尽在此矣。'当即以此付梓，时乾隆辛亥孟秋也。窃以读此而六书假借之谊乃明，庶免穿凿傅会之谈。段君所著《尚书撰异》《诗经小学》《仪礼汉读考》皆不自付梓，有代为开雕者又不果。而此编出镛堂手录，卷帙无多，复念十年知己之德，遂典裘以畀剞劂氏。"⑤ 直至道光乙酉年（1825），才出现了抱经堂刊刻的《诗经小学》三十卷本子。下面拟以四卷本为基础，参较以三十卷本，从语音、字形、语义三个方面来谈《诗经小学》的学术成就。

1. 考释语音

①《周南·兔罝》云："施于中逵。"《毛传》："逵，九达之道。"《诗经小学》（四卷本）："按：'馗''逵'本同字，《毛诗》作'逵'，《韩诗》作'馗'，与'公侯好仇'为韵。王粲《从军诗》与'愁、由、

---

① （清）段玉裁著，钟敬华校点：《经韵楼集》，上海古籍出版社2007年版，第399页。
② 王华宝：《段玉裁年谱长编》，江苏人民出版社2016年版，第178页。
③ （清）段玉裁：《说文解字注》，上海古籍出版社1988年版，第806页。
④ 赵航：《段玉裁评传》，江苏人民出版社2009年版，第75页。
⑤ （清）段玉裁：《诗经小学》，《续修四库全书》第64册，上海古籍出版社2002年版，第179页。

流、舟、收、忧、嘺、休、留'字为韵，古音读如求，在第三部也。至宋鲍照乃与'衰、威、飞、依、颓'字为韵，入于第十五部。《广韵》又分别'馗'在尤韵，兼入脂韵；'逵'专在脂韵。顾炎武《诗本音》乃以脂韵之'逵'为本音，而读'仇'如'其'以协之，引《史记·赵王友歌》证'仇'本有'其'音，不知《赵王友歌》乃汉人之尤二韵合用。'逵'与'馗'一字，古皆读如求也。礼堂按：《赵王友歌》《汉书·高五王传》作'仇'，《史记·吕后纪》作'雠'。"① 未经删减的三十卷本《诗经小学》，在此节文之前还有一段考核文献性质的话："《说文》：'馗，九达道也。似龟背，故谓之馗。或作逵，从辵坴声。'《文选·鲍照〈芜城赋〉》注：'《韩诗》曰：肃肃兔罝，施于中馗。薛君曰：中馗，馗中。馗，九交之道也。'《王粲〈从军诗〉》注：'《韩诗》曰：肃肃兔罝，施于中馗。薛君曰：馗，九交之道也。'"②

　　②《小雅·无将大车》云："祇自疧兮。"《毛传》："疧，病也。"《诗经小学》（四卷本）："按：《释诂》：'疧，病也。'《说文》：'疧，病也。从广氏声。'《毛诗》三用此字为韵，《白华》与'卑'韵，《传》：'疧，病也。'《何人斯》'祇'与'易、知、篪、知、斯'韵，《传》：'祇，病也。'此皆十六部本音。借'祇'字为之，于六书为假借。《无将大车》传亦云：'疧，病也。'而与十二部之尘韵，读若真。此古合韵之例。宋刘彝妄谓当作'痻'，音民。考《尔雅》《说文》《五经文字》《玉篇》《广韵》，皆无'痻'字，《集韵》始有，非古元。戴侗谓即'瘖'字之省，不知'瘖'从广昏声。昏声在十三部，民声在十二部。《桑柔》'瘖'与'愍、辰'韵，不得与'尘'韵也。《说文》云：'昏，从日从氏省。氏者，下也。一曰民声。'按：'昏'从氏省，为会意字；非民声。'瘖'字昏声，不得省为'痻'也。唐人避庙讳，'愍'作'愍'、'珉'作'珉'、'蟊'作'蟊'，顾炎武以唐石经'祇自疧兮'为讳'民'减画作'氏'之字，由不知古合韵之例而附会刘彝臆说以求得其韵也。

---

　　① （清）段玉裁：《诗经小学》，《续修四库全书》第 64 册，上海古籍出版社 2002 年版，第 181 页。

　　② （清）段玉裁：《诗经小学》，载赖永海主编《段玉裁全书》第 1 册，江苏人民出版社 2015 年版，第 468 页。

张衡赋'思百忧以自疚','疚'与'痕'音近。《礼记》'畛于鬼神',郑注:'畛,或为祗也。'又,《说文》:'觚,一作触。'又,古狝氏读如权。精于此,可求合韵之理。《释文》:'痕兮,都礼反。'是陆氏误'痕'。"

③《豳风·东山》:"烝在栗薪。"《诗经小学》(四卷本):"《笺》云:'栗,析也。古者声栗、裂同也。'按:'栗'在十二部,'裂'在十五部,异部而相通近也。"

2. 考究文字

(1) 文字的古今

①《小雅·鹿鸣》云:"视民不恌。"《郑笺》:"视,古示字也。"三十卷本《诗经小学》云:"《正义》曰:'古之字以目视物、以物示人同作视字。后世字异,目视物作示旁见、示人物作单示字,由是经传之中视与示字多相杂乱。'此云'视民不恌',谓以先王之德音示下民,当作单示字。'"《诗经小学》(四卷本)无此条。

②《大雅·卷阿》云:"凤皇于飞。"《毛传》:"凤皇灵鸟仁瑞也。雄曰凤,雌曰皇。"《诗经小学》(四卷本):"《说文》引'凤皇于飞,翙翙其羽'、唐石经'凤皇于飞''凤皇鸣矣'皆作'皇'。按:《尔雅》:'鹝,凤。其雌皇。'《说文》:'鹝,鸟也。其雌皇。一曰凤皇也。'颜元孙《干禄字书》:'皇,凤皇正字,俗作凰。'《广韵》:'凤凰,本作皇。'《诗传》:'雄曰凤,雌曰皇。'凡古书皆作'凤皇',绝无'凰'字。'凰'字于字书无当。考扬雄《蜀都赋》有'鹍'字,晋有鹍仪殿,视'凰'字为雅。"在"凤凰"一词中,"皇"为古字、"凰"为今字,"鹍"为俗字。

③《唐风·山有枢》云:"弗洒弗扫。"《毛传》:"洒,灑也。"《诗经小学》(四卷本):"《说文》:'灑,汛也。''汛,灑也。''洒,涤也。'古文以为灑扫字。'按:《毛诗》及《论语》皆作'洒',《曲礼》'于大夫,曰:备扫灑'则作'灑'。盖汉人用'灑扫'字,经典相承借用'洒涤'字,《毛传》及韦昭注《国语》皆云'洒,灑也',言假'洒'为'灑'也。"在"洒扫"一词中,"洒"为古借字,"灑"为后起字。

（2）文字的本借

①《周南·葛覃》云："害浣害否。"《毛传》："害，何也。"《诗经小学》（四卷本）："按：古'害'读如'曷'，同在第十五部，于六书为假借也。《葛覃》借'害'为'曷'，《长发》'则莫我敢曷'，《传》：'曷，害也。'是又借'曷'为'害'。"

②《邶风·柏舟》云："我心匪鉴。"《诗经小学》（四卷本）："匪，本'匚匪'字，《诗》多借'匪'为'非'。"按：《说文解字》匚部曰："匪，器。似竹筐。从匚非声。《逸周书》曰：'实玄黄于匪。'"

③《邶风·泉水》云："毖彼泉水。"《毛传》："泉水始出，毖然流也。"《诗经小学》（四卷本）："《释文》：'《韩诗》作祕，《说文》作毖。'按：《说文》'毖'字注：'读若《诗》云：泌彼泉水。'不作'毖彼泉水'。《说文》：'泌，侠流也。'为正字。毛作'毖'、韩作'祕'，皆同部假借字。《衡门》：'泌之洋洋。'《传》：'泌，泉水也。'《正义》云：'《邶风》曰：毖彼泉水。故知泌为泉水。'《魏都赋》：'温泉毖涌而自浪。'刘渊林引'毖彼泉水'。善曰：'《说文》曰：泌，水驶流也。'泌与毖同。"依段说，则《毛诗》"毖彼泉水"中的"毖"为假借字，本字为"泌"。

④《曹风·蜉蝣》云："蜉蝣掘阅。"《毛传》："掘阅，容阅也。"《郑笺》："掘阅，掘地解，谓其始生时也。"《诗经小学》（四卷本）："按：古'阅''穴'通。宋玉《风赋》：'枳句来巢，空穴来风。''枳句''空穴'皆重叠字。枳句即《说文》之'櫅稦'，木曲枝也。郑注《明堂位》云：'棋之言枳棋也。谓曲桡之也。''枳棋'即'櫅稦'。陆玑云：'棋曲来巢也。'空穴即孔穴。善注引《庄子》：'空阅来风。'司马彪云：'门户孔空，风善从之。'掘阅，当从《说文》作'堀阅'，言蜉蝣出穴也。《老子》：'塞其兑，闭其门。'兑即'阅'之省，假借字也。"依段说，"阅"本字当为"穴"。

⑤《大雅·民劳》云："憯不畏明。"《毛传》："憯，曾也。"《诗经小学》（四卷本）："《说文》：'朁，曾也。从曰兓声。《诗》曰：朁不畏明。'按：《诗》'憯莫惩嗟''胡憯莫惩''憯不知其故'，皆宜作'朁'，同音假借也。《说文》：'憯，痛也。'义别。"依段说，"憯"为"朁"的假借字，为语气副词，相当于"曾"。

(3) 文字的正讹

①《小雅·常棣》云:"常棣之华,鄂不韡韡。"《诗经小学》(四卷本):"《传》:'鄂,犹鄂鄂然。'按:'鄂'字从阝咢声,今《诗》作从'邑'地名之鄂者,误也。马融《长笛赋》:'不占成节鄂。'李善注:'鄂,直也。从邑者乃地名,非此所施。'又引《字林》:'鄂,直言也。'谓节操塞鄂而不怯懦也。从阝咢声之字,与从邑咢声迥别。《坊记》注:'子于父母,尚和顺,不用鄂鄂。'《郊特牲》注:'几,谓漆饰沂鄂也。'《典瑞》注:'郑司农云:璩,有圻鄂璩起。'《辀人》注:'郑司农云:环灊,谓漆沂鄂如环也。'《哀公问》疏:'几,谓沂鄂也。''沂鄂',字皆从阝,不从邑。张平子《西京赋》作'垠锷',韵书作'圻堮',《国语》'穽鄂'亦从阝。'圻鄂''柞鄂'皆取廉隅节制意,今字书遗'鄂'字。《说文》无'萼'字,'韡'下引'萼不韡韡','鄂'之误也。郭注《山海经》云:'一曰枎华下鄂。'汉晋时无'萼'字,故景纯亦作'鄂'。"

②《小雅·正月》云:"忧心惨惨。"《毛传》:"惨惨,犹戚戚也。"《诗经小学》(四卷本):"《传》:'懆懆,犹戚戚也。'按:懆在二部,戚在三部,音近转注。今本作'惨'误。"又,《小雅·采芑》:"伐鼓渊渊。"《诗经小学》(四卷本):"吴才老《诗协韵补音序》曰:'《诗》音旧有九家,陆德明定为一家之学。'开元中修《五经文字》,'我心惨惨'为'懆'……乃知德明之学当时亦未必尽用。"

③《大雅·板》云:"无然泄泄。"《毛传》:"泄泄,犹沓沓也。"《诗经小学》(四卷本):"《五经文字》:'绁本文从世,缘庙讳偏旁今经典并准式例变。'据此,则'绁'本作'绁','洩'本作'泄','齛'本作'齛'。《说文》无'洩、绁、齛'字,唐石经'洩洩其羽''桑者洩洩''无然洩洩',不可从也。"

④《周南·汝坟》云:"不我遐弃。"三十卷本《诗经小学》:"玉裁按:《唐石经》皆作'弃',以隶书'棄'字中有'世'字,避庙讳也。"《诗经小学》(四卷本)无此条。

(4) 考辨异文

①《周南·螽斯》云:"螽斯羽,诜诜兮。"《毛传》:"螽斯,蚣蝑

也。"《诗经小学》（四卷本）："《尔雅》：'蜇螽，蜙蝑。'《释文》：'蜇本又作蜇，《诗》作斯。'按：'蜇''蜇'同在第十六部，犹'斯''析'同在第十六部也。'蝑蜇'亦称'蜇蝑'，非如'鹭斯'之'斯'不可加'鸟'。"

②《大雅·云汉》云："如惔如焚。"《毛传》："惔，燎之也。"《诗经小学》（四卷本）："《章帝纪》：'今时复旱，如炎如焚。'章怀注引《韩诗》：'如炎如焚。'按：《韩诗》作'炎'为善。"

③《大雅·文王有声》云："筑城伊淢。"《毛传》："淢，成沟也。"《诗经小学》（四卷本）："按：《韩诗》作'洫'，则字义声皆合矣。《史·河渠书》'沟洫'字亦作淢。"

3. 词义训诂

（1）以同源词为释

①《鄘风·墙有茨》云："不可襄也。"《毛传》："襄，除也。"《诗经小学》（四卷本）："按：古'襄''攘'通。《史记·龟策传》：'西襄大宛。'徐广曰：'襄，一作攘。'"

②《小雅·蓼莪》云："拊我畜我。"《郑笺》："畜，起也。"《诗经小学》（四卷本）："戴先生云：'畜当为慉。'《说文》：'慉，起也。'此《笺》'畜，起也'明是易'畜'为'慉'。"

③《大雅·灵台》云："於论鼓钟。"《毛传》："论，思也。"《郑笺》："论之言伦也。"《诗经小学》（四卷本）："汉以前'论'字皆读为伦。《中庸》：'经论天下之大经。'《易》：'君子以经论。'"

④《周南·桃夭》："有蕡其实。"《诗经小学》（四卷本）："按：蕡，实之大也。《方言》：'坟，地大也。'《说文》：'颁，大头也。'《苕之华》传：'坟，大也。'《灵台》传：'贲，大鼓也。'《韩奕》传：'汾，大也。'合数字音义考之，可见。"

⑤《周南·兔罝》："公侯干城。"《诗经小学》（四卷本）："《左氏传》：'公侯之所以扞城其民也。故《诗》曰：赳赳武夫，公侯干城。'盖读若'干挩'之干。《毛传》：'干，扞也。'"

（2）异文为训

①《大雅·文王有声》云："遹求厥宁。"《郑笺》："遹，述。"《诗

经小学》（四卷本）："《说文》引作'吷'，《汉书·叙传·幽通赋》：'吷中和为庶几兮。'《文选》作'聿'。"又，"遹追来孝。"《诗经小学》（四卷本）："《礼记》引作'聿'。按：古'吷''聿''遹'字通用。"

②《小雅·信南山》云："苾苾芬芬。"《郑笺》："苾苾芬芬然香。"《诗经小学》（四卷本）："以《楚茨》推之，此句《韩诗》当作'馥馥芬芬'。"按：王先谦《诗三家义集疏》："鲁'苾'作'馥'。"①《广雅·释训》："馥馥、芬芬……香也。"②

③《小雅·伐木》云："伐木许许。"《毛传》："许许，柿貌。"三十卷本《诗经小学》："《说文》：'所，伐木声也。从斤户声。《诗》曰：伐木所所。'"《诗经小学》（四卷本）无此条。

（3）方言为训

①《周南·汝坟》云："伐其条肄。"《毛传》："肄，余也。"三十卷本《诗经小学》："《方言》：'梢，余也。陈郑之间曰梢肄余也。秦晋之间曰肄。'玉裁按：'肄'即'梢'字，方言异耳。梢，《说文》作'櫱'、作'糵'。"《诗经小学》（四卷本）无此条。

②《周南·汝坟》："王室如燬。"《诗经小学》（四卷本）："按：《说文》：'火，燬也。''燬，火也。''焜，火也。'《方言》：'楚语煤，齐言燬。'古'火'读如毁，在第十五部。'焜''燬'皆即火字之异。"

③《曹风·鸤鸠》："鸤鸠在桑。"《诗经小学》（四卷本）："《释文》本作'尸'。按：《方言》：'尸鸠，东齐海岱之间谓之戴南。南犹'鸟隼'也。'按：郭璞注《方言》曰："此亦语楚声转也。"③

第五节　高邮王氏与《诗经》小学

张舜徽《声论集要》云："高邮王氏训诂之学，最为卓绝。"④ 高邮王念孙、王引之父子为乾嘉学派具有代表性的学者，也是扬州学派的中

---

① （清）王先谦撰，吴格点校：《诗三家义集疏》，中华书局1987年版，第760页。
② （清）王念孙：《广雅疏证》，中华书局1983年版，第183页。
③ （汉）扬雄撰，（晋）郭璞注：《方言》，中华书局2016年版，第98页。
④ 张舜徽：《旧学辑存》，华中师范大学出版社2008年版，第178页。

坚，他们的《诗经》小学成就颇为可观。

一 高邮王氏父子的小学研究

1. 王念孙的小学成就

王念孙（1744—1832），江苏高邮人，字怀祖，号石臞。乾隆四十年（1775）进士，历任翰林院庶吉士、工部主事、工部郎中、陕西道御史、吏科给事中、山东运河道、直隶永定河道。精通音韵学和小学考释，与钱大昕、卢文弨、邵晋涵、刘台拱有"五君子"之誉称。

王念孙年轻时曾受教于朴学名宿戴震，"乾隆二十一年丙子（1756），念孙十三岁。父安国兼管工部尚书事，延请休宁戴震馆于家，命念孙从之受经"①。段玉裁《戴东原先生年谱》云："是年盖馆于大宗伯高邮王文肃公第，公子念孙从学，今永定河道王君怀祖是也。是时怀祖方受经，而其后终能得先生传。"② 戴震精于古音之学，王念孙则更上一层楼。韵部研究方面，王念孙分古韵为二十一部，详见于《经义述闻》卷31《古韵廿一部》。声纽研究上，王念孙《释大》虽未详论，但实际上他是分古音为二十三声纽的，王国维《高邮王怀祖先生〈训诂音韵书稿〉叙录》云："唐宋以来相传字母凡三十有六，古音则舌头、舌上、邪齿、正齿、轻唇、重唇并无差别，故得二十三母。先生此书亦当有二十三篇，其前八篇为牙喉八母，而洒字在第十八篇，马字在第二十三篇，则此书自十五篇至十九篇当释齿音精、清、从、心、邪五母之字，自二十篇至二十三篇当释邦、滂、并、明四母之字，然则第九至第十四六篇其释来、日、端、透、定、泥六母字无疑也。"③

王念孙撰有《广雅疏证》《古韵谱》《释大》《读书杂志》等作。学术成就最为显著者，当属《广雅疏证》，段玉裁为之作序曰："不执于古形、古音、古义，则其说之存者，无由甄综；其说之已亡者，无由比例推测。形失，则谓《说文》之外，字皆可废；音失，则惑于字母七音，

---

① 薛正兴：《王念孙·王引之评传》，南京大学出版社2008年版，第30页。
② （清）戴震撰，戴震研究会等编纂：《戴震全集》第6册，清华大学出版社1999年版，第3397页。
③ 王国维：《观堂集林（外二种）》，河北教育出版社2001年版，第253页。

犹治丝棼之；义失，则梏于《说文》所说之本意，而废其假借。又或言假借，而昧其古音。是皆无与于小学者也。怀祖氏能以三者互求、以六者互求，尤能以古音得经义，盖天下一人而已矣。"① 王念孙洞悉小学考释之要诀，在《广雅疏证》之序文中提出"易简之理"，其文曰："窃以诂训之旨本于声音，故有声同字异、声近义同。虽或类聚群分，实亦同条共贯。譬如振裘必提其领，举网必挈其纲，故曰本立而道生，知天下之至啧而不可乱也。此之不寤，则有字别为音、音别为义，或望文虚造而违古义，或墨守成训而鲜会通，易简之理既失而大道多岐矣。今则就古音以求古义，引伸触类，不限形体，苟可以发明前训，斯凌杂之讥亦所不辞。"② 黄侃盛赞《广雅疏证》的学术成就："三、训诂书。如王氏《广雅疏证》、郝氏《尔雅义疏》之类。郝疏较王疏为疏略，王氏书在四种中最为精密，其发明以声音穿串训诂之法，则继往开来，成小学中不祧之祖。"③

　　着眼于音义的关联性，王念孙撰有《释大》一书，"是第一部比较系统研究同源词的著作"。④ 如《释大第一上》云："冈，山脊也；亢，人颈也，二者皆有大义。故山脊谓之冈，亦谓之岭；人颈谓之领，亦谓之亢。强谓之刚，大绳谓之纲，特牛谓之犅。大贝谓之魟，大瓮谓之瓨，其义一也。冈、颈、劲，声之转，故强谓之刚，亦谓之劲，领谓之颈，亦谓之亢。大索谓之绠。冈、绠，互声之转，故大绳谓之纲，亦谓之绠。道谓之埂，亦谓之肮。"⑤《释大第一下》："公，大也。故无私谓之公，官所谓之公，五爵之首谓之公，太师、太傅、太保谓之三公，子谓父曰公，妇谓舅曰公。公、官、贯，声之转，故官所谓之公亦谓之官。吏谓之官亦谓之工，事谓之公亦谓之官，亦谓之贯。"严式悔注曰："《诗·采蘩》三章'夙夜在公'，《郑笺》：'公，事也。'《礼记·乐记》'天地官矣'，郑注：'官，犹事也。'《论语·先进》'仍旧贯'，郑注：'贯，事也。'

---

① （清）王念孙：《广雅疏证》，中华书局 1983 年版，"段序"第 1 页。
② （清）王念孙：《广雅疏证》，中华书局 1983 年版，"王序"第 2 页。
③ 黄侃述，黄焯编：《文字声韵训诂笔记》，武汉大学出版社 2013 年版，第 7 页。
④ 张晓蔚：《王念孙〈释大〉音义关联》，《语文学刊》2010 年第 7 期。
⑤ （清）王念孙：《释大》卷 1，罗振玉辑《高邮王氏遗书》本，第 1 页。

《尔雅·释诂》：'贯，公事也。'"① 王念孙《释大》选取有大义者诸字，"汇而释之"，存乎"见、溪、群、疑、影、喻、晓"七纽。声转的关键在于声母，陈澧《东塾读书记·小学》云："《尔雅》训诂同一条者，其字多双声。郝兰皋《义疏》云：'凡声同声近声转之字，其义多存乎声。'澧谓此但言双声，即足以明之矣。有今音非双声而古音双声者，可以其字之谐声定之，又可以古无轻唇音及古音不分舌头舌上定之。郝氏所谓声近声转，即指此也。如'大也'一条内，弘、宏、洪三字双声，介、碬、假、京、景、简六字双声，溥、丕二字双声，讦、恦二字双声，昄、废二字双声，奕、宇、淫三字双声。"②

掌握了声转理论，可以明晓《诗经》及其他古籍文字训诂之线索。如《召南·鹊巢》云："维鹊有巢，维鸠方之。"《毛传》："方，有之也。"《鲁颂·闵宫》云："遂荒大东。"《毛传》："荒，有也。"《小雅·巧言》云："乱如此恦。"《毛传》："恦，大也。"《礼记·文王世子》："西方有九国焉，君王其终抚诸。"郑注："抚犹有也。"③ "方""荒""恦""抚"一声之转，皆具"有"义。又如，《周南·桃夭》云："桃之夭夭，有蕡其实。"《毛传》："蕡，实貌。"《周南·汝坟》云："遵彼汝坟。"《毛传》："坟，大防也。"《小雅·鱼藻》云："有颁其首。"《毛传》："颁，大首貌。"《大雅·灵台》云："贲鼓维镛。"《毛传》："贲，大鼓也。""蕡""坟""颁""贲"一声之转，皆有"大"义。

对于"声近义通"的训诂方法，必须以审慎的眼光来看待，王力《略论清儒的语言研究》云："王念孙的'就古音以求古义，引申触类，不限形体'的主张是合理的，但是越过真理一步就是错误，如果把这个原则推广到'声近义通'，也就是说，只要读音相近，词义就能相通，那就变成牵强附会了。'声近义通'只是可能，不是必然。"④

2. 王引之的小学特色

王引之（1766—1834），字伯申，号曼卿，王念孙长子。嘉庆四年

---

① （清）王念孙：《释大》卷1，渭南严式海1941年校刊本，第4页。
② （清）陈澧著，杨志刚编校：《东塾读书记：外一种》，中西书局2012年版，第172页。
③ 李学勤主编：《十三经注疏·礼记正义》，北京大学出版社1999年版，第623页。
④ 王力：《王力文集》卷16，山东教育出版社1990年版，第71页。

（1799）进士，仕至工部尚书、礼部尚书等显赫官位。引之能够绍承家学并发扬光大，著《经义述闻》三十二卷、《经传释词》十卷。《经义述闻》乃王引之述及其父往日所教己者，焦循《雕菰集·读书三十二赞》云："高邮王氏，郑许之亚。借张揖书，示人大路。《经义述闻》，以子翼父。"① 力倡宋学的清人方东树亦折服于王氏之学，他在《汉学商兑》中说："求之近人说经，无过高邮王氏。《经义述闻》，实足令郑、朱俛首，自汉唐以来，未有其比也。"②

王引之在《〈经义述闻〉自序》中述及其父为学之道云："大人曰：'诂训之指，存乎声音。字之声同声近者，经传往往假借。学者以声求义、破其假借之字而读之以本字，则涣然冰释；如其假借之字而强为之解，则诘籍为病矣。故毛公《诗传》多易假借之字而训以本字，已开改读之先。至康成笺《诗》注《礼》，娄云某读为某，而假借之例大明。后人或病康成破字者，不知古字之多假借也。'大人又曰：'说经者期于得经意而已，前人传注不皆合于经，则择其合经者从之；其皆不合，则以己意逆经意，而参之他经，证以成训，虽别为之说，亦无不可。必欲专守一家，无少出入，则何邵公之《墨守》见伐于康成者矣。'故大人之治经也，诸说并列则求其是，字有假借则改其读。盖执于汉学之门户，而不囿于汉学之藩篱者也。"③ 王引之对"因声求义"的方法有自己独到的见解，他在《春秋名字解诂叙》中说："夫诂训之要，在声音不在文字。声之相同相近者，义每不甚相远。故名字相沿不必皆其本字，其所假借，今韵复多异音。画字体以为说，执今音以测义，斯于古训多所未达，不明其要故也。今之所说多取古音相近之字以为解，虽今亡其训，犹将罕譬而喻依声托义焉。"④

---

① （清）焦循著，陈居渊主编，徐宇宏、骆红尔校点：《雕菰楼文学七种》，凤凰出版社2018年版，第149页。

② （清）江藩等：《汉学师承记（外二种）》，生活·读书·新知三联书店1998年版，第343页。

③ （清）王引之著，虞万里主编，虞思征、马涛、徐炜君校点：《经义述闻》，上海古籍出版社2017年版，"自序"第1—2页。

④ （清）王引之：《王文简公文集》卷3，罗振玉辑《高邮王氏遗书》本，第5页。

二 王氏父子与《诗经》小学

概而言之，高邮王氏在《诗经》小学研究方面主要有以下四个方面的特征。

1. 以音说字

王念孙的古音学造诣为其训诂实践奠定了坚实的基础，在他的言传身教下，王引之亦尤擅长因声求义。如《小雅·宾之初筵》云："是谓伐德。"《郑笺》："醉至若此，是诛伐其德也。"《经义述闻》卷6曰："家大人曰：德不可以言诛伐。伐者，败也，《微子》曰'我用沈酗于酒，用乱败厥德于下'是也。《说文》：'伐，败也。'《广雅》同。《艺文类聚·武部》引《春秋说题辞》曰：'伐者，涉人国内，行威有所斩坏。伐之为言败也。'《一切经音义》六引《白虎通义》曰：'伐者何？败也，欲败去之。'《召南·甘棠》曰'勿翦勿伐，勿翦勿败'，'伐'亦'败'也，声相近故义相通。"① 败，并纽月韵；伐，亦为并纽月韵，在上古两者纽韵并同。又如，《小雅·节南山》云："有实其猗。"《毛传》："猗，长也。"《郑笺》："猗，倚也。言南山既能高峻，又以草木平满其旁倚之畎谷，使之齐均也。"《经义述闻》卷6曰："引之谨案：训'猗'为长，无所指实，畎谷旁倚，何得即谓之倚乎？今案：《诗》之常例，凡言'有蕡其实''有莺其羽''有略其耜''有捄其角'，末一字皆实指其物。'有实其猗'，文义亦然也。'猗'疑当读为'阿'，古音'猗'与'阿'同，故二字通用。"阿，影纽歌韵；猗，亦为影纽歌韵，两字于上古纽韵全同。再如，《商颂·殷武》云："裒荆之旅。"《毛传》："裒，聚也。"《郑笺》："冒入其险阻，谓逾方城之隘，克其军率，而俘虏其士众。"《经义述闻》卷7曰："《正义》曰：'言聚荆之旅，故知俘虏其士众也。'家大人曰：毛训'裒'为聚，聚荆之旅，未见战胜之义。郑曰'俘虏其士众'，则是读'裒'为'俘'也，于义为长。'俘'之通作'裒'，犹'捊'之通作'裒'也。"俘，并纽幽韵；裒，亦为并纽幽韵。

---

① （清）王引之著，虞万里主编，虞思徵、马涛、徐炜君校点：《经义述闻》，上海古籍出版社2017年版，第366—367页。下引该作不再一一标注。

2. 触类旁通，循例而释

在解释方法上，王氏善于沟通经文内部的联系，通过上下文的对比来揭示字词的含义，王引之《中州试牍序》云："经之有说，触类旁通。不通全书，不能说一句；不通诸经，亦不能说一经。"[①] 贯通全经，排比归纳，自可总结出经书在构词、句法、用韵、篇章等方面的规律，做到"揆之本文而协，验之他卷而通"（《〈经传释词〉自序》）。王引之特别强调在小学考释中要做到"触类旁通"和"比例而知"的统一性，他对这种研究方法进行了总结："凡其散见于经传者，皆可比例而知，触类长之，斯善式古训者也。"[②] 如《小雅·蓼萧》云："燕笑语兮，是以有誉处兮。"《郑笺》："天子与之燕而笑语，则远国之君各得其所，是以称扬德美，使声誉常处天子。"《经义述闻》卷6曰："《蓼萧篇》'是以有誉处兮'，集传引苏氏曰：'誉、豫通。凡《诗》之誉皆乐也。'引之谨案：苏氏之说是也。《尔雅》曰：'豫，乐也；豫，安也。'则'誉处'，安处也。《蓼萧》之'誉处'承'燕笑语兮'而言之，《裳裳者华》之'誉处'承'我心写兮'而言之，《吕氏春秋·孝行篇》注曰：'誉，乐也。'《南有嘉鱼》曰：'嘉宾式燕以乐。'《车舝》曰：'式燕且喜。'又曰：'式燕且誉。'《六月》曰：'吉甫燕喜。'《韩奕》曰：'韩姞燕誉。'《射仪》引《诗》'则燕则誉'，而释之曰：'则安则誉，皆安乐之意也。'《笺》悉训为'名誉'之'誉'，疏矣。"

又如，《秦风·终南》云："终南何有？有纪有堂。"《毛传》："纪，基也。堂，毕道平如堂也。"《郑笺》："毕也堂也，亦高大之山所宜有也。毕，终南山之道名，边如堂之墙然。"《经义述闻》卷5曰："引之谨案：'终南何有'，设问山所有之物耳。山基与毕道仍是山，非山之所有也。今以全《诗》之例考之，如'山有榛''山有扶苏''山有枢''山有苞栎''山有嘉卉''侯栗侯梅''山有蕨薇''南山有台''北山有莱'，凡云山有某物者，皆指山中之草木而言。又如'丘中有麻''丘中有麦''丘中有李''山有扶苏''隰有荷华''山有桥松''隰有游龙''园有

---

① （清）王引之：《王文简公文集》卷3，罗振玉辑《高邮王氏遗书》本，第18页。

② （清）王引之著，李花蕾点校：《经传释词》，上海古籍出版社2011年版，"自序"第3页。

桃'‘园有棘’‘山有枢’‘隰有榆’‘山有栲’‘隰有杻’‘山有漆’‘隰有栗’‘阪有漆’‘隰有栗’‘阪有桑’‘隰有杨’‘山有苞栎’‘隰有六驳'‘山有苞棣’‘隰有树檖’‘墓门有棘’‘墓门有梅’‘南山有台’‘北山有莱’‘南山有桑’‘北山有杨’‘南山有杞’‘北山有李’‘南山有栲'‘北山有杻’‘南山有枸’‘北山有楰’，凡首章言草木者，二章、三章、四章、五章亦皆言草木，此不易之例也。今首章言木而二章乃言山，则既与首章不合，又与全《诗》之例不符矣。今案：‘纪’读为‘杞’，‘堂’读为‘棠’。条、梅、杞、棠皆木名也。‘纪’‘堂’假借字耳。考《白帖·终南山类》引《诗》正作‘有杞有棠’，唐时齐、鲁《诗》皆亡，唯《韩诗》尚存，则所引盖《韩诗》也。且首章言‘有条有梅’，二章言‘有纪有堂’，首章言‘锦衣狐裘’，二章言‘黻衣绣裳’，条、梅、纪、堂之皆为木，亦犹锦衣、黻衣之皆为衣也。自毛公误释‘纪堂’为山，而崔灵恩本‘纪’遂作‘屺’，此真所谓说误于前，文变于后者矣。”

3. 博学多闻，推陈出新

高邮王氏家学渊源深厚，王念孙受学于戴震，又传授给引之，父子二人与学术前辈及同辈交游甚广。王念孙十三岁拜戴震为师，十四岁受业于夏廷芝，而与之切磋学问的长辈有江苏高邮人贾田祖（1714—1777）、浙江余姚人卢文弨（1717—1795）、江苏江都人程晋芳（1718—1784）、直隶献县人纪昀（1724—1805）、江苏青浦人王昶（1724—1806）、安徽歙县人程瑶田（1725—1814）、江苏嘉定人钱大昕（1728—1804）、直隶大兴人朱筠（1729—1781）和朱珪（1731—1806）等，交游同辈中亦有直隶大兴人翁方纲（1733—1818）、山东曲阜人桂馥（1733—1802）、江苏金坛人段玉裁（1735—1815）、江苏兴化人任大椿（1738—1789）、浙江会稽人章学诚（1738—1802）、浙江余姚人邵晋涵（1743—1796）、江苏江都人汪中（1744—1794）、江苏阳湖人洪亮吉（1745—1809）、江苏宝应人刘台拱（1751—1805）、山东曲阜人孔广森（1752—1786）等乾嘉硕儒；与王引之同辈交游者，有江苏阳湖人孙星衍（1753—1818）、安徽歙县人凌廷堪（1757—1809）、山东栖霞人郝懿行（1757—1825）、浙江萧山人王绍兰（1760—1835）、江苏甘泉人焦循（1763—1820）、江苏仪征人阮元（1764—1849）、江苏元和人顾广圻（1766—1835）、浙江临海人宋世荦（1766—1821）、江苏武进人臧庸（1767—1811）、江苏嘉定人瞿中溶（1769—1842）、福建闽县人陈寿祺（1771—1834）、安徽歙县人江有诰（1773—1851）等学界精英。[①] 王氏父子为学不墨守一书，而能旁征博引、贯穿群经，王念孙所著《读书杂志》更是囊括《逸周书》《战国策》《史记》《汉书》《管子》《晏子春秋》《墨子》《荀子》《淮南内篇》等典籍，考辨对象横贯经、史、子三部。

对于前辈及师友的学术成就，王引之能够潜心向学并发扬光大。若悟师友之失，亦不曲护，能从自己独特的学术视角作出补偏救弊性质的考辨。如《齐风·还》云："子之还兮。"《毛传》："还，便捷之貌。"钱大昕《答问三》云："问：'子之还兮'，《汉书·地理志》引作'子之营兮'，以'营'为地名，与毛说异。且'营'与'间''肩'似未合韵。曰：古人读'营'如'环'，《韩非子》云：'苍颉之作书也，自环者谓之私，背私者谓之公。'《说文》引作'自营为厶，背厶为公。'是'营'即'环'也。《说文》'营'训市居，即阛阓字，徐氏未通古音，乃于门部新附'阛'字，失其旨矣。《释丘》：'水出其左，营丘。'郭景纯谓'淄水过其南及东'，是营邱本取回环之义。'营''还'同物，非别同音也。毛训'还'为便捷，此以'营'为地名，则'茂'与'昌'亦地名。《释丘》云'涂出其后，昌丘'，即此诗之'昌'欤?"[②]《经义述闻》卷5曰："家大人曰：《齐诗》说以'营'为营丘，非也。凡《诗》中'旄丘''顿丘''宛丘'之类，皆连'丘'字言之，无单称上一字者。'营'本作'嬛'。嬛、昌、茂皆好也，作'还'、作'营'者，借字耳。若以'子之营'为'子适营丘'，则下文'子之茂兮''子之昌兮'皆不可通矣。钱以'茂'与'昌'为地名，又以'昌'为《尔雅》之'昌丘'，皆非也。地名'昌丘'不得但谓之'昌'，且《郑风》又言'子之丰兮''子之昌兮'矣，岂得亦以'丰''昌'为地名乎?"

又如，《陈风·墓门》云："夫也不良，歌以讯之。"《毛传》："讯，

---

① 薛正兴：《王念孙·王引之评传》，南京大学出版社 2008 年版。
② （清）钱大昕撰，吕友仁校点：《潜研堂集》，上海古籍出版社 2009 年版，第 74 页。

告也。"《郑笺》:"歌,谓作此诗也。既作,又使工歌之,是谓之告。"戴震《毛郑诗考正》卷1曰:"震按:'讯'乃'谇'字转写之讹。《毛诗》云:'告也。'《韩诗》云:'谏也。'皆当为谇。谇音碎,故与萃韵。讯音信,问也。于诗义及音韵咸扞格矣。屈原赋《离骚》篇:'謇朝谇而夕替'。王逸《注》引诗'谇予不顾'。又《尔雅》:'谇,告也。'《释文》云:'沈音粹,郭音碎。'则郭本谇不作讯明矣,今转写亦讹。《张衡传·思元赋》注引《尔雅》,仍作谇。《释文》于此诗云:'本又作谇,音信。'徐:'息悴反。'盖于谇、讯二字,未能决定也。"①《经义述闻》卷5曰:"引之谨案:'讯'非讹字也。'讯'古亦读若'谇'。《小雅·雨无正篇》'莫肯用讯',与'退''遂''瘁'为韵;张衡《思玄赋》'慎灶显于言天兮,占水火而妄讯',与'内''对'为韵;左思《魏都赋》'翩翩黄鸟,衔书来讯',与'匮''粹''溢''出''秩''器''室''苤''日''位'为韵,则'讯'字古读若'谇',故《墓门》之诗亦以'萃''讯'为韵,于古音未尝不协也。'讯''谇'同声,故二字互通。《雨无正》笺'讯,告也',释文曰:'讯,音信,徐息悴反',与《墓门》释文同。《大雅·皇矣篇》:'执讯连连',释文曰:'字又作谇。'《王制》'以讯馘告',释文曰:'本又作谇'。《学记》'多其讯',郑注曰:'讯,犹问也。'释文曰:'字又作谇。'《尔雅》'谇,告也',释文曰:'本又作讯。'《吴语》'乃讯申胥',韦昭注曰:'讯,告让也。'《说文》引作'谇申胥'。又'讯让日至',注曰:'讯,告也。'《庄子·山木篇》:'虞人逐而谇之',郭象注曰:'谇,问之也。'释文曰:'本又作讯。'《徐无鬼篇》'察士无凌谇之事',释文引《广雅》曰'谇,问也',《文选·西征赋》注引《广雅》'谇'作'讯'。《史记·贾生传〈吊屈原赋〉》'讯曰',索隐曰:'讯,刘伯庄音素对反,周成《解诂》音粹。'《汉书·贾谊传》'讯'作'谇',李奇曰:'告也。'又《贾谊传》'立而谇语',张晏曰:'谇,告让也',《贾子·时变篇》'谇'作'讯'。《楚辞·九叹》'讯九魁与六神',王逸注曰:'讯,问也。一本作

---

① (清)戴震撰,戴震研究会等编纂:《戴震全集》第2册,清华大学出版社1992年版,第1187页。

谇。'《汉书·叙传〈幽通赋〉》'既谇尔以吉象兮'，《文选》'谇'作
'讯'，李善注引《尔雅》曰：'讯，告也。'《后汉书·张衡传〈思玄
赋〉》'占水火而妄谇'，《文选》'谇'作'讯'，旧注曰：'讯，告也。'
《傅毅传〈迪志讯〉》曰：'先人有训，我讯我诰。'凡此者或义为谇告而
通用'讯'，或义为讯问而通用'谇'，惟其同声，是以假借，又可尽谓
之讹字乎？《考正》之说殆疏矣。"

4. 擅长虚词阐释

高邮王氏父子之学长于贯通群经、发凡起例，此类手段无疑是探究
虚词用法的利器。虚词多假借，而王氏精通音理，更有助于考辨虚词的
源流。有此两利，王引之《经传释词》成为古代虚词研究的经典之作是
水到渠成的事情。有乾嘉考据学派殿军美誉的阮元为《经传释词》作序
曰："高邮王氏乔梓，贯通经训，兼及词气。昔聆其'终风'诸说，第为
解颐，乃劝伯申勒成一书。今二十年，伯申侍郎始刻成《释词》十卷。"①
《经传释词》旁征博引、结论精到、辨析细微，加上作者独特的眼界、科
学的方法，完全折服了学界同侪及无数后代学人，阮元读后赞叹："恨不
能起毛、孔、郑诸儒而共证此快论也。"（《〈经传释词〉阮序》）梁启超
把阅读《经传释词》的感受描述为："我们读起来，没有一条不是涣然
冰释，怡然理顺，而且可以学得许多归纳研究方法，真是益人神智的名
著了。"②

《经传释词》在小学阐释方面成就极高，读起来可以让人心旷神怡。
如《邶风·终风》云："终风且暴。"《毛传》："兴也。终日风为终风。"
《郑笺》："既竟日风矣，而又暴疾。兴者，喻州吁之为不善，如终风之无
休止。"《经义述闻》卷5曰："家大人曰：《终风篇》'终风且暴'，《毛
诗》曰：'终日风为终风。'《韩诗》曰：'终风，西风也。'此皆缘词生
训，非经文本义。终，犹既也，言既风且暴也。《燕燕》曰：'终温且惠，
淑慎其身。'《北门》曰：'终窭且贫，莫知我艰。'《小雅·伐木》曰：
'神之听之，终和且平。'《甫田》曰：'禾易长亩，终善且有。'《正月》

---

① （清）王引之著，李花蕾点校：《经传释词》，上海古籍出版社2011年版，"阮序"第1页。

② 梁启超著，夏晓虹、陆胤校：《中国近三百年学术史》，商务印书馆2011年版，第258页。

曰：'终其永怀，又窘阴雨。''终'字皆当训为既。'既''终'语之转。'既已'之'既'转为'终'，犹'既尽'之'既'转为'终'耳。解者皆失之。"《经传释词》卷9"终众"条释曰："家大人曰：终，词之'既'也。僖二十四年《左传》注曰：'终，犹已也。''已止'之'已'曰'终'，因而'已然'之'已'亦曰'终'。故曰'词之既也'。《诗·终风》曰：'终风且暴。'毛传曰：'终日风为终风。'《韩诗》曰：'终风，西风也。'此皆缘词生训，非经文本义。终，犹'既'也。言既风且暴也。《燕燕》曰：'终温且惠，淑慎其身。'言既温且惠也。《北门》曰：'终窭且贫，莫知我艰。'言既窭且贫也。《伐木》曰：'神之听之，终和且平。'言既和且平也。《甫田》曰：'禾易长亩，终善且有。'言既善且有也。《正月》曰：'终其永怀，又窘阴雨。'言既长忧伤，又仍阴雨也。'终'与'既'同义，故或上言'终'而下言'且'，或上言'终'而下言'又'。说者皆以'终'为'终竟'之'终'，而经文上下相因之指，遂不可寻矣。又《葛藟》曰：'终远兄弟，谓他人父。'言既远兄弟也。《郑·扬之水》曰：'终鲜兄弟，维予与女。'言既鲜兄弟也。《定之方中》曰：'卜云其吉，终然允臧。'然，犹'而'也。言既而允臧也。说者以'终'为'终竟'，亦失之。引之谨案：《载驰》曰：'许人尤之，众稚且狂。''众'读为'终'。终，既也。稚，骄也。此承上文而言。女子善怀，亦各有道，是我之欲归，未必非也。而许人偏见，辄以相尤，则既骄且妄矣。盖自以为是，骄也；以是为非，妄也。毛公不知'众'之为'终'而云'是乃众幼稚且狂'。许之大夫，岂必人人皆幼邪？"①

又如，《卫风·芄兰》首章云："虽则佩觽，能不我知。"《毛传》："不自谓无知，以骄慢人也。"《郑笺》："此幼稚之君，虽配觽与，其才能实不如我众臣之所知为也。惠公自谓有才能而骄慢，所以见刺。"此诗第二章云："虽则佩鞢，能不我甲。"《毛传》："甲，狎也。"《郑笺》："此君虽配鞢与，其才能实不如我众臣之所狎习。"《毛传》隐略，《郑笺》则明显释"能"为"才能"。《经义述闻》卷5曰："引之谨案：《诗》

①（清）王引之著，李花蕾点校：《经传释词》，上海古籍出版社2011年版，第189—191页。下引该作不再标注。

凡言'宁不我顾''既不我嘉''子不我思',皆谓不顾我、不嘉我、不思我也。此'不我知''不我狎',亦当谓不知我、不狎我,非谓不如我所知、不如我所狎也。'能'乃语词之转,亦非'才能'之'能'也。'能'当读为'而'。言童子虽则佩觿,而实不与我相知;虽则佩韘,而实不与我相狎。盖刺其骄而无礼,疏远大臣也。'虽则'之文正与'而'字相应,虽则佩觿而不我知、虽则佩韘而不我甲,犹《民劳》曰'戎虽小子,而式宏大'也。古字多借'能'为'而'。"《经传释词》卷6"能"字条下释曰:"能,犹'而'也。'能'与'而'古声相近,故义亦相通。《诗·芄兰》曰:'虽则佩觿,能不我知。''能'当读为'而'。'虽则'之文,正与'而'字相应。言童子虽则佩觿,而实不与我相知也。下章'虽则佩韘,能不我甲'义与此同。《荀子·解蔽篇》:'为之无益于成也,求之无益于得也,忧戚之无益于几也,则广焉能弃之矣。'《赵策》:'建信君入言于王,厚任茸以事能重责之。''能'并与'而'同。《管子·任法篇》:'是贵能威之,富能禄之,贱能事之,近能亲之,美能淫之也。'下文五'能'字皆作'而'。又《侈靡篇》:'不欲强能不服,智而不牧。'《晏子春秋·外篇》:'入则求君之嗜欲能顺之,君怨良臣,则具其往失而益之。'《墨子·天志篇》:'少而示之黑谓黑,多示之黑谓白。少能尝之甘谓甘,多尝之甘谓苦。'《韩诗外传》:'贵而下贱,则众弗恶也。富能分贫,则穷士弗恶也。智而教愚,则童蒙者弗恶也。'崔骃《大理箴》:'或有忠能被害,或有孝而见残。''能'亦'而'也。能,犹'乃'也。亦声相近也。家大人曰:昭十二年《左传》曰:'中美能黄,上美为元,下美则裳。''能''为''则'三字相对为文。能者,乃也。言中美乃黄,上美为元,下美则裳也。《孙子·谋攻篇》曰:'故用兵之法:十则围之,五则攻之,倍则分之,敌则能战,少则能守,不若则能避之。'言敌则乃战,少则乃守,不若则乃避之也。《魏策》曰:'奉阳君约魏。魏王将封其子,谓魏王曰:王尝身济漳,朝邯郸,抱葛、薛、阴、成以为赵养邑,而赵无为王有也。王能又封其子河阳、姑密乎?臣为王不取也。言王乃又封其子乎,臣为王不取也。'《史记·淮阴侯传》曰:'今韩信兵号数万,其实不过数千。能千里而袭我,亦以罢极。'言韩信兵不过数千,乃千里而袭我也。《太史公自序·佞幸传》曰:'非独色爱，能亦各有所长。'言非独以色见爱，乃亦各有所长也。《列女传·贤明传》曰：'先生以不斜之故，能至于此。'言以不斜之故，乃至于此也。'能'与'乃'同义，故二字可以互用。《后汉书·荀爽传》'鸟则雄者鸣鸲，雌能顺服。兽则牡为唱导，牝乃相从'是也。'能'与'乃'同义，故又可以通用。《淮南·人间篇》：'此何遽不能为福乎'，《艺文类聚·礼部下》引'能'作'乃'。《汉书·匈奴传》'东援海、代，南取江、淮，然后乃备'，《汉纪》'乃'作'能'是也。'乃'与'而'声相近，故'能'训为'而'，又训为'乃'。'能'与'宁'一声之转，而同训为'乃'。故《诗》'宁或灭之'，《汉书·谷永传》作'能或灭之'。"

　　齐佩瑢在《训诂学概论》中说："安、宁、能、曾、岂、憯六词并为一语之转，现代汉语中的哪、怎、怎等语便是从此中变来的。《诗·十月之交》的'故憯莫惩?'《节南山》的'憯莫惩嗟?'《沔水》《正月》的'宁莫之惩?'三句语义全同，胡憯犹'胡宁忍予?'之胡宁，并是复语。《说文》：'曾，曾也。'郑《笺》：'宁，曾也。'（《日月》《小弁》《四月》）《方言》：'曾，何也。'可知'胡曾''胡宁'犹《孟子》之'何曾'，都是询问副词。能既然和宁相通，而且音也相近，那么'能不我知'的句法，和'宁不我顾?''宁莫我听?''曾莫惠我师?''曾不知其玷?''憯不畏明?'等可以说是完全相同的，是'能不我知'即'怎不知我'也。不过《诗》中问语，多为反言加重之词，如'岂不尔思?'之类皆是。"[1]"能"为"询问副词"或"反言加重之词"，当今汉语语法学界称之为表反问功能的语气词，类同于《现代汉语词典》中的"哪$_5$"。[2]

第六节　扬州通儒焦循及其《诗经》小学

　　焦循（1763—1820），字里堂，江苏甘泉（今扬州黄珏）人，嘉庆六

---

① 齐佩瑢：《训诂学概论》，商务印书馆 2015 年版，第 29 页。
② 中国社会科学院语言研究所词典编辑室：《现代汉语词典》（第 7 版），商务印书馆 2016 年版，第 932 页。

年（1801）举人，《清史列传》卷69《儒林传下二·焦循》载其事迹云："既壮，雅尚经术，与阮元齐名。元督学山东、浙江，俱招循往游。……经史、历算、声音、训诂，无所不精。"① 一应礼部试不第，即闭门著书。茸其老屋，谓之"半九书塾"。复构"雕菰楼"，为读书之所。嘉庆二十五年（1820）卒，年五十八。

焦循之曾祖父、祖父、父亲，皆传易学，其亦尝与王引之讨论《周易》，引之以之为凿破混沌。焦循在易学研究方面著有《易通释》二十卷、《易图略》八卷、《易章句》十二卷，合称《易学三书》，共四十卷。易学之外，焦循最为看重《孟子》，著有《孟子正义》三十卷，《清儒学案》卷120《里堂学案》云："里堂与阮文达同学，经学算学并有独得，百家无所不通，《易学三书》及《孟子正义》皆专家之业。"② 焦循精心钻研古书注解，著成《周易补疏》二卷、《尚书补疏》二卷、《毛诗补疏》五卷、《春秋左传补疏》五卷、《礼记补疏》三卷、《论语补疏》二卷，合称《六经补疏》。个人文集方面，焦循"手订者，曰《雕菰楼集》二十四卷"。③ 复有《里堂家训》二卷。焦循学问渊博，据张舜徽《清代扬州学记》考述，"焦循一生著述，已刻、未刻之书，登录了五十九种"。④

一 焦循的通学观念

1. 焦循通学观念的特质

扬州学派为学宏阔，具有圆通阔大的气象，张舜徽《清儒学记》云："余尝考论清代学术，以为吴学最专，徽学最精，扬州之学最通。无吴、皖之专精，则清学不能盛；无扬州之通学，则清学不能大。"⑤ 焦循世传学业，长年勤学深思、刻苦钻研，学术素养深厚。同时，他曾心怀敬意地向年辈稍长的钱大昕、程瑶田、段玉裁、王念孙等知名学者致信，虚心求教，且有幸与阮元、王引之、汪中、凌廷堪等学术名家保持交游关

---

① 王钟翰点校：《清史列传》，中华书局1987年版，第5586页。
② 徐世昌：《清儒学案》第3册，中国书店2013年版，第2147页。
③ 支伟成：《清代朴学大师列传》，上海人民出版社2014年版，第199页。
④ 张舜徽：《清代扬州学记》，广陵书社2004年版，第117页。
⑤ 张舜徽：《清儒学记》，华中师范大学出版社2005年版，第255页。

系。以上诸种人生际遇，加之个人因素，造就焦循一生既拥有卓越的学识，又具备宏阔的眼界。阮元为焦循作传，径称之"通儒"，《研经室二集·通儒扬州焦君传》云："君善读书，博闻强记，识力精卓，于学无所不通。著书数百卷，尤邃于经。于经无所不治，而于《周易》《孟子》专勒成书。"① 博学通识仅是焦循学术精神的一个层面，作为"通儒"，更重要的是他在治学上不偏蔽、不局隘，张舜徽先生说："究竟他的所以够得上称为'通儒'者何在？值得我们探索。一方面，固然由于他的学问很博通，知识范围很广泛；而更重要的，在于他的识见卓越，通方而不偏蔽；规模宏阔，汇纳而不局隘。在乾嘉学者中，不愧为杰出的第一流的人物。"②

2. 焦循通学观念的学术渊源

焦循的通学观念，根源于他对孔子"一以贯之"的深入思考，其《一以贯之解》云："孔子曰：'吾道一以贯之。'曾子曰：'忠恕而已矣。'然则一贯者，忠恕也。忠恕者何？成己以及物也。孔子曰：'舜其大知也矣。舜好问，而好察迩言，隐恶而扬善，执其两端，用其中于民。'孟子曰：'大舜有大焉，善与人同，舍己从人，乐取于人以为善。'舜于天下之善，无不从之，是真一以贯之。"③ 他在《论语通释·释异端》中说："惟圣人之道至大，其言曰'一以贯之'，又曰'焉不学，无常师'，又曰'无可无不可'，又曰'无意、无必、无固、无我'，异端反是。孟子以杨子'为我'、墨子'兼爱'、子莫'执中'为执一而贼道。执一即为异端，贼道即斯害之谓。杨、墨执一，故为异端。孟子犹恐其不明也，而举一'执中'之子莫。然则凡执一者皆能贼道，不必杨、墨也。圣人一贯，故其道大。异端执一，故其道小。子夏曰：'虽小道，必有可观者焉，致远恐泥，是以君子不为也。''致远恐泥'，即恐其执一害道也。惟其异，至于执一，执一由于不忠恕。……执其一端为异端，执其两端为圣人。"④ 博学通识，一以贯之，执其两端，方能成为圣人；偏

---

① （清）阮元著，邓经元点校：《研经室集》，中华书局1993年版，第476页。
② 张舜徽：《清代扬州学记》，广陵书社2004年版，第123—124页。
③ （清）焦循：《雕菰集》，商务印书馆1937年版，第132页。
④ （清）焦循著，刘建臻整理：《焦循全集》第5册，广陵书社2016年版，第2477—2478页。

执其一，思想狭促，势必走向异端。异端偏执于一，而圣人忠恕，能够趋时，能够贯通"执中""为我""兼爱"为一，焦循在《攻乎异端解下》中说："杨子惟知为我，而不知兼爱；墨子惟知兼爱，而不知为我；子莫但知执中，而不知有当为我、当兼爱之事。杨则冬夏皆葛也，墨则冬夏皆裘也，子莫则冬夏皆袷也。趋时者，裘、葛、袷皆藏之于箧，各依时而用之，即圣人一贯之道也。使杨思兼爱之说不可废，墨思为我之说不可废，则恕矣，则不执一矣。圣人之道，贯乎为我、兼爱、执中者也。"①

3. 焦循述圣眼界的宏阔

经学的本质在于述圣，在于贯通千家著述，从中参悟出立身经世之法，焦循在《与孙渊如观察论考据著作书》中说："经学者以经文为主，以百家、子史、天文、术算、阴阳、五行、六书、七音等为之辅。汇而通之，析而辨之，求其训故，核其制度，明其道义，得圣贤立言之指，以正立身经世之法。以己之性灵，合诸古圣之性灵，并贯通于千百家。"②经学有汉学、宋学之分，时人普遍存在着尊汉排宋倾向，这样的做法实际上是偏离述圣目标的，焦循在《述难四》中说："'吾述乎尔，吾学孔子乎尔'，然则所述奈何？则曰：'汉学也。'呜呼！汉之去孔子，几何岁矣？汉之去今，又几何岁矣？学者，学孔子者也。学汉人之学者，以汉人能述孔子也。乃舍孔子而述汉儒！汉儒之学，果即孔子否邪？……学者述孔子而持汉人之言，惟汉是求，而不求其是。于是拘于传注，往往扞格于经文，是所述者汉儒也，非孔子也。而究之汉人之言，亦晦而不能明，则亦第持其言，而未通其义也，则亦未足为述也。且夫唐宋以后之人，亦述孔子者也。持汉学者，或屏之不使犯诸目，则唐宋人之述孔子，讵无一足征者乎？学者或知其言之足征，而取之又必深讳其姓名，以其为唐宋以后之人，一若称其名，遂有碍乎其为汉学者也。噫！吾惑矣。"③盲目尊汉排宋固不可取，简单转述汉人文辞而不深究其意就更为

① （清）焦循：《雕菰集》，商务印书馆 1937 年版，第 136 页。
② （清）焦循：《雕菰集》，商务印书馆 1937 年版，第 213 页。
③ （清）焦循：《雕菰集》，商务印书馆 1937 年版，第 104—105 页。

违舛了。

4. 焦循解经的小学精神

欲洞察汉代人解经的真实面貌，进而窥知圣人之旨，须臾也离不开训诂的方法。乾嘉学派的代表人物戴震在《题惠定宇先生授经图》中说："夫所谓理义，苟可以舍《经》而空凭胸臆，将人人凿空得之，奚有于经学之云乎哉？惟空凭胸臆之卒无当于贤人圣人之理义，然后求之古《经》；求之古《经》而遗文垂绝、今古悬隔也，然后求之故训。故训明则古《经》明，古《经》明则贤人圣人之理义明，而我心之所同然者，乃因之而明。"① 焦循对于训诂之学的追求，亦在于通达，他在《复王侍郎书》中说："向亦为六书训故之学，思有以贯通之，一涤俗学之拘执。用力未深，无所成就。阮阁学尝为循述石臞先生解'终风且暴'为'既风且暴'，与'终窭且贫'之文法相为融贯。说经若此，顿使数千年淤塞一旦决为通渠。后又读尊作《释辞》，四通九达，迥非貌古学者可比。"② 为此，焦循特别反对那些号称"考据"而执一害道的人，他在《里堂家训》中说："近之学无端而立一考据之名，群起而趋之。所据者汉儒，而汉儒中所据者又唯郑康成、许叔重，执一害道，莫此为甚。许氏作《说文解字》，博采众家，兼收异说；郑氏宗《毛诗》，往往易《传》。注《三礼》列郑大夫、杜之春之说于前，而以玄谓按之于后；《易》辨爻辰，《书》采地说，未尝据一说也。且许氏撰《五经异义》，郑氏驳之语云'君子和而不同'，两君有之。不谓近之学者，专执两君之言，以废众家，或比许郑而同之，自擅为考据之学，余深恶之也。"③

二 焦循《诗经》学著作考述

在《诗经》研究方面，焦循著有《毛诗草木鸟兽虫鱼释》《陆氏草木鸟兽虫鱼疏疏》《毛诗地里释》《毛郑异同释》《毛诗补疏》（一名《毛诗郑氏笺补疏》）等著作。

---

① （清）戴震著，赵玉新点校：《戴震文集》，中华书局 1980 年版，第 168 页。
② （清）汪廷儒编纂，田丰点校：《广陵思古编》，广陵书社 2011 年版，第 170 页。
③ （清）焦循：《里堂家训》，《续修四库全书》第 951 册，上海古籍出版社 2002 年版，第 529 页。

1. 《毛诗草木鸟兽虫鱼释》

焦循六岁习读《毛诗》，自乾隆四十六年（1781）前后开始创稿，至嘉庆四年（1799），前后历经 19 年，六易其稿，终成《毛诗草木鸟兽虫鱼释》十二卷，其《叙》云："辛丑、壬寅间，始读《尔雅》，又见陆佃、罗愿之书，心不满之，思有所著述，以补两家之不足，创稿就而复易者三。丁未，馆于寿氏之崔立堂，复改订之。至辛亥，改订讫，为三十卷。壬子至乙卯，又改一次，未惬也。戊午春，更芟弃繁冗，合为十一卷；以考证《陆玑疏》一卷附于末，凡十二卷。盖自辛丑至己未，共十有九年，稿易六次。以今之所订，视诸草创之初，十不存一。"①

2. 《陆氏草木鸟兽虫鱼疏疏》

《陆氏草木鸟兽虫鱼疏疏》原附于《毛诗草木鸟兽虫鱼释》，又单独成册，分上、下两卷。乾隆五十九年（1794），焦循在《陆氏草木鸟兽虫鱼疏疏》卷上记曰："余以元恪之书既残阙不完，而后世为是学者复不能精析，因撰《草木鸟兽虫鱼释》既成，又据毛晋所刻之本，参以诸书，凡两月而后定，附之卷后。有未备，阅者正焉。乾隆甲寅仲冬月，江都焦循记。"②

3. 《毛诗地里释》

乾隆五十二年（1787），焦循在扬州寿家私塾授徒，有感于王应麟《诗地理考》琐杂难通，因而考之，成《毛诗地里释》一书，且于嘉庆八年（1803）自序云："乾隆丁未，馆于寿氏之鹤立堂，偶阅王伯厚《诗地里考》，苦其琐杂，无所融贯，更为考之。迄今十七年，未及成书。今春家处，取旧稿删订其繁冗，录为一册。凡《正义》所已言者，不复胪列。又以杜征南撰《春秋集解》兼为土地名氏族谱，以相经纬，《隋书·经籍志》谱系次于地理，而《三辅故事》《陈留风俗传》与陆澄、任昉之书并列，岂非有地则有人，有人则有事？《小序》《毛传》中，有及时事者，亦考而说之，附诸卷末，共四卷。……嘉庆癸亥三月朔。"③ 该书名曰"地

---

① （清）焦循著，刘建臻整理：《焦循全集》第 4 册，广陵书社 2016 年版，第 1499 页。

② （清）焦循：《陆氏草木鸟兽虫鱼疏疏》，《续修四库全书》第 65 册，上海古籍出版社 2002 年版，第 445 页。

③ （清）焦循：《雕菰集》，商务印书馆 1937 年版，第 265—266 页。

里释"，实则前三卷考释地理知识，第四卷考释"氏族"（即"人物"）。

4.《毛郑异同释》

在《毛诗补疏》成书之前，焦循还撰有《毛郑异同释》一书，他在《毛诗补疏叙》中说："余幼习《毛诗》，尝为《地理释》《草木鸟兽虫鱼释》《毛郑异同释》。"① 有研究者根据收藏于台北"中研院"历史语言研究所的焦循手批《十三经注疏·毛诗注疏》之"题记"，考证《毛郑异同释》始作于嘉庆三年（1798），该题记云："省试被落，缘此可以潜居读书。《毛诗》久欲穷究之，因日间删订所撰《草木鸟兽虫鱼释》及《诗地释》两书，晚间灯下衡写毛、郑、孔之义。"②《诗经》解释须先通训诂，《毛传》在训诂上简约精当，最得诗旨，《郑笺》较之迂远，不如《毛传》，焦循《毛诗补疏叙》云："训诂之不明，则《诗》辞不可解，必通其辞，而诗人之旨可绎而思也。《毛传》精简，得诗意为多。郑生东汉，是时士大夫重气节，而温柔敦厚之教疏，故其《笺》多迂拙，不如毛氏。则《传》《笺》之异，不可不分也。"③ 对于孔颖达《毛诗正义》，焦循多有不满，他于《里堂家训》卷下云："余尝究孔颖达《毛诗正义》，其阐发《传》《笺》之同异，往往以同者为异，异者为同，而毛、郑之本意未能各还其趣也。"④

5.《毛诗补疏》

嘉庆十九年（1814），焦循删录其前期作品《毛诗地里释》《毛诗草木鸟兽虫鱼释》《毛郑异同释》三书，合为《毛诗补疏》五卷，其《叙》云："《地理释》《草木鸟兽虫鱼释》《毛郑异同释》三书，共二十余卷。嘉庆甲戌莫春，删录合为一书。戊寅夏，又加增损为五卷，次诸《易》《尚书补疏》之后。"⑤《毛诗补疏》又名《毛诗郑氏笺补疏》，焦循在

① （清）焦循著，刘建臻整理：《焦循全集》第3册，广陵书社2016年版，第1395页。

② 陈居渊：《焦循 阮元评传》，南京大学出版社2006年版，第63页。又见于陈叙《雕菰楼〈诗经〉学》，《诗经研究丛刊》2003年第2期；孙向召《乾嘉〈诗经〉学研究》，博士学位论文，扬州大学，2011年，第147页。

③ 徐世昌：《清儒学案》第3册，中国书店2013年版，第2153页。

④ （清）焦循：《里堂家训》，《续修四库全书》第951册，上海古籍出版社2002年版，第529页。

⑤ （清）焦循著，刘建臻整理：《焦循全集》第3册，广陵书社2016年版，第1395页。

《群经补疏自序》中罗列有《毛诗郑氏笺》之篇，云："西汉经师之学，惟《毛诗传》存，郑笺之，二刘疏之，孔颖达本而增损为《正义》，于诸经最为详善。然毛、郑义有异同，往往混郑于毛，比毛于郑。"①

三 焦循《诗经》小学特质分析

解经上的通达，要诀在于以己意裁定众说，王引之《〈经义述闻〉自序》曰："大人又曰：'说经者期于得经意而已，前人传注不皆合于经，则择其合经者从之，其皆不合，则以己意逆经意，而参之他经，证以成训，虽别为之说，亦无不可。必欲专守一家，无少出入，则何邵公之《墨守》见伐于康成者矣。'故大人之治经也，诸说并列则求其是，字有假借则改其读，盖孰于汉学之门户，而不囿于汉学之藩篱者也。"② 焦循在进行《诗经》解释时，既辨毛、郑之别，又详审《毛诗正义》之是非，兼下己意，于圆通宏阔中彰显出专精本色。

1. 比较毛、郑异同

比较毛、郑之异同，是焦循《诗经》解释的核心内容。以下主要按"沟通毛、郑""是毛非郑""以《郑笺》义为长"三个方面，举例而说明之。

（1）沟通毛、郑

郑玄有师从马融钻研古学的经历，故而笺注《诗经》时以《毛诗》为宗。焦循于《郑笺》申毛者，多能加以揭明。如《召南·羔羊》云："委蛇委蛇。"《毛传》："委蛇，行可从迹也。"《郑笺》："委蛇，委屈自得之貌。"《毛诗补疏》："循按：'君子偕老'，传云：'委委者，行可委曲从迹也。'笺'委曲'二字，正取毛彼传，以解此传'从迹'二字。"③ 又如，《卫风·伯兮》云："甘心首疾。"《毛传》："甘，厌也。"《郑笺》："我念思伯，心不能已。如人心嗜欲所贪，口味不能绝也。"《毛诗补疏》："循按：厌之训为饱为满。'首疾'，人所不满也。思之至于首疾，而亦不

---

① （清）焦循：《雕菰集》，商务印书馆 1937 年版，第 271 页。

② （清）王引之著，虞万里主编，虞思征、马涛、徐炜君校点：《经义述闻》，上海古籍出版社 2017 年版，"自序"第 1—2 页。

③ （清）焦循著，陈居渊主编：《雕菰楼经学九种》（上），凤凰出版社 2015 年版，第 59 页。下引该作不再一一标注。

以为苦，不以为悔，若如是思之而始满意者，此毛义也。甘心至首疾而不悔，则思之不能已可知。虽首疾而心亦甘，则其思之如贪口味可知。郑申毛，非易毛也。"又如，《鄘风·墙有茨》云："不可读也。"《毛传》："读，抽也。"《郑笺》："抽犹出也。"《毛诗补疏》："循按：颜师古《匡谬正俗》云：'读，止为道读之读，更训为抽，翻成难晓。按《说文解字》曰：籀，读也，从竹，㩅声。㩅即古抽字。是以籀或作𥷉。盖毛公以籀解读，《传》写字省，故止为抽。此当言：读，籀也。不得为抽引之义。'以上颜氏说是矣。乃籀之义，即同于抽。《说文》：'读，诵书也。'读之为讲，犹渎之为沟。《风俗通》云：'渎，通也，所以通中国垢浊。'《说文》：'涌，滕也。'《广雅》：'涌，出也。'读之为诵，亦犹沟渎之为通，通亦涌也。读、讲、诵三字取于引申通达，故其义为抽。始云'不可道'，次云'不可详'，终云'不可读'。道而详，详而读，若读仍是道，非其序矣。读谓发明而演出之，故《笺》以'出'申毛耳。"又如，《大雅·皇矣》云："是伐是肆。"《毛传》："肆，疾也。"《郑笺》："肆，犯突也。《春秋传》曰：'使勇而无刚者肆之。'"《毛诗补疏》："循按：《大明》'肆伐大商'，传亦以'肆'为'疾'，笺以《尔雅》'肆、故，今也'易之。《正义》申毛，引《释言》'宪，肆也'，又引《左传》'轻者肆焉'，明肆为疾之义。此《诗》笺引《春秋传》，即《正义》所引。然则以'突犯'训'肆'，正是申毛，非易毛也。隐九年传'使勇而无刚者尝寇而速去之'，文十二年传'若使轻者肆焉'，以'肆'字代'尝寇速去'，正是以'速'明'肆'，即毛以'疾'训'肆'之义。《正义》既以为异毛，又讥其引《左传》之谬。盖先儒互训之妙，至隋、唐已莫能知。《周礼·环人》疏引文十一年传注云：'肆突，言使轻锐之兵，往驱突晋军。'此注不知何人，盖贾、服之遗。训肆为突，古有此义，故郑以为'犯突'。"又如，《大雅·民劳》云："汔可小康。"《毛传》："汔，危也。"《郑笺》："汔，几也。……王几可以小安之乎?"《毛诗补疏》："循按：毛以'危'训'汔'。危可小康，犹云殆可以小康也。'殆'训'危'，亦训'几'。郑训'汔'为'几'，正发明毛义也。"

（2）是毛非郑

焦循认为，《郑笺》多迂曲，不如《毛传》明晓，故《毛诗补疏》

有扬毛抑郑的倾向。如《周南·螽斯》云:"螽斯羽,诜诜兮。"《毛传》:"诜诜,众多也。"《郑笺》:"凡物有阴阳情欲者无不妒忌,维蚣蝑不耳。"《毛诗补疏》:"循按:《笺》本《序》耳,然审《序》文,'言若螽斯'自为句,'不妒忌则子孙众多',申言子孙众多之所以然,非谓螽斯之虫不妒忌也。传但言众多,亦无螽斯不妒忌之说。"又如,《召南·草虫》云:"亦既觏止。"《毛传》:"觏,遇。"《郑笺》:"既觏,谓已昏也。……《易》曰:'男女觏精,万物化生。'"《毛诗补疏》:"循按:《易传》:'姤,遇也。''姤'一作'遘',与'觏'通。故传训'觏'为'遇'。笺以'既见'为'同牢而食',以'既觏'为'觏精',毛无此义也。"又如,《邶风·柏舟》云:"我心匪鉴,不可以茹。"《毛传》:"鉴,所以察形也。茹,度也。"《郑笺》:"鉴之察形,但知方圆白黑,不能度其真伪。我心非如是鉴,我于众人之善恶外内,心度知之。"《毛诗补疏》:"循按:茹即谓察形。鉴可茹,我心非鉴,故不可茹。如可察形,则知兄弟之不可据,而不致'逢彼之怒'矣。笺迂曲,非传义。"又如,《邶风·谷风》云:"湜湜其沚。"《毛传》:"泾渭相入而清浊异。"《郑笺》:"湜湜,持正貌。"《毛诗补疏》:"循按:《说文》:'湜,水清见底。'传言'清浊异',以'湜湜'为'清'也,无'持正'义。"又如,《大雅·绵》云:"文王蹶厥生。"《毛传》:"蹶,动也。"《郑笺》:"文王动其绵绵民初生之道。"《毛诗补疏》:"循按:生即性也,谓感动虞、芮之性。毛详述争田、让田之事,申此义也。笺迂甚。"

(3)以《郑笺》义为长

焦循称扬《毛传》,但亦不遮蔽《郑笺》之长,于郑氏训解高明之处亦能给予肯定性的评价。如《召南·小星》云:"抱衾与裯。"《毛传》:"裯,禅被也。"《郑笺》:"裯,床帐也。"《毛诗补疏》:"循按:'裯',音通于'帱',字从'周'。周为匝义。又'裯'之为'帐',犹'惆'之为'怅'。笺易传为长。"又如,《大雅·生民》云:"诞后稷之穑,有相之道。"《毛传》:"相,助也。"《郑笺》:"谓若神助之力也。"《毛诗补疏》:"循按:毛训'相'为'助',未必如笺'神助'之义。五谷生自天,必待人树艺之乃生。后稷教民稼穑,是代天以成其能,故云'相'耳,非谓神助后稷也。"

除上述三种情况外，焦循有时仅对毛、郑之说各作客观描述，而不区分其间的优劣。如《王风·黍离》云："行迈靡靡。"《毛传》："迈，行也。"《郑笺》："行，道也。道行，犹行道也。"焦循《毛诗补疏》："循按：'行'字之训，或训'往'，《释名》所谓'两足进曰行'也；或训道路，《左传》'斩行栗'，'行栗'即道上之栗也。传训迈为行，即是训行为迈。既言行，又言迈，犹《古诗》言'行行重行行'耳。笺以行字训道，盖以迈既为行，则行宜训道，又恐人误认，而申言'道行，犹行道'，与毛义异也。"

2. 驳斥孔颖达的疏解

焦循删合自己前期的《诗经》学著作，名之曰"补疏"，暗含对孔疏的强烈不满。故而，在指摘孔疏失误时，焦循有时措辞甚为激烈。如《周南·兔罝》云："公侯干城。"《毛传》："干，扞也。"《郑笺》："干也，城也，皆以御难也。此兔罝之人……诸侯可任以国守，扞城其民，折冲御难于未然。"《毛诗补疏》："循按：此笺申明传义，殊无异同。《正义》言郑'惟干城为异'非也。"又，《周南·兔罝》云："公侯腹心。"《毛传》："可以制断，公侯之腹心。"《郑笺》："可用为策谋之臣，使之虑无。"《毛诗补疏》："循按：'制断公侯之腹心'，即是策谋虑无。笺申传，非易传也。《正义》强分别之。"又如，《召南·采蘩》云："于以采蘩？于沼于沚。"《毛传》："蘩，皤蒿也。于，於。"《郑笺》："于以，犹言'往以'也。'执蘩菜'者，以豆荐蘩菹。"《毛诗补疏》："循按：传训'于'为'於'，在训'蘩'为'皤蒿'之下，明所训是'于沼于沚'二'于'字也。然则'于以'之'于'何训，故笺申言'于以，犹言往以'，训在'蘩'字之上。《正义》云：'经有三于，传训为於，不辨上下。'传明示'于'在'蘩'下，何为不辨乎？"又如，《召南·行露》云："谁谓雀无角！何以穿我屋？"《毛传》："不思物变而推其类，雀之穿屋，似有角者。"《郑笺》："人皆谓雀之穿屋似有角。"《毛诗补疏》："循按：以角穿屋，常也。无角而穿屋，变也。不思物之有变，第见穿屋而推之以寻常穿屋之事，则似雀有角矣。此传、笺之义也。《正义》云：'不思物有变，强暴之人，见屋之穿而推其类，谓雀有角。'经言'谁谓'，无所指实之词，故笺云'人皆谓'，则非指'强暴之人'

矣。"又如,《邶风·燕燕》云:"差池其羽。"《毛诗补疏》:"循按:《左氏襄二十二年传》云:'譬诸草木,吾臭味也。而何敢差池?'杜预注云:'差池,不齐一。'《左传》之'差池',即此《诗》之'差池'。下章传云,'飞而上曰颉,飞而下曰颃','飞而上曰上音,飞而下曰下音',即差池之不齐。盖庄姜送归妾,一去一留,有似于燕燕之差池上下者。笺言'顾视衣服',其说已迂,至解'下上其音',谓'戴妫将归,言语感激,声有大小',则益迂矣。《正义》绝无分别。"又如,《邶风·日月》云:"胡能有定?"《毛传》:"胡,何。定,止也。"《郑笺》:"君之行如是,何能有所定乎?"《毛诗补疏》:"循按:《正义》云:'公于夫妇尚不得所,于众事,亦何能有所定乎?'传、笺俱无'众事'义。"又如,《邶风·谷风》云:"行道迟迟,中心有违。"《毛传》:"迟迟,舒行貌。违,离也。"《郑笺》:"徘徊也。行于道路之人,至将于别,尚舒行,其心徘徊然。"《毛诗补疏》:"循按:'徘徊'申明'违离'之义。而所以说之者,非也。'行道迟迟',即孔子'迟迟吾行'之义,不欲急行也。所以然者,以'中心有违',不欲行也。申为'徘徊',是矣。乃又以'行道'为'行于道路之人',则非毛义。《正义》以徘徊为异,而以'道路之人'云云羼入毛义中,两失之。"又如,《卫风·伯兮》云:"焉得谖草。"《毛传》:"谖草令人忘忧。"《郑笺》:"忧以生疾,恐将危身,欲忘之。"《毛诗补疏》:"循按:崔豹《古今注》引董仲舒云:'欲忘人之忧,赠之以丹棘。'《说文》:'蕿,令人忘忧,草也。《诗》曰:焉得蕿草?'重文作'萱'。《文选》注引《诗》作'焉得萱草'。以'忘忧'得有'谖'名,因'谖'而转为'蕿''萱'。谓'萱'取义于'谖',可也。谓谖草非草名,不可也。《正义》云:'谖训为忘,非草名。故传本其意,谓欲得令人善忘忧之草,不谓谖为草名。'不知传言'令人忘忧',正指萱草言。若'谖'仅训为'忘',则忘草为不辞。至于经义,正以忧之不能忘耳。笺言'恐危身,欲忘之',殊失风人之旨,非毛义也。而《正义》直以'恐以危身'之说属诸毛传。"又如,《周颂·闵予小子》云:"遭家不造。"《毛传》:"造,为。"《郑笺》:"造,犹成也。"《毛诗补疏》:"循按:《淮南子·天文训》'介虫不为',高诱注云:'不成为介虫也。'是'不为'即'不成'。笺申毛义,而《正义》以为异,其解毛云'家事无人为之'，于经义为不达矣。家不为，犹云鱼不为、禾不为、黍不为也。"

3. 精心考证

《召南·鹊巢》云："维鸠方之。"《毛传》："方，有之也。"《毛诗补疏》："循按：'方'之训'有'，其转注有二。《商颂》'正域彼四方'，传云：'域，有也。'《广雅》：'盫，方也。'盫同域。以'有'训'方'，犹以'有'训'域'，一也。《荀子·大略篇》云：'友者，所以相有也。'杨倞注云：'友与有同义。'《广雅》云：'友，亲也。'《左氏昭二十年传》：'是不有寡君也。'杜预注云：'有，相亲有。''方'之训为'并'、为'比'，亦'亲有'之义，二也。首章'居之'，就一身言也；次章'方之'，就与国君相偶言也；三章'盈之'，就众媵俀娣言也。"经焦循考证，"方"可训为"并""比"，有"亲有"义，可谓别出心裁。

《邶风·北风》云："其虚其邪？既亟只且！"《毛传》："虚，虚也。"《郑笺》："邪读如徐。言今在位之人，其故威仪虚徐宽仁者，今皆以为急刻之行矣，所以当去，以此也。"《毛诗补疏》："循按：'虚，虚也'，《释文》云：'一本作虚，邪也。'此《正义》亦云：'传质，训诂叠经文耳，非训虚为徐。'可知《正义》本作'虚，徐也'。传以徐训虚，笺读邪为徐，'其虚其邪'，犹云'其徐其徐'。其徐其徐，犹云徐徐，徐徐犹舒舒，故笺以为'威仪虚徐宽仁'也。《尔雅》作'其虚其徐'。班固《幽通赋》：'承灵训其虚徐兮。''其虚徐'，即用《诗》'其虚其徐'，而'邪'已作'徐'，在郑前。毛直以'徐'训'虚'，谓不特'邪'字是'徐'，'虚'字亦是'徐'。郑氏则申明之，言'邪读为徐'，'邪'同'斜'。《说文》斜读荼。《易》'来徐徐'，子夏作'荼荼'是也。马融解'徐徐'为'安行貌'，即此笺所谓'宽仁'也。《淮南子·原道训》注云：'原泉始出，虚徐流不止，以渐盈满。'此'虚徐'正以'徐徐'言也。《太玄·戾》：'初一，虚既邪，心有倾。测曰：虚邪，心倾怀不正也。'王弼解'徐徐'为'疑惧'，曹大家解《幽通赋》为'狐疑'，皆本此。在威仪容止则为宽舒，在心则为迟疑。'虚徐'之为'狐疑'，即'徐徐'之为'疑惧'。'徐徐'之为'安行'，即'其虚其徐'之为'宽仁'。于此知虚邪即徐徐，而毛以'徐'训'虚'，实为微妙。若以

'虚'训'虚'，成何达诂？《易传》'蒙者，蒙也'，'剥者，剥也'，上一字乃卦名，谓卦之名蒙、名剥，即取蒙、剥之义，未可援以为训诂之常例。若谓上'虚'是丘虚，下'虚'是空虚，以'空虚'之'虚'解'丘虚'之'虚'，顾以虚训虚，曷以分其为丘虚为空虚？毛传宜依《正义》作'虚，徐也'。《释文》本作'虚，虚'，乃讹也。"焦循考证，《毛传》"虚，虚也"乃"虚，徐也"之讹误，"虚邪"为"徐徐"之义。

《召南·草虫》云："喓喓草虫。"《毛传》："草虫，常羊也。"《毛诗补疏》："循按：庶物之名，非以声音，即以形状。《淮南子·地形训》：'东南为常羊之维。'高诱注云：'常羊，不进不退之貌。'《俶真训》云：'不若尚羊物之终始。'《汉书·礼乐志》载《郊祀歌》云：'幡比翅回集，贰双飞常羊。'又云：'周流常羊思所并。'颜师古皆训为'逍遥'。盖'常羊'犹言'相羊'，'相羊'者，'逍遥'之转声也。草虫名常羊，犹荧火名熠耀耳。"焦循释《毛传》中的"常羊"为"逍遥"，完全突破了字形的局限，征引文献之精确、恰当，更是让人拍案叫绝，可谓得乾嘉考据学因声求义之精髓矣！

焦循为学通达，他在经学方面取得的成就自然是最为突出的，同时他在文学创作和文学理论研究上也颇有收获，陈居渊说："18世纪的学术界，朴学独盛。吴派、皖派和以扬州学者为主体的扬州学派以纯汉学形式的古文经学研究，笼罩学坛，考据著述如林，人才辈出。他们不仅经学研究有相当的造诣，而且对文学理论和诗文创作也有独到的见解。他们的学术修养、审美情趣，无不打上朴学的印记。然而丰硕的朴学成果，反将他们的艺术个性掩没不彰，其中最具代表的莫过于焦循所提出的'扬花抑雅'的戏剧论和'形意相合'的时文论的文学思想。"①朴学的重点和核心固然在于考据，但其精神实质却在于探求古代文化的真相，所以说小学研究是过程探索而不是终极追求，推明故训的最终目的还是理解儒家之道，洞察圣人之意。在先圣那里，道学和文学完全是统一的，所以经学研究也应该充满"性灵"，焦循在《与孙渊如观察论考据著作

① （清）焦循著，陈居渊主编，徐宇宏、骆红尔校点：《雕菰楼文学七种》，凤凰出版社2018年版，"前言"第22—23页。

书》中论曰："循谓仲尼之门，见诸行事者，曰德行，曰言语，曰政事；见诸著述者，曰文学。自周、秦以至于汉，均谓之学，或谓之经学。……汇而通之，析而辨之，求其训故，核其制度，明其道义，得圣贤立言之指，以正立身经世之法。以己之性灵，合诸古圣之性灵，并贯通于千百家。著书立言者之性灵，以精汲精，非天下之至精，孰克以与此？……盖惟经学可言性灵，无性灵不可以言经学。"①

鉴于上述，在研究焦循《诗经》小学的过程中，也应该能够捕捉到有关"性灵"的说法。如《周南·葛覃》云："葛之覃兮，施于中谷，维叶萋萋。黄鸟于飞，集于灌木，其鸣喈喈。"《毛传》："兴也。覃，延也。葛所以为絺绤，女功之事烦辱者。施，移也。中谷，谷中也。萋萋，茂盛貌。"《郑笺》："葛者，妇人之所有事也，此因葛之性以兴焉。兴者，葛延蔓于谷中，喻女在父母之家，形体浸浸日长大也。"《毛诗补疏》："循按：传训'施'为'移'，故王肃推之云：'葛生于此，延蔓于彼，犹女之当外成也。'与笺较之，肃义为长。《正义》合郑于毛，云：'下句黄鸟于飞，喻女当嫁，若此句亦喻外成，于文为重，毛意必不然。'窃谓此《诗》之兴，正在于重。'葛之覃兮，施于中谷'，与'黄鸟于飞，集于灌木'，同兴女之嫁。葛移于中谷，其叶萋萋，兴女嫁于夫家而茂盛也。鸟集于灌木，其鸣喈喈，兴女嫁于夫家，而和声远闻也。盛由于和，其意似叠，而实变化。诵之气穆而神远。笺以'中谷'为'父母家'，以'延蔓'为'形体浸浸日长大'，迂矣。毛传言简而意长，耐人探索，非郑所能及。"《周南·葛覃》一诗极具审美意趣，《郑笺》擅长礼制考证，而在诗歌情趣探索上几无建树，所以在解释《葛覃》之类的诗篇时常招人不满，"欧阳修所辨'安有取喻女之长大哉'实是针对《郑笺》'葛延蔓于谷中，喻女在父母之家，形体浸浸日长大也。叶萋萋然，喻其容色美盛也'"。②焦循结合文字训诂，发微《葛覃》一诗比兴之奥妙，直指该作"其意似叠，而实变化"的结构美学内涵，并以"气""神"之类

---

① （清）焦循著，陈居渊主编，徐宇宏、骆红尔校点：《雕菰楼文学七种》，凤凰出版社2018年版，第312—314页。

② 陈战峰：《欧阳修〈诗本义〉研究新探》，中国社会科学出版社2015年版，第189页。

充满"性灵"色彩的词语揭示诗篇的美学价值，一扫汉代人《诗经》解释的迂腐之气。

第七节 胡承珙《毛诗后笺》与《诗经》小学

胡承珙（1776—1832），字景孟，号墨庄，安徽泾县人，嘉庆十年（1805）进士，改翰林院庶吉士，散馆授编修。补台湾兵备道，三年后乞假归里。《清史列传》卷69云："承珙究心经学，尤专意于毛氏《诗传》，归里后，键户著书，与长洲陈奂往复讨论，不绝于月。"① 胡承珙一生用功甚勤，著述颇丰，《清代朴学大师列传》云："注经恒至夜分，寒暑弗辍。凡成《毛诗后笺》三十卷，《仪礼古今文疏义》十七卷，《尔雅古义》二卷，《小尔雅义证》十三卷，《求是堂诗集》二卷，《奏折》一卷，《文集》六卷，骈体文二卷。未成者有《公羊古义》，《礼记别义》。"②

《毛诗后笺》卷帙浩繁，发明甚多，是胡承珙毕生呕心沥血之作，胡培翚《福建台湾道兼学政加按察使衔胡君别传》云："然其毕生精力所专注者，则在《毛诗》。所撰《毛诗后笺》一书，采集甚富，后儒说《诗》之是者录之，似是而非者辨之。而其最精者，在能于《毛传》本文前后，会出指归，又能于西汉以前古书中，反覆寻考，贯通《诗》义，证明毛旨。此则君所独得者。"③《毛诗后笺》数易其稿，胡氏皆手自写定，至《鲁颂·泮水》而疾作，未能竟编，陈奂补之。马瑞辰《毛诗后笺序》云："昔何劭公闭户十有七年，始成《公羊解诂》，墨庄以台湾观察引疾归里，亦键户十余稔，而后《毛诗后笺》得以成书。研精覃思，古今同辙。墨庄虽年未满六十，而其书信今传后，可称立言不朽者忆。"④ 陈奂《毛诗后笺序》云："先生有言曰：'诸经传注，唯《毛诗》最古。数千年来，三家皆亡，而毛氏独存。源流既真，义训尤卓。后人不善读之，不能旁引曲证以相发明，而乃自出己意，求胜古人，实则止坐卤莽之

---

① 王钟翰点校：《清史列传》，中华书局1987年版，第5602页。
② 支伟成：《清代朴学大师列传》，上海人民出版社2014年版，第172页。
③ （清）胡承珙著，郭全芝校点：《毛诗后笺》，黄山书社1999年版，"附录"第1674页。
④ 蔺文龙：《清人诗经序跋精萃》，中国书籍出版社2015年版，第337页。

过.' 斯言可谓深切而著名也已。毛氏之学，文简而义赡，体略而用周。进取先秦百氏之书而深究之，所以知古训之归；广采近者数十百家之解而明辨之，所以绝后来之惑。先生所谓准之经文，参之传义，必思曲折以求通。其引博，其指约，其事甚大，而其心甚小，说《诗》之家，未有偶也。侧闻先生在病亟时，犹自沉吟，默诵不倦，至易箦然后已。《鲁颂·泮水》篇以下，竟不能卒业，而抱志以殁，儒者惜之。今奂因令嗣之请，不辞谫陋，爰以拙著《传疏》语为之条录而补缀之，俾有完璧之观，讵无续貂之诮。"①

《毛诗后笺》的创作旨趣，在于通过辨明《郑笺》及后世诸家注释，烛明《毛传》之幽旨深意，胡培翚记马氏之语云："尝与培翚曰：承珙《后笺》专主发明毛《传》。为之既久，然后知《笺》之于《传》，有申毛而不得毛意者，有异毛而不如毛义者。盖毛公秦人，去周甚近，其语言、文字、名物、训诂已有后汉人所不能尽通者，而况于唐人乎？况于宋人乎？……故不熟读经文，不知《传》文之妙；不细绎《传》文，不知《笺》说之多失《传》旨。郑学长于征实，短于会虚，前人谓其按迹而语性情者，以此。唐人作疏，每欠分晓，或《笺》本申毛，而以为易《传》；或郑自为说，而妄被之毛。至毛义难明，不能旁通曲鬯，辄以'《传》文简质'四字了之而已。拙著从毛者十之八九，从郑者十之一二。始则求之本篇，不得则求之本经，不得则证以他经，又不得然后泛稽周秦古书。"②

一 《毛诗后笺》的经学阐释

从胡承珙所列考释条目及关注焦点来看，《毛诗后笺》具有很强的经学倾向性。

1. 关于经文和《诗序》关系的认识

《毛诗后笺》的体例是摘句为训，但对于每首诗的序文之首句遍释无

---

① （清）陈奂：《三百堂文集》，《丛书集成续编》第 134 册，上海书店 1994 年影印，第 605 页。

② （清）胡承珙著，郭全芝校点：《毛诗后笺》，黄山书社 1999 年版，"附录"第 1674—1675 页。

遗,可见其尊序思想非常明显。在解释《诗序》、阐明经旨的过程中,胡氏善于联系经文,对比诸家观点,从而推绎出较为合理的说法。如胡承珙阐释《周南·葛覃》篇曰:"《序》云:'《葛覃》,后妃之本也。'孔《疏》谓后妃'在父母家本有此性,出嫁修而不改'。《吕记》则曰:'《关雎》,后妃之德也。而所以成德者,必有本。曷为本?《葛覃》所陈是也。讲师徒见《序》称后妃之本,而不知所谓,乃为在父母家志在女功之说以附益之。殊不知是诗皆述既为后妃之事,贵而勤俭,乃为可称,若在室而服女功,固其常耳,不必咏歌也。'李氏《集解》又祖杨龟山、张横渠之说,以'在父母家为归宁之时,言后妃归宁,志犹在于女功之事。'承珙案:诸儒之说,皆有难通。孔《疏》以后妃之本为本性贞专,则与《关雎序》所云'德'者无异,不当又别为'后妃之本'。若谓诗皆述既为后妃之事,则《礼》有后夫人亲桑,不闻采葛。至于既嫁归宁,更不当有采葛之事。窃意此诗首章、次章自是追溯后妃在父母家勤于女工之事,即《内则》所谓执麻枲,治丝茧,织纴,组紃,学女事以共衣服者;末章言尊敬师傅,教以适人之道,躬习勤俭,服浣濯之衣,如此,则'于归'之后,和于室人而当于夫,乃可以安其父母,即《小雅》所谓'无父母遗罹'也。盖勤俭自是后妃之本性,女功亦是后妃之本务,而要皆推本于在父母家服习烦辱,婉娈听从,乃能嫁而正夫妇之道,归而安父母之心。如此,则作诗之旨与序诗之说并《传》《笺》,皆一以贯之矣。"①

胡承珙尊崇《诗序》,称其作者必有所本,《诗序》所言多合诗义,如他在解释《陈风·衡门》时说"《序》所指者必皆有所依据",在解释《大雅·凫鹥》时又说《诗序》"晓然于作诗之意,非同后此之凭臆推测也"。诗文与诗序文本非一体,两者有时相合,有时相违,这就是鉴赏者和文本之间的距离。明白了《诗序》和经文之间的关系,遇到两者矛盾的地方自然很好解释,如胡承珙解释《鄘风·鹑之奔奔》篇曰:"《序》云:'《鹑之奔奔》,刺卫宣姜也。'许氏《诗深》曰:'诗以顽为首,而

---

① (清)胡承珙著,郭全芝校点:《毛诗后笺》,黄山书社1999年版,第18—19页。下引该作不再一一标注。

《序》专斥宣姜，即弑君书赵盾之义也。盾，兄也，上卿也，有弟弑君而不讨，是谓盗主。宣姜，嫡也，君母也，从子渎伦而不耻，实为乱阶。两人罪状既著，若穿若顽，俾服上刑而已，不待谳而定也。是故《诗》如史之文与事，而《序》则圣人之所取义。……'承珙案：许说是也。"解释《陈风·宛丘》篇曰："承珙案：《序》刺幽公，而《传》以经文'子'字斥大夫，后儒因疑毛公不见《诗序》。然诗中就事指陈，而《序》则推求原本者，往往有之。"《诗序》与经文的创作时间、创作主体皆不相同，创作视角亦有区别，故而在内容上也互有出入，胡承珙在解释《小雅·桑扈》篇时说："《序》云：'《桑扈》，刺幽王也。君臣上下，动无礼文焉。'李氏《集解》曰：此诗'徒见称美古人之德'，何以知其为刺？'故李祭酒曰：《楚茨》《大田》之什，并陈成王德之善；《行露》《汝坟》之篇，皆述纣时德之恶。《汝坟》为王者之《风》，《楚茨》为刺过之《雅》，太师晓其作意，知其本情，故也。又云：观幽王之时，如《宾之初筵》之诗，见其君臣于宴饮之间傲慢失礼，无所不至，此《桑扈》之诗所以刺之也。若夫先王之时，则礼教素行。如《湛露》，燕同姓之诗也，而皆恭俭，无有失礼。燕同姓如此，则燕群臣可知。故以《湛露》观之，则知《桑扈》之思古；以《宾之初筵》观之，则知《桑扈》之伤今也。'范氏《补传》曰此篇之《序》'不言思古，其诗皆陈古王者之事。大抵序《诗》者主于发明诗人之意，有《序》所言而《诗》无之者，《诗》意未尽故也；有《诗》所言而《序》无之者，《诗》意自显故也。学者要以是观之。'承珙案：二条可作读《诗序》者之总论。"

胡承珙还进一步认识到，诗的本质是抒情的，其所写往往并非实指，故不同的批评者可以得出不同的结论；批评者各以自己的学术背景和学术视角出发，只要能自圆其说，皆不必指责。他解释《曹风·蜉蝣》篇曰："《序》云：'《蜉蝣》，刺奢也。昭公国小而迫，无法以自守，好奢而任小人，将无所依焉。'……翁氏《附记》曰：'朱子改刺昭公为刺时人，义亦相通。第诗本咏叹之辞，非如史传之文得所指实，安能必于本篇中确有可考而后信乎？《序》既云'昭公'，则即是可考，凡读《诗序》皆如此。"诗作之意和《诗序》之意相差者极为普遍，以至于偶有相合者，胡氏竟为之叹言，如他于《邶风·凯风》篇解释道："叹作诗者能安母于千载之上，感诗者亦能安母于千载之下。诗之有益人伦如此，当日采风者亲睹其事，序《诗》者申美其事，遂不为圣人所删，《序》曷可非也！"

2. 解经的义理化倾向

胡承珙《毛诗后笺》经学化特色突出，以至作者在解释他所设定的辞目时，也常常关涉到经旨探求。如《毛诗后笺》"服之无斁"（《周南·葛覃》）条目下，胡承珙释曰："《礼记·缁衣》引《葛覃》曰'服之无射'，'斁'作'射'。郭璞注《尔雅》，王逸注《楚辞》，引皆作'射'。段懋堂曰：'斁，本字；射，同部假借。'承珙案：郑《缁衣注》云：'言己愿采葛以为君子之衣，令君子服之无厌。'此《笺》则用《尔雅》，训'服'为'整'，谓整治此葛以为绨绤。盖以'言归'之文尚在下章，则此'服之'不得云服其君子耳。《传》引《国语》'王后织玄纮，至庶士以下，各衣其夫'者，亦谓妇人无贵贱，皆有衣其夫之责，故在父母家，即当豫习女功烦辱之事。"解释的落脚点最终归于"妇德"方面。

又如，《毛诗后笺》"南有樛木"（《周南·樛木》）条目下，胡承珙释曰："《传》：'木下曲曰樛。'《释文》云：'马融、《韩诗》本并作朻。……《说文》以朻为木高。'承珙案：马融，习《鲁诗》者。疑《鲁诗》本作'朻'，与韩同也。详二家诗意，盖谓朻木虽高，而葛藟得以蔓延，犹后妃至贵，而众妾得以上附耳。然不如毛用《尔雅》'下曲'之训，于逮下义为尤切。"《毛诗后笺》于此诗未设"《序》云"条目，而《诗序》及《郑笺》原文为："《樛木》，后妃逮下也。言能逮下，而无嫉妒之心焉"；"后妃能和谐众妾，不嫉妒其容貌，恒以善言逮下而安之。"与胡氏之说可相参详。

黄焯先生甚是服膺胡承珙的学问，他在《〈毛诗郑笺平议〉序》中说："有清诸儒，多知尊《小序》，宗毛、郑，排斥宋、明无根之说。唯于毛、郑异同，则少所发明。独胡君承珙笃信《传》义，于《笺》之异《传》者则能曲申《传》说，使《笺》义每为之诎。其遇《笺》义未当而为《传》所未言者，间亦举而驳正之。盖其详于训诂名物，而玩文之功甚深，又能总古今之说，择善用之，故能涵盖前儒，立义有不可易者。

余因胡君之旨，更参引诸家之说，而附以己意，成为《毛诗郑笺平议》一书。冀在阐明经旨，而得其定诠，期异夫以私见为谄伸者。……胡氏则网罗众说，撷取所长，申解《序》《传》，曲得微旨，既掸究故训之原，复深识辞言之理，故余今者多有取焉。"①

二 《毛诗后笺》的小学特色

1. 因声求义

胡承珙生活的时代，戴震、王念孙、王引之、段玉裁等小学名家所倡导的"就古音以求古义，引伸触类，不限形体"（王念孙《广雅疏证》语）之考释方法已广为人知，《毛诗后笺》自然也深受影响。如《邶风·燕燕》云："燕燕于飞，颉之颃之。"《毛传》："飞而上曰颉，飞而下曰颃。"《毛诗后笺》曰："《说文》段《注》云：当作'飞而下曰颉，飞而上曰颃。'转写互讹久矣。'颉'与'页'同音，页古文'䭫'，飞而下如䭫首然，故曰'颉之'，古本当作'页之'。颃即'亢'字，亢之引申为高也，故曰'颃之'，古本当作'亢之'。于音寻义，断无'飞而下曰颉'者。若扬雄《甘泉赋》'柴虒参差，鱼颉而鸟胻'，李善曰：'颉胻，犹颉颃也。'师古曰：'颉胻，上下也。'皆以《毛诗》'颉颃'为训。鱼潜渊，鸟戾天，亦可证颉下、颃上矣。承珙案：段说是也。《尔雅》：'亢，鸟咙。'《释文》引舍人云：'亢，鸟高飞也。'此可为段说之一证。三章'下上其音'，即承此下颉、上颃言之。"

在因声求义上，胡承珙学问功底深厚。如《小雅·南有嘉鱼》云："君子有酒，嘉宾式燕又思。"《郑笺》："又，复也。以其壹意，欲复与燕，加厚之。"《毛诗后笺》曰："承珙案：'又'疑'侑'之假借。《楚茨传》：'侑，劝也。'《仪礼注》：'古文侑皆作宥。'《今文尚书》'宥'作'有'，《论衡》引'有'作'又'。《礼记·王制》亦云'王三又'。《宾之初筵》'室人入又'，《传》以为'又射'，自是训'又'为'复'。若《笺》，以'宾载手仇''仇'读曰'觩'，谓'宾手挹酒，室人复酌为加爵'，则不如读'又'为'侑'，谓室人入而劝侑也。末章'三爵不

---

① 黄焯：《毛诗郑笺平议》，武汉大学出版社2008年版，"序"第1—4页。

识,矧敢多又',《笺》亦训'又'为'复',言'我于此醉者,饮三爵之不知,况能知其多复饮乎?'皆于经文增字成义,不如云'尚不知其能饮三爵与否,况敢多劝乎',语较直截。此'嘉宾式燕又思'即谓燕时劝侑殷勤,《序》所谓'至诚'也。"

2. 玩味文意

《毛诗后笺》释义追求细密,颇有咀嚼玩味的功夫。如《召南·行露》云:"厌浥行露,岂不夙夜? 谓行多露。"《毛传》:"岂不,言有是也。"《郑笺》:"夙,早也。夜,莫也。厌浥然湿,道中始有露,谓二月中嫁取时也。言我岂不知当早夜成昏礼与? 谓道中之露太多,故不行耳。今强暴之男,以此多露之时,礼不足而强来,不度时之可否,故云然。"《毛诗后笺》曰:"承珙案:此诗首三句,初读之似与'岂不尔思,畏子不奔'文意相类,故《笺》云:'我岂不知当早夜成昏礼欤? 谓道中之露太多,故不行耳。'《正义》即用此述《传》。然女方被讼不从,而乃先云'岂不欲之',作此婉辞不合语意。玩首章'谓'字,当与下二章'谁谓'之'谓'一律。'谁谓'者,诬善之辞,众不能察,而归之听讼之明者也。故此云厌浥者,道中之露也,然必早夜而行,始犯多露。岂不早夜,而谓多露之能濡己乎,以兴本无犯礼,不畏强暴之侵陵也。《传》云:'岂不,言有是也',谓有是早夜而行者,则可谓道中多露。经反言之,《传》正言之,可谓善会经旨矣。《左传》僖二十年'随以汉东诸侯叛楚'。'楚斗谷于菟帅师伐随,取成而还。君子曰:随之见伐,不量力也。量力而动,其过鲜矣。善败由己,而由人乎哉?《诗》曰:岂不夙夜,谓行多露。'此正以夙夜犯露为不量力之喻,言岂有量力而动,犹至见伐乎? 又襄七年:'晋韩献子告老。公族穆子有废疾,将立之。辞曰:《诗》曰:岂不夙夜,谓行多露。'此亦谓自量不才,故辞位,如人不早夜,可无犯露耳。杜《注》皆云:'岂不欲早夜而行,惧多露之濡己。'此《笺》义,非《传》义也。《传》以'厌浥'为多露濡湿之意,三句一贯,语本直截。《笺》则以'行露'为'始有露'是'二月嫁娶正时';'多露'则三月四月已过昏时,故云'礼不足而强来'。于经文三句中多一转折,不如毛义为允。"胡氏发现毛、郑释说不同,反复玩味经文大意后,认为《毛传》所说为是。

胡承珙善于对比各家说法，辨析其异同得失以求更为合理的解释。如《秦风·权舆》云："夏屋渠渠。"《毛传》："夏，大也。"《郑笺》："屋，具也。渠渠，犹勤勤也。言君始于我厚，设礼食大具以食我，其意勤勤然。"《毛诗后笺》曰："王肃述毛，以'夏屋'为所居之屋。孔《疏》申郑，以全诗皆说饮食之事，不得言屋宅，故知为礼物大具。至以'夏屋'为大俎，其说出于元人阴幼达。而杨升庵《丹铅录》引《礼记》'周人房俎'、《鲁颂》'笾豆大房'，以《风》之'夏屋'犹《颂》之'大房'。惠氏《诗说》、戴氏《考正》皆用之。何氏《古义》则历引《檀弓》'见若覆夏屋者'、《楚辞·大招》'夏屋广大'、崔骃《七依》'夏屋渠渠'、《法言》'震风凌雨，然后知夏屋之帲幪也'，以证古人言夏屋即为大屋；杨说虽辨，'然不敢信'。承珙案：毛于'屋'字无传，自以屋室常语，不烦故训。王肃所述当得毛旨。惟郑《笺》'大具'之训，似于经文更合。盖'大具'对下章'每食四簋'言之，彼谓常日授粲，此谓有时盛设。故上章继之以'无余'，下章继之以'不饱'，谓待贤之意浸薄，虽礼食不足为大烹，至常食则鲜可以饱矣。夏，大。屋，具。既有《尔雅》正训，不必援'房俎''大房'以为证也。"

3. 稽考广博

《毛氏后笺》宗毛的倾向比较明显，但由于他勤于钻研，善于多方发掘文献材料，故而能无胶泥之弊。如《小雅·南有嘉鱼》云："烝然汕汕。"《毛传》："汕汕，樔也。"《郑笺》："樔者，今之撩罟也。"《毛氏后笺》曰："案：《尔雅》、毛《传》皆以'汕'为'樔'，此古名也。郑《笺》云'今之撩罟'，乃以今晓古。孙炎、郭璞注《尔雅》皆本之。《御览》引舍人云：'以薄翼鱼曰翼。'《正义》引李巡曰：'汕，以薄汕鱼。'皆未详著其状。惟陆氏《埤雅》云：罩罩，'言嘉鱼欲逸，则罩之使入'。汕汕，'言嘉鱼欲伏，则汕之使出'。'《淮南子》曰：罩者抑之，罾者举之。为之虽异，得鱼一也。'陆意盖谓'汕'即'罾'矣。《说文》《广雅》但以'罾'为'网'，不著'汕'名。然古者'橧''巢'同义，《礼运》'夏则居橧巢'，郑《注》云：'聚薪柴居其上'，《广雅》'橧，巢也'，《大戴礼》'鹰隼以山为卑，而曾巢其上'，皆是。《说文》：'樔，泽中守草楼也。'此当谓泽中守鱼之处。《楚辞·九歌》：'罾何为兮木上.'《御览》引《风土记》云：'罾，树四木而张网于水，车挽之上下，形如蜘蛛之网，方而不圆.'盖罾者，树木为之，其高如巢，故得'樔'名。《说文》'草楼'，《艺文类聚》引作'竹楼'，亦即谓其张网守鱼之处，'楼'与'巢'义同耳。《颖滨诗传》并用《传》《笺》，其《栾城集》有《车浮诗》，《序》云：'结木如巢，承之以簀，沈之水中，以浮识其处。方舟载两轮，挽而出之.'即'《诗》所谓汕也'。此言结木挽轮，与《风土记》合；承之以簀，与舍人、李巡言以薄者合。要之，皆罾也。"《毛诗后笺》全书引用古籍达四百种左右，先秦、两汉、魏晋六朝隋唐、宋元乃至近古无所不及，于同一条目内亦是罗列各种说法，排比数种文献，稽考宏博，规模远胜清代其他《诗经》学著作。

胡承珙《毛诗后笺》对材料的选择和处理有相当的讲究，一般只选择与自己观点类似的材料，或直接征引原文，或简要摘评，完备而不拖沓。在同一条目下，集中罗列各家观点，分析考辨、追源溯流，颇具史家眼界。如《郑风·羔裘》云："三英粲兮。"《毛传》："三英，三德也。"《郑笺》："三德，刚克、柔克、正直也。"《毛诗后笺》先引严粲的说法为标靶："严《缉》云：三英，或以为裘之英饰前后有三，如'五纪''五緎''五总'之类。只是臆度，无文可据。毛氏以为三德，或疑牵合于三之数。今考'立政三俊'，《注》以为刚、柔、正直，英即俊也，毛氏之说有源流矣。此诗每章第二句皆言德美，知'三英'非英饰也。"接着辨析"三俊"说法的渊源，以定严《缉》之得失："承珙案：严氏但知'三俊'为刚、柔、正直之出《书孔传》，而不知《皋陶谟疏》所称以'九德'分配《洪范》'三德'者，实出郑《注》，其义尤古，为东晋孔《传》所本。毛公以'三英'为'三德'，自以英俊本为才德之称，《笺》以'刚、柔、正直'申毛，亦必因《书》之'九德''三俊'皆关卿大夫之事。"

清代朴学以恢复汉学为己任，引用宋学说法时通常会很谨慎，并常以"凿空"之类的词语对之进行批判。相较而言，胡承珙很少用贴标签的方式批判宋学，对宋学中的合理部分亦能公平持论。如《小雅·裳裳者华》云："维其有之，是以似之。"《毛传》："似，嗣也。"《郑笺》："维我先人，有是二德，故先王使之世禄，子孙嗣之。"朱熹《诗集传》：

"言其才全德备。以左之，则无所不宜；以右之，则无所不有。维其有之于内，是以形之于外者，无不似其所有也。"① 毛、郑读"似"为"嗣"，朱熹《诗集传》读如字，两者明显不同。《毛诗后笺》评论朱熹《诗集传》曰："承珙案：《潜夫论·边议篇》云：'议者，民之所见也。辞者，心之所表也。维其有之，是以似之。'此即有诸内形于外之意，《集传》之解似非无本。"

第八节　马瑞辰《毛诗传笺通释》与《诗经》小学

马瑞辰（1777—1853），字元伯，安徽桐城人，嘉庆十五年（1810）进士，改翰林院庶吉士，历任工部都水司郎中、都水司员外郎，罢官后历任江西白鹿洞、山东峄山及安徽庐阳书院讲席。其父马宗琏乃姚鼐外甥，嘉庆六年（1801）进士，著有《春秋左传补注》《毛郑诗诂训考证》等书。除受其父言传身教外，与马瑞辰有过交游往来的小学名家有郝懿行、孙星衍、胡培翚、方东树、徐璈等人。马瑞辰任职都水司郎中，坐事遣戍沈阳，郝懿行作《与马元伯书》，遥致伏想之情，并深叹曰："而《尔雅》诸疑义，又不能从千余里外录求订正。求如在都聚首时，往复辩论，籍征英谈，岂可得乎！"②

马瑞辰与胡承珙为同年进士，同时选任翰林院庶吉士，同治《毛诗》，他在《毛诗后笺序》中说："墨庄性沈静，寡嗜欲，独耽著述。治群经无不赅贯，而于《毛诗》尤专且精。往常与余同宦京师，余亦喜为《毛诗》学，朝夕过从，心有所得，辄互相质问，时幸有出门之合。"③ 胡承珙甚是服膺马瑞辰的学问，曾言"同年马元伯曩在京师尝共晤言，时多创论"（《求是堂文集》卷3《答陈硕甫明经书》）。

《毛诗传笺通释》创稿于嘉庆二十五年（1820），成书于道光十五年（1835），马瑞辰《毛诗传笺通释自序》云："四十以后，乞身归养；既绝

---

① （宋）朱熹著，赵长征点校：《诗集传》，中华书局2017年版，第246页。
② （清）郝懿行：《晒书堂集》卷2，清光绪十年刻本，第11页。
③ （清）胡承珙著，郭全芝校点：《毛诗后笺》，黄山书社1999年版，"序"第1页。

意于仕途,乃殚心于经术。爰取少壮所采获,及于孔《疏》、陆义有未能洞澈于胸者,重加研究。以三家辨其异同,以全经明其义例,以古音古义证其讹互,以双声叠韵别其通借。意有省会,复加点窜。历时十有六年,书成三十二卷。将遍质之通人,遂妄付剞劂。初名《毛诗翼注》,嗣改《传笺通释》。述郑兼以述毛,规孔有同规杜。勿敢党同伐异,勿敢务博矜奇。实事求是,只期三复乎斯言。穷愁著书,用志一经之世守。道光十有五年四月既望,桐城马瑞辰识。"①《清史列传·儒林传下二》:"瑞辰丰颐长身,言论娓娓,勤学著书,耄而不倦。尝谓《诗》自齐、鲁、韩三家既亡,说《诗》者以毛《诗》为最古。据郑《志》答张逸,云注《诗》宗毛为主,毛义隐略则更表明。是郑君大旨本以述毛,其笺《诗》改读,非尽易《传》,而《正义》或误以为毛郑异义。郑君先从张恭祖受韩《诗》,凡笺训异毛者,多本韩说。其答张逸,亦云如有不同,即下己意,而《正义》又或误合《传》《笺》为一。毛《诗》用古文,其经字多假借,类皆本于双声叠韵,而《正义》或有未达。于是撰《毛诗传笺通释》三十二卷,以三家辨其异同,以全经明其义例,以古音古义证其讹互,以双声叠韵别其通借。笃守家法,义据通深。同时长洲陈奂著《毛诗传疏》,亦为专门之学。由是治毛《诗》者多推此两家之书。"②《清代朴学大师列传》云:"《毛诗传笺通释》三十二卷,探赜达旨,或高出陈氏新疏上,王益吾收入《续经解》中。"③

马瑞辰《毛诗传笺通释》的小学特色,可以从语言学和《诗经》学两个方面来认识。

一 《毛诗传笺通释》 的语言学本色

乾嘉学派的段玉裁著《说文解字注》,王念孙著《广雅疏证》和《读书杂志》,王引之著《经义述闻》和《经传释词》,为近代语言学的发展和创新做出了卓越的贡献,因此,"在非正式的场合里,人们往往把

---

① (清)马瑞辰著,陈金生点校:《毛诗传笺通释》,中华书局1989年版,"自序"第1页。
② 王钟翰点校:《清史列传》,中华书局1987年版,第5582—5583页。
③ 支伟成:《清代朴学大师列传》,上海人民出版社2014年版,第175—176页。

乾嘉时期以训诂为中心的语言文字工具科学称为'段王之学'"①。段、王都十分清楚地认识到，语音与语义在汉语早期就已经紧密结合，在训诂实践中他们也善于以语音来贯通古义源流及假借等语言学现象；他们继承前人的研究成果，却不迷信古人，常能以新的眼光来看待旧的语言材料；他们熟知经典，能够贯通全经，多方比较，寻求义例。在此方面，李建国先生对王念孙训诂成就的评价颇具代表性，"王氏所建立的上述语义学理论，使传统训诂由单科的研究进而为多科的综合应用，从具体言语现象的训诂解释进入到语言内部规律的理论探索，从而开创了我国语言学研究的新阶段"②。由于受段、王之学的影响，马瑞辰的《诗经》解释重点在于小学层面，这就是他所说的"以全经明其义例，以古音古义证其讹互，以双声叠韵别其通借"（《毛诗传笺通释自序》）。陈金生先生在点校《毛诗传笺通释》时说："这部书的主要优点，我认为首先是发挥了清代学者擅长音韵学、文字学、训诂学和名物考证的优势，特别是运用了依声求义的方法来校勘、解释文字。……有时一个字（实字或虚字）能从古书中找出十个以上通假的例证，并求出本字本义，从而纠正了清以前许多学者望文生义、牵强附会的解释，比较准确地解释了字义和语法，使一些疑难问题涣然冰释。其中有不少创见，不仅对正确理解《诗经》文义有帮助，而且对理解其他古书文义也有启发。"③

1. 贯通文义

在贯通文义方面，马瑞辰对声近义通的训诂原则掌握得非常纯熟。如《大雅·皇矣》云："依其在京。"《郑笺》："文王但发其依居京地之众。"《毛诗传笺通释》曰："瑞辰按：王氏《经义述闻》曰：'依，盛貌。依其者，形容之词。依之言殷；殷，盛也。言文王之兵盛，依然其在京地也。'今按王说是也。依、殷二字双声，古通用。此诗'依其'正与《郑风》'殷其'句法相同。"④

---

① 陆宗达、王宁：《谈"段王之学"的继承和发展》，《语文学习》1983 年第 12 期。
② 李建国：《汉语训诂学史》，上海辞书出版社 2002 年版，第 257 页。
③ （清）马瑞辰著，陈金生点校：《毛诗传笺通释》，中华书局 1989 年版，"点校说明"第 2 页。
④ （清）马瑞辰著，陈金生点校：《毛诗传笺通释》，中华书局 1989 年版，第 850 页。下引该作不再一一标注。

马瑞辰已然掌握了反义为训的原理。如《卫风·伯兮》云:"愿言思伯,甘心首疾。"《毛传》:"甘,厌也。"《毛诗传笺通释》曰:"瑞辰按:甘与苦,古以相反为义,故甘草《尔雅》名为大苦。《方言》:'苦,快也。'郭《注》:'苦而为快者,犹以臭为香,治为乱,徂为存。'以此推之,则甘心亦得训为苦心,犹言忧心、劳心、痛心也。成十三年《左传》'诸侯备闻此言,斯是用痛心疾首',杜《注》:'疾,犹痛也。''甘心首疾'与'痛心疾首'文正相类,皆为对举之词。《诗》不言疾首而言首疾者,倒文以为韵也。厌为猒足之猒,引申为猒倦、猒苦。据《〈汉书·韩信传〉集注》:'苦,厌也。'又《〈汉书·李广传〉注》:'苦为厌苦之也。'窃疑毛《传》训甘为厌者,正读甘为苦,故即以训苦者释之,《正义》有未达耳。"马氏以反训立说,于理可观。

2. 揭示假借

马瑞辰《毛诗古文多假借考》指出:"《毛诗》为古文,其经字类多假借。毛《传》释《诗》,有知其为某字之假借,因以所假借之正字释之者;有不以正字释之,而即以所释正字之义释之者。说《诗》者必先通其假借,而经义始明。"[1] 如《周南·卷耳》云:"云何吁矣。"《毛传》:"吁,忧也。"《毛诗传笺通释》曰:"瑞辰按:《尔雅·释诂》:'盱,忧也。'《说文》:'盱,张目也。''忓,忧也。读若吁。''吁,惊词也。'是盱、吁皆忓字之假借。《尔雅释文》:'盱,本作忓。'从正字也。《何人斯》云:'何其盱',《都人士》云'何吁矣',无《传》者,义同此诗训忧也。云,当从王尚书训为发语词。旧训为言,失之。"

3. 同源系联

《召南·何彼襛矣》云:"何彼襛矣,唐棣之华。"《毛传》:"襛,犹戎戎也。"《毛诗传笺通释》曰:"瑞辰按:《说文》:'襛,衣厚貌。'又:'醲,酒厚也。''浓,露之厚也。'《玉篇》:'农,厚也。'从农者多有厚意,厚与盛义近,戎戎即盛貌也。《韩诗》作莪,戎即莪字之省。戎又通茸,《左传》'狐裘龙茸'即《诗》'狐裘蒙戎'可证。《说文》无莪字,惟曰:'茸,草茸茸貌。'戎戎即茸茸也。《说文》又曰:'芮芮,草生

---

① (清)马瑞辰著,陈金生点校:《毛诗传笺通释》,中华书局1989年版,第23页。

貌.'段玉裁曰:'芮芮与茇茇双声,柔细之状.'"在对"袦"的训解中,马瑞辰分别系联了"袦""醲""浓""农"和"戎""茇""茸""芮"两组同源词。

《卫风·硕人》云:"美目盼兮。"《毛传》:"盼,白黑分。"《毛诗传笺通释》曰:"瑞辰按:《说文》:'盼,白黑分也。'盼从分声,兼从分会意,白黑分谓之盼,犹文质备谓之份也。《说文》:'頒,须发半白也。'字借作頒。又:'辨,驳文也。'皆与盼为白黑分者取义正同。"马瑞辰借对"盼"的释义,牵连出与之相关的同源词——"份""頒""辨"。

4. 虚词解释

在《诗经》里有一种特殊用法的"于"字,若《周南·桃夭》"之子于归",《周南·葛覃》"黄鸟于飞"等。《毛诗传笺通释》于"之子于归"句解释道:"于与如通,《传》以于为如之假借,故训为往。然妇人谓嫁曰归,诗既言归,不必更以于为往。《尔雅》:'于,曰也。'曰古读若聿,聿、于一声之转。'之子于归'正与'黄鸟于飞''之子于征'为一类。于飞,聿飞也;于征,聿征也;于归,亦聿归也。又与《东山》诗'我东曰归'、《采薇》诗'曰归曰归'同义,曰亦聿也。于、曰、聿,皆词也。旧皆训于为往,或读曰如'子曰'之曰,并失之。"

二 融合今古《诗经》学

1. 不迷信毛、郑

《毛诗传笺通释》依《毛传》而立论者甚多,间有依《郑笺》立论者,还有沟通毛、郑两家之说者。如《大雅·灵台》云:"於论鼓钟。"《毛传》:"论,思也。"《郑笺》:"论之言伦也。"《毛诗传笺通释》曰:"瑞辰按:《说文》:'仑,思也。'龠字注又曰:'仑,理也。'《传》盖以论为仑之假借。思犹鰓也,与理同义。论亦从仑会意,《公食大夫礼》'雍人伦肤七',《注》:'今文伦或作论。'是论、伦古通用之证。《正义》谓《传》《笺》异义,失之。"

马瑞辰为学之特色,在于秉持求真务实的小学精神,毫无门户之见,绝不无故曲护旧说,故而他常以文字训诂原理来客观审视毛、郑故训。如《邶风·二子乘舟》云:"愿言思子,不瑕有害。"《毛传》:"言二子之不远害。"《郑笺》："瑕，犹过也。我思念此二子之事，于行无过差，有何不可而不去也？"《毛诗传笺通释》曰："瑞辰按：瑕、遐古通用。遐之言胡也。胡、无一声之转，故胡宁又转为无宁。凡《诗》言'遐不眉寿''遐不黄耇''遐不谓矣''遐不作人'，'遐不'犹云胡不，信之之词也。易其词则曰'不遐'，凡《诗》言'不遐有害''不遐有愆'，'不遐'犹云不无，疑之之词也。《传》训遐为远，《笺》训遐为过，皆不免缘词生训矣。"马瑞辰释"遐"为"胡"，从而否定了毛、郑两家之说。又如，《卫风·伯兮》云："岂无膏沐，谁适为容？"《毛传》："适，主也。"《毛诗传笺通释》曰："瑞辰按：《一切经音义》卷六引《三仓》：'适，悦也。'此适字正当训悦。女为悦己者容，夫不在，故曰'谁适为容'，即言谁悦为容也。犹《书·盘庚》'民不适有居'即民不悦有居也。《小雅·巷伯》两言'谁适与谋'，亦言谁悦与谋也。此《传》训主，彼《笺》训往，并失之矣。"马瑞辰释"适"为"悦"，既否定了《毛传》之训"主"，也否定了《郑笺》之训"往"。

2. 多用《韩诗》之说

郑玄融合今古，于三家诗中采用最多的就是《韩诗》，马瑞辰《郑笺多本韩诗考》云："郑君笺《诗》，自云'宗毛为主'。其间有与毛不同者，多本《三家诗》。以今考之，其本于《韩诗》者尤夥。如《君子偕老》诗'邦之媛也'，《笺》云：'邦人所依倚以为援助也。'与《韩诗》媛作援、训为助合。《鹑之奔奔》诗《笺》云：'奔奔、强强，居有常匹、行则相随之貌。'与《韩诗》云'奔奔、强强，乘匹之貌'合，《相鼠》诗'人而无止'，《笺》云：'止，容止。'与《韩诗》'止，节也，无礼节也'合。《扬之水》诗'彼其之子'，《笺》云：'其或作记，或作己。'与《韩诗外传》引《诗》'彼己之子'合。《子衿》诗'子宁不嗣音'，《笺》云：'嗣，续也，女曾不传声问我。'与《韩诗》嗣作诒，云：'诒，寄也，曾不寄问也'合。"① 马瑞辰于《郑笺》与《韩诗》相合的文字，简直如数家珍，他在解释《诗经》时也多用韩说。如《周南·汝坟》云："怒如调饥。"《毛传》："调，朝也。"马氏据《韩诗》

---

① （清）马瑞辰著，陈金生点校：《毛诗传笺通释》，中华书局1989年版，第20—21页。

"惄如朝饥",谓"调"即"朝"之假借。又如,《小雅·小旻》云:"是用不集。"《毛传》:"集,就也。"马氏据《韩诗》"是用不就",谓"集"即"就"之假借。又如,《大雅·大明》云:"俔天之妹。"《毛传》:"俔,磬也。"马氏据《韩诗》"磬天之妹",谓"俔"即"磬"之假借。

3. 兼采汉、宋

在《诗经》解释方面,宋学和汉学常有抵牾之处。如《召南·甘棠》云:"蔽芾甘棠。"《毛传》:"蔽芾,小貌。"宋代欧阳修《诗本义》卷13《一义解》曰:"芾,茂盛貌。'蔽芾'乃大树之茂盛者也。"[1] 朱熹《诗集传》承欧阳氏之说,云:"蔽芾,盛貌。"[2]《毛诗传笺通释》曰:"瑞辰按:蔽芾二字叠韵。《说文》:'蔽蔽,小草也。'蔽与尚声近。《广雅》:'尚,小也。'《尔雅·释言》:'芾,小也。'《易》'丰其沛',《子夏传》作芾,云'小也'。蔽、芾皆有小义,故毛《传》以'小貌'释之。但甘棠为召伯所舍,则不得为小。《风俗通》引传云:'送逸禽之超大,沛草木之蔽茂。'芾古作宋。《说文》:'宋,草木盛宋宋然。'《广雅》:'芾芾,茂也。'蔽芾正宜从《集传》训为盛貌。《小雅》'蔽芾其樗'义亦同。《韩诗外传》引《诗》'蔽芾甘棠',《张迁碑》作'蔽沛',并声近而义同。又市与茷音义亦相近。《说文》:'茷,草叶多。'亦盛也。"马瑞辰兼采汉、宋之说,表现出其学术圆通的一面。

第九节　陈奂《诗毛氏传疏》与《诗经》小学

陈奂(1786—1863),字硕甫,号师竹,别号南园老人,江苏长洲(今苏州吴中)人,曾先后师事江沅和段玉裁,后又问学于高邮王氏父子、胡承珙等人,工于经学。撰有《诗毛氏传疏》三十卷、《毛诗说》一卷、《郑氏笺考征》一卷、《毛诗传义类》一卷、《释毛诗音》四卷等《诗经》学著作。平日所撰文章辑为《三百堂文集》。

---

① (宋)欧阳修:《诗本义》,《景印文渊阁四库全书》第 70 册,台湾商务印书馆 1986 年版,第 279 页。
② (宋)朱熹著,赵长征点校:《诗集传》,中华书局 2017 年版,第 15 页。

《毛诗传义类》又称《毛雅》，将《毛传》中训诂性文字辑为专书，仿照《尔雅》的体例编排而成。由于此书所做的只是纯粹性的编辑工作，基本上不改动《毛传》故训，故而难言什么学术价值。《释毛诗音》是在《诗毛氏传疏》基础上写成的，该书依"四始"（《国风》《小雅》《大雅》《颂》）的先后顺序分别编为四卷，专门考辨《诗经》用字的古今音读问题。陈奂在该作序文中说："执古音不兼通今音，不可与言音也；泥今音而反昧古音，不可与言诗也。"[①] 从《释毛诗音》的整体情况来看，陈奂在探讨文字音读时，确实做到了博古通今、识古而不泥古，故而该作对于普及《诗经》用字的音读具有不可忽视的价值。以上两书虽为《诗经》小学专著，但由于各自的局限性，学术成就远不及《诗毛氏传疏》。《毛诗说》乃补备《诗毛氏传疏》而作，内容有二：一是归纳《毛传》义例；一是附加图表以揭明关涉《毛诗》的制度文物。《郑氏笺考征》在于疏通《郑笺》与今文三家诗的关系，立论略嫌偏倚，是作卷首曰："郑康成习《韩诗》，兼通齐、鲁，最后治《毛诗》，笺《诗》乃在注《礼》之后。以礼注《诗》，非墨守一氏。《笺》中有用三家申毛者，有用三家改毛者，例不外此二端。三家久废，姑就所知，得如千条毛古文、郑用三家从今文，于以知毛与郑固不同术也。"[②]

梁启超《清代学术概论》以陈奂《诗毛氏传疏》为"三家新疏"之首，其文曰："清学自当以经学为中坚。其最有功于经学者，则诸经殆皆有新疏也。……其在《诗》，则有陈奂之《诗毛氏传疏》，马瑞辰之《毛诗传笺通释》，胡承珙之《毛诗后笺》。"[③]《诗毛氏传疏》专注于《毛传》，梁启超《中国三百年学术史》赞之为"疏家模范"，其文曰："硕甫专宗其一，也可以说他取巧。但《毛传》之于训诂名物，本极矜慎精审，可为万世注家法程；硕甫以极谨严的态度演绎他，而又常能广采旁

---

① （清）陈奂：《释毛诗音》，《续修四库全书》第 70 册，上海古籍出版社 2002 年版，第 447 页。

② （清）陈奂：《郑氏笺考征》，《续修四库全书》第 70 册，上海古籍出版社 2002 年版，第 521 页。

③ 梁启超：《清代学术概论》，东方出版社 1996 年版，第 45—46 页。

征以证成其义，极絜净而极通贯，直可称疏家模范了。"① 然而，陈奂《诗毛氏传疏》亦有弊端，要之在于泥毛而已，王炳燮《读陈实甫毛诗疏》云："陈实甫征君《毛诗疏》，墨守《毛传》，虽《郑笺》有异毛义，皆不之从。然《毛传》实多有未安处。"② 章太炎《与刘光汉书》亦论及曰："陈硕甫之疏《毛》，惠定宇之述《易》，皆因执守师传，以故拘挛少味，仆窃以为过矣。"③

陈奂《诗经》训诂之精要在于"以字考经，以经考字"，他在《段氏说文解字注跋》中说："奂闻诸先生曰：'昔东原师之言：仆之学，不外以字考经，以经考字。余之注《说文解字》也，盖窃取此二语而已。经与字未有不相合者。经与字有不相谋者，则转注、假借为之枢也。'……窃谓小学明而经无不可明矣。"④

1. 以经考字

《大雅·灵台》云："於论鼓钟。"《毛传》："论，思也。"《诗毛氏传疏》卷23曰："《传》训论为思，则上句言'思'，而下句言'乐'，意本'思乐泮水'句义而释之也。'於论鼓钟'，承上'维镛'而言。郑司农'钟师'注'鼓'：'读如庄王鼓之鼓。'案：此鼓亦读同也。'鼓钟'与'钟鼓'义别，《关雎》《山有枢》《彤弓》《楚茨》《宾之初筵》《执竞》言'钟鼓'谓钟与鼓也；此篇言'鼓钟'，及《鼓钟》之'鼓钟将将'、《白华》之'鼓钟于宫'，谓击钟也。诗上二句言乐具，以下始言入奏，奏即金奏也。天子诸侯金奏之乐，先击镈，鼓钟犹鼓镈耳。"⑤ 此乃比对诗章以考字义之例。

又，《大雅·烝民》云："维仲山甫举之，爱莫助之。"《毛传》："爱，隐也。"《诗毛氏传疏》卷25曰："《尔雅》：'薆，隐也。'郭注云：

---

① 梁启超著，夏晓虹、陆胤校：《中国近三百年学术史》，商务印书馆2011年版，第225页。

② （清）王炳燮：《毋自欺室文集》卷3，光绪乙酉广仁堂校刊本，第24页。

③ 章太炎著，徐复点校：《章太炎全集：太炎文录初编》，上海人民出版社2014年版，第148页。

④ （清）陈奂：《三百堂文集》，《丛书集成续编》第134册，上海书店1994年影印，第612页。

⑤ （清）陈奂：《诗毛氏传疏》（五），商务印书馆1935年版，第113页。下引该作不再一一标注。

'见《诗》。'或三家诗作薆矣。《静女》:'爱而不见。'《说文》作僾,郭注《方言》作薆。《说文》:'薆,蔽不见也。'《玉篇》:'暧,隐也。'并字异而义同。爱为古文假借字,凡隐蔽谓之爱,隐微亦谓之爱,《传》训爱为隐,《尔雅》:'隐,微也。'《说文》:'微,隐行也。'言仲山甫能举积微之德,隐行而莫能助也。《荀子·解蔽》篇:'处一之危,其荣满侧;养一之微,荣矣而未知。故《道经》曰:人心之危,道心之微。危微之几,惟明君子而后能知之。'又云:'夫微者,至人也。至人也,何强,何忍,何危? 故浊明外景,清明内景。圣人纵其欲,兼其情,而制焉者理矣。夫何强,何忍,何危? 故仁者之行道也,无为也;圣人之行道也,无强也。仁者之思也恭,圣者之思也乐。此治心之道也。'又《尧问》篇:'尧问于舜曰:我欲致天下,为之奈何? 对曰:执一无失,行微无怠,忠信无倦,而天下自来。执一如天地,行微如日月,忠诚盛于内,贲于外,形于四海。天下其在一隅邪! 夫有何足致也?'并与《传》'爱,隐'之义合。《易微言》云:'毛公用师说,故训爱为隐。郑氏不明古义,改训为惜。七十子衰而大义乖,康成大儒,犹未免矣。'"此乃比对他经以考字义之例。

2. 以字考经

《齐风·猗嗟》云:"舞则选兮,射则贯兮。"《毛传》:"选,齐。"《诗毛氏传疏》卷8曰:"选者,'籑'之假借字。郑注《乐记》云:'缀,谓鄼舞者之位也。''鄼'与'籑'通。选者,正其舞位之谓。齐者,正也。舞位正,则与乐节相应。《文选·陆机〈乐府〉》《傅毅〈舞赋〉》注引《韩诗》'舞则籑兮',薛君《章句》云:'言其舞应雅乐也。'毛、韩义正相成也。"此乃以字义为绳墨,核比毛、韩之异同。

又,《周颂·酌》云:"於铄王师,遵养时晦。"《毛传》:"养,取。"《诗毛氏传疏》卷28云:"养训取者,《月令》'群鸟养羞'注:'羞谓所食。'则'养羞'犹言取食也。《礼记·射义》篇:'养诸侯而兵不用。'犹言不用师徒曰取也。《荀子·君子》篇:'论法圣王,则知所贵矣;论知所贵,则知所养矣。'犹言知所取法也。《孟子·告子》篇:'舍其梧槚,养其樲棘。'犹言舍梧槚而取樲棘也。'养其一指而失其肩背。'犹言取一指而失肩背也。'为其养小以失大。'犹言取小失大也。'于己取之而已矣。'赵岐注云:'皆在己之所养。'养为取,则取为养,皆其义证。宣十二年《左传》晋随武子曰：'兼弱攻昧，武之善经也。'其下即引《汋》曰：'於铄王师，遵养时晦。'"此乃以诗中字义贯通诸经。

需要指出的是，《诗毛氏传疏》间或存有盲目训解的现象。训诂本来是要明经，如果所作解释无助于阐明经义，甚或徒增惑乱，那么所做的引章摘句也就失去了意义。如《卫风·伯兮》云："愿言思伯，甘心首疾。"《毛传》："甘，厌也。"《毛诗正义》："言我每有所言，则思念于伯，思之厌足于心，由此故生首疾。"据《毛诗正义》，则"思伯"和"甘心"为顺承关系，意为：思伯之深，心不容它，由此乃患首疾。《诗毛氏传疏》卷5曰："《说文》甘部：'猒，饱也。'今字通作'厌'。庄九年《左传》：'管召雠也，请受而甘心焉。'杜注云：'甘心，言欲快意戮杀之。'案：《左传》'甘心'与《诗》'甘心'不同，快意谓之甘心，忧念之思满足于心，亦谓之甘心。《传》以'厌'诂'甘'，忧思满足之意也。""甘"何以有"厌"义，《诗毛氏传疏》引《左传》云云，没有在《毛诗正义》的基础上使人感觉更加释然，反而平添了《左传》与《诗经》之义是否冲突的疑惑。倒不如朱熹《诗集传》直截了当，视《诗经》之"甘心"如《左传》之"甘心"——"是以不堪忧思之苦，而宁甘心于首疾也。"① 实际上，"厌"与"甘"相通，《尔雅·释诂》："豫、射，厌也。"郭璞注曰："《诗》曰：'服之无斁。'"郝懿行《尔雅义疏》："《诗·还》释文：'厌，止也。'《后汉书》注：'厌，倦也。'倦止与饫足义亦相成。又通作'恹'，《说文》云：'恹，安也。'《方言》云：'猒，安也。'安乐与倦怠义又相近。盖因饫足生安乐，又因安乐生厌倦，始于欢豫，终于倦怠，故'厌'训'安'，又训'倦'，与'豫'训'安'训'乐'又训'厌'，其义正同矣。"②

第十节　今文三家诗学集大成者王先谦与《诗经》小学

西汉时期今文经学极盛，三家诗皆被立为学官。东汉章帝时期，古

① 朱熹著，赵长征点校：《诗集传》，中华书局2017年版，第61页。
② （清）郝懿行撰，王其和、吴庆峰、张金霞点校：《尔雅义疏》，中华书局2017年版，第174页。

文经学逐渐崛起，建初八年（83）诏书乃曰："五经剖判，去圣弥远，章句遗辞，乖疑难正，恐先师微言将遂废绝，非所以重稽古，求道真也。其令群儒选高才生，受学《左氏》《穀梁春秋》《古文尚书》《毛诗》，以扶微学，广异义焉。"① 此后，今古文经学逐渐合流，出现了"综合学派"。"所谓'综合学派'，就是自觉拆除今文经学和古文经学的蕃篱，突破'师法'和'家法'的限制，用特定的思想体系把各家各派紧紧地糅合在一起。综合学派是时代的、政治的产物，它是东汉时期，尤其是东汉后期经学发展的主流，也是当时经学家的思想动向的最本质的体现"②。汉末郑玄笺注《诗经》，将三家诗说融入《毛诗》，今文大衰。《齐诗》亡于曹魏，《鲁诗》亡于西晋，《韩诗》虽存，无传之者；北宋《韩诗》尚存，见于《太平御览》，随后亦亡，仅存《韩诗外传》。南宋王应麟始有辑录三家诗佚文之举，惟其所辑以《韩诗》最多，他在《诗考序》中说："文公语门人，《文选注》多《韩诗章句》，尝欲写出。应麟窃观传记所述，三家绪言尚多有之，网罗遗轶，传以《说文》《尔雅》诸书，稡为一编，以扶微学，广异义，亦文公之意云尔，读《集传》者或有考于斯。"③

清代中后期，三家诗辑佚掀起高潮，成就斐然，著名者有范家相《三家诗拾遗》十卷、冯登府《三家诗遗说》八卷、徐璈《诗经广诂》三十卷、魏源《诗古微》十七卷、宋绵初《韩诗内传征》四卷、陈寿祺陈乔枞父子《三家诗遗说考》十五卷等，可谓"大家频出，巨著频现，三家《诗》遗说几乎搜集殆尽"④。在这种学术背景下，王先谦撰著《诗三家义集疏》，意在贯通三家，整合今古，"余研核全经，参汇众说，于三家旧义采而集之，窃附己意，为之通贯；近世治《传》《笺》之学者，亦加择取，期于破除墨守，畅通经旨。毛、郑二注，仍列经下，俾读者

① （南朝宋）范晔：《后汉书》，中华书局 2000 年版，第 99 页。
② 章权才：《两汉经学史》，广东人民出版社 1990 年版，第 242 页。
③ （宋）王应麟著，王京州、江合友点校：《诗考 诗地理考》，中华书局 2011 年版，第 9 页。
④ （清）冯登府著，房瑞丽校注：《三家诗遗说》，华东师范大学出版社 2010 年版，"点校说明"第 1 页。

无所觖望焉。书成，名之曰《集疏》，自愧用力少而取人者多也。"①

王先谦（1842—1917），字益吾，晚号葵园，湖南长沙人。同治四年（1865）进士，选庶吉士，授编修，历任国子祭酒、江苏学政。四十七岁告归，潜心学术。王先谦一生著述宏富，有《尚书孔传参正》《汉书补注》《后汉书集解》《庄子集解》《荀子集解》《释名疏证补》《合校水经注》等作品传世。督学江苏期间，汇刊《续皇清经解》一千四百三十卷、《南菁书院丛书》一百四十四卷。《诗三家义集疏》初名《三家诗义通绎》，是王先谦潜心辑撰的一部《诗经》学著作。是书创稿于作者督学江苏之际，至《卫风·硕人》而辍笔，寄稿缪荃孙等处讨论。王氏晚年赓续此书，二度修订，1915 年刻行于世。此书一出，论者咸以为辑汇三家诗旧说之集大成者，夏传才先生说："王先谦总结诸家搜辑的成果，可以说凡是古籍中所引录的三家诗遗说，都已经辑录，依次排列于各篇诗文之后，并且作了必要的疏释，使读者便于阅读参考，成为研究三家诗的基本著作。"② 向熹说："引证浩繁，是《集疏》最大的特点。王氏学识渊博，富有撰著辑集的经验，能融会贯通前人研究成果，发挥己意，多所创获。编写《集疏》，历时弥久，可以反复推敲，精雕细琢，所以全书体例完密，内容宏富，博大精深，同类书中无与伦比。它的问世，为后人研究'三家诗'提供了完备的读本，一编在手，可以免去很多翻检寻索之劳，其于《诗经》研究，可谓功绩卓著。"③ 值得肯定的是，在说解三家诗时，王氏基本能够摒弃门户之见，广泛吸收历代学者的研究成果，"在文字声韵、名物地理的考证方面，《集疏》对戴震、惠栋、钱大昕、郝懿行、段玉裁、王念孙、王引之等乾嘉以来学者之精见卓识，善为融会，尤多征引。王氏虽宗今文经学，以整理三家《诗》为己任，但对专治《毛诗》或今、古文兼通的学者如陈启源《毛诗稽古编》、陈奂《诗毛氏传疏》、马瑞辰《毛诗传笺通释》、胡承珙《毛诗后笺》等作，亦折衷异同，多所称述，使内容更为充实"④。

---

① （清）王先谦撰，吴格点校：《诗三家义集疏》，中华书局 1987 年版，"序例"第 1 页。
② 夏传才：《诗经研究史概要（增注本）》，清华大学出版社 2007 年版，第 152 页。
③ 夏传才、董治安主编：《诗经要籍提要》，学苑出版社 2003 年版，第 325 页。
④ （清）王先谦撰，吴格点校：《诗三家义集疏》，中华书局 1987 年版，"点校说明"第 4 页。

综合来看，王先谦《诗三家义集疏》在《诗经》阐释方面主要成就有四。

1. 整合三家诗遗说

三家诗早已散佚在历史长河中，从各种古籍里钩稽而来的碎片化的《诗经》学材料，无论如何也无法避免零乱、缺乏系统性这一先天性的缺陷，且三家诗之说又各自源流复杂，彼此之间难免龃龉。面对这样一堆或同或异的文献材料，为确保诠释过程的顺利进行，王先谦进行了大量裁剪，有效地整合了三家诗遗说。如《小雅·斯干》云："乃生男子。"《白虎通·姓名》："《韩诗内传》曰：'太子生，以桑弧蓬矢六，射上下四方。明当有事天地四方也。'"① 宋绵初《韩诗内传征》卷3："'男生，桑弓蓬矢六射上下四方，明当有事天地四方也。'《文选注》二十九。"② 王先谦整合以上两条材料说："韩说曰：男子生，以桑弧蓬矢，六射天地四方，明当有事天地四方也。"③ 又，《郑风·溱洧》言三月上巳节事，《太平御览》卷30"三月三日"条下云："郑国之俗，三月上巳之辰，此两水之上，招魂续魄，拂除不祥，故诗人愿与所悦者俱往观之。"④《太平御览》卷886"魂魄"条云："《韩诗外传》曰：'《溱与洧》，说人也。郑国之俗，三月上巳之日，于两水上招魂续魄，被除不祥，故诗人愿与所说者俱往观也。"⑤《诗三家义集疏》整合《太平御览》中的两处记载，并结合其他文献，云："韩说曰：溱与洧，说人也。郑国之俗，三月上巳之日于两水上，招魂续魄，拂除不祥，故诗人愿与所说者俱往观也。《御览》三十'日'作'辰'，'两'上有'此'字，'水'下有'之'字，'拂'作'被'，'也'作'之'。……'溱洧'至'观也'，《御览》八百八十六引《韩诗内传》文。《后汉书·袁绍传》注引'郑国之俗'至'俱往观也'，又见《续汉志》注及《艺文类聚》四。"按：王先谦所称

---

① （清）陈立撰，吴则虞点校：《白虎通疏证》，中华书局1994年版，第408页。
② （清）宋绵初：《韩诗内传征》卷3，清代江宁刘文奎刻本，第5页。
③ （清）王先谦撰，吴格点校：《诗三家义集疏》，中华书局1987年版，第652页。下引此作不再一一标注。
④ （宋）李昉等：《太平御览》，中华书局1960年版，第143页。
⑤ （宋）李昉等：《太平御览》，中华书局1960年版，第3935页。

"引《韩诗内传》文"不确，"拂""祓"两字之论亦有混误。

2. 以三家遗说诠释经意

《小雅·黍苗》云："原隰既平，泉流既清。召伯有成，王心则宁。"《毛传》："土治曰平，水治曰清。"《郑笺》："召伯营谢邑，相其原隰之宜，通其水泉之利。此功既成，宣王之心则安也。又刺今王臣无成功而亦心安。"《诗三家义集疏》云："此以喻治之有本，不专为营谢言也。《说苑·建本篇》：'夫本不正者末必倚，始不盛者终必衰。《诗》云：原隰既平，泉流既清。本立而道生，是故君子贵建本而重立始。'"《郑笺》以史说诗，《诗三家义集疏》征引《说苑》之说诗文字，推演诗文奥义。又，《周南·汉广》云："南有乔木，不可休息。汉有游女，不可求思。"《毛传》："兴也。南方之木，美乔上竦也。思，辞也。汉上游女，无求思者。"《郑笺》："不可者，本有可道也。木以高其枝叶之故，故人不得就而止息也。兴者，喻贤女虽出游流水之上，人无欲求犯礼者，亦由贞洁使之然。"《说文解字》鬼部："魃，鬼服也。一曰：小儿鬼。从鬼，支声。《韩诗传》曰：'郑交甫逢二女，魃服。'"《文选·洛神赋》注曰："《韩诗内传》曰：'郑交甫遵彼汉皋台下，遇二女，与言曰：愿请子之佩。二女与交甫，交甫受而怀之，超然而去。十步循探之，即亡矣。回顾二女，亦即亡矣。'……《韩诗》曰：'汉有游女，不可求思。'薛君曰：'游女，汉神女也。言汉神时见，不可求而得之。'"①《诗三家义集疏》辑撰三家诗说中的众多相关仙游记载，并融入郑玄的"贞女"说，释云："游女，神女。《诗》举昔汉水之所有，以兴今贞女之不可求也。"

3. 考订异文

文字是小学考释的基石，三家诗辑佚工作最为显著的成就亦为异文的搜集与整理。王先谦精于小学，在整理和考订《诗经》异文方面用功尤深，成绩突出，主要表现在以下三个方面。

第一，考订《毛诗》文字。如《郑风·东门之墠》云："东门之墠，茹藘在阪。"《毛传》："墠，除地町町者。"《经典释文》释"东门之坛"曰："依字当作'墠'。"《毛诗正义》："遍检诸本，字皆作'坛'。《左

---

① （梁）萧统编，（唐）李善等注：《六臣注文选》，中华书局2012年版，第354页。

传》亦作'坛'。其《礼记》《尚书》言坛、墠者,皆封土者谓之坛,除地者谓之墠,坛、墠字异,而作此'坛'字,读音曰墠,盖古字得通用也。今定本作'墠'。"《诗三家义集疏》亦谓《毛诗》"墠"本应作"坛":"《孔疏》本'墠'作'坛',《释文》同。封土曰坛,除地曰墠,此'坛'字读音曰'墠',今《毛诗》定本作'墠',依齐、韩《诗》改也。"又如,《小雅·正月》云:"哀我小心,癙忧以痒。"《毛传》:"癙、痒,皆病也。"马瑞辰《毛诗传笺通释》:"《说文》无癙字,古盖只借作鼠。《雨无正》曰'鼠思泣血',《笺》:'鼠,忧也。'《尔雅·释诂》:'写,忧也。'王尚书曰:'写当读为鼠。'说详《经义述闻》。"《诗三家义集疏》曰:"《释诂》:'癙、痒,病也。'舍人曰:'皆心忧悬之病也。'孙炎曰:'癙者,畏之病也。'陈乔枞云:'《〈尔雅〉释文》:癙,《诗》作鼠。案,鼠即癙之假借,毛古文作鼠,三家今文作癙。今《毛诗》云癙忧以痒,此改从三家今文,非毛旧也。《雨无正篇》鼠思泣血,尚作鼠字可证。'"

第二,辨析不同文本用字优劣。如《召南·草虫》云:"亦既见止,亦既觏止,我心则降。"《毛传》:"觏,遇。"《郑笺》:"既见,谓已同牢而食也。既觏,谓已昏也。"《诗三家义集疏》:"'鲁觏作遘'者,《释诂》:'遘,遇也。'邢《疏》引《草虫》曰:'亦既遘止。'陈乔枞云:'《邢疏》所引,必据《尔雅》旧注之文,知是《鲁诗》也。《说苑》引《诗》,亦当作遘为正。'愚案:《说文》:'遘,遇也。''觏,遇见也。'上言'见',下不当复言'遇见',《鲁诗》作'遘'义长。"

第三,揭明假借字。如《召南·行露》云:"厌浥行露。"《毛传》:"厌浥,湿意也。"《郑笺》:"厌浥然湿,道中始有露。"《诗三家义集疏》认为"厌"为"湆"字之假借:"'厌浥'者,'厌'无'湿'义,当为'湆'借字。《说文》:'湆,幽湿也。''浥,湿也。''湆浥,湿也'者,《广雅·释诂》文。'湆浥'连文,与下'渐洳'连文同,是此诗鲁、韩义。据此,鲁、韩'厌'作'湆'。《释文》:'厌,于立反。''湆,去急反。'正与'于立反'同音。《小戎》'厌厌良人',《列女传》二作'愔愔良人'。《湛露》'厌厌夜饮',《释文》:'《韩诗》厌厌作愔湆。'足证鲁、韩二家'厌'与从'音'之字相通假,彼借'厌'为'愔',知此诗亦借'厌'为'湆'也。'湆''渑'二字声转义同，故叠文为训。徐锴《说文系传》：'今人多言渑渑也。''渑渑'，犹'湆湆'矣。"

4. 参稽众说，义训合理

王先谦《诗三家义集疏》释《周南·关雎》"雎鸠"时，明确提出"参稽众说"的义训方法："'雎鸠，王雎'，《释鸟》文。陆德明《毛诗释文》：'雎，依字，且边，隹旁，或作鸟。'《说文》'雎'下云：'王雎也。'从'鸟'不从'隹'，则'雎'是正字。《陆疏》：'雎类大小如鸱，深目，目上骨露，幽州人谓之鹫。而扬雄许慎皆曰：白鹰，似鹰，尾上白。'愚案：《说文》'鹰'下云：'白鹰，王雎也。'段玉裁注谓转写之误。案，'王雎也'三字，缘下科'鹰'字注误衍，段说是也。《广韵》：'白鹰善捕鼠，与捕鱼之雎是二物。'《禽经》：'雎鸠，鱼鹰。'郝懿行《尔雅义疏》云：'能扇波令鱼出，食之，故《淮南·说林训》谓之沸波。'邵晋涵《尔雅正义》云：'《史记正义》：王雎，金口鹗也。今鹗鸟能翱翔水上，捕鱼而食，后世谓之鱼鹰。其鸣缓而和顺，与白鹰相似而色苍，非即白鹰也。'参稽众说，是'雎鸠'即鱼鹰矣。"

《鲁颂·泮水》云："思乐泮水，薄采其芹。"《毛传》："泮水，泮宫之水也。天子辟雍，诸侯泮宫。"《郑笺》："辟雍者，筑土雍水之外，圆如璧，四方来观者均也。泮之言半也。半水者，盖东西门以南通水，北无也。天子诸侯宫异制，因形然。"《诗三家义集疏》在尊崇今文三家诗的前提下，参稽众说，解释"泮宫"之内涵曰："《白虎通·辟雍篇》：'天子辟雍，诸侯泮宫何？以知有水也。《诗》曰：思乐泮水，薄采其荇。《诗》训曰水圆如璧，诸侯曰泮宫，半于天子宫也，明尊卑有差，所化少也。半者，象璜也，独南面礼仪之方有水耳，其余壅之。言垣（愚案：言疑作以）宫名之，别尊卑也，明不得化四方也。不曰泮雍何？嫌但半天子制度也。《诗》云：穆穆鲁侯，克明其德。既作泮宫，淮夷攸服。'陈乔枞云：'此鲁说。毛作芹，与旆韵，疑荇为字误也。《水经·泗水》注：鲁泮宫在高门直北道西，宫中有台高八十尺。台南水东西一百步，南北六十步。台西水南北四百步，东西六十步。台池咸结石为之，《诗》所谓思乐泮水也。'《礼·王制》郑注：'頖之言班也，所以班政教也。'又《礼器》郑注：'頖，郊之学也，《诗》所谓頖宫也。'陈乔枞云：'此齐说。《说文》:泮,诸侯飨射之宫,西南为水,东北为墙。其说独异。考许氏《五经异义》,释辟雍据《韩诗》说。郑君驳《异义》,据《礼·王制》,谓大学即辟雍,又据《诗·颂·泮水》为泮宫,复与辟雍同义之证。然则郑所云半水,谓以南通水,是用《齐诗》之说;许所云西南为水,是用《韩诗》之说也。郦言西、南通水,与许合,其所称《诗》亦当为韩矣。'"

诚然,王先谦《诗三家义集疏》并非完璧,最为突出的问题是,陈寿祺、陈乔枞父子在辑考三家诗佚文时就存在取材不精的缺陷,而这一弊病几乎为王先谦原样承续,究其原因,一是作者过分夸大了汉儒对师法和家法的坚守程度,二是作者有时片面依据推演诗学的著作来校勘异文,三是作者混淆了学术研究与文学创作的界限,"这三重困境贯穿全书始终,降低了书中不少结论的可靠性"①。此外,在评述四家诗说时,王先谦有明显偏袒今文三家诗的倾向。如《邶风·简兮》:"简兮简兮,方将万舞。"《毛传》:"简,大也。"《郑笺》:"简,择。将,且也。择兮择兮者,为且祭祀,当万舞也。"《诗三家义集疏》:"《释诂》:'柬,择也。'郭注:'见《诗》。'《邢疏》引此诗云:'简、柬同。'据此,知郑用鲁说改毛说。《礼·王制》注:'简,差择也。'《广雅·释言》:'简,阅也。''阅'亦'择'也,因万舞之期,先阅择舞徒,较《传》言'大'义长。""简"或训"大"或训"择",各备一说,莫辨短长。

---

① 吕冠南:《王先谦〈诗三家义集疏〉的三重困境》,《北京社会科学》2016 年第 6 期。

第六章 近现代以来《诗经》小学的转型

1906 年章太炎先生的《论语言文字之学》发表于《国粹学报》，提出小学之名应改称为"语言文字之学"，"章炳麟提出的'以语言文字之学'代替'小学'，正标志着传统'小学'的终结和中国现代语言学的开始"。① 随着中国文字学、音韵学、训诂学等学科的相继建立并取代传统小学，《诗经》小学研究也渐次进入全面转型的阶段。

我国传统小学的成就主要表现在小学实践上，而在理论体系的宏观建构方面存在着不足，在解决语言现实问题上更是跟不上时代的步伐。晚清以来帝国主义的坚船利炮让中国人萌生了要割裂两千年封建文化的决心，由此拉开了白话文运动的序幕。黄遵宪于 1887 年写定《日本国志》书稿，极力倡导言文合一，"逮夫近世章疏移檄，告谕批判，明白晓畅，务期达意，其文体绝为古人所无。若小说家言，更有直用方言以笔之于书者，则语言、文字几几乎复合矣。……嗟乎，欲令天下之农工商贾，妇女幼稚，皆能通文字之用，其不得不于此求一简易之法哉。"② 1898 年裘廷梁在《苏报》上发表《论白话为维新之本》一文，明确提出崇白话而废文言的口号，并说："《诗》《春秋》《论语》《孝经》皆杂用方言，汉时山东诸大师去古未远，犹各以方音读之，转相授受。……今虽以白话代之，质干俱存，不损其美。"③ 裘氏所论，实为传统经学的现

① 濮之珍：《中国语言学史》，上海古籍出版社 2002 年版，第 476 页。

② （清）黄遵宪：《日本国志》，天津人民出版社 2005 年版，第 811 页。

③ 钟维克、黄洁：《再论裘廷梁的"崇白话而废文言"说》，《云南师范大学学报》2002年第 4 期。

代转型指明了道路。

1907 年，鲁迅《摩罗诗力说》对传统《诗经》学的权威发出了挑战，剑锋直指"诗无邪"这一诗教的核心命题，"如中国之诗，舜云言志；而后贤立说，乃云持人性情，三百之旨，无邪所蔽。夫既言志矣，何持之云？强以无邪，即非人志。"① 当然，鲁迅先生此言只是要唤起文人的觉醒，拿起手中的笔，投身于救国图强的时代洪流，"今索诸中国，为精神界之战士者安在？有作至诚之声，致吾人于善美刚健者乎？有作温煦之声，援吾人出于荒寒者乎？"②

在《诗经》小学转型过程中，以胡适、顾颉刚为代表的古史辨派的影响不可忽视，而闻一多则更为重视《诗经》训诂，开创了《诗经》新训诂学派。

第一节 "整理国故"与《诗经》小学考释

胡适是新文化运动中资产阶级民主派的代表人物，鼓吹文学革命和白话文运动，又主张"整理国故"，他在《新思潮的意义》一文中说："要用科学的方法，作精确的考证，把古人的意义弄得明白清楚。……若要知道什么是国粹，什么是国渣，先须要用评判的态度，科学的精神，去做一番整理国故的工夫。"③ 胡适又在《整理国故与"打鬼"》一文中说："用精密的方法，考出古文化的真相；用明白晓畅的文字报告出来，叫有眼的都可以看见，有脑筋的都可以明白。这是化黑暗为光明，化神奇为臭腐，化玄妙为平常，化神圣为凡庸；这才是'重新估定一切价值'。他的功用可以解放人心，可以保护人们不受鬼怪迷惑。"④

在《谈谈诗经》一文中，胡适提出解释《诗经》的具体方法："研究《诗经》大约不外下面这两条路：（第一）训诂 用小心的精密的科学的方法，来做一种新的训诂工夫，对于《诗经》的文字和文法上都从新

---

① 鲁迅：《鲁迅全集》卷 1，人民文学出版社 2005 年版，第 70 页。
② 鲁迅：《鲁迅全集》卷 1，人民文学出版社 2005 年版，第 102 页。
③ 胡适著，欧阳哲生编：《胡适文集》第 2 册，北京大学出版社 1998 年版，第 557—558 页。
④ 胡适：《胡适文存》第 3 集，首都经济贸易大学出版社 2013 年版，第 97 页。

下注解。（第二）解题 大胆地推翻二千年来积下来的附会的见解；完全用社会学的，历史的，文学的眼光从新给每一首诗下个解释。所以我们研究《诗经》，关于一句一字，都要用小心的科学的方法去研究；关于一首诗的用意，要大胆地推翻前人的附会，自己有一种新的见解。"① 在《诗经》小学理论方面，胡适在《〈诗经〉的研究》一文中提出三点见解："关于训诂一方面，当用陈奂、胡承珙、马瑞辰三家的书作起点，参用今文各家的异文作参考。当注重文法的研究，用归纳的方法，求出'《诗》的文法'。当利用清代古音学的结果，研究《诗》的音韵。"②

在《诗经》小学实践上，胡适撰有《〈诗经〉中的"于""以"字》《〈诗经〉中的"维"字》等文章，而以《诗三百篇言字解》一文写得最为精彩，其文曰："《诗》中言字凡百余见。其作本义者，如'载笑载言'，'人之多言'，'无信人之言'之类，固可不论。此外如'言告师氏，言告言归'，'薄言采之'，'陟彼南山，言采其蕨'之类，毛传郑笺皆云'言，我也'。宋儒集传则皆略而不言。……（一）言字是一种挈合词（严译），又名连字（马建忠所定名），其用与'而'字相似。按《诗》中言字，大抵皆位于二动词之间，如'受言藏之'，受与藏皆动词也。'陟彼南山，言采其蕨'，陟与采皆动词也。'还车言迈'，还与迈皆动词也。'焉得谖草言树之背'，得与树皆动词也。'驱马悠悠言至于漕'，驱至皆动词也。'静言思之'，静安也，与思皆动词也。'愿言思伯'，愿，郑笺，念也，则亦动词也。据以上诸例，则言字是一种挈合之词，其用与而字相同，盖皆用以过递先后两动词者也。例如《论语》'咏而归'，《庄子》'怒而飞'，皆位二动词之间，与上引诸言字无异。今试以而字代言字，则'受而藏之'，'驾而出游'，'陟彼南山而采其蕨'，'焉得谖草而树之背'，皆文从字顺，易如破竹矣。若以言作我解，则何不云'言受藏之'，而必云'受言藏之'乎？何不云'言陟南山'，'言驾出游'，而必以言字倒置于动词之下乎？汉文通例，凡动词皆位于主名之后，如'王命南仲'，'胡然我念之'，王与我皆主名，皆位于动词之前，是也。

① 胡适著，姜义华主编：《胡适学术文集：中国文学史》，中华书局1998年版，第449—450页。
② 胡适著，姜义华主编：《胡适学术文集：语言文字研究》，中华书局1993年版，第138页。

若以我字位于动词之下，则是受事之名，而非主名矣。如'父兮生我，母兮鞠我，拊我畜我，长我育我，顾我复我'，此诸我字，皆位于动词之后者也。若移而置之于动词之前，则其意大异，失其本义矣。今试再举《彤弓》证之。'彤弓弨兮，受言藏之。我有嘉宾，中心贶之。'我有嘉宾之我，是主名，故在有字之前。若言字亦作我解，则亦当位于受字之前矣。且此二我字，同是主名，作诗者又何必用一言一我，故为区别哉？据此可知言与我，一为代名词，一为挈合词，本截然二物，不能强同也。（二）言字又作乃字解。……（三）言字有时亦作代名之'之'字。……以上三说，除第三说尚未能自信，其他二说，则自信为不易之论也。抑吾又不能已于言者，三百篇中，如式字，孔字，斯字，载字，其用法皆与寻常迥异。暇日当一探讨，为作新笺今诂。此为以新文法读吾国旧籍之起点。"[1]"言"字在《诗经》中比较常见，历来解释不一，胡适把"言"字在《诗经》中的用例进行了罗列和比较，又举其他典籍以为参证，提出了独到的见解。以此为契机，胡适还打算"以新文法读吾国旧籍"，撰写出"新笺今诂"类的作品来。此外，胡适《论〈诗经〉答刘大白》也主要讨论《诗经》小学问题。

胡适倡导"整理国故"，当时国内的主要研究院所和一批知名高校也开始吸纳一批学者整理中国古代文化遗产，因顾颉刚编有《古史辨》辑刊，故有"古史辨派"之称。古史辨派在讨论《诗经》的性质、文献辑佚等方面成绩显著，而在文字训诂方面的研究就显得相对平庸了。

第二节　闻一多与《诗经》新训诂学

闻一多是现代伟大的爱国主义者、坚定的民主战士，也是著名的诗人和学者。闻一多认为读懂作品文字是进行《诗经》解释的关键，他在《匡斋尺牍》之三中说："一首诗全篇都明白，只剩一个字，仅仅一个字没有看懂，也许那一个字就是篇中最要紧的一个字，诗的好坏，关键全

---

[1]　胡适著，姜义华主编：《胡适学术文集：语言文字研究》，中华书局1993年版，第109—111页。

在它。所以，每读一首诗，必须把那里每个字的意义都追问得透彻，不许存下丝毫的疑惑。"① 20 世纪 30 年代中后期，闻一多撰有《风诗类钞》《诗经新义》《诗经通义》等多种《诗经》学著作，对《诗经》的小学解释方法进行了创新发展，可谓《诗经》新训诂学的创始者。诗歌之妙，在于"真""善""美""新""通"五个字，这里就从这五个方面来谈谈闻一多的《诗经》新训诂学。

1. 求真

在进行《诗经》阐释时，闻一多对前代训诂的得失是有深刻反思的，他在《匡斋尺牍》之六中说："汉人功利观念太深，把《三百篇》做了政治的课本；宋人稍好点，又拉着道学不放手——一股头巾气；清人较为客观，但训诂学不是诗。"② 解读《诗经》，务要求真，但由于两千年来封建社会之经学对于真相的层层掩盖，求真竟为一件难事，闻一多在《匡斋尺牍》之二中说："暂时你只记住，在今天要看到《诗经》的真面目，是颇不容易的，尤其那圣人或'圣人们'赐给它的点化，最是我们的障碍。当儒家道统面前的香火正盛时，自然《诗经》的面目正因其不是真的，才更庄严，更神圣。但在今天，我们要的恐怕是真，不是神圣。（真中自有着它的神圣在！）我们不稀罕那一分点化，虽然是圣人的。读诗时，我们要了解的是诗人，不是圣人。"③ 很明显，闻一多所说的"真"，是"诗人"的真，也就是《诗经》作者所处的上古时代的真实社会生活的映照。为此，他必须另辟一条与以往学者完全不同的《诗经》阐释的路子来，他把《诗经》放在先民的生活范畴内进行研究，利用民俗学的知识，甚至用历史上的神话故事来解释《诗经》。如《大雅·生民》云："履帝武敏歆。"闻一多《姜嫄履大人迹考》说："上云禋祀，下云履迹，是履迹乃祭祀仪式之一部分，疑即一种象征的舞蹈。所谓'帝'实即代表上帝之神尸。神尸舞于前，姜嫄尾随其后，践神尸之迹而舞，其事可乐，故曰·'履帝武敏歆'，犹言与尸伴舞而心甚悦喜也。"④ 闻一多用民俗

① 闻一多：《闻一多全集》第 1 册，生活·读书·新知三联书店 1982 年版，第 343 页。
② 闻一多：《闻一多全集》第 1 册，生活·读书·新知三联书店 1982 年版，第 356 页。
③ 闻一多：《闻一多全集》第 1 册，生活·读书·新知三联书店 1982 年版，第 340 页。
④ 闻一多：《闻一多全集》第 1 册，生活·读书·新知三联书店 1982 年版，第 73 页。

学的方法，揭示了神话背后的历史真相，原来《诗经》中神秘的"帝"乃是由职业巫师装扮而成的。

2. 求善

"善"字本作"譱"，《说文解字》誩部："譱，吉也。从誩，从羊。"《说文解字》羊部："美，甘也。从羊，从大。羊在六畜主给膳也。美与善同意。""善"可以直接用作"膳"，《庄子·至乐》："具大牢以为善。"所以说，"善"之本义与人类"食""色"之类的本性紧密相连，满足人的正当生理欲望、回应自然人的情感诉求，是善的基本要义。《孟子·告子上》曰："食色，性也。"又曰："人性之善也，犹水之就下也。"在《说鱼》[①]一文中，闻一多把鱼视作"匹偶"或"情侣"的隐语，把钓鱼等行为视作求偶的隐语，把烹鱼或吃鱼视作合欢或结配的隐语，把吃鱼的鸟兽视作两性关系中主动的一方，深刻地表现了他对人类正当情欲的善意关怀。《周南·汝坟》云："未见君子，惄如调饥。……鲂鱼赪尾，王室如燬。虽则如燬，父母孔迩。"闻一多《说鱼》曰："窥赪一字，根据上条，本条鱼字的隐语的性能，是够明显的，所应补充的是，上文'未见君子，惄如调（朝）饥'的调饥也是同样性质的隐语。"《齐风·敝笱》云："敝笱在梁，其鱼鲂鳏。齐子归止，其从如云。敝笱在梁，其鱼鲂鳏。齐子归止，其从如雨。敝笱在梁，其鱼唯唯。齐子归止，其从如水。"闻一多《说鱼》曰："旧说以为笱是收鱼的器具，笱坏了，鱼留不住，便摇摇摆摆自由出进，毫无阻碍，好比失去夫权的鲁桓公管不住文姜，听凭她和齐襄公鬼混一样。……并且我们也不要忘记，云与水也都是性的象征。但无论如何，鱼是隐语，是不成问题的。"《桧风·匪风》云："匪风发兮，匪车偈兮。顾瞻周道，中心怛兮。匪风飘兮，匪车嘌兮。顾瞻周道，中心吊兮。谁能亨鱼，溉之釜鬵。谁将西归，怀之好音。"闻一多《说鱼》曰："溉释文本作摡，《说文》手部亦引作摡，这里当读为乞，今字作给，'摡之釜鬵'就是'给他一口锅，'釜鬵是受鱼之器，象征女性，也是隐语，看上文'顾瞻周道'和下文'谁将西归，'本篇定是一首望夫词，这是最直捷了当的解释。"《陈风·衡门》云："衡

---

① 闻一多：《闻一多全集》第 1 册，生活·读书·新知三联书店 1982 年版，第 117—138 页。

门之下，可以栖迟。泌之洋洋，可以乐饥。岂其食鱼，必河之鲂？岂其取妻，必齐之姜？岂其食鱼，必河之鲤？岂其取妻，必宋之子？"闻一多《说鱼》曰："诗人这回显然是和女友相约，在衡门之下会面，然后同往泌水之上。《释文》引郑本乐作瘵，即疗字，《韩诗外传》二，《列女传·老莱子妻》传，《〈文选·郭有道碑〉注》引《诗》并作疗。'饥'是隐语，已见上文，泌之言祕密也，'疗饥'是祕密之事，所以说'泌之洋洋，可以乐饥。'"《曹风·候人》云："维鹈在梁，不濡其咮。彼其之子，不遂其媾。荟兮蔚兮，南山朝隮。婉兮娈兮，季女斯饥。"闻一多《说鱼》曰："鹈即鹈鹕，是一种捕鱼的鸟，又名鸬鹚，俗名水老鸦，伫立在鱼梁上，连嘴都没有浸湿的鹈鹕，当然是没捕着鱼的。这是拿鹈鹕捕不着鱼，比女子见不着她所焦心期待的男人。和同类的篇章一样，这也是上二句是隐语，下二句点出正意。朝隮即朝云，这和饥字都是隐语，说已详上。"

3. 求美

诗的语言，务要追求抒情生动、状物工巧之境界。闻一多在文字考证的过程中，在几种解释都能讲得通的情况下，总是选取那些能够体物之妙的说法。如《周南·桃夭》云："桃之夭夭。"《毛传》："夭夭，其少壮也。"《邶风·凯风》云："棘心夭夭。"《毛传》："夭夭，盛貌。"《郑笺》："夭夭以喻七子少长，母养之病苦也。"闻一多解释道："《说文·夭部》：'夭，屈也。'《凯风》篇曰'凯风自南，吹彼棘心，棘心夭夭'，谓棘受风吹而屈曲也。乐府古辞《长歌行》曰'凯风吹长棘，夭夭枝叶倾，黄鸟飞相追，咬咬弄音声'，语意全本《诗·风》，'夭夭枝叶倾'者，正以枝叶倾申夭夭之义，倾与屈义相成也。《桃夭》篇'桃之夭夭'义同。谢灵运《悲哉行》'差池燕始飞，夭袅桃始荣'，夭袅即屈折之貌。谢以夭袅易夭夭，亦善得《诗》旨。《桃夭传》训少壮，《凯风传》训盛貌，并失之。"① 又如，《周南·芣苢》云："采采芣苢。"《毛传》："采采，非一辞也。"《毛传》认为"采"为动词。闻一多《风诗类

---

① 闻一多：《古典新义》，商务印书馆2011年版，第63页。

钞乙》："采采，犹粲粲。"①"粲粲"即鲜明貌，多了一层美的意蕴。又如，《秦风·蒹葭》云："蒹葭苍苍。""蒹葭萋萋。""蒹葭采采。"闻一多《风诗类钞甲》："苍苍，萋萋，采采，皆颜色鲜明貌。"②

4. 求新

诗贵新奇，闻一多解释《诗经》时，既继承了清代《诗经》小学的研究成果，又能根据诗的特点和自己的领悟，常造新奇之语。如《邶风·新台》云："鱼网之设，鸿则离之。"《毛传》："言所得非所求也。"《郑笺》："设鱼网者宜得鱼，鸿乃鸟也，反离焉。犹齐女以礼来求世子，而得宣公。"朱熹《诗集传》："言设鱼网而反得鸿，以兴求燕婉而反得丑疾之人，所得非所求也。"旧注于诗章的大意是讲得通的，但释"鸿"为鸿雁似为不妥。闻一多《诗经通义》云："本篇'鱼网之设，鸿则离之'，鸿必非鸿鹄之鸿（详下），以工声字与龙声字古每不分推之，鸿当为蜇之假。蜇即为苦蜇。《广雅·释鱼》曰'苦蜇，虾蟆也'，《名医别录》曰：'虾蟆一名蟾蜍……一名苦蜇。'《诗》鸿读为蜇，蜇即虾蟆，故得误絓于鱼网之中，又得与鱼对举以分喻美丑。下文曰'燕婉之求，得此戚施'，戚施即虾蟆，已详上条。鸿（蜇）与戚施亦同物异名耳。《诗》上二句与下二句实只一意，故《传》曰'言所得非所求也'。《易林·渐之睽》曰：'设罟捕鱼，反得詹诸。'……《诗》曰'鸿则离之'，《易林》曰'反得詹诸'，詹诸虾蟆，同物异名，然则《齐诗》家正读鸿为蜇矣。《毛传》不释鸿字，《郑笺》则直以为鸟名。不知鸿者高飞之大鸟，取鸿当以矰缴，不闻以网罗。藉曰误絓，则鸿非潜渊之物，施罟水中，亦无得鸿之理。且《诗》明以鸿喻丑恶，而《管子·形势解》篇曰'将将鸿鹄，貌之美者也'，是古以鸿为美鸟，书有明征。《韩诗外传》十有齐使献鸿于楚王事，唐写本《华林遍略》残卷引《鲁连子》，亦言展母所为鲁君使，遗鸿于齐襄君。意者鸿鹤二鸟，于古并称珍禽，齐楚二君之好鸿，亦犹卫懿之好鹤欤？然则《诗》称鸿以喻丑恶者，其非鸿雁之鸿，决矣。郑君以鸿为鸟，此其识见，去《齐诗》家曷可以道

---

① 闻一多：《闻一多全集》第 4 册，生活·读书·新知三联书店 1982 年版，第 69 页。
② 闻一多：《闻一多全集》第 4 册，生活·读书·新知三联书店 1982 年版，第 27 页。

里计哉？"①

5. 求通

闻一多解释《诗经》追求贯通，这主要表现在两个方面：一是他善于把《诗经》中关系密切的词语放在一起进行互文性解释，颇有《尔雅》同类为训的意味；二是由于他文献考据功夫深厚，善于广征博引，多举《诗经》故训旧说，辅以文字学、音韵学、训诂学等方面的科学方法，其说足以令人折服。《诗经新义》释"干翰"一条时，罗列出《诗经》中的"公侯干城""之屏之翰""王后维翰""大宗维翰""维周之翰""戎有良翰""召公维翰"，综览诸句而考释："《说文·韦部》曰：'韩，井垣。从韦，取其币也；倝声。'相承皆用幹。韩垣声近，盖本一语。许君以为井垣专字，非也。《诗》翰字当为韩（幹）之假借。《桑扈》篇'之屏之翰'，翰与屏并举，《板》篇'价人维藩，大师维垣，大邦维屏，大宗维翰……宗子维城'，翰与藩、垣、屏、城并举，《嵩高》篇'维周之翰，四国于蕃（藩），四方于宣（垣）'，翰与蕃、宣并举，皆互文也。《说文·土部》曰'壁，垣也'，《广雅·释室》曰'廦，垣也'，是廦亦有垣义。《文王有声》篇四章曰'四方攸同，王后维翰'，五章曰'四方攸同，皇王维廦'，廦训垣，翰亦训垣，翰与廦亦互文也。《崧高》篇纪申伯筑城之事，又曰'戎有良翰'，犹言汝有良城耳。《江汉》篇'召公维翰'，与《文王有声》篇'王后维翰'，《板》篇'大宗维翰'句法同，翰亦当训为垣。至《兔罝》篇'公侯干城'之干，则闬之省。闬亦韩也，知之者，韩训垣，闬亦训垣。《文选·西京赋》注引《苍颉篇》'闬，垣也。'闬韩皆训垣，而韩今字作幹，故《楚辞·招魂》'去君之恒翰些'，旧校翰亦作闬。《兔罝》篇以干城并举，犹之《板》以'大宗维翰'与'宗子维城'连言，干也，翰也，皆韩之借字也。诸翰字《传》皆训为榦，字或作幹；《笺》皆释为桢榦，胥失之。干，《传》训为扞，以名词为动词，失之尤远。《笺》读为干盾之干，似若可通，不知盾之与城，巨细悬绝，二名并列未免不伦。以是知其不然。"②

---

① 闻一多：《古典新义》，商务印书馆 2011 年版，第 177—178 页。
② 闻一多：《古典新义》，商务印书馆 2011 年版，第 64—65 页。

郭沫若对闻一多的治学精神和学术成果作出了高度评价，他为《闻一多全集》作序云：“闻先生治理古代文献的态度，他是承继了清代朴学大师们的考据方法，而益之以近代人的科学的致密。为了证成一种假说，他不惜耐烦地小心地缮遍群书。为了读破一种古籍，他不惜在多方面作苦心的彻底的准备。这正是朴学所强调的实事求是的精神，一多是把这种精神澈底地实践了。唯其这样，所以才能有他所留下的这样丰富的成绩。”① 刘烜在《闻一多评传》中精辟地概述了闻一多在《诗经》小学研究上的贡献及特点：“他得益于我国重视训诂考据的传统，他能吸收近代资产阶级社会科学的成果，他的研究联结着古代的、现代的研究《诗经》的历史。开创性，是闻一多研究工作的特点。”② 夏传才先生更是把闻一多的《诗经》小学实践视为《诗经》新训诂学的创始，他在《诗经研究史概要》中说：“闻一多先生最重要的贡献，在于他对《诗经》训诂学的方法作了重大的发展，有助于创造我们这一代的《诗经》新训诂学。在他所开创的道路上，我们掌握马克思主义的观点和方法，把《诗经》作为上古时代的文学作品、社会史料和文化史料，运用历史学、考古学、语言学、文艺学、民俗学的最新科研成果，搜集更多的古文献资料和其他资料，去粗取精，去伪存真，由表及里，由此及彼，探源求本，将能把《诗经》训诂学向前大大推进。”③

---

① 闻一多：《闻一多全集》第1册，生活·读书·新知三联书店1982年版，“郭序”第3页。
② 刘烜：《闻一多评传》，北京大学出版社1983年版，第256页。
③ 夏传才：《诗经研究史概要》（增注本），清华大学出版社2007年版，第219页。

参考文献

一　著作类

（汉）班固：《汉书》，中华书局 2000 年版。

（宋）蔡卞：《毛诗名物解》，《景印文渊阁四库全书》第 70 册，台湾商
　　务印书馆 1986 年版。

蔡先金等：《孔子诗学研究》，齐鲁书社 2006 年版。

（宋）晁公武撰，孙猛校证：《郡斋读书志校证》，上海古籍出版社 2011 年版。

（宋）晁说之：《景迂生集》，《景印文渊阁四库全书》第 1118 册，台湾
　　商务印书馆 1986 年版。

（明）陈第：《读诗拙言》，载潘仕成辑《海山仙馆丛书》，凤凰出版社 2010
　　年版。

（明）陈第著，康瑞琮点校：《毛诗古音考　屈宋古音义》，中华书局 2008
　　年版。

（明）陈第：《毛诗古音考》，《景印文渊阁四库全书》第 239 册，台湾商
　　务印书馆 1986 年版。

（清）陈奂：《三百堂文集》，《丛书集成续编》第 134 册，上海书店 1994
　　年影印。

（清）陈奂：《诗毛氏传疏》，商务印书馆 1935 年版。

（清）陈奂：《释毛诗音》，《续修四库全书》第 70 册，上海古籍出版社
　　2002 年版。

（清）陈奂：《郑氏笺考征》，《续修四库全书》第 70 册，上海古籍出版
　　社 2002 年版。

陈居渊：《焦循　阮元评传》，南京大学出版社 2006 年版。

（宋）陈骙、佚名撰，张富祥点校：《南宋馆阁录·续录》，中华书局 1998 年版。

陈来：《宋明理学》，辽宁教育出版社 1991 年版。

（清）陈澧著，杨志刚编校：《东塾读书记：外一种》，中西书局 2012 年版。

（清）陈澧撰，罗伟豪点校：《切韵考》，广东高等教育出版社 2004 年版。

（清）陈立撰，吴则虞点校：《白虎通疏证》，中华书局 1994 年版。

（清）陈启源：《毛诗稽古编》，《景印文渊阁四库全书》第 85 册，台湾商务印书馆 1986 年版。

（清）陈启源：《毛诗稽古编》，山东友谊书社 1991 年版。

（清）陈乔枞：《诗经四家异文考》，《续修四库全书》第 75 册，上海古籍出版社 2002 年版。

（清）陈寿祺撰，陈乔枞述：《韩诗遗说考》，《续修四库全书》第 76 册，上海古籍出版社 2002 年版。

（清）陈寿祺、皮锡瑞撰，王丰先点校：《五经异义疏证·驳五经异义疏证》，中华书局 2014 年版。

（晋）陈寿：《三国志》，中华书局 2000 年版。

陈戍国：《诗经校注》，岳麓书社 2004 年版。

陈桐生：《〈孔子诗论〉研究》，中华书局 2004 年版。

陈桐生译注：《国语》，中华书局 2013 年版。

陈晓芬、徐儒宗译注：《论语·大学·中庸》，中华书局 2015 年版。

陈寅恪：《金明馆丛稿二编》，生活·读书·新知三联书店 2001 年版。

陈战峰：《欧阳修〈诗本义〉研究新探》，中国社会科学出版社 2015 年版。

（宋）陈振孙撰，徐小蛮、顾美华点校：《直斋书录解题》，上海古籍出版社 1987 年版。

陈祖武、朱彤窗：《顾炎武评传》，中国社会出版社 2010 年版。

（唐）成伯玙：《毛诗指说》，《景印文渊阁四库全书》第 70 册，台湾商务印书馆 1986 年版。

（宋）程颢、程颐著，王孝鱼点校：《二程集》，中华书局 1981 年版。

程千帆、徐有富：《校雠广义》，齐鲁书社 1998 年版。

程树德撰，程俊英、蒋见元点校：《论语集释》，中华书局 2013 年版。

程燕：《诗经异文辑考》，安徽大学出版社 2010 年版。

（宋）程颐：《程氏经说》，《景印文渊阁四库全书》第 183 册，台湾商务
　　印书馆 1986 年版。

程元敏：《三经新义辑考汇评》，华东师范大学出版社 2010 年版。

崔大华：《南宋陆学》，中国社会科学出版社 1984 年版。

（清）戴震撰，汤志钧校点：《戴震集》，上海古籍出版社 1980 年版。

（清）戴震撰，戴震研究会等编纂：《戴震全集》第 2 册，清华大学出版
　　社 1992 年版。

（清）戴震撰，戴震研究会等编纂：《戴震全集》第 6 册，清华大学出版
　　社 1999 年版。

（清）戴震撰，杨应芹、诸伟奇主编：《戴震全书》，黄山书社 2010 年版。

（清）戴震著，赵玉新点校：《戴震文集》，中华书局 1980 年版。

（清）丁晏：《诗集传附释》，广雅书局光绪二十年校刊本。

丁有国：《〈濂亭文集〉注释》，中国民航出版社 2010 年版。

（唐）杜佑撰，王文锦等点校：《通典》，中华书局 1988 年版。

（清）段玉裁撰，钟敬华校点：《经韵楼集》，上海古籍出版社 2007 年版。

（清）段玉裁：《毛诗故训传定本》，载赖永海主编《段玉裁全书》，江苏
　　人民出版社 2015 年版。

（清）段玉裁：《诗经小学》，《续修四库全书》第 64 册，上海古籍出版
　　社 2002 年版。

（清）段玉裁：《诗经小学》，载赖永海主编《段玉裁全书》，江苏人民出
　　版社 2015 年版。

（清）段玉裁：《说文解字注》，上海古籍出版社 1988 年版。

（清）段玉裁：《周礼汉读考》，载赖永海主编《段玉裁全书》，江苏人民
　　出版社 2015 年版。

（宋）范处义：《诗补传》，《景印摛藻堂四库全书荟要》第 25 册，台湾
　　世界书局 1990 年版。

（南朝宋）范晔：《后汉书》，中华书局 2000 年版。

（宋）范仲淹：《宋本范文正公文集》第 2 册，国家图书馆出版社 2017 年版。

（明）方以智：《通雅》，中国书店 1990 年版。

方勇、李波译注：《荀子》，中华书局 2015 年版。

方勇译注：《墨子》，中华书局 2015 年版。

方勇译注：《孟子》，中华书局 2015 年版。

（唐）房玄龄等：《晋书》，中华书局 2000 年版。

（唐）封演撰，赵贞信校注：《封氏闻见记校注》，中华书局 2005 年版。

（清）冯登府著，房瑞丽校注：《三家诗遗说》，华东师范大学出版社 2010 年版。

（宋）辅广：《诗童子问》，《景印文渊阁四库全书》第 74 册，台湾商务印书馆 1986 年版。

顾颉刚编著：《古史辨》第 3 册，上海古籍出版社 1982 年版。

（清）顾炎武著，华忱之点校：《顾亭林诗文集》，中华书局 1959 年版。

（清）顾炎武撰，刘永翔校点：《音学五书　韵补正》，上海古籍出版社 2012 年版。

（清）顾炎武著，陈垣校注：《日知录校注》，安徽大学出版社 2007 年版。

（清）顾炎武撰，张京华校释：《日知录校释》，岳麓书社 2011 年版。

管锡华译注：《尔雅》，中华书局 2014 年版。

管振邦：《颜注急就篇译释》，南京大学出版社 2009 年版。

郭丹、程小青、李彬源译注：《左传》，中华书局 2012 年版。

郭锡良等编著：《古代汉语》，商务印书馆 1999 年版。

韩敬译注：《法言》，中华书局 2012 年版。

（汉）韩婴撰，许维遹校释：《韩诗外传集释》，中华书局 1980 年版。

郝桂敏：《宋代〈诗经〉文献研究》，中国社会科学出版社 2006 年版。

（明）郝敬：《毛诗原解》，《续修四库全书》第 58 册，上海古籍出版社 2002 年版。

（明）郝敬：《谈经》，《续修四库全书》第 171 册，上海古籍出版社 2002 年版。

（清）郝懿行撰，王其和、吴庆峰、张金霞点校：《尔雅义疏》，中华书局 2017 年版。

（清）郝懿行：《晒书堂集》，清光绪十年刻本。

何九盈、王宁、董琨主编：《辞源》，商务印书馆 2015 年版。

（清）侯康：《补后汉书艺文志》，商务印书馆 1939 年版。

（清）侯康：《补三国艺文志》，商务印书馆 1937 年版。

侯外庐等：《宋明理学史》，人民出版社 1984 年版。

（清）胡承珙著，郭全芝校点：《毛诗后笺》，黄山书社 1999 年版。

（清）胡承珙：《求是堂文集》，清刻本。

胡平生、张萌译注：《礼记》，中华书局 2017 年版。

胡朴安：《诗经学》，岳麓书社 2010 年版。

胡奇光、方环海：《尔雅译注》，上海古籍出版社 2004 年版。

胡奇光：《中国小学史》，上海人民出版社 2005 年版。

胡适：《胡适文存》第 3 集，首都经济贸易大学出版社 2013 年版。

胡适著，欧阳哲生编：《胡适文集》第 2 册，北京大学出版社 1998 年版。

胡适著，姜义华主编：《胡适学术文集：语言文字研究》，中华书局 1993
　　年版。

胡适著，姜义华主编：《胡适学术文集：中国文学史》，中华书局 1998 年版。

胡适：《中国哲学史大纲》，商务印书馆 2011 年版。

胡适等：《青青子衿　悠悠我心：名家说诗经》，天津教育出版社 2007
　　年版。

黄焯：《毛诗郑笺平议》，武汉大学出版社 2008 年版。

黄德宽、陈秉新：《汉语文字学史》（增订本），安徽教育出版社 2006 年版。

黄侃述，黄焯编：《文字声韵训诂笔记》，武汉大学出版社 2013 年版。

黄克剑译注：《公孙龙子（外三种）》，中华书局 2012 年版。

黄铭、曾亦译注：《春秋公羊传》，中华书局 2016 年版。

黄永年：《古籍版本学》，江苏教育出版社 2005 年版。

（明）黄瑜：《双槐岁钞》，商务印书馆 1939 年版。

（清）黄虞稷著，瞿凤起、潘景郑整理：《千顷堂书目》，上海古籍出版社
　　2001 年版。

（宋）黄震：《黄氏日抄》，《景印文渊阁四库全书》第 707 册，台湾商务
　　印书馆 1986 年版。

（清）黄宗羲原著，（清）全祖望补修，陈金生、梁运华点校：《宋元学
　　案》，中华书局 1986 年版。

（清）黄遵宪：《日本国志》，天津人民出版社 2005 年版。

（清）江藩等：《汉学师承记（外二种）》，生活·读书·新知三联书店 1998
　　年版。

（清）江永：《古韵标准》，中华书局 1982 年版。

蒋见元、朱杰人：《诗经要籍解题》，上海古籍出版社 1996 年版。

（明）焦竑撰，李剑雄整理：《澹园集》，中华书局 1999 年版。

（明）焦竑撰，李剑雄点校：《焦氏笔乘》，中华书局 2008 年版。

（清）焦循：《雕菰集》，商务印书馆 1937 年版。

（清）焦循著，陈居渊主编：《雕菰楼经学九种》，凤凰出版社 2015 年版。

（清）焦循著，陈居渊主编，徐宇宏、骆红尔校点：《雕菰楼文学七种》，
　　凤凰出版社 2018 年版。

（清）焦循著，刘建臻整理：《焦循全集》，广陵书社 2016 年版。

（清）焦循：《里堂家训》，《续修四库全书》第 951 册，上海古籍出版社
　　2002 年版。

（清）焦循：《陆氏草木鸟兽虫鱼疏疏》，《续修四库全书》第 65 册，上
　　海古籍出版社 2002 年版。

金云铭：《陈第年谱》，福建协和大学中国文化研究会 1946 年版。

荆门市博物馆：《郭店楚墓竹简》，文物出版社 1998 年版。

景中译注：《列子》，中华书局 2007 年版。

（清）瞿镛编纂：《铁琴铜剑楼藏书目录》，上海古籍出版社 2000 年版。

（清）孔广森撰，张诒三点校：《经学卮言：外三种》，中华书局 2017 年版。

（清）孔广森：《诗声类》，民国渭南严式诲精刻本。

（宋）黎靖德编，王星贤点校：《朱子语类》，中华书局 1986 年版。

（宋）李焘：《续资治通鉴长编》第 11 册，中华书局 1985 年版。

（宋）李焘：《续资治通鉴长编》第 17 册，中华书局 1986 年版。

（宋）李焘：《续资治通鉴长编》第 19 册，中华书局 1986 年版。

李方桂：《上古音研究》，商务印书馆 2015 年版。

（宋）李昉等：《太平御览》，中华书局 1960 年版。

李建国：《汉语规范史略》，语文出版社 2000 年版。

李建国：《汉语训诂学史》，上海辞书出版社 2002 年版。

（唐）李林甫等撰，陈仲夫点校：《唐六典》，中华书局 2014 年版。

李梦生：《左传译注》，上海古籍出版社 1998 年版。

李山译注：《管子》，中华书局 2016 年版。

李修生主编：《全元文》第 34 册，凤凰出版社 2004 年版。

李学勤主编：《十三经注疏·尔雅注疏》，北京大学出版社 1999 年版。

李学勤主编：《十三经注疏·礼记正义》，北京大学出版社 1999 年版。

李学勤主编：《十三经注疏·论语注疏》，北京大学出版社 1999 年版。

李学勤主编：《十三经注疏·毛诗正义》，北京大学出版社 1999 年版。

李学勤主编：《十三经注疏·孟子注疏》，北京大学出版社 1999 年版。

李学勤主编：《十三经注疏·尚书正义》，北京大学出版社 1999 年版。

（唐）李延寿：《北史》，中华书局 2000 年版。

（唐）李延寿：《南史》，中华书局 2000 年版。

李泽厚、刘纲纪：《中国美学史》，中国社会科学出版社 1984 年版。

梁启超：《清代学术概论》，东方出版社 1996 年版。

梁启超著，夏晓虹、陆胤校：《中国近三百年学术史》，商务印书馆 2011
　　年版。

梁启雄：《韩子浅解》，中华书局 1960 年版。

蔺文龙：《清人诗经序跋精萃》，中国书籍出版社 2015 年版。

（唐）令狐德棻等：《周书》，中华书局 2000 年版。

（清）刘宝楠注，高流水点校：《论语正义》，中华书局 1990 年版。

（元）刘瑾撰，李山主编：《诗传通释》，北京师范大学出版社 2013 年版。

刘梦溪主编，陈平原编校：《中国现代学术经典：章太炎卷》，河北教育
　　出版社 1996 年版。

刘师培著，李妙根编，朱维铮校：《刘师培辛亥前文选》，中西书局 2012
　　年版。

（汉）刘熙撰，（清）毕沅疏证，（清）王先谦补，祝敏彻、孙玉文点校：
　　《释名疏证补》，中华书局 2008 年版。

（汉）刘向、（晋）皇甫谧撰，刘晓东校点：《列女传·高士传》，辽宁教
　　育出版社 1998 年版。

（汉）刘向撰，向宗鲁校证：《说苑校证》，中华书局 1987 年版。

（后晋）刘昫等：《旧唐书》，中华书局 2000 年版。

刘烜：《闻一多评传》，北京大学出版社 1983 年版。

（唐）刘禹锡：《刘禹锡集》，中华书局 1990 年版。

刘毓庆：《从经学到文学——明代〈诗经〉学史论》，商务印书馆 2001 年版。

刘毓庆：《历代诗经著述考（先秦—元代）》，中华书局 2002 年版。

刘钊：《郭店楚简校释》，福建人民出版社 2005 年版。

刘宗贤：《陆王心学研究》，山东人民出版社 1997 年版。

柳诒徵：《中国文化史》，上海三联书店 2007 年版。

鲁迅：《鲁迅全集》，人民文学出版社 2005 年版。

（明）陆钶：《少石集》，明代万历刊本。

（唐）陆德明撰，张一弓点校：《经典释文》，上海古籍出版社 2012 年版。

（唐）陆德明撰，吴承仕疏证，张力伟点校：《经典释文序录疏证：附经籍旧音二种》，中华书局 2008 年版。

（宋）陆佃著，王敏红校点：《埤雅》，浙江大学出版社 2008 年版。

（三国吴）陆玑：《毛诗草木鸟兽虫鱼疏》，中华书局 1985 年影印本。

（宋）陆九渊：《陆象山全集》，中国书店 1992 年版。

（宋）吕祖谦：《吕氏家塾读诗记》，商务印书馆 1936 年版。

（宋）罗愿著，石云孙校点：《尔雅翼》，黄山书社 2013 年版。

（元）马端临：《文献通考》，中华书局 1986 年版。

（清）马国翰：《玉函山房辑佚书》，上海古籍出版社 1990 年版。

（清）马瑞辰著，陈金生点校：《毛诗传笺通释》，中华书局 1989 年版。

马宗霍：《说文解字引经考》，中华书局 2013 年版。

（宋）毛居正：《六经正误》，《景印文渊阁四库全书》第 183 册，台湾商务印书馆 1986 年版。

（清）纳兰性德：《通志堂经解》第 7 册，江苏广陵古籍刻印社 1996 年版。

（宋）欧阳修撰，李逸安点校：《欧阳修全集》，中华书局 2001 年版。

（宋）欧阳修：《诗本义》，《景印文渊阁四库全书》第 70 册，台湾商务印书馆 1986 年版。

（宋）欧阳修、宋祁：《新唐书》，中华书局 2000 年版。

（宋）欧阳修著，洪本健校笺：《欧阳修诗文集校笺》，上海古籍出版社 2009

年版。

（唐）欧阳询撰，汪绍楹校：《艺文类聚》，上海古籍出版社 1965 年版。

庞朴：《帛书五行篇研究》，齐鲁书社 1980 年版。

（清）皮锡瑞著，周予同注释：《经学历史》，中华书局 2012 年版。

骈宇骞译注：《贞观政要》，中华书局 2011 年版。

濮之珍：《中国语言学史》，上海古籍出版社 2002 年版。

齐佩瑢：《训诂学概论》，商务印书馆 2015 年版。

（清）钱大昕著，陈文和主编：《嘉定钱大昕全集》第 9 册，江苏古籍出
　　版社 1997 年版。

（清）钱大昕撰，吕友仁校点：《潜研堂集》，上海古籍出版社 2009 年版。

钱基博：《经学通志》，广西师范大学出版社 2009 年版。

钱穆：《国学概论》，商务印书馆 1997 年版。

钱穆：《论语新解》，生活·读书·新知三联书店 2018 年版。

（清）钱谦益著，钱曾笺注，钱仲联标校：《牧斋初学集》，上海古籍出版
　　社 2009 年版。

（清）钱绎撰集，李发舜、黄建中点校：《方言笺疏》，中华书局 2013 年版。

钱锺书：《管锥编》，中华书局 1986 年版。

任莉莉：《七录辑证》，上海古籍出版社 2011 年版。

（清）阮元著，邓经元点校：《研经室集》，中华书局 1993 年版。

（清）阮元等撰集：《经籍籑诂》，中华书局 1982 年版。

（清）阮元校刻：《十三经注疏》，中华书局 1980 年版。

邵荣芬：《汉语语音史讲话》，中华书局 2010 年版。

申小龙：《中国古代语言学史》，复旦大学出版社 2013 年版。

沈兼士著，葛信益、启功整理：《沈兼士学术论文集》，中华书局 1986 年版。

（宋）司马光著，邓广铭、张希清点校：《涑水记闻》，中华书局 1989 年版。

（汉）司马迁：《史记》，中华书局 2000 年版。

（明）宋濂等：《元史》，中华书局 2000 年版。

（清）宋绵初：《韩诗内传征》，清代江宁刘文奎刻本。

（宋）苏辙著，曾枣庄、马德富校点：《栾城集》，上海古籍出版社 1987 年版。

（宋）苏辙：《栾城先生遗言》，商务印书馆 1936 年版。

（宋）苏辙：《栾城应诏集》，《景印文渊阁四库全书》第 1112 册，台湾
　　商务印书馆 1986 年版。

（宋）苏辙：《诗集传》，载曾枣庄、舒大刚主编《三苏全书》第 2 册，语
　　文出版社 2001 年版。

（清）孙希旦撰，沈啸寰、王星贤点校：《礼记集解》，中华书局 1989 年版。

谭戒甫：《公孙龙子形名发微》，中华书局 1963 年版。

檀作文译注：《颜氏家训》，中华书局 2011 年版。

汤漳平、王朝华译注：《老子》，中华书局 2014 年版。

唐兰：《中国文字学》，上海古籍出版社 2005 年版。

（唐）唐玄度：《新加九经字样》，中华书局 1985 年版。

（元）脱脱等：《宋史》，中华书局 2000 年版。

万献初：《汉语音义学论稿》，中国社会科学出版社 2012 年版。

（清）汪廷儒编纂，田丰点校：《广陵思古编》，广陵书社 2011 年版。

（清）汪中撰，李金松校笺：《述学校笺》，中华书局 2014 年版。

（宋）王安石著，秦克、巩军标点：《王安石全集》，上海古籍出版社 1999
　　年版。

（宋）王安石：《王安石全集》，上海九州书局 1935 年版。

（宋）王安石：《王临川集》，商务印书馆 1935 年版。

（宋）王安石著，唐武标校：《王文公文集》，上海人民出版社 1974 年版。

（宋）王安石著，邱汉生辑校：《诗义钩沉》，中华书局 1982 年版。

（宋）王安石撰，程元敏等整理：《尚书新义·诗经新义》，复旦大学出版
　　社 2016 年版。

（宋）王柏著，顾颉刚校点：《诗疑》，朴社 1935 年版。

（清）王炳燮：《毋自欺室文集》，光绪乙酉广仁堂校刊本。

（清）王昶著，陈明洁、朱惠国、裴风顺点校：《春融堂集》，上海文化出
　　版社 2013 年版。

（汉）王充：《论衡》，上海人民出版社 1974 年版。

王国维：《观堂集林（外二种）》，河北教育出版社 2001 年版。

王国轩译注：《大学·中庸》，中华书局 2006 年版。

王华宝：《段玉裁年谱长编》，江苏人民出版社 2016 年版。

王钧林、周海生译注：《孔丛子》，中华书局 2009 年版。

（清）王筠：《说文释例》，中华书局 1987 年版。

王力：《汉语音韵学》，中华书局 2014 年版。

王力：《王力文集》第 12 卷，山东教育出版社 1990 年版。

王力：《王力文集》第 16 卷，山东教育出版社 1990 年版。

王力：《王力文集》第 18 卷，山东教育出版社 1991 年版。

王力：《中国语言学史》，中华书局 2013 年版。

（清）王念孙：《广雅疏证》，中华书局 1983 年版。

（清）王念孙：《释大》，罗振玉辑《高邮王氏遗书》本。

（清）王念孙：《释大》，渭南严式海 1941 年校刊本。

（清）王念孙：《王石臞先生遗文》，罗振玉辑《高邮王氏遗书》本。

王平、刘元春、李建廷：《〈宋本玉篇〉标点整理本》，上海书店出版社 2017 年版。

（宋）王溥：《唐会要》，中华书局 1955 年版。

（宋）王钦若等编，周勋初等校订：《册府元龟》，凤凰出版社 2006 年版。

王世舜、王翠叶译注：《尚书》，中华书局 2012 年版。

（明）王世贞著，陆洁栋、周明初批注：《艺苑卮言》，凤凰出版社 2009 年版。

王文才、张锡厚辑：《升庵著述序跋》，云南人民出版社 1985 年版。

王文锦：《礼记译解》，中华书局 2001 年版。

（清）王先谦撰，吴格点校：《诗三家义集疏》，中华书局 1987 年版。

（清）王先谦著，沈啸寰、王星贤整理：《荀子集解》，中华书局 2012 年版。

王妍：《经学以前的〈诗经〉》，东方出版社 2007 年版。

（清）王引之著，李花蕾点校：《经传释词》，上海古籍出版社 2011 年版。

（清）王引之著，虞万里主编，虞思征、马涛、徐炜君校点：《经义述闻》，上海古籍出版社 2017 年版。

（清）王引之：《王文简公文集》，罗振玉辑《高邮王氏遗书》本。

（宋）王应麟：《困学纪闻》，上海古籍出版社 2015 年版。

（宋）王应麟著，王京州、江合友点校：《诗考 诗地理考》，中华书局 2011 年版。

（宋）王应麟：《玉海》，广陵书社 2003 年版。

（元）王祯：《农书》，《景印文渊阁四库全书》第 730 册，台湾商务印书馆 1986 年版。

（宋）王质：《绍陶录》，《景印文渊阁四库全书》第 446 册，台湾商务印书馆 1986 年版。

（宋）王质：《诗总闻》，《景印摛藻堂四库全书荟要》第 25 册，台湾世界书局 1990 年版。

王钟翰点校：《清史列传》，中华书局 1987 年版。

王重民：《敦煌古籍叙录》，中华书局 1979 年版。

魏家川：《先秦两汉的诗学嬗变》，学苑出版社 2007 年版。

（宋）魏了翁：《鹤山集》，《景印文渊阁四库全书》第 1172 册，台湾商务印书馆 1986 年版。

魏启鹏：《简帛文献〈五行〉笺证》，中华书局 2005 年版。

（北齐）魏收：《魏书》，中华书局 2000 年版。

（清）魏源：《魏源全集》，岳麓书社 2004 年版。

（唐）魏徵：《隋书》，中华书局 2000 年版。

闻一多：《古典新义》，商务印书馆 2011 年版。

闻一多：《闻一多全集》，生活·读书·新知三联书店 1982 年版。

吴根友等：《戴震乾嘉学术与中国文化》，福建教育出版社 2015 年版。

（清）吴淇著，汪俊、黄进德点校：《六朝选诗定论》，广陵书社 2009 年版。

夏传才、董治安主编：《诗经要籍提要》，学苑出版社 2003 年版。

夏传才：《诗经讲座》，广西师范大学出版社 2007 年版。

夏传才：《诗经研究史概要》（增注本），清华大学出版社 2007 年版。

（梁）萧统编，（唐）李善等注：《六臣注文选》，中华书局 2012 年版。

（梁）萧统编，（唐）李善注：《文选》，中华书局 1977 年版。

徐复观：《徐复观论经学史二种》，上海书店出版社 2005 年版。

（清）徐灏：《说文解字注笺》，《续修四库全书》第 225—226 册，上海古籍出版社 2002 年版。

（晋）徐邈：《毛诗音（敦煌残卷)》，《续修四库全书》第 56 册，上海古籍出版社 2002 年版。

徐时仪校注：《一切经音义（三种校本合刊）》，上海古籍出版社 2008 年版。

徐世昌：《清儒学案》，中国书店 2013 年版。

徐正英、常佩雨译注：《周礼》，中华书局 2014 年版。

（清）许瀚著，袁行云编校：《攀古小庐全集》，齐鲁书社 1985 年版。

（元）许谦著，蒋金德点校：《许谦集》，浙江古籍出版社 2015 年版。

（元）许谦、刘玉汝著，李山主编：《诗集传名物钞·诗缵绪》，北京师范大学出版社 2012 年版。

（汉）许慎撰，陶生魁点校：《说文解字》，中华书局 2020 年版。

（汉）许慎撰，（宋）徐铉校定：《说文解字》，中华书局 2013 年版。

薛正兴：《王念孙·王引之评传》，南京大学出版社 2008 年版。

（战国）荀况著，（唐）杨倞注，耿芸标校：《荀子》，上海古籍出版社 2014 年版。

（唐）颜元孙：《干禄字书》，载王云五主编《干禄字书及其他一种》，商务印书馆 1936 年版。

（汉）扬雄撰，（晋）郭璞注：《方言》，中华书局 2016 年版。

扬之水：《诗经别裁》，中华书局 2007 年版。

杨伯峻：《春秋左传注》（修订本），中华书局 1990 年版。

（宋）杨简：《慈湖诗传》，《影印文渊阁四库全书》第 73 册，台湾商务印书馆 1986 年版。

（宋）杨简：《慈湖遗书》，《影印文渊阁四库全书》第 1156 册，台湾商务印书馆 1986 年版。

（宋）杨简著，董平校点：《杨简全集》，浙江大学出版社 2015 年版。

（明）杨慎：《古音丛目》，《景印文渊阁四库全书》第 239 册，台湾商务印书馆 1986 年版。

（明）杨慎：《古音猎要》，《景印文渊阁四库全书》第 239 册，台湾商务印书馆 1986 年版。

（明）杨慎：《古音略例及其他二种》，商务印书馆 1936 年版。

（明）杨慎：《古音余》，《景印文渊阁四库全书》第 239 册，台湾商务印书馆 1986 年版。

（明）杨慎：《升庵集》，《景印文渊阁四库全书》第 1270 册，台湾商务印书馆 1986 年版。

（明）杨慎著，王文才、万光治主编：《杨升庵丛书》，天地出版社 2002 年版。

（明）杨慎：《转注古音略》，《景印文渊阁四库全书》第 239 册，台湾商
　　务印书馆 1986 年版。

杨树达：《积微居小学金石论丛》，中华书局 1983 年版。

杨天才、张善文译注：《周易》，中华书局 2011 年版。

杨泽波：《孟子评传》，南京大学出版社 1998 年版。

（唐）姚思廉：《梁书》，中华书局 2000 年版。

（宋）叶梦得撰，逯铭昕校注：《石林诗话校注》，人民文学出版社 2011
　　年版。

（清）永瑢等：《四库全书总目》，中华书局 2003 年版。

于省吾：《泽螺居诗经新证·泽螺居楚辞新证》，中华书局 2003 年版。

（清）俞樾：《春在堂全书》，凤凰出版社 2010 年版。

（晋）袁宏撰，张烈点校：《后汉纪》，中华书局 2002 年版。

（清）臧琳：《经义杂记》，《续修四库全书》第 172 册，上海古籍出版社
　　2002 年版。

（清）臧庸：《拜经堂文集》，《续修四库全书》第 1491 册，上海古籍出
　　版社 2002 年版。

曾枣庄、刘琳主编：《全宋文》第 210 册，上海辞书出版社 2006 年版。

（唐）张参：《五经文字》，《景印摛藻堂四库全书荟要》第 78 册，台湾
　　世界书局 1990 年版。

张立文：《朱熹思想研究》，中国社会科学出版社 2001 年版。

张民权：《宋代古音学与吴棫〈诗补音〉研究》，商务印书馆 2005 年版。

（明）张师绎：《月鹿堂文集》，道光十二年刻本。

张实龙：《杨简研究》，浙江大学出版社 2012 年版。

张世亮、钟肇鹏、周桂钿译注：《春秋繁露》，中华书局 2012 年版。

张双棣等译注：《吕氏春秋》，中华书局 2007 年版。

张舜徽：《旧学辑存》，华中师范大学出版社 2008 年版。

张舜徽：《清代扬州学记》，广陵书社 2004 年版。

张舜徽：《清儒学记》，华中师范大学出版社 2005 年版。

张舜徽：《中国文献学》，上海古籍出版社 2005 年版。

（清）张廷玉等：《明史》，中华书局 2000 年版。

（宋）张载：《张子全书》，中华书局聚珍仿宋版。

张宗祥辑录，曹锦炎点校：《王安石〈字说〉辑》，福建人民出版社 2005
年版。

章炳麟：《国学概论；外一种：国学讲演录》，岳麓书社 2010 年版。

章权才：《两汉经学史》，广东人民出版社 1990 年版。

章太炎：《国故论衡》，岳麓书社 2013 年版。

章太炎著，徐复点校：《章太炎全集：太炎文录初编》，上海人民出版社
2014 年版。

章太炎讲演，诸祖耿、王謇、王乘六等记录：《章太炎国学讲演录》，中
华书局 2013 年版。

赵尔巽等：《清史稿》，中华书局 1977 年版。

赵航：《段玉裁评传》，江苏人民出版社 2009 年版。

赵茂林：《两汉三家〈诗〉研究》，巴蜀书社 2006 年版。

（清）赵翼：《陔馀丛考》，商务印书馆 1957 年版。

（宋）郑樵：《夹漈遗稿》，商务印书馆 1941 年版。

（宋）郑樵著，顾颉刚辑点：《诗辨妄》，朴社 1933 年版。

（明）郑晓：《古言》，明嘉靖四十五年刊本。

支伟成：《清代朴学大师列传》，上海人民出版社 2014 年版。

中国大百科全书总编辑委员会《语言文字》编辑委员会：《中国大百科全
书·语言文字》，中国大百科全书出版社 1988 年版。

中国科学院图书馆：《续修四库全书总目提要（经部）》，中华书局 1993
年版。

中国社会科学院语言研究所词典编辑室：《现代汉语词典》（第 7 版），商
务印书馆 2016 年版。

周法高：《金文诂林》，香港中文大学出版社 1974 年版。

周信炎：《训诂学史话》，社会科学文献出版社 2011 年版。

周振甫：《诗经译注》，中华书局 2010 年版。

（清）周中孚著，黄曙辉、印晓峰标校：《郑堂读书记》，上海书店出版社

2008 年版。

周祖谟：《问学集》，中华书局 1966 年版。

（清）朱鹤龄著，虞思征编：《愚庵小集》，华东师范大学出版社 2010 年版。

（宋）朱鉴：《诗传遗说》，《景印文渊阁四库全书》第 75 册，台湾商务
　　印书馆 1986 年版。

（清）朱骏声：《说文通训定声》，中华书局 2016 年版。

（宋）朱熹：《晦庵集》，《景印文渊阁四库全书》第 1143 册，台湾商务
　　印书馆 1986 年版。

（宋）朱熹著，赵长征点校：《诗集传》，中华书局 2017 年版。

（宋）朱熹：《诗序辨说》，汲古阁本。

（宋）朱熹：《四书章句集注》，中华书局 2011 年版。

（宋）朱熹著，朱杰人、严佐之、刘永翔主编：《朱子全书》，上海古籍出
　　版社、安徽教育出版社 2010 年版。

（宋）朱熹编：《河南程氏外书》，中华书局聚珍仿宋版。

（宋）朱熹编：《河南程氏遗书》，商务印书馆 1935 年版。

（清）朱彝尊：《经义考》，中华书局 1998 年版。

（清）朱彝尊：《曝书亭集》，《景印文渊阁四库全书》第 1318 册，台湾
　　商务印书馆 1986 年版。

（战国）左丘明著，（晋）杜预注：《左传》，上海古籍出版社 2016 年版。

［日］遍照金刚：《文镜秘府论》，人民文学出版社 1975 年版。

［法］拉康：《拉康选集》，褚孝泉译，上海三联书店 2001 年版。

［日］泷川资言：《史记会注考证》，文学古籍刊行社 1955 年版。

［瑞士］费尔迪南·德·索绪尔：《普通语言学教程》，高名凯译，商务印
　　书馆 1999 年版。

二　论文类

陈炜湛：《"止戈为武"说》，《文字改革》1983 年第 6 期。

陈叙：《雕菰楼〈诗经〉学》，《诗经研究丛刊》2003 年第 2 期。

陈战峰：《张载〈诗经〉学思想论略》，载宋义霞主编《张载关学与东亚
　　文明研究》，陕西人民出版社 2008 年版。

顾之川：《清代古音学的开山之作——〈音学五书〉述评》，《山西师大学报》（社会科学版）1989 年第 4 期。

郭在贻：《〈说文段注〉与汉语词汇研究》，《社会科学战线》1978 年第 3 期。

韩立群、周小艳：《〈六家诗名物疏〉：〈诗经〉名物疏集大成之作》，《河北学刊》2013 年第 6 期。

洪湛侯：《戴震与诗经研究——祝贺〈戴震全集〉出版》，《黄山高等专科学校学报》2000 年第 1 期。

黄易青：《古音研究中的"以义正音"》，《北京师范大学学报》（社会科学版）2012 年第 4 期。

黄易青：《吴棫〈韵补〉与〈诗补音〉古音系之比较》，《语言研究》2007 第 2 期。

李君华：《欧阳修〈诗本义〉研究》，硕士学位论文，浙江大学，2008 年。

李思敬：《论吴棫在古音学史上的光辉成就》，《天津师大学报》1983 年第 2 期。

李小成：《马融〈诗〉学与东汉的古文经学》，《诗经研究丛刊》2018 年第 29 辑。

李学勤：《帛书〈五行〉与〈尚书·洪范〉》，《学术月刊》1986 年第 11 期。

李学勤：《郭店楚简〈六德〉的文献学意义》，载《郭店楚简国际学术研讨会论文集》，湖北人民出版社 2000 年版。

李运富：《论汉字的记录职能》（上），《徐州师范大学学报》2003 年第 1 期。

林慧：《义训释词方法的沿革》，《松辽学刊》（社会科学版）1998 年第 2 期。

林素英：《荀子王霸理论与稷下学之关系》，《管子学刊》2019 年第 2 期。

刘光胜：《先秦学派的判断标准与郭店儒简学术思想的重新定位》，《上海交通大学学报》（哲学社会科学版）2010 年第 6 期。

刘立志：《孟子与两汉〈诗〉学》，《盐城工学院学报》（社会科学版）2002 年第 1 期。

刘镁硒：《刘瑾〈诗传通释〉的撰述体例与解经方式》，《诗经研究丛刊》2015 年第 3 期。

刘晓南：《论朱熹诗骚叶音的语音根据及其价值》，《古汉语研究》2003 年第 4 期。

刘毓庆、郭万金：《战国〈诗〉学传播中心的转移与汉四家〈诗〉的形成》，《文史哲》2005 年第 1 期。

刘元春、王平：《"张参"生平及〈五经文字〉流传问题考辨》，《上海交通大学学报》（哲学社会科学版）2018 年第 3 期。

刘昭瑞：《"庆历之际"——中国传统思想文化发展的又一高峰期》，《人文杂志》1991 年第 3 期。

鲁国尧：《板凳甘坐十年冷——序张民权〈宋代古音学与吴棫《诗补音》研究〉》，《汉语学报》2005 年第 3 期。

陆宗达、王宁：《谈"段王之学"的继承和发展》，《语文学习》1983 年第 12 期。

路远：《唐国学〈五经壁本〉考——从〈五经壁本〉到〈开成石经〉》，《文博》1997 年第 2 期。

吕冠南：《王先谦〈诗三家义集疏〉的三重困境》，《北京社会科学》2016 年第 6 期。

马银琴：《子夏居西河与三晋之地〈诗〉的传播》，《北京大学学报》（哲学社会科学版）2010 年第 5 期。

强跃、陈根远：《唐代〈开成石经〉的刊刻与价值》，《文博》2015 年第 5 期。

乔永：《文献考证与古音学史研究——〈宋代古音学与吴棫《诗补音》研究〉编后记》，《古汉语研究》2006 年第 2 期。

邱汉生：《朱熹"格物致知论"小议》，《历史教学》1979 年第 9 期。

邵荣芬：《陈第对古韵的分部和音值的假定（下）》，《古汉语研究》1989 年第 1 期。

孙向召：《乾嘉〈诗经〉学研究》，博士学位论文，扬州大学，2011 年。

孙玉文：《〈经典释文〉成书年代新考》，《中国语文》1998 年第 4 期。

谈承熹：《〈说文解字〉的义界》，《辞书研究》1983 年第 4 期。

谭德生：《所指/能指的符号学批判：从索绪尔到解构主义》，《社会科学家》2011 年第 9 期。

唐丽珍：《再论郭璞训释中的"声转、语转、语声转"》，《苏州科技学院学报》（社会科学版）2004 年第 1 期。

王弘治：《〈经典释文〉成书年代释疑》，《语言研究》2004 年第 2 期。

王宁：《论章太炎、黄季刚的〈说文〉学》，《汉字文化》1990 年第 4 期。

王威威：《竹简〈五行〉与〈孟子〉诗学之比较——兼论思孟学派的问题》，《华北电力大学学报》（社会科学版）2007 年第 1 期。

吴叔桦：《苏辙与朱熹〈诗经〉诠释之比较》，《诗经研究丛刊》2009 年第 2 期。

吴雁南：《思孟学派儒家的心性说及其特点》，《贵州民族学院学报》（社会科学版）1993 年第 1 期。

夏传才：《诗经学四大公案的现代进展》，《河北学刊》1998 年第 1 期。

夏传才：《再谈〈毛诗序〉和关于〈毛诗序〉的争论》，《河北师院学报》（社会科学版）1995 年第 3 期。

向熹：《苏辙和他的〈诗集传〉》，《乐山师范学院学报》2003 年第 5 期。

徐桂秋：《论孟子与先秦诗学阐释学》，《社会科学辑刊》2004 年第 3 期。

徐向群、闫春新：《何晏〈论语集解〉研究》，《求索》2009 年第 10 期。

杨世铁：《从〈毛郑诗考正〉和〈杲溪诗经补注〉看戴震经学的方法和特点》，《徽学》2008 年第 5 卷。

于淑华：《孔子与孟子〈诗〉学的特点及文化阐释》，《内蒙古民族大学学报》2008 年第 1 期。

俞钢：《唐代明经科试的体系、方式及其地位变化》，《上海师范大学学报》（哲学社会科学版）2010 年第 5 期。

张晓蔚：《王念孙〈释大〉音义关联》，《语文学刊》2010 年第 7 期。

赵玉强：《〈慈湖诗传〉：心学阐释的〈诗经〉学》，博士学位论文，浙江大学，2009 年。

郑吉雄：《论子思遗说》，《文史哲》2013 年第 2 期。

钟维克、黄洁：《再论裘廷梁的"崇白话而废文言"说》，《云南师范大学学报》2002 年第 4 期。